主要登場人物

マーティン……………………………建築職人
カリス…………………………………キングズブリッジ女子修道院長
グウェンダ……………………………労働者
ウルフリック…………………………グウェンダの夫
ローラ…………………………………マーティンの娘
サム
デイヴィッド……………………………グウェンダの息子
ペトラニッラ…………………………カリスの伯母
エルフリック…………………………建築職人
ラルフ…………………………………マーティンの弟。テンチ領主
アラン…………………………………ラルフの部下の兵士
グレゴリー・ロングフェロウ……評議会員
トマス…………………………………修道士
エリザベス……………………………修道女
ウィリアム……………………………シャーリング伯
フィリッパ……………………………ウィリアムの妻
オディーラ……………………………フィリッパの娘

修道院長
ッジ修道院副院長
ッジ修道院長

第五部　一三四六年三月～一三四八年十二月（承前）

ポール・ベルはクリスマスの三日前に埋葬された。十二月の寒空の下、霜の降りた墓の傍らに集った人々は、彼を偲んで飲んでいってほしいと、ベル・インへ案内された。いまは彼の娘のベシーが主人だった。一人で悲しむのは好きではないと彼女はいい、店にある最高のエールを気前よく振る舞った。フィドル奏者のレニーが五弦の楽器で哀しい調べを奏でた。弔問の人々は、酔うほどに涙もろくなっていった。

マーティンはローラと隅のほうに坐っていた。きのうの市で買ったコリント産の甘い干しブドウ——高価な贅沢品だ——をローラと分けあいながら、数の数え方を教えてやった。まずマーティンが干しブドウを数え、自分用に九つ取った。ところが、ローラのぶんを数えているときには、一つおきに数を抜かしていた。「一つ、三つ、五つ、七つ、九つ」

「駄目よ！　違ってるわ！」ローラがからかわれているのだと知って、笑いながら抗議した。

「でも、両方九つまで数えただろう」マーティンはいった。

「でも、お父さんのところにはもっとたくさんあるわ！」

「ほんとだな、どうしてそうなったんだろう」

「ちゃんと数えなかったのよ、馬鹿ね」

「それなら、おまえが数えたほうがいいな。さあ、ちゃんと数えてごらん」

ベシーも一緒だった。少々窮屈だがいちばんいい服を着ていた。「わたしにもいくつかちょうだいな」

ローラが答えた。「いいわよ。でも、お父さんに数えさせちゃ駄目よ」

「心配しないで」ベシーがいった。「お父さんがどんないんちきをしたかはわかってるわ」

「よし、それなら数えさせてもらおうか」マーティンはベシーにいった。「一つ、三つ、九つ、十三——あれ、十三は多すぎる。いくつか戻したほうがいいな」そして、干しブドウを三つ引っ込めた。「十二、十一、十。そら、これで十個の干しブドウをもらったことになるだろ」

ローラがわけがわからないという顔をした。「でも、一つしか残ってないわ」

「また間違って数えたのかな」

「そうよ！」ローラがベシーを見た。「いんちきをしたのよ」

「それなら、おまえが数えてごらん」

そのとき、扉が開いてひどく冷たい風が吹き込み、カリスが厚手の外套を身に纏(まと)って入ってきた。マーティンは思わず微笑した。彼女の姿を見るたびに、まだ生きていてくれたかと嬉しかった。

ベシーは微妙な顔でカリスを見たが、それでも歓迎の言葉をかけた。「こんにちは、シスター。父のことを憶えていてくれてありがとう」

カリスがいった。「お父さまが亡くなられたのはほんとうにお気の毒だったわね。立派な人だったのに」カリスも妙に礼儀正しかった。二人ともぼくを巡っての鞘当てか、とマーティンは思った。そこまで思ってもらえるようなことをしたかな。

「ありがとう」ベシーがいった。「エールを一杯いかが？」

「ご親切に。でも、結構よ。マーティンに話があるの」

ベシーがローラを見た。「一緒に木の実を炒る？」

「いいわよ」

ベシーとローラは奥へ引っ込んだ。

マーティンは二人のほうへ顎をしゃくった。「ベシーが優しくしてくれるんだよ。自分の子供はいないんだけどね」

カリスが悲しそうな顔をした。「わたしにもいないわ……でも、わたしはたぶん優しくなれないでしょうね」

マーティンはカリスの手に触れた。「ぼくにはわかってる。きみは優しいよ。だから、一人や二人の子供じゃなくて、大勢の人々の面倒を見ているんだ」

「そんなふうに見ていてくれるなんて、あなたこそ優しいのね」

「真実をいってるだけだよ。施療所のほうはどんな具合なんだ？」

「耐えられないわ。死を間近にした人たちが溢れているのに、何もできないの。埋葬してあげるだけだわ」

マーティンは同情が込みあげてきた。カリスはいつも有能で信頼できる人物だが、心労がひどいようだ。きっと、心中を吐露できる相手がぼくしかいないんじゃないだろうか。「疲れてるんじゃないか？」

「確かに疲れてるわ」

「選挙も心配なんだろ」

「ここにきたのは、そのことであなたに助けてもらいたいからなの」

マーティンは躊躇った。胸のうちに相反する気持ちがあった。一方では、カリスには夢を叶えて女子修道院長になってほしかった。でも、そうなった場合、ぼくの妻になってくれるだろうか？　他方では、恥ずかしいことだが選挙に負けて、修道女の誓いを放棄してほしいという身勝手な望みがあった。それでも、援助を求められたら何でも提供したかった。何といっても、彼女を愛しているのだ。「話してごらん」と、彼は促した。

「きのうのゴドウィンの説教よ。それで心を痛めているの」

「あのときの魔女裁判の一件から、きみはまだ逃れられないのか？　それはいくら何でも馬鹿げてるだろう！」

「人はみな愚かよ。事実、あの説教は修道女たちに大きな影響を与えたわ」

「もちろん、やつの思惑どおりってことだな」

「間違いないわね。エリザベスがわたしのリネンのマスクは異教徒がするものだといったとき、それを信じた者はほとんどいなかった。マスクを捨てたのは、彼女と親しいクレシー、エレーン、ジーニー、ロージー、それに、シモーネだけだった。それなのに、ほかの修道女も、大聖堂の説教壇からのあの話を聞いて変わったの。感化されやすいシスターたちが、いまはみなマスクを捨てているわ。施療所に足を踏み入れないで、明らかな選択を避けている者もいる。マスクをつけているのはほんの一握りだけよ。わたしと、わたしに近い四人の修道女だけなの」

「心配していたとおりだ」

「マザー・セシリア、メアー、オールド・ジュリーがいなくなったいま、投票資格のある修道女は三十二人よ。だから、選挙で勝つには十七票が必要なの。エリザベスにはもともと、彼女に投票すると公言している支持者が五人いるわ。あの説教を聞いて、そこに十一票が加わったの。彼女自身の票を加えると、ちょうど十七票になる。わたしのほうはたったの五票。まだ態度を決めてない修道女がわたしに投票しても、負けてしまうわ」

マーティンは腹が立った。カリスは女子修道院のために一生懸命働いた。それなのにこんな形で冷たい仕打ちを受けるとはどういうことだ。どれほどひどく傷つくだろう。「それで、きみはどうするつもりなんだ？」

「司教にすがるしかないわね。司教が断固としてエリザベスに反対し、彼女の当選を承認しないと表明してくれれば、いまは彼女を支持している人たちも諦めるでしょうし、そうなれば、わたしにも望みがあるかもしれない」

「どうやって司教に働きかけるつもりなんだ？」

「わたしには無理でも、あなたなら――そう、少なくとも聖堂区ギルドにならできると思うの」

「そうだな……」

「今夜、集会があるでしょ。あなたも出席するのよね？」

「うん」

「ちょっと考えてみてくれないかしら。ゴドウィンはこの町を完全に支配している。エリザベスとは密接な関係にある――なにしろ彼女の一家は修道院の賃借人だから、ゴドウィンもいつも彼らのご機嫌を取らなくちゃならないんだわ。エリザベスが女子修道院長になれば、エルフリックと同じように言いなりになるはずよ。修道院のなかにも外にも、ゴドウィンに異議を唱える人はいなくなる。そんなことになったら、キングズブリッジはおしまいだわ」

「そのとおりだ。だけど、ギルドのメンバーが司教へのとりなしに応じてくれるかどうか……」

マーティンの言葉を聞いたとたん、カリスの顔にいきなり落胆が表われた。「やってみてくれるだけでもいいの。断わられたら、それはそれで仕方ないわ」

カリスのがっかりした顔を見て、マーティンはせめて前向きに答えようとした。「やってみるさ、もちろんだろう」

「ありがとう」カリスが礼をいって立ち上がった。「この問題では、あなたは板挟みになっているはずなのにね。親友として感謝しているわ」

マーティンは苦笑した。ぼくは親友ではなくて、夫になりたいんだぞ。だが、いまは親友でも仕方がないか。

カリスが凍てつく戸外へ出ていった。

マーティンは暖炉の傍(かたわ)らにいるベシーとローラのところへ行き、炒った木の実を試食した。だが、上の空だった。ゴドウィンの及ぼす影響は邪悪なものだ。にもかかわらず、その力はとどまるところを知らない。なぜだろう？　それはたぶん、彼が良心の呵責(かしゃく)も感じない、野心のかたまりだからだ——その二つは切っても切れないからな。

夜になったのでマーティンはローラをベッドに寝かせ、近所の娘にあとを頼んだ。ベシーは手伝いのセイリーに店を任せ、マーティンと一緒に聖堂区ギルドの集会へ向かった。厚手の外套に身を包み、二人は大通りをギルド会館へと歩いていった。

クリスマスとあって、細長い会場の後ろには、集まったギルドのメンバーのためにエールの樽が用意してあった。こうした酒宴はクリスマスにはつきものらしいな、とマーティンは思った。ポール・ベルの弔いでしこたま飲んでおきながら、マーティンの後からやってきては、一週間ぶりとでもいった勢いで、エールをなみなみとジョッキに注いでいる者もいる。おそらく、そのあいだだけはペストの恐怖を忘れていられるのだろう。

ベシーは新メンバーとして紹介された四人のうちの一人で、あとの三人は亡くなった商人の長男だった。この町をわがものにしているゴドウィンは、相続税収入が増えるからさぞや喜んでいるだろうな、とマーティンは思った。

定例の議題が処理されたあと、マーティンは新しい女子修道院長選出についての議題を提出した。

「その件はわれわれとは関係がないだろう」エルフリックが即座に却下しようとした。

「いや、だれが選ばれるかは、今後何年も、いや、もしかしたら何十年も、この町の商業に影響を及ぼすことになる」マーティンは反論した。「女子修道院長はキングズブリッジでもっとも金と権力を手中に収める人物の一人になる。だから、われわれの商売を制限したりする心配のない人物になってもらうよう、できるかぎりのことをしなければならない」

「だが、われわれには何もできない――そもそも選挙権がないんだ」

「選挙を左右することはできる。司教に嘆願書を出すんだ」

「前例がない」

「前例がないのは大した問題じゃない」

「だれが候補者になってるんだ？」ビル・ワトキンが口をはさんだ。

マーティンは答えた。「すまない、みんな知っているものとばかり思っていた。シスター・カリスとシスター・エリザベスだ。われわれが支持すべきはカリスだと思う」

「おまえはそうだろうよ」エルフリックが嫌味で応じた。「理由はみなが知ってるはずだ」

笑いがさざ波のように広がった。マーティンとカリスの、長年にわたる、結ばれそうで結ばれない関係を知らない者はいなかった。

マーティンも笑った。「笑えばいい――ぼくは気にしない。ただ、憶えておいてほしいのは、カリスは羊毛産業を育成し、父親を助けた。だから、商人が直面する問題や課題をよく理解している。しかし、彼女の対立候補は司教の娘だから、たぶん修道院長に同調するだろう」

エルフリックの顔が真っ赤になっていた――さっき飲んだエールのせいもあるだろうが、それよりも、怒りのほうが主な原因だろう、とマーティンは推測した。「なぜそんなにおれを嫌うんだ、マーティン？」

マーティンはびっくりした。「それはこっちの台詞でしょう」

「おまえはおれの娘をたぶらかしたうえに、結婚を拒否した。おれがあの橋を造るのも阻止しようとした。ようやく追い払ったと思ったら舞い戻ってきて、橋に亀裂が入っているといい立て、おれに恥をかかせた。おれをオールダーマンの座から追い落とし、おまえと仲のいいマークをその後釜に据えようとした。大聖堂の罅(ひび)の一件だっておれの手落ちじゃないかとほのめかしてくれた。だが、あれはおれが生まれる前に建てられたものなんだ。これだけ並べりゃわかるだろう、なぜおれに恨みがあるんだ？」

マーティンはあっけにとられた。おまえがぼくにどんな仕打ちをしたか、知らないとはいわせないぞ。だが、聖堂区ギルドのメンバーの前で口論はしない――どう考えても子供じみている。「エルフリック、あんたを嫌ってなんかいませんよ。ぼくが徒弟だったころ、あんたは冷酷きわまりない親方だったし、いまもずさんな建築職人で、ゴドウィンにはおべっかばっかり使っている。だけど、嫌ってなんかいませんよ」

新しいメンバーの一人、ジョゼフ・ブラックスミスがいった。「あんたたちは聖堂区ギルドでいつもこんなことをしているのですか――こんな馬鹿げた議論を？」

それはないだろう、とマーティンは不満だった。個人的な問題を持ち込んだのはぼくではない。でも、ここでいい返せば、馬鹿げた議論をつづけているだけにしか見えないだろう。マーティンは黙り、相変わらずエルフリックは悪賢いと呆れた。

「ジョーのいうとおりだ」ビル・ワトキンがいった。「ここに集まったのはエルフリックとマーティンの口論を聞くためじゃない」

ビルの手にかかると、マーティンもエルフリックと同列に扱われてしまう。橋の亀裂の件でごたごたがあって以来、ギルドのメンバーはマーティンを慕っていたし、エルフリックには少々反感を持っていた。実際、マークが死んでいなかったら、エルフリックを追放していただろう。だが、どこかで風向きが変わってしまった。

マーティンはふたたび口を開いた。「懸案に戻ろう。カリスを女子修道院長として支持するよう、司教に嘆願書を提出する件だ」

「おれは反対だ」エルフリックがいった。「ゴドウィン修道院長はエリザベスを望んでいる」

新たな声が発言した。「おれもエルフリックに賛成だ。修道院長と対立するのはよくない」マーセル・チャンドラーだった。彼は男子修道院に蠟燭を納入する契約を結んでいる。ゴドウィンは最大の顧客だ。マーティンは驚かなかった。

しかし、その次の発言にはショックを受けた。建築職人のジェレマイアだった。「異端の罪で告発された人物を支持するわけにはいかない」そういって、左右一回ずつ床に唾を吐き、十字を切った。

驚きのあまり、マーティンは言葉を失った。ジェレマイアは確かに迷信深くていつもびくびくしているが、まさかぼくを裏切るとは。あれほど面倒をみてやってるじゃないか。

しかし、ベシーがカリスを弁護した。「そんな告発はいつだって馬鹿げてるわ」

「でも、そうでないと証明されたわけじゃない」ジェレマイアがいい返した。

マーティンは彼を睨みつけたが、目を逸らされてしまった。「どうしたんだ、ジミー？」彼は訊いた。

「おれはペストで死にたくないんです」ジェレマイアが答えた。「ゴドウィン院長の説教を聞いたでしょう。異教の治療法を行なう者は排除しなければならないんです。いま話しているのは、彼女を女子修道院長にしてくれるよう司教に頼もうということだけど――それでは彼女を排除することにならないじゃないですか！」

賛同のささやきが聞こえた。風向きが変わったことにマーティンは不安を覚えた。ほかの者たちはジェレマイアほど迷信深くはないが、彼が感じた恐怖は共有している。ペストがみんなを恐怖に陥れ、合理的な思考力を鈍らせているんだ。ぼくはゴドウィンの説教を軽く考えすぎていたかもしれない。

マーティンは諦めかけた——そのとき、カリスのことが頭に浮かんだ。ひどく疲れ、気力も失せた様子を思い出して、もう一度試してみようと決心した。「ぼくはフィレンツェでペストを生き抜いた」彼はつづけた。「警告しておくが、聖職者も修道士もペストからわれわれを救ってはくれない。あなたたちはこの町をあっさりゴドウィンに譲り渡そうとしているんだ。しかも、なんの努力もしないでだ」

ジェレマイアがいった。「それはほとんど冒瀆ですよ」

マーティンはほかのメンバーを見回した。全員がジェレマイアに同意していた。恐怖心が先に立って、まともな考え方ができなくなっているのだ。これ以上、できることはなかった。

ギルドのメンバーは、女子修道院長の選出にあたって何も行動を起こさないと決議した。まもなく、集会はなんとも険悪な雰囲気のまま散会した。それぞれがまだ燃えている薪を暖炉から取り出し、家路への道々を照らす松明の代わりにした。

カリスに報告するには遅すぎる時間だろう、とマーティンは思った——修道女は修道士と同じように夕暮れには床につき、早朝に起きるのだ。ところが、ギルド会館の外に、毛織りの外套を纏った人影があった。松明で照らしてみると、心配げな顔のカリスがそこにいた。

「どうだった?」彼女が不安そうに訊いた。

「失敗だった」マーティンは答えた。「残念だよ」

松明の明かりに照らされたカリスの顔に、傷心が浮かんだ。「話し合いの内容を教えて」

「みんな、介入する気がないんだ。あの説教を信じ込んでいるんだよ」

「なんて愚かなんでしょう」

二人は表通りを歩いていった。修道院の門のところで、マーティンはいった。「カリス、女子修道院を出るんだ。ぼくのためじゃない、きみ自身のためだ。エリザベスの下では働けないよ。彼女はきみを嫌っている。だから、きみのやりたいことをことごとく邪魔するだろう」

「まだ彼女が勝ったわけじゃないわ」

「そうはいっても、彼女は勝つよ――きみ自身がそういったじゃないか。修道女の誓願を破棄して、ぼくと結婚してくれ」

「結婚は別の誓いを立てることよ。一度立てた神への誓いを破ったわたしが、どうしてあなたへの約束を破らないと信じられるの？」

マーティンは苦笑した。「一か八か、きみを信じようじゃないか」

「もう少し考えさせて」

「もう何カ月も考えてるじゃないか」マーティンは腹が立ちはじめた。「いま出なければ、もう出ていくときはないんだぞ」

「いまは出ていけないわ。いまほどわたしが必要とされているときはないんだもの」

マーティンはさらに怒りがこみ上げた。「ぼくだって、いつまでもきみに求婚しつづけるわけにはいかないんだ」

「わかってるわ」

「はっきりいうが、今夜を最後に、もう求婚するつもりはないからな」

カリスが泣きだした。「ごめんなさい。でも、この疫病騒ぎの真っ最中に、施療所を放り出すなんてできないわよ」

「施療所だって？」

「それに、町の人たちも」

「きみ自身のことはどうするんだ？」

マーティンの松明の炎に照らされて、カリスの涙が光った。「みんなには、どうしてもわたしが必要なの」

「みんなっていうが、どいつもこいつも——修道女も修道士も町のやつらも——みんな恩知らずじゃないか。わかってるだろう」

「それはどうでもいいことよ」

マーティンは身勝手に怒ってしまったことに気づき、カリスの決意を受けとめてうなずいた。「それなら、その義務を果たすしかないな」

「わかってくれてありがとう」

「選挙が違う結果になるのを願ってるよ」

「わたしもよ」

「この松明を持っていくといい」

「ありがとう」

カリスはマーティンの手から薪を受け取り、去っていった。その後ろ姿を追いながら、マーティンは考えた。これからどうなるのだろう？　これで終わりなのだろうか？　カリスは断固として自信に満ちた、いかにも彼女らしい足どりで歩いていったが、入り口のアーチをくぐったとたんにうなだれて姿を消した。

ベル・インの明かりが、鎧戸（よろいど）や玄関の隙間から漏れていた。マーティンはなかへ入った。最後の数人の客が、酔っ払って別れの挨拶をしていた。給仕のセイリーがジョッキを集め、テーブルを拭（ふ）いている。マーティンはローラの部屋を覗（のぞ）き、熟睡しているのを確認してから、世話をしてくれた娘に小遣いをやった。寝ようと思ったが、眠れないのはわかっていた。気が動転していた。なぜいつもと違って、今夜は冷静さを失ってしまったのだろう？　なぜ怒りを露（あら）わにしてしまったのか。しかし、気持ちが落ち着いてくると、あの怒りの原因は恐れだと気づいた。根底にあったのは、カリスが疫病にかかって死んでしまうのではないかという恐怖だった。

マーティンはベル・インの休憩室のベンチに坐り、ブーツを脱いだ。そこに坐って暖炉の火を眺めながら、人生でいちばん望んでいるものをなぜ手に入れられないのだろうかと考えた。

ベシーが入ってきて外套を壁に引っ掛けると、セイリーが帰ったのを見届けて鍵をかけた。そして、父親がいつも使っていた大きな椅子に腰を下ろし、マーティンと向かい合った。

「ギルド会館では残念だったわね」彼女がいった。「だれの意見が正しいのかはよくわからなかったけど、あなたががっかりしてたのはわかったわ」

「とにかく、ぼくを支持してくれたことに礼をいうよ」

「いつもあなたの味方よ」

「これでカリスの戦いもおしまいだな」

「そうね。でも、あなたは悲しいでしょうね」

「悲しいし、腹が立つんだ。ぼくはカリスを待ちつづけて、人生の半分を無駄にしてしまったらしい」

「愛は決して無駄にはならないわ」

マーティンは驚いて彼女を見、一瞬ためらってからいった。「きみは賢い人だ」

「ローラ以外、家にはだれもいないわ。父を弔ってくれた人たちもみんな帰ったしね」ベシーがマーティンの前にひざまずいた。「あなたを慰めてあげたいの。わたしにできるやり方で」

マーティンは彼女のふっくらとした人懐っこい顔を見て、身体が興奮するのを覚えた。女性の柔らかい肌を抱いたのはずいぶん前だ。しかし、彼は首を横に振った。「きみを利用したくないよ」

ベシーがにっこり笑った。「結婚してほしいなんていわないわよ。愛してくれともいわないわ。わたしは父を葬ったばかりだし、あなたもカリスのことでがっくりきてる。わたしたちは両方とも、しっかり抱きしめてくれる人が必要よ」

「痛みを和らげてくれる一杯のワインみたいなものというところかな」

彼女はマーティンの手を取り、掌（てのひら）にキスした。「ワインより上等よ」そういって、彼の手を乳房に押しあてた。豊満で柔らかかった。その乳房を愛撫しながら、マーティンはため息を漏らした。ベシーが顔を上げた。唇にキスをしてやると、小さく悦びの声を上げた。そのキスは暑い日の冷たい飲み物のように素晴らしく、マーティンも我慢できなくなりそうだった。

やがて、ベシーが喘（あえ）ぎながら身体を離した。そして、まっすぐに立ち上がると、毛織りのドレスを脱いだ。暖炉の明かりに照らされて、その身体はピンク色に見えた。どこも美しい曲線を描いている。丸みを帯びた腰、ゆるやかに膨らんだ腹部、ふくよかな乳房。マーティンは坐ったまま、彼女の腰に手をまわして引き寄せた。そして、腹部の温かな肌と、ピンク色の乳房にキスをし、彼女の紅潮した頬を見上げてつぶやくようにいった。「二階へ上がろうか？」

「いやよ」ベシーは息も絶え絶えだった。「そんなに待てないわ」

62

女子修道院長の選挙はクリスマスの翌日に行なわれた。その朝、カリスはひどく気が重く、なかなか寝台を出られなかった。朝課の鐘が聞こえたときも、体調がよくないといって頭から毛布をかぶっていたかった。しかし、たくさんの人々が死にかけているときに、仮病で寝ているわけにはいかない。結局、無理やり起き上がった。

カリスはエリザベスと並んで、歩廊(クロイスター)の冷えきった敷石を歩いた。二人は教会へ向かう列の先頭にいた。選挙中の候補者は常に平等でなくてはならないという習慣だった。だが、カリスにはもうどうでもよかった。結果は目に見えている。賛美歌と聖書の朗読のあいだ、彼女はあくびを嚙み殺し、寒さに震えながら聖歌隊席に立っていた。憤りしかなかった。今日、エリザベスが女子修道院長に選ばれるのだ。カリスは自分を拒絶した修道女たちに腹を立て、敵対するゴドウィンを憎み、介入を拒否した町の商人たちを忌々(いまいま)しく思った。

これまでの人生すべてが失敗だったような気がした。ずっと夢みてきた新しい施療所の建設はまだ実現していない。この先も実現しないだろう。

マーティンにも怒りを感じていた。受け入れるわけにはいかない申し出をどうしてするのか。彼は何もわかっていない。きっと結婚を、建築職人としての自分の人生の付属物ぐらいにしか考えていないのだ。結婚すれば、わたしは心血を注いできた仕事を辞めなくてはならない。だからこそ、何年も二の足を踏んできたのだ。決して彼を必要としていないからではない。むしろ耐えがたいほどの渇望をもって欲しているのに。

賛美歌の最後の部分を歌うと、カリスはそのまま列の先頭に立って教会を出た。修道女の列がふたたび歩廊を歩いているとき、後ろでだれかがくしゃみをするのが聞こえた。ひどく気落ちしていたので、振り返って確かめる気も起こらなかった。

修道女たちは共同寝室への階段を上った。カリスが部屋に入ると、荒い息遣いが聞こえた。部屋に残っていた者がいるらしい。蠟燭をかざしてみると、シスター・シモーネだった――内向的で勤勉な中年の修練女で、仮病など使うような性格ではなかった。カリスは細長い布切れを顔に巻きつけると、彼女の寝台の横にひざまずいた。シモーネは汗をかき、怯(おび)えを顔に浮かべていた。

カリスは訊いた。「具合はどう？」

「よくありません」シモーネが答えた。「おかしな夢を見ていました」

カリスは彼女の額に手を当てた。焼けるように熱かった。

シモーネがいった。「何か飲むものをいただけませんか？」

「すぐに持ってくるわ」

「ただの風邪ですよね」

「ひどく熱があるわ」

「でも、ペストにかかったわけではないですよね？　そんなにひどくはないわ」

「どちらにしても施療所へ行きましょう」カリスは曖昧(あいまい)に答えた。「歩ける？」

シモーネがなんとか立ち上がった。カリスは寝台から毛布をはがして肩にかけてやった。

二人が扉のほうへ歩き出すと、部屋のどこかでまたくしゃみが聞こえた。今度はその主を突き止めた。ふっくらした身体つきは、保守営繕係のシスター・ロージーだった。彼女も怯(おび)えていた。

カリスは修道女を一人呼んだ。「シスター・クレシー、シモーネを施療所に連れていってちょうだい。わたしはロージーをみるから」

クレシーがシモーネの手を取って階下(した)へ連れていった。

カリスは蠟燭をかかげてロージーの顔を照らした。彼女も汗をかいていた。ローブの襟元を開けてみると、肩と胸に紫色の発疹(ほっしん)が出ていた。

「いや」ロージーがいった。「いやよ」

「きっと何でもないわ」カリスは嘘をついた。

「ペストで死ぬのはいや！」ロージーがうわずった声で訴えた。

カリスは静かに答えた。「落ち着いて。わたしと一緒に行きましょう」そして、ロージーの腕をしっかりつかんだ。

ロージーが反抗した。「いやよ、わたしはなんでもないわ」

「祈りましょう」カリスはいった。「恵み溢れる聖母マリア――さあ、一緒に」

ロージーは祈りを唱えはじめた。少したつと、彼女を連れ出すことができた。

施療所は死にかけた患者とその家族でごったがえしていた。早朝にもかかわらず、ほとんどの者はもう目を覚ましていた。汗と嘔吐物と血の臭いが、強烈にたちこめていた。祭壇に灯された蠟燭と獣脂ランプが、あたりをほの暗く照らすだけだった。何人かの修道女が病人の世話にあたり、水を運んだり、身体を拭いたりしていた。何人かはマスクをつけていたが、残りの者はつけていなかった。

修道院の医師のうち、最年長で最も人望のあるブラザー・ジョゼフの姿もあった。宝石商ギルドの長であるリック・シルヴァーズに、最期の儀式を執り行なっているのだった。シルヴァーズ家の子供や孫たちが見守るなか、彼は身をかがめて、罪の告白に耳を傾けていた。

カリスはロージーのために場所を空け、そこに横になるようにいい聞かせた。修道女の一人が、きれいな水の入ったカップを持ってきた。ロージーはおとなしく横たわっていたが、その目は落ち着きなく左右に動きつづけていた。自分の運命を悟り、恐れているのだ。「すぐにブラザー・ジョゼフがみてくれるわ」カリスは慰めた。

「あなたが正しかったわ、シスター・カリス」ロージーがいった。

「どういうこと？」

「シモーネとわたしは、マスクの装着を拒んだシスター・エリザベスと前々から仲良くしていた——そのわたしたちが二人ともこうなったんだもの」

カリスが思ってもいない言葉だった。反対した者たちの死をもって、わたしが正しかったことが証明されるか？　それなら、いっそわたしの言い分が間違っているほうがましだ。

カリスはシモーネの様子を見にいった。彼女は横になり、クレシーの手を握っていた。シモーネはロージーよりも年配で、控えめな性格だった。しかし、彼女もまた目に恐怖を浮かべ、クレシーの手を握りしめていた。

カリスはクレシーを見た。その唇の上に、黒い染みがあった。手を伸ばして袖口で彼女の唇を拭ってやった。

クレシーも最初からマスク反対派の一人だった。

クレシーがカリスの袖に目をやった。「何です？」

「血よ」カリスは答えた。

選挙は正餐の一時間前に、大食堂で行なわれた。カリスとエリザベスはその奥に置かれたテーブルに隣り合って坐り、ほかの修道女たちはベンチに並んでいた。すべてが変わっていた。シモーネ、ロージー、そしてクレシーは疫病に冒され、施療所に収容されていた。最初からマスク反対派に属していたエレーンとジェーニーは大食堂にいたが、二人ともペストの初期症状を見せていた。エレーンはくしゃみをし、ジェーニーは汗をかいていた。ずっとマスクなしで患者の治療にあたっていたブラザー・ジョゼフも、ついに病に倒れた。残された修道女たちは、どうやら施療所でのマスク着用と関係があるらしいと疑いはじめていた。マスクをつけるのがカリスへの支持を表わす行為だとしたら、彼女は勝利したも同然だった。

修道女たちのあいだには緊張と動揺があった。前の宝物係で、最古参の修道女であるシスター・ベスが祈りを唱え、選挙の開始を告げた。彼女が話し終わるか終わらないかのうちに、何人かの修道女が口を開きはじめた。元食料品係のシスター・マーガレットの声が一際大きく響いた。「カリスが正しかったのよ。エリザベスは間違っていたんだわ!」そして、さらに声を張り上げた。「マスク反対派はみんな死にかけているじゃないの」

賛同のどよめきが起こった。

カリスはいった。「わたしが間違っていればよかったと思っています。こんなことになるよりもむしろ、ロージー、シモーネ、クレシーがこの場にいて、わたしに反対票を投じてくれたほうがどれほど有り難いか」本心だった。これ以上、死んでいく人を見たくなかった。この事態の深刻さに比べれば、ほかはすべて取るに足りないことに思われた。

エリザベスが立ち上がって提案した。「選挙を延期してはどうでしょう。三人の修道女が死に、さらに三人が病床にあるのです。この疫病が治まるのを待つべきではないでしょうか」

カリスは驚いた。ここまできたら、エリザベスは負けを認めるしかないだろうと思っていたのだ――だが、それは間違いだった。いま選挙をしても、エリザベスにはだれも投票しないだろう。それならどちらも選ばれないほうがいいと、彼女の支持者たちは考えたのだ。

カリスはやる気を取り戻した。女子修道院長になりたいと思ったそもそもの理由が胸に蘇（よみがえ）った。それは施療所を改善し、若い娘たちに読み書きを教え、町の発展に貢献することだった。エリザベスが選ばれてしまえば、すべてが水泡に帰してしまう。

年長のシスター・ベスが、突然エリザベスを擁護（ようご）しはじめた。「この混乱状態で選挙を行なうのは賢明ではないでしょう。事態が治まったときに後悔することになるかもしれません」どこかで予行演習してきたような口調だった。エリザベスが仕組んだに違いない。でも、いっていることは筋が通っていなくもない。カリスは少し不安になった。

マーガレットが憤然と反論した。「ベス、あなたはエリザベスが負けそうだからそんなことをいうんでしょう」

カリスは黙っていた。下手に口を挟んで、自分への反感を呼び起こすのは得策でないと考えたのだ。

中立を保っていたシスター・ナオミが発言した。「問題は、わたしたちには院長が必要だということです。マザー・セシリアは――どうか安らかに眠りたまえ――ナタリー亡きあと、副院長を指名しませんでしたから」

「何か問題があるかしら？」エリザベスがいった。

「ありますとも！」マーガレットが叫んだ。「行列の先頭をだれが歩くかさえ決められないのよ！」

カリスは危険を覚悟で、実際的な問題点を指摘した。「棚上げされている問題がたくさんあります。とりわけ、ペストの犠牲者の土地に関する女子修道院の相続については、早急に決定を下さなくてはなりません。院長なしでやっていくのはもう限界です」

シスター・エレーンはエリザベス一派の最初の五人のうちの一人だったが、いまは選挙の延期に反対していた。「わたしは選挙は嫌いです」そして、くしゃみをした。「シスターたちを敵対させて、いがみ合いの原因を作るだけですもの。こんなことは一刻も早く片づけなくては。そして、みんなで一丸となって、この恐ろしい疫病に立ち向かわなくては」

この発言に、好意的な喝采(かっさい)が起こった。

エリザベスがエレーンを睨みつけた。その視線に気づいて、エレーンがいった。「ほら、わたしは平和的な発言をしただけなのに、エリザベスはまるで裏切り者を見るような目つきで睨むのよ！」

エリザベスが視線をそらした。

マーガレットが呼びかけた。「さあ、投票しましょう。エリザベスに賛成の人は？」

だれも声を上げなかった。しばらくして、ベスが小さな声でいった。「賛成」

カリスはほかにも声が上がるかと耳を澄ませたが、答えたのはベスだけだった。

カリスの心臓の鼓動が速くなった。いよいよ念願が叶うのだろうか？

マーガレットが訊いた。「カリスに賛成の人は？」

反応は速かった。「賛成！」と叫ぶ声がすぐに上がった。見たところ、ほとんど全員がカリスに票を投じたようだった。

とうとうやったわ、カリスは思った。今日からわたしが女子修道院長よ。これでやっと出発できる。

マーガレットがいった。「投票の結果――」

そのとき、突然男の声が響いた。「待て！」

何人かが驚いて息を呑み、一人が悲鳴を上げた。修道女たちはいっせいに入り口を見た。

フィルモンだった。外で立ち聞きしていたに違いない。

彼はいった。「これ以上、勝手なことをする前に――」

カリスは我慢できなかった。彼が話し終わる前に立ち上がり、その言葉をさえぎった。

「女子修道院に立ち入るとは何事ですか！　あなたにそんな権利はないし、許可するつもりもないわ。出ていきなさい！」

「私は修道院長にいわれて――」

「彼にそんな権限は――」

「彼はキングズブリッジで最高位の聖職者だ。女子修道院長と副修道院長が不在の場合、修道院長が修道女を管轄することになっている」

「もう女子修道院長は不在ではないわ、ブラザー・フィルモン」カリスは一歩踏み出した。

「たったいま、わたしが選ばれたのよ」

修道女たちはフィルモンを嫌っていたので、カリスに声援を送った。

フィルモンがいった。「ファーザー・ゴドウィンはこの選挙を認めないだろう」

「もう遅いわ。これからはマザー・カリスが女子修道院長だと、彼に伝えることね――そして、その彼女に追い出されたと」

フィルモンが後ずさった。「おまえは院長ではない。この選挙はまだ司教に承認されていない！」

「出ていきなさい！」カリスはいった。

修道女たちがいっせいに声を上げた。「出ていけ！　出ていけ！　出ていけ！」

フィルモンが怖気づいた。彼は反抗されるのに慣れていなかった。カリスが一歩踏み出すと、彼も一歩下がった。その顔は目の前で起こっていることに驚愕し、怯えていた。修道女たちの声が大きくなった。彼は踵を返し、あたふたと部屋を出ていった。

修道女たちのあいだに笑いと歓声が起こった。

しかし、カリスはフィルモンが吐いた捨て台詞は間違いではないと気づいていた。わたしの当選はアンリ司教に承認される必要がある。

きっと、ゴドウィンはそれを阻止するためにあらゆる手を尽くしてくるだろう。

川の向こう岸の荒れ果てた森林地帯の一角が、手伝いを買って出た町の住民たちの手で更地にされていた。ゴドウィンはその新しい土地を墓地にするための、浄めの儀式を執り行なっていた。壁の内側にある教会墓地にはもう空きがなく、大聖堂の墓地も急速に埋まっていた。

ゴドウィンは身を切るような冷たい風のなかで、墓地内の小区画の境界線に沿ってゆっくりと歩いた。振りまいた聖水は、地面に落ちるや凍りついた。彼の後ろには修道士と修道女たちが列を作り、賛美歌を歌っていた。墓掘り役の男たちは、儀式が終わるのを待たずに穴を掘りはじめた。掘り返された土は、細長い穴に沿って効率よくまっすぐに、そして、少しでも場所を節約するためになるべく接近して積まれた。だがその土地にも限りがあり、次の一画が早くも更地にされつつあった。

こういうとき、ゴドウィンは歯を食いしばって平静を保たなければならなかった。ペストは上げ潮のように押し寄せてきてすべてを飲み込み、その勢いは止めようがなかった。クリスマス前の一週間のうちに、修道士たちは数えきれないほどの埋葬をした。死者の数はいまなお増えつづけている。きのうはブラザー・ジョゼフが亡くなり、さらに二人の修道士が病床にあった。終わりはあるのだろうか？　世界じゅうの人間が死に絶えてしまうのだろうか？　自分もいつか死ぬことになるのだろうか？

彼は恐怖のあまり歩みを止めた。聖水を撒くのに使っていた散水器を見つめ、いったいこんなものをどこから持ってきたのだろうと訝った。一瞬、彼は恐慌をきたしてその場に固まりついた。すると、すぐ後ろで行列に加わっていたフィルモンがそっと背中を押した。ゴドウィンは前方によろめき、行進を再開した。この恐ろしい考えを、どうにかして頭から振り払わなければならなかった。

彼は女子修道院長選挙の問題に頭を切りかえた。あの説教には好意的な反応があった。だから、間違いなくエリザベスが選ばれるだろうとたかをくくっていた。しかし、驚くべき速さで形勢が変わり、忌々しいカリスが圧倒的な支持を受けた。土壇場で選挙に介入するというフィルモンの苦肉の策も、結局は後の祭りだった。ゴドウィンは叫び出したくなった。

だが、まだ終わったわけではない。カリスはフィルモンを笑いものにしたが、アンリ司教の承認を得るまでは、彼女の地位が確定したとはいえないのだ。

残念なことには、これまでのところ、アンリ司教に取り入る機会は巡ってきていなかった。この新しい司教は英語を話さず、これまでに一度しかキングズブリッジを訪れていなかった。着任したてだったので、フィルモンもまだ決定的な弱みを嗅ぎつけていなかった。しかし、同じ男であり、聖職者である以上、彼がゴドウィンに味方して、カリスに反対するのは当然だろうと思われた。

ゴドウィンはアンリに、カリスはペストから守ってやるといって修道女たちを惑わしたと手紙を書き送った。また、八年前に異端の罪で裁判にかけられ、有罪を宣告されかかったところをマザー・セシリアに助けられたという、彼女の経歴も詳しく記した。キングズブリッジへくる前に、カリスに対してのゆるぎない偏見を植えつけておきたかったのだ。

だが、アンリがくるのはいったいいつになるのだろう？　よほどのことがないかぎり、司教が大聖堂のクリスマス礼拝を欠席することはない。司教の補佐役である腕利きのロイド助祭長は、アンリ司教はペストで死んだ聖職者の後任の指名に忙しいと、事務的な手紙を送ってよこしていた。自分はロイドによく思われていないのかもしれない。彼はウィリアム伯爵の部下であり、いまの地位は、ウィリアムの弟でいまは亡きリチャード司教の後ろ盾で得たものだ。それに、兄弟の父であるローランド伯爵からも、自分は嫌われていた。だが、決定を下すのはロイドではなくアンリだ。そのアンリがどう出るか予想がつかない。ゴドウィンは無力感に襲われた。彼はカリスに将来を脅かされ、残酷なペストに生命を脅かされていた。

浄めの儀式が終わりに近づいたころ、雪がちらついてきた。更地になった区画のすぐ向こうに七組の葬列が控え、墓地の準備が整うのを待っていた。ゴドウィンが合図を送ると、葬列が前進しはじめた。最初の遺体は棺に入っていたが、ほかはすべて屍衣に包まれ、担架に乗せられているだけだった。棺は前々から金持ちの贅沢品ではあったが、材木の値段が高騰し、棺職人の生産が間に合わなくなったいま、木製の棺に納まって埋葬されるのは一握りの大金持ちだけだった。

最初の葬列の先頭にいるのはマーティンだった。腕に小さな娘を抱き、赤い髪と顎鬚に雪が振りかかっていた。棺に納められた裕福そうな死者はベシー・ベルに違いない、とゴドウィンは推測した。身寄りのないベシーは、宿屋をマーティンに遺していた。この男にはいつも濡れ落ち葉みたいに金がくっつくな、とゴドウィンは苦々しく思った。ただでさえマーティンは、スモール・アイランドの所有権や、フィレンツェで築いた財産を持っている。そのうえに、キングズブリッジでいちばん繁盛している宿屋の所有者となるのだ。

ゴドウィンがベシーの遺志を知ったのは、相続税課税の権利を持つ修道院が、相続物件から相当な相続税を徴収していたからだった。マーティンはためらいもせず、その金額をフローリン金貨で支払った。

ペストがもたらした好影響があるとすれば、修道院が突然現金に事欠かなくなったことだった。

ゴドウィンは七つの遺体の埋葬の儀式をまとめて行なった。いまやそれは慣例となっていて、死者の数にかかわらず、葬儀は朝夕に一度ずつしか行なわれなかった。キングズブリッジには、死者一人一人に儀式を行なえるだけの数の聖職者がいなかった。

ゴドウィンの胸に恐怖が蘇った。墓の一つに横たわる自分の姿が目に浮かび、儀式の文句を口ごもった。だが、何とか落ち着きを取り戻して、続きを唱えた。

儀式が終わると、修道士と修道女たちの行列を従えて大聖堂に戻った。行列は教会の身廊(ネイヴ)で解散し、修道士たちは普段の務めに戻っていった。新入りの修道女がゴドウィンに近づき、緊張した様子で言った。「院長、施療所にきていただけませんか？」

下っ端(ぱ)を使いにして、偉そうに呼びつけられるのはおもしろくなかった。「なぜだ？」彼はとげとげしく訊いた。

「申し訳ありません。わたしにはわかりません——ただお呼びするようにいわれただけなので」

「できるだけ早く行く」彼は苛立(いらだ)った声で答えた。実のところ、差し迫った用件は何もなかったのだが、大聖堂で修道士のローブの件でブラザー・エリーと話し合わなくてはならないので、すぐには行けないと口実を作った。

数分後、彼は歩廊を渡って施療所へ向かった。

祭壇の前に設えられた寝台を、修道女たちが取り囲んでいた。この患者は重要人物なのだろう、とゴドウィンは思った。だが、いったいだれなのか。看病に当たっていた修道女の一人が振り返った。その修道女は鼻から口にかけてリネンのマスクを着けていたが、ゴドウィンの一族の特徴である、金色の斑のある緑の目が見えた。カリスだった。顔の半分しか見えなかったにもかかわらず、彼女が奇妙な表情を浮かべていることに彼は気づいた。嫌悪と軽蔑の視線を予想していたのだが、代わりに見たのは同情の眼差しだった。

彼はおそるおそる寝台に近づいた。院長の姿を見ると、修道女たちが恭しく場所を空けた。そして、ゴドウィンは患者と対面した。

彼の母親だった。

ペトラニッラの大きな頭が、白い枕に横たわっていた。発汗し、鼻から血が流れていた。修道女の一人がそれを拭き取っていたが、出血は止まらなかった。もう一人の修道女がカップの水を飲ませた。ペトラニッラの皺の寄った首には紫色の発疹が現われていた。

ゴドウィンはまるで打たれでもしたかのように声を上げた。恐怖のあまり、目が見開かれていた。母親が苦しみに満ちた顔で息子を見つめた。疑う余地はない。母はペストの餌食になったのだ。「いやだ！」ゴドウィンは叫んだ。「いやだ！　いやだ！」心臓を一突きされたような、堪えがたい痛みが胸に走った。

彼の耳に、隣りにいたフィルモンのうろたえた声が聞こえた。「院長、落ち着いてください」無駄だった。ゴドウィンの口が叫びを上げようと大きく開かれた。だが、声が出なかった。突然、自分の肉体が意識から切り離され、動きを制御できなくなったような感覚に陥った。黒い霧が足元からたちこめ、全身を飲み込んでいった。徐々に立ち昇る霧に鼻と口を塞がれて呼吸ができなくなり、しまいには目の前まで覆われて、彼は暗闇に包まれた。そして、ついに意識を失った。

ゴドウィンは五日間寝込んだ。何も口にせず、時折フィルモンが口元に運ぶカップから水を飲むだけだった。まともに考えることもできなかった。何をどうしたらいいかまったくわからなくなって、身動き一つ取れなかった。すすり泣いて眠りに落ち、目を覚ましては、またすすり泣いた。修道士が額に手を当て、尿を取り、脳炎の診断を下し、瀉血をするのが、おぼろげにわかるだけだった。

十二月の終わり、フィルモンが表情をこわばらせてやってきて、ペトラニッラの死を告げた。

ゴドウィンは起き上がった。髭を剃り、新しいローブをまとって施療所へ向かった。

修道女たちが死者の身体を清め、服を着せていた。ペトラニッラは髪をきれいに梳かれ、高価なイタリア製の毛織りのドレスを身につけていた。母の真っ白な死に顔と、永久に閉じられた瞼を見て、またパニックに襲われそうになった。しかし、今回はなんとかそれを抑え込んだ。「遺体を大聖堂に運ぶんだ」ゴドウィンは指示した。通常、大聖堂に納められるのは修道士、修道女、上位聖職者、そして貴族の遺体だけだが、反対する者はいないはずだった。

遺体が大聖堂に移され、祭壇の前に安置されると、ゴドウィンはその傍らにひざまずいて祈りを捧げた。祈りが恐怖を鎮め、自分が何をすべきか徐々にわかってきた。彼はついに立ち上がり、すぐに修道士集会を招集するようフィルモンに命じた。

身体はまだ震えていたが、倒れこむわけにはいかないと自分を叱咤した。信仰は常に力を与えてくれた。いまこそ、その力を最大限に使うときなのだ。

修道士が集まると、ゴドウィンは彼らの前で創世記を読み上げた。「これらのことの後で、神はアブラハムを試された。神が、〝アブラハムよ〟と呼びかけ、彼が、〝はい〟と答えると、神は命じられた。〝あなたの息子、あなたの愛する独り子イサクを連れて、モリヤの地に行きなさい。わたしが命じる山の一つに登り、彼を焼き尽くす献げ物としてささげなさい〟次の朝早く、アブラハムはろばに鞍を置き、献げ物に用いる薪を割り、二人の若者と息子イサクを連れ、神の命じられた所に向かって行った。三日目になって、アブラハムが目を凝らすと、遠くにその場所が見えたので、アブラハムは若者に言った。〝おまえたちは、ろばと一緒にここで待っていなさい。わたしと息子はあそこへ行って、礼拝をして、また戻ってくる〟」

ゴドウィンは聖書から顔を上げた。修道士たちは食い入るように彼を見ていた。アブラハムの話を知らない修道士はいなかった。彼らの興味はむしろゴドウィンに注がれていた。いったい次に何が起こるのだろうと、固唾(かたず)を呑んで見守っているのだ。

「アブラハムの話はわれわれに何を教えているのか？」彼は大げさに問いを投げかけた。「主はアブラハムに息子を――しかも、彼が百歳にして生まれた一人息子を殺すようにいわれた。アブラハムは反抗したであろうか？　慈悲を乞うたであろうか？　イサクを手にかけるのは殺人であり、子殺しであり、大罪であると申し立てたであろうか？」ゴドウィンはそこでしばらく間を置き、聖書を読み上げた。「次の朝早く、アブラハムはろばに鞍を置き――」

彼は顔を上げた。「われわれもまた主に試されている。主はときとして、過ちであるように見えることを為(な)せといわれる。主はわれわれに、一見罪に見えることを為せといわれることもあるだろう。そのようなときに、われわれはアブラハムを思い出すべきであろう」

いつもながら、歯切れがよく、それでいて高圧的でない、説得力のある説教だ、とゴドウィンは自負した。八角形の会議場は静まり返っている。落ち着かなげに身体を動かしたり、おしゃべりを始めたりする者がないのは、みな説教に一心に耳を傾けている証拠に違いない。

「問うてはならない」彼はつづけた。「議論してはならない。われわれは主の導きに従うのみだ――主の望みが、意志の小さきわれわれ人間にはどんなに愚かで、罪深く、そして残酷に映ろうとも、だ。われわれは弱く、小さい。その理解は浅薄であり、いかなる決定も、選択も、下し得ない。われわれの義務は一つ。従順であることだけだ」

そして、これから自分たちが取るべき道を修道士たちに話しはじめた。

司教は日没後にやってきた。松明を掲げた側近たちが教会の構内に入ってきたのは、夜中の十二時近く、ほとんどの修道士が床についている時間だった。しかし、施療所では数人の修道女が働いており、そのうちの一人がカリスを起こしにきた。「司教さまがいらっしゃいます」

「なぜわたしに会う必要があるの？」カリスは眠い目をこすりながらいった。

「わかりません」

それはそうだと思いながら、カリスは起き上がって外套を羽織った。

歩廊に出ると、彼女は足を止めた。水を一気に飲み干し、冷たい夜の空気を胸いっぱいに吸い込んで眠気を覚ました。司教にはいい印象を与えておきたかった。女子修道院長選挙を裁可する彼に、悪い判断材料を与えたくなかった。

施療所にはロイド助祭長がいた。疲れた顔をして、長い鼻の先が寒さで赤くなっていた。

「司教に挨拶をしていただきたい」司教の来訪を起きて待っていなかったのを責めるような口ぶりだった。

カリスはロイドにつづいて外に出た。扉の外には松明を掲げた従者が控えていた。彼らは芝生を横切り、馬にまたがった司教のもとへ向かった。

司教は小柄な男で、頭に大きな帽子を被り、見るからに苛立っていた。

カリスはノルマン－フランス語でいった。「ようこそキングズブリッジへお越しくださいました、司教様」

アンリ司教が横柄（おうへい）に応えた。「おまえはだれだ」

以前に会っていたが、言葉を交わすのは初めてだった。「このたび女子修道院長に選ばれた、シスター・カリスです」

「魔女か」

彼女は肩を落とした。ゴドウィンがわたしの悪評を吹き込んだに違いない。彼女は腹立たしくなった。「いいえ、司教さま。ここには魔女はおりません」その口調にもはや遠慮はなく、むしろ反抗的でさえあった。「ペストに見舞われた町のために、最善を尽くしている修道女たちがいるだけです」

司教はこれを無視した。「ゴドウィン院長はどうした？」

「自室にいるでしょう」

「いや、いなかった！」

ロイド助祭長がいい添えた。「行ってみたが、だれもいないのだ」

「本当ですか？」

「そうとも」助祭長が苛立たしげに答えた。「本当だ」

そのとき、ゴドウィンの猫がカリスの目に止まった。特徴のある白い尻尾の先で見分けがついた。修練士たちはその猫を〝大司教〟と呼んでいた。猫は大聖堂の西側を横切り、柱のあいだの空間を覗き込んでいた。まるで、主人を探しているようだった。

カリスは驚いた。「おかしいですね……もしかすると、ほかの修道士たちと一緒に共同寝室で寝ているのかもしれません」

「なぜそんなことをする？　まさか不適切な行為が行なわれているわけではあるまいな」

カリスは素っ気なく首を振った。司教は不貞行為を疑っているのだろうが、ゴドウィンにその類の罪を犯す傾向はない。「母親がペストにかかって、ゴドウィンは取り乱していました。ちょっとした錯乱状態に陥って衰弱していたのです。彼女は今日亡くなりました」

「具合がよくないというのなら、なおのこと自室で寝ていそうなものだが」

何かあったのだ。ゴドウィンはペトラニッラが病気になってからというもの、どこか常軌を逸している。「ゴドウィンの代理の者と話していただけませんか、司教さま？」

アンリが苛立たしげに答えた。「代理がいるのなら会ってやろう！」

「ロイド助祭長に共同寝室まで一緒にきていただければ……」

「何でもいいから早くしろ！」

ロイドが従者から松明を受け取った。カリスは彼を連れて足早に大聖堂を抜け、歩廊に出た。この時刻の修道院がいつもそうであるように、あたりは静まり返っていた。共同寝室につづく階段の下までくると、カリスは立ち止まった。「ここからはお一人で行かれたほうがいいでしょう」彼女はいった。「修道女は寝ている修道士を見てはいけませんので」

「もちろんだ」ロイドは松明を手に階段を上り、カリスは暗闇に一人残され、聞き耳をたてて待機した。すると、助祭長の叫び声が聞こえた。「どうしました?」彼女は訊いた。奇妙な沈黙があった。しばらくすると、ロイドが階下のカリスに呼びかけた。「シスター?」

「何でしょうか」

「上がってきてもいいぞ」

カリスは当惑しつつ、階段を上って共同寝室へ向かった。ロイドの隣りまでくると、ゆらめく松明の明かりを頼りに、部屋のなかを覗き込んだ。両脇の壁に沿って、修道士たちの藁寝台が整然と並んでいた――しかし、それらはすべて空っぽだった。「だれもいないわ」

「たしかに人っこ一人いない」ロイドが訝った。「いったい何があったんだ?」

「わかりません。でも、察しはつきます」カリスは答えた。

「教えてもらおうか」

「いうまでもありません」彼女は答えた。「彼らは逃げたのです」

第六部　一三四九年一月〜一三五一年一月

63

　ゴドウィンは逃げ出すにあたって、修道院の宝庫にあった宝物と譲渡証書を、一つ残らず持ち去っていた。そこには、女子修道院のものである譲渡証明書も含まれていた。彼が決して女子修道院に返還しようとはせず、鍵をかけた戸棚のなかにしまい込んでいたものだ。聖遺物も持ち去られていた。そのなかには、値が付けられないほど貴重な聖骨箱に納められた、聖アドルファスの遺骨もあった。

　カリスがそれに気がついたのは翌朝、一月一日の主の割礼祭だった。彼女はアンリ司教とシスター・エリザベスと一緒に、南の袖廊（トランセプト）のはずれにある宝庫へ行った。カリスに対するアンリの態度は、よそよそしく儀礼的だった。それが気になったが、彼はそもそもが無愛想な性格で、おそらく、だれに対しても同じように振る舞っているのだろうと思うことにした。

　扉には、まだギルバート・ヘレフォードの皮膚が釘付けにされていた。それは硬くなりはじめて黄色に変色しつつあり、かすかではあるが、はっきりと鼻につく腐敗臭を発していた。

しかし、鍵はかかっていなかった。

彼らはなかに入った。カリスがその部屋に入るのは、ゴドウィン院長が新しい院長の館を建てるために、女子修道院の百五十ポンドを盗んだとき以来だった。あの一件のあと、女子修道院は専用の宝庫を造っていた。

何が起こったかは一目瞭然だった。地下宝庫を覆っていた床の敷石が持ち上げられ、そのままになっていた。鉄張りの収納箱の蓋も開いたままだった。そして、宝庫と戸棚のどちらも空っぽになっていた。

ゴドウィンを蔑んでいた自分は間違っていなかった、とカリスは思った。医師であり、聖職者であり、修道士たちの指導者である彼は、人々が最も自分を必要としているときに逃げたのだ。こうなったいまとなっては、みんなもさすがに彼の本性に気づくに違いない。

ロイド助祭長が激昂した。「彼はすべてを持ち去ったのか！」

カリスはアンリ司教にいった。「これが、わたしの女子修道院長選出を無効にするようあなたに嘆願した人物の仕業です」

アンリ司教は何もいわず、ただ低く唸った。

エリザベスはどうにかしてゴドウィンの行動を正当化しようとした。「きっと、院長は宝物を保護するつもりでお持ちになったのでしょう」

アンリもさすがにこの発言には黙っていなかった。「馬鹿馬鹿しい」彼はいい捨てた。「使用人が財布の中身を盗んだあげく、何の前触れもなく雲隠れしたとしたら、それは保護ではない。盗みだ」

エリザベスは別の切り口を試みた。「きっとフィルモンの考えですわ」

「副院長か？」アンリが鼻であしらった。「監督権を持っているのはフィルモンではなく、ゴドウィンだ。責任はゴドウィンにある」

エリザベスが黙った。

ゴドウィンは、ペトラニッラの死から立ち直ったのだろう。少なくとも、一時的には。修道士全員を説得して連れていくとは、たいしたものだ。それにしても、彼らはどこへ消えたのだろう。

アンリ司教も同じことを考えていた。「恥知らずの卑怯者どもはどこへ行ったんだ？」

カリスは、マーティンが彼女に身を隠すよう説得したときのことを思い出した。「ウェールズかアイルランドへ行くんだ」と、彼はいった。「そして人が滅多に訪れないような、人里離れた村で暮らすんだ」カリスは司教に告げた。「彼らは人々が決して近づかないような、離れた場所に身を隠しているはずです」

「その場所を突き止めろ」

でも、これでわたしの選出に反対する者はすべていなくなったのだ、とカリスは気がついた。勝利を実感したが、その喜びを顔に出さないように努めた。「町の人たちに訊いてみましょう」彼女はいった。「彼らが立ち去るところを目撃した者がいるはずです」

「よかろう」司教がいった。「だが、あいつらがすぐに戻るとは思えない。その間は、おまえに男子聖職者のいない修道院を切り盛りしていってもらわねばならない。礼拝は修道女たちの手で、普段どおりつづけてもらう。ミサには聖堂区の聖職者を呼ぶ。まだ生きている者がいればの話だがな。修道女はミサを執り行なうことはできないが、告白を聞くことはできる――これは司教の特免だ。あまりに多くの聖職者が死んでしまったからな」

自分の選出について司教が一言も触れないのを、カリスは見過ごすつもりはなかった。「司教はわたしを女子修道院長として正式にお認めになるのですか?」彼女は訊いた。

「当然だ」彼は苛立たしげに答えた。

「それならば、その受任をいただく前に――」

「おまえに選択の余地はない、女子修道院長」彼は憤然といった。「わたしに従うのがおまえの義務だ」

喉から手が出るほど欲しかった地位だ。でも、その思いを表に出してはならない。カリスは自分に有利になるようにことを進めようと考えた。「本当におかしな世の中になりましたね」彼女はいった。「修道女に告白を聞く権限が与えられるなんて。聖職者の修行期間が短くなったそうですが、それでもまだ、ペストの犠牲者の穴埋めのためとはいえ、そんなに早く聖職受任するわけにはいかないのですね」

「おまえは教会の窮状を皮肉って、自分の目的を果たそうというのか」

「そうではありません。ですが、わたしがご指示を滞りなく遂行するために、司教にしていただかなければならないことがあります」

アンリがため息をついた。明らかに、彼はこういう口のきき方をされるのが気に入らないのだ。でも、とカリスは思った。わたしが彼を必要としている以上に、彼のほうがわたしを必要としているはずだ。「いいだろう。それは何だ?」アンリが訊いた。

「教会裁判を招集して、わたしの異端裁判の再審をしていただきたいのです」

「なぜ?」

「もちろん、わたしの潔白を証明するためです。それが行なわれなければ、わたしが権限を行使するのは難しいと考えます。わたしの決定に反対しようとする者は、すぐに、わたしが有罪を宣告されかかったことを持ち出して貶めようとするでしょうから」

こういった事務的な問題について几帳面なロイド助祭長は、この考えに同感したようだった。「この際、この件にははっきりと決着を着けたほうが得策かもしれません、司教さま」

「では、そのようにしろ」アンリが命じた。

「ありがとうございます」喜びと安堵が波のように押し寄せた。カリスは勝ち誇った表情が表に出ないように気をつけながらお辞儀した。「名誉あるキングズブリッジ女子修道院長の地位に恥じないよう、全力を尽くしてまいります」

「ゴドウィンの行方の聞き込みを急げ。私がここを発つ前に、何らかの手掛かりを得たい」

「聖堂区ギルドのオールダーマンはゴドウィンと親しくしておりました。修道士の行方を知っている者があるとすれば、きっと彼のはずです。わたしが会いに行きます」

「急いでくれ」

カリスはすぐに出かけた。アンリは人当たりは悪いが、有能そうだ。たぶん、彼とならばやっていける。同調者の顔色をうかがって判断を下したりはせず、個人的感情を抜きに正しい状況判断のできる指導者だろう。それは喜ぶべき変化だ。

ベル・インの前を通りかかったとき、立ち寄ってマーティンにいい知らせを告げたいという誘惑に駆られた。だが、まずはエルフリックに会うのが先決だと思い直した。

ホーリー・ブッシュ・インの前の通りを歩いていくと、ダンカン・ダイアーが地面に横たわっていた。彼の妻のウィニーが、宿屋の外にあるベンチで泣いていた。怪我でもしたのだろうかと訝っていると、ウィニーがいった。「酔っぱらっているんです」

カリスは衝撃を受けた。「まだ夕食どきにもなっていないじゃない！」

「彼の伯父のピーター・ダイアーがペストで亡くなったんです。彼の妻も子供も死にました。それで、彼の遺したお金をダンカンが受け取ったのですが、彼はそれをすべてワインに注ぎ込んでいるのです。もうどうしたらいいかわかりません」

「家に連れて帰りましょう」カリスはいった。「手伝うわ」二人は腕を片方ずつ取ってダンカンを立ち上がらせると、両脇から彼を支え、半ば引きずるようにして家まで連れて帰った。家の床に彼を寝かせ、毛布をかけた。ウィニーが訴えた。「毎日こんな調子なんです。どうせ疫病で死んでしまうんだから、働いても無駄だというんです。わたしはどうしたらいいんでしょう？」

カリスはしばらく考えた。「彼が眠っているいまのうちに、お金を庭に埋めなさい。彼が目覚めたら、彼が酔ったあげくに行きずりの商売人と賭けをし、すってしまったといえばいいわ」

「やってみます」ウィニーがいった。

カリスは通りを横切り、エルフリックの家に入った。彼女の姉のアリスが、台所で靴下を繕っていた。アリスがエルフリックと結婚してからというもの、姉妹は疎遠になっていた。そして、エルフリックがカリスの異端裁判で彼女に不利な証言をしたことで、わずかにあった親交も決定的に途絶えてしまった。妹と夫のどちらを取るかの選択を迫られたアリスは、エルフリックへの忠誠を選んだのだった。カリスはその選択を理解していたが、それはつまり、姉はもはや他人も同然だということにほかならなかった。

妹の姿を見ると、アリスが繕い物を取り落として立ち上がった。「どうしたの？」

「修道士が全員いなくなったのよ」カリスは姉にいった。「夜中に出ていったに違いないんだけど」

「あれはその音だったのね！」アリスがいった。

「彼らを見なかった？」

「いいえ。でも、馬を連れた集団が通ったような音を聞いたわ。大きな音ではなかったけど――考えてみれば、きっと音を立てないように気をつけていたんでしょうね――でも、馬に音を立てないようにさせるなんて無理だもの。人間だって、通りを歩くだけで何かしら物音を立てるものよ。それでわたしは目が覚めたの。でも、起きて確かめはしなかった――とても寒かったんだもの。あなたがこの十年で初めてこの家に入ってきたのは、そのことなの？」

「彼らが逃亡を企てていたのは知らなかった？」

「彼らは逃亡したの？　ペストのせいで？」

「わたしはそう睨んでるわ」

「きっと何かの間違いよ。修道士が病気から逃げ出してどうするの？」アリスは夫の後援者がそんな真似をしたことに心を痛めていた。「わたしには理解できないわ」

「エルフリックは何か知っているんじゃないかしら」

「そうだとしても、わたしは何も聞いてないわ」

「彼はどこにいるの？」

「聖ペテロ教会よ。リック・シルヴァーズが財産の一部を教会に遺贈したので、袖廊の床を舗装することになったのよ」

「彼に会ってくるわ」カリスは何かしら社交辞令をいうべきかどうか迷った。アリス自身に子供はなかったが、義理の娘がいた。「グリセルダは元気？」

「ええ、元気で幸せに暮らしてるわ」アリスがやや挑発的な口調で答えた。カリスが別の答えを期待しているのだろうと思っているような口調だった。

「お孫さんも元気なのね？」カリスはその孫をマーティンという名前で呼びたくなかった。

「とってもね。それに、次の子がお腹にいるわ」

「それはよかったわね」

「ええ。グリセルダにとっては、あのまま成り行きであなたのマーティンと結婚しなくて、かえってよかったのよ」

　カリスは挑発に乗る気はなかった。「エルフリックに会いにいってくるわ」

　聖ペテロ教会は町の西のはずれにあった。曲がりくねった通りを縫うように歩いていると、二人の男が喧嘩をしていた。互いに罵声を浴びせながら殴り合いをしているそのそばで、彼らの妻と思われる二人の女も金切り声で罵り合い、周囲に人だかりができていた。いちばん近くにある家の扉が壊されていた。地面には小枝とイグサで作られた籠があり、なかには三羽の生きた鶏が入っていた。

　カリスは二人に近づき、あいだに割って入った。「やめなさい」と、彼女は制した。「神の御名においての命令です」

　それほどの説得もいらなかった。おそらく、最初の二、三発で怒りはおさまっていたのだろう。殴り合いを止めるきっかけができて、むしろほっとしているようだった。二人は互いに引き下がり、腕を下ろした。

「いったい何事ですか？」カリスは訊いた。

　二人の男とその妻たちがいちどきに話しはじめた。

「一人ずつ話して！」カリスは体格のいい、黒髪の男を指した。目のまわりが腫れ上がり、整った顔立ちが台無しになっていた。「ジョー・ブラックスミスね？　説明してちょうだい」

「トビー・パターソンがジャック・マロウの鶏を盗むところを捕まえたんです。こいつは扉も壊したんです」

トビーというのは小柄なほうで、軍鶏(しゃも)のように血の気の多い男だった。その唇から血が流れていた。「おれはジャック・マロウに五シリング貸してたんだ――だから、この鶏をもらう権利があるんだ！」

ジョーがいった。「ジャックとその家族は二週間前にペストで死んだ。その後は、ずっとおれがこの鶏に餌をやっていたんだ。おれがいなかったら死んでたはずだ。だれかに権利があるとすれば、それはおれだ」

カリスはいった。「二人ともその鶏に権利があるってことね？　トビーは借金のかたに、ジョーは自腹を切って面倒を見たことで」

どちらも間違っていないという思いがけない考えに、二人が沈黙した。

カリスはいった。「ジョゼフ、籠から鶏を一羽取りなさい」

トビーが異議を唱えようとした。「ちょっと待って――」

「わたしを信じて、トビー」カリスはさえぎった。「わたしがあなたを不公平に扱ったりしないのは知ってるでしょ？」

「それはそうだが……」

ジョーが籠を開け、痩せこけた茶色の鶏の足をつかんだ。逆さまに見える世界にうろたえたように、鶏が頭を左右に振った。

カリスはいった。「それをトビーの奥さんに渡して」

「何だって？」

「わたしがあなたを騙したことがある、ジョー？」

ジョーがしぶしぶトビーの妻に鶏を渡した。可愛らしい顔つきだが、愛想のない女だった。

「ほらよ、ジェーン」

ジェーンがひったくるようにそれを受け取った。

カリスは彼女にいった。「ジョーにお礼をいいなさい」

ジェーンは不機嫌そうな顔をしたが、やがて、指示に従った。「ありがとう、ジョー・ブラックスミス」

カリスはいった。「では、トビー、あなたもエリー・ブラックスミスに鶏を渡しなさい」

トビーがおどおどしながらも、にやりと笑って従った。出産間近の大きなお腹を抱えた、ジョーの妻のエリーが微笑した。「ありがとう、トビー・パターソン」

みな、いつもどおりに戻った。自分たちがしていたことの愚かさに気づきはじめていた。

ジェーンが訊いた。「三羽めの鶏はどうするんですか？」

「そうね」カリスはいい、見物人の人だかりを見て、十一歳か十二歳くらいの分別のありそうな少女を指さした。「名前は？」

「ジェシカです――ジョン・コンスタブルの娘です」

「この鶏を聖ペテロ教会へ持っていってファーザー・マイケルに渡し、トビーとジョーが強欲の罪で許しを乞いにくると伝えてちょうだい」

「わかりました」ジェシカが鶏をつかんで教会へ向かった。

ジョーの妻のエリーがいった。「憶えておいでですか、シスター。夫の妹が赤ん坊だったころに助けてくださったことを。ミニーが鍛冶場で火傷（やけど）をしたときです」

「もちろん憶えているわ」カリスは答えた。あれはひどい火傷だった。「もう十歳になるのね」

「はい」

「元気にしている？」

「元気そのものです。あなたのおかげです。そして、神のお恵みです」

「よかったわ」

「わが家でエールでも一杯いかがですか？」

「ぜひそうしたいところだけど、急ぎの用があるのよ」カリスは男たちを見ていった。「神のご加護を。もう二度と争ったりしないように」

ジョーがいった。「ありがとうございます」

カリスはその場を離れた。

背後でトビーの声がした。「ありがとう、マザー」

カリスは振り返らずに手を振った。

ほかにも扉を壊された家が何軒かあった。おそらく、所有者の死後、略奪に入られたのだろう。だれかが手を打たなければ、とカリスは思った。だが、長老参事(オールダーマン)がエルフリックで、修道士は姿を消したとなると、指導力のある者は一人もいなかった。

エルフリックは確かに聖ペテロ教会にいて、舗装職人とその徒弟の一団とともに袖廊で仕事をしていた。そこらじゅうに石盤が積み重ねられ、男たちが砂を注ぎ込んだ地面を棒でならしていた。エルフリックは木枠から先端に尖った錘(おもり)のついた紐がぶら下がっている複雑な装置を使って、地面が水平になっているかを確かめていた。その装置はまるで絞首台の小型版のようだった。カリスはそれを見て、エルフリックが十年前に、異端の罪で自分を絞首刑にするための証言をしたことを思い出した。しかし、驚いたことに、彼に対して何の敵意も感じなかった。憎むにも値しないくらい卑小で狭量な人間なのだ。彼を見ても、軽蔑しか湧いてこなかった。

カリスはエルフリックが作業を終えるのを待って、いきなり声をかけた。「ゴドウィンと修道士たち全員が逃亡したのをご存じだった？」

意図的に彼を驚かせようとしたのだが、その表情に浮かんだ驚愕の色で、知らなかったのだとわかった。「彼らが？　なぜ……？　いつだ……？　ああ、きのうの晩か？」

「彼らを見なかった？」

「物音は聞いた」

「おれは見たぜ」一人の舗装職人がいった。そして、手鋤(すき)によりかかって話しはじめた。

「ホーリー・ブッシュから出てきたところだったんだ。暗かったが、彼らは松明を持ってた。

修道院長は馬に乗っていたが、ほかはみんな歩いていた。それにしても、すごい量の荷物だったな。ワインの樽やら、チーズの塊やら、あとは何だか知らないが」

ゴドウィンは修道院の食糧庫からもすべてを持ち去ったらしい。別々に保管されていた修道女の分の食糧には、さすがに手をつけなかったようだが。「それは何時ごろ？」

「そんなに遅くはない――九時か十時ですよ」

「彼らに話しかけた？」

「おやすみ、といっただけです」

「彼らがどこに向かっていたか、心当たりはないかしら？」

舗装職人が首を振った。「彼らは橋を越えていった。だけど、ガロウズ・クロスからどっちの道へ行ったかはわからないな」

カリスはエルフリックに向き直った。「この数日を思い出してちょうだい。いま考えてみて、これと関係ありそうなことはなかった？　ゴドウィンは何かいってなかった？　たとえば、場所の名前――モンマスとか、ヨークとか、アントワープとかブレーメンとか？」

「いや、手掛かりになるようなことは何も聞いてないな」エルフリックは前もって何も知らされなかったことに腹を立てているらしい。その表情からしても、彼が嘘をついていないのは明らかだった。

エルフリックにとって寝耳に水だとすれば、ほかにゴドウィンの計画を知っていた者がいるとは考えにくい。ゴドウィンはペストから逃げようとしていたのだ。きっとだれかに尾けられて、ペストから逃れそこねるのを避けようとしたに違いない。「早めに、遠くへ逃げろ。すぐに戻ってくるな」かつてマーティンはいった。ゴドウィンもそう考えたのだろう。「もしゴドウィンやほかの修道士から連絡があったら、すぐに知らせてちょうだい」カリスはいった。

エルフリックは何も答えなかった。

カリスは労働者たちにも聞こえるよう、声を大きくした。「ゴドウィンは貴重な宝物をすべて持ち去りました」憤怒のどよめきが起こった。彼らは大聖堂の宝物は自分たちのものだと考えている――実際、裕福な職人はいくらか出資してもいたのだろう。「司教はそれらの返還を望んでいます。ゴドウィンに手を貸す者は、あるいは彼の消息を隠しただけでも、聖所侵犯の罪に問われます」

エルフリックはうろたえた。なにしろ、ゴドウィンの機嫌を取ることで生活を支えていたのに、その後ろ盾が姿を消してしまったのだ。「きっと何か正当な理由があるに違いない……」

「そんなものがあったのなら、なぜゴドウィンはだれにもいわなかったのかしら？　置き手紙くらいは残せたでしょうに」

エルフリックは反論できなかった。

このことを指導的な立場の商人たちに知らせるべきだ、とカリスは気づいた。早ければ早いほどいい。「ギルドの会合を招集してちょうだい」彼女はエルフリックにいった。そして、その要求にもっと説得力を持たせる方法を思いついて付け加えた。「司教は聖堂区ギルドが今晩じゅうに集まることを望んでおられます。メンバーにそう伝えてください」

「いいだろう」エルフリックが答えた。

メンバーはこぞって集まるだろう、とカリスは思った。みんな真相を知りたくてうずうずしているはずだから。

彼女は聖ペテロ教会を出て、修道院へ向かった。ホワイト・ホースの前を通りかかったとき、ある光景が目に止まった。幼い少女が年配の男に話しかけていた。カリスの心をざわつかせるやりとりが聞こえた。カリスはことのほか少女のはかなさに敏感だった――それはおそらく、自分の少女時代が記憶に蘇るからであり、また、娘を持ったことがないからでもあった。彼女は宿屋の入り口まで引き返し、二人を観察した。

男は粗末な身なりをしていたが、帽子だけは高価そうなものを被っていた。見ない顔だったが、彼が労働者であり、その帽子はだれかの遺品だろうと想像がついた。多くの者が死に、装飾品の類は掃いて捨てるほど出まわっていたから、こういうちぐはぐな格好はいたるところで見られた。少女は十四歳くらいか、可愛らしい顔だちで、思春期の身体つきだった。彼女は男に媚を売ってみせていた。何の確証もなかったが、カリスは非難めいた気持ちでそれを見ていた。男が財布から金を取り出し、二人のあいだにまたやりとりがあって、男が少女の小さな胸をつかんだ。

もうたくさんだ。カリスは二人のほうへずかずかと歩いていった。男は修道女の服装を見るとあわてて立ち去り、少女は後ろめたさと腹立たしさが入り混じったような表情をした。カリスはいった。「いったい何をしているの――自分の身体を売ろうとしたの？」

「いいえ、マザー」

「本当のことをいいなさい！　なぜあの男に胸を触らせたの？」

「どうしたらいいかわからなかったんですもの！　何も食べてないんです。それなのに、あなたは彼を追い払ってしまったわ」少女が泣き出した。

この子が何も食べていないのは事実だろう。痩せこけて、顔色が悪かった。「一緒にきなさい」カリスはいった。「何か食べさせてあげるわ」

そして、少女の手を取って修道院へ向かった。「名前は？」

「イズメイです」

「年はいくつ？」

「十三です」

修道院に着くと、カリスはイズメイを厨房に案内した。そこでは、ウーナという修練女の監督のもとで、修道女の夕食が準備されていた。厨房係のジョゼフィンはペストに倒れていた。「この子にパンとバターをあげてちょうだい」カリスはウーナにいった。

カリスは少女が食べるところを見ていた。ほんとうに何日も食べていなかったらしい。四ポンドのパンを、あっという間に半分平らげてしまった。

カリスは少女にサイダーを注ぎながら尋ねた。「なぜそんなにお腹を空かせていたの？」

「家族がみんな疫病で死んでしまったんです」

「お父さんは何をしていたの？」

「仕立屋でした。わたしも裁縫は上手なんです。でも、だれも服を買わなくなって——だって、欲しいものがあれば、死んだ人たちの家から盗めばいいんですもの」

「だから、身体を売ろうとしたわけね？」

少女がうつむいた。「ごめんなさい、マザー。とてもお腹が空いていたんです」

「あんなことをするのは今回が初めてなの？」

少女が首を振り、カリスの顔を見ようとしなかった。

カリスの目に怒りの涙が溢れた。いったいどんな男が、お腹を空かせた十三歳の子を慰みものにするのだろう？　いったいどんな神が、少女をここまでの絶望に駆り立てるのか？

「ここに住んだらどう？　修道女と一緒に、厨房の手伝いをして」彼女はいった。「食べるものには困らないわよ」

イズメイが是非というように顔を上げた。「お願いします、そうさせてください」

「それなら決まりね。まずは修道女の食事の支度の手伝いから始めましょう。ウーナ、今日からこの子が厨房の手伝いよ」

「ありがとうございます、マザー・カリス。猫の手でも借りたいところでした」

カリスは厨房を出た。そして考えごとをしながら、六時課の礼拝のために大聖堂へ向かった。ペストは肉体の病(やまい)であるだけではないと、彼女は気づきはじめていた。イズメイは病を逃れたが、精神は危機に瀕していた。

アンリ司教が礼拝を行なっているあいだ、カリスは考えに没頭した。聖堂区ギルドの会議で話し合う必要があるのは、修道士たちの逃亡についてだけではない。彼女は決意した。いまこそ、町を挙げてペストに立ち向かうときだ。でも、その方法は？

彼女は正餐のあいだも考えつづけた。あらゆる要因を考え合わせると、いまは大きな決断を下すには絶好の機会だ。司教がここにいて、わたしの権威の後ろ盾となってくれている。そのあいだなら、反対にあいそうな提案も押し通せるかもしれない。

そして、彼女が望むものを司教から引き出すにもうってつけの好機だった。そうだ、いましかない……。

正餐が終わると、カリスは司教が滞在している修道院長の館に向かった。彼はロイド助祭長とテーブルにつき、修道女が厨房で用意した食事を終えて、ワインを飲んでいるところだった。修道士付きの使用人がテーブルを片づけていた。「食事がお口に合えばよかったのですが」カリスは礼儀正しく司教にいった。

司教はいつもよりも愛想がよかった。「悪くなかった。ありがとう、マザー・カリス――とても美味しい川鱒(かわます)だった。それで、逃亡した修道士の手掛かりはつかめたか？」

「目的地の手掛かりを残さないよう、細心の注意を払っていったようです」

「それは残念だ」

「町を歩いて住民にあれこれ尋ねているとき、いくつか不穏な光景を目にしました。十三歳の少女が売春をしようとしていました。そして、普段は善良な二人の町民が、死んだ人間の財産をめぐって争っていました。また、昼間から酔いつぶれている者もいました」

「ペストの影響だ。どの町でも同じようなことが起こっている」

「これに立ち向かうべく、行動を起こすべきだと思います」

司教が眉を上げた。そんなことをいわれるとは考えてもいなかったらしい。「どうやって？」

「修道院長はキングズブリッジの最高指導者です。主導権を握れるのは彼のみです」

「しかし、彼は消えてしまったではないか」

「規則からいえば、こういう場合は司教さまが修道院の長となります。キングズブリッジに常駐し、町を監督していただくのが筋だと考えます」

実際には、そんなことはこれっぽっちも望んでいなかった。司教が同意する可能性はほとんどないだろう。彼にはほかにも行かなければならないところや、やらなければならないことがたくさんあるのだ。彼女はただ、彼を追いつめてみただけだった。

アンリがためらった。一瞬、彼という人間を見誤っただろうか、という不安がよぎった。彼はこの提案を受け入れるつもりなのだろうか。司教が口を開いた。「論外だ。司教区の町はどこも同じような問題を抱えている。一カ所に留まれば事態は悪化する。聖職者が次々と倒れていくなかで、私はキリスト教世界全体の団結に努めなければならないのだ。この町で酔っ払いや売春の心配に費やす時間はない」

「では、だれかキングズブリッジ修道院長の役割を果たす人間が必要です。町の者は道徳上の指導者を求めています」

ロイド助祭長が割って入った。「司教さま、修道院に返済される金の受領にも問題が生じます。それに、大聖堂やほかの建物の維持、そして土地と農民の管理の問題にも……」

アンリがいった。「では、それらすべてをおまえが行なってくれ、マザー・カリス」

そんなことをいわれるとは予想もしていなかったというように、カリスはその申し出を検討する振りをした。「もっと責任のない職務なら――修道士の財産や土地を管理するとか――何とかなると思いますが、司教さまがなさるような仕事がわたしの手に負えるとは考えられません。洗礼も施せませんし……」

「それについてはすでに話し合ったはずだ」アンリが苛立ちを露わにした。「なるべく早く新しい聖職者を養成する。しかし、そのほかはおまえが行なうのだ」

「わたしにキングズブリッジの修道院長の代わりを務めろとおっしゃっているように聞こえますが」

「まさにそのとおりだ」

カリスは舞い上がりたい気持ちを懸命に抑えた。夢のようだった。全面的に修道院長の権限を与えられた。しかも、そもそも興味がなかったことはしなくてもいいときている。でも、どこかに思わぬ落とし穴があるのではないか？

ロイド助祭長がアンリに助言した。「この措置(そち)について、委任状を用意したほうがよろしいかと思います。彼女が権限を行使する際に必要になるでしょうから」

カリスはいった。「町が司教の決定に追従するのをお望みならば、みんなの前で、これが司教ご自身の考えであるとはっきりさせていただく必要があります。ちょうど聖堂区ギルドの会議が行なわれるところです。もしよろしければ、司教さまに参加いただいて、その場で宣告していただけませんか」

「いいだろう。行こう」

彼らは修道院長の館を出ると、大通りをギルド会館へ向かった。そこには、修道士たちはどうしたのか聞こうと集まってきたギルドのメンバーが待ち構えていた。カリスは最初に、自分の知っている事実を明らかにした。昨夜の逃亡について、物音を聞いたり何かを見たという者も何人かいたが、その彼らにしても、まさか修道士が一人残らずいなくなったとは思ってもいなかったようだった。

大きな荷物を持った修道士の一団に出会ったという話を旅人がしていたら注意して耳を傾けるように、とカリスは呼びかけた。

「しかし、修道士たちがすぐに戻る可能性は低いといわざるを得ません。これに関連して、司教さまから告知があります」女の自分の口から告げるより、男性である司教の口から伝えるほうがいいだろうという判断だった。

アンリが咳払いをして口を開いた。「シスター・カリスの女子修道院長選出を正式に認める。そして、彼女に修道院長の権限も与えるものとする。私の代理として、また、聖職者が執り行なう儀式の一部を除く、すべての決定における最高指導者として、彼女に従ってもらいたい」

カリスは聴衆の顔を見渡した。エルフリックは激怒していた。マーティンはかすかに微笑みを浮かべていた。彼女がこの地位を手にするために講じた手段や努力を推し量り、町と彼女のために喜んでいるのだろう。しかし同時に、その口もとは悲しげでもあった。カリスがますます手の届かない存在になってしまったと嘆いているように見えた。ほかの出席者はみな喜んでいるようだった。彼らはカリスという人間を知っていたし、信頼もしていた。ゴドウィンが見捨てた町にとどまったことで、よりいっそうの忠誠心を勝ち得たのだ。

カリスはそれを最大限に活かそうとした。「修道院長の最初の仕事として、早急に対処したいことが三つあります」彼女はいった。「最初は飲酒についてです。今日、わたしはダンカン・ダイアーが昼間から通りで酔いつぶれているのを目撃しました。これは放蕩の空気が町に流れている影響だと思います。この危機の最中に、あってはならないことです」

大きな賛同の拍手が起こった。聖堂区ギルドのメンバーの商人は、ほとんどが年配者や保守的な思想の持ち主だった。昼間に酒を飲むとしても、人目につかない家のなかで、こっそりと飲むべきだと考えていた。

カリスはつづけた。「治安官のジョン・コンスタブルに特権を与え、白昼に酔っ払っている者は逮捕させるべきでしょう。そして、酔いが覚めるまで留置するのです」

これにはエルフリックまでもがうなずいた。

「次に、相続人がいないまま亡くなった人々の遺産についてです。今朝、わたしはジョゼフ・ブラックスミスとトビー・パターソンがジャック・マロウの持ち物だった三羽の鶏を争って殴り合いをしているところに遭遇しました」

大の大人がそんな些細なことで争う光景を思い浮かべて、嘲笑が起こった。

カリスは解決策も用意していた。「原則的に、それらの財産は土地の所有者に返還されます。キングズブリッジの住民にとっては、修道院がそれにあたります。ですが、修道院の建物を古着でいっぱいにするわけにはいきません。そこで、所有物の価値が二ポンド以下の場合はこの適用を控えることとします。その代わりに、両隣りの者がその家に鍵をかけ、略奪を防ぐようにするのです。聖堂区の聖職者が財産の目録を作り、また、債権者がいる場合はその申し立てを聞きます。聖職者がいない場合は、債権者は修道院に申し立てること。負債が清算された後、死亡者の私有物——衣類、家具、食糧や飲料など——は、近隣の者で分配し、現金は聖堂区の教会への寄付とします」

この策に大きな拍手が起こり、参加者の大多数がうなずいて賛成の声を漏らした。

「最後に、わたしは今日、ホワイト・ホースの前で、身寄りのない十三歳の少女が自らの身体を売ろうとしているのを目の当たりにしました。彼女の名前はイズメイ。食べるものがなかったのでそんなことをしたというのです」カリスは挑戦的な目つきで聴衆を見渡した。

「キリスト教徒の町でどうしてそんなことが起こりうるのか、だれか教えていただけますか？　彼女の家族は全員亡くなりました——しかし、友人や隣人がいるはずではありませんかか？　だれが飢えた子供を見過ごしたのでしょうか？」

エドワード・ブッチャーが小声でいった。「イズメイ・テイラーはいい子とはいえないんだ」

カリスは言い訳に耳を傾けるつもりはなかった。「彼女は十三歳です！」

「おれはただ、救いの手をさしのべる者があっても、あの子のほうで足蹴（あしげ）にしたのではないかと思っただけだ」

「いつから子供たちにそんな決断を迫るようになったのです！　子供に身寄りがなくなったら、だれかが面倒を見てやるべきです。それがわたしたちの義務です。そうでなくて、わたしたちの信仰に何の意味があるでしょう？」

一同が恥じ入ったような表情を浮かべた。

「今後、孤児が出たときは、いかなる場合でも、両隣りの者がここに連れてくるようにしてください。温かく迎えてくれる家庭が見つからない場合は、修道院で引き取ります。女の子は女子修道院で暮らし、男の子のためには、修道士の共同寝室を宿舎に作り替えます。午前中は授業を受けさせ、午後にはしかるべき仕事を与えます」

これにも、全体から賛成の拍手が起こった。

エルフリックが声を上げた。「話はこれで終わりかね、マザー・カリス？」

「わたしの提案を詳しく議論したいという方がおられなければ、これで終わりです」

手を挙げる者はいなかった。参加者たちは会議はこれで終わったというように席を立ちはじめた。

するとエルフリックがいった。「ここには、ギルドのオールダーマンがおれだということを憶えている者もいるはずだ」

彼の声は怒りに満ちていた。いまさら何をいいだすつもりなのかと、参加者が苛立ちはじめた。

「キングズブリッジの修道院長が、いまここで、裁判もなしに盗みのかどで糾弾されたのを見たはずだ」彼はつづけた。

この発言に不満の空気が漂った。反対を唱えるつぶやきがあちこちで聞こえた。ゴドウィンの潔白を信じている者などいなかった。

エルフリックが会場の空気を無視してつづけた。「われわれは奴隷のように坐らされ、女から法律についてあれこれ指図を受けたんだぞ。いったいだれの権限で酔っぱらいを収監するんだ？　あの女だ。だれが遺産に最終的な決定権を持つ？　あの女だ。だれが孤児に対処するんだって？　あの女だ。みんなどうした？　それでも男か？」

ベティ・バクスターが茶化した。「いいえ」

いっせいに笑いが起きた。

口出しはしないほうがいい、とカリスは判断した。そんな必要はない。もしかしたらエルフリックを黙らせるのではないかと、彼女はちらりと司教を見た。しかし、彼の口は閉じられたままだった。明らかに、エルフリックに勝ち目はないと踏んでいるのだった。

エルフリックが声を張り上げた。「女の修道院長なんて冗談じゃない！　修道院長代理だとしてもだ！　女子修道院長が聖堂区ギルドに向かって命令を下すなど断じて許さない！」

反抗的な声がまばらに聞こえた。胸がむかついて聞いていられないというように、立ち上がる者もあった。だれかが声を上げた。「何をいっても無駄だ、エルフリック」

彼は頑なにつづけた。「こいつは魔女の疑いをかけられて、死刑を宣告された女なんだぞ！」

いまや全員が席を立っていた。だれかが扉の外に出た。

「戻れ！」エルフリックは叫んだ。「まだ会議は閉会していない！」

だれも聞いていなかった。

カリスは出口へ向かう人の流れに加わり、司教と助祭長に道を空けて、最後に会場を出た。出口でエルフリックを振り向くと、彼は一人で会場のいちばん前に坐っていた。

カリスは会場をあとにした。

64

ゴドウィンとフィルモンが最初に森の聖ヨハネ修道院を訪れてから、十二年の歳月が流れていた。整然とした畑、きちんと刈り込まれた生垣、清掃のいきとどいた排水溝、果樹園に一直線に並んだ林檎(りんご)の木に感服したことをゴドウィンは思いだした。今日も同じ印象だった。ソール・ホワイトヘッドも変わっていないらしい。

ゴドウィン一行は寒さで凍り、市松模様になった畑を突っ切って、修道院のほうへ向かった。建物に近づくにつれ、そこにいくつか進化のあることに気がついた。十二年前は歩廊(クロイスター)と共同寝室しかなかったこぢんまりとした石造りの教会のまわりに、厨房、厩舎、牛小屋、パン焼き場といった木造の小屋が点在していた。いまやみすぼらしい小屋はなくなり、教会に増築された石造りの建物が広がっていた。「居住区域は昔より防備が固くなったようだな」ゴドウィンはいった。

「フランスとの戦いから戻ってきた兵士による掠奪(りゃくだつ)が増えたせいでしょう」フィルモンが答

えた。

ゴドウィンは眉をひそめた。「この建設計画の許可を求められた憶えはないぞ」

「事実、そういう許可願いは出ていません」

「ふむ」けれども、苦情申し立てをするわけにもいかなかった。ゴドウィンが監督義務を怠っていなければ、彼の知らないうちにソール・ホワイトヘッドがこの計画をすすめられるはずがないと反問する者がいるかもしれないからだ。

それより何より、この場所は、侵入者を締め出すというゴドウィンの目的にかなっていた。

この二日の行程で、彼はいくらか冷静さを取り戻していた。母親の死で、激しい恐怖に襲われた。キングズブリッジでは四六時中、自分自身も死ぬ気がしてならなかった。感情を表に出さないよう抑えながら集会へ行き、集団退避を取り仕切った。熱弁を振るったにもかかわらず、数人の修道士は退避に関して懸念を抱いた。幸いにも彼らは服従を誓っており、いわれたことをするという習慣が勝った。とはいえ、松明を照らして二つの橋を渡り、夜の闇のなかへ進んでいくまでは安心できなかった。

それでも、ゴドウィンはまだ極限状態に近かった。しばしば何かをじっと考え、ペトラニッラはどう思うか尋ねようと思い、もう二度と母の助言を求めることはできないのだと気づいて、胆汁のような恐怖が喉元までこみあげた。

自分はペストから逃げた――だが、三カ月前、マーク・ウェバーが命を落としたときに行動を起こすべきだった。もはや手遅れだろうか？　恐怖には何とか打ち勝ったが、世間から閉じこもるまで気は休まらないだろう。

ゴドウィンは思考を現実に戻した。一年のこの時期、畑に人影はなかったが、修道院前の踏みならされた庭で働いている数人の修道士が目に入った。馬に蹄鉄を打っている者、鋤を修理している者がいる。何人かは林檎圧搾器の取っ手を回していた。

修道士たちは全員作業を中断し、近づいてくる外来者の集団——修道士二十人、修練者六人、荷馬車四台、荷馬十頭——を見つめ、面食らった表情を浮かべた。ゴドウィンは使用人以外の全員を連れてきていた。

林檎圧搾器のそばにいた修道士が、仲間から離れて進み出た。それがソール・ホワイトヘッドだと、ゴドウィンはすぐにわかった。二人は年に一度、ソールがキングズブリッジを訪れる際に会っていたが、ゴドウィンはいま初めて、特徴のある灰色がかったブロンドに白髪が混じっていることに気がついた。

二十年前、二人はともにオックスフォードの学生だった。ソールは頭の回転が速く、議論を活発に行なう優秀な生徒で、大変信心深くもあった。仮にソールが信仰に生きるタイプではなく、神にすべてを委(ゆだ)ねる代わりに自分の出世を抜け目なく考えていたなら、キングズブリッジの修道院長になっていたかもしれない。だが、アントニー修道院長が亡くなって選挙が行なわれたとき、ゴドウィンは策を弄(ろう)してソールを立候補させなかった。

だが、ソールは軟弱ではなかった。正義——ゴドウィンの恐れるもの——を頑なに重んじていた。彼は今日の目論(もくろ)みを素直に受け入れるだろうか？　それとも、抵抗するだろうか？

ゴドウィンはふたたび、恐怖心を抑えて冷静さを保たなくてはならなかった。

彼はソールの表情を注意深くうかがった。聖ヨハネ修道院長はゴドウィンを見て驚き、明らかに不機嫌そうだった。丁重な歓迎の表情を浮かべてはいたが、笑みはなかった。

選挙運動のとき、ゴドウィンは自分はその地位につきたいわけでないのだと全員を信じ込ませ、ソールを含めてほかのすべての候補者を排除した。ソールは自分が騙されたと感づいているだろうか？

「ごきげんよう、修道院長」近づいてきたソールがいった。「思いがけない訪問を歓迎しますよ」

あからさまな敵意に迎えられる心配はなさそうだ。そのような態度は修道士の誓いに反すると判断したのかもしれない。ゴドウィンは胸を撫でおろした。「きみに神の祝福がありますように。私が聖ヨハネ修道院の息子たちを最後に訪ねてから、あまりに長い年月が経ってしまった」

ソールが、修道士、馬、そして、生活用品を積んだ荷台に目をやった。「ちょっと立ち寄っただけではないようですね」だが、馬から降りるのを手伝おうとはいわなかった。まず理由を説明しろ、受け入れるかどうかはそれからだといわんばかりだな、とゴドウィンは思った。だが、それはおこがましい。一分院長ごときが修道院長を追い払うなど許されない。

それでも、ゴドウィンは事情を話して聞かせた。「ペストの話は聞いているだろう？」

「噂でしか聞いていません」ソールが修道院長という肩書きに敬意を表して丁重に答えた。

「世間の状況を知らせてくれる訪問者がほとんどいませんのでね」

それは好都合だ。訪問者が少ないという理由でここを選んだのは正解だったらしい。「ペストのせいで、キングズブリッジでは大勢が死んでしまった。修道院が全滅するのではないかと危惧(きぐ)したのだ。それで、私は修道士たちをここに連れてきた。われわれが生き残るにはこうするしかなかったのだ」

「理由はなんであれ、もちろん歓迎いたします」

「当然だ」ゴドウィンはこわばった口調でいった。自分の行為を弁明するよう求められたことに怒りがこみ上げてきた。

ソールが思案げな顔をした。「しかし、どこで休んでいただけばよいのやら……」

「それは私が決める」ゴドウィンは自らの権限を主張した。「厨房が食事の準備をしているあいだに、なかを案内してくれ」ゴドウィンは独力で馬から降りると、修道院に足を踏み入れた。

ソールは従わざるをえなかった。

どこもかもが簡素でこざっぱりしており、清貧という修道士の誓いに対するソールの生真面目さを物語っていた。しかし、今日、それ以上にゴドウィンが興味を抱いたのは、この場所が部外者を簡単に締め出しているところだった。ソールは秩序と管理を信奉しているために、出入り口の少ない建物を設計していた。修道院への出入り口は、厨房、厩舎、教会からの三カ所だけだ。どれも、閂(かんぬき)をかけて固く閉じることのできる、頑丈な扉がとりつけられていた。

共同寝室は狭く、普段は九人か十人の修道士が寝泊まりしており、院長のための個室はなかった。修道士をさらに二十人収容するとすれば、場所は教会しか残っていなかった。

ゴドウィンは共同寝室を自分専用にしようかとも考えたが、そこには大聖堂の財宝を隠す場所がなかった。宝物には自分で目を光らせていたかった。幸いにも、小さな教会には立ち入りを禁止できる付属礼拝堂があり、ゴドウィンはそこを自室に決めた。キングズブリッジの残りの修道士たちについては、踏み固められた身廊の土間に藁を広げて、そこを使うとしよう。

食料とワインは厨房と貯蔵室に運ばれた。宝物はフィルモンによって、ゴドウィンの寝室になる付属礼拝堂へ移された。フィルモンはそのときに、聖ヨハネの修道士たちと世間話をしてきていた。「ソールは彼独自のやり方でここを運営しています」フィルモンが報告した。「神と聖ベネディクト修道院の会則への厳格な忠誠を求めていますが、ソールを崇めるようにはなっていません。彼は共同寝室で寝泊まりし、ほかの者と同じ食事をとり、普段は特権もありません。ご想像のとおり、そのために修道士たちはソールを好いています。ですが、絶えず叱責を受けている修道士が一人います――ブラザー・ジョンキルです」

「その男なら憶えている」ジョンキルはキングズブリッジの修練士のころから、しょっちゅう問題を起こしていた――遅刻癖があり、身なりはだらしなく、怠け者で、強欲だった。修道士になったのは、自制心がなく、自ら律することができないので、それを修道院に矯正してもらおうとしたのかもしれない。「その男がわれわれの役にたつとは思えないな」

「きっかけさえ与えてやれば、すぐに乗ってくるでしょうが」フィルモンがいった。「彼には権威がありません。だれもついていかないでしょう」

「それに、修道士たちは院長に不満はないのだろう？　ソールは遅くまで寝ていたり、いやな仕事を逃れたり、いいワインを独り占めしたりしないのだな？」

「そうらしいです」

「ふむ」ソールは相変わらず高潔だった。ゴドウィンは失望したものの、意外というわけでもなかった。

礼拝のとき、ゴドウィンは聖ヨハネ修道院の修道士たちの厳粛さと規律正しさに気がついた。ゴドウィンは長年にわたって、反抗的だったり、教会の教えに疑問を抱いたり、異端の考えに興味を抱いていたりするような、問題のある修道士たちをここへ送りこんできた。ソールは決して不平をこぼさず、一人も送り返したりしなかった。彼はそのような問題児を立派な修道士に変えられるらしい。

礼拝後、ゴドウィンはフィルモンと若くて力のある修道士二人を教会にとどまらせ、それ以外のキングズブリッジの修道士を食事のために大食堂へ行かせた。だれもいなくなった教会で、ゴドウィンは歩廊側の出入り口をフィルモンに見張らせ、若手の修道士に木彫りの祭壇を移動させて、祭壇があった場所の下に穴を掘らせた。

相当深く掘ったところで、礼拝堂から大聖堂の宝物を運び込み、祭壇の下に埋める準備をした。ところが、作業の途中でソールがやってきた。

　フィルモンの声がした。「院長はお一人になりたいそうです」

　ソールがいった。「それなら、彼が自分でそういえばいいだろう」

「院長は、私に説明しろと命じられました」

　ソールの声が荒くなった。「ここは私の教会だ。入るなと余人にいわれる筋合いはない――とりわけ、おまえにはな！」

「キングズブリッジの副修道院長である私に、暴力を振るうつもりですか？」

「これ以上邪魔をするなら、泉に放り込んでもいいんだぞ」

　ソールには知られたくなかったが、こうなってはやむを得ない。

　ゴドウィンは大声でいった。「彼を入れろ、フィルモン」

　フィルモンが脇に寄ってソールを通した。ソールは荷物に目をやると、許可も求めずに袋を開けて、なかを覗き込んだ。「何ということだ！」そして、銀を被せた祭壇用瓶を取りだして叫んだ。「これはいったい何ですか？」

　修道院長に根掘り葉掘り問い質してはならないと、ゴドウィンは命じようかと思った。ソールはそれを受け入れるだろう。謙虚さを信奉しているし、何より規律を重視している。だが、疑念を抱かれたくなかった。「大聖堂の宝物を運んできたのだ」

　ソールが嫌悪の表情を浮かべた。「これらは大聖堂にこそふさわしいものであり、森の粗末な修道院には場違いでしょう」

「きみはこれを目にする必要はなかった。私は隠そうとしていたのだ。知られても一向に差し支えはないが、知ったことによって重荷を背負わせるのではないかと思ったんだ」

ソールが疑わしげな顔をした。「しかし、どうして持ってきたんです？」

「保管するためだ」

ソールは簡単には納得しなかった。「司教が持ち出しに賛成されたとは驚きです」

もちろん司教の許可は得ていない。だが、それをいうわけにはいかない。「いまのキングズブリッジは治安が悪く、修道院でも安全とは思えなかったんだ」

「しかし、ここよりは安全でしょう。この周辺には無法者がいます。途中で出くわさなかったことを神に感謝すべきです」

「神はいつも私たちを守ってくださっている」

「宝物も守ってくださるといいのですがね」

ソールの態度は反抗的といってよかったが、ゴドウィンは過剰に反応して犯罪行為が発覚するのを恐れ、譴責(けんせき)はしなかった。ともあれ、ソールの謙虚さにも限度があるらしい。やはり、二十年前にまんまと一杯くわされたのを感づいているのかもしれない。

ゴドウィンはいった。「夕食のあと、そのまま食堂に残るよう修道士たちに指示してほしい。この作業が終わったら、彼らに話がある」

ソールは素直に部屋を出ていった。ゴドウィンは宝物、譲渡証書、聖人の遺物、すべての現金を埋めた。修道士が穴に土をかぶせ、叩いて固め、その上に祭壇を戻した。いくらか残ってしまった士は、外へ運んでばらまいた。

彼らは食堂へ向かった。狭い部屋はキングズブリッジの修道士たちも加わってごったがえしていた。修道士が説教壇に立ってマルコ伝の一節を読み上げていたが、ゴドウィンが入ってきたので中断した。

ゴドウィンは読み手に坐るよう合図し、代わりにそこに立った。「ここは神聖な隠れ家である」彼は口を開いた。「神はこの恐ろしい疫病をもたらし、われわれの罪を罰しておられる。われわれは腐敗しきった町から遠く離れ、罪を贖うためにここにきた」

ゴドウィンは議論をするつもりなどなかったが、ソールが大声で訊いた。「具体的にはどのような罪でしょうか、ファーザー・ゴドウィン？」

ゴドウィンは適当な口実をでっちあげた。「男たちは神聖な教会の権威に異議を申し立て、女たちは淫らになった。修道士は女のいる社会から完全には逃れられず、修道女は異端派と魔女に変わってしまった」

「では、その罪を贖うのにはどのくらいかかるのでしょう？」

「疫病がおさまれば、われわれが打ち勝ったとわかるだろう」

別の聖ヨハネの修道士が声を上げた。ジョンキルだった。肥満体で、動きがぎこちなく、ぎらぎらした目つきをしている。「あなたご自身はどうやって罪を贖うつもりですか？」

ここの修道士が修道院長に向かって自由に質問できると思っていることに、ゴドウィンは驚いた。「祈り、黙想し、断食を行なうのだ」

「断食とはいい考えですね」ジョンキルがいった。「ここに余分な食べものはありませんから」

その言葉に笑いが起きた。

聴衆を抑えられないのではないか、とゴドウィンは危惧した。何とか静かにさせようと、聖書台を叩いた。「今後、外からやってくる人間は、われわれにとって危険な存在となる」彼はいった。「昼夜をおかず、すべての扉に内側から門をかけて閉じてもらいたい。私の許可なしに修道士が外に出ることを禁ずる。ただし、緊急の場合だけは例外とする。訪問者は一人残らず追い払うように。この恐ろしい疫病がおさまるまで、ここに閉じこもるのだ」

ジョンキルがいった。「ですが、もし――」

ゴドウィンはさえぎった。「私は発言を求めていない、ブラザー」彼は室内を見回してロを慎めと睨みつけた。「おまえたちは修道士であり、服従は修道士の義務である」そして、つづけた。「では、祈りを捧げよう」

騒動は翌日発生した。

自分の指示はソールや修道士たちに一応受け入れられたらしい、とゴドウィンは感じていた。それでも、全員が驚きはしたものの、急には大した異議を思いつかず、反抗する強い理由もなかったので、本能的に修道院長に従っただけなのだとわかっていたし、彼らがいずれ本格的に考え、決断するだろうと予想してはいた。だが、それがこんなに早くやってくるとは思っていなかった。

修道士たちは朝の祈りを唱えていた。狭い教会は凍てつくように寒かった。不快な夜を過ごしたゴドウィンは身体がこわばり、節々が痛んだ。ここには、暖炉も、寝心地のいい寝台もなかった。冬の夜明けの薄暗い光が窓から射しはじめたとき、教会西側の重たい扉が激しく叩かれた。

ゴドウィンははっと身を固くした。自分の地位を強固にするために、あと一日か二日欲しかった。

扉を叩く音を無視して務めをつづけるよう、彼は身振りで指示した。打撃音に、騒々しい声が加わった。ソールが立ち上がって扉のほうへ向かいかけたが、ゴドウィンに坐れと手で制せられ、一瞬ためらったものの、結局腰を下ろした。ゴドウィンは動かないつもりだった。何もしないでじっとしていれば、侵入者は諦めて立ち去るに違いない。だが、何もしないよう修道士に強いるのはひどく難しいとわかりはじめた。

修道士たちは気が散って、詩篇に集中できなかった。小声でささやき、振り返って扉に目をやっている。朗唱はばらばらになって次第に小さくなり、終い(しま)にはゴドウィンの声だけが響くようになった。

ゴドウィンは苛立った。キングズブリッジ修道院長を尊敬し、その導きに従おうとしていれば、騒ぎを無視できるはずだろう。彼らの軟弱さに腹を立てながら、ゴドウィンはようやくその場を離れ、閂をかけた扉につづく短い身廊を進んだ。「何事だ？」彼は大声で叫んだ。

「なかに入れてくれ！」くぐもった声がした。

「それはできない」ゴドウィンは怒鳴り返した。「立ち去れ」

ソールがそばにきて、驚きを露わにして訊いた。「彼らを教会から追い払うつもりですか？」

「いったはずだ」ゴドウィンは答えた。「訪問者は受け入れない」

激しく叩く音がまた始まった。「なかに入れてくれ！」

ソールが声を張り上げた。「名を名乗れ」

一瞬間があり、そして声がした。「森に住む者だ」

フィルモンが大声でいった。「無法者だな」

ソールが憮然とした。「私たちと同じ罪人であり、神の子です」

「みすみす連中に殺される理由などない」

「彼らの意図を確かめるべきです」ソールは扉の右側の窓に近づいた。教会は低い建物で、窓の下枠は目の高さの下にあった。窓にガラスはなかったが、防寒のために、光を通すリネンが降ろされていた。ソールがそのリネンを上げて外を覗いた。「なぜここにきたのだ？」

彼は尋ねた。

声が答えた。「仲間が病気なんだ」

ゴドウィンはソールにいった。「私が話そう」

ソールがゴドウィンを見つめた。

「窓から離れろ」ゴドウィンは命じた。

ソールが渋々従った。

ゴドウィンは怒鳴った。「なかに入れることはできない。立ち去れ」

ソールが信じられないという顔をした。「病人を追い返すのですか？　私たちは修道士であり、医者なのですよ！」

「もしその男がペストだったら、われわれには手の施しようがない。なかに入れたら、われわれ全員が死ぬことになる」

「彼らがここへきたのは、明らかに神のお導きです」

「神は自ら命を絶つことを許していない」

「男のどこが悪いのか、まだわからないではないですか。腕を折ったのかもしれない」

ゴドウィンは扉の左側の窓を開けて外を見た。六人のごろつき風の男が教会の入り口に担架を置き、それを取り囲むように立っていた。服は高級そうだが汚れており、まるでよそ行きの服で野宿したかのようだった。旅人から立派な服を奪ってすぐにみすぼらしくしてしまう、典型的な無法者だろう。質のよさそうな剣、短剣、長弓で武装している。除隊した兵士かもしれない。

担架には――凍えるほどの寒さの一月の朝だというのに――ひどく汗をかいている男が横になり、鼻から血を流していた。突然――思いもよらず――ゴドウィンの脳裏に、母親が死の床に横たわっていたときの施療所の様子が蘇った。そういえば、と彼は思い出した。修道女が何度拭き取っても、母親の鼻から血がしたたっていた。あのときは、自分もそんなふうに死ぬのかと取り乱してしまい、キングズブリッジ大聖堂の屋根から飛び降りたくなった。五日以上も狂ったように譫言(うわごと)をいい、喉の渇きに苦しめられるより、瞬間的な痛みで死んだほうがどれほどましだろうと考えた。「その男はペストだ！」ゴドウィンは叫び、そのとたんに、自分の声がひどく動揺していることに気がついた。

無法者の一人が一歩前に出た。「おまえを知っているぞ。キングズブリッジの修道院長だな」

ゴドウィンは落ち着こうとしながら、リーダーと思われる男を恐怖と怒りの顔で凝視した。男は貴族のような傲慢(ごうまん)な厚かましさを備えており、昔は好男子だっただろうが、長年の荒(すさ)んだ生活が粗暴な風貌に変えていた。ゴドウィンはいった。「修道士たちが神への祈りを捧げているときに教会の扉を激しく叩くとは、おまえは何者だ？」

「タム・ハイディングだ」無法者が返事をした。

修道士から小さな悲鳴が漏れた。タム・ハイディングは伝説の無法者だった。ブラザー・ジョンキルが叫んだ。「彼らは私たちを皆殺しにするぞ！」

ソールがジョンキルを見た。「静かにするんだ。神が望めば、私たちはみな死ぬ。それまでは死なない」

「はい、ファーザー」

ソールは窓に向かっていった。「昨年、おまえたちは私たちの鶏を盗んだな」

「すまなかった、ファーザー」タムが答えた。「腹が減っていたんだ」

「それでいて、今度は私たちに助けを求めにきたのか？」

「神は許してくれると説教していたじゃないか」

ゴドウィンがソールにいった。「ここは私にまかせろ！」

ソールの内面の葛藤（かっとう）が表情に出て、ためらいと反抗が交互に表われた。だが、最後には頭を垂れた。

ゴドウィンはタムにいった。「神は真に悔い改める者をお赦しになるのだ」

「わかった、この男の名前はウィン・フォレスターだ。こいつは自分の数々の罪を本当に悔いている。教会のなかに入って、治癒のための祈りを捧げたがっている、それが駄目でも、神聖な場所で死にたいと願っているんだ」

無法者の一人がくしゃみをした。

ソールが右の窓から離れ、両手を腰に当ててゴドウィンの正面に立った。「彼を追い払ってはなりません！」

ゴドウィンは冷静になろうとした。「いまのくしゃみを聞いただろう――どういうことかわからないのか？」彼はこれから口にすることが全員の耳に入るよう、修道士のほうを向いた。「連中は全員ペストにかかっている！」

いっせいに恐怖のさざめきが起こった。ゴドウィンは修道士たちを怯えさせたかった。そうすれば、ソールが自分に楯突（たてつ）いたとしても、修道士たちが味方についてくれるだろう。

ソールがいった。「たとえ彼らが疫病にかかっているとしても、私たちは彼らを助けなければなりません。私たちの命は、自分だけのものではなく、地面の下に隠された黄金のように守られているのです。私たちは神の望みどおりに使っていただくよう、自らを神に捧げたのです。神はその神聖な目的にかなうとき、われわれの命を召されるのです」

「あの無法者たちをなかに入れるのは自殺と同じだ。連中はわれわれ全員を殺すぞ！」

「私たちは神に仕える身です。私たちにとって、死はキリストとの再結合です。何を恐れることがありますか、修道院長？」

ソールが落ち着いた態度で話しているのに対して、自分の言い方は怖がっているように聞こえると気づき、ゴドウィンは平然と見えるように努めた。「死を求めるのは罪深いことだ」

「しかし、私たちの神聖な務めの過程で死が訪れるのなら、喜んで捧げるべきでしょう」

こいつとは一日じゅう議論しても埒があかないぞ、とゴドウィンは悟った。こんなやり方では権威を強要できない。彼は窓の戸を閉めた。「そこの窓も閉めるのだ、ブラザー・ソール、そして、こっちへきなさい」彼はソールを見つめた。

一瞬ためらって、ソールはいわれたとおりにした。

ゴドウィンは訊いた。「おまえの三つの誓いは何だ、ブラザー？」

いったん沈黙があった。ソールは、何が起こりつつあるかを理解した。ゴドウィンは自分と同等の立場で争うのを避けようとしているのだ。彼はなかなか返事をしようとしなかったが、修練が打ち勝ち、ついに口を開いた。「清貧、貞潔、服従です」

「だれに服従しなければならないのだ？」

「神、聖ベネディクト修道院の会則、そして、修道院長です」

「そしていま、おまえの前には修道院長がいる。それは認めるな？」

「はい」

「〝はい、修道院長〟だろう」

「はい、修道院長」

「これからは私が命じれば、おまえはそれに従うのだ」ゴドウィンは周囲を見回した。「全員――自分の場所に戻りなさい」

一瞬、凍りついたような沈黙が流れた。だれ一人動こうとせず、みな押し黙っていた。どちらに転ぶかわからないぞと、ゴドウィンは危惧した。服従か抵抗か、命令か無秩序か、勝利か敗北か。彼は固唾を呑んだ。

ようやくソールが動いた。会釈をして踵を返すと、短い身廊を進んで、祭壇正面の自分の席に戻った。

修道士もそれに倣った。

外から何度か怒鳴り声が聞こえたが、捨て台詞のようだった。おそらく、病に冒された仲間を手当てしてもらえないとわかったのだろう。

ゴドウィンは祭壇に戻り、修道士たちに顔を向けた。「中断した詩篇を終わらせよう」彼は朗唱をはじめた。

願わくは聖父と
聖子と
聖霊とに栄えあらんことを

朗唱はばらばらだった。あまりに興奮していたせいで、しっかりと声が出なかったのだ。それでも、彼らは元の場所に戻って日課をつづけた。勝ったぞ、とゴドウィンは安堵した。

始めに在りしごとく
いまも
いつも
世々に至るまで
アーメン

「アーメン」ゴドウィンは繰り返した。
修道士が一人、くしゃみをした。

65

ゴドウィンが逃げた直後、エルフリックがペストで死んだ。

カリスは残された妻のアリスを気の毒に思ったが、それを除いては、彼の死を喜ばずにはいられなかった。あの男は弱者をいびり、強者にへつらい、彼が裁判で嘘をついたせいで、危うくわたしは絞首刑になりかけた。あの男さえいなければ、世界はもっとよくなる。彼の建築業も、義理の息子のハロルド・メイソンが仕切ればうまくいくだろう。

聖堂区ギルドはエルフリックの後任として、マーティンを長老参事（オールダーマン）に選出した。沈みつつある船の船長にさせられたようなものだ、とマーティンはいった。

死者はどんどん増えつづけ、人々は、親族、隣人、友人、顧客、使用人を埋葬した。絶え間なくつづく恐怖が、多くの人々の人間性を失わせたらしく、暴力や残虐行為に無頓着になったようだった。いずれ自分も死ぬのだと思った者は自制心をなくし、結果を顧みずに衝動にまかせて行動した。

マーティンとカリスは協力して、キングズブリッジの日常生活を少しでも守ろうとした。孤児院はカリスの行なった事業のなかで、最も成功したものの一つだった。子供たちは両親をペストで失うという辛い体験をしたあと、女子修道院の安らかな生活に感謝していた。身のまわりの世話をしたり、賛美歌の読み方や歌い方を教えたりすることで、修道女のなかには長く抑えつけていた母性本能を呼び起こされる者もいた。冬場の蓄えを奪い合う者も減っていたので、食べものは豊富にあった。キングズブリッジ修道院は子供たちの声に満ちていた。

町の状況はもっと厳しかった。死者の財産をめぐる暴力的な諍いが相変わらずつづいていた。人々は住む者のない家に上がり込み、気に入ったものを何でも持ちだした。金銭や、服と穀物でいっぱいの倉庫を相続した子供が、遺産を手に入れたい欲の皮のつっぱった悪辣な隣人の養子となって引き取られることがままあった。ただで何かを得られるという期待が人間の最悪な面を露わにするのだと、カリスは苛立たしかった。

住民の堕落に対して、カリスとマーティンは部分的にしか対処できていなかった。多くの未亡人はジョン・コンスタブルが行なった大酒飲みの取り締まりの結果に落胆した。カリスと男やもめが、相手を見つけようと必死になったらしく、酒場だけでなく玄関口でさえ、熱烈な抱擁をしている中年の男女を見かけることが珍しくなくなった。カリスはこうしたこと自体に異論があるわけではなかったが、酒と男女の絡みが組み合わさると、しばしば喧嘩沙汰に発展した。だが、マーティンも聖堂区ギルドも、それをやめさせることができなかった。

折りも折り、住民の気持ちを引き締めなければならないときに修道士が逃走したことが、火に油を注ぐ結果になった。人々のやる気を失わせたのである。神の代行者たちがいなくなってしまった。つまり、神は町を見捨てたのだ。聖人の遺物は幸運をもたらすものであり、遺骨が持ち去られたいま、住民たちの運は尽き果てたという者もいた。日曜の礼拝に貴重な十字架と燭台がないことで、キングズブリッジの最後が近づいているのを毎週思い出させられた。だとしたら、通りで酒を飲み、姦淫して何が悪い。

キングズブリッジは一月の半ばまでに、およそ七千の人口のうちの少なくとも千人を失った。ほかの町も似たような状況だった。カリスが発明したマスクがあったにもかかわらず、修道女の死亡者数は増えつづけた。おそらく、絶えずペスト患者と接触していたからだろう。最初は三十五人いた修道女が、いまは二十人に減っていた。しかし、ほとんどすべての修道士や修道女が命を落としてしまい、ほんの数人しか仕事に従事できない町の話を耳にして、自分たちはまだしも恵まれているとカリスは思った。そして、修練期間を短縮し、施療所の手伝いを増やすための訓練を強化した。

マーティンはホーリー・ブッシュに雇われていた男を引き抜き、ベル・インを任せた。また、マーティーナという十七歳の頭のいい娘を、ローラの子守りとして雇った。

そのうちに、疫病の勢いも徐々におさまっていった。クリスマス前には週に百人を埋葬していたのが、一月には五十人に、二月には二十人にまで減ったことにカリスは気づいた。この悪夢が終わりに近づいているかもしれないと思えるようになった。

この期間に命を落とした不運な人々のなかに、三十代くらいの、昔は顔立ちがよかっただろうと思われる黒髪の男がいた。よそ者だった。「きのうは風邪だと思っていた」扉をくぐりながら男はいった。「だが、今日はこの血がとまらないんだ」鼻に、血で汚れた布きれを押し当てていた。

「どこか横になれる場所を見つけるわ」マスクを通してカリスは答えた。

「ペストだよな？」男が尋ね、カリスはその声に、日ごろ耳にする恐怖ではなく、冷静な諦めがあることに驚いた。「この病気に対して、あんたたちは何かできるのか？」

「あなたが快適に過ごせるようにして、あなたのために神に祈るわ」

「それでは何の役にも立たない。実際、あんただってそんなことで治るとは信じていないだろう」

いとも簡単に本心を見抜かれ、カリスは愕然とした。「あなたは自分のいっていることの意味をわかっていないわね」弱々しく反論した。「わたしは修道女よ。もちろん信じているわ」

「本当のことを教えてくれ。おれはあとどのくらいで死ぬんだ？」

カリスはまじまじと男を見た。男が微笑んだ。魅力的な笑顔だった。何人もの女の心を溶かしたのだろう。「どうしてあなたは怖くないの？ ほかの人はみな怖がっているのに？」

「聖職者の話を信じていないからさ」男は探るようにカリスを見た。「あんたもそうなんじゃないのか？」

相手がどんなに魅力的でも、よそ者とこのような議論をするつもりはなかった。「ペストにかかった人のほとんどは、三日から五日で死ぬわ」カリスは正直に教えた。「何人か助かる人もいるけど、理由はわからない」

男は納得した。「思ったとおりだ」

「ここに横になるといいわ」

男は行儀の悪い少年のような笑みを浮かべた。「寝たらいいことがあるのか？」

「すぐにでも横にならないと倒れてしまうわよ」

「わかった」男はカリスが示した藁の寝床に横になった。

カリスは男に毛布をかけてやった。「名前は？」

「タムだ」

カリスは男を見つめた。魅力的な顔だったが、残酷な一面にも気がついた。彼は女をたぶらかすかもしれないが、もし失敗すれば無理やり犯すだろう。肌は屋外での生活のせいで陽に焼け、酒飲み特有の赤い鼻をしていた。服は高価だったが汚れていた。「あなたのことは知っているわ」カリスはいった。「自分の罪で罰せられるのが怖くないの？」

「そんなことを信じていたら、罪なんて犯さないさ。あんたは地獄で焼かれるのが怖いか？」

それは普段ならカリスが避けている質問だったが、死にかけているこの無法者は正直な返事を求めていた。「わたしは自分のしたことが自分の一部になると信じているの。残忍だったり、卑劣だったり、嘘をついたり、お酒を飲んだりしたら、わたしは立派な人間ではなくなり、自分に敬意を持てなくなる。それがわたしの信じる神の天罰よ」

男が感慨深げにカリスを見つめた。「二十年前にあんたと会っていたらよかったのに」

カリスはよして、というように鼻を鳴らした。「二十年前のわたしは十二歳よ」

男が意味ありげに眉を上げた。

もういいだろう、とカリスは思った。彼はわたしをからかっている――もっとも、わたしもそれを楽しんでいるけれど。カリスは立ち去ろうとした。「こんな仕事をしているなんて、あんたは勇ましい女だな」男がいった。「いずれ死ぬぞ」

「わかっているわ」カリスはもう一度、男に顔を向けた。「でも、これがわたしの天命なの。わたしを必要としている人たちから逃げるなんてできないわ」

「おまえのところの修道院長はそんなふうには思わないようだな」

「彼は消えたわ」

「人は消えないよ」

「というか、だれもゴドウィン修道院長と修道士たちの行き先を知らないのよ」

「おれは知ってるぞ」タムがいった。

二月末の天気は、晴れて穏やかだった。カリスは月毛のポニーでキングズブリッジを出発し、森の聖ヨハネ修道院に向かった。マーティンが黒いコッブ（短脚の頑丈な馬）にまたがり、彼女に同行した。普通なら修道女がたった一人で、男を連れて旅に出るのは反対される可能性があったが、いまは普通ではないときだった。

無法者に襲われる危険は少なくなっていた。彼らの多くが疫病で倒れたと、タム・ハイディングが死ぬ前に教えてくれた。そのうえ、人口が急激に減少したことで、国じゅうで食料、ワイン、衣服――無法者たちに掠奪されていたもの――があまっていた。ペストを生き延びた無法者は、廃墟と化した町や人気のない村に入り込み、欲しいものを一切合切持ち去っていた。

最初、ゴドウィンがキングズブリッジから二日しかかからない場所にいると知って、カリスは苛立ちを感じた。ゴドウィンは二度と戻らないつもりで、はるか彼方へ逃げたものと思い込んでいたのだ。だが、修道院の金銭や宝石類――とりわけ、資産や権利に関して争いが起きたときに必要となる女子修道院の譲渡証書――を取り返す、またとない機会に感謝してもいた。

ゴドウィンと対面したら、司教の名の下に、修道院の財産の返却を求めるつもりだった。自分を支持する旨のアンリ司教から書状も得ていた。それでもなおゴドウィンが返却を拒むなら、彼が財宝を安全に保管していたのではなくて盗んだのだとはっきりする。司教は財宝を取り戻すために法的措置をとることができるし、場合によっては、手っ取り早く修道院に兵を差し向けることも可能だ。

ゴドウィンが永久に自分の人生から消え去ったわけでないのは不満だったが、彼の卑怯さと不正直さを暴(あば)けると思うとうれしかった。

馬に乗って町を離れながら、しばらく前の、フランスへの長い道のりが思いだされた——あれはあらゆる意味で本物の冒険だった。あのときはメアーが一緒だった。彼女を思いだすと、取り残されたような気持ちになった。ペストで命を落とした人々のなかで、メアーの死がいちばん辛かった。彼女の美しい顔、優しい人柄、そして、愛情が懐かしかった。

その一方で、丸々二日もマーティンを独占できるのがうれしかった。森を抜ける道で馬を並べながら、若いころのように、頭に浮かんだことを休みなく語りあった。

マーティンは相変わらず素晴らしいアイディアに溢れていた。疫病にもかまわず、スモール・アイランドに商店や宿屋を建設しており、ベシー・ベルから相続した宿屋を取り壊して二倍の広さの店を建てるつもりだとも打ち明けた。

マーティンとベシーは愛人関係にあったのだろう、とカリスは考えた——そうでなければ、財産を彼に遺したりするだろうか？　でも、その原因はわたしにあるわ。マーティンが本当に欲しかったのはわたしであり、ベシーは二番目の相手だった。それはわたしもベシーもわかっていた。それでも、マーティンと豊満なベシーがベッドで寝ている姿を想像して、カリスは嫉妬と怒りを感じた。

正午になると、二人は馬を止め、小川のそばで休憩をとった。パン、チーズ、林檎を食べたが、それが最も裕福な二人の旅行者が携帯している食料のすべてだった。馬にもいくらか牧草を与えたものの、人間一人を終日運ぶには十分とはいえない量だった。食事を終えると、しばらく陽なたで横になったが、地面が冷たくじめじめしていたために、すぐに起きて移動を再開した。

あっという間に、二人は若いころの親愛な関係に戻った。マーティンは始終カリスを笑わせ、日々施療所で死を迎える人々と接しているカリスの気分を浮き立たせようとした。彼女はすぐに、ベシーに対する怒りを忘れてしまった。

二人は何百年もキングズブリッジの修道士たちがたどった道を進み、中間点のローズボロという小さな町のレッド・カウという宿屋に宿をとった。夕食には焼いた牛肉と強いエールを頼んだ。

もうそのときには、カリスはマーティンが欲しくてたまらなかった。これまでの十年の歳月が記憶から消え去ったような気がして、彼を抱きしめ、昔と同じように愛し合いたかった。だが、そうはならなかった。レッド・カウには寝室が二つ——男性専用と女性専用——あり、だから修道士たちがずっとここを利用しているのだろうと思われた。二人は踊り場で別れたが、カリスは騎士の妻のいびきと香辛料売りの喘鳴（ぜんめい）にまんじりともせず、自分の身体に触れて、腿のあいだの手がマーティンのものだったらどんなにいいかと思いつづけていた。

カリスは疲れ、うちひしがれて目を覚まし、朝食の粥（ポリッジ）を淡々と口に運んだ。しかし、マーティンが自分と一緒にいて楽しげなので、すぐに機嫌が直った。ローズボロを出発するころには、二人は前日同様、陽気に語り合い、笑い合っていた。

旅の二日目は鬱蒼（うっそう）とした森を通ったため、午前中いっぱい、ほかの旅人を見かけなかった。

二人の会話はさらに個人的になった。カリスはマーティンのフィレンツェ時代の話——どうやってシルヴィアと知り合ったのか、彼女はどのような女性だったのか——をいろいろと知った。そして、尋ねたかった。シルヴィアとはどうやって愛し合ったの？ わたしとは違っていた？ どんなふうに？ だが、他界したとはいえ、シルヴィアのプライヴァシーを侵害するのは気が引けたので、その質問を思いとどまった。いずれにしろ、マーティンの口ぶりから多くを推測できた。たとえシルヴィアとのあいだにカリスとマーティンのような激しい情熱がなかったとしても、彼にとって、シルヴィアと一緒に寝るのは喜びだったらしい。

カリスは慣れない馬上で長時間過ごしたせいで身体が痛み、食事のために馬を降りたときにはほっとした。大きな切り株にもたれて坐り、食事をとって、出発前には横になって食べものを消化させた。

カリスはゴドウィンを頭に浮かべ、森の聖ヨハネ修道院で何を見ることになるだろうかと考えた。そのとき、いかにも唐突に、わたしはこれからマーティンと愛し合うのだと感じた。理由は説明できない——互いに身体に触れてもいなかった——が、間違いない。マーティンを見ると、彼も同じように感じているのがわかった。マーティンは悲しげに微笑み、その瞳には、十年間の希望と落胆、苦悩と悲しみが浮かんでいた。

マーティンがカリスの手を取り、掌（てのひら）にキスをすると、唇を手首の内側の柔らかな部分に押し当てて目を閉じた。「きみの脈を感じる」彼は静かにいった。

「脈だけでは何もわからないでしょう」カリスはささやいた。「念入りに調べなくちゃ駄目よ」

マーティンがカリスの額に、まぶたに、鼻にキスをした。「ぼくがきみの裸を見ても、恥ずかしがらないでほしいな」

「ご心配なく――こんな気候だもの、服なんて脱がないわ」

二人はくすくす笑い合った。

「きみがローブの裾を持ちあげてくれれば、検査をつづけられるかもしれないんだけどな」

カリスはローブの裾をつかんだ。膝までの長靴下をはいているだけだったが、ゆっくりとローブを持ち上げて、足首、脛(すね)、膝、そして、真っ白な太腿を露わにした。お遊びのつもりだったが、内心では、この十年間で生じた自分の身体の変化にマーティンが気がつくだろうかと心配でもあった。身体はやつれたが、下半身は太くなった。肌は以前に較べて柔らかさも滑らかさも失っている。胸は垂れ下がっている。マーティンはどう思うだろう？　カリスは不安を押し殺してゲームをつづけた。「医療目的ならこれで十分でしょ？」

「いや、まだだ」

「でも、わたし、ズボン下をはいていないの――そういう高級品は修道女にふさわしくないと思われているから」

「われわれ医者は何事も徹底してやらなければならない。たとえどんなに不愉快なものを目にすることになろうともだ」

「まあ」カリスは思わず苦笑した。「それはお気の毒ね。でも、そういうことなら」そして、マーティンの顔を見つめながら、ゆっくりと裾を腰のあたりまで引きあげた。

マーティンはカリスの身体から目を離さず、カリスは彼の息遣いが荒くなったのに気がついた。「いや」と、マーティンがいった。「これは重症だ。間違いなく……」そして、カリスの顔を見上げてごくりと唾を呑んだ。「もう冗談なんかいっていられないよ」

カリスはマーティンに腕を回すと、しっかり抱きしめて自分のほうへ引き寄せ、まるで溺れそうになっている彼を助けるかのようにぴったり寄り添った。「わたしを抱いて、マーティン」彼女はささやいた。「さあ、早く」

午後の陽光のなか、森の聖ヨハネ修道院は静まり返っていた——何かあった徴候だ、とカリスは思った。小さな修道院は昔から食料を自給自足しており、周囲を畑に囲まれていたが、雨が多いために土を耕して砕く必要があった。ところが、作業をしている者が一人もいない。

建物に近づくと、教会の隣りの狭い墓地に、できたばかりの墓が並んでいるのに気がついた。「ペストはこんな遠くまでやってきたようだな」マーティンがつぶやいた。

カリスはうなずいた。「つまり、ゴドウィンの卑劣な逃亡計画は失敗に終わったわけね」どうしても、底意地の悪い満足感が溢れてしまう。

マーティンがいった。「ゴドウィン自身も病に倒れたかもしれない」

そうであってほしいとカリスは願ったが、そんな自分を恥じて口にはしなかった。

カリスとマーティンはひっそりとした修道院をぐるりと回って、厩舎の前に出た。厩舎の扉は開け放たれ、馬が表に出て、池のまわりのまばらに残った草を食んでいる。しかし、訪問客が鞍をはずすのを手助けする者は現われなかった。

二人は空っぽの厩舎の前を通り抜け、屋内に足を踏み入れた。不気味なほど静かだった。修道士全員が死んでしまったのだろうか、とカリスは怯えた。厨房を覗くと、使われた形跡がなく、パン焼き場のかまどは冷たかった。歩廊のひんやりした灰色の屋根に、二人の足音がこだました。ようやく、教会の入り口のそばでブラザー・トマスを見つけた。

「私たちを探しにきてくれたのか！」彼はいった。「おお、神さま」

カリスはトマスを抱きしめた。女の身体がトマスにとって誘惑にはならないのを、カリスは知っていた。「あなたが生きていてほっとしたわ」

「私も病気になったよ。でも、快復したんだ」トマスが説明した。

「助かる人なんてほとんどいないのに」

「知っている」

「何があったのか話してちょうだい」

「ゴドウィンとフィルモンが計画を練ったんだ」トマスがいった。「何の前触れもなかった。ゴドウィンが修道士集会で演説を行なった。神はときおりわれわれに堕落に映ることを命じられるという、アブラハムとイサクの話だ。そして、その晩のうちに町を離れると告げた。ほとんどの修道士がペストから逃げられると喜び、疑いを抱いた者は服従の誓いを思い出すよう説得された」

カリスはうなずいた。「あいつが何をしたか、見当はつくわ。自分の利益になると思ったら、そういう命令にはなかなか逆らえないものよ」

「自分が情けないよ」

カリスはトマスの左手のつけ根に触れた。「咎めているんじゃないのよ、トマス」

マーティンがいった。「それでも、誰一人として行く先を漏らさなかったのは驚きだな」

「ゴドウィンは私たちにも目的地を教えてくれなかった。そして、私たちのほとんどは、到着したあともここがどこかわからず、ここの修道士に尋ねなければならなかった」

「けれども、ペストに追いつかれてしまったのね」

「墓地を見ただろう。聖ヨハネの修道士たちは一人残らず、あそこに埋まっている。ソール修道院長だけは教会に埋葬されたがね。キングズブリッジの修道士もほとんど死んでしまった。ここで病が流行りはじめると逃げ出した者もいるが、彼らがどうなったかは神のみがご存じだ」

カリスはトマスが一人の修道士と親しくしていたのを思い出した。彼より二、三歳年下の穏和な男だ。ためらいがちに訊いた。「ブラザー・マサイアスは？」

「死んだよ」トマスが乱暴に答えた。涙が溢れ、彼は当惑して顔をそむけた。

カリスはトマスの肩に手を置いた。「気の毒だったわね」

「多くの人が愛する者を奪われた」トマスがいった。

カリスはマサイアスの話をしないほうがいいと思った。「ゴドウィンとフィルモンはどうなったの？」

「フィルモンは逃げたよ。ゴドウィンは元気だ――ペストにはかかっていない」

「ゴドウィン宛の書状を司教から預かっているの」

「内容は想像がつくよ」

「彼のところへ案内してちょうだい」

「教会にいるよ。付属礼拝堂に寝台を備えつけ、自分が疫病にかからないのはそのせいだと信じ切っているんだ。案内しよう」

歩廊を渡って狭い教会に足を踏み入れるまでは、どちらかというと共同寝室に似た匂いがした。東の壁にかかっている最後の審判の日の絵は、気が滅入るほどいまの状況にぴったりだった。身廊には藁が敷かれ、毛布が散らばっていた。大勢の人間がここで寝泊まりしていたらしい。だが、いまはゴドウィンしかいない。彼は祭壇正面の汚れた床に、腕を横に伸ばして俯せになっていた。一瞬、カリスは疑った――死んでいるんじゃないでしょうね。だがすぐに、それは最大限の懺悔の姿勢なのだと気がついた。

トマスが声をかけた。「お客さまです」

ゴドウィンは動かなかった。芝居を打っているに決まっているとカリスは決めつけそうになったが、その沈黙にはどこか、本当に赦しを求めているのだと思わせるところがあった。

ようやく、ゴドウィンがゆっくりと起き上がって顔を向けた。

青ざめてやつれ、疲れ切って不安げだった。

「おまえか」ゴドウィンがいった。

「見つけたわよ、ゴドウィン」彼をファーザーと呼ぶつもりはなかった。わたしは悪党を捕まえただけだ。満足が込み上げた。

「タム・ハイディングが密告したんだな」

相変わらず頭の回転は速いわね、とカリスは感心した。「あなたは法の網から逃れようとしたけれど、もう無理よ」

「私は法を恐れるようなことはしていない」ゴドウィンはふてぶてしかった。「ここへは修道士たちの命を守るためにきたのだ。私が過ったとすれば、それは町を離れるのが遅すぎたことだ」

「罪のない人間は夜闇に乗じてこそこそ逃げたりしないわ」

「行く先を秘密にしておかなければならなかったんだ。だれかがここまで追いかけてくれば、目的を達成できないだろう」

「それなら、大聖堂の宝物を盗み出す必要はなかったはずよ」

「盗んだのではない。保管したのだ。安全な時期がきたら、本来の場所に返すつもりだ」

「では、なぜそれを持っていくことをだれにも話さなかったの？」

「いや、話した。アンリ司教に宛てて手紙も書いた。司教は私の手紙を受け取らなかったのか？」

カリスは落胆した。ゴドウィンはこの件に関して言い逃れなどできないはずではなかったのか？　「受け取っていないわ」カリスはいった。「手紙も受け取っていないし、あなたが送ったとも思わない」

「手紙を届ける前に、使者がペストで死んでしまったんだろう」

「それなら、そのいなくなった使者の名前を教えてよ」

「私は知らない。フィルモンが雇ったのだ」

「そして、フィルモンはここにいない——なんて都合がいいのかしら」カリスは嫌み（いや）をいった。「だって、好きなように話を作れるものね。そして、その返却を求めるために、わたしをここへ派遣されたの。罪で告発なさったわ。そして、その返却を求めるために、わたしをここへ派遣されたの。ただちにすべてをわたしに渡すようにという手紙も持ってきたわ」

「その必要はない。私が自分で届ける」

「司教はそのようなことをあなたに命じてはいないわ」

「何が最善かは私が判断する」

「そうやって、わたしに渡そうとしないのが盗んだ証拠だわ」

「説明すれば、必ずそうでないことをわかってくださる」

ゴドウィンならそれをやってのけるだろう。口が達者だし、アンリもほかの司教同様、できることなら対決を避けたいと考えるかもしれない。カリスは勝利が手から滑り落ちていくような気がした。

形勢が逆転したと思ったらしく、ゴドウィンが満足げな笑みを浮かべた。カリスは激怒したが、反論できなかった。いまできるのは、町へ戻ってアンリ司教に事情を報告することだけだ。

カリスは信じられなかった。ゴドウィンは本当にキングズブリッジへ戻って、ふたたび修道院長の地位につくつもりなのだろうか？　どうやってキングズブリッジの大聖堂で堂々と振る舞えるのだ？　あれほど修道院と、町と、教会に損害を与えたあとに？　司教が彼を許したとしても、町の住人たちは騒ぎ出すだろう。わたしの予想は悲惨な結果に終わり、さらに予想外の展開になってしまった。この世に正義は存在しないのか？

カリスはゴドウィンを見つめた。彼の顔に浮かぶ勝ち誇った表情が、おまえの負けだといっていた。

だが、形勢はふたたび逆転した。

ゴドウィンの上唇、左の鼻孔（びこう）のすぐ下に血が流れだしていた。

翌朝、ゴドウィンは寝台から出てこなかった。

カリスはリネンのマスクをつけてゴドウィンを看病した。薔薇水（ばら）で顔を拭き、欲しがるときにはいつでも薄めたワインを与えた。彼に触れるたびに、酢で両手を洗浄した。

修道院にはゴドウィンとトマス以外に修道士が二人いて、二人ともキングズブリッジの修練士だった。彼らもペストで死にかけていた。カリスは二人を共同寝室から教会へ移し、同様に看病した。彼女は日陰のように薄暗い身廊を忙しく行き来して、瀕死の男たちのあいだを飛びまわった。

大聖堂の宝物をどこに隠したのかを尋ねても、ゴドウィンは答えなかった。

マーティンとトマスが修道院を捜索した。彼らが最初に気づいたのは祭壇の下だった。ごく最近まで何かが埋められていたらしく、土が柔らかかった。しかし、掘り返してみても——トマスは片手で驚くほど器用に穴を掘った——何もなかった。そこに埋まっていたものが何であれ、すでに持ち出されていた。

彼らは無人の修道院内の空洞という空洞をすべて調べあげ、冷えきったパン焼きのかまどや空の醸造槽まで覗いたが、宝石、遺物、譲渡証書は見つからなかった。

二人が着いた晩の翌日、トマスは——頼まれたわけでもないのに——黙って共同寝室を明け渡し、マーティンとカリスが二人きりで眠れるようにした。何もいわず、肘でつついたり目配せしたりもしなかった。彼の控えめな黙認に感謝して、二人は毛布の下で身体を寄せ、愛し合った。そのあと、カリスはまんじりともせずに起きていた。屋根にフクロウがいるらしく、ホーという鳴き声が聞こえて、ときおり、鉤爪に捕らえられた小動物の鋭い声もした。妊娠すればいいのに、とカリスは思った。自分の使命を投げ出したくはないが、マーティンに抱かれて眠る誘惑にも逆らえなかった。そして、未来を思いあぐねるのをやめた。

到着して三日目、食堂で、カリス、マーティン、トマスの三人で食事をしているとき、トマスが口を開いた。「ゴドウィンがどんなに欲しがっても、宝物の隠し場所を教えるまで飲み物を与えないようにしてはどうだろう」

カリスはその提案を考えた。いい作戦だが、拷問になりかねない。「それは無理よ」彼女はいった。「ゴドウィンは報いを受けて当然だけど、それでも、わたしにはできないわ。病人が飲み物を欲しがれば飲ませてあげたい。キリスト教世界のすべての貴重な宝物より、そのほうがもっと大事だわ」

「あいつに同情する必要はないだろう——あなたを何とも思っていないんだから」

「わたしはこの教会を施療所にしたけれど、拷問部屋にするつもりはないわ」

トマスは議論をつづけたがっている様子だったが、マーティンがやめろと首を振って思いとどまらせた。「思いだしてください、トマス」彼はいった。「あなたが最後にその品を見たのはいつですか？」

「ここに到着した晩だ」トマスが答えた。「二頭の馬に積んだ革袋と箱に入っていた。ほかの品と一緒に馬から降ろされて、たぶん教会に運ばれたと思う」

「それから？」

「それ以来、見ていない。だが、夕べの祈りのあとで私たち全員が食事に行ったときも、ゴドウィンとフィルモンは、ジュリーとジョンという二人の修道士と一緒に教会に残っていた」

カリスはいった。「当ててみましょうか。ジュリーもジョンも若くて力が強かったでしょう」

「そのとおりだ」

マーティンがあとをつづけた。「おそらく、その二人が宝物を祭壇の下に埋めたんだ。しかし、いつそれを掘り返したんだろう？」

「教会にだれもいないときに違いないが、食事時のあいだならできただろうな」

「食事中、彼らが不在のときがありましたか？」

「何回もあったと思う。ゴドウィンとフィルモンは、自分たちには規則が適用されないかのように振る舞っていた。ともかく、あいつらがいつ不在だったかをいちいち憶えてはいないな」

カリスが訊いた。「二度目にジュリーとジョンが不在だったのがいつか、それも憶えていない？　ゴドウィンとフィルモンは、もう一度手伝いが必要だったはずよ」

「そうとも限らないさ」マーティンが口を挟んだ。「一度掘った穴をもう一度掘り返すのはずっと簡単だ。ゴドウィンは四十三歳で、フィルモンはまだ三十四歳だ。二人が本気になれば、手助けなしでもできたはずだ」

その晩、ゴドウィンが譫言をいいはじめた。聖書の言葉を繰り返したり、説教をしたり、ときには赦しを乞うたりした。手掛かりが得られないかと、カリスはしばらく耳を傾けた。「大バビロンが倒れた。彼女の淫らな行ないが諸国の民を苦しみへと導いた。玉座から炎や稲妻がほとばしった。地上の商人たちは泣き悲しんだ。悔い改めよ、悔い改めよ、女と淫らな行ないを犯したのだ！　それはより高い目的のために、神の栄光のために行なわれた。目的は手段を正当化する。飲み物をくれ、神の愛のために」ゴドウィンの譫言に出てくる黙示録の言葉は、地獄の責め苦を描写した壁の絵から連想したのだろう。

カリスは、ゴドウィンの口元にカップを運んだ。「大聖堂の宝物はどこにあるの、ゴドウィン？」

「真珠と高価な宝石が埋めこまれた、七つの金の燭台が見える。緋色のリネンにくるまれて、シーダー材、白檀（びゃくだん）、銀でできた契約の箱のなかにある。私は赤い獣にまたがっている一人の女を見た。この獣は全身至るところ神を冒瀆する数々の名で覆われており、七つの頭と十本の角があった」彼の喚き声が身廊に響いた。

翌日、二人の修練士が死んだ。その日の午後、トマスとマーティンが、修道院の北側の墓地に二人を埋めた。寒くじめじめした日だったが、二人は穴掘り作業で汗だくになった。トマスが葬儀を執り行なった。カリスとマーティンは墓のそばに立った。すべてが壊れつつあるときも、儀式は上辺だけでも正常な状態の維持の手助けにはなる。彼らのまわりには、ゴドウィンとソール以外のすべての修道士が眠る、新しい墓があった。ソールの亡骸（なきがら）は最も名高い修道院長のための場所、教会の付属礼拝堂の下に眠っていた。

そのあと教会に戻ったカリスは、内陣（チャンセル）のソールの墓を見つめた。礼拝堂の一部は板石敷きになっていて、墓を掘るために動かされたように見えた。石を戻すとき、その一枚を磨いて、碑名が彫られていた。

教会の隅で七つの頭の獣の譫言を繰り返すゴドウィンのせいで、カリスは集中できなかった。

マーティンはカリスの思案げな顔と、その視線の行方に気がついた。彼はすぐに、彼女が何を考えているかを理解した。マーティンは驚愕した。「まさか、いくらゴドウィンでもソール・ホワイトヘッドの棺に宝物を隠したりはしないだろう？」

「修道士が墓を冒瀆する姿を想像するのは辛いけど」カリスはいった。「でも、そこなら宝物が教会からなくなる心配はないわ」

トマスがいった。「ソールはあなたたちが到着する一週間前に亡くなった。フィルモンはその二日後に姿を消している」

「つまり、フィルモンはゴドウィンを手伝って墓を掘り返すことができたわけだ」

「そうだ」

三人はゴドウィンの狂気じみた不明瞭な言葉を無視して、顔を見合わせた。

「探し出す方法は一つしかないな」マーティンはつぶやいた。

マーティンとトマスは木の手鋤を取ると、碑名の彫られた板石と周囲の敷石を移動させ、そこを掘りはじめた。

トマスは片手で穴を掘る方法を開発していた。使えるほうの手で手鋤を地面に突き刺し、それを傾け、手を刃に向かって滑らせて柄を持ち上げるのだ。この新しいやり方のおかげで、トマスの右手はすっかり逞しくなっていた。

それでも時間がかかった。いまどきの墓は浅いのが普通だが、ソール修道院長の墓は深さが六フィートもあった。すっかり暮れて、カリスが蠟燭を取ってきた。ちらちら揺れる明かりのなかで、壁の絵の悪魔たちが動いているように見えた。

トマスとマーティンは穴のなかに立ち、床の上には頭だけが出ていた。そのとき、マーティンがいった。「ちょっと待った。何かあるぞ」

泥で汚れた白いものが見えた。遺体を包む、油を塗ったリネンのようだ。カリスはいった。「遺体だわ」

トマスが訝った。「だが、棺はどこだ?」

「ソールを棺に入れたの?」棺は選ばれた人間のもので、貧しい人々は屍衣に包まれるのが普通だった。

トマスがうなずいた。「ソールは棺に入れて埋葬した——この目で見たんだ。ここは森の真ん中だから、木は豊富にある。ブラザー・ソールが病で倒れる直前まで、修道士たちは一人残らず棺に収められていた——ブラザー・ソールが大工仕事をして、棺を作ったんだ」

「ちょっと待って」マーティンは布に包まれた遺体の足下に手鋤を突き刺して一杯分をすくい取り、手鋤の刃でその下を叩いてみた。木と木がぶつかる鈍い音がした。「棺はこの下だ」

トマスがつぶやいた。「どうして遺体が外に出てしまったんだ?」

カリスは恐怖で身体が震えた。

遠く離れた部屋の隅で、ゴドウィンが声を上げた。「またその者は、聖なる天使たちの前で、火と硫黄で苦しめられることになる。その苦しみの煙は、世々限りなく立ち昇るだろう」

トマスがカリスに顔を向けた。「彼を黙らせられないのか？」

「薬を持ってきていないの」

マーティンがいった。「幽霊なんていませんよ。ゴドウィンとフィルモンが遺体を外に出したんだ――そして、棺に盗んだ宝物を入れたんでしょう」

トマスが冷静さを取り戻した。「棺のなかを確認したほうがいいな」

そのためには、屍衣に包まれた遺体を移動させなくてはならなかった。マーティンとトマスが腰を屈め、遺体の肩と膝をつかんで持ち上げた。肩の高さまで持ち上げて、できるだけ遠くに置くために、床の上に放り投げた。遺体が音を立てて落下し、三人は縮み上がった。幽霊を信じていないカリスでさえ彼らの行為にぎょっとして、肩越しに、教会の暗い隅へこわごわ目をやった。

マーティンが棺の上の泥を取り除いているあいだに、トマスが金梃子を取ってきて、二人で棺の蓋を持ち上げた。

よく見えるようにと、カリスは二本の蠟燭を墓の上に掲げた。

棺には屍衣に包まれた別の遺体が入っていた。

トマスが叫んだ。「どういうことだ？　わけがわからない！」その声は明らかに震えていた。

「もう一度、きちんと考えましょう」マーティンはいった。落ち着いているように見えたが、彼をよく知っているカリスには、平静を保つのに非常な努力を払っているのがわかった。

「棺にいるのがだれなのか、ともかくそれを確かめましょう」

マーティンは屈んで屍衣をつかむと、頭の部分の縫い合わせに沿って引き裂いた。遺体は死後一週間を経過して不快な臭いがしたが、暖房のない教会の冷たい地面の下にいたために、ほとんど劣化していなかった。カリスの持つ蠟燭の揺れる明かりでも、だれの遺体かははっきりわかった。遺体の頭に、アッシュ・ブロンドの髪が張りついていた。

トマスが確認した。「ソール・ホワイトヘッドだ」

「彼は本来の棺にいたわけだ」マーティンはつぶやいた。

カリスが訊いた。「それなら、あの遺体はだれなの?」

マーティンがソールのブロンドの髪の周りの布を閉じ、棺の蓋を閉めた。

カリスは、もう一つの遺体のそばに膝をついた。これまで数多くの遺体を扱ってきたが、墓から掘り出したことなど当然初めてで、両手が震えた。それでも、遺体を包んだ布を開いて顔を露わにした。おそろしいことに、遺体は目を見開き、何かを見つめているようだった。カリスはやっとの思いで遺体のまぶたを閉じてやった。

それはカリスの知らない、大柄な若い修道士だった。トマスが爪先立ちになって墓から顔を出した。「ブラザー・ジョンキルだ。彼が死んだのは、ソール修道院長が亡くなった翌日だ」

カリスは訊いた。「そして、彼を埋めたのは……?」

「墓地だ……と思っていたが」

「棺に入れて？」

「ああ」

「でも、遺体はここにあるわ」

「彼の棺は相当重かった」トマスがいった。「私は運ぶのを手伝ったんだ……」

マーティンが口を挟んだ。「わかったぞ。埋葬される前、ジョンキルは棺に入れられて教会に安置されていた。ほかの修道士たちが食事をとっているあいだに、ゴドウィンとフィルモンが棺を開けて遺体を外に出した。そしてソールの墓を掘り返し、ソールの棺の上にジョンキルを転がし落として墓を元に戻した。そのあと、大聖堂の宝物をジョンキルの棺に入れて、ふたたび蓋を閉じたんだ」

トマスがいった。「ジョンキルの墓を掘り起こさなければならないな」

カリスは教会の窓を見上げた。真っ暗だった。ソールの墓を掘り起こしているあいだに、夜がすっかり更けていた。「朝まで待ちましょう」彼女はいった。

男たちはしばらく黙り込んでいたが、やがて、トマスがいった。「いやな仕事はさっさと終わらせるに限る」

カリスは厨房へ行き、薪を二本取って火をつけると、教会へ戻った。

三人が外に出たとき、ゴドウィンの叫び声が聞こえた。「神の怒りである搾(しぼ)り桶は、都の外で踏まれた。すると、血が搾り桶から流れ出て、馬の轡(くつわ)に届くほどに広がった」

カリスは身震いした。それは聖ヨハネの黙示録にある堕落の場面だった。彼女は薄気味悪くなり、その場面を頭から締め出そうとした。

松明の赤い炎を頼りに、三人は墓地へ急いだ。黙示録を描いた壁画から離れ、ゴドウィンの狂った譫言の届かないところへきて、カリスはほっとした。マーティンとトマスが、ジョンキルの墓石を見つけて掘り返しはじめた。

すでに二人の修練士の墓を掘り、ソールの墓を掘り返していたが、これで四度目の墓掘りだった。マーティンは疲労の色を浮かべ、トマスも汗をびっしょりかいていた。しかし、二人は根気強く作業をつづけた。少しずつ穴は深くなり、墓のそばに土が高く盛られていった。

ようやく、手鋤が木にぶつかった。

カリスはマーティンに金梃子を渡し、二本の松明をかざして穴の端に膝をついた。マーティンが棺の蓋をこじ開け、墓の外に放り投げた。

棺に遺体はなかった。

その代わり、袋と箱がぎっしり詰まっていた。マーティンが革袋を開け、宝石をちりばめた十字架を取り出して、力なくつぶやいた。「ハレルヤ」

トマスが箱を開け、ずらりと並んだ羊皮紙の巻物を見つけた。木箱に入った魚のようにぎっしり並べられている。譲渡証書だった。

カリスは肩の荷が降りてほっとした。女子修道院の譲渡証書を取り戻したのだ。

トマスが別の袋に手を入れて何かをつかみ、とたんに悲鳴を上げて手を放した。つかんだのは頭蓋骨だった。

「聖アドルファスの遺骨ですよ」マーティンは冷静だった。「彼の骨を納めた箱に触れるために、巡礼は何百マイルも旅をするんですよね」そして、頭蓋骨を拾い上げ、骨を袋に戻した。「ぼくたちに幸いが訪れますように」

「ちょっといいかしら?」カリスがいった。「わたしたちはこの宝物をすべて荷馬車に乗せて、キングズブリッジに運ばなければならないわ。このまま棺に入れておいてはどうかしら? すでに梱包(こんぽう)されているし、棺だと泥棒も怖じ気づくでしょう」

「いい考えだ」マーティンがいった。「墓から棺を引き上げるだけですむ」

トマスが修道院へ戻って縄を持ってきた。墓から棺を引っぱり上げると、棺に蓋をつけ直し、それをひきずって教会へ運ぶために、周囲を縄できつくしばった。

棺を動かそうとした瞬間、叫び声がした。

思わず、カリスも悲鳴を上げた。

三人は教会に顔を向けた。目を見開き、口から血を流した人物が、彼らに向かって走ってきた。カリスは一瞬恐怖を感じた。これまで幽霊について耳にした迷信は、すべて本当だったのだ。だが、次の瞬間、自分が目にしているのはゴドウィンだと気がついた。不思議なことに、死の床から起き上がる力を得たらしい。よろよろと教会から出てくると、カリスの持っている松明の明かりを目に留めたらしく、半狂乱で三人のほうに走っていた。

三人は立ちすくんだまま、その姿を見つめた。

ゴドウィンが足を止め、棺に目をやり、そして、空っぽの墓を見た。せわしなく揺れる松明の明かりの下でゴドウィンのゆがんだ顔を見て、カリスは彼がすべてを理解したことに気がついた。ゴドウィンは身体の力が抜けたかのようだった。やがて、ジョンキルの空の墓のそばに盛られていた土の上に倒れ、その盛り土を転がって穴に落ちてしまった。

三人は穴を覗いた。

ゴドウィンは何も見ていない目を見開き、彼らを見上げて、仰向けに倒れていた。

66

カリスはキングズブリッジに戻ってくるや、もう一度出かけることにした。彼女にとって森の聖ヨハネ修道院の印象は、マーティンとトマスが掘り出した死体や墓地ではなく、耕作する者がいなくなった畑だった。トマスが走らせる荷馬車でマーティンとキングズブリッジへ戻る途中、同じような状態の土地がたくさんあるのを見て、重大な危機が迫っているのがわかった。

修道士と修道女は、収入の大部分を地代から得ている。農民は修道院が所有する土地で作物を栽培し、家畜を育て、その地代を騎士や伯爵に払うかわりに、修道院や女子修道院に支払っている。昔は収穫したものの一定割合を大聖堂に届けていた――たとえば小麦粉十二俵、羊三頭、仔牛一頭、荷車一台分の玉ネギ――しかし、いまではほとんどが貨幣で支払われている。

土地を耕作する者がいなければ、地代は入らない。そうなったら、修道女はどうやって生活していくのか。

カリスが森の聖ヨハネ修道院から取り戻した大聖堂の聖具、現金、譲渡証書は、秘密の宝庫に無事隠された。それはマザー・セシリアがジェレマイアに依頼し、簡単には発見されない場所に新たに造らせたものだった。聖具は一つを除いてすべて発見された。その一つというのは金の燭台で、キングズブリッジの蠟燭職人ギルドから贈られたものだった。これが消えていた。

カリスは奪い返してきた聖人の遺骨を呼び物にして、勝利の日曜礼拝を行なった。また、トマスを孤児院の少年担当にした――少年のなかには、強い男の存在が必要な年齢に達している者がいたからだ。カリス自身は修道院長の館に移った。そこに女が住んだと知ったら、ゴドウィンはさぞ仰天するだろう。そのような細々とした仕事をすませると、カリスはオーセンビーへ発った。

オーセンビーは厚い粘土層の肥沃な谷間の土地で、キングズブリッジから一日の行程だった。邪悪な騎士が罪深い生涯の赦しを得ようと、最後のあがきとして、百年前に修道女たちに寄贈したのだった。オーセン川の岸に沿って、五つの村が散らばっていた。川のどちら側にも、大きな畑が谷底から丘のふもとまで広がっていた。

畑は細長く区切られ、それぞれの家族に配分されていた。恐れていたとおり、耕作されていない土地がたくさんあった。ペストですべてが変わったのに、知恵のある人間――あるいは、勇気のある人間かもしれない――がいないせいで、新しい状況のもとでの農業の立て直しができておらず、カリス自身がそれをしなくてはならなかった。何をすべきかはおおよそわかっていたので、詳細は実行しながら詰めていくつもりだった。

カリスが一緒に連れてきたのはシスター・ジョーンで、修練期間を終えたばかりの若い修道女だった。聡明な娘で、カリスは十年前の自分を彼女に重ねた——容姿にではなく、その問題意識と鋭い懐疑心に、である。彼女は黒髪で青い目だった。

二人は馬に乗り、最大の村であるオーセンビーへ出かけた。村全体を任されている土地管理人のウィル・ベイリフは、教会の隣りの大きな木造の家に住んでいた。彼は家にいなかったが、はるか向こうの畑で、カラス麦の種をまいているのが見えた。身のこなしののろい大男だった。隣接している細長い土地は作付けされないまま放置され、雑草が生えて、数匹の羊が草を食んでいた。

ウィルは村の地代を届けるために年に何度か修道院を訪れていたので、カリスを知っていた。だが、村の畑で見かけるとは思っていなかった。「シスター・カリスじゃありませんか！」彼はあわてて声をかけた。「どうしてここに？」

「いまはマザー・カリスよ、ウィル。修道院の土地が有効に使われているかどうかを見にきたの」

「それが……」ウィルが首を振った。「見てのとおりです。最善は尽くしていますが、男たちが大勢いなくなったので苦労しているんですよ」

土地管理人はいつでも苦労している、大変だと口癖のようにいうものだが、今回は確かにそうだった。

カリスは馬を降りた。「一緒に歩きながら説明してちょうだい」数百ヤード向こうのゆるやかな丘の斜面で、一人の農民が八頭の牛を使って土地を耕していた。その男が牛の群れを止めて不審そうに自分たちを見たので、カリスは男のほうへ向かった。

ウィルがようやく落ち着きを取り戻し、カリスの傍らを歩きながらいった。

「あなたのような神に仕える女性が土地の耕作について知っているとはとても思えないが、できるだけ詳しく説明しましょう」

「ありがたく拝聴させてもらうわ」彼女はウィルのようなタイプの男に腰を低くするのに慣れていて、彼らに対しては、刺激しないで、むしろなだめすかして安心させるのがいちばんだとわかっていた。そのほうがたくさん情報を得られる。「今度の疫病では、何人ぐらいの男性が亡くなったの？」

「大勢です」

「何人？」

「さあ……そうですね、ウィリアム・ジョーンズ、彼の息子が二人、それから、リチャード・カーペンター、彼の妻……」

「名前はいいわ」カリスは苛立ちを抑えていった。「何人なの、だいたいでいいわ」

「考えなければわかりませんよ」

彼らは鋤のそばに着いた。八頭もの牛を操るには特殊な技術が必要で、たいていの場合、鋤を扱うのは村人のなかでも頭のいい男と決まっていた。カリスはその若者に声をかけた。

「オーセンビーでは、ペストで何人亡くなったの？」

「二百人ぐらいですかね」

カリスは若者を観察した。背は低かったが筋骨たくましく、金色の顎髭をたくわえていた。おおかたの若者がそうであるように、彼も自信満々に見えた。「名前はなんというの？」彼女は尋ねた。

「リチャード・プラウマンの息子のハリーです」

「わたしはマザー・カリスよ。二百なんて数字がどうして弾き出せたの？」

「だって、オーセンビーで死んだのが四十二人。ハムとショートエーカーも同じぐらいだから、それでざっと百二十人。ロングウォーターは大丈夫でしたが、オールドチャーチはロジャー・ブレトン爺さんを除いて全滅。それが約八十人だから、二百人です」

カリスはウィルを見た。「もともとは谷全体で何人いたの？」

「さあ、えーと……」

ハリーが代わりに答えた。「疫病の前は千人近くいました」

ウィルがいった。「だから、ご覧のように、私も自分の土地で種まきをしているんですよ。ほんとうなら労働者にやらせる仕事ですが、労働者がいません。全員死にました」

ハリーがいった。「それに、高い給金を求めて、よそへ働きに行きましたから」

カリスは意表をつかれた。「何ですって？　高い給金って、いったいだれが出すの？」

「隣り村の裕福な農民ですよ」ウィルが憤慨して答えた。「貴族の払う給金は一日一ペニーと決まっていて、労働者は常にそれだけ受け取ることになっているんです。本来はそうあるべきなんですが、身勝手なやつというのはいるもんですからね」

「でも、自分の作物の種まきもしなければならないでしょうに」カリスは訝った。

「あとさきを考えない人間もいるんですよ、マザー・カリス」ウィルがいった。

カリスは耕作されないで羊がいるだけの土地を指さした。「あの土地はどうしたの？　なぜ耕されていないの？」

ウィルが答えた。「あれはウィリアム・ジョーンズのものです。彼と息子が死んで、妻はシャーリングの妹のところに行きました」

「新しい借り手を探さなかったの？」

「見つかりませんよ」

ハリーがまた口を挟んだ。「いずれにしても、いままでの条件では見つかりません」

ウィルがハリーを睨みつけたが、カリスはかまわず訊いた。「どういうこと？」

「作物の値が下がったんです。普段なら、春のトウモロコシは高いはずなのに」

カリスはうなずいた。確かに市ではそうなっている。だれでも知っていることだ――買い手が少なければ価格は下がる。「それでも、みんな生きていかなければならないわ」

「彼らは小麦や大麦やカラス麦なんか育てたくない――しかし、いわれるとおりに育てなければならない。少なくとも、この谷はそうです。それで、土地を借りたい者はよそへ行くんですよ」

「それで、よそでは何が手に入るの？」

ウィルが腹立たしげにさえぎった。「好き勝手にしたいだけですよ」

ハリーがカリスの質問に答えた。「現金で賃料を払って、自由な農民になりたいんですよ。週に一日、領主の土地で働くよりはそのほうがいいんです。いろんな作物を自分の考えで育てられますからね」

「どんな作物？」

「麻、林檎、梨――つまり、市で売れるものです。たぶん、それは毎年違うはずです。しかし、それはオーセンビーでは許されませんでした」ハリーは気持ちがおさまったのか、いい添えた。「あなたのような聖職者の命令には逆らえません、修道院長。それにウィル・ベイリフにもね。だれもが知る正直者ですから」

カリスにはよく理解できた。土地管理人は常に保守的だ。いいときはそれで問題はない。従来のやり方で十分だからだ。しかし、いまは重大な危機のときだ。

彼女は最大限、威厳のある態度をとった。「わかりました。よく聞きなさい、ウィル。あなたにしてもらいたいことがあります」ウィルはびっくりしたようだった。「相談されることはあっても、命令されることなどないはずだった。「まず、丘の斜面を耕すのはやめなさい。ほかに耕作されるべき土地があるのに、馬鹿げています」

「でも……」

「黙って聞きなさい。すべての労働者に、同じ比率で土地を交換すると発表しなさい。丘の斜面ではなく、谷底のいい土地とです」

「斜面はどうするんです？」

「牧草地にします。下の斜面は牛用、上は羊用です。それなら人手はいりません。ほんの二、三人の少年で番ができます」

「まさか」何かいいたげだったが、ウィルはすぐに言葉が出ないらしかった。

カリスはつづけた。「次に、借り手のない谷底の土地は、小作料なしの土地としてだれでも望む人に提供し、貨幣で地代をもらいなさい」労働者は農民ではないので領主の土地で働く義務はないし、結婚や家を建てる許可をもらう必要もない。地代さえ払えばいいのだ。

「これからは、古い慣習はすべて捨ててもらいます」

カリスは耕されていない細長い土地を指さした。「古い慣習のせいで、わたしの土地は荒れ放題です。こんな状態を止める方法がほかにありますか？」

ウィルは長いあいだ沈黙していたが、やがて、ないと首を振った。

「三つ目に、ここの土地で働く者全員に一日二ペンスの給金を出すと伝えなさい」

「一日二ペンス！」

このような改革を精力的に実行するにはウィルでは頼みにならない、とカリスは考えた。ぐずぐず引き延ばして言い訳を考えるだろう。彼女は自信満々のハリーを見た。この若者をこの改革の闘士にしよう。「ハリー、数週間で州のすべての市を回ってください。そして、働き場所を探している人々に、オーセンビーへ行けばいい仕事があるといいふらしなさい。給金の欲しい労働者にここへきてもらうのです」

ハリーがにやりと笑ってうなずいた。だが、ウィルはまだ理解できていないようだった。

「わたしはこの夏、この素晴らしい土地に作物が育つところを見たいのです」カリスはいった。「わかりましたか?」

「わかりました」ウィルが答えた。「ありがとうございます、修道院長」

カリスはシスター・ジョーンと一緒にすべての譲渡証書に目を通し、日付と件名を紙に控えた。そして、それを一枚ずつ複写することにした。ゴドウィンが提案した方法だった。もっとも、彼は証書を修道女から奪うための口実として、複写している振りをしただけだったが。複写はまっとうな考えだ。複写したものが多ければ多いほど、貴重な書類が紛失する恐れが少なくなる。

彼女は一三二七年の日付の証書に興味をそそられた。それはノーフォークのリンの近くにある大農場――リン農場と呼ばれていた――を修道士に譲渡するというもので、修道院がサー・トマス・ラングリーという騎士を修練士として引き受けるという条件付きで寄贈されていた。

彼女は子供時代に引き戻され、マーティン、ラルフ、グウェンダと一緒に森へ行き、トマスが片腕を失う原因となった傷を負った日を思い出した。

ジョーンに証書を見せると、彼女は肩をすくめていった。「裕福な家の者が修道士になるときにはよくあることですよ」

「でも、寄贈者を見てよ」

ジョーンが証書を見直した。「イザベラ女王ですって！」イザベラはエドワード二世の未亡人で、エドワード三世の母だった。「彼女はキングズブリッジとどんな関係があるのですか？」

「あるいは、トマスとね」カリスは補足した。

数日後、その事情を探る機会が訪れた。リン農場の土地管理人のアンドルーが、年に二回の貢納義務を果たすためにキングズブリッジにやってきたのである。彼は五十歳を過ぎたノーフォーク生まれの男で、農場が修道院に寄贈されたときからずっと管理している、白髪で丸々と太った男だった。彼が現われたということは、ペストにもかかわらずリン農場は繁栄しているのだ、とカリスは思った。ノーフォークは数日の行程がかかる土地だったので、修道院への税金を農場は遠路はるばる牛を追い立てたり農作物を荷車で運んだりするのではなく、貨幣で支払っていた。アンドルーは三分の一ポンドと等価の新しい硬貨、エドワード王が船の甲板に立っている図柄のノーブル金貨を持ってきた。カリスは金貨を数えてジョーンに渡し、新しい宝庫にしまわせると、アンドルーに訊いた。「なぜイザベラ女王は二十年前にこの農場をわたしたちにくださったのか、知っていますか？」驚いたことに、アンドルーの赤みをおびた顔が蒼白になった。彼は何度も答えかけてはやめ、ついにいった。「女王陛下のご決断を詮索するのはわたしのすることではありません」

「たしかにそうね」カリスは安心させるようにいった。「女王の動機が知りたかっただけよ」

「女王は敬虔な行ないをたくさんされた、信心深い女性です」

夫殺しもそうかしらと思ったが、カリスは先をつづけた。「でも、トマスの名を挙げたのには理由があるはずよ」

「彼は女王に恩寵を嘆願しました。何百人という人々がそうしたようにです。女王は立派な貴婦人たちのように、慈悲深くそれを叶えてやられたのです」

「普通は嘆願者と何らかのつながりがあるはずよ」

「いえ、絶対につながりはありません」

そのどぎまぎした様子から、カリスは彼が嘘をついていると確信したが、同時に、自分には決して真実を話してくれないだろうと判断して話を打ち切り、アンドルーを施療所での夕食に送り出した。

翌朝、カリスは歩廊でブラザー・トマスに声をかけられた。彼は修道院に残っている、ただ一人の修道士だった。そのトマスが腹立たしげにいった。「なぜあなたはアンドルー・リンを尋問したのです？」

「なぜって、知りたかったからよ」カリスは不意を突かれて答えた。

「どうするつもりなんですか？」

「どうするつもりもないわ」カリスは彼の攻撃的な態度に気分を害したが、争いたくはなかった。緊張をほぐそうと、アーケードの縁をとりまく低い壁に腰を下ろした。春の陽差しが燦々と中庭に降り注いでいた。彼女はうらとけた口調で切り出した。「これはどういうことなの？」

トマスが厳しい口調でいった。「なぜ私を調べるのです？」

「そうじゃないのよ」彼女は答えた。「落ち着いてちょうだい。わたしは証書をすべて調べて一覧表にし、複写したわ。ところが一つだけ、さっぱりわからないものがあったの」

「あなたは自分に関係のないことを詮索している」

カリスはつんと頭をあげた。「わたしはキングズブリッジの修道女で、修道院長代行よ――ここのことは何でも知っていて当然よ」

「昔のことを穿り返したら、必ず後悔することになりますよ」

まるで脅迫だったが、カリスは逆らわないことにして、ほかの手を試した。「トマス、わたしたちは味方同士よ。でも、わたしが何をしようとあなたに止める権利はないの。お願いだからそういう言い方はやめて、わたしを信用してちょうだい」

「あなたは自分が何を詮索しているのかわかっていないんだ」

「それなら、教えてよ。イザベラ女王はあなたやわたしやキングズブリッジとどんな関係があるの？」

「何もありませんよ。彼女はいまでは年老いて、隠遁生活を送っているじゃないですか」

「彼女はまだ五十三歳よ。すでに一人の王を退位させ、その気になればもう一人も退位させられる。そして、わたしの修道院とは長年隠蔽（いんぺい）されてきたつながりがあって、あなたはそれをわたしに隠すつもりなのよ」

「それがあなたのためだからだ」

カリスは無視していった。「二十二年前、だれかがあなたを殺そうとした。その人物はあなたを消すのに失敗して、修道院に入れることで復讐したのと同じ人？」

「アンドルーはリンへ戻ると、あなたに尋問されたことをイザベラ女王に報告するでしょう。それがわかっているんですか？」

「なぜ女王は気にするの？　なぜみんながあなたを恐れるの、トマス？」

「私が死んだら、すべての答えが出るでしょう。そのときには、もう何も問題になりませんからね」彼は踵を返して去っていった。

正餐を知らせる鐘が鳴った。カリスは考えながら修道院長の館へ向かった。ゴドウィンの飼い猫だった〝大司教〟が入り口に坐っていた。カリスは自分を睨んでいる大司教を追い払った。猫は建物に入れたくなかった。

カリスにはマーティンと正餐をとる習慣ができていた。昔から修道院長は定期的に長老参事（オールダーマン）と食事をすることになっていたが、毎日食事をするのは普通ではなかった――だが、いまは普通のときではない。だれかが異議を申し立てたらそう答えるつもりだったが、そんなことをする者はいなかった。食事をしながら相談するのは、また旅に出て、二人だけになれる口実と決まっていた。

マーティンが泥まみれになって、スモール・アイランドの建築現場からやってきた。彼はもう、誓いを捨てて修道院を出ろとは求めなくなっていた。少なくともいまは毎日会えるし、将来もっと親密になる機会がくると思って満足しているようだった。

修道院の使用人がヒメコウジで煮込んだ塩漬け肉を運んできた。給仕がいなくなると、カリスは例の証書とトマスの反応についてマーティンに話した。「きっとトマスは、明るみに出たら年老いた女王が窮地に陥る秘密を知っているのよ」

「そうなんだろうな」マーティンが慎重に応えた。

「一三二七年のあの諸聖徒日(オール・ハロウズ・デイ)、わたしたちが逃げたあと、あなたは彼に捕まったわね」

「そうだ。彼は手紙を埋めるのをぼくに手伝わせた。そして、だれにもいわないと誓わせた——彼が死ぬまでだ。死んだら、手紙を掘り出して聖職者に渡す約束になっている」

「自分が死んだときにすべての疑問に答えが出ると、彼はそういってるわ」

「思うに、あの手紙は彼が敵に対して握っている脅迫状なんじゃないかな。トマスが死ねばその内容が漏れるのを、敵は知っているに違いない。だから、トマスを殺すのが怖い——というわけで、現実的なやり方を採用し、トマスをキングズブリッジの修道士にして、それによって、自分たちが間違いなく無事に生きていけるようにしたんだ」

「まだそれが重要なの？」

「あの手紙を埋めて十年たったとき、秘密は漏らしていないとトマスにいったことがあるんだ。そうしたら、〝漏らしていたら、おまえはもう死んでいる〟と応えた。それは誓いを立てたときより恐ろしかったよ」

「マザー・セシリアはわたしに、エドワード二世は自然死ではないといったわ」

「どうして彼女がそんなことを知っているんだ？」

「叔父のアントニーが話したのよ。これはわたしの推測だけど、その秘密というのはイザベラ女王が夫を殺害したということじゃないかしら」

「いずれにしても、国民の半分はそう思っているよ。しかし、もし証拠があるとなると……。セシリアは殺され方についても話したのか？」

カリスは懸命に思い出そうとした。「いいえ。確か〝前の王は転倒して死んだのではない〟といったんじゃなかったかしら。わたしは殺されたのですかと尋ねたけど、彼女は何も答えないまま亡くなったの」

「それにしても、くさい芝居を隠蔽するためでなければ、王の死についてでたらめな話を流す必要があるだろうか？」

「くさい芝居があって、それに女王が絡んでいることを、きっとトマスの持っていた手紙が証明するのよ」

二人は思案に耽りながら正餐を終えた。修道院では、正餐のあとの時間を休息と読書についやす決まりになっていた。カリスとマーティンはいつもならしばらくゆっくり過ごすのだが、その日のマーティンは、島に建築中の新しい宿屋――〝橋〟という名前になる予定だった――の屋根の角度が気になっていた。彼は貪るようにキスをし、後ろ髪を引かれる思いだといいながら現場へ戻った。カリスはがっかりして『アルス・メディカ』を開いた。それは古代ギリシャの医師ガレンが著わした書物のラテン語訳で、大学で医学を学ぶ学生の入門書だった。彼女はそれを読んで、オックスフォードやパリで聖職者が何を学んでいるのかを知ろうとしたが、これまでのところ、役に立ちそうな記述はなかった。

使用人がテーブルを片づけると、カリスはいった。「ブラザー・トマスにここへくるようにいってちょうだい」さっきは険悪になったけれど、まだ友だちだと確認しておきたかった。

しかし、トマスがこないうちに、外で騒ぎが起こった。数頭の馬のいななきが聞こえ、到着した貴族が騒ぎ立てているらしかった。間もなく乱暴に扉が開けられ、テンチの領主のサー・ラルフ・フィッツジェラルドが入ってきた。

彼は怒っているようだったが、カリスは気づかない振りをした。「こんにちは、ラルフ」彼女はできるだけ愛想よくいった。「まさかあなたがきてくれるなんて嬉しいわ。キングズブリッジへようこそ」

「うるさい」ラルフが乱暴にいい放ち、すさまじい剣幕でカリスに詰め寄った。「州じゅうの農民を堕落させているのがわかっているのか？」

ついてきたもう一人の男が、扉のそばに立った。顔の小さい大男で、ラルフの長年の相棒のアラン・ファーンヒルだった。二人とも、剣と短剣で武装していた。その瞬間、カリスは自分しか館にいないことに気づいた。この場を和らげなければならない。「塩漬け肉でもいかが、ラルフ？　わたしは食事を終えたばかりだけど」

ラルフは見向きもしなかった。「おまえはおれの農夫を盗んだな！」

「農夫？　毛布？　どっち？」

アラン・ファーンヒルが噴きだした。

ラルフが真っ赤になり、ますます険悪な表情になったので、冗談はやめておけばよかったとカリスは後悔した。

「おれをからかうと後悔するぞ」ラルフがいった。

カリスはカップにエールを注いだ。「からかったりなんかしていないわ。何がいいたいのかはっきりおっしゃれば？」そして、エールを差し出した。

彼女が怖がっているのは手の震えを見ても明らかだったが、ラルフはカップに目もくれず、カリスに向けて指を突き出した。「労働者がおれの村から消えている——どうなったか調べたら、おまえの村に移っていた。高い給金をもらえるからといってな」

カリスはうなずいた。「馬を売るとき、二人の男が買いにきたら、高い値段をつけたほうに売らない？」

「それとこれとは違う」

「同じよ。エールをどうぞ」

ラルフがカリスの手を横殴りに払いのけた。カップが床に落ち、エールが床の藁にこぼれた。「やつらはおれの労働者だ」

打ち身ができたが、痛みを気にしているときではなかった。彼女は腰をかがめ、カップを拾って戸棚に置いた。「そうじゃないわ。もし彼らが労働者なら、あなたから土地をもらっているわけではないから、どこへでも行く権利があるでしょう」

「おれはまだやつらの領主だ、ちくしょう！　それから、もう一つ。先日、ある自由民に土地を貸すといったら、キングズブリッジの修道院ならもっといい条件がもらえるといって断わりやがった」

「それも同じことよ、ラルフ。わたしはいくらでも人手がほしいの。だから、彼らが望んでいるものを与えるのよ」

「おまえは女だから、ものが考えられない。そんなことをしたら、結局は労働者にどんどん金を払うはめになるのがわかっていないんだ」

「必ずしもそうではないわ。高い給金は、いまは仕事のない人を惹きつけるかもしれない――たとえば無法者とか、ペストで人がいなくなった村を渡り歩いて暮らしを立てている流れ者とかをね。そして、いま労働者をしている人たちのなかには、農民になって自分の土地を耕作するわけだから、これまで以上に一生懸命働く者がいるかもしれないでしょう」

ラルフが力いっぱい拳で机を叩き、カリスは大きな音に目をぱちくりした。「おまえにいままでのやり方を変える権利はない！」

「あると思うわ」

ラルフがカリスのローブをつかんだ。「もう我慢ならん！」

「離してよ」カリスは叫んだ。

そのとき、ブラザー・トマスが入ってきた。「お呼びだとか――いったいこれは何ですか？」

トマスが素早く部屋を横切ってきたので、ラルフはまるでローブに突然火でもついたかのように、カリスから手を離した。トマスは丸腰のうえに腕も片方しかなかったが、かつて負けた記憶のあるラルフは思わず恐怖を覚えた。

そして一歩あとずさり、怖がっているのがばれたと気づいて、ばつの悪そうな顔をした。

「こんなところに用はない！」ラルフは怒鳴り、出口へ向かった。

カリスはその背中に追い打ちをかけた。「わたしがオーセンビーやそのほかのところでやっていることは、間違いなく合法よ、ラルフ」

「それが本来あるべき秩序を乱しているんだ！」ラルフが怒鳴り返した。

「それを禁止する法律はないわ」

アランが主人のために扉を開けた。

「いまに見ていろ」ラルフが吐き捨てて出ていった。

67

一三四九年の三月、グウェンダとウルフリックはネイサン・リーヴと一緒に、ノースウッドの小さな町の水曜市へ行った。

二人はいま、ラルフのために働いていた。グウェンダもウルフリックもペストを逃れたが、ラルフの労働者が何人も死んだので、人手が必要になった。そこで、ウィグリーの土地管理人のネイトが、二人を雇うと申し出た。パーキンからは食べ物以外一銭ももらっていなかったが、ネイトは通常の給金を支払うといった。

二人がラルフのところで働くと聞いて、パーキンはいまなら通常の給金が払えると気づいた——だが、遅かった。

その日、彼らはノースウッドで売るための丸太を荷車一杯に積んで、ラルフの森から運んでいた。ノースウッドは昔から材木市の立つ町だった。息子のサムとデイヴィッドを連れてきたのは、面倒をみてくれる人がいなかったからだ。グウェンダは父親を信用していなかったし、母親は二年前に死んだ。ウルフリックの両親はずっと前に、橋の崩落で亡くなっていた。

市にはウィグリーの人間が何人かいた――ファーザー・ガスパードが自分の野菜畑に撒く種を買っていた。グウェンダの父親のジョビーは殺したばかりの兎を売っていた。

土地管理人のネイトは背中が曲がっているせいで、丸太を持ち上げることができなかったので客との取引を担当し、ウルフリックとグウェンダが丸太を運んだ。正午になると、ネイトは二人に一ペニーを渡し、広場の近くの宿屋のオールド・オークで食事をするようにいった。二人は葱と一緒に煮たベーコンを買い、子供たちと食べた。八歳のデイヴィッドはまだ食が細かったが、サムは育ち盛りの十歳で、いつも腹をすかせていた。

一家が食事をしていると話し声が聞こえてきて、グウェンダは思わず聞き耳を立てた。

若い男の一団が店の隅に立ち、大きなジョッキでエールを飲んでいた。みんな貧しい身なりをしていたが、金色の顎髭をたくわえた男だけは革のズボン、立派なブーツ、新品の帽子といった、裕福な農民や村の職人の服装だった。グウェンダが耳をそばだてたのは、「オーセンビーなら一日二ペンス支払うぞ」という声を聞いたからだった。

彼女はさらに耳を澄ましたが、切れ切れにしか聞き取れなかった。雇い主のなかにはペストによる労働力不足のために、従来の日当の一ペンス以上を払う者がいると聞いていた。しかし、そんな話はうますぎて、とても信じられなかった。

グウェンダはしばらくウルフリックに黙っていたが、胸はどきどきしていた。夫はその魔法の言葉を聞いていなかった。彼女の一家は長年貧しさに耐えてきた。自分たちの人生が上向くなんてことがあるのだろうか。

もう少し調べる必要があった。

二人は食事を終えると外のベンチに坐り、息子やほかの子供たちが酒場の名前の由来になっている、太い樫の木の周りを駆けまわるのを眺めた。「ウルフリック」グウェンダが小声でいった。「一日に二ペンス稼げるらしいけど――一人二ペンスよ？」

「どうやって？」

「オーセンビーに行くの」彼女は小耳に挟んだ話を伝えた。「わたしたちの新しい人生の始まりかもしれないわ」彼女は締めくくった。

「でも、それだと二度と親父の土地には戻れないんじゃないのか？」

グウェンダは夫を棒で殴りつけたかった。まだそんな夢を見ているの？　どこまで馬鹿なの？

彼女は精一杯やさしい声を作った。「お義父さんの土地を取り上げられてから、もう十二年よ。そのあいだに、ラルフはますます力を持った。そして、彼があなたに機嫌を直しそうな様子は少しもないわ。あなたはいったいどんなチャンスがあると思っているの？」

彼はその質問に答えなかった。「どこに住むんだ？」

「きっとオーセンビーには家があるわよ」

「だけど、ラルフがおれたちを行かせるだろうか？」

「彼には止められないわ。わたしたちは労働者で、農民ではないんだもの。あなただってわかっているでしょう」

「しかし、ラルフはわかっているだろうか？」

「反対できないようにするのよ」

「そんなことができるのか？」

「そうね……」そこまでは考えていなかったが、もはやぐずぐずしていられないことだけは確かだった。「今日、いまから発つのよ。すぐにね」

それは考えるだに恐ろしいことだった。二人とも、これまでウィグリーでしか暮らしたことがないのだ。ウルフリックは引越しさえしたことがない。それなのに、別れを告げに戻りもせず、見も知らない村へ行って暮らそうというのだ。

しかし、ウルフリックにはほかの心配があった。彼は広場を横切って雑貨屋に向かう土地管理人を指さした。「ネイサンは何というだろう？」

「彼にわたしたちの計画を話しては絶対に駄目よ。作り話をするのよ――たとえば、理由(わけ)があって、一晩ここに泊まって明日帰るつもりだとか。そうしたら、だれもわたしたちの居場所はわからない」

「二度と帰らない、か」ウルフリックはいった。「二度とウィグリーには帰らないのよ」

グウェンダは苛立ちを抑えた。夫のことはよくわかっている。ウルフリックはいったん走り出すと止められないが、走り出すまでに時間がかかる。でも、結局は走り出す。融通がきかないのではなく、用心深く慎重で、あわてて決めるのが嫌いなだけなのだ——でも、こうするよりほかないのよ。

金色の顎髭をたくわえたさっきの若い男が、オールド・オークから出てきた。グウェンダはあたりを見回した。ウィグリーの人間の姿はなかった。彼女は立ち上がり、その男を呼び止めて訊いた。「労働者に一日二ペンス支払われるという話をしていなかった？」

「ああ」男が答えた。「オーセンビーだ。ここから南西へたった半日。なるたけ大勢必要なんだ」

「あなたはだれ？」

「オーセンビーの鋤使いで、名前はハリーだ」

グウェンダは思った。自分の村の鋤使いを抱えているのだから、オーセンビーは大きくて豊かな村に違いない。だって、鋤使いが自腹でここまでこれるんだもの。「それで、領主はだれなの？」

「キングズブリッジの女子修道院長だ」

「カリスじゃないの！」素晴らしい知らせだった。カリスなら信用できる。グウェンダはいっそう心が浮き立った。

「そうとも、彼女が修道院長だ」ハリーがいった。「とてもしっかりした女性だよ」

「知ってるわ」

「彼女は修道女を食べさせるために自分の畑を作付けしたいんだ。だから、言い訳には耳を貸さない」

「オーセンビーには労働者の住む家があるの？　家族と一緒に住む家が？」

「たくさんある、残念ながらね。ペストで大勢死んだんだ」

「ここの南西だと聞いたけど？」

「南へバドフォードまで行って、オーセン川をさかのぼったところだ」

グウェンダは警戒心を取り戻した。「わたしは行かないわよ」彼女はあわてていった。

「ああ、もちろんそうだろう」彼はその言葉を信じていなかった。

「実は、友だちの代わりに訊いているだけなの」グウェンダはそういって歩きだした。

「それなら、あんたの友だちにいってくれ。なるべく早くくるようにとな――春の畑鋤きと種まきが終わっていないんだ」

「わかったわ」

グウェンダはまるで強いワインでも飲んだかのように頭がくらくらしてきた。一日二ペンス、雇い主はカリス。しかも、ラルフ、パーキン、それにあの浮気女のアネットから遠く離れられる！　夢みたいな話だ。

グウェンダはウルフリックのそばに腰をおろした。「聞こえた？」

「聞こえた」彼は答えた。そして、酒場の入り口近くの人影を指さした。「彼もだ」グウェンダはそのほうを見た。父親のジョビーがそこにいた。

「馬を連れてこい」午後三時を過ぎると、ネイトがウルフリックに命じた。「そろそろ帰る時間だ」

ウルフリックはいった。「この一週間の給金をもらいたいんだけど」

「支払いはいつもどおり、土曜日だ」ネイトが素っ気なく答えた。「早くあの老いぼれ馬を連れてくるんだ」

ウルフリックは動かなかった。「いま払ってもらいたいんだ」彼は迫った。「あんたは金を持っている。材木が全部売れたからね」

ネイトがウルフリックを見据え、苛立たしげに訊いた。「なぜそんなに急ぐんだ？」

「ぼくたちは今夜、あんたと一緒にウィグリーに戻らないからだよ」

ネイトがぎょっとした。「なぜだ？」

グウェンダが代わって答えた。「メルコムに行くの」

「何だと？」ネイトが怒った。「おまえたちのような労働者風情が、メルコムに用なんかないだろう！」

「一日二ペンスで仲間が欲しいという漁師に会ったのよ」グウェンダは跡をつけられないように作り話をした。

ウルフリックがつづけた。「サー・ラルフによろしく。これからも神さまが彼とともにいますように」

グウェンダがさらにつづけた。「でも、もう会うことはないと思うわ」まるで甘い調べを聴くかのようだった――二度とラルフに会うことはない。

ネイサンが憮然（ぶぜん）としていった。「ラルフがおまえたちを逃がすものか！」

「わたしたちは農民じゃないし、土地もない。ラルフには止められないわ」

「おまえは農民の息子だ」ネイサンがウルフリックにいった。

「だけど、ラルフはぼくが父親の土地を継ぐのを拒否した」ウルフリックが答えた。「ぼくに忠誠を要求する権利はない」

「貧乏人が権利を主張するとは、ぶっそうな時代だな」

「たしかにそうかもな」ウルフリックは一歩引いた。「しかし、それでもぼくは主張する」

ネイトは諦めたようだった。「これですんだと思うなよ」

「馬を荷車につないでおこうか？」

ネイトが睨みつけた。自分ではできないのだ。背中が曲がっているから、複雑な仕事は身体がいうことをきかないし、馬は自分より背が高い。「当たり前だ」

「わかった。でも、その前に支払いをしてもらえるかな？」

ネイトは激怒している様子だったが、財布を出して、ペニー銀貨を六枚数えた。

グウェンダが銀貨を受け取り、ウルフリックは馬を荷車につけた。

ネイトは何もいわずに行ってしまった。

「やれやれ！」グウェンダは叫んだ。「これでよし、ね」そして、ウルフリックを見た。彼は満面の笑みを浮かべていた。彼女は尋ねた。「この気持ちって何かしら？」

「わからない」彼は答えた。「長年つけていた首輪が、突然外れたみたいな気分だ」

「よかったわ」それこそ夫に感じてもらいたいことだった。「今晩の宿を探しましょう」

オールド・オークは市の立つ広場の一等地にあり、値段も最高だった。彼らは安い宿屋を探して、小さな町を歩きまわった。最後に行き着いたゲイト・ハウスで、グウェンダは家族四人が一泊する交渉をし、夕食、床に敷く布団、そして朝食込みで、一ペニーで話をつけた。午前中ずっと歩くのだから、子供たちをちゃんと寝かせ、しっかり朝食を食べさせなければならない。

グウェンダは興奮でほとんど眠れなかった。心配でもあった。自分は家族をどこに連れていこうとしているのだろう。オーセンビーで何が待っているかは、一人の男、それも、見も知らない男の言葉だけが頼りだ。はっきり確かめるまで、ほんとうは信じてはいけなかったのだ。

しかし、十年間穴にはまったまま身動きのできなかったグウェンダとウルフリックに、ついにオーセンビーの鋤使いのハリーが脱出方法を教えてくれた。

朝食は粗末で、薄い粥(ポリッジ)と水っぽいサイダーだった。グウェンダは道中で食べようと、焼きたての大きなパンを一つ買い、ウルフリックは革袋を冷たい井戸水で一杯にした。一家は陽の出の一時間後に門をくぐり、南へ進んだ。

グウェンダは歩きながら、父親のジョビーのことを考えた。娘がウィグリーに帰ってこないと知ったら、小耳に挟んだ話を思い出して、オーセンビーへ行ったと推測するだろう。メルコムの作り話に騙されるはずはない。父親自身が名うての詐欺師で、単純な話にひっかかるほどお人好しではないのだから。だけど、わたしがどこへ行ったかを訊く相手がいるだろうか。わたしがいっさい父親と口をきかないことは、みんなが知っている。それに、もしだれかに訊かれたとしても、父親は感づいていることを口にするだろうか。なにがしかの父親としての情が、娘を守ろうとするのではあるまいか。

心配しても、できることは何もない。彼女は父親についての懸念を頭から追い払った。

旅には絶好の天気だった。地面は降ったばかりの雨でしっとりし、砂埃が立つこともなかった。今朝は雨も上がり、思い出したように太陽が顔を覗かせて、暑くも寒くもなかった。子供たちはたちまち音をあげた。弟のディヴィッドは特にそうだったが、ウルフリックは息子たちの気を紛らわせるのがうまく、歌を歌い、詩を暗誦し、植物の名前当てクイズや数字当てゲームをし、物語を語ってやった。

グウェンダはいまの自分たちがほとんど信じられなかった。きのうのいまごろは人生が変わるとは思えず、きつい労働、貧しさ、砕かれた夢こそが永遠の運命だと諦めていた。それなのに、いまは一家で新しい人生への道を歩んでいるなんて。

ウルフリックと十年間ともに暮らした家のことを考えた。残してきたものはほとんどない。鍋が二、三個、割ったばかりの薪が一山、塩漬け肉が半分、そして毛布が四枚。服はいま着ているものしかない。ウルフリックも子供たちもそうだ。宝石も、リボンも、手袋も櫛もない。十年前、ウルフリックは庭で鶏と豚を飼っていたが、貧しい年月のあいだに食べたり売ったりしてしまった。一家の乏しい財産は、約束されているオーセンビーの一週間分の給金とどっこいどっこいだろう。

ハリーの指示どおり南へ向かい、オーセン川の濁った浅瀬を渡り、そこから西へ曲がって、川沿いに上っていった。進むにつれて川幅が狭まり、ついに、二つの丘のあいだで土地が漏斗状になった。「すごいぞ、よく肥えた土地だ」ウルフリックが叫んだ。「しかし、重い鋤が必要だな」

正午に、石造りの教会がある大きな村にたどり着いた。教会の隣りにある木造の領主の館へ行き、入り口に立った。グウェンダは恐る恐る扉を叩いた。鋤使いのハリーに、そんなことをいったおぼえはない、ここに仕事なんかないといわれないか。家族を半日無駄に歩かせたのではないか。ウィグリーに戻って土地管理人のネイトにもう一度雇ってほしいと頼むなんて、なんと屈辱的か。

白髪混じりの女が扉を開け、村人がよそ者を見るときの胡散臭そうな目でグウェンダを見た。「何の用かね？」

「こんにちは、奥さん」グウェンダはいった。「ここはオーセンビーですか？」

「そうだよ」

「わたしたちは労働者の仕事を探しているの。鋤使いのハリーにここへくるようにいわれたんだけど」

「ハリーが？」

何かの間違いかしら。グウェンダは思った。あるいは、この女は単なる機嫌の悪い老いぼれ牝牛なのか？　もう少しでそう口に出そうになったところをぐっとこらえて、彼女はいった。「ここはハリーの家じゃないの？」

「とんでもない」女は答えた。「ハリーはただの鋤使いさ。ここは土地管理人の家だよ」

土地管理人と鋤使いのあいだがうまくいっていないのだわ、とグウェンダは思った。「それなら、土地管理人に会わなければ」

「いまはいないよ」

苛立ちをやっと我慢して、グウェンダは訊いた。「どこに行けば会えるか、教えてもらえないかしら？」

女が谷の向こうを指差した。「北の畑だよ」

グウェンダは畑のほうを見た。向き直ったときには、女は家のなかに消えていた。

ウルフリックがいった。「あの女はぼくたちが気にくわなかったらしいな」

「年寄りは邪魔が入るのを嫌うものよ」グウェンダは説明した。「土地管理人を探しましょう」

「子供たちが疲れている」

「すぐに休めるわ」

彼らは畑を越えていった。細長い土地のあちこちに、人々の働く姿があった。子供たちが耕された土で小石を拾っていた。女たちが種を撒き、男たちが肥やしを運んでいた。遠くに牛の群れが見えた。八頭の強そうな牛が、湿って重い土を鋤で耕していた。

馬に引かせた砕土機が溝にはまり、女と男の一団が懸命に引き出そうとしていた。グウェンダとウルフリックは手を貸してやった。ウルフリックの広い背中は効果覿面で、砕土機はうまく引き出された。

全員がウルフリックを見た。顔の片側に醜い火傷の跡のある、背の高い男が愛想よくいった。「なかなか使えるじゃないか——名前は？」

「ウルフリックだ。これは妻のグウェンダ。労働者の仕事を探しているんだ」

「ちょうどあんたのような男が欲しかったんだ、ウルフリック」その男がいった。「おれはカール・シャフツベリーだ」そして、握手の手を差し出した。「オーセンビーにようこそ」


それから八日後に、ラルフが現われた。

ウルフリックとグウェンダは石の煙突のある、小さいけれどもしっかりした造りの家に移っていた。二階に寝室があって、子供たちとは別に寝ることができた。年寄りや頭の固い村人は、二人を警戒した。とりわけ、土地管理人のウィルと、到着した日に不機嫌だった妻のヴァイがそうだった。しかし、鋤使いのハリーと若い仲間たちは変化が起きたことに興奮し、畑仕事の助っ人が現われたことを喜んだ。

約束どおり、一日二ペンスが支払われた。グウェンダは最初の一週間が終わるのが楽しみでならなかった。二人それぞれに十二ペンス——一シリング！——もらえるのだ。いままでに稼いだ最高額のさらに二倍だ。そんな大金をどうしよう？

ウルフリックもグウェンダも、ウィグリー以外で働いたことがなかったので、どこの村もみな同じではないのだと知って驚いた。ここの最高権力者はキングズブリッジ修道院で、それがまず違っていた。ラルフの支配は自分勝手で場当たり的であり、何だろうと彼に訴えるのは危険だった。それに対して、オーセンビーでは修道院長が何を望んでいるかがほぼわかっているようで、修道院長ならどういう裁きをするかを勘案して揉めごとを解決していた。

ラルフが現われたときも、そんなちょっとした問題が起きていた。

日が暮れて、村人たちは畑から家路についていた。疲れた大人たちの前を子供たちが駆けていき、鋤使いのハリーが引き具をはずした牛を連れて殿（しんがり）をつとめていた。その日、顔に火傷の跡のあるカール・シャフツベリーが――彼もグウェンダやウルフリックのように新参者だったが――家族で食べようと、夜明けに鰻を三匹つかまえた。金曜日のことだった。問題は、農民と同じように労働者にも、断食日にオーセンビーの川から魚を獲る権利があるかどうかだった。鋤使いのハリーは、オーセンビーの住民ならだれでも獲っていいと主張した。土地管理人の妻のヴァイは、農民は決められた税金を地主に支払う義務があるが、労働者にはそれがない。だから、余分の税を取られている者だけに余分の特権があると主張した。

裁定を求められた土地管理人のウィルは、妻と反対の考えだった。「カリス修道院長は、教会が人々に魚を食べさせたいと願うなら、人々は魚を与えられるべきだというだろう」彼はそう裁定し、全員がそれを受け入れた。

グウェンダが村のほうを見たとき、馬に乗った二人の男の姿が目に入った。

突然、冷たい風が吹いてきた。

人影は畑から半マイルのところにあって、村人が歩いている道の先の家に向かっていた。グウェンダはその二人が武装しているのがわかった。大きな馬に乗り、見るからに分厚い服を着ている――戦士は丈夫な裏打ちのついた外套を着るのが常だ。彼女はウルフリックをついた。

「わかってる」彼がむずかしい顔で応えた。

そういう男たちが村にくるとはただごとではない。彼らは作物を育て、家畜を飼う人間を軽蔑している。沽券に関わるので自前では調達しないものの、たとえばパン、肉、酒を農民から取りあげるとき以外、普通は村に足を運ばない。彼らが考えている権利や金額と、農民が考えているそれとは常に隔たりがあって、衝突は避けられない。

数分後には村人全員が彼らの姿に気づき、一団は静まりかえった。グウェンダはハリーが牛の向きをわずかに変えて村の反対側へ行こうとするのに気づいたが、やがて、その理由がわかった。

二人の男は逃亡した農民を探しにきたのに違いない。どうぞ、彼らがカール・シャフツベリーか、ほかの新参者の雇い主でありますように。グウェンダは思わず祈った。ところが、村人と馬上の男たちとの距離が狭まると、それがラルフ・フィッツジェラルドとアラン・ファーンヒルだとわかった。グウェンダは愕然とした。

これこそ彼女が恐れていた瞬間だった。ラルフがわたしたちの逃亡先を知る可能性はある。父親のジョビーは見当をつけているだろうし、それを黙っているという保証はない。ラルフにわたしたちを取り戻す権利はないが、彼は騎士で貴族だ。そういう人間は、いつでも好きなようにしてきている。

もう逃げるのは無理だ。一団は広々と耕された畑のなかの道を歩いていた。もしだれかが集団を離れて逃げたら、ラルフとアランはただちに気づいて追いかけてくるだろう。そうなったら、わたしたち一家は、ほかの村人たちと一緒にいることで得ている保護を失うだけだ。わたしたちはもう袋の鼠なのだ。

二人は子供たちを呼んだ。「サム！　デイヴィッド！　戻ってきなさい！」

子供たちには聞こえなかった。というより、聞きたくなかったのだろう、二人とも走るのをやめなかった。グウェンダはあとを追ったが、子供たちは鬼ごっこだと思って、追いつかれまいとさらに走った。いまや二人は村の近くまで行っていて、疲れはてたグウェンダはもう追いつけないと諦め、涙ながらに叫んだ。「戻ってきなさい！」

ウルフリックが代わりに走りだした。彼はグウェンダを追い越し、あっという間にデイヴィッドに追いついて両手で抱え上げた。だが、サムは大声で笑いながら、家々のあいだを走っていった。

馬上の男たちは教会のそばで馬の歩みを止めた。サムが近づいてくると、ラルフがゆっくりと馬を進め、鞍から身を乗りだして、サムのシャツをつかんで引っ張りあげた。サムが悲鳴を上げた。

グウェンダも思わず金切り声を上げた。

ラルフがサムを馬の肩に乗せた。

ウルフリックがデイヴィッドを抱えたまま、ラルフの前に立ちはだかった。

ラルフがいった。「おまえの息子らしいな」

グウェンダは震え上がった。息子が危ない。子供に手をかけるのはラルフの威信にかかわるだろうが、万に一つということもある。それに、もう一つの危険がある。

ウルフリックがラルフとサムを見て、二人が本当の父と息子だと気づくのではないか。もちろん、サムはまだ幼くて子供の身体と顔をしているが、豊かな髪と黒い目はラルフのもので、骨太の肩は広くがっしりしていた。

グウェンダは夫を見た。彼はまだ真実に気づいていなかった。村人たちも、それは同じらしかった。だが、ヴァイだけはグウェンダに鋭い視線を投げていた。この気難しい年寄りは感づいたかもしれない。でも、ほかはだれも——いまのところは。

ウィルが進み出て、訪問者に声をかけた。「こんにちは。私はウィルと申します。オーセンビーの土地管理人です。ところで……」

「黙れ」ラルフがいい、ウルフリックを指さした。「こいつはここで何をしているのだ？」

領主の怒りの矛先（ほこさき）が自分たちでないと知って村人たちの緊張がかすかに緩むのを、グウェンダは感じた。

ウィルが答えた。「領主さま、彼は労働者で、キングズブリッジ修道院長の許しを得て……」

「この男は逃亡者だ。元の土地に戻らなければならない」ラルフはいった。

ウィルがぎょっとして口をつぐんだ。

カール・シャフツベリーがいった。「ところで、あんたは何の権限があってそんなことがいえるんだ？」

ラルフは顔を記憶しようとするかのように、じっとカールを見つめた。「黙れ。さもないと、おまえの顔のもう一方も見られないようにしてやるぞ」

ウィルがおどおどしながら訴えた。「私どもは血を見たくありません」

「賢いじゃないか、土地管理人」ラルフはいった。「この生意気な男は何者だ？」

「おれが何者だろうと、あんたには関係ないだろう」カールが乱暴な口調になった。「おれはあんたがだれか知っているぞ。ラルフ・フィッツジェラルド、シャーリングの法廷で強姦罪で有罪になり、死刑宣告を受けた男だ」

「だが、おれは死んでいないよな？」ラルフが応じた。

「死ぬべきだったんだ。それに、あんたは労働者に土地のことであれこれいう権利はない。乱暴すると痛い目にあうぞ」

村人の何人かは、恐ろしくて息が止まりそうな顔をしていた。武装した騎士(ナイト)への口のききかたとしてはあまりに無謀だった。

ウルフリックが止めに入った。「何もいうな、カール。ぼくのために殺されては困る」「あんたのためじゃない」カールはいった。「こんな暴挙を許して、あんたが連れていかれたら、来週はおれの番になる。おれたちは手を組むべきだ。おれたちは腰抜けではない」カールは大男で、ウルフリックより背が高く、骨格は同じぐらい逞しかった。グウェンダは彼の意図を察して仰天した。もし喧嘩が始まったら、すさまじい乱闘になるだろう――しかも、息子のサムがまだラルフと馬上にいる。「わたしたちはラルフと一緒に行くしかないわ」彼女は半狂乱で叫んだ。「そのほうがいいのよ」

カールは譲らなかった。「違う、よくない。あんたが望もうと望むまいと、おれはあんたたちを行かせない。おれのためでもあるんだ」

そのとおりだというつぶやきが聞こえた。グウェンダはあたりを見回した。ほとんどの男が怯えながらも鋤や鍬を握りしめ、いまにも振りかざそうとしていた。

ウルフリックがラルフに背を向け、切迫した声でささやいた。「女たちは子供を教会に連れていけ――いますぐだ！」

数人の女がよちよち歩きの子を抱き上げ、大きな子の腕をつかんだ。グウェンダはその場に残り、若い女たちの何人かも動かなかった。村人は本能的にかたまり、肩を寄せ合った。ラルフとアランはまごついているようだった。五十人、あるいはそれ以上の、攻撃的な農民と向き合うはめになるとは思ってもいなかった。しかし、馬上にいるので、逃げるのはいつでもできる。

ラルフがいった。「それなら、この子をウィグリーに連れていくだけだ」

グウェンダは恐怖で息が詰まった。

ラルフがつづけた。「こいつの親がこの子を欲しいなら、元の土地に戻ることだ」

グウェンダはわれを忘れた。ラルフはサムをつかまえていて、いつでも逃走できる。彼女は狂ったように泣き叫ぶのをかろうじてこらえていた。ラルフが馬の向きを変えたら、体当たりして鞍からサムを引きずり下ろそう。そう決心するや、彼女は一歩前に出た。

そのとき、ラルフとアランの後ろに牛の姿が見えた。鋤使いのハリーが、牛を追いながら村の向こうからやってきた。八頭の巨大な牛が地響きをたてながら教会の前まできて騒動のなかで立ち止まり、どちらに進もうかと声もたてずに見回した。牛の群れの後ろにハリーがいた。気がつくと、ラルフとアランは村人と牛と石造りの教会の三方から包囲されていた。

ハリーはラルフがウルフリックと自分を連れ去るのを阻止するためにこれを仕組んだのだろう、とグウェンダは想像した。それにしても、よくできた作戦だ。

カールがいった。「その子を降ろせ、サー・ラルフ。そしておとなしく帰れ」

問題はラルフが面目（めんぼく）を失わずに引き下がれなくなったことだ、とグウェンダは思った。ラルフは何か手を打たないかぎり馬鹿に見える。それは誇り高い騎士が何より恐れることだ。彼らは何かにつけて名誉を口にするが、それには何の意味もない——そういうときは苦しい立場にあるのだ。彼らがほんとうに大切なのは威厳だ。侮辱されるぐらいなら死んだほうがましだろう。

馬上の騎士と子供、歯向かう村人、物いわぬ牛、活劇の舞台は一瞬凍りついた。

やがて、ラルフがサムを地面に降ろした。

グウェンダは安堵の涙が込み上げた。

サムが駆け戻り、母親の腰にしがみついて大声で泣きだした。

村人はほっと胸を撫でおろし、鋤や鍬を下げた。

ラルフが手綱をたぐって馬の脇腹を蹴り、村人に向かってまっすぐ突っ込んできた。人々は四方に散った。アランがあとを追った。村人は必死で脇に飛びのき、ぬかるんだ地面に折り重なって倒れた。互いの下敷きにはなったが、奇跡的に馬の下敷きにはならなかった。

ラルフとアランは、まるで対決の一部始終が大掛かりな冗談にすぎなかったかのように、大笑いしながら村から走り去った。

しかし実際には、ラルフの面目は丸つぶれだった。

だから、必ず彼は戻ってくる。グウェンダは確信した。

68

アールズカースルは変わっていなかった。マーティンは十二年前を思い出した。あのときは、古い要塞（ようさい）を取り壊し、静かな田園地帯に新しくて現代風の大邸宅を伯爵のために建設してほしいと頼まれたのだった。しかし、彼はそれを断わった。キングズブリッジに架（か）ける新しい橋の設計を優先したからである。それ以来、邸宅新築計画は消滅してしまったようだ。八の字の形をした壁、二つの吊り上げ橋、丸く囲まれた壁のなかにひっそりと建つ古い館は、あのときのままだった。その館に伯爵一家が住んでいる。まるで狐が襲ってくる危険はもはやないのにそれに気づかず、いつまでも穴のいちばん奥に隠れて怖がっている兎のように。この場所はおそらく、レディ・アリエナとジャック・ビルダーが生きていた時代とほとんど変わっていないのだろう。

マーティンはカリスと一緒だった。彼女は伯爵夫人のレディ・フィリッパに呼びつけられていた。ウィリアム伯爵の体調が思わしくなく、レディ・フィリッパは夫がペストにかかったのではないかと疑ったのである。カリスは愕然とした。あの疫病はもう消滅したと思っていたのだ。この六週間、キングズブリッジではペストの死者は出ていなかった。

カリスとマーティンはすぐに出発した。しかし、アールズカースルからキングズブリッジまで、使者が着くのにも二日かかっている。そして、二人がここにたどり着くのにも、同じ時間を要した。もしかしたら、伯爵はもうすでに亡くなっている、あるいは、それに近い状態にあるかもしれない。「わたしにできるのは、最後の苦しみを和らげるのに芥子（けし）のエキスを飲ませてあげることぐらいかもしれないわ」カリスは馬に揺られながらいった。

「きみはそれ以上のことをやっているよ」マーティンがいった。「きみがいてくれるだけで、みんな慰められるんだ。きみは穏やかで知識が豊富で、腫れ物、意識障害、痛みについて、わかりやすく説明をしてくれる。決して難しい言葉を使って押しつけたりはしない。そんなことをすれば、患者に、自分たちは無知で、何の力もなく、怯えるしかないと思わせるだけだからね。きみがそこにいるだけで、彼らはできるかぎりのことはやってもらえると感じる。それこそ、彼らがいちばん望んでいることだよ」

「本当にそうだといいんだけど」

実際、マーティンはよくわかっていた。感情的になった患者がカリスと少しだけ静かに話しただけで、自分の運命を受け入れ、冷静な判断ができるようになった例を何度も見ていた。

彼女の持って生まれた才能は、ペストの流行によってますます発揮されるようになった。その評判は神業（かみわざ）とまでいわれて広まり、遠く離れた人々さえも、彼女と修道女たちは自分たちの危険もかえりみず、修道士たちが逃げてしまってからも、病人の世話をしつづけているのを知っていた。だれもが彼女を聖人だと思っていた。

館のなかはまったく活気がなかった。決まった仕事——薪を集め、水を汲み、馬に餌を与え、武器を磨き、パンを焼き、家畜の肉を解体する——のある者は、それを淡々とこなしていた。そのほかの大多数——秘書、兵士、使者——はすることもなく、そのあたりにただぼんやりと坐って、病室から何か知らせがあるのを待っていた。

マーティンとカリスが敷地内の橋を渡って館のなかに入ろうとすると、烏がからかうような歓迎の鳴き声を上げた。マーティンの父親のサー・ジェラルドはいつも、自分たちはジャックとアリエナの息子、トマス伯爵の直系の子孫だといっていた。大広間までつづく階段の一段一段には、無数の靴に踏まれて磨り減ってできた、滑らかな窪みがあった。マーティンはその窪みの上に自分の足を置いてゆっくりと踏みしめ、数を数えながら上っていった——先祖もこの古い石段をこうして上っていったのだろうと思いを馳せながら。彼にとって、そういう過去は興味深いけれども、所詮小さなことだった。一方、弟のラルフは、一族に過去の栄光を取り戻すことしか頭になかった。

カリスは前を歩いていた。階段を上るたびに彼女の腰が揺れるのを見ていると、マーティンは思わず笑みがこぼれた。毎晩彼女と一緒に寝ることができなくて、欲求不満がたまっていた。だから、たまに二人きりになるとなおさら興奮した。きのうも温かな春の昼下がり、二人は森のなかで、木洩れ日を浴びながら愛し合った。その横では、馬が二人の情事など気にも留めずに牧草を食んでいた。

不思議な関係だった。そもそも彼女自身が並々ならぬ女性だった。教会の教えに疑いを抱く女子修道院長であり、修道士の治療法を拒否して人々に絶賛されている治療師であり、できるときなら、いつでも愛する男性と情熱的に愛し合うことができる修道女だった。もし普通の関係を求めるのなら、普通の女を選べばいいんだ、とマーティンは自分にいい聞かせた。

広間は人でいっぱいだった。新しい藁を床に敷いたり、薪をくべたり、正餐のテーブルを整えていたりしている者もいれば、ただ待っている者もいた。長細い部屋の端のほうに伯爵の寝室へ通じる階段があり、その上り口近くに、身なりのいい十五歳くらいの娘が坐っていた。マーティンが気づいたのを知って、彼女が立ち上がり、落ち着いた足取りでやってきた。レディ・フィリッパの娘に違いない、と彼は思った。母親と同じように背が高く、腰が砂時計のようにくびれていた。「レディ・オディーラです」少しばかり横柄な物言いは、フィリッパと瓜二つだった。落ち着いた態度とは裏腹に、彼女の目の周りは赤く、顔が涙で汚れていた。「マザー・カリスですね。父を診にきてくださって、ありがとうございます」

「私はキングズブリッジのオールダーマンのマーティン・フィッツジェラルドです。ウィリアム伯爵の具合はいかがですか？」マーティンは訊いた。

「とても悪いんです。それに、兄たちも倒れてしまって」伯爵夫妻に十九歳か二十歳くらいの息子が二人いたことをマーティンは思い出した。「それで、母が女子修道院長にすぐきてもらうように頼んだのです」

「そうでしたか」カリスはいった。

オディーラは階段を上っていった。カリスは革袋からリネンを取り出し、鼻と口を覆ってからあとにつづいた。

マーティンはベンチで待つことにした。たまのセックスで満足はしていたものの、ほかにその機会がないか、熱心にあたりを詮索するのをやめられなかった。建物を専門家の目で観察し、寝る場所の割り振りを想定してみた。残念ながら、この屋敷は伝統的な造りになっていた。みんながこの大広間で食事をし、眠るのだろう。階段はおそらく、二階にある伯爵と伯爵夫人の寝室につづいているに違いない。最近の邸宅には、家族や来客用として一続きの部屋が用意されているが、ここにはそんな豪華なものは見当たらない。今夜はこの広間でカリスと並んで寝るのだろう。寝る以外は何もできない。醜聞になりかねない真似など、もってのほかだ。

しばらくして、レディ・フィリッパが領主専用の部屋から現われ、階段を下りて、まるで女王のように大広間に入ってきた。いっせいに自分に視線が注がれるのを意識しているのだと、マーティンはいつもそう感じていた。彼女の威厳ある立ち姿は、魅力的な丸い尻と大きな胸を強調していた。しかし、いつも優雅な顔に、今日はしみが目立ち、目は真っ赤だった。おしゃれに結い上げられた髪もわずかだが乱れ、後れ毛が頭飾りからはみ出して、動揺ぶりを象徴していた。

マーティンは立ち上がり、覚悟を決めて彼女を見つめた。

「恐れが現実になりました。夫と、それに二人の息子がペストに冒されたのです」フィリッパがいった。

とたんに、そこにいた者たちから落胆のつぶやきが漏れた。

彼らが最後の患者だという可能性はもちろんあるが、再襲来の始まりかもしれない。マーティンは嫌な予感がした。

彼は訊いた。「伯爵の具合はいかがですか？」

フィリッパは彼の横のベンチに腰を下ろした。「マザー・カリスが痛みを和らげてくれています。でも、そう長くはないでしょう」

二人の膝がもう少しで触れそうだった。マーティンは彼女の性的な魅力に引きつけられそうになり、あわてて自分を戒めた。彼女は悲しみに暮れているんだぞ。それに、おまえはカリスを愛しているんじゃないか。「ご子息たちのほうは？」

フィリッパが視線を膝に落とした。青い上衣に縫いとられた金と銀の糸の柄を調べているかのようだった。「夫と同じような状態よ」

マーティンは声を落とした。「それは辛いでしょう。お察しします」

フィリッパが不審げにマーティンを見た。「あなたはラルフとは似ていないのね？」

マーティンはラルフが何年ものあいだ、妄想ともいえるほどにフィリッパを思っていたことに気づいていた。彼女は知っていたのだろうか？　それはわからない。だが、ラルフは女性を見る目だけは確かだったようだ。どうせ望みのない愛を求めるのなら、とびきりの女性を選んだほうがいい。「ラルフと私はまったく違います」マーティンは淡々と答えた。

「あなたたちがまだ若かったころを憶えているわ。あなたは生意気な少年で――わたしに緑のシルクを買うようにいったでしょう。わたしの目の色と合うからってね。そしたら、あなたの弟が喧嘩を始めて」

「弟というのは、わざと兄と違うことをやりたがるようです。自分を主張したくてね」

「うちの二人の息子も同じです。ロロのほうは強い意志を持っていて、強引です。父親と祖父のようにね。でも、リックのほうはやさしい性格で従順なのよ」そういうと、フィリッパは泣き出した。「大切な人たちをみな失ってしまうなんて」

マーティンは彼女の手を取り、やさしく慰めた。「先のことはわかりませんよ。私もフィレンツェでペストにかかりました。でも、生き延びたんです。娘にいたっては、うつりもしませんでした」

フィリッパが顔を上げてマーティンを見た。「奥さんは?」

マーティンは視線を落とし、絡み合った手を見た。たった四歳しか違わないのに、フィリッパのほうがはるかに皺が多い。「死にました」

「わたしは神に誓っているのです。夫や息子たちがみんな死んだら、わたしも後につづくとね」

「そんなことをしてはいけません」

「貴族の女性は、自分を愛してくれない男性と結婚する運命にあります。でも、ウィリアムと過ごせて、わたしは幸せでした。彼はわたしの相手として選ばれましたが、わたしは初めから彼を愛していました」フィリッパが声を詰まらせた。「ほかのだれかと一緒になるなんて、とても耐えられない……」

「もちろん、いまそうお考えになるのは当然です」だけど、ウィリアム卿はまだ生きているんだぞ、とマーティンは思った。しかし、あまりに深い悲しみに襲われているために分別を失い、思いをそのまま口にしたのかもしれない。

フィリッパが何とか気を取り直して訊いた。「あなたは？　再婚はしたの？」

「いえ」もう少しでキングズブリッジの女子修道院長と愛し合っているといいそうになった。「できるとうれしいのですがね。素敵な女性との出会いがあったら……喜んでそうするつもりなんですが。そのうち、伯爵夫人も同じような気持ちになられると思いますよ」

「あなたにはわからないのよ。跡取りのいない伯爵の未亡人として、わたしはエドワード王がお選びになっただれかと結婚しなければならないの。王はわたしの気持ちなどまったく考慮に入れてくださらないでしょう。頭にあるのは、次のシャーリング伯としてだれがふさわしいかだけですもの」

「そういうものですか」マーティンは考えたこともなかった。亡くなった夫を心から愛していた未亡人にとって、政略結婚はとりわけ嫌でたまらないだろうと想像するしかなかった。

「夫がまだ生きているのに、別の夫の話をするなんて、わたしもひどいわね」レディ・フィリッパがいった。「でも、わたしはどうなるのかしら」

マーティンはやさしく彼女の手を叩いた。「お察しします」

階段の上の扉が開き、カリスが手を布で拭きながら現われた。とたんに、マーティンはフィリッパの手を取っていたことに疚しさを覚えた。急いで手を引っ込めようかとも思ったが、ますます勘繰られるだけだと気づいて、そのままにした。マーティンはカリスに向かって微笑した。「患者の容態はどうだ？」

階段を下りてきたカリスは二人の絡まった手を見たが、何もいわず、マスクの結び目をほどいた。

フィリッパがあわてる様子もなく手を引いた。

カリスはマスクをはずしていった。「お気の毒です。ウィリアム伯爵はお亡くなりになりました」

「新しい馬が必要だな」ラルフ・フィッツジェラルドはいった。愛馬のグリフは年を取ってきていた。かつて威勢よくいなないていたのに、左の後ろ足を捻挫して治るのに半年かかるようになり、いままた、同じ足を引きずっている。ラルフは悲しかった。グリフは彼がまだ若い騎士見習いだったころにローランド伯爵から下しおかれた馬で、以来、一心同体といっても過言ではなかった。フランスでの戦争のときも共に戦った。まだ数年は領内の急がない移動のときには仕えてくれるだろうが、狩猟馬としての命は終わっている。

「明日、シャーリングの市へ行って別の馬を探しましょう」アラン・ファーンヒルが進言した。

二人は厩舎でグリフの球節を見ていた。ラルフは厩舎が好きだった。土の匂いを嗅ぎ、馬の逞しさと美しさを見て、ごつい手で肉体労働に精を出す男たちと一緒にいるのが好きだった。小さいころ、まだ世界が単純に見えていたあのころを思い出させてくれるのだ。

彼はアランの提案に、すぐには返事をしなかった。アランは知らなかったが、馬を買う金がなかったのだ。

ペストが流行した当初は相続税が続々と入ってきて、そのおかげでラルフの生活は潤った。それまでは、土地が父親から息子に渡るのは一世代で一度かぎりが普通だったが、数カ月に二、三回の割合で分割して渡るようになり、そのたびに、ラルフの手元にも金品が入ってきた——最上の家畜で納めるのが伝統だったが、たまには決まった額の現金で納められることもあった。しかし、農業に従事する者が激減して土地は使われなくなり、同時に農産物価格も下落し、その結果、ラルフの収入は、現金についても作物についてもがた落ちになった。

貴族が馬を買う金さえないとはひどい時代だ、とラルフは恨めしかった。

そういえば、土地管理人のネイト・リーヴが今日、ウィグリーから四半期分の支払いのために テンチ・ホールにくるはずだな、と彼は思い出した。村人は毎年春に、生後一年の若い羊二十四頭分から刈り取った羊毛を領主に納めることになっている。それをシャーリングの市へ持っていって売れば、狩猟馬は無理としても、乗用馬を買うくらいの金にはなるだろう。

「いいだろう」ラルフは答えた。「ウィグリーの土地管理人がきているかどうか、確かめにいこう」

二人は広間に入っていった。そこにいたのは女性ばかりで、ラルフはとたんにがっかりした。ティリーが暖炉のそばに坐り、生後三カ月の息子のジェラルドを抱いて、母乳を与えていた。母子ともにすこぶる元気で、ティリーの少女っぽかった身体つきは激変し、胸は大きく膨らんで乳首も大きく固くなり、そこに赤ん坊がしゃぶりついている。彼女の腹は老女のようにたるんでいた。ラルフはもう何カ月も彼女と寝ていないし、二度と寝るつもりもなかった。

そのすぐそばには、赤ん坊が名前をもらった祖父、サー・ジェラルドと妻のレディ・モードが坐っていた。ラルフの両親は年を取って身体も弱ってきていたが、毎朝、村にある二人の家から領主の邸宅まで、孫の顔を見に歩いてやってくるのだ。孫はラルフに似ているとモードはいっていたが、ラルフの目には、似ているところなどあるようには見えなかった。

ネイトの姿を見つけて、ラルフはほっとした。

背中の曲がった土地管理人が、坐っていたベンチから飛び上がった。「おはようございます、サー・ラルフ」

その態度がどこかおどおどして落ち着きがないことに気づいて、ラルフは訊いた。「ネイト、どうした？　子羊の羊毛は持ってきたんだろうな？」

「いいえ、持ってきておりません」

「何だと？　いったいどういうことだ？」

「全然取れなかったのです。ウィグリーに羊は一匹も残っていません。年老いた雄の羊がわずかにいるだけです」

ラルフは愕然とした。「盗まれたのか？」

「そうではありません。しかし、ジャック・シェパードが死んだときに、何頭かは借地相続税としてすでに納めてあります。ただ、その後、彼の土地を借りる農民がいないのです。この冬に羊が次々と死に、春になっても世話する者がいないので、子羊だけでなく母羊まで、ほとんどを死なせてしまったのです」

「馬鹿をいうな！」ラルフは怒鳴った。「領内の農民が家畜を全滅させたら、貴族はどうやって生きていけばいいというのだ！」

「実は、ペストがふたたび襲ってきたようなのです。一月か二月あたりに下火になったときには、もう終わったと思ったのですが」

ラルフは恐怖に身体が震えるのをやっと抑えた。彼もまた、ついにあの疫病から逃れられたと神に感謝していたのだ。それなのに、まさかまた襲ってくるとは。

ネイトがつづけた。「今週、パーキンが死にました。妻のペグも、息子のロブと義理の息子のビリー・ハワードも同様です。残ったのはアネットだけになりました。しかし、あの広大な土地を何とかするには、彼女一人ではとうてい無理です」

「では、その土地には借地相続税がかかるということだな」

「そうです。その土地を引き継ぐ者が見つかったときには、ですが」

そのころ議会では、労働者が高い賃金を求めて土地を逃げ出すことを禁ずる、新しい法律を通過させる作業が進められていた。この法律が制定された暁（あかつき）には、ラルフはそれを盾にして労働者を連れ戻すつもりでいた。だが、そうなっても、必死で農民探しをしなくてはならないのではないか。

ネイトが訊いた。「伯爵が亡くなられたのはご存じですね？」

「なんだと！」ラルフはさらに追い討ちをかけられて驚いた。

「どういうことだ？」サー・ジェラルドはいった。「ウィリアム伯爵が死んだ？」

「ペストです」ネイトが答えた。

ティリーが口を挟んだ。「まあ、かわいそうな伯父様」

赤ん坊が母親の気持ちを察してむずかった。

ラルフが泣き声越しに訊いた。「いつのことだ？」

「ほんの三日前です」ネイトが答えた。

ティリーが乳をふくませ、赤ん坊をおとなしくさせた。

「では、ウィリアムの長男が新しい伯爵になったんだな」ラルフはしばらく呆然としていた。

「彼はまだ二十歳にもなっていないだろう」

ネイトが首を振った。「ロロ様もペストで亡くなられました」

「では、弟のほうが――」

「同じく、亡くなられました」

「二人ともか！」ラルフの心臓の鼓動が速くなった。シャーリング伯になるのは長年の夢だった。ペストのおかげでそのチャンスが巡ってきたぞ。しかも、それをものにする確率も高くなっている。なぜといって、有資格者がペストで大勢死んでしまったのだから。

ラルフは父親と目を合わせた。サー・ジェラルドの頭にも、同じ考えが浮かんでいるようだった。

ティリーが泣きだした。「ロロとリックが死んだなんて——なんて恐ろしいこと」

ラルフは妻を無視し、可能性を考えた。「それで、生き残っている血縁関係は？」

サー・ジェラルドがネイトに訊いた。「伯爵夫人も亡くなられたのか？」

「いえ、レディ・フィリッパは無事でおられます。オディーラ嬢も同じです」

「そうか！」サー・ジェラルドが声を上げた。「つまり、伯爵になるためには、だれであろうと王に選ばれた者がフィリッパと結婚しないといけないということだな」

ラルフは雷に打たれた思いがした。おれは子供のころからレディ・フィリッパとの結婚を夢見てきた。そしていま、その両方の夢を同時に叶えるチャンスがある。

だが、ラルフはすでに結婚していた。

「しかし、ラルフはもう結婚しているからな」といって、サー・ジェラルドが椅子にもたれ込んだ。興奮は沸き起こったときと同じくらい一気にしぼんでしまった。

ラルフは、赤ん坊に乳を飲ませながら涙を流しているティリーを見た。十五歳で、身長わずか五フィートの女が、おれがこれまでずっと夢見ていた未来の前に、城壁のように立ちふさがっている。

ラルフは彼女に憎しみを覚えた。

ウィリアム伯爵の葬儀はキングズブリッジの大聖堂で行なわれた。修道士はブラザー・トマスしかいなかった。アンリ司教が葬儀を執り行ない、修道女が賛美歌を歌った。レディ・フィリッパとレディ・オディーラはヴェールで深々と顔を覆い、棺に寄り添っていた。彼女たちの印象的な黒装束での存在感とは裏腹に、ラルフは有力者の葬儀に参列したときにいつも感じる、重々しい雰囲気をまったく感じなかった。大きな河が流れていくように一つの時代が過ぎ去っていくといった感じが、まったくしなかった。死が日常化され、貴族の死でさえ当たり前になっていた。

この葬儀の参列者のなかに感染者がいて、いまこのときにも、その者の息を通して、あるいは、見えない目からの光線を通して、病気が広まっているのではないか。ラルフは不安で身体が震えた。これまで多くの死を見てきたし、戦場で恐怖を抑える術を覚えたつもりだった。しかし、この敵とは戦うことができない。ペストは長い剣で背後から切りつけ、見つかる前に逃げてしまう暗殺者のようだ。ラルフは身震いして、それを考えないようにした。

ラルフの横には、長身のサー・グレゴリー・ロングフェロウが坐っていた。かつて、キングズブリッジに関する裁判に関わった男だ。いまは国王に対して専門的な助言をする王付き評議会のメンバーだ——助言といっても、政策についての助言は議会の仕事なので、その政策をどう進めるかについての助言をするのが評議会の仕事である。

国王からの発表は教会での礼拝の場、特にこのような大きな儀式で行なわれることが多い。この日、アンリ司教は新しい労働者に関する法律について説明をした。おそらくサー・グレゴリーの入れ知恵だろう、とラルフは思った。どんな反応があるかを見るために、彼はここへきたのだ。

ラルフは熱心に話を聞いた。議会で話をしたことはなかったが、上院議員のウィリアム伯爵や下院でシャーリングを代表しているサー・ピーター・ジェフリーに、労働者の一揆(いっき)について話をしたことはあったので、司教の話の内容はだいたいわかった。

「すべての民は、自分が住む村の領主のために働かなければならない。領主の許しがないかぎり、ほかの村へ移ったり、ほかの領主のために働いてはならない」と、司教は述べた。

ラルフは喜んだ。こうなるとわかってはいたが、ついにそれが公(おおやけ)のものとなった。彼は心からそれを歓迎した。

ペストが流行する前は、労働力不足などあり得なかった。それどころか、多くの村に必要以上の労働者があふれていた。土地を持たない農民が有給の仕事を見つけられないとき、彼らは領主のためにただ働きをすることもあった——これにはラルフも戸惑い、彼らを救うべきかどうか悩んだ。そういうわけで、もし彼らがほかの村に移りたいといえば、むしろ領主は喜んだ。法律で村人たちを留める必要など、もちろんなかった。しかし、いまや事態は労働力の有無にかかっている。このまま放置しておくわけには絶対にいかない状況なのだ。

司教の発表に対して、会衆のなかからざわめきとともに賛成の声が上がった。この法律はキングズブリッジの者たちにはあまり影響がないが、町の外からこの葬儀に参列している者たちは労働者より雇い主のほうが圧倒的に多く、影響は大ありだった。そもそもこの新しい法律は、雇い主の利益を考えて作られたものだった。

司教はつづけて述べた。「一三四七年のときと同等の労働に対して、賃金の値上げを要求したり、受け取ったりするのは犯罪とする」

ラルフはうなずいて同意した。領内に留まっている労働者でさえ、賃金の値上げを要求してきていた。これで歯止めをかけられるだろう、と彼は望みを抱いた。

サー・グレゴリーがラルフと目を合わせた。「うなずいていましたね。同意されますか？」

「まさに望んでいたことだ」ラルフは答えた。「早速、数日以内に実行に移すとしよう。領内から逃亡した者が数名いて、ぜひ連れ戻したいと思っていたところでね」

「よろしければ、ご一緒させてもらいたいですな」法律家が訊いた。「うまくいくかどうかを見届けたいのでね」

69

オーセンビーの聖職者もペストで死に、それ以来、教会では礼拝が行なわれていなかった。それなのに、日曜の朝に鐘が鳴りはじめたので、グウェンダはびっくりした。ウルフリックが様子を見に行ったところ、巡回聖職者のファーザー・デレクがやってきたとわかった。グウェンダは急いで息子たちの顔を洗って支度をさせ、一家揃って家を出た。

すがすがしい春の朝だった。眩しい陽光が、小さな教会の古い灰色の石を輝かせていた。村じゅうの人たちが、新来者を一目見ようと集まってきた。

ファーザー・デレクはそつのない話し方をする都会の聖職者で、田舎の教会での礼拝には不釣合いな、豪華な衣装をまとっていた。彼の訪問には何か特別な意味があるのではないだろうか、とグウェンダは訝った。教会の厳しい位階制下で、この聖堂区の存在が思い出されたのには何か理由があるのではないか。最悪の事態を想像するのは彼女の悪い習慣だったが、それでも、何か変だと感じないではいられなかった。

彼女はウルフリックと息子たちと身廊(ネイヴ)に立ち、ファーザー・デレクが儀式を進めるのを見ていたが、悪い予感はどんどん強くなっていった。聖職者は祈ったり歌ったりするときに会衆のほうを向き、このすべてが彼らのためであって、聖職者と神との個人的なやりとりではないのだということを強調するのが普通だが、デレクは会衆の向こうを見ていた。

グウェンダにはすぐにその理由がわかった。礼拝の最後に、新しい法律が国王と議会によって成立したことを明らかにしたのである。「土地を持たない労働者は、求められれば元住んでいた領地に戻って働かなければなりません」

グウェンダは憤慨した。「どうしてそんな法律を?」彼女は大声で叫んだ。「領主は労働者が苦しいときに何一つ救ってはくださいません。わたしの父も土地を持たない労働者でしたが、何も仕事がなかったとき、わたしたちは食べるものすらありませんでした。それなのに、どうして労働者は何もしてくれない領主に対して忠誠を尽くさないといけないのですか?」

賛同のどよめきが沸き起こり、ファーザー・デレクが声を張り上げた。

「これは国王がお決めになったことです。国王は神によって選ばれ、わたしたちを治めておられます。だから、国王のお決めになったことには従わなければなりません」

「国王なら何百年もつづいた習慣を変えられるのですか?」グウェンダは断固としていい張った。

「いまは大変な時代です。ここオーセンビーには、この数週間で、多くの人々が移ってこられました——」

「ある農夫から誘われたんです」カール・シャフツベリーの声がさえぎった。傷跡のある顔に、怒りが露わになっていた。

「村や人々があなたがたを受け入れ」神父は認めた。「歓迎したこともわかっています。しかし、国王はこのようなことがつづくべきではないと判断されたのです」

「つまり、貧しい者はいつまでも貧しいままということですか」カールが詰め寄った。「神がそのように定められたのです。人はそれぞれの立場を守るように、と」

農民のハリー・ブラウマンが食い下がった。「ぼくたちは手伝いもなしにどうやって畑を耕せばいいのか、神様は何かいいましたか？　新しくきた人たちがみんないなくなってしまうと、仕事が終わらないんですよ」

「全員が連れ戻されるわけではないでしょう」デレクはいった。「新しい法律によると、求められた者のみが戻らないといけないとなっています」

会衆が静かになった。移住者たちは自分が領主に居場所を突き止められるかどうかを心配し、地元の者は何人の移住者たちがいなくなってしまうのかと不安になった。しかし、グウェンダには自分を待ち受けている運命がわかっていた。ラルフはすぐにも自分と家族を捕まえにやってくるだろう。

それまでに逃げよう、と彼女は決心した。

ファーザー・デレクが退席し、会衆も出口へ向かいはじめた。「この村を出るのよ」グウェンダはウルフリックにささやいた。「ラルフがくるまえにね」

「どこへ行くんだ？」

「わからない。でも、そのほうがいいわ。わたしたちにも行く先がわからないんだから、他人にはましてわからないわよ」

「でも、どうやって食べていくんだ？」

「労働者を必要としている村を探すのよ」

「そんなにあるとも思えないが」

この人はいつもわたしより頭の回転が遅いんだから。「いくらでもあるわよ」グウェンダグウェンダは苛立ちを抑え、根気強く説得した。「国王はこの命令をオーセンビーだけに下したわけじゃないのよ」

「もちろんだ」

「今日のうちに出たほうがいいわ」彼女はきっぱりといった。「今日は日曜だから仕事もないし」そして教会の窓を見、いまの時間の見当をつけた。「まだお昼にはなっていないわね——日が暮れるまでにはかなりの距離を進めるわ。明日の朝には、どこか新しい場所で働いているかもしれないわよ」

「そうだな」ウルフリックがいった。「ラルフがすぐにも動き出すかもしれないからな」

「だれにもいっては駄目よ。家に帰り、必要なものをまとめて、こっそり家を出るの」

「わかった」

しかし、教会から太陽の光の下に一歩出た瞬間、グウェンダは落胆した。すでに遅かった。

教会の外で、六人の男が馬にまたがって待ち構えていた。ラルフ、腰巾着のアラン、ロンドン風の服装の背の高い男、そして、薄汚なくて傷のある、いかにも悪党といった感じの三人の男だった。どこかの安い宿屋で、端金で雇われたのだろう。

グウェンダと目が合ったとたんに、ラルフが勝ち誇った笑みを浮かべた。

グウェンダは周囲を見回し、絶望した。数日前は、村の男たちが団結してラルフとアランに立ち向かってくれた。でも、今回は違う。相手は六人だ。二人ではない。こっちは教会から出てきたばかりで、村人たちは武器も持っていない。前回は畑から戻ってきたところだったので、手に農作業の道具があったし、何よりも、こっちに正義があった。今回はそれがあるかどうかわからない。

何人かと目が合ったが、すぐに目を逸らされた。これでわかった。彼らは戦ってはくれない。

グウェンダはがっくりして、身体から力が抜けるのを感じた。倒れそうになって、教会の石造部分に寄りかかった。心臓は重たく湿った、冬の墓場の冷たい土の塊のようになった。希望は完全に失われた。

この何日か、わたしたちは自由だった。でも、それは夢にすぎなかった。そして、その夢も終わった。

ラルフはウルフリックの首に縄を巻いて引き回しながら、馬に揺られてゆっくりとウィグリーを通り抜けていった。

着いたのは午後遅くだった。道中を急ごうと、ラルフはウルフリックの二人の息子を雇った男たちの馬に乗せ、その後ろをグウェンダに歩かせた。ラルフは彼女を縛らなかった。息子たちの後を必ずついてくるとわかっていたからだ。

日曜だったので、ラルフの予想どおり、ウィグリーの住民たちのほとんどが家のなかではなく外に出て、陽の光を浴び、午後のひとときをのんびり過ごしていた。彼らはこの異様な行列を目の当たりにして、恐ろしさに声を呑んだ。ウルフリックのこの屈辱的な姿を見れば、賃上げ要求をする者など出てこないだろうと、ラルフはそう考えていた。

一行は領主の小さな邸宅、ラルフがテンチ・ホールに引っ越す前に住んでいた家に着いた。ラルフはウルフリックの縄をほどくと、彼が以前住んでいた家へ追い返し、雇った男たちに金を払って、アランとサー・グレゴリーを邸宅に招きいれた。

館はきれいに掃除され、主の帰りを待っていたかのようだった。ラルフはワインを持ってくるようヴィラに命じ、夕食の準備を始めさせた。いまからテンチまで足を伸ばすには遅すぎる。日が暮れるまでに着くのは無理だった。

グレゴリーが椅子に坐り、長い脚を伸ばした。彼はどこであろうとくつろげるようだった。まっすぐな黒髪に白いものが混じり、大きく広がった鼻孔と高い鼻は、いかにも人を見下す顔つきだった。「捕獲作戦はいかがでしたかな？」彼は訊いた。

ラルフは新しい法律について、帰る道すがらずっと考えていた。そして、その答えは明らかだった。「これではうまくいかないな」

グレゴリーが眉を上げた。「ほう？」

アランがいった。「おれもサー・ラルフに同感ですね」

「その理由は？」

「まず、逃亡者がどこに行ったかを突き止めるのが容易でない」ラルフは答えた。

アランも口を挟んだ。「ウルフリックを探し出せたのは運がよかったんです。やっとグウェンダが行き先について話しているのを、たまたま盗み聞きしたやつがいましたからね」

「次に」ラルフはつづけた。「連れ戻すのに手間がかかる」

グレゴリーがうなずいた。「一日潰すわけですからな」

「それに、あのごろつきどもを雇って、あいつらのために馬まで用意しないといけない。逃亡した労働者の追跡のために国じゅうを駆けずりまわるほどの金も時間も、私にはない」

「なるほど」

「それに、来週また逃亡しようとしたらどうする？　どうやって食い止められる？」

アランが口を出した。「やつらが行き先を口にしなかったら、もう見つけられませんよ」

「しかし、方法はある」ラルフはいった。「村にだれかを送り込み、移り住んできた者を見つけ出して罰させるんだ」

「それはいわゆる〝労働者管理委員会〟のようなものをいっているのですね」と、グレゴリーが解説した。

「そのとおり。それぞれの州に十人、あるいはそれ以上の委員を配置し、逃亡者の有無を調べるために巡回させるんだ」

「自分の手に負えないから、他人に任せるというわけですか」

嘲けられたのは明らかだったが、ラルフは素知らぬ振りを装った。「そうではない――必要とあれば、私もその管理委員会の一員になる。こういう仕事には人手がいる。一人で畑の作物を全部は刈り取れないのと同じだ」

「なるほど」グレゴリーが感じ入った声を出した。

ヴィラが水差しを抱え、ゴブレットをいくつか持ってきて、三人にワインを注いだ。

グレゴリーがいった。「あなたは鋭い頭脳をお持ちのようだ、サー・ラルフ。議会のメンバーではありませんよね？」

「ない」

「それは残念だ。国王はあなたの助言が大いに有益だと思われるでしょうに」

ラルフは喜びを露わにしないようにした。「それはそれは」彼は身を乗り出した。「ウィリアム伯爵が亡くなって、その後継者はもちろん空席のまま――」そのとき、扉が開いたのに気づいて口を閉ざした。

ネイト・リーヴが入ってきた。「よくやっていただきました、サー・ラルフ。わたしがこんなことを申し上げるのもなんですがね！」彼は興奮していた。「ウルフリックとグウェンダは、また村の一員となりました。いちばんの働き者が戻ってきたんですよ」

ラルフはネイトに大事なところで邪魔をされて苛立った。「これで納めるべき金もきちんと納められるようになったわけだな」

「はい……ただし、彼らがここに留まってくれたらの話ですが」

ラルフは眉をひそめた。こいつ、早くも自分の立場の弱さを訴えにきたのか。ウルフリックをどうやってウィグリーに留めておけるか、考えあぐねているのだろう。たしかに、昼も夜も鎖で鋤に縛りつけるわけにはいかないからな。

グレゴリーがネイトに声をかけた。「何か領主に提案でもあるのであれば、教えていただけるかな？」

「ありますとも」

「そうくると思っていたよ」

発言の許しを得たと理解したネイトが、ラルフに進言した。「一つだけ、ウルフリックが一生このウィグリーに留まるのを保証できる方法があります」

ラルフは何か裏があるなと感じたが、それを聞きたいとも思った。「いってみろ」

「彼の父親が持っていた土地をあいつに返してやるんです」

ラルフはネイトを怒鳴りつけたかった。しかし、グレゴリーに悪い印象を与えてはまずいと、怒りを抑えて冷静に応じた。「それはどうかな」

「とにかく土地を耕す農民がいないのです」ネイトが主張した。「アネット一人ではどうにもなりません。彼女には男手もいませんから」

「そんなことは私には関係ない」ラルフはいった。「彼に土地を与えることはならん」

グレゴリーが訊いた。「なぜですか？」

十二年前の喧嘩のことで、いまもウルフリックに恨みを抱いているなどとは口が裂けてもいえない。グレゴリーはいま、おれにいい印象を抱いてくれている。それを崩したくはない。若いころのつまらない喧嘩を根に持ってしつこく追い回している貴族を、王付きの評議員はどう感じるだろう？　ラルフはもっともらしい弁解を考え、苦しまぎれに答えた。「それではまるで、ウルフリックに逃亡の報酬を与えるようなものだ」

「そんなことはないでしょう」グレゴリーがいった。「ネイトの話からすると、その土地を欲しがっている者はほかにはいないようだ。ウルフリックに与えてもいいんじゃないですか？」

「そうだとしても、やつに土地を与えれば、ほかの村人に誤解を与えかねない」

「それは気の回しすぎというものだ」グレゴリーがいった。彼は自分の意見を心のなかに留めておくような男ではなかった。「あなたが喉から手が出るほど農民を欲しがっているのは、だれもが知っているでしょう」そして、つづけた。「ほとんどの地主がそうですからね。だとすれば、あなたが自分の利益のために土地を与えただけで、ウルフリックは運がよかったのだとしか、村人は思わないのではないですか？」

ネイトが付け加えた。「自分たちの土地を持ったら、ウルフリックとグウェンダは二倍は働きますよ」

ラルフは追い詰められた。何としてもグレゴリーの眼鏡にかないたかった。伯爵の地位については話を始めたばかりで、まだ終わっていない。ウルフリックのせいで、それをこじらせるわけにはいかない。

ここは妥協するしかない。

「あなたのいうとおりかもしれない」ラルフはサー・グレゴリーに答えた。歯軋り(はぎし)をしていることに気づき、平然さを装おうとした。「結局のところ、やつは連れ戻されて辱めを受けたのだから、それで十分かもしれない」

「そうですね」

「いいだろう」ラルフはネイトにいったが、そのあとは言葉がなかなか出てこなかった。ウルフリックが喉から手が出るほど欲しがっているものをくれてやるのは悔しくてたまらない。しかし、伯爵になるほうがもっと重要だ。「ウルフリックに父親の土地を返還する旨を伝えてくれ」

「いますぐ、日が暮れないうちに伝えます」ネイトが出ていった。

グレゴリーがいった。「伯爵の席について、何とおっしゃっていましたかな?」

ラルフは言葉を慎重に選んだ。「ローランド伯爵がクレシーの戦いで亡くなられた後、国王は私をシャーリング伯にしようとお考えだったはずだ。なにしろ、私はプリンス・オヴ・ウェールズの命を救ったのだから」

「しかし、ローランドには後継者がいた——二人の息子たちです」

「そうだ。だが、二人とも死んでしまった」

「ふむ」グレゴリーが酒をあおった。「いいワインですな」

「ガスコーニュのワインだ」ラルフは教えた。

「メルコムへ入ってくるのでしょうな」

「そうだ」

「うまい」グレゴリーがお代わりをし、何かいおうとして――ラルフは黙って待った――しばらく言葉を選んでいたが、やっと口を開いた。「キングズブリッジの近くのどこかに……あってはならない手紙が隠されているのです」

ラルフははぐらかされた気がした。いったい何の話だ？

グレゴリーがつづけた。「長いあいだ、この手紙は複雑な理由から、安全のために信頼できる何者かに託してありました。しかし、最近妙なことを尋ねられましてね。秘密が漏れている危険があるのではないかとね」

あまりにも謎めいていた。ラルフは苛立って訊いた。「私には何のことかさっぱりわからないな。その妙なことを訊いてきたというのはだれなんだ？」

「キングズブリッジの女子修道院長です」

「なるほど」

「彼女が何となく疑っているだけという可能性はあるし、それなら、害はないかもしれません。しかし国王の友人は、手紙が彼女の手に渡ったのではないかと恐れているのですよ」

「その手紙には何が書かれているんだ？」

グレゴリーがふたたび慎重に言葉を選んだ。荒れ狂う川を渡るのに、踏み石の上に慎重に足を乗せていくかのようだった。「国王の最愛の母君の、ある事実についてです」

「イザベラ女王か」年老いた魔女はまだ生きていた。リンの城で豪奢な生活をし、毎日母国語のフランス語で書かれた恋愛小説を読んでいるという噂だった。

「簡単にいうと」グレゴリーがいった。「女子修道院長がこの手紙を持っているかどうかを確かめたいのです。しかし、だれにも知られてはなりません」

ラルフはいった。「あなたが修道院に行って修道女たちの手紙を調べるか……あるいは、手紙をあなたの元に届けさせるか、そのいずれかの方法を取る必要があるわけだ」

「後者の方法です」

ラルフはうなずいた。グレゴリーが何を自分に期待しているのかがわかってきた。

「内密に調査をしてみたところ、女子修道院の金庫がどこにあるのかだれも知りませんでした」グレゴリーがいった。

「修道女たちは知っているだろう。少なくとも何人かは知っているはずだ」

「知っていても、彼女たちはいわないでしょう。しかし、あなたは人を口説き落として秘密を暴かせる術に長けているのではないかと……」

グレゴリーはおれのフランスでの業績を知っていて、この話を切り出す時機をうかがっていたのだ。どうも、会話が不自然だと思った。おそらくキングズブリッジにやってきた本当の理由はそれなのかもしれない。「私にも国王の友人の手伝いができるかもしれないな……」

「承知しました」

「もし……その報酬としてシャーリング伯の地位が用意されているのであればだが」

グレゴリーが眉をひそめた。「新しい伯爵は伯爵夫人と結婚をしなければなりません」

ラルフはそれを切望していたが、隠しておくほうがよさそうだった。女性に欲望を抱くような男をグレゴリーが軽蔑しているらしいと、本能的に感じたのだ。「レディ・フィリッパは私より五歳年上だが、それはそれでかまわない」

グレゴリーがむっとした。「彼女はとても美しい女性ですよ。国王がだれを選ぼうと、その男は幸せ者だと思いますがね」

ラルフはいいすぎたと反省した。「レディ・フィリッパに関心がないというわけではない」そして、急いで付け加えた。「彼女はとても美しい」

「しかし、あなたは結婚されているのでは？」グレゴリーが訊いた。「違いましたかな？」

アランが、何と答えるのか興味津々という目でラルフを見ていた。

ラルフはため息をついていった。「妻はとても具合が悪い。そう長くはもたないだろう」

グウェンダはウルフリックが生まれたときから住んでいた古い家の台所で火をつけた。鍋を見つけ、井戸で汲んできた水を入れて、早生（わせ）の玉ネギを少しばかり放り込んだ。シチューを作る最初の手順だ。ウルフリックが薪を運んできた。息子は二人とも外に飛び出し、昔の友だちとうれしそうに遊んでいる。一家に降りかかっている災難などまったく知らない様子だ。

グウェンダは日が暮れるにつれて、家事が忙しくなった。何も考えないようにしていた。頭に浮かぶのは、未来、過去、夫、自分自身についての悪いことばかりだった。ウルフリックは坐って、じっと炎を見つめていた。二人とも黙りこくっていた。

隣人のデイヴィッド・ジョンズが、大ジョッキ一杯のエールを持って現われた。彼の妻はペストで死んでいたが、成人している娘のジョアンナがついてきた。グウェンダは彼らの訪問をあまり歓迎しなかった。惨めな姿を家族以外に見られたくなかったからだ。しかし、彼らは親切のつもりできてくれているわけで、断わるわけにはいかなかった。グウェンダは憮然とした思いを隠し、木製のカップをいくつか出して埃を拭いた。デイヴィッドがみんなにエールを注いだ。

「こんなことになってしまって残念だったな。でも、おれたちはおまえさんが戻ってきてくれて嬉しいよ」デイヴィッドがエールを飲みながらいった。

ウルフリックは一気にカップを空にし、お代わりをした。

しばらくすると、アーロン・アップルトリーと妻のウーラがやってきた。ウーラは小さなパンが何個か入った籠(かご)を抱えていた。「パンがないだろうと思ってね。少し焼いたから持ってきたわ」彼女がそういってみんなにパンを配ると、家のなかに芳香が広がった。デイヴィッド・ジョンズがエールを注ぎ足し、全員が席に着いた。「逃げ出そうなんて、どこにそんな勇気があったの？」ウーラが感心したように尋ねた。「わたしだったら、怖くて死んでしまったわ！」

グウェンダは自分たちの冒険談を語りはじめた。ジャックとイーライの兄弟が、粉挽き場から戻ってきた。梨を蜂蜜に漬けて焼いたものを持っていた。ウルフリックはたらふく食べ、たらふく飲んだ。雰囲気が和み、グウェンダの気持ちも少し軽くなった。隣人たちが手土産を持って次々とやってきた。鋤や鍬を持ったオーセンビーの村人たちがいかに勇敢にラルフとアランに立ち向かったかを話すと、みんな大喜びして笑い転げた。

そして、今日の出来事に話が進むと、グウェンダはふたたび落ち込んでいった。「すべてがわたしたちの敵になったの」彼女は辛そうに話した。「ラルフや彼の仲間だけでなく、国王や教会までもね。もう何もかも終わりだわ」

隣人たちも憂鬱（ゆううつ）な気分になってうなずいた。

「そして、ラルフがウルフリックの首に縄を巻きつけたとき……」グウェンダはどうしようもない絶望感に胸が締めつけられた。声が詰まって、話せなくなった。だが、エールを一口飲んでまた話しはじめた。「ラルフがウルフリックの首に縄を巻きつけたとき、わたしは神様が全員を皆殺しにしてくれないかと願ったわ。だって、この世でいちばん強く、勇敢な男が、獣のように村じゅうを引きずり回され、あの冷酷で醜い弱者いじめのラルフが縄を握っていたのよ」

きっぱりとした口調で、ほかの者たちも気持ちは同じだった。支配者階級が農民に対してできるすべて——飢えさせること、騙すこと、暴行すること、盗むこと——のなかでもっともひどいのは、自尊心を傷つけることだ。そういう辱めを受けた人間は、それを決して忘れない。

突然、グウェンダは隣人たちに帰ってほしいと思った。陽が沈み、外は夕暮れに包まれていた。横になり、目を閉じ、一人になって考えたかった。ウルフリックとさえ話したくなかった。みんなに引き上げてもらうよう頼もうとしたまさにそのとき、ネイト・リーヴが入ってきた。

部屋が静まり返った。

「何の用なの？」グウェンダは訊いた。

「いい知らせを持ってきた」ネイトが調子よくいった。

彼女は不快な顔をした。「今日のわたしたちにいい知らせなんてあり得ないわ」

「そうかな。まだ聞いてもいないだろう？」

「わかったわ。何？」

「サー・ラルフがウルフリックの父親が持っていた土地をおまえたちに返却するとおっしゃった」

ウルフリックが飛び上がった。「農民としてか？」彼は訊いた。「ただ働くというんじゃないんだな？」

「農民としてだ。おまえの父親と同じ条件でな」ネイトはただ伝達をするというより、彼自身が大きく譲歩をしているかのように大げさにいった。

ウルフリックは喜びを隠し切れなかった。「そいつはすごい！」

「承諾するよな？」単なる形式としてとりあえずというように、ネイトが陽気に訊いた。

グウェンダは割り込んでいった。「ウルフリック！　承諾したら駄目よ！」

ウルフリックがびっくりして彼女の顔を見た。いつものように、彼は先がすぐには読めないのだ。

「条件についてちゃんと話をしなきゃ！」彼女は低い声で夫を促した。「お父さんのように農民になっちゃ駄目。領主から何の拘束も受けない、無償の賃借権を要求するのよ。いったん承諾したら、二度と強気な取引をできる立場にはなれないのよ。いま交渉しなきゃ駄目よ！」

「交渉？」ウルフリックは一瞬ためらったが、目の前の幸福感に屈してしまった。「いまこそ、この十二年間待ち望んでいたときなんだ。交渉なんか必要ない」彼はネイトに向かっていった。「承諾するとも」そして、カップを高く上げた。

拍手喝采が沸き起こった。

70

施療所にまた患者があふれるようになった。一三四九年の初めの三カ月でペストは衰退したかに思われたが、四月になると、感染力がさらに強力になってふたたび襲ってきたのである。復活祭の日の翌日、カリスは疲れた身体で、鰊の骨の形にぎっしりと並べられた布団の列を眺めた。ほとんど隙間なく敷き詰められているので、マスクをした修道女はそのあいだを慎重に歩かなくてはならなかった。しかし、動きやすくはなっていた。患者に付き添う家族がほとんどいなくなったからである。死にかけている家族の傍らに付き添うのは危険で――家族も感染してしまう恐れがある――人々は情を失っていった。この疫病が流行しはじめたころは、だれもが危険をいとわず、愛する家族に付き添った。母親が子供に、夫が妻に、中年になった子が年老いた両親に。愛が恐怖に打ち勝っていた。しかし、状況は変わっていた。もっとも強かった家族の絆は、死という残酷さによって無慈悲にも蝕まれていた。いまでは母親や父親、夫や妻を施療所に運び込むと、肉親はすぐに帰ってしまう。あとを追って哀れな泣き声がいくら聞こえても、無視して去ってしまうのだ。病気に立ち向かうのは、マスクをし、手を酢で消毒した修道女だけだった。

驚いたことに、女子修道院の人手は十分に足りていた。修練女の志願者が増え、亡くなった修道女の代わりの役を果たしてくれていた。これはとりもなおさず、カリスの徳と人柄が評判を呼んだものだった。修道院のほうも同じような疫病の再来襲に見舞われていて、トマスが修練士の教育を担当していた。狂ってしまった世界に秩序を取り戻すために、みんな必死だった。

今回の襲来は、以前は助かった町の主要人物たちの命を奪っていった。治安官のジョン・コンスタブルの死はカリスを動揺させた。彼の荒っぽい法的手段の遂行の仕方――まず最初に揉めごとを起こした者の頭を棒で叩き、それから尋問をする――は必ずしも好きではなかったが、彼がいなくなれば治安を維持するのはもっと難しくなるだろう。村の祭になると珍しいパンを毎回焼いてくれ、聖堂区ギルドの会合では如才ない質問をしていた太ったベティ・バクスターも死んでしまった。彼女の商売は、いつも喧嘩ばかりしている娘四人に何とか均等に分配された。ディック・ブルワーも死んだ。カリスの父親世代――どうやって金を稼ぎ、それをどう使うかよく知っている男たち――のなかで生き残っていた最後の一人だった。

カリスとマーティンは公（おおやけ）の場での集会を中止させたので、感染者の拡大をかなり抑えることができた。大聖堂内での復活祭の礼拝も中止し、聖霊降臨日の羊毛市も取りやめた。毎週日曜の市は大聖堂の外のラヴァーズ・フォールドで開催したが、ほとんどだれも近寄らなかった。カリスはこのような手段を、ペストが流行しはじめた最初から取ってほしかった。しかし、ゴドウィンとエルフリックが彼女の意見を退けたのだ。マーティンによると、イタリアでは三十日から四十日の間を隔離期間として、門を閉じた町もあったらしい。いまとなっては、疫病の侵入を防ぐには遅すぎる。しかし、カリスは行動を制限することで、まだ多くの命を救えると考えていた。

お金の心配はまったくなかった。患者のなかには遺産の相続人がいなくなったために女子修道院に財産を遺贈してくれる者が増え、新しく入ってくる修練女の多くは、土地や羊や山羊、果樹園、金などを持参してきたからだ。女子修道院はかつてないほど裕福だった。

それはささやかな慰めだった。カリスは生まれて初めて、疲れというものを感じていた——忙しさからの疲れだけではなく、身体から力が抜けていくような、意志力が欠如し、苦労が重なって衰弱していくような感じだった。ペストの猛威はかつてないもので、週に二百人もの命を奪った。どうすればいいのかわからなかった。筋肉が痛み、頭がずきずきした。ときどき視界もぼやける。いったいどこまで行ったら終わるのだろう？　彼女は憂鬱になった。みんな死んでしまうまで？

男が二人、よろめきながら入ってきた。二人とも血を流していた。カリスはすぐに駆け寄った。しかし、二人に触れる前に、酒が腐ったような甘い匂いがした。まだ夕食どきでもないのに、二人とも手がつけられないほど酔っていた。カリスはがっかりして、深いため息をついた。こういうことがあまりに日常化していた。

その二人には何となく見憶えがあった。バーニーとルー。エドワードに雇われている、筋骨逞しい若者だった。バーニーは片腕がだらりとしていた。おそらく折れているのだろう。ルーは顔にひどい傷を負っていた。鼻は砕かれ、片方の目が完全につぶれていた。二人とも酔いすぎて、痛みを感じないようだった。「喧嘩したんだ」バーニーが呂律の回らない舌で発した言葉が、かろうじて理解できた。「そんなつもりじゃなかった。やつはおれの親友だ。大好きなんだ」

カリスとシスター・ネリーは、隣り合った布団に二人の酔っ払いを寝かせた。ネリーはバーニーの腕をみて、骨折ではなく脱臼しているだけだと診断した。そして、マシュー・バーバーを呼んでくるよう修練女に指示した。カリスはルーの顔を洗ってやった。彼の目を治す術は彼女にはなかった。まるで半熟卵のように破裂していた。

こういうことが起こるとひどく腹が立った。この男たちは病気や、事故による怪我で苦しんでいるのではない。飲みすぎて、互いに殴り合って怪我をしたのだ。ペストの第一波が襲ってから、カリスは何とか町の人たちに法を遵守し、秩序を回復するように働きかけた。しかし、二回目の襲撃は人々の心をも奪った。秩序ある行動を取り戻すようにいくらいっても、反応はなかった。カリスはどうすればいいのか途方に暮れ、自分もひどく疲れていた。

肩を並べて床に寝かされている二人をじっと見ていると、外から妙な音が聞こえてきた。一瞬、三年前のクレシーの戦場に引き戻された。敵に石をぶち込むエドワード王の新しい武器が、遠雷のように恐ろしく脳裏に響いてきた。しばらくしてまた音が聞こえてくると、それが複数の、リズムの乱れた太鼓の音だと気がついた。そして、バグパイプと鐘の自分勝手な音につづいて、勝利を意味するのか、苦しみを意味するのか、あるいはその両方なのかよくわからない、しわがれた声やむせぶような声、そして、泣き叫ぶ声が聞こえてきた。戦いのときのざわめきのようでもあるが、矢が飛び交う音や、矢に打たれた馬の鳴き声は聞こえない。不審に思って、カリスは外に出てみた。

四十人ほどが大聖堂の緑地に入ってきていた。狂ったように奇怪な踊りを踊り、楽器を演奏している。というより、むしろ無闇に音を鳴らしているといったほうがいいかもしれない。メロディもなければハーモニーもないのだから。彼らが着ている薄っぺらくて色の薄い服は、ぼろぼろに破れてしみだらけだった。ほとんど裸同然の者もいて、身体の秘めておくべき部分もおかまいなしに露出していた。楽器を持っていない者は鞭（むち）を持っていた。集まってきた町の人々が、興味と驚きの混じった眼差しで後につづいていた。

踊り手たちを率いているのはフライアー・マードだった。彼は信じられないほどに太っていたが、跳ね回りながら扇動的に踊り狂い、汚ない顔から噴き出した汗が、まばらに生えた髭を伝って滴り落ちていた。彼は踊り手たちを大聖堂の西の大扉へ先導し、振り返って叫んだ。「われわれはみな罪を犯している！」

それに応じて、彼の信奉者たちが叫んだ。金切り声だったり呻き声だったりして、何といっているのかはっきりと聞き取れなかった。

「われわれは汚れている！」マードが身体を震わせながら、また叫んだ。「われわれは糞のなかで転げまわる豚のように、淫らな行為に溺れている。欲望に溺れ、肉体を激しく求めるようになった。疫病に苦しむのは当然の報いだ！」

「そうだ！」

「どうする？」

「罰を受けよ！」彼らは叫んだ。「罰を受けなければならない！」

信奉者の一人が前に踊り出て、鞭を振り回した。鞭には三本の革の紐がついていて、それぞれに尖った石が結びつけられていた。彼はマードの足元で鞭を振り上げ、自分の背中に打ちつけた。鞭は薄い服を破り、皮膚から血が噴き出した。男は痛みに悲鳴を上げ、ほかの信奉者たちは同情の呻きを漏らした。

次に女が出てきて、着ていた服を腰まで下げ、胸をさらけ出した。そして、同じような鞭で、自分の裸の背中を強く打った。信奉者たちがまた呻き声を上げた。

それから一人、二人と前に出て、自分で自分を鞭打っていった。そんな彼らの皮膚の多くに、半分治りかけた傷跡があるのをカリスは見つけた。以前にも同じことをしたのだろう。何度もそれをした者もいるようだ。こうやって町から町へと渡り歩いているのだろうか？マードの困難な財政事情を考えると、とカリスは思った。そろそろだれかが群衆からお金を集めはじめるはずだ。

見物していた群衆のなかから、一人の女が突然飛び出して叫んだ。「わたしも罰を受けなくてはなりません！」マーセル・チャンドラーの若い妻の、いつも怯えているマレドだった。カリスはびっくりした。彼女が罪を犯しているなど想像もできなかったが、彼女なりに、自分の人生を劇的に演じる機会を夢見ていたのだろう。彼女は着ている服を脱ぎ、素っ裸でマードの前に立った。傷一つない肌だった。それどころか、とても美しかった。

マードが彼女をしばらく見つめていった。「わたしの足にキスをしろ」

マレドはマードの前にひざまずき、群衆には尻を卑猥にさらけ出して、彼の汚ない足に顔を近づけた。

マードが悔悟者の一人から鞭を受け取り、マレドに渡した。彼女はそれを受け取ると、自分の身体を打ち、痛みに悲鳴を上げた。すぐに、真っ白な肌に赤い傷ができた。

さらに数名が、群衆のなかから出てきた。そのほとんどは男だったが、マードは同じ儀式をそれぞれに行なった。それからすぐに、あたりは大騒ぎになった。鞭打ちをしないときには、彼らは太鼓を叩き、鐘を鳴らし、めちゃくちゃな踊りを踊った。

気が狂った者たちの忘我状態だった。鞭で打っている姿は劇的だし、確かに痛いとは思うが、カリスの目で見るかぎり、傷はすぐに癒えるようなものだった。

マーティンがカリスの横にきていった。「どういうことだと思う？」

彼女は眉をひそめた。「わたし、腹が立つの。どうしてかしら？」

「どうしてなんだ？」

「自分で自分を鞭打ちたいのなら、それをやめさせる必要がある？　彼らは気持ちがいいんでしょ?」

「そうかもしれないが」マーティンがいった。「マードがやることはだいたいが詐欺的だからな」

「これは違うような気がするのよ」

この雰囲気は懺悔ではない。ここで踊っている人たちは自分の過去を振り返って、犯した罪を悲しみ悔いて瞑想してはいない。本当に罪を悔い改めたいと思っていれば、静かに瞑想し、感情を表わさないものだ。わたしがここで感じているのはまったく違うもの、そう、興奮だ。

「詐欺的というより、堕落的な行為だわ」カリスはいった。

「酒の代わりに自己嫌悪に酔っているんだ」

「そして、どこかすごく興奮している」

「でも、セックスはなし」

「勝手にやらせておけばいいわ」

マードが一同の動きをふたたび止め、修道院の構内を出ていこうとした。鞭を打っていた者たちが前に出て、金を乞いはじめた。また大通りを行進していくのだろう、とカリスは想像した。そして大きな宿屋に立ち寄って飲み食いするのだ。

マーティンが彼女の腕に触れた。「顔色がよくないな。気分が悪いのか?」

「疲れてるだけよ」彼女はそっけなく応えた。身体がどうであろうと、わたしは働きつづけなければならないのだ。疲れているのがわかったとしても、何の助けにもならない。それでも、マーティンが気がついてくれたのはうれしかった。カリスは声を和らげていった。「院長室にこない？　そろそろ正餐の時間だわ」

二人は狂乱のおさまった緑地を横切り、院長の館へ入った。二人きりになると、カリスはマーティンの身体に腕を回してキスをした。突然性的な興奮を感じ、彼の口のなかで舌を絡ませた。彼がこうされるのを好きなのはわかっていた。マーティンもそれに応え、カリスの胸をやさしく愛撫した。院長の館でこんなキスをするのは初めてだ。もしかしたらフライアー・マードの騒ぎのせいで、いつもの抑制力が弱まっているのではないだろうか、とカリスは感じた。

「身体が火照って（ほて）るぞ」マーティンが耳元でささやいた。

カリスは着ているローブを脱がせてもらい、乳首を彼の口でふさいでほしかった。欲望を抑えられなくなっていた。無謀にも、このままこの床で抱き合ってもいいとさえ思った。だれに見られるかわからないこの場所で。

そのとき、女の子の声がした。「覗き（のぞ）見をするつもりはなかったんです」

カリスはびっくりした。疚しさを感じて急いでマーティンから離れ、あたりを見回して声の主を探した。部屋の突き当たりの片隅に置いてあるベンチに、若い女性が赤ん坊を抱いて坐っていた。ラルフ・フィッツジェラルドの妻だった。

「ティリー！」カリスは叫んだ。

ティリーが立ち上がった。疲れきり、怯えていた。「脅かしてごめんなさい」彼女は謝った。

カリスはほっとした。ティリーは女子修道院の学校に通い、何年も女子修道院に住んでいて、カリスをとても好いていた。彼女だったらいまのキスを大騒ぎにはしないだろう。でも、こんなところで何をしていたのか？　「大丈夫？」カリスは訊いた。

「ちょっと疲れていて」ティリーがふらりとよろめいた。カリスはとっさに彼女の腕をつかんだ。

赤ん坊が泣いた。マーティンが赤ん坊を受け取り、慣れた手つきであやしはじめた。

「よしよし、いい子だ」彼が声をかけると、泣き声は甘えて駄々をこねるような声に変わった。

カリスはティリーに訊いた。「どうやってここまできたの？」

「歩いてきました」

「テンチ・ホールから？　ジェラルドを抱っこして？」赤ん坊は四カ月になり、決して軽くはない。

「三日かかりました」

「何かあったの？」

「逃げてきたんです」

「ラルフは追ってこなかった？」

「きました。アランと一緒に。森に隠れて、二人が通り過ぎるのを待ちました。ジェラルドはとてもいい子で、泣かなかったんです」

その光景が目に浮かんで、カリスは喉を詰まらせた。「でも……」込み上げるものをぐっと抑えた。「でも、どうして逃げないといけなかったの?」

「夫がわたしを殺そうとしているんです」ティリーがわっと泣き出した。

カリスはティリーを坐らせ、マーティンがワインを一杯持ってきた。カリスはティリーを泣かせてやり、隣りに坐って肩を抱いてやった。マーティンが赤ん坊をあやした。ティリーがようやく泣き止んだところで、カリスは訊いた。「ラルフが何をしたの?」

「何もしていません。ただ、わたしを見る目でわかるんです。わたしを殺そうとしていることが」

マーティンがつぶやいた。「弟はそんなことできっこないよ、といえるといいんだが」

「でも、どうして彼はそんな恐ろしいことをしたいと思っているのかしら?」カリスは訊いた。

「わかりません」ティリーが惨めな様子で答えた。「ラルフはウィリアム伯父の葬儀に行ったんです。そこにロンドンからきたサー・グレゴリー・ロングフェロウという法律家がいました」

「彼なら知ってるわ」カリスがいった。「頭のいい人よ。わたしは好きじゃないけどね」

「それからなんです。わたし、サー・グレゴリーと何か関係があるんじゃないかという気がしてるんですけど」

「想像だけで、赤ちゃんを抱いてはるばるこんなところまで歩いてくるなんて」カリスはいった。

「確かに思い過ごしかもしれないけど、彼は本当に憎々しい目でわたしを見つめるんです。あんな目つきで妻を見る夫がどこにいるでしょうか？」

「ここにきたのは正解だったわ」カリスはいった。「ここにいれば安全よ」

「いてもいいんですか？」ティリーが懇願した。「帰したりしませんよね？」

「もちろんよ」カリスはマーティンの目を見、彼の考えがわかった。ティリーに安請け合いをするのは軽率だ。逃亡者は教会に避難できるが、それはあくまでも原則としては、だ。だが、女子修道院が貴族の妻を匿（かくま）い、夫から無期限に隔離する権利があるかどうかは非常に疑問だ。それに、ラルフは息子であり後継者である赤ん坊を、妻から取り上げる権利がある。マーティンはそう考えているのだ。それでも、カリスはできるかぎり自信のある声でいった。

「好きなだけ、ここにいていいのよ」

「ありがとうございます」

この約束が守れますように、とカリスは胸のうちで祈った。

「施療所の上階に客用の部屋がいくつかあるから、そこに住んだらいいわ」

ティリーが困ったような顔をした。「だけど、もしラルフが入ってきたら？」

「まさか、そんなことはしないでしょう。でも、心配なら、マザー・セシリアが使っていた部屋を使ってもいいわ。修道女の共同寝室の突き当たりよ」

「ぜひお願いします」

院長付きの使用人が入ってきて、夕食の準備を始めた。「食堂に連れていってあげましょう。修道女たちと一緒に食事を取るといいわ。そして、共同寝室でゆっくり休むことね」カリスはそういって席を立った。

突然、めまいがした。テーブルに手をついて身体を支えようとした。赤ん坊を抱いていたマーティンが心配そうに訊いた。「どうした？」

「大丈夫」カリスはいった。「ちょっと疲れてるだけ」

そして、そのまま床に倒れた。


マーティンは波のように押し寄せてくる恐怖を感じ、一瞬呆然とした。カリスはこれまで病気になったことはないし、自分で自分のことができなくなるなんてことはなかった——彼女は人を世話する側なのだ。彼女自身が病人になるなんて考えてもみなかった。

時間は一瞬のうちに過ぎ、マーティンは恐怖を押しのけて、赤ん坊をティリーにそっと渡した。

使用人の少女が食事の準備をしていた手を止め、床に倒れて意識のないカリスを見て、びっくりして立ちすくんだ。マーティンは落ち着いて静かに、しかし、緊急を要する声で彼女に命じた。「施療所へ行ってマザー・カリスが倒れたと伝え、シスター・ウーナを連れてきてくれ。いますぐに。できるだけ早く！」少女があわてて出ていった。

マーティンはカリスのそばに膝をついた。「カリス、聞こえるか？」声をかけながら、だらりと力のなくなった彼女の手を取って軽く叩いた。そして頬に触れ、まぶたを開いてみた。彼女は意識を失っていた。

ティリーがいった。「ペストにかかっているんじゃないですか？」

「まさか」マーティンはカリスの腕を取った。彼は痩せていたが、いつも石や木材を組み上げたりしているので、重い荷物を持ち上げるのには慣れていた。軽々とカリスを抱きかかえると、まっすぐに立って、テーブルの上にそっと横たえた。「死んじゃ駄目だ」彼はささやいた。「お願いだ。死なないでくれ」

マーティンはカリスの額にキスをした。熱かった。さっき抱き合ったときにもそう感じたが、興奮していて変だとは思わなかった。おそらく、それで彼女はあんなに情熱的だったのだろう。熱にはそんな作用もあるのかもしれない。

シスター・ウーナが入ってきた。彼女を見たとたん、マーティンはうれしくて思わず涙があふれた。彼女は若い修道女で、修練女の期間が終わってまだわずか一年か二年だろう。しかし、カリスは彼女の看護の力量を高く評価していて、丸一日施療所を任せたこともあった。

ウーナはリネンのマスクで口と鼻を覆い、首の後ろでぎゅっと締めた。そして、カリスの額と頬に触れた。「くしゃみをしましたか？」彼女は質問をした。

マーティンは涙を拭いた。「いや」くしゃみをしたら、気づかないはずがない。それがペストの前兆なのだから。

ウーナはカリスのローブの前を開いた。マーティンには、彼女が小さな胸をさらけ出して、とても傷ついているように見えた。しかし、胸に濃い紫色の発疹がないのを見てほっとした。ウーナがローブを元に戻し、カリスの鼻孔を見た。「出血はなし」そして、慎重に脈を取った。

しばらくして、ウーナがマーティンを見た。「おそらくペストではないと思います。でも、深刻な病状です。熱が高いし、脈も速いうえに、呼吸も浅いんです。二階に運んで寝かせてください。そして、薔薇水で顔を拭いてあげてください。それから、彼女に付き添う人は必ずマスクを着用し、手を洗ってください。ペスト患者と同じようにね。あなたもですよ」彼女はそういって、マーティンにリネンを渡した。

マスクを着けていると、頬を涙が伝った。マーティンはカリスを二階へ連れていき、敷き布団に横たえて、ローブをまっすぐに伸ばしてやった。修道女が薔薇水と酢を持ってきた。マーティンはティリーについてのカリスの指示を伝え、若い母親と赤ん坊を食堂へ連れていってもらった。そして、カリスのそばに坐り、香りのする水に浸した布を彼女の額と頬に軽く当てて、意識が戻るよう祈った。

やっとカリスの意識が戻った。目を開け、困惑したように顔をしかめた。そして、不安そうな顔で訊いた。「わたし、どうしたの?」

「気絶したんだ」マーティンは答えた。

カリスが身体を起こそうとした。

「寝ていないと駄目だ。きみは病気なんだ。ペストではないらしいが、かなり重症みたいだからな」

辛いのだろう。彼女はそれ以上抵抗せず、また横になった。「一時間くらい休ませてもらうわ」

それから二週間、彼女は寝込んだ。

三日後、カリスの白目の部分が辛子色に変わったのを見て、シスター・ウーナは黄疸（おうだん）の診断を下した。そして、薬草を煎じて蜂蜜で甘くした薬を作ってくれた。カリスはそれを温めたものを、一日に三回飲んだ。熱は下がったが、具合はよくならなかった。毎日、ティリーの心配をした。ウーナは質問には答えたが、カリスが疲れるのを案じて、そのほかの女子修道院内のことについては話さなかった。それ以上を聞き出すには、カリスの身体はあまりに衰弱していた。

マーティンは院長の館を離れなかった。昼間はカリスの声が届く範囲の一階にいて、建設中の、あるいは解体中の建物については、部下に指示を仰ぎにこさせた。夜になると、彼女の隣りに敷いた布団に横になってうとうとし、彼女の呼吸が変わったり、寝返りを打ったりすると、必ず目を覚ました。

彼女が倒れた週の最後の日に、ローラは隣りの部屋に寝かせた。ラルフが姿を現わした。

「妻がいなくなった」そういいながら、院長の館の広間に入ってきた。

マーティンは大きな石盤に図面を引いていたが、手を休めて顔を上げた。「やあ、しばらくだな」そういいながら、うろたえているな、と思った。ティリーが行方不明になって、複雑な心境なのは間違いない。ティリーを好いていないとしても、妻に逃げられて気持ちのいい夫はいない。

自分もまた複雑な心境だ、とマーティンは罪の意識を感じた。結局、弟の妻が夫から逃げる手助けをしたのだから。

ラルフがベンチに腰を下ろした。「ワインでももらえないかな？　喉がからからなんだ」

マーティンは戸棚へ行き、水差しからワインを注いだ。ティリーの居場所は知らないというつもりだった。しかし、実の弟に嘘をつくことに、彼の本能は揺れていた。重要なことであればなおさらだった。それに、ティリーが修道院にいるのを隠し通すのは不可能だろう。あれだけの修道女や修練女、使用人がティリーを見ているのだから。緊急の事態を除いては、いかなるときも正直に話すのがいちばんだとマーティンは思った。だから、ワインをラルフに渡しながらいった。「ティリーはここにいる。女子修道院にな。赤ん坊も一緒だ」

「そうだろうと思った」ラルフが左手に持ったワインを、切断された三本の指の根元が見えるよう掲げて一気に飲みほした。「あいつはどうしたんだ？」

「おまえから逃げてきたんだよ、ラルフ」

「教えてくれればよかったのに」

「悪かったよ。だが、ティリーを裏切るわけにはいかないんでね。おまえを怖がっているんだ」

「なぜおれじゃなくて、彼女の肩を持つ？　おれはあんたの弟だぜ」

「おまえのことを知っているからだ。彼女が怖がっているのには、何か理由があるはずだ」

「とんでもない話だ」ラルフは憤慨した様子を見せようとした。しかし、その演技は説得力に欠けていた。

マーティンは弟の本心がわからなかった。

「ティリーを渡すわけにはいかない」マーティンはいった。「保護を求められているんでね」

「ジェラルドはおれの息子で、跡取りだ。おれと引き裂くことはできないぞ」

「確かにそれはできない。もし裁判を起こしたら、おまえは勝つだろう。しかし、おまえだって、まさか赤ん坊を母親から引き離したりはしないだろう？」

「赤ん坊が家に帰るときは母親も一緒だ」

それはそうだろう。マーティンがラルフを説き伏せる別の手段を考えていると、ブラザー・トマスがアラン・ファーンヒルを連れて部屋に入ってきた。トマスはアランに逃げられないよう、片腕で彼の腕をしっかりと捕まえていた。「こそこそと覗き回っていたんでね」トマスがいった。

「このあたりを見ていただけですよ」アランが抵抗した。「修道院は空っぽだと思ったものでね」

マーティンはいった。「確かにそう見えるかもしれないが、空っぽというわけではない。修道士が一人、修練士が六人、孤児の少年が数十人はいる」

トマスがつづけた。「とにかく、彼は修道院にいたわけではなくて、女子修道院の歩廊にいたんだ」

マーティンは不審に思った。遠くから賛美歌の歌声が聞こえていた。アランは侵入する時間をあらかじめ見計らっていたのだ。修道女と修練女は全員、六時課のために大聖堂にいる。この時間、女子修道院の建物内にはだれもいなくなる。アランはだれにも邪魔されずに、しばらく歩き回っていたことになる。

単なる興味本位でうろついていただけではないようだ。

トマスが付け加えた。「幸い、厨房係が見つけて、私を教会まで呼びにきてくれたんだ」

アランは何を探していたのだろう、とマーティンは訝った。ティリーか？　まさか昼の日なかに、女子修道院から彼女を連れ出すような真似はしないだろう。彼はラルフを見た。

「おまえたちは何を企んでいるんだ？」

ラルフがその質問をアランに振った。「何をしていたんだ？」彼は激怒していたが、マーティンにはわざとらしく聞こえた。

アランが肩をすくめた。「待っているあいだ、ちょっとこのあたりを見ていただけだといってるでしょう」

そんなことはあり得ない。武器を携えて主人の帰りを待つ家臣は、厩舎か宿屋にでもいるもので、歩廊にはいない。

「そうか……二度とそんなことはするな」ラルフがいった。

ラルフはこの一件をそれで片づけてしまおうとしているな、とマーティンは察した。自分は弟に本当のことを話した。しかし、彼は本当のことを話してはくれない。マーティンはそう思うと悲しかった。大事な話に戻った。「ティリーをしばらくそっとしておいてやったらどうだ？」彼はラルフにいった。「ここにいれば、彼女は絶対大丈夫だから。しばらくしたら、おまえが彼女には何の危害も加えないとわかって帰っていくだろう」

「それではおれが恥をさらすことになる」ラルフがいった。

「そんなことはない。しばらく俗世間から離れたくなった貴族の女性が、修道院で数週間過ごすのはよくあることだ」

「それは未亡人か、夫が出征している場合だろう」

「必ずしもそういうわけではないさ」

「特別な理由がない場合、その女が夫から逃げたいからだと、世間は必ず思うだろう」

「それがどうだというんだ。おまえだって、ときどき妻から離れたいと思うんじゃないのか？」

「まあな」ラルフが応えた。

マーティンは弟の反応にとまどった。ラルフがこんなに簡単に説得に応じるとは思っていなかった。気持ちを落ち着かせてから、マーティンはおもむろに口を開いた。「そうだろう。

だったら、三ヵ月ほど彼女を自由にさせてやれ。それから出直してきて、彼女と話をすればいい」ティリーの気持ちは絶対変わらないだろうという気がしていたが、少なくともこの提案によって、当面の危機的状況はしばらく回避できるはずだった。

「三ヵ月か」ラルフがいった。「いいだろう」そして、立ち上がって出ていこうとした。

マーティンは弟と握手をした。「母さんと父さんは元気か？　もう何ヵ月も会っていないんだ」

「年を取ってきた。親父はいまでは外に出なくなった」

「カリスが快復したら、できるだけ早く会いにいくよ。彼女の黄疸の症状もだいぶよくなってきたからな」

「よろしくいってくれ」

マーティンは出口まで行って、ラルフとアランが馬に乗って帰るのを見送った。底の知れない不安が彼を襲った。ラルフは何かを企んでいる。それはティリーを取り戻すことだけではない。

彼はふたたび机に戻り、長いあいだ図面を見つめた。しかし、まったく目に入らなかった。

二週目の終わりになると、カリスの容態は目に見えてよくなっていった。マーティンは疲れていたが、ほっとした。死刑執行を猶予された男のような気持ちになり、ローラを早めに寝かせると、久しぶりに外出した。

温かな春の夕暮れだった。陽の光と穏やかな空気が、開放的な気分にしてくれた。自分のものになったベル・インは改築のために閉まっていたが、ホーリー・ブッシュの商売は活況を呈していた。たくさんの客がジョッキを片手に、外に置いてあるベンチに坐っていた。屋外で楽しんでいる者があまりに多いので、マーティンも足を止め、今日は祝日なのかと尋ねた。曜日を間違えたかと思ったのだ。「いまでは毎日が祝日だよ」一人が答えた。「どうせペストにかかって死んじまうのに、働いてどうなるってんだ！　あんたも一杯飲ったらどうだい」

「いや、結構」マーティンはその場を去った。

派手な服、精巧に作られた帽子、刺繍されたチュニックを着ている者が多いのに気がついた。普段なら、彼らには手が出ないようなものばかりだ。おそらく裕福な者の死体から頂戴したもの、あるいは、奪い取ったものだろう。悪夢のような光景だった――汚れた髪にヴェルヴェットの帽子をかぶり、金糸で飾られた服には食べこぼしがあり、破れたタイツに宝石で飾られた靴を履く。

全身を女性の服に包んだ男も二人見かけた。床までの長いガウンを着て、ヴェールをかぶっている。二人は腕を組み、富を誇示する商人の妻のように大通りを歩いていた。しかし、大きな手足と顎に生えた髭で、間違いなく男だとわかった。マーティンは混乱してきた。もはや確かなことは何もなくなったかのようだ。

夜の帳が下りはじめたころ、橋を渡ってスモール・アイランドへ行った。橋と橋をつなぐ通りに、彼は店や宿屋を建てていた。すでに完成していたが、だれも入居していなかった。扉や窓には板が打ちつけられ、浮浪者に侵入されないようにしてあった。兎以外は何も住んでいない島。ペストが根絶し、キングズブリッジが正常に戻るまではこの状態なのだろう。ペストがこのままはびこれば、この建物にはだれも住むことがないかもしれない。しかし、万一そうなった場合、建物に入居者があるかどうかなんて大して重要ではなくなっているだろう。

そろそろ門が閉まるころだったので、マーティンは旧市街に戻った。ホワイト・ホースは盛大な酒盛りの真っ最中のようだった。明かりが煌々とともり、人が建物の外の道まで溢れていた。「何の騒ぎだ？」マーティンは酔っぱらいを捕まえて訊いた。

「デイヴィの野郎がペストにかかっちまったんだ。店を譲るやつがだれもいないんで、店のエールはすべて大放出するってよ」男はうれしそうににんまりとした。「飲み放題だぜ。金はいらねえんだ！」

この男も、ほかの多くの男たちも、これまで真面目に働いてきた者ばかりだ。それがいまは、足元も覚束ないほど酔っ払っている。マーティンは群衆を掻き分けてなかに入っていった。太鼓を叩いている者がいるかと思えば、踊っている者もいた。男たちが何かを取り囲んでいた。肩越しに覗いてみると、かなり酔った二十歳くらいの女がテーブルに前かがみになり、男たちが順番に、後ろから彼女のなかに入っていた。取り巻いている男たちは、自分の順番を待っているのだ。マーティンは胸糞が悪くなり、外に出た。裕福な馬喰のオジー・オストラーが建物の横で空の樽に半分隠れ、若い男の前にひざまずいて、ペニスを口で愛撫していた。それは法律に反する行為で、その罰は死刑だが、だれも気にもしていなかった。結婚もしていて、聖堂区ギルドのメンバーでもあるオジーは、マーティンと目が合っても、その行為をやめようとしなかった。それどころか、見られていることでより興奮したかのように、もっと激しく口を動かした。マーティンは唖然として首を振った。店の入り口のすぐ前にテーブルがあり、その上に焼肉、魚の燻製、プディング、チーズなど、食べかけの料理が山積みになっていた。そのテーブルの上に犬が上って、塩漬け肉に食いついていた。男がシチューの入っていた皿に反吐を吐いている。扉の横では、デイヴィ・ホワイトホースがワインの入った特大のカップを手に、大きな木の椅子に坐っていた。くしゃみをして汗をかいている。ペストの特徴の鼻血がぽたぽたと滴り落ちていたが、彼はあたりを見回しては、馬鹿騒ぎをする連中に野次を飛ばしていた。病気で死ぬ前に、飲みすぎて死んでしまいたいようだった。

マーティンは吐き気を催し、急いで修道院へ戻った。

帰ってみると、驚いたことにカリスが起き出して、ローブを着ていた。「よくなったわ」彼女はいった。「明日には仕事に戻ろうと思うの」そして、マーティンの疑わしい顔を見て付け加えた。「シスター・ウーナがいいっていったのよ」

「きみがだれかから指示を受けるようでは、まだ元どおりってわけにはいかないな」マーティンがいうと、カリスは笑った。そんな彼女を見て、彼は涙が込み上げてきた。彼女はこの二週間まったく笑っていなかった。そしてその間ずっと、マーティンはカリスの笑い声をまた聞けるかどうか不安でならなかったのだ。

「どこへ行っていたの？」カリスが訊いた。

彼は町を歩いて目にした、恐ろしい光景を話した。「悪意があるわけではないと思うんだ」彼はいった。「ただ、これから彼らがどうなっていくのかが心配だ。みんなが自制心を失ってしまったら、殺し合いを始めるんじゃないだろうか？」

厨房係が夕食のスープを蓋付きの深皿に入れて運んできた。カリスは慎重に、少しだけすすってみた。長いあいだ、何を食べても気持ち悪くなっていたのだ。しかし、葱のスープはとても美味しく、丸まる一杯平らげてしまった。

テーブルが片づけられると、カリスがいった。「病気だったとき、死について何度も考えたわ」

「でも、聖職者は呼ばなかったな」

「わたしがいい人であったか悪い人であったかなんて、最後の最後に回心するまで神様にはわからないでしょう」

「それなら、何なんだ？」

「自分自身に問うてみたの。心から後悔していることがないかどうかを」

「それで、あったのかい？」

「たくさんあったわ。姉とはうまくいっていないし、子供もいないし、母が死んだ日に父が母に贈った、真紅の外套もなくしてしまったし」

「どうしてなくなったんだい？」

「女子修道院に入るとき、その外套を持ってくることを許されなかったの。それからどうなったかはわからないわ」

「いちばん後悔していることは何なんだ？」

「二つあるわ。わたしの理想の施療所をまだ建てていないこと。それから、あなたとほとんど一緒に寝ていないこと」

彼はびっくりして眉を上げた。「そうだな。だけど、二つ目は簡単に修復できるだろう」

「そうね」

「修道女としてはいいのかい」

「もうだれも気にしていないわ。町の様子を見てきたんでしょ？　女子修道院だって、死にかかっている人たちの世話をするのに忙しくて、昔の規則を騒ぎ立てるほど暇じゃないわ。ジョーンとウーナは、施療所の二階の部屋でいつも一緒に寝ているのよ。別にどうってことじゃないわよ」

マーティンは顔をしかめた。「彼女たちがそんなことをしている一方で、教会での夜の礼拝に出かけるなんておかしいだろう。いったいどうやってその二つを両立させているんだ？」

「あのね、ルカの福音書には〝外套を二着持っている者は、一着も持たない者に分けてやれ〟と書いてあるの。シャーリングの司教は自分はぬくぬくと何着もローブを身にまとっているのよ。どうやって教えと現実との溝を埋めていると思う？　教会にきている人はみんな自分が聞きたいことだけを聞き、そうでないことは聞かないのよ」

「きみはどうなんだ？」

「わたしだって同じよ。でも、これは嘘じゃないわ。だから、わたしはあなたと一緒に暮すの。あなたの妻としてね。もしだれかに何かいわれたら、いまは変な時代なんだといってやるわ」カリスが立ち上がり、扉の鍵をかけた。「あなたはこの部屋で二週間寝ていたのよ。いまさら出ていくのは駄目よ」

「ぼくを閉じ込める必要はないよ」彼は笑いながらいった。「喜んでいさせてもらうから」

そして、彼女の身体に腕を回した。

「わたしが倒れる数分前、わたしたちはいいことをしようとしていたのよね。ティリーに邪魔されたけど」

「きみは熱があった」

「熱ならいまもあるわよ。別の意味での熱だけど」

「中断したところからまた始めるか」

「その前にベッドに行かないと」

「そうだな」

二人は手をつないで二階へ上がっていった。

71

ラルフとその配下は、キングズブリッジの北の森に隠れて待っていた。いまは五月で、夜は長かった。夜の帳が下りてくると、ラルフは仲間に一寝入りさせ、自分は起きて見張りをした。

ラルフの仲間はアラン・ファーンヒルと四人の雇兵で、王の軍隊を除隊したものの、平時に自分の居場所を見つけられなかった兵士たちだった。彼らはグロスターのレッド・ライオンでアランに雇われた。ラルフが何者かも知らないし、昼間に会ったこともない。いわれたことをやり、報酬をもらい、あとは何も訊かない。

見張りについたラルフは、フランスで王のそばにいたときと同じように、過ぎていく時間に機械的に注意を払った。何時間過ぎたかを正確に計ろうとすると、かえって混乱する。単純に時刻をいい当てようとするほうが、正しい時間が思い浮かぶものだ。修道士は印のついた蠟燭の溶け具合や砂時計、あるいは、水時計で時刻を知る。しかしラルフは、もっと正確な時を頭のなかだけで計ることができた。

彼は木の幹に背中を預けて坐ったまま動かず、自分たちの小さな焚火の炎を見つめていた。下草のなかをカサカサと走る小動物の気配や、ときには獲物を狙うフクロウの鳴き声が聞こえてくる。動きを開始する前の待ち時間が、いちばん落ち着くことができた。静けさ、暗闇、そして考える時間。これから危険がやってくると思うと、たいていの男は神経質になるが、ラルフはそういうときほど冷静になった。

今夜待ち受ける危険の多くは、実のところ、戦いとは無関係だった。多少の揉み合いぐらいはあるだろうが、敵は太った町民か、軟弱な修道士ぐらいのものだろう。本当の危険は、自分の正体がばれたときだ。自分はこれから衝撃的な事件を起こそうとしている。このあたりの全教会、あるいはヨーロッパじゅうの教会が憤激するような事件だ。ラルフの依頼人のグレゴリー・ロングフェロウも、とんでもない非難を浴びることになるだろう。もしラルフが悪党だという事実が露見すれば、縛り首にされてしまう。

だが、もし成功すれば、自分はシャーリング伯になれる。

真夜中から二時間が過ぎたと判断して、ラルフは仲間を起こした。

つないだ馬をそのまま残し、森を出て、町につづく道を歩いていった。フランスで戦ったときと同じように、アランが道具を運んだ。短い梯子、巻いたロープ、ノルマンディーの防壁を攻撃したときにも使った引っかけ鉤。アランのベルトには、石工が使う鑿と鉄槌が差してある。道具はこんなに必要ないかもしれないが、準備するに越したことはない。

そのほかに、アランは紐できつく巻いて縛った、大きな麻袋の束も持っていた。

町が見えるところまでやってくると、ラルフは目と口の部分に穴の開いた覆面を配り、全員が同様のものをかぶった。さらに、ラルフは自分の素性が露見しないよう、三本の指がない左手にミトンもつけた。これで完全にだれだかわからないはずだ——もちろん、つかまらなければの話だが。

それから全員がブーツをフェルトの袋に突っ込み、膝で袋の口を縛って、足音がしないようにした。

キングズブリッジはここ何百年も軍隊の攻撃を受けたことがなく、ペストのせいで警護はさらにゆるんでいる。にもかかわらず、町の南の入り口はがっちりと閉ざされていた。マーティンが造った素晴らしい橋から町に入る地点には石造りの門番小屋があって、巨大な木の扉が道を阻(はば)んでいる。だが、川で町が守られているのは東側と南側だけだ。北と西に橋はなく、町の防壁はあちこちが崩れていた。ラルフが北から近づこうと考えたのもそのためだった。

防壁の外にはみすぼらしい家が雑多に並び、まるで肉屋の裏で群れる野良犬のようだ。数日前、二人でティリーを探してキングズブリッジにきたとき、アランに侵入経路を偵察させていた。そのアランのあとに従い、ラルフと雇兵は音をたてないように、あばら屋のあいだを歩いた。このあたりの物乞いも、目を覚ませば騒ぐかもしれない。犬の吠える声がしてラルフは身を固くしたが、だれかが叱りつけると静かになった。彼らはすぐに壁の崩れた場所にたどり着き、転がっている石を軽々とよじのぼっていった。

倉庫か何かの裏にある、細い路地に出た。町の北門のすぐ内側だった。門のそばに見張りのいる番小屋があるのをラルフは知っていた。六人の男は静かにそこへ近づいた。防壁の内側には入れたものの、見張りに見つけられれば尋問されるだろうし、怪しいと思えば、大声で仲間を呼ぶかもしれない。だがありがたいことに、見張りはストゥールに坐って番小屋の横の壁にもたれ、ぐっすり寝込んでいた。脇の棚の上で、短くなった蠟燭の炎が風になびいている。

それでもやはり、男が目を覚ますようなことがあれば厄介だ。ラルフはそばに忍び寄り、番小屋のなかに身を乗りだすと、長いナイフで見張りの喉を掻き切った。見張りは目を覚まし、悲鳴を上げようとしたが、口から出たのはあふれる血だけだった。男は倒れかかったが、ラルフがその身体をつかみ、息絶えるまで支えて、番小屋の壁に寄りかからせた。ラルフは血まみれのナイフを死んだ男のチュニックで拭い、鞘に収めた。

門をふさぐ大きな両開きの扉には、人の背丈ほどの小さい出入り口がついていた。ラルフはその小扉の閂を外し、いつでもそこから逃げられるようにした。

六人は修道院につづく通りを静かに歩いた。

月は出ていなかった。ラルフが今夜を選んだのも、それが理由だった。だが、かすかな星明かりが彼らを照らしていた。道の両脇に建っている家の上階にも、注意を怠ってはならなかった。眠れない輩がたまたま覆面をした六人の男を見かけたりすれば、間違いなく不吉な光景だと思うだろう。幸い、その夜は窓を開けておくには少し涼しく、鎧戸はみな閉ざされていた。それでも、ラルフは外套の頭巾を深くかぶり、できるだけ前に引っぱって自分の顔を隠し、つけている覆面も見えないようにした。それから、ほかの者にも同じようにしろと合図した。

この町は若いころに過ごしていて、通りにも馴染みがあった。正確な場所はわからないが、兄のマーティンはまだここに住んでいるはずだ。

彼らは大通りを進み、何時間も前に閉店して鍵のかかったホーリー・ブッシュを通りすぎた。角を曲がり、大聖堂の敷地へと入る。入り口には木材に鉄を張った背の高い門があるが、開けっ放しで何年も閉めた様子がなく、蝶番は錆で固まっている。

ほの暗い光が施療所の窓に見えるだけで、修道院は暗かった。いまが修道士や修道女がいちばん熟睡している時間帯だ。あと一時間もすれば、夜明け前に行なう朝課のために起きだしてくる。

すでに修道院を偵察していたアランが、一団を率いて教会の北側を回っていった。彼らは音もなく墓場を抜け、修道院長の館を通りすぎて、川の土手と大聖堂の東端を隔てる細長い土地に沿って曲がった。窓も何もない壁にアランが低い梯子を立てかけ、小声でいった。

「女子修道院の歩廊だ。ついてこい」

アランが壁を登り、屋根に上がった。スレート葺きの屋根の上では、ほとんど足音はしなかった。引っかけ鉤を使えば人を起こすような騒ぎになりかねず、使わずにすんだのはありがたかった。

仲間がつづき、ラルフが最後尾についた。

一団は屋根から中庭の芝生の上に軽やかに着地した。歩廊に整然と並ぶ石柱を、ラルフは用心深く見回した。アーチがまるで見張り番のように自分を見ている気はしたが、何かが動く気配はない。ありがたいことに、修道士や修道女が犬を飼うのは禁じられていた。

アランが先頭に立ち、真っ暗な通路を回って、重い扉を通り抜けた。「厨房だ」彼は小声でいった。かまどの燃え残りが厨房を薄暗く照らしている。「鍋に蹴つまずくなよ、ゆっくりと歩け」

ラルフは目が慣れるのを待った。すぐに、大きなテーブルや数個の樽、重ねた料理鍋の輪郭が見えてきた。「楽な姿勢で坐るか、寝そべることのできる場所を探せ」彼は指示した。「全員起きて教会に行ってくれるまで、ここで待つからな」

一時間後、ラルフは厨房から外を覗いた。修道女や修練女が楚々(そそ)として共同寝室を出ていき、歩廊を通って大聖堂に向かっていく。何人かの持つランプが円天井に奇怪な影を投げかけているのを見ながら、その人数を数えた。「二十五人だ」ラルフは小声でアランに教えた。予期したとおり、ティリーはいない。客人の貴族女性は真夜中の礼拝に出る必要がないからだ。

全員の姿が消えると、ラルフは動きだした。仲間は厨房にとどまった。

ティリーが眠っていそうな場所といえば、施療所か、修道院の共同寝室ぐらいのものだ。ティリーには共同寝室のほうが安心できるのではないかと当たりをつけ、ラルフはまずそこへ向かった。

ブーツにはまだフェルトがかぶせてあり、そっと石の階段を上がれば足音はしない。ラルフは共同寝室を覗いた。蠟燭が一本ついている。ほかにだれかいると面倒なので、修道女には全員教会に行っていてもらいたかった。病気や怠け癖で一人か二人が残っていたりすると困る。しかし、部屋は空っぽだった――ティリーもいなかった。ラルフは引き返しかけたが、そのとき、部屋の奥に扉があるのが見えた。

蠟燭を手に取って共同寝室の奥まで行き、音をたてずにその扉を開けてなかに入った。揺れる炎が、枕に頭を載せて眠るラルフの若い妻の姿を照らし、その顔のまわりに髪が寝乱れて広がっているのが見えた。あまりにも無垢(むく)で美しいその顔に、ラルフは刺されるような良心の痛みを感じたが、昇進の邪魔になる妻への憎しみを思い起こして自分を叱咤した。

ティリーの隣りの赤ん坊用の寝台では、息子のジェラルドが目を閉じて口を開け、穏やかに眠っている。

ラルフは忍び足で近づき、素早く右手でティリーの口を押さえつけると、声を上げさせることなく目を覚まさせた。

ティリーが目を見開き、恐れおののいてラルフを見つめた。

ラルフは蠟燭を置いた。ポケットには役に立ちそうな道具がいろいろ入っていて、そのなかに布と革紐があった。布をティリーの口に詰めて声を封じる。覆面や手袋をして、一言も口をきいていないのに、ティリーは相手がだれだか感づいているようだ。犬のように臭いを嗅ぎつけたのかもしれない。かまうことはない。どうせだれに話す機会もないのだ。ティリーの手と足を革紐で縛った。いまはおとなしいが、あとでもがきだすだろう。口の布がきちんと詰まっているのを確かめ、ラルフはそこに坐って待った。

教会から歌声が聞こえてきた。女性の力強いコーラスに、耳障りな二、三の男が声を合わせようとしている。ティリーが訴えるような大きな瞳で、ずっとラルフを見つめている。その顔を見ないですむように、ラルフはティリーを俯せにひっくり返した。

ティリーは自分が殺されるのを予感していた。おれの心を読んでいたのだ。この女は魔女に違いない。きっと女はすべて魔女なんだろう。何にせよ、この計画を思いついたとき、ティリーはすぐさまそれを見抜いた。おれを監視するようになり、特に夜などは、おれが何をしているときでも、彼女の怯えた瞳がおれの姿を追って部屋をさまよった。おれが眠っているあいだも、ティリーはその隣りで、身を固くして用心深く横たわり、朝になって目を覚ますと、彼女は必ず先に起きていた。こうしたことが数日つづいたあと、ティリーは姿を消した。アランと二人でティリーを探したが見つからず、そののち、キングズブリッジの修道院に逃げ込んだという噂が聞こえてきた。

これがたまたま、今度の計画にぴたりとはまったのだ。

眠っている赤ん坊が鼻を鳴らしたので、ラルフは息子が泣きだすのではないかと思った。

修道女たちが戻ってきたらどうする？　ラルフは考えた。ティリーに手伝いが必要かどうかを確かめに、修道女が一人か二人、きっとここへくるだろう。そのときはそいつらを殺せばいい。ラルフは腹を決めた。これが初めてというわけでもない。修道女ならフランスでも殺したことがある。

ようやく、修道女たちが共同寝室へ戻る低い足音が聞こえてきた。

アランが厨房から様子を見ていて、戻ってくる人数を数えているはずだ。全員が問題なく屋内へ入ったら、アランとほかの四人が剣を抜いて行動を開始する。

ラルフはティリーを立ち上がらせた。涙で顔が濡れている。ラルフは彼女の後ろに立つとその腰に片腕を回して身体を持ち上げ、自分の腰に押しつけるようにして運んだ。子供のように軽かった。

ラルフは長いナイフを抜いた。

部屋の外で男の声が聞こえた。「静かにしろ、さもなければ殺す！」覆面でくぐもっているが、アランの声だ。

ここが正念場(しょうねんば)だ。いま、建物のなかにはほかの人間がいる——修道女、施療所にいる患者、自分たちの建物にいる修道士たち。その連中が出てきて、ことがややこしくなると困る。

アランの脅しにもかかわらず、驚きの悲鳴や怯えた金切り声がいくつか上がった。だが、大声というほどではない。いまのところはうまくいっている、とラルフは思った。

ラルフは扉を開き、ティリーを腰で支えて運びながら、共同寝室へと踏み込んだ。

修道女のランプの明かりで、状況はよく見えた。部屋の隅ではアランが女を一人つかまえ、ラルフがティリーにしているのと同じように、喉にナイフを突きつけていた。さらに、二人の男がアランの後ろに立っていた。残る二人の雇兵は、階段の下で見張りについている。

「聞け」と、ラルフ。とたんに、ティリーがびくっと身を震わせた。ラルフの声とわかったのだ。が、ほかの人間が気づかないかぎり問題ではない。

全員が怯えて沈黙していた。

ラルフはいった。「宝物係はだれだ?」

だれも口をきかない。

ラルフのナイフの切っ先が、ティリーの喉の皮膚に触れた。ティリーはもがいたが、小柄な彼女をつかまえておくのは簡単だった。いまだ、とラルフは思った。いまこそティリーを殺すときだ。しかし、彼はためらった。人殺しならいままで山ほどしてきたし、男ばかりか女も殺してきた。だが、かつて抱きしめてキスをし、一緒に寝たこの温かい身体、自分の子供を産んだ女の身体にナイフを突き刺すのが、急に非道に思われた。それに、とラルフは自分にいい聞かせた。仲間のだれかが死ぬほうが、修道女たちにはもっと衝撃を与えるはずだ。

ラルフはアランに向かってうなずいた。

つかまえていた修道女の喉を、アランが一息に切り裂いた。床に血がほとばしった。

だれかが悲鳴を上げた。

単なる金切り声ではなく、死者も飛び起きかねない恐怖の絶叫だった。その声は、雇兵の一人に棍棒（こんぼう）で頭を殴られるまでつづいた。殴られた女は気を失って床に倒れ、頬に血が伝った。

ラルフがもう一度いった。「宝物係はだれだ?」

朝課の鐘が鳴ってカリスがベッドを抜けだしたとき、マーティンは一瞬目を覚ました。それからいつものように寝返りをうち、また浅い眠りに戻った。そうすれば、カリスが戻ってきたとき、ほんの一、二分しか離れていなかったかのように思えるからだ。ベッドに戻ってきたカリスの身体は冷たく、マーティンはその身体を引きよせて両腕で包んだ。二人はよくそのまま起きていて話をし、たいていは愛を交わし、それからまた眠る。マーティンのお気に入りの時間だ。

カリスが身体を押しつけてきて、その乳房がマーティンの胸の上で心地よくつぶれた。カリスの額にキスをした。その身体が温まってくると、マーティンは彼女の両脚のあいだに手を伸ばし、柔らかい毛を愛撫した。

だが、カリスは話をしたい気分のようだった。「きのうの噂を聞いた? 無法者が町の北の森にいるんだって」

「あり得ないと思うけどな」マーティンはいった。

「わからないわよ。あっち側の防壁は崩れかかってるし」

「だけど、そいつらが何を盗むんだ？　そもそも盗み放題じゃないか。肉が欲しければ、何千という羊や牛が、所有者もわからないまま野放しになってるんだ」

「だから、ますます奇妙なのよ」

「最近では、盗みなんて、塀越しに隣りの家に身を乗りだして空気を吸うのと大して変わらないよ」

カリスがため息をついた。「こんな恐ろしい疫病は三カ月前に終わったと思ったのに」

「そのあと、どのぐらい死んだんだ？」

「復活祭のあと、千人は埋葬したわ」

だいたいそんなものだろう、とマーティンも思った。「ほかの町も似たようなものだと聞くね」

カリスがうなずくと、闇のなかで、彼女の髪がマーティンの肩をこすった。「イングランドの人口の四分の一ぐらいは死んでると思う」カリスはいった。

「聖職者は半分以上が死んでるな」

「礼拝を行なうときにたくさんの人間と接触するからよ。彼らは逃げられないわ」

「だから、教会も半分は閉鎖だ」

「それはいいことだと思うのよ。ペストが広がる最大の原因は人が集まることなんだから」

「何にしても、みんな宗教には敬意を払わなくなってるよ」

カリスにとって、それは悲劇でも何でもなかった。「たぶん、みんな迷信じみた治療に頼るのをやめて、何が実際に効果のある処置なのかを考えるようになると思うわ」

「そうはいうけど、一般大衆が本当の治療と偽の療法を区別するのは難しいだろう」

「それなら、四つの決まりごとを教えてあげる」

マーティンは暗がりのなかで微笑した。カリスは常に決まりごとを作っている。「教えてもらおうか」

「その一、ある一つの病気に対してたくさんの治療法がある場合、どれも効かないと思ったほうがいい」

「何で？」

「一つでも効くのがあるのなら、みんなほかの治療法なんて忘れるはずじゃない」

「なるほどね」

「その二、不快な治療法ほど効果があると思われやすいけど、そうとは限らない。ヒバリの生の脳味噌は吐きそうなぐらい気持ち悪いけど、喉の痛みには何の効果もないわ。それよりも、カップ一杯のお湯と蜂蜜のほうが痛みが和らぐの」

「それはいいことを聞いたな」

「その三、人間と動物の糞尿は絶対に効かない。たいていは悪化させるだけ」

「それを聞いて安心したよ」

「その四、治療法が病気の現われ方と似ている場合――たとえば、天然痘と斑模様のツグミの羽だとか、黄疸と羊のおしっこだとか——それが効くというのは、まず想像の産物にすぎない」

「それを本に書いたらどうだ？」

カリスが鼻で笑った。「古代ギリシャの書物のほうが大学には歓迎されるわよ」

「大学の学生のための本じゃなくて、きみたちみたいな人のための本だよ——修道女とか産婆とか」

「産婆は字なんて読めないわ」

「読める者もいるよ。ほかの人に読んでもらうことだってできる」

「たしかに、ちょっとした疫病対策の本があれば、みんな喜ぶかもしれないわね」

カリスはしばらく考えに耽った。

静寂のなかで悲鳴が聞こえた。

「何だ？」マーティンが訝った。

「フクロウにつかまったトガリネズミみたいな声ね」とカリス。

「いや、違う」マーティンは起き上がった。

修道女の一人が進みでた。若くて——もっとも、そこにいるほぼ全員が若かったが——黒髪に青い瞳の修道女だ。「ティリーを傷つけないでください」彼女が懇願した。「わたしが宝物係のシスター・ジョーンです。欲しいものは何でも差し上げますから、どうか暴力はやめてください」

「おれはタム・ハイディングだ」と、ラルフはいった。「修道女の宝庫の鍵はどこだ？」

「わたしがベルトにつけています」

「その場所へ連れていけ」

ジョーンはためらった。その部屋がどこにあるのか、ラルフが知らないのを感じとったようだった。あのとき、アランはつかまるまでに、修道院を徹底的に偵察していた。巧みに屋内に侵入し、厨房がいい隠れ場所になることや、修道女の共同寝室がどこにあるかを突きとめてもいた。だが、宝庫の場所だけはわからなかった。もちろん、ジョーンはその場所を明かしたくないはずだ。

時間を無駄にはできない。さっきの悲鳴をだれかが聞いた可能性もある。ラルフはナイフの切っ先をティリーの喉に押しつけ、血が流れだすのを見て迫った。「宝庫へ連れていけ」

「わかりました、ティリーを傷つけないで！　場所を教えますから」

「そうしてもらおう」ラルフはいった。

雇兵の二人は修道女たちを黙らせておくために共同寝室に残った。ラルフとアランはジョーンについていき、ティリーを連れたまま歩廊へつづく階段を下りた。

階段の下にいたもう二人の雇兵が、三人の修道女にナイフを突きつけていた。施療所の仕事についていた修道女たちが悲鳴を聞きつけてやってきたのだろう。ラルフはほくそ笑んだ。これでもう一つの場所にいた人間の動きも封じた。だが、修道士たちはどこだ？

ラルフはあとからきた修道女たちも共同寝室へ上がらせた。そして、階段の下にいた雇兵の一人を見張りに残し、もう一人を一緒に連れていった。

ジョーンは彼らを連れ、共同寝室の真下の地上階にある大食堂へ入っていった。ジョーンの持っているランプの明かりが瞬(またた)いて、トレッスル・テーブルやベンチ、聖書台、婚礼の祝宴に出席したイエス・キリストの絵が描かれた壁を照らしだす。

部屋の奥にあるテーブルをジョーンが移動させると、床に跳ね上げ戸が現われた。普通の直立した扉と同じような鍵穴がある。ジョーンはそこへ鍵を差し込んで回し、跳ね上げ戸を開けた。その下に狭い石の螺旋(らせん)階段があった。ジョーンはそこを下りていった。ラルフは雇兵を見張りに残し、何とかティリーを運びながら階段を下りた。アランがそのあとにつづいた。

階段を降り切ると、ラルフは満足してあたりを見回した。ここが修道女たちの宝庫なのだ。土牢(どろう)のような狭苦しい地下室だが、きちんとした造りだ。壁は大聖堂に使われているのと同じような、四角く切り出された滑らかな石でできていて、床には板石がきっちりと敷きつめられている。空気はひんやりと乾いていた。ラルフは縛られた鶏のような格好のティリーを床に降ろした。

部屋の大半は巨人の棺のような蓋付きの大きな箱に占められ、箱は壁についた輪に鎖でつながれている。ほかに大したものはなかった。二つのストゥール、書き物机、そして、おそらくは修道院の会計簿と思われる、巻いた羊皮紙の束を収めた棚があるだけだ。壁には分厚い毛織りの外套が掛かっている。ここで仕事をする宝物係とその助手が、冬のいちばん寒い時期に使うのだろう。

階段を使って降ろすには大きすぎる箱だ。きっと部分ごとにばらばらに運び込まれ、ここで元どおりに組み立てたのだろう。ラルフが箱の留め金を指さすと、ジョーンがベルトについている別の鍵で蓋を開けた。

ラルフはなかを覗いた。さらにたくさんの羊皮紙の巻物が入っていた。修道院所有の財産や権利を証明する、譲渡証書の類であるのは明らかだった。そのうえ、宝石をちりばめた装飾品が入っているとおぼしき革袋や毛織りの袋、そして、金銭収納用と見られる小型の箱もあった。

ここは巧くやらなければならない。目的は譲渡証書だが、それを知られるわけにはいかない。譲渡証書を盗みだしつつ、盗んでないように見せかけなければならない。

ラルフはジョーンに小さい収納箱を開けるよう指示した。二、三枚の金貨が入っていた。ラルフはあまりの少なさに戸惑った。もしかしたらこの部屋のどこか、石壁の向こうなどに、まだ隠してあるのかもしれない。だが、ゆっくり考えている暇はない。ラルフは金にしか興味がない顔を装った。金貨をベルトにつけた小袋に移す。そのあいだに、アランが巻いてあった大きな袋を広げ、大聖堂の宝物を詰め込みはじめた。

その様子をジョーンに見せておいて、ラルフは彼女に上へ行けと命じた。

ティリーはそこに残されたまま、恐怖で瞳を見開いてじっと状況を見ていた。だが、何を見ようと関係なかった。それをだれかにいう機会は彼女にはないのだ。

ラルフは別の袋を広げ、大急ぎで羊皮紙の巻物を詰め込んだ。

すべてをしまい終えると、ラルフはアランに、鉄槌と鑿で木の収納箱を壊させた。それから毛織りの外套を壁から取ると、固く巻いて蠟燭の炎を近づけた。火はすぐに外套に燃え移った。その上に収納箱の木片を積み上げる。瞬く間に焚火ができあがった。その煙で、ラルフは息が詰まった。

彼は無力に床に横たわるティリーを見、ナイフを抜いた。だが、そこでふたたびためらった。

修道院長の館から小さな扉を抜けると、そこは集会場になっていて、さらに大聖堂の北の袖廊に通じていた。マーティンとカリスは、悲鳴がどこから聞こえたのかを確かめようと進んでいった。集会場は空っぽで、二人はそのまま教会に入っていった。持っている一本の蠟燭では広い教会内部を照らすには暗いが、それでも、交差部(クロッシング)の中央に立って耳を澄ませた。

掛け金がはずれる音がした。

マーティンが声をかけた。「だれだ?」恐怖で声が震え、自分でも恥ずかしくなった。

「ブラザー・トマスだ」相手が応えた。

声は南の袖廊のほうから聞こえた。少し間があって、二人の蠟燭の明かりが届くところにトマスが現われた。「だれかの悲鳴が聞こえたような気がしたんだが」と、彼はいった。

「ぼくたちもそうです。でも、教会にはだれもいません」

「見回ってみよう」

「修練士や子供たちは？」

「戻って寝ろといっておいた」

三人は南の袖廊を通って、修道士の歩廊へ入っていった。やはりだれの姿もなく、何も聞こえない。厨房の貯蔵庫を抜けて、施療所へとつづく通路を進んだ。患者は変わりなく自分の寝床にいて、眠っている者もいれば、痛みに呻いている者もいた。だが、マーティンはすぐさま、病室に修道女が一人もいないことに気づいた。

「変だわ」と、カリス。

悲鳴はここから聞こえたのかもしれないが、緊急事態や厄介な事件をうかがわせる様子はない。

厨房に行ったが、やはりだれもいなかった。

トマスが臭いを嗅ぎ分けようとするように鼻を鳴らした。

マーティンはささやくような声で訊いた。「何ですか？」

「修道士は清潔だ」トマスがつぶやくように返事をした。「ここにだれか不潔なやつがいたようだな」

マーティンにはおかしな臭いは感じられなかった。

トマスが料理人の使う肉切り包丁をつかんだ。

三人は厨房の出口へ向かった。トマスが肘から下のない左腕を上げ、警戒するよう合図して足を止めた。カリスとマーティンも立ち止まった。女子修道院の歩廊にかすかな明かりが見える。近いほうの歩廊の端からきているようだ。遠くの蠟燭の光が反射しているのだろう、とマーティンは思った。女子修道院の大食堂か、共同寝室につづく石の階段か、あるいはその両方かもしれない。

トマスは履きものを脱いで裸足になり、音もなく敷石の上を歩きだした。歩廊の暗闇のなかでその背中が遠ざかり、マーティンの目には、トマスが歩廊の奥まった場所へ近づいていくのが見えただけだった。

かすかな刺激臭がマーティンの鼻を突いた。トマスが厨房で気づいたような不潔な体臭ではなく、これまで感じなかった別の臭いだった。すぐに、煙の臭いだとわかった。

トマスも感づいたのか、壁に向き合ったまま立ち止まっている。

姿の見えないだれかが驚きの呻きを上げ、人影が奥から歩廊へ飛びだしてきた。ぼんやりとながら確かに見える弱い光が、覆面のようなものをすっぽりとかぶった男の影を浮かび上がらせている。男は大食堂の扉を振り返った。

トマスが襲いかかった。

一瞬、暗闇に肉切り包丁がきらめき、身の毛もよだつような音がして、刃が男の身体に食い込んだ。恐怖と痛みの悲鳴が上がった。倒れそうになる男にトマスがもう一撃を見舞い、男の叫びは気味の悪いゴボゴボという音になって、やがてやんだ。男は息絶え、敷石にばったりと倒れた。

マーティンの横で、カリスが恐怖に息を呑んだ。「どうしたんですか?」

マーティンは前方へ駆けだしながら叫んだ。「静かに!」

トマスが振り向き、戻れというように包丁を振って小声でいった。

一瞬にして明るくなり、歩廊はいきなり炎の眩しい光に照らしだされた。

だれかが重い足どりで大食堂から駆けだしてきた。片手に大袋を持った大男で、もう片方の手で松明をかざしている。最初マーティンは幽霊かと思ったが、よく見ると、目と口の部分に穴のある、粗雑な作りの覆面をかぶっている。

走ってくる大男の前にトマスが立ちはだかり、包丁を構えた。だが、少し遅かった。打ちかかる前に相手に突っ込まれ、吹っ飛ばされてしまった。トマスが床に倒れ、気を失った。走ってきた男も、体勢を崩して膝をついた。

柱に叩きつけられ、頭が石にぶつかる音が響いた。

カリスがマーティンを押しのけ、トマスのそばにひざまずいた。

覆面の男がさらに数人、松明を携えて現われた。マーティンの見たかぎり、大食堂から現われた男と、共同寝室から下りてきた男と、少なくとも二人がいるようだった。それと同時に、悲鳴を上げ、泣き叫ぶ女たちの声がした。その場はしばらく大混乱に陥った。

マーティンはカリスの脇に駆け寄り、身を挺してこの騒乱から彼女を守ろうとした。

倒れている仲間を目にした侵入者たちは、駆けだそうとした足を止め、不意の衝撃に立ちすくんだ。松明の明かりが、明らかに息絶えている仲間を照らしだしていた。首はほとんど切り落とされる寸前で、おびただしい量の血が歩廊の敷石に広がっている。彼らはまるで小川の魚のように首を左右に動かし、覆面の穴からあたりを見回した。

男の一人がトマスとカリスの脇に転がっている血だらけの肉切り包丁を見つけ、ほかの仲間たちに知らせた。そして、怒りに呻きながら剣を抜いた。

カリスが危ない。マーティンは前に踏みだし、剣を持った男の注意を引こうとした。男がマーティンに向かって剣を構えた。マーティンは後ずさりながら、男をカリスから引き離した。おかげでカリスの危機は遠のいたが、今度は自分の身の危険を感じて怖くなってきた。後ずさりながら恐怖に震え、マーティンは死んだ男の血で足を滑らせた。脚が宙に浮き、あおむけにひっくり返った。

剣を持った男がマーティンを見下ろし、高々と剣を構えて振り下ろそうとした。

止めに入ったのは別の男だった。侵入者たちのなかでいちばん大柄な男が、びっくりするような素早さでやってきた。そして、マーティンに切りかかろうとした男の腕を左手でつかんだ。仲間内ではリーダー格なのか、大男が黙って覆面に隠れた頭を横に振っただけで、剣を構えた男はおとなしく武器を下ろした。

マーティンは自分を救った男が、左手だけにミトンをはめていることに気づいた。

こうしたやりとりは十数えるぐらい短いあいだのことで、始まったときと同じようにいきなり終わった。覆面の男の一人が厨房のほうを向いて突然走りだし、残りの者もそのあとにつづいた。最初からその経路で逃げるつもりだったんだ、とマーティンは気づいた。厨房には大聖堂の芝生につづく出口があり、それが最短の逃げ道だ。彼らの姿が消え、松明の明かりが見えなくなると、歩廊はまた真っ暗になった。

マーティンはどうすべきかわからずに立ちすくんでいた。侵入者たちを追いかけるべきか、共同寝室へ上がって、修道女たちの悲鳴の原因を確かめるべきなのか、それとも、火がどこで燃えているかを調べるべきか？

彼はカリスのそばにひざまずいて訊いた。「トマスは生きてるか？」

「頭を打っただけだと思う。気絶してるけど、息はしてるし、出血もしてないわ」

マーティンの背後で、馴染みのあるシスター・ジョーンの声がした。「助けてください！」振り返ると、彼女が大食堂の入り口に立っていた。手にしたランプの光が、その顔を不気味に浮かび上がらせている。その頭のまわりで煙が渦を巻き、まるで流行りの帽子のように見える。「お願いです、早く！」

マーティンは立ち上がった。ジョーンが大食堂のなかに姿を消し、彼もあとを追った。

シスターのランプが目を惑わすように影を投げていたが、マーティンは何とかつまずいたりもせず、部屋の奥まで行った。煙は床の穴から流れ出ていた。マーティンは穴を一目見るなり、それが几帳面な建築職人の仕事だとわかった。完璧な正方形で、角もきちんとしており、跳ね上げ戸もよくできている。建築職人のジェレマイアが請け負って、秘密に造った修道院の宝庫だろう。だが今夜、泥棒どもはそれを見つけたのだ。

煙を胸一杯に吸い込んでしまい、マーティンはむせた。下で何が燃えているのか、どうして火が出たのかという疑問はよぎったが、調べようという気持ちはなかった——危険すぎる。

そのとき、ジョーンが叫んだ。「下にティリーがいるんです！」

「何だって？」マーティンは絶望の声を上げ、階段に足を踏みだした。

息を止めて行くしかない。彼は煙の向こうを透かし見た。怖くてたまらなかった。それでも建築職人のマーティンの目は、石造りの螺旋階段が巧みに造られたもので、大きさも形も正確に揃った段が同じ角度で精密に次の段へつながっているのを見抜いた。たとえ足元が見えなくても下りていけるはずだ。

やがて、地下の部屋にたどり着いた。部屋の中央あたりに炎が見える。熱が凄まじく、すぐにも立っていられなくなりそうだ。煙も厚くたちこめている。マーティンは息を止めたままでいたが、涙が滲んで視界がぼやけてきた。袖で目を拭い、煙の狭間を覗き見る。ティリーはどこだ？　床もよく見えない。

マーティンは腰を落とした。床に近いほうが煙が薄く、いくらか部屋のなかが見えてきた。這いつくばって動きながら、部屋の四隅を見つめ、よく見えないところは両手で探った。

「ティリー！」彼は叫んだ。「ティリー、どこにいるんだ？」煙が喉に詰まって激しく咳き込み、ティリーが返事をしたかどうかもよくわからなかった。

もうこれ以上は無理だ。マーティンはつづけざまに咳き込んだが、息を吸えば吸うほど煙が喉を詰まらせる。涙がぼろぼろこぼれてきて、ほとんど前が見えない。一か八かで炎のすぐそばまで近づくと、服の袖が焦げはじめた。ここで倒れて意識を失えば、確実に死んでしまう。

そのとき、だれかの身体に手が触れた。

マーティンはそれをつかんだ。人間の脚だ。女性の細い脚だ。引っぱり寄せてみた。服がくすぶっていた。顔もよく見えず、意識があるのかもわからないが、手足が革紐で縛られて、自力で動ける状態にはない。マーティンは咳をこらえ、両腕を彼女の身体の下に入れて持ち上げた。

立ち上がると同時に、煙が濃くなって何も見えなくなった。突然、階段がどちらにあるか思いだせなくなった。よろめきながら火から離れ、壁に突っ込み、もう少しで彼女を落としそうになった。左か右か？　左に進むと角に突き当たり、逆方向へ戻った。

まるで溺れているような気分だった。力が抜けていき、思わず膝をつく。それがかえって幸いした。目の位置が低くなると視界がよくなり、神が遣わされた幻のように、石の階段が目の前に現われた。

ぐったりした身体を無我夢中で抱き上げ、マーティンは膝をついたまま前進して階段にたどり着いた。最後の力を振り絞って立ち上がる。片方の足を最初の一段に載せ、自分の身体を持ち上げた。さらに、何とか次の段を上る。咳が止まらないまま、とにかくもう階段がないというところまで必死に足を動かしつづけた。そこでよろめいて膝をつき、その女性を落として、大食堂の床に崩れ落ちた。

だれかがマーティンの顔を覗き込んだ。彼は咳き込みながらいった。「跳ね上げ戸を閉めろ――火を消せ！」ややあって、木の扉を閉める音がした。

だれかがマーティンの腋の下をつかんだ。目を開けると、逆さまになったカリスの顔が見え、すぐにまた視界がぼやけた。カリスに引きずられて移動しているようだった。煙が薄らぎ、彼の肺にも空気が入ってきた。どうやら室内から外へ動かされたらしく、夜の澄んだ空気が味わえた。カリスがマーティンを下ろし、また足音を響かせて駆け戻っていった。

マーティンは喘ぎ、その後でまた咳き込んだ。徐々に普通に呼吸ができるようになってきた。涙が止まり、夜が明けようとしているのがわかった。うっすらとしたその光で、自分のまわりに修道女の群れができているのがわかった。

マーティンは起き上がった。カリスや修道女が大食堂からティリーを引きずってきて、彼のそばに横たえた。カリスが身を屈めてティリーの様子を見た。マーティンは口をきこうとして咳き込み、やっと声を出した。「どうだ？」

「心臓を刺されてる」カリスが泣きだした。「あなたが助けだす前に、もう死んでたんだわ」

72

マーティンは眩い陽差しのなかで目を覚ました。だいぶ寝過ごしたようだ。寝室の窓から入ってくる太陽の光の角度が、午前も半ばを過ぎていると教えてくれた。ゆうべの出来事が悪夢のように思われ、一瞬、あれはみんな本当は夢だったのだと考えようとした。だが、息を吸うと胸が痛み、顔も火傷でひりひりする。ティリーが殺された恐怖が蘇ってくる。それにシスター・ネリーも。どちらも罪のない若い女性だ。神はなぜこんなことを許されるのだろう?

目が覚めた理由がわかった。カリスが寝台のそばにいて、小さなテーブルに盆を置いていたのだ。背を向けていたが、その肩の屈み具合や頭の角度から、腹を立てているのがわかった。当然だ。ティリーのために悲しみ、修道院の神聖と安全が踏みにじられたことに怒っているのだ。

マーティンが起き上がると、カリスがテーブルのそばにストゥールを二脚引き寄せ、二人はそこに坐った。マーティンはカリスの顔を見た。愛おしかった。過労で目のまわりに皺ができている。きのうは眠ったのだろうか。左頬に灰がついていたので、自分の親指を舐め、そっと拭い取ってやった。

テーブルには、カリスの用意した焼きたてのパンと新鮮なバター、それに水差しに入ったサイダーが並んでいた。マーティンは空腹と喉の渇きに気づき、勢いよく食べはじめたが、カリスは怒りを押し殺したまま、手をつけようとしなかった。

パンを頬ばりながら、マーティンは訊いた。「その後、トマスはどうなんだ？」

「施療所で寝てるわ。頭は痛むようだけど、ちゃんとしゃべるし、質問にも答えるから、後々まで残る脳の損傷はないと思う」

「よかった。ティリーとネリーの件で審問もあるだろうしね」

「シャーリングの州長官にも報せを送ったわ」

「おそらく、タム・ハイディングの仕業になるんだろうな」

「でも、タム・ハイディングは死んでるのよ」

マーティンはうなずいた。この先の話も想像がついた。朝食で元気を取り戻したはずが、またもや気分が落ち込んだ。口に入れたものを何とか飲み込み、皿を押しやった。

カリスが話をつづけた。「ゆうべここにきたのがだれであれ、その男は素性を隠したくて嘘をいったのよ──三カ月前に、タムがわたしの施療所で死んだのを知らずにね」

「だれだったと思う？」

「わたしたちの知っているだれかね――だから、覆面をしてたのよ」

「たぶんな」

「無法者は覆面なんかしないわ」

そのとおりだ。法の外で生きる人間は、自分や自分の犯罪について、だれが知っていようと気にしない。ゆうべの侵入者たちは違った。あの覆面は、彼らが立派な市民であり、正体を知られるのを恐れていることを示す明らかな証拠だ。

カリスは手加減のない論証をつづけた。「あいつらがネリーを殺したのは、ジョーンに金庫室を開けさせるためだった。でも、ティリーを殺す必要はなかった。だって、すでに金庫室に入っていたんだもの。ティリーを殺したのは、ほかに理由があるはずよ。それに、そこに置き去りにしたって煙で窒息するか焼け死ぬはずなのに、それでは満足せずに刺し殺した。確実に死なせなければならない理由があったのよ」

「どんな理由だと思う？」

カリスはその問いに答えなかった。「ティリーはラルフが自分を殺したがっていると信じていたわ」

「知ってるよ」

「きのう、覆面の男の一人があなたを殺そうとしたわよね」カリスが声を詰まらせ、言葉が途切れた。彼女はマーティンのサイダーを一口飲み、自分を落ちつかせてから話をつづけた。

「でも、リーダーの男がそれをやめさせた。どうしてそんなことをしたのかしら？　すでに修道女と貴族の女性を殺してるのに――一介の建築職人を殺すのをなぜためらうの？」

「あれはラルフだったと？」

「そう思わない？」

「思う」マーティンは重苦しいため息をついた。「あのミトンを見たか？」

「手袋をしてるのには気づいたけど」

「失った三本の指を隠すためね」

マーティンは首を振った。「片方だけだ。左手さ。指のある手袋じゃなく、ミトンだった」

「確証はないし、何も証明もできない。でも、恐ろしいことだが、そうに違いないという気がするんだ」

カリスが立ち上がった。「被害の様子を見にいきましょう」

二人は修道院の歩廊へ行ってみた。修練女や孤児たちが宝庫を掃除していて、焦げた木や灰を袋に詰めては螺旋階段から運びだし、多少なりとも損傷を免れたものはシスター・ジョーンに渡して、残りの屑を掃きだめへ移していた。

大食堂のテーブルの上に広げられた大聖堂の宝物がマーティンの目にとまった。金銀の燭台、十字架像や器、どれも貴石がちりばめられた素晴らしい品だ。マーティンは驚いた。

「あの連中はこれを置いていったのか？」

「持っていったわ――でも、考え直して、町の外の排水溝に捨てたらしいの。卵を売りにいこうとした農民が、今朝見つけたのよ。正直者で幸運だったわ」

マーティンは、手を洗うのに使う金の水差しを手に取った。若い雄鶏をかたどったもので、首の羽根は見事な打ち出し模様だ。「こういう品は売るのが難しい。買う余裕のある人間は限られているし、たいていは盗品だとばれてしまうからね」

「溶かして、金塊で売ることだってできるわよ」

「手間がかかると思ってやめたんだろう」

「そうかもしれないわね」

カリスは信じてはいないようだ。マーティン自身も信じていなかった。自分でも納得のいく説明とは思えない。この盗みは明らかに周到に計画されたものだ。それなら、盗人どもはなぜ、事前に宝物の処置を考えなかったんだろう？　持っていくか置いていくかさえも決めていなかったのか？

カリスとマーティンは階段を下りて地下室に入った。ゆうべの恐ろしい体験を暗い気持ちで思いだし、マーティンの胃が恐怖に引きつれた。大勢の修練女がモップとバケツを持って壁や床をきれいにしていた。

カリスが修練女に休憩をやり、上へ行かせた。マーティンと二人きりになると、彼女は棚の一つから細長い板をはずし、それを梃子にして、足元の敷石の一つを持ち上げた。マーティンは気づいていなかったが、その石はほかの石よりもゆるくはめ込まれていて、周囲に細い溝があった。石の下は広めの貯蔵庫になっていて、木箱が一つしまってあるのが見えた。

カリスが穴のなかに手を伸ばし、その箱を持ち上げた。ベルトにつけている鍵を使って蓋を開けると、なかには金貨が詰まっていた。

マーティンはびっくりした。「あいつら、これを見逃したのか！」

「ほかにもあと三つ、隠し金庫があるわ」カリスがいった。「床に一つ、壁に二つ。あいつらは全部を見落としたのよ」

「よく調べなかったんだな。たいていの宝庫には隠し場所がある。だれでも知ってることなのに」

「特に泥棒はね」

「だとすれば、現金はやつらの第一の目的じゃなかったんだ」

「そういうことよ」カリスが木箱に鍵をかけ、元の貯蔵庫に戻した。

「宝物もいらない、金にも興味がなくて隠し金庫も探さない。それなら、いったい何のためにここへきたんだ？」

「ティリーを殺すためよ。盗みに見せかけてね」

マーティンはそういわれて考え込んだ。「そんな手の込んだ真似をする必要はなかったはずだ」長い沈黙のあと、彼はそういった。「ティリーを殺したかっただけなら、共同寝室で殺せば、修道女たちが朝課から戻る前にさっさと逃げることだってできた。うまくやれば――たとえば羽根枕で窒息させるとかすれば――彼女が殺されたことすら発覚しなかったかもしれない。睡眠中の急死に見せかけるのだって不可能じゃなかったはずだ」

「でも、彼女の殺害が目的でなければ、こんな襲撃をする理由がないでしょう。だって、あいつらは何も盗まなかったも同然なのよ——二、三枚の金貨以外はね」

マーティンは地下室を見回した。「譲渡証書はどこにあるんだ？」

「燃えてしまったはずよ。でも、問題はないわ。複製があるもの」

「羊皮紙は簡単には燃えないよ」

「火をつけたことがないからわからないわ」

「くすぶって縮んだりねじれたりはするけど、きれいには燃えないんだ」

「だったら、ごみのなかから譲渡証書も出てきてるかもしれないわね」

「見にいってみよう」

カリスは階段を上って地下室を出ると、歩廊にいるジョーンに訊いた。「灰のなかから羊皮紙が出てこなかった？」

ジョーンが首を振った。「何もありませんでした」

「見逃してるということはない？」

「そんなはずはないかと——燃えて灰になっていれば別ですけど」

「羊皮紙は燃えないって、マーティンがいってるんだけど」カリスがマーティンを振り返った。「ここの譲渡証書をだれが欲しがるの？ 他人には何の使い道もないのよ」

マーティンは自分の推測に従い、そこからどんな結論が導きだせるかを考えた。「修道院が持っている書状——もしくは、持っている可能性のある書状、あるいは、修道院が持っているとやつらが思っている書状——のなかに、やつらが欲しいものがあるんじゃないかな」

「どんな書状よ？」

マーティンは眉を寄せた。「書状とは公にする意図で書かれるものだ。何かを書き記すのは、将来的に他人がそれを見られるようにするための作業だ。秘密の書状というのはおかしい……」そこで、あることが思い浮かんだ。

マーティンはカリスをジョーンから引き離し、何げない素振りで歩廊を歩きながら、会話を聞かれない場所まで連れていった。「だけどもちろん、ぼくらは秘密の書状の存在を知っている」

「トマスが森に埋めた手紙ね」

「そうだ」

「でも、どうしてそれが修道院の宝庫にあるかもしれないと疑う人間がいるの？」

「考えてみるんだ。最近、だれかにそういう疑いを起こさせるような出来事はなかったか？」

カリスが愕然として声を上げた。「ああ、何てこと」

「何があった？」

「修道院がトマスを受け入れる見返りに、イザベラ女王がリンの土地を与えたという話を以前にしたわよね」

「それをほかのだれかに話したのか？」

「ええ――リンの土地管理人に話したわ。それでトマスがわたしに怒って、恐ろしいことが起こるかもしれないっていったのよ」

「つまり、きみがトマスの秘密の手紙を持っているかもしれないと、だれかが疑っているということだな」

「ラルフかしら？」

「ラルフはあの手紙のことを知らないと思う。トマスが埋めたのを見たのは、あのときあそこにいた子供のなかではぼくだけだ。ラルフがそれについて何かいったこともない。あいつはだれかのために動いているんだろう」

カリスはぞっとしたようだった。「イザベラ女王かしら？」

「あるいは、王自身かもしれない」

「王が直接、ラルフに修道院に侵入しろと命じるようなことがあるかしら？」

「個人的にではないだろう。王に忠実で、野心的で、良心の咎めがまったくないような仲介者がいるんだと思う。フィレンツェで、ぼくもよくそういう連中と会ったよ。総督の邸宅をうろついてるような輩にね。あんなのは人間の屑だ」

「だれかしら」

「想像はつくよ」マーティンはいった。

グレゴリー・ロングフェロウは、二日後、ウィグリーの小さな木造の屋敷でラルフとアランに会った。ウィグリーのほうが、テンチより目立たない。テンチ・ホールでは、使用人、家来、ラルフの両親など、ラルフの動きを逐一見ている人間があまりに多すぎる。ここウィグリーでなら、農民は骨の折れる仕事をたくさん抱えているし、アランが運んでいる袋の中身を問う者もいないはずだ。

「ことは計画どおりに運んだようですな」グレゴリーがいった。女子修道院を襲った侵入者の話は、瞬く間に国全体に広がっていた。

「大して難しくはなかった」ラルフは応えたが、グレゴリーの反応の乏しさにやや落胆していた。あれだけ手を尽くして譲渡証書を手に入れてきたのだから、もっと大喜びしてくれてもよさそうなものだ。

「当然のことながら、州長官は審問を行なうと発表しましたよ」グレゴリーがむっつりといった。

「無法者の仕業ということになるさ」

「正体はばれていないでしょうね？」

「覆面をしていたからな」

グレゴリーが奇妙な顔でラルフを見た。「あなたの奥方が修道院におられたとは知りませんでしたよ」

「ありがたい偶然の一致でね」ラルフはいった。「まさに一石二鳥というやつだ」

奇妙な視線がますます強くなった。この法律家は何を考えているんだ？　おれが妻を殺したことに驚く振りでもする気か？　もしそうなら、修道院で起きたことは全部おまえがそそのかしたんだと指摘して、思い出させてやろうか。示唆したのはグレゴリーだ。おれのしたことの是非を裁く権利はない。ラルフは待ちかまえたが、グレゴリーは長い沈黙のあとでこういっただけだった。「譲渡証書を見せてもらいましょう」

使用人のヴィラには遠方への使いをいいつけ、急な訪問者を入れないよう、アランを入り口に立たせた。グレゴリーが袋をひっくり返し、テーブルに譲渡証書を出すと、くつろいだ様子で書状を調べはじめた。巻いて紐で縛ってあるものもあれば、広げたまま束ねたり、冊子に綴じてあるものもあった。グレゴリーは一通取っては広げ、開いた窓から射し込んでくる強い陽光のなかで数行を読み、それから袋に放り込んで、また次を手に取った。

グレゴリーが何を探しているのか、ラルフは知らなかった。王を辱めるものだとしか聞いていない。カリスが持っているような書状でどんなものが王を辱めるのか、彼には想像もつかなかった。

グレゴリーの確認作業を眺めているのも退屈だったが、そこを去るつもりはなかった。望みのものは持ってきたのだから、彼が確認を終えるまで、そこに坐っているつもりだった。長身の法律家は忍耐強く、すべての書状に目を通していった。気になるものが一通あったらしく、彼はその書状に目を通したが、結局は袋に投げ込んだ。

先週、ラルフとアランはずっとブリストルで過ごしていた。自分たちがどこにいたか尋問されるとは思えなかったが、それでも、前もって慎重を期しておいたのだ。キングズブリッジへ行った夜以外、彼らは毎晩酒場で飲んで騒いでいた。一緒にいた客たちは、振る舞われた酒のことなら憶えているだろうが、その週のたった一晩だけラルフとアランがいなかったことなど、おそらく記憶にないだろう――もし憶えていたとしても、それが復活祭後の四番目の水曜だったか、それとも聖霊降臨日の二週前の木曜だったかまではわからないに違いない。

ついにテーブルの上がきれいになり、袋がふたたび一杯になった。ラルフは訊いた。「探しものが見つからなかったのか？」

グレゴリーはその質問に答えなかった。「全部持ってきたんでしょうね？」

「もちろんだ」

「そうですか」

「見つからなかったんだな？」

いつものように、グレゴリーが慎重に言葉を選んだ。「欲しかったものは、ここにはありません。しかし、なぜこの……問題……が、ここ何カ月かで浮上してきたのかを示す書面は見つかりました」

「それなら、満足したということだな」ラルフは念を押した。

「まあね」

「そして、王はこれ以上心配なさる必要がないと」

グレゴリーが苛立ちを顔に表わした。「あなたが王の心配事を気にする必要はありません。それは私の仕事です」

「それなら、すぐに報酬をもらえるのだな」

「むろんです」グレゴリーがいった。「収穫期までに、あなたはシャーリング伯の地位を与えられます」

ラルフは満足感に浸った。シャーリング伯——ついにやったぞ。ずっと欲しかった褒美(ほうび)を勝ち取ったのだ。父親が生きているうちに、この報せを聞かせてやれる。「ありがたい」ラルフはいった。

「もし私があなたなら」グレゴリーがいった。「レディ・フィリッパにいい寄っておきますね」

「いい寄る？」ラルフは仰天した。

グレゴリーが肩をすくめた。「もちろん、彼女に拒否する権利はありません。しかし、形式は尊重せねばなりませんからね。王が結婚を申し込む権利を与えてくれたことを伝えて、彼女を愛している、同じくらいに自分を愛してくれることを願っている、と伝えておくのですよ」

「ああ」ラルフはうなずいた。「そうだな」

「贈り物でも持っていくといいでしょう」グレゴリーがいった。

73

ティリーの葬儀の日の夜明け、カリスとマーティンは大聖堂の屋根の上で会った。

そこは別世界だった。石盤の面積の計算は、修道院の学校の幾何数学上級課程でも教えられていた。定期的に修理や維持管理のために大聖堂の内部に入る必要があり、傾斜や屋根の棟、下水溝、小塔や小尖塔、雨樋(あまどい)やガーゴイルが、通路や梯子で網目のようにつながれていた。交差部上部の塔はまだ再建されていないが、西側の建物正面の屋上からの眺めは素晴らしかった。

修道院はすでに忙しく動いていた。大がかりな葬儀になるだろう。生前のティリーは有名ではなかったが、いまや悪名高き殺人事件の犠牲者、女子修道院のなかで殺された貴族女性として知られ、彼女と一言も話したことがない人々まで、その死を悼(いた)んでいた。カリスはペストが広まるのが心配で、できれば人々に参列を控えさせたかったが、止める手だてはなかった。

司教はすでに到着していて、修道院長の館のいちばんいい部屋にいた――カリスとマーティンが前夜別々に過ごしたのもそのせいで、カリスは修道院の共同寝室で眠り、マーティンとローラはホーリー・ブッシュに宿をとった。悲しみに暮れる夫のラルフは、施療所の上の特別室にいた。幼い息子のジェラルドは修道女が面倒をみていた。ティリーのわずかな親族、レディ・フィリッパとその娘のオディーラも、施療所に滞在していた。

マーティンもカリスも、きのう到着したラルフと話をしていない。二人にできることは何もなかった。証拠がない以上、ティリーのために正義の裁きを求めることもできない。だが真実はわかっている。それはまだだれにも話していないし、話しても意味がない。今日の葬儀のあいだは、ラルフに普通に接しなくてはならない。だが、それは簡単ではなさそうだった。

大事な客がまだ眠っているいまも、修道女や使用人たちは、葬儀の正餐の準備に精を出していた。パン焼き場から煙が昇り、四ポンドの小麦のパンの長い塊が、すでに何十本もかまどのなかに入っている。二人の男がワインの新しい樽を、修道院の建物に向けて転がしているのが見える。芝生では、数人の修練女が一般弔問客用のベンチやスレットル・テーブルを並べている。

川の向こうから太陽が昇り、キングズブリッジの家々の屋根に黄色い光を斜めに投げはじめて、この九カ月でペストが町にもたらした傷跡が浮かび上がった。大聖堂の屋根の上にいると、家並みのあいだに隙間ができているのがよくわかった。まるであちこち抜けてしまった歯のようだった。もちろん、木造の建物が失われるのは珍しいことではない――火事、雨による被害、建築技術のまずさ、あるいは単なる老朽化など――が、問題は家の修理をしようとする人間がいないことにあった。自分の家が倒れたら、同じ通りの空き家に引っ越せばいいと考えているのだ。建て直しをしているのはマーティンだけで、それさえ、楽天家の金持ちの道楽だと思われていた。

川の向こう岸に見える、新たに造られたもう一つの墓地では、すでに墓掘り作業が始まっていた。ペストの勢いは衰える気配がなかった。いったいいつ終わるんだろう、とカリスは泣きたくなった。家が次々に倒れていって最後の一軒がなくなり、しまいには、タイルの破片や焦げた木切れに覆われた荒れ地になってしまうのだろうか。見捨てられた大聖堂と、そのまわりの百エーカーにも広がる墓場だけが残されるのか。

「絶対に許さないわ」カリスはいった。

マーティンが怪訝な顔をした。「葬儀のことか?」

カリスはさっと腕を広げ、町とその向こうの世界を示した。「何もかもよ。身体がどうにかなるまで喧嘩している酔っぱらいとか、わたしの施療所の入り口に病気の子供を捨てていく親とか、ホワイト・ホースの外のテーブルの上で酔った女と性交するために行列を作っている男たちとか、放牧地で死んでいく家畜とか、半裸で自分を鞭打ち、見物人から小銭を集める悔悛者もどきとか。それに、わたしの修道院で若い母親が残忍に殺されたわ。ペストで死ぬのなら、運命と諦められるかもしれない。でも、生きているかぎりは、この世界が壊れていくのを黙って見ているわけにはいかないわ」

「それで、どうするんだ？」

カリスは感謝するようにマーティンに微笑んだ。こんな状況で闘うには力不足だとだれもが口を揃えるときでも、マーティンだけはわたしを信じようとしてくれる。カリスは尖塔のてっぺんの天使の石像を見た。二百年の風雨でその顔は不鮮明になっていたが、カリスはこの大聖堂を建てた人々を突き動かした精神に思いを馳せた。「この町に秩序と生活習慣を取り戻すのよ。好むと好まざるとにかかわらず、キングズブリッジの人たちには通常の生活をしてもらうわ。ペストだろうと何だろうと、この町と、人々の生活を立て直すのよ」

「そうだな」と、マーティン。

「いまがそのときよ」

「みんながティリーのことで怒ってるからか？」

「それにいまは、夜間に武装した連中が町に入ってきて、好き勝手に人を殺せるっていう事実にみんなが怯えてる。誰一人安全な者はいないと気づいたのよ」

「それで、どうするんだ？」

「こんなことを二度と起こしてはいけないと話すわ」

「こんなことは二度と起きてはなりません！」カリスの叫びが墓地全体に響きわたり、大聖堂の古びた灰色の壁に反響した。

教会の礼拝の一部として女性が話をするのは許されないが、墓地の脇での儀式には厳密な決まりごとはない。教会の外であれば、厳粛であっても、遺族が感謝や思い出を述べたり、祈ったりすることはたまにあった。

それでも、カリスが危険を冒しているのは確かだった。式はアンリ司教が執り行ない、ロイド助祭長とクロード司教座聖堂参事が補佐を務めた。ロイドは長年にわたって司教区の書記の地位にあり、クロードはアンリ司教のフランス時代からの部下だ。こうした高名な聖職者をさしおいて、修道女が予定外の話をするのは、やはり大それたことだった。

もちろん、カリスにとっては、そんなことは関係なかった。

口を開いたのは、まさに小さな棺が墓穴に下ろされ、参列者の何人かが泣きだしたところだった。葬儀に集まった人々は少なくとも五百人はいたが、カリスの声にしんと静まり返った。

「武装した男たちが、夜間にわたしたちの町に侵入し、若い女性を女子修道院で殺したのです——そんな非道には我慢がなりません」カリスはつづけた。

群衆から同意のざわめきが上がった。

カリスは声を張り上げた。「修道院はこんな蛮行を容赦するつもりはありません。司教さまもお許しになりません。それに、キングズブリッジの老若男女全員が許さないでしょう！」

支持の声が高くなり、人々が叫びだした。「そうとも！」「まったくだ！」

「ペストは神が遣わしたものだという人々がいます。わたしが思うに、神が雨を降らせるなら、われわれは避難しなければなりません。神が冬を送り込むのなら、われわれは火をおこさねばなりません。わたしたちは自らの身を自らが守らなければならないのです！」

カリスはちらりとアンリ司教を見た。困惑しているようだ。こんな話をするとは伝えていないし、事前に許可を求めれば拒まれたに違いない。だが、カリスが人々を味方につけたのは司教もわかっていて、あえて介入しようとはしなかった。

「われわれは何をすべきでしょう？」

カリスはそう問うて、群衆を見回した。どの顔も期待に満ちてわたしを見つめている。何をしたらいいかはわからないが、わたしに解決策を与えてもらいたがっている。希望を与える言葉を与えさえすれば、大喝采で迎えてくれるだろう。

「町の防壁を再建するのです！」カリスは叫んだ。

人々が賛同の歓声をあげた。

「もっと高い、もっと強靭な、崩れた古い壁よりも長い、新しい壁です」カリスはラルフを見た。「人殺しを阻むための壁を！」

「そうだ！」群衆が叫び、ラルフは目をそらした。

「そして、新しい治安官とその助手、警備にあたる人々を選出し、法を守り、善き行ないを広めるのです」

「そうだ！」

「今夜、聖堂区ギルドの会合を開き、具体的な方策を話し合います。ギルドの決定は、次の日曜に教会で発表します。ご静聴くださってありがとう。みなさんに神のご加護がありますように」

葬儀のあとの正餐は、修道院長の館にある広いダイニングホールで行なわれ、アンリ司教がテーブルの上座を占めていた。司教の右側にはシャーリング伯未亡人のレディ・フィリッパ、さらにその隣りが、喪主で亡きティリーの夫、サー・ラルフ・フィッツジェラルドだった。

ラルフは満足だった。フィリッパの隣りに坐ることができた。彼女が食事に気を取られているあいだにその胸の形を眺められるし、彼女が前屈みになるたびに、薄手の夏のドレスの四角い襟ぐりを覗くこともできる。フィリッパはまだ知らないが、おれが服を脱げと命じ、裸で目の前に立たせ、その豊満な乳房をくまなく眺める日がくるのもそう遠くはないのだ。

カリスが提供した料理はたっぷりとあったが、むやみに贅沢なご馳走というのでもなかった。白鳥の形をした金鍍金（めっき）の器や砂糖の塔こそないが、焼いた肉、ゆでた魚、焼きたてのパン、豆、それにキイチゴが豊富に並んでいる。ラルフはフィリッパに、鶏の挽肉とアーモンドミルクのスープをよそってやった。

フィリッパが重々しくいった。「恐ろしい悲劇でしたね。心からお悔やみをいいます」

人々があまりに同情してくれるので、ラルフはときおり、自分が残酷な死別を強いられた本物の気の毒な遺族のような気がしてきて、うら若いティリーの心臓にナイフを突き刺した張本人であることを忘れそうになった。「ありがとうございます」ラルフは厳粛に礼をいった。「ティリーは若すぎました。ですが、われわれ兵士は突然の死には慣れています。今日は命を救ってくれ、永遠の友情と忠誠を誓ってくれた親友も、明日には石弓で心臓を貫かれて倒れ、忘れられてしまうものですからね」

フィリッパが奇妙な目でラルフを見た。好奇と嫌悪の混じったその目つきは、サー・グレゴリーが自分を見たときの視線を思いださせた。こんな反応を引き起こすのは、ティリーの死に対する自分の態度に、よほど奇妙な点があるのだろうか。

フィリッパがいった。「あなた、小さな息子さんがいらっしゃったわね」

「ジェラルドですか。今日は修道女が面倒をみてくれていますが、明日にはテンチ・ホールへ連れて帰るつもりです。乳母が見つかりましたので」ラルフはそれとなくほのめかすチャンスだと思った。「もちろん、息子にはきちんとした母親が必要だとは思います」

「そうね」

ラルフはフィリッパも死別を経験しているのを思いだした。「でも、伴侶を失うのがどういうものかは、あなたはよくご存じでしょう」

「わたしは愛するウィリアムと二十一年も過ごせて幸運でした」

「寂しくていらっしゃるでしょう」いまは求婚の時機ではないかもしれないが、ラルフはあえてその話題をつづけた。

「もちろんです。三人もの人間を失ったのですよ——ウィリアム、そして二人の息子。城はまるで空き家のようです」

「そんな状態は長くはつづきませんよ、きっとね」

フィリッパが自分の耳を疑うような顔でラルフを見たと思うと、目をそらして、反対隣りのアンリ司教と話しはじめた。ラルフは礼を失したらしいと気づいた。

ラルフの右側はフィリッパの娘のオディーラだった。「パイはいかがです？」彼は声をかけた。「孔雀と兎の肉入りですよ」オディーラがうなずいたので、一切れ取ってやった。「失礼ですが、おいくつですか？」

「今年、十五になります」

オディーラは背が高く、すでに体形が母親に似て、豊かな胸と女らしい太めの腰つきをしている。「大人びて見えますね」ラルフはオディーラの胸を見ながらいった。

お世辞のつもりだった——多くの若者は大人びて見られるのが好きだ。だが、オディーラは顔を赤らめ、目をそらしてしまった。

ラルフは自分の木皿を見下ろすと、生姜風味の豚肉の塊をフォークで刺し、むっつりと口に入れた。グレゴリーのいうところの〝いい寄る〟行為は、自分はあまり得意ではないようだ。

カリスはアンリ司教の左に坐り、長老参事（オールダーマン）であるマーティンはカリスの反対隣りに坐っていた。マーティンの隣りには、三カ月前のウィリアム伯爵の葬儀でここへきて、そのまま近隣にとどまっていたサー・グレゴリー・ロングフェロウがいた。人殺しのラルフや、ラルフに殺人を犯させたに違いない人物と食卓をともにするのは、カリスは実に不愉快だった。ラルフでも、わたしにはこの食卓でやらなければならない仕事がある。自分にはこの町を生き返らせる計画がある。防壁の再建はほんの手始めだ。次はアンリ司教を味方につけなければならない。

カリスがガスコーニュの澄んだ赤ワインをゴブレットに注ぐと、司教は勢いよくそれを飲み干し、口を拭っていった。「いい話をしたじゃないか」

「ありがとうございます」誉め言葉の裏に皮肉っぽい叱責が込められているのはカリスにもわかった。「この町の暮らしが無秩序で退廃的になっていますので、きちんと正すために町の人々を鼓舞（こぶ）する必要があると思ったのです。もちろん、ご賛同いただけますね」

「賛成するかどうかを訊くのは遅きに失したようだな。だが、賛成だ」現実主義者のアンリ司教は、負けた闘いを蒸し返すようなことはしない。計算どおりだ。

カリスは胡椒と丁子で味つけして焼いた鷺（さぎ）を自分の皿に取ったが、手はつけなかった。話さなければならないことがたくさんあった。「防壁や保安隊のほかにも、まだ計画があるのです」

「そうだろうと思っていたよ」

「司教さまはキングズブリッジ司教として、イングランドでいちばん高い大聖堂を持つべきだとお思いになりませんか」

アンリが眉を上げた。「そういう計画だとは思わなかったな」

「二百年前、ここはイングランドでもっとも重要な修道院の一つでした。もう一度そうなるべきなのです。新しい教会の塔は復興の象徴となります――ほかの司教たちに、あなたの高貴さを示すことにもなるでしょう」

司教は苦笑したが、内心では喜んでいた。おだてられているのはわかっていたが、悪い気はしなかった。

カリスはつづけた。「塔は町のためにもなります。遠くから見えますから、巡礼や商人の道しるべにもなるでしょう」

「資金はどうやって調達するのだ?」

「修道院には十分なお金があります」

司教がふたたび驚いた。「ゴドウィン修道院長は資金難を嘆いていたはずだが」

「彼は無能な管理者でした」

「私には有能な人物に見えていたがね」

「みなさんそう思っておられるようですが、彼は誤った判断ばかり下していたのですよ。まず最初に縮絨機の修理を拒み、収入増の機会を不意にしました。それなのに、何の利益も生まないこの館にばかりお金を使っていたのです」

「それで、状況はどのようにして変わったのだ？」

「土地管理人の大半を解雇し、もっと若くて変革の意志がある者たちと交替させました。労働力が不足しているので、土地の半分を管理の楽な牧草地にしました。残りの土地は慣習的な貢納義務をつけずに、賃料だけで貸しています。それに相続税や、相続人のないままペストで亡くなった人々の遺産からの収入も、みんな修道院に入ってきます。修道院は女子修道院並みに豊かなのですよ」

「では、賃借人はみな自由民なのかね？」

「大半はそうです。領主の農場で一週間に一日働き、地主の干し草を荷車で運んだり、地主の畑で羊を囲い込んだり、そんな面倒な奉仕を全部やる代わりに、ただお金を払えばいいんです。みんなそのほうがいいと思ってますし、生活しやすくなるのは確かです」

「地主の多くは——特に大修道院は——そういった借地の仕方を非難するものだがね。農民階級の破壊だといって」

カリスは肩をすくめた。「わたしたちが何を失ったというんです？　せいぜい、農民や迫害されている人々にいろいろなつまらない仕事を与えて、目をかけ、それで彼らをいいなりにさせるための権力ぐらいのものでしょう。農民を支配するのは、修道士や修道女の仕事ではありません。農民はどんな作物を作るべきか、何が市で売れるかを知っています。好きなようにさせたほうがいい仕事をするんですよ」

司教は疑わしげだった。「では、修道院は新しい塔を建てる資金をまかなえるというのだな？」

司教は資金をせびられると心配していたようね、とカリスは思った。「はい――町の商人たちから多少の援助があれば可能です。そして、司教さまに助けていただきたいのもその点なのです」

「やはり、まだ何かあるんだな」

「お金の無心ではありません。お願いしたいのは、お金以上に価値のあることなのです」

「聞かせてもらおう」

「国王に自由都市の特権を請願したいのです」話しながら、カリスは自分の手が震えだすのを感じた。十年前に魔女の告発を受け、不本意にも終わりにさせられたゴドウィンとの闘いが思い起こされた。自由都市特権の問題で闘ったせいで、わたしは危うく命まで落とすところだった。状況はまったく変わったものの、特権の重要性は少しも変わってはいない。カリスはナイフを置き、両手を膝の上で組み合わせて、震えを止めようとした。

「なるほど」アンリは当たりさわりのない返事をした。

カリスは深く息を吸い込み、さらにつづけた。「町の商業の復興には、それがとても重要なのです。キングズブリッジは、もう長いこと、古くさい修道院の規則に縛られてきました。修道院長は慎重で保守的で、どんな変化や改革も本能的に嫌がります。ですが、商人は変化によって生きています――常に稼ぐための新しい方法を探したり、少なくとも、何がいい方法なのかを考えようとします。新しい塔の資金を援助してくれる商人がキングズブリッジに必要なら、彼らに自由を与えて儲けてもらわなければなりません」

「自由都市特権か」

「町が自分たちの議会を持ち、自分たちの規則を作って、いまの無力な聖堂区ギルドではなく、適切なギルドが統治できるようにするのです」

「しかし、国王がそれをお与えくださるかな？」

「国王は多額の税金を払ってくれる自由都市をお好みです。ですが、キングズブリッジの過去の修道院長はみな、いつでもその請願に反対してきました」

「修道院が保守的すぎるということかね」

「小心なんですよ」

「そうだな」司教が笑った。「おまえの場合は、小心さで非難されることだけはありそうもないがね」

カリスはさらにたたみかけた。「新しい塔を建てるには、自由都市になることが絶対に必要だと思います」

「ああ、それはわかる」

「では、賛成してくださいますか？」

「塔を建てることにか、自由都市の請願にか？」

「どちらも欠かすことはできません」

アンリはおもしろがっているようだった。「私と取引しようというのかな、マザー・カリス？」

「司教さまがそのおつもりでしたら」

「よろしい。私に塔を建ててくれれば、自由都市になるための援助をしよう」

「いいえ、逆です。先に必要なのは自由都市になることです」

「それはおまえを信用しろということだろう」

「難しいでしょうか？」

「正直な話、そうは思わない」

「よかった。では、合意ということですね」

「そうだ」

カリスは身を乗りだし、マーティンの隣りに顔を向けた。「サー・グレゴリー？」

「何でしょう、マザー・カリス？」

カリスは努めて礼儀正しくいった。「この砂糖入りの肉汁のソースで煮た兎をお試しになりまして？ お勧めですよ」

グレゴリーが料理を取った。「ありがとう」

カリスはいった。「キングズブリッジが自由都市でないのは憶えておいでてしょう」

「もちろん」十年以上前、グレゴリーはその事実を利用し、縮絨機に関する論争でカリスを出し抜いたのだ。

「司教さまは国王にその請願をすべきだと考えておられます」

　グレゴリーがうなずいた。「国王はそうした請願を好意的にご覧になるかもしれません――正当な方法で提出された場合は特にね」

　嫌悪が顔に出ないように祈りながら、カリスはいった。「あなたはご親切ですから、わたしたちに十分な助言を与えていただけるんじゃないでしょうか」

「あとで詳しい話をしましょうか」

　グレゴリーはもちろん、手数料と称して賄賂を要求してくるだろう。だが、カリスは不快感を抑えていった。「ぜひお願いします」

　使用人たちが料理を片づけはじめた。カリスは自分の木皿を見た。まったく手つかずのままだった。

「われわれの一族は血縁同士なのですよ」ラルフはレディ・フィリッパにいい、急いで付け加えた。「もちろん、近い血縁ではありませんが。実は私の父は、レディ・アリエナとジャック・ビルダーの息子のシャーリング伯の子孫なのです」そして、テーブル越しに、兄でオールダーマンのマーティンに目をやった。「思うに、私は伯爵の血を引き継ぎ、兄は建築職人の血を継いだようです」

　そして、フィリッパの表情をうかがった。あまり感銘を受けた様子はなかった。

「私は亡くなられたあなたの義理の父上、ローランド伯爵のもとで育ったのです」とラルフはつづけた。

「あなたがスクワイアだったことは憶えています」

「伯爵が国王の軍隊に加わってフランスに行ったときもお仕えしました。クレシーの戦いではプリンス・オヴ・ウェールズの命をお救いしたのです」

「それはお手柄でしたね」フィリッパが儀礼的に相槌（あいづち）を打った。

ラルフはフィリッパが自分を対等の存在と見なすように働きかけ、いざ結婚を告げるときには、それが自然だと思えるようにしたかった。だが、気持ちはなかなか通じないらしく、フィリッパは退屈そうで、会話の方向に困っているようだった。

デザートが運ばれてきた。砂糖をまぶしたイチゴ、蜂蜜のウェファース、ナツメヤシの実と干しブドウ、そして、香料で風味づけしたワイン。ラルフはカップに入ったワインを飲み干してお代わりを注ぎ、アルコールがフィリッパとの会話を促してくれるのを期待した。なぜこんなに彼女と話すのが難しいのかよくわからない。妻の葬儀の場だからか？　フィリッパが伯爵夫人だから？　それとも、長年望みのない恋心を抱きつづけ、ようやく彼女を妻にできるようになったいま、それをまだ信じられないでいるせいか？

「ここを発（た）ったあとは、アールズカースルへお戻りに？」ラルフはフィリッパに尋ねた。

「ええ。明日出発します」

「そこに長くいらっしゃるのですか？」

「ほかにどこか行く場所があって？」フィリッパが眉をひそめた。「なぜそんなことをお訊きになるのかしら？」

「もしよろしければ、お訪ねしてもかまわないでしょうか」

相手の返答は冷ややかだった。「何のために？」

「ここでいま申し上げるにはふさわしくない話題についてお話ししたいのです」

「いったい何のお話かしら？」

「二、三日中に訪問させてください」

フィリッパが動揺した様子で声を荒らげた。「いったい何を話そうというの？」

「いま申しましたように、本日申し上げるのは不適切かと」

「あなたの奥さまの葬儀の場だから？」

ラルフはうなずいた。

フィリッパが蒼白になった。「何てこと……もしやあなた、わたしに……」

「何度も申しますが、いまここでその話はしたくないのですよ」

「でも、わたしは知りたいのよ！」ついに、フィリッパの声が高くなった。「あなた、わたしに結婚を申し込むつもり？」

ラルフはためらい、肩をすくめ、それからうなずいた。

「いったいどうしてそんなことが？」フィリッパがいった。「それには国王の許可が必要なはずよ！」

ラルフはフィリッパを見つめ、眉を一瞬上げてみせた。

フィリッパがいきなり立ち上がって叫んだ。「嘘よ！」テーブルにいる全員が注視するなか、彼女はグレゴリーを詰問した。「本当なの？」

「国王はわたしをこの人と結婚させようとなさっているの？」フィリッパが嫌悪も露わに、ラルフに親指を向けた。

ラルフは突き刺されるような痛みを感じた。これほど不快にさせるとは思ってもいなかった。おれはそんなにいけ好かない男なのか？

グレゴリーが咎めるようにラルフを見た。「こんな場所でその話をしなくてもいいでしょうに」

フィリッパがまた叫んだ。「では、本当なのね？ ああ、何ということ！」

ラルフはオディーラの視線に気づいた。恐怖に満ちた目で彼を見つめていた。これほど嫌われるなんて、おれが何をしでかしたというんだ？

フィリッパがいった。「わたしには耐えられません」

「なぜです？」ラルフは訊いた。「何がそんなにまずいのです？ そこまで私と私の一族を見下すような権利があなたにあるのですか？」ラルフは周囲の人々を見回した。自分の兄、グレゴリー、司教、女子修道院長、下級貴族、そして、町の有力者たち。全員が静まり返り、フィリッパの感情の暴発に驚きながらも興味津々で見つめていた。

フィリッパはラルフの問いかけを無視し、グレゴリーに向かって宣言した。「嫌です！ 絶対に嫌です、わたしのいったことが聞こえて？」顔は怒りで蒼白になり、涙が頬を濡らした。おれを拒み、痛烈に侮辱しているときでさえ、この人は何と美しいのだろう、とラルフは思った。

グレゴリーが冷淡に応えた。「あなたがお決めになることではありませんよ、レディ・フィリッパ。それにもちろん、私の決めることでもない。王がご自身の考えで決められるのです」

「わたしに結婚の衣裳を着せ、祭壇まで歩かせることはできるかもしれませんけどね」フィリッパは怒り狂い、アンリ司教を指さした。「司教さまがわたしにラルフ・フィッツジェラルドを夫とするかと尋ねても、イエスとはいいません！　決していいません！　絶対、絶対、絶対に！」

フィリッパは部屋を飛びだしていき、オディーラがそのあとを追った。

正餐が終わると、町の人々は家路につき、重要な客人たちも一休みするために部屋に戻った。カリスは後片づけの指示をしていた。フィリッパが気の毒だった。ラルフが最初の妻を殺したことを思うと——そして、フィリッパがそれを知らないことを思うと——心底から同情せずにはいられなかった。しかし、個人の運命もさりながら、町全体の運命も気がかりだった。頭のなかはキングズブリッジのための計画でいっぱいだった。ことは思った以上にうまく進んだ。町の人々は自分を支持してくれたし、司教も提案のすべてに同意してくれた。キングズブリッジはペストに負けず、きっと秩序ある暮らしを取り戻せるはずだ。

裏口の外には肉の骨やパンの皮が山積みになっていて、そこでゴドウィンの猫の〝大司教〟が、手際よく鴨肉の残骸を選り分けていた。カリスは猫を追い払った。〝大司教〟はあわてて数ヤードばかり逃げたが、そこで足どりをゆるめると、先端の白い尾をぴんと立てて偉そうに歩きだした。

カリスは修道院長の館の階段を上がりながら、アンリ司教が賛同してくれた改革をどう実行しようかと考えつづけた。立ち止まることもなく扉を開け、そのままマーティンと共有している寝室へ入った。

一瞬、自分がどこにいるのかわからなかった。部屋の真ん中に二人の男が立っていた。建物を間違えたかと最初は思い、それから、部屋を間違えたのだと思い直した。そしてようやく、修道院でいちばんいい寝室である自分の部屋は、司教の滞在時にはいつも彼が使っていることを思いだした。

そこにいたのは、アンリ司教とクロード司教座聖堂参事だった。二人が裸で抱き合い、キスしていることに、カリスはようやく気がついた。

彼女は仰天して二人を見つめ、思わず叫んだ。「まあ！」

二人には扉の音が聞こえていなかった。カリスが声を上げるまで、だれかに見られていることに気づいてもいなかった。カリスの驚きの声を聞いて、二人が振り返った。アンリが罪悪感に怯えた表情を浮かべて、ぽかんと口を開けた。

「申し訳ありません！」カリスは叫んだ。

二人は即座に身体を離し、あたかも何事もなかったように取りつくろおうとした。しかし、裸は隠しようがなかった。アンリの身体はぽっちゃりとして、腹は丸く、腕も脚も太く、胸に灰色の毛が生えている。クロードはもっと若くて痩せていて、股間の燃えたつような赤茶色の毛以外、ほとんど体毛はない。いきり立った二人分のペニスを同時に見たのは、カリスには初めてだった。

「大変失礼しました！」カリスは恥ずかしさで身悶えしそうになりながら謝った。「わたしの勘違いです。忘れていました」自分でも何をいっているかわからず、二人は驚きで口もきけない様子だった。何をいっても無駄だ。この状況を取りつくろえる台詞などだれも思いつけるはずがない。

ようやくわれに返ったカリスは、後ずさって部屋を出ると、一気に扉を閉めた。

マーティンはマッジ・ウェバーと一緒に、修道院の正餐をあとにした。小柄でずんぐりしたマッジは、顎を前に、尻を後ろに突きだして歩いていた。マーティンはマッジが好きだった。夫や子供たちをペストで失っても頑張っている彼女を尊敬さえしていた。商売もつづけており、織った布地をカリスの製法どおりに赤く染めている。マッジがいった。「カリスは立派よ。いつもそうだけど、今度も彼女は正しいわ。いつまでもこのままではいけないと思う」

「きみはいつもどおりにやってるじゃないか、いろんなことがあったのに」マーティンはいった。

「唯一の問題は、仕事をしてくれる人が足りないってことなのよね」

「みんなそうさ。ぼくも職人が見つからなくてね」

「未加工の羊毛は安いし、上質の緋色の布地はいまも金持ちが高値で買ってくれるわ。だから、たくさん作ればそれだけ売れるんだけどね」

マーティンは考えた。「そういえば、フィレンツェでもっと速い織機を見たな――踏み子式織機ってやつだ」

「そうなの?」マッジがすぐさま興味を示した。「初めて聞くわ」

マーティンはどう説明しようかと考えた。「どんな織機でも、経糸になるたくさんの糸を枠に張って、それから別の糸を経糸に交差させながら布を織っていくよね。緯糸を最初の経糸の下に通して、次の経糸は上を通し、また下、上と通しながら、一方向に進んだら逆戻りする」

「単純な織機はまさにそういう仕組みよ。うちの機械はもっといいやつだけど」

「それはわかってる。この過程をもっと速くするために、綜絖と呼ばれる棒に、経糸を一本おきに取りつけてるんだ。そうすると、綜絖が動けば、糸の半分が残りの半分から持ち上がる。上、下、上、下と糸を通す代わりに、ただ緯糸をまっすぐにそのあいだへ通せばいい。それから綜絖を経糸の下へ下ろして、また反対に糸を通す」

「そのとおりよ。緯糸は糸巻きに巻いてあるわ」

「糸巻きを左から右へと経糸に通したら、糸巻きを下に下ろして、両手を使って綜絖を動かす。それからまた糸巻きを取り、今度は右から左へ通す」

「そうよ」

「だけど、踏み子式織機の場合は、綜絖を足で動かすんだ。つまり、いちいち糸巻きを下ろす必要がないんだよ」

「ほんと？　それはすごいわ！」

「それだけでだいぶ違うだろう？」

「ずいぶん違うわよ。二倍ぐらい速く織れるかもしれないわ――いえ、それ以上かもね！」

「ぼくもそう思ってたんだ。試しに一台造ってみようか？」

「ええ、お願い！」

「どんな仕組みなのか正確には憶えてないんだけどね。踏み子が滑車と梃子を動かしてるんだと思うんだが……」マーティンは眉をひそめて考えた。「何にしても、きっと造れるよ」

午後遅く、図書室を通りかかったカリスは、小さな書物を持って出てきたクロード司教座聖堂参事に遭遇した。カリスの視線に気づいて、クロードが立ち止まった。一時間ほど前にカリスが出くわした場面が、すぐに二人の頭に浮かんだ。最初、クロードは恥ずかしそうな顔をしたが、そのうちに口の両端が上がり、にやりと笑みがこぼれた。ここはおもしろがるべきところじゃないとでもいうように、クロードが片手で口元を覆った。カリスも二人の男がどんなふうに立ちすくんでいたかを思いだし、笑ってはいけないと思いながらも、おかしさがこみ上げてきた。そして、思いついた言葉をつい口にしてしまった。「お二人とも、おかしな格好でしたよ！」クロードがこらえ切れずにくっと笑いだし、カリスも我慢できなくなった。顔を見ているうちにどうしようもなくなり、しまいには互いの腕にもたれて涙を流しながら、止めどもなく笑い転げた。

その夜、カリスは修道院の構内の南西の端にある、川沿いの菜園へマーティンを連れ出した。空気は穏やかで、しっとりした土が新たな作物の香りで覆われていた。カリスは葱や二十日大根を見ながらいった。「つまり、あなたの弟はシャーリング伯になるわけね」

「レディ・フィリッパが何とかして拒めれば別だけどね」

「伯爵夫人は王の命には従わなければならないんでしょ？」

「すべての女は男の命に従わなければならない。理屈のうえではね」マーティンがにやりとした。「もっとも、そんなのものともしない女性もいるけどな」

「だれの話かしらね」

マーティンが急に真顔になっていった。「なんて世界だ。妻を殺した男が、国王によって貴族の最高位に取り立てられるのか」

「そういうことがあるとわかってはいても、それが自分の家族となると話は別ね。かわいそうなティリー」

マーティンがまぶたに浮かんだ幻影を打ち消そうとするように目をこすった。「どうしてぼくをここへ連れてきたんだ？」

「わたしの計画の最終段階について話をするためよ。新しい施療所のこと」

「ああ、そのことなら、ぼくも考えていた……」

「ここへ建てられるかしら？」

マーティンがあたりを見回した。「できなくはないな。土地が傾斜してるけど、修道院そのものもそういう場所に建ってるしね。大聖堂でも建てるんなら別だけど。一階建てか？　それとも、二階建てにするのか？」

「一階建てよ。ただし、建物を中くらいの広さの部屋に分割し、それぞれ寝台は四つから六つだけにして、一人の患者からすぐに全員に病気が広がらないようにしたいの。独自の薬剤室もほしいわね。大きな明るい部屋にして、そこで薬の準備をし、外では薬草も育てる。それから、広くて風通しのいい手洗い所に水を引いて、清潔さを保てるようにするの。建物全体を明るく広々とした場所にする必要があるわ。でも、何より大事なのは、修道院のほかの建物から、最低でも百ヤードは離れていたいということなのよ。健康な人間と病人を分けたいの。そこが重要な点ね」

「朝になったら設計図を描くよ」

カリスはあたりを見回し、だれもいないことを確かめて、マーティンにキスをした。「わたしの人生を賭けた仕事の総決算になるわ、わかる？」

「きみはまだ三十二だよ——総決算なんて、少し早いんじゃないのか？」

「だって、まだ始めてもいないのよ」

「長くはかからないよ。新しい塔の土台部分を掘っているあいだに始めるさ。そして、施療所が建ったらすぐに、石工たちに大聖堂の仕事に移ってもらえばいい」

二人はきた道を引き返しはじめた。マーティンが本当に打ち込んでいるのが塔のほうだというのはカリスにもわかっていた。「塔はどのぐらいの高さになるの？」

「四百五フィートだ」

「ソールズベリーの塔は？」

「四百四フィート」

「それなら、イングランドでいちばん高い建物になるはずね」

「だれかがもっと高いのを建てなければね」

この人もついに野望を達成するんだわ、とカリスは思った。カリスはマーティンの腕に自分の腕を絡ませ、修道院長の館へと歩いていった。幸せだった。でも、そう感じるのって妙じゃないかしら？　キングズブリッジでは疫病で何千人も死んでいて、ティリーも殺されたのに。それでも、カリスは希望を感じていた。それはもちろん、計画があるせいだ。計画があれば、いつだって希望が持てる。新しい防壁、保安隊、塔、自由都市特権、そして何より、新しい施療所。すべてをきちんと段取りするための時間を、どうやって作っていこうか？

マーティンと腕を組み、カリスは修道院長の館へ入っていった。アンリ司教とサー・グレゴリーがそこにいて、別のもう一人、カリスには背中しか見えない人物と深刻な顔で話していた。背後からその人物を見ただけなのに、妙に馴染み深い不愉快さを覚え、カリスは不安に身震いした。その人物が振り返り、顔が見えた。その顔は、小馬鹿にするような勝ち誇った冷笑と、悪意に満ちていた。

フィルモンだった。

74

アンリ司教と訪問客たちは、翌朝キングズブリッジを発った。共同宿舎で眠っていたカリスは朝食後に修道院長の館へ戻り、二階の自室へ向かった。

そこにフィルモンがいた。

自分の寝室にいる男に驚くのは、この二日で二度目だった。しかし、窓際で本を眺めているフィルモンはしっかりと服を着ていたし、一人きりだった。その横顔は、六カ月にわたる裁判で心なしかやつれて見えた。

カリスはいった。「ここで何をしているの？」

フィルモンはその質問に驚いた振りをした。「ここは修道院長の館だろう。ここにいて何が悪い？」

「あなたの部屋じゃないでしょう！」

「おれはキングズブリッジ修道院の副院長だ。職を解かれた事実はない。院長は死んだ。おれのほかにだれがここに住む?」

「もちろんわたしよ」

「あんたは男ですらないじゃないか」

「アンリ司教がわたしに男子修道院長の職務を代行するよう指示なさったのよ――ゆうべあなたが戻ってきても、わたしをその役割から外したりはしなかったわ。わたしのほうが高位なのよ。だから、わたしに従いなさい」

「だが、あんたは修道女だ。修道士とではなく、修道女たちと一緒に暮らさなきゃいけないはずだ」

「わたしはもう何カ月もここに住んでいるわ」

「一人でか?」

不意に、カリスは自分の立場の危うさに思い至った。わたしとマーティンが夫婦のように暮らしているのを、フィルモンは知っているのだ。常に目立たないようにして、関係を大っぴらにしたりは決してしなかったが、人々は気づいていたし、フィルモンには人の弱みを嗅ぎつける動物的な本能がある。

カリスは考えた。ただちに館を出ていくよう命令してもいい。必要とあれば、叩き出すこともできるだろう。トマスと修練士たちは、フィルモンではなくわたしに従うはずだ。だけど、それからは? フィルモンはあらゆる手段を使い、わたしとマーティンがこの館で何をしているかに人々の目を向けさせようとするだろう。論争を巻き起こし、町の住人を対立させようとするに違いない。それでも、ほとんどの人々はわたしを支持してくれるだろう。そのぐらいの信望はあるはずだ。でも、なかにはわたしの行動を非難する者も出てくるかもしれない。対立はわたしの権威を傷つけ、計画の妨げとなる。ここはひとまず譲るほうがよさそうだ。

「寝室は与えましょう」カリスはいった。「でも玄関広間は駄目よ。町の有力者や高位の訪問客と面会するのに使うから。教会で聖務日課を務めていないときは修道院の歩廊にいなさい。ここじゃなくてよ。副院長に館はないわ」反論の暇を与えず、カリスは部屋を出た。体面は保ったが、勝ったのはフィルモンだった。

ゆうべ、カリスはフィルモンがどれほど奸智に長けているかを再度思い知らされていた。アンリ司教に問いただされたフィルモンは、自らの行なった不名誉な行為すべてについて、もっともらしい説明の用意があるようだった。修道院の職務を放棄し、森の聖ヨハネ修道院へ逃げ出すという行為がどのように正当化できるというのか？　「男子修道院は全滅の危機に瀕していました。それを救う唯一の方法は〝急いでその地を離れ、遠くへゆき、そこにとどまれ〟という教えに従って逃げ出すことだったのです。その教えは、ペスト予防法として広く一般に信じられています。ただ一つの失敗は、キングズブリッジに長く居すぎたことでしょうか」では、なぜ誰一人として司教にその計画を報告しなかったのか？　「それは申し訳なく思いますが、自分もほかの修道士たちと同様、ゴドウィン院長の指示に従っただけなのです」では、ペストが聖ヨハネ修道院を襲った際、そこから逃げ出したのはなぜなのか？

「モンマスの人々を導く聖職につくよう、神の声が私に呼びかけてきたのです。ゴドウィン院長からも、聖ヨハネ修道院を離れる許可をいただきました」ブラザー・トマスがその許可について知らず、また、そんな許可が下されたはずは断じてないといっているのはなぜなのか？「嫉妬を生む恐れから、ほかの修道士には伝えられなかったのです」ではなぜ、おまえはモンマスを離れたのか？「托鉢修道士のマードに会い、キングズブリッジが自分を必要としていると聞かされて、これは神のさらなる意思だと考えたからです」

要するに、フィルモンは自分がペストにかかりにくい幸運な一人だと気づくまで、疫病から逃げ回っていたのだ。そして、わたしがマーティンと一緒に院長の館に住んでいるという話をマードから聞き、それを利用して、自分の地位を取り返す方法を即座に思いついたに違いない。神云々はまったくのでたらめに決まっている。

だが、アンリ司教はフィルモンの話を信用した。追従という点に関しては、フィルモンは常に注意深く、低姿勢を装っていた。アンリ司教はこの男を知らなかったために、裏を見抜けなかったのだ。

カリスはフィルモンを館に残し、大聖堂へ向かった。北西の塔の狭く長い螺旋階段を上っていくと、石工部屋にマーティンがいた。マーティンは北向きの大きな窓から射し込む光を頼りに、製図床に図面を引いていた。

カリスは興味津々で、マーティンの図面を眺めた。いつ見ても設計図を読み取るのは難しい。漆喰（しっくい）の床に描かれた細い線を、想像力を借りて、厚い石壁や窓や扉に変換しなければならないのだ。

マーティンが期待に満ちた眼差しで、図面を眺めるカリスを見た。明らかに、大絶賛を期待しているようだった。

カリスは最初、図面に困惑した。まったく施療所に見えなかったのだ。「でもこれは……回廊(ギャラリー)じゃない！」

「そのとおり」マーティンが応えた。「どうして施療所が教会の身廊(ネイヴ)のように細長くなければならないんだい？　きみは施療所を明るくて、空気のよく通る場所にしたいんだろう？　だから、部屋をぎっしり並べるんじゃなくて、四角形の周りに置いたんだ」

カリスは思い描いてみた。四角い芝生、その周りに立つ建物、四床ないし六床ある各部屋の扉、拱廊(アーケイド)の下で部屋から部屋へ移動する修道女たち。「素晴らしいわ！　そんなの、いままで考えたこともなかった。でも、完璧よ」

「中庭の芝生で薬草を育てるといい。陽の光は当たるが、風からは守られる。庭の真ん中に噴水があって、新鮮な水が手に入る。水は噴水から南側にある便所を通って川へ流れていくんだ」

カリスはマーティンにキスの雨を降らせた。「あなたは天才よ！」それから、彼に伝えなければならない話を思い出した。

マーティンがカリスの顔が曇るのに気づいて訊いた。「どうしたんだ？」

「わたしたち、館を出ないといけないわ」カリスはフィルモンとの会話と、彼に屈した理由を説明した。「フィルモンとはいつか大論争になるわ——でも、わたしとあなたのことを種にされたくないの」

「なるほどな」マーティンの声は落ち着いていたが、顔を見れば、怒っているのは一目瞭然だった。製図床を見つめているが、図面のことを考えているわけではない。

「それだけじゃないの」カリスはつづけた。「わたしたちは町の人々に、できるだけいつもどおりの生活をするよう呼びかけているでしょう——通りでは秩序ある行動を、本当の家族生活へ戻りましょう、酒を飲んでの乱痴気騒ぎはもう終わり、とね。わたしたちはその模範を示すべきだわ」

　マーティンがうなずいた。「女子修道院長が恋人と同棲(どうせい)しているっていうのは、確かに普通じゃないからな」穏やかな声とは対照的に、顔にはいまも怒りが満ちていた。

「辛いわ」

「ぼくもだ」

「でも、わたしたちの望みを危険に晒(さら)すわけにはいかないわ——あなたの塔も、わたしの施療所も、この町の未来もね」

「ああ。だが、ぼくたちの人生を犠牲にすることになる」

「完全にじゃないわ。別々に眠らないといけないのは悲しいけれど、一緒にいる機会はいくらでもあるでしょう」

「どこで？」

カリスは肩をすくめた。「たとえばここよ」悪戯好きの小悪魔が、彼女に取り憑いたようだった。ゆっくりとローブの裾を持ち上げながら部屋の反対側まで歩いていくと、階段のてっぺんの踊り場に出た。「だれもこないわ」そして、腰までローブをめくり上げた。

「だれかがくれば、その音が聞こえるさ」マーティンがいった。「下の扉は大きな音を立てるんだ」

カリスは身を乗り出して、階下を覗き込む振りをした。「あなたのところから、何か変わったものが見える？」

マーティンがくすりと笑った。マーティンの機嫌が悪くなると、カリスはいつもふざけて彼の気をそらすのだ。「何かがちらちらしてるな」とうとう笑い出した。

カリスはローブを腰の位置に持ったまま、勝ち誇った顔でマーティンのところへ戻った。

「ほらごらんなさい、すべてを諦める必要はないでしょう」

マーティンがストゥールに坐ってカリスを引き寄せた。カリスは彼の膝の上にまたがった。

「ここへ藁の寝床を持ち込んだほうがいいわよ」

マーティンがカリスの胸に鼻を押しつけてささやいた。「石工部屋に寝床が必要な理由を、どう説明すればいいんだ？」声が欲望でかすれた。

「石工が道具を置くのに、柔らかい場所が必要だといえばいいのよ」

一週間後、カリスとブラザー・トマスは再建中の防壁の様子を見にいった。大規模ではあるが単純な工事で、一度線を引いてしまいさえすれば、あとは経験のない若い石工と徒弟に任せても十分だった。これほど素早く工事が始まったことに、カリスは満足していた。困難な時期に町を守るためには防壁が必要だ——だが、彼女にはもっと重要な動機があった。町の人々を外界の混乱から保護すれば、彼らのなかに、秩序と道徳を守ろうという意識が自ずと生まれるのではないかと期待したのだ。

運命が自分にこの役割を務めさせるとはなんと皮肉なことか、とカリスは思った。規則を守るべきだと思ったことは一度たりともない。わたしは常に慣行を軽蔑し、しきたりを嘲ってきた。自分の規則を作る権利は自分自身にあると考えていた。それがいま、浮かれ騒ぐ人々を取り締まっているのだ。だれからも偽善者と呼ばれていないのが奇跡のようだった。

実際のところ、無政府状態を謳歌している者もいれば、そうでない者もいた。マーティンは制約に不向きな人間の一人だった。カリスはマーティンが彫った、賢い処女と愚かな処女の彫刻を思い出した。いままでに人々が目にした、どの彫像とも違っていた——それが、エルフリックに扉を破壊する口実を与えてしまうことにもなった。制約は、マーティンには負の役割しか果たさない。しかし、荒くれ者に対しては、酒に酔い、喧嘩をして、手足を失うような愚行を止めさせるための法が必要だった。

ここでもまた、カリスの立場は危うかった。法を制定し、秩序を守らせようとすれば、自分だけをその埒外に置いておくわけにはいかない。

修道院長としての立場と個人の思いの板挟みに悩みながらトマスと修道院へ戻ると、シスター・ジョーンが大聖堂の前を歩きまわっていた。「フィルモンには我慢なりません」ジョーンが憤懣やるかたないといった調子で訴えた。「あなたが盗んだお金を返せというんですよ!」

「落ち着いて」カリスは教会の張り出し玄関へシスター・ジョーンを連れていくと、石のベンチに腰かけた。「深呼吸をして、何があったのかを教えてちょうだい」

「三時課の後、フィルモンがやってきて、聖アドルファスの聖廟に飾る蠟燭を買うために十シリング必要だというんです。わたしは院長に尋ねなければならないと答えました」

「そのとおりよ」

「フィルモンは修道院の金なんだから断わる権利はないと怒鳴り散らし、鍵を寄越せと迫ってきました。無理やり奪われそうになったとき、ふと思い出して、宝庫の場所を知らないのだから渡しても使いようがないでしょうといってやったんです」

「あの秘密を守っておいて本当によかったわ」カリスはいった。

トマスが二人の横で話を聞いていた。「私がいないときを選んだのだろうな――臆病者め」

カリスはいった。「ジョーン、フィルモンの要求を断わったのはまったく正しかったわ。ひどい目にあったわね。トマス、フィルモンを探して、館まで連れてきてちょうだい」

カリスは二人と別れ、考えながら墓地を歩いていった。フィルモンは明らかに問題を起こそうとしている。だが、彼は簡単に押さえつけられるような、暴れるしか能のないごろつきではない。狡賢い男だ。足をすくわれないよう気をつけなくては。

館の玄関扉を開くと、フィルモンが広間の長テーブルの上座に坐っていた。カリスは足を止めた。「ここへはこないでとはっきりいったはずよ――」

「あんたを探していたのさ」

どうして館に鍵を掛けておかなかったのかしら。これからは絶対にそうしなければ。さもないと、フィルモンはいつでもいまの口実を使って入り込んでくるだろう。カリスは怒りをこらえた。「探す場所が間違っているわ」

「だが、現にいま、見つかったじゃないか。違うか？」

カリスはフィルモンを観察した。キングズブリッジへ戻ってから髭を剃り、髪を切って、新しいローブを着ている。足の先から頭のてっぺんまで、穏やかで権威ある修道院の幹部だった。「シスター・ジョーンから聞いたわ。とても怒っていたわよ」

「おれもさ」

カリスはフィルモンが大きな椅子に坐り、自分がその前に立っていることに気づいた。まるでフィルモンがこの場の責任者で、カリスはその補佐のようだった。こういったことに関して、フィルモンはおそろしく頭が働いた。「お金が必要なら、わたしに頼みなさい」

「おれは副院長だ！」

「わたしは院長よ、あなたより位が上なの」カリスも声を張り上げた。「だから、わたしと話すのなら、まず立ちなさい！」

フィルモンはカリスの剣幕に驚いたが、すぐに自制を取り戻し、彼女を侮辱するようにのろのろと立ち上がった。

カリスは本来の自分の席に坐り、フィルモンを立たせておいた。

フィルモンは平然としていった。「修道院の金を、新しい塔を造るのに使っているだろう」

「司教の命令よ」

一瞬、フィルモンの顔に困惑が浮かんだ。司教に取り入って、わたしに対する同盟を組もうと考えていたのだ。子供のころから、フィルモンはいつでも権力者たちに媚びへつらってきた。修道院にも、そうやって入り込んだのだ。

フィルモンがいった。「修道院の金への接触を認めろ。これはおれの権利だ。修道士の資産は、おれの管理下にあるべきだ」

「以前、修道士の資産を管理していたとき、あなたはそれを盗んだじゃないの」

フィルモンの顔が青くなった。カリスの放った矢は大当たりだったようだ。「馬鹿馬鹿しい」ばつの悪さを押し隠そうとして、フィルモンが大声を出した。「ゴドウィン院長が安全のために持ち出したんだ」

「わたしが院長をしているあいだは、安全のためにお金を持ち出す人はいらないわ」

「少なくとも聖具だけは渡してもらおう。あれは女じゃなくて聖職者が取り扱う、神聖な宝石だ」

「トマスが極めて適切に扱ってくれています。礼拝前に取り出して、終わると宝庫に戻しているわ」

「それでは不十分――」

カリスはふと思い出し、フィルモンの言葉をさえぎった。「それに、あなたは盗んだものをまだすべて返してないわね」

「金は――」

「聖具のことよ。蠟燭商ギルドから寄付された金の燭台がなくなっているわ。あれはどうなっているの？」

フィルモンの反応は意外なものだった。また大声で否定するのだろうとカリスは思っていたが、彼は困ったような顔をしていった。「あれはずっと院長の部屋にあった」

カリスは眉をひそめた。「それで……？」

「ほかの聖具とは別にしておいたんだ」

カリスは驚いた。「まさか、ずっと燭台を持ち歩いていたというの？」

「ゴドウィン院長がおれに面倒をみろといったんだ」

「モンマスとか、あちこちへ行ったときにも持っていったの？」

「そうするようにいわれたんだ」

信憑性の欠片もない話なのは明らかだった。彼が金の燭台を盗んだに決まっている。「まだ持っているの？」

フィルモンが気まずそうにうなずいた。

そのときトマスが入ってきて、フィルモンに向かっていった。「ここにいたか！」

「トマス、二階へ行ってフィルモンの部屋を調べてちょうだい」

「何を探すんですか？」

「なくなった金の燭台よ」

フィルモンがいった。「探す必要はない。祈禱台（きとうだい）の上に置いてある」

トマスは階上へ行き、燭台を手に戻ってくると、カリスに渡した。燭台はずっしりと重く、台座には蠟燭商ギルドの十二名の名前が、小さな文字で刻まれている。カリスは訝った。どうしてフィルモンはこれを欲しかったのだろう。売ったり溶かしたりするためでないのは明らかだ。処分する時間はいくらでもあったのに、何もしていないのだから。単純に自分用の金の燭台が欲しかっただけだろうか。部屋で、一人でこれを眺めたり、触ったりしていたのだろうか？

見ると、フィルモンが涙ぐんでいた。

「取り上げるのか？」彼が訊いた。

馬鹿げた質問だった。「当然よ。これは大聖堂のものであって、あなたの寝室に飾るものではないわ。蠟燭商は、神を讃え、礼拝を美化するために寄付してくれたのよ。一人の修道士が個人的に楽しむためではないわ」

フィルモンは反論もしなかった。喪失感を味わっているようではあったが、後悔している様子はなかった。悪いことをしたとは思っていないのだ。悪事を働いたのを嘆くのではなく、手元から没収されたのを悲しんでいるだけだ。フィルモンには恥の観念が存在しない——カリスははっきり悟った。

「修道院の貴重品への接触の話は、これで終わりね。もう行っていいわ」

フィルモンは館を出ていった。

カリスは燭台をトマスに返した。「シスター・ジョーンにしまわせてちょうだい。蠟燭商に連絡をして、次の日曜日にそれを使いましょう」

トマスも立ち去った。

カリスは椅子に坐ったまま考えた。フィルモンはわたしを憎んでいる。なぜ憎まれているのかを考えても、時間の無駄だろう。子供が友だちを作るよりも早く、フィルモンは敵を作る。あの男は一片の良心も持たない、執念深い敵だ。あらゆる機会を捉えてわたしを陥れようと決心しているに違いない。この関係が改善されることは決してないだろう。今回のような小競り合いでわたしに退けられるたびに、彼の悪意は一層激しく燃え上がるのだ。かといって、フィルモンに勝たせれば、不服従をさらに助長するだけだ。

血なまぐさい戦いになるのは避けられないようだ。だが、どういう結末になるかがわからない。

六月のある土曜日の夕方、苦行者たちが戻ってきた。

カリスはそのとき写字室にいて、本を書いていた。まずペストとその治療法について、次に、より軽度の病気について著すつもりだった。いまは、キングズブリッジで使っているリネンのマスクについて記しているところだった。マスクは効果があるけれども、完全な対策にならないのを説明するのが難しかった。唯一確実な対策は流行る前に町を離れ、おさまるまで戻ってこないことだが、それができる者はほとんどいない。不完全な予防策というのは、神の奇跡のような治療を信じる人々には理解しがたい観念だった。マスクをつけていてもペストにかかった修道女がいるのは事実だが、つけていなければ、もっと多くが感染していただろう。カリスはマスクを盾にたとえた。盾さえあれば戦いで生き残れるという保証はないが、防御に有効であることは疑う余地がなく、それを持たずに戦争へ出かける騎士はいない。まっさらな羊皮紙にそれを書きとめていると、苦行者たちの立てる騒音が聞こえてきた。不意を突かれて、カリスは思わず呻いた。

太鼓の音は酔っ払いの足音のように乱れ、バグパイプは苦しんでいる野生動物の鳴き声に似て、鈴の音は葬式の真似事をしているようだった。カリスが外へ出ていくと、ちょうど行列が修道院の構内へ入ってくるところだった。七十名から八十名と前回より数が増え、さらに粗暴さを増しているように見えた。長く伸びて汚れた髪に、布の切れ端のようになった衣服。叫び声には狂気が混じっている。すでに町のなかを回ってきたらしく、長い野次馬の列を引き連れていた。好奇心から見物する者もあれば、苦行者に加わって衣服を破り、自らを鞭打つ者もいた。

ふたたび彼らの姿を見るとは、カリスは予想していなかった。法王クレメンス六世は、鞭打ち苦行派を認めないと宣言していた。しかし、法王は遠くアヴィニヨンにいて、取り締まりは現地にまかされていた。

今回も先頭は托鉢修道士のマードで、彼は大聖堂の西側大扉へ向かっていた。扉が開かれていた。カリスは仰天した。そんな許可を出した覚えはない。トマスがわたしに黙って開けるはずもない。間違いなくフィルモンの仕業だ。カリスはフィルモンが旅の途中、マードと出会ったのを思い出した。恐らくマードが前もってこの襲来の計画を伝え、二人で共謀して苦行者を大聖堂に入れてしまうことにしたのだろう。自分は修道院で唯一聖職位を授けられた修道士であり、どのような礼拝を執り行なうかを決める権利は自分にあると、フィルモンがそう主張するのは目に見えている。

だが動機は何だろう？　どうしてフィルモンがマードと苦行者に関心を持つのだろうか？　マードは行列を率いて中央の高い大扉をくぐると、身廊へ進んでいった。町の人々がそれにつづく。こんな騒ぎに加わるのを躊躇う気持ちもあったが、何が起こっているのかを確かめなければならないと感じ、カリスは嫌々ながら群衆につづいて大聖堂へ入った。

フィルモンは祭壇にいた。マードが隣りに立っている。フィルモンが手を挙げて人々を静め、口を開いた。「私たちが今日ここにやってきたのは、自らの邪悪さを告白し、罪を悔い改め、贖罪（しょくざい）の苦行を行なうためです」

フィルモンは説教師としては二流で、彼の言葉は無言の反応しか引き出さなかったが、カリスマ性を持つマードがすぐに取って代わった。「われわれの精神は淫らで、われわれの行動は卑猥だ！」マードの叫びに、群衆が大声で賛意を示した。

あとは前回と一緒だった。マードの説教に熱狂した苦行者たちが、大声で自分の罪を叫びながら祭壇へ押しかけ、鞭でわが身を打った。町の人々は催眠術でもかけられたように、息を呑んで眼前の暴力と裸体を見つめていた。単なる演技とはいっても、鞭は本物だ。懺悔者の背中のみみず腫れや裂傷に、カリスは身震いした。すでに何度も懺悔をして、傷痕だらけになっている者もいた。そうでない苦行者たちの真新しい傷跡は、ふたたび鞭打たれてぱっくりと口を開いた。

すぐに、町の人々も加わりはじめた。彼らが祭壇へ押しかけ、フィルモンが募金皿を差し出すのを見て、カリスは彼の動機は金だと気がついた。その皿に金を入れるまでは、罪を告白してマードの足にキスをすることは許されない。マードは皿に目を光らせている。きっと、あとで山分けするつもりなのだろう。

町の人々が押し寄せるにつれて、太鼓とバグパイプの音がどんどん大きくなっていった。フィルモンの皿はすぐにいっぱいになった。免罪された者は、荒れ狂う音楽に合わせ、恍惚として踊っていた。

ついにすべての懺悔者が踊りはじめ、前へ詰めかける者はいなくなった。音楽は最高潮に達し、突然止まった。マードとフィルモンが消えていた。恐らく南側の袖廊から抜け出して、修道院の歩廊で金を数えているのだろう。

見せ物は終わり、踊っていた人々は疲れ果てて床に倒れ込んだ。野次馬は散り散りになり、大扉を抜けて、夏の夕刻の爽やかな空気のなかへ出ていった。マードの信奉者たちもじきに大聖堂を出る力を取り戻し、カリスもその場を離れた。苦行者のほとんどがホーリー・ブッシュ・インへ向かっていた。

カリスはほっとして、涼しく静かな女子修道院へ戻った。歩廊に宵の闇が迫るころ、修道女たちは晩課を務め、夕食をとる。寝台へ入る前に、カリスは施療所の様子を見に出かけた。施療所は満員だった。ペストは衰えを知らず、猛威を振るいつづけていた。

小言をいわねばならないようなことはほとんどなかった。シスター・ウーナは指示を遵守していた。マスクの着用、瀉血の禁止、病的なまでの清潔さ。カリスが寝台へ戻ろうとしたとき、苦行者の一人が施療所へ運び込まれてきた。ホーリー・ブッシュ・インで気を失い、ベンチに頭をぶつけたのだった。背中にはいまだ血が滲んでおり、カリスは出血のせいで意識を失ったのだろうと考えた。

男が気を失っているあいだに、ウーナが塩水で傷口を洗った。そして、意識を取り戻させるために、鹿の角に火をつけて刺激の強い煙を嗅がせた。それが終わると、失われた体液を補うために、シナモンと砂糖を混ぜた水を二パイント飲ませた。

しかし、彼は一人目にすぎなかった。さらに何人もの男女が、失血や急性アルコール中毒、事故や喧嘩による怪我で運び込まれてきた。土曜の夜だというのに、鞭打ち苦行派の大騒ぎによって、患者の数は十倍にも膨れ上がった。自分を何度も打ちすぎたせいで、背中の傷が腐っている男もいた。夜半を過ぎたころ、縛られて鞭で打たれ、強姦された女まで運び込まれてきた。

修道女とこういう患者を治療していたカリスの胸に、ふつふつと怒りが湧き上がった。患者たちの怪我はすべて、マードのような人間の歪んだ宗教観が引き起こしたものだ。ペストは罪に対する神罰であり、自らを罰すればその病は避けられると彼らはいう。それではまるで、神が復讐に燃える怪物で、狂気じみたルールのゲームをして遊んでいるようではないか。神はそんな十二歳の餓鬼大将のような正義感よりも、もっと洗練された感覚を持っているはずだ。

カリスは日曜日の朝課まで働くと、二、三時間だけ眠りに戻り、目を覚ましたとたんにマーティンに会いに出かけた。

マーティンはスモール・アイランドに建てた家々のなかでいちばん大きな家に住んでいた。島の南岸に建つその家には、新しく林檎と梨の木を植えた広い庭があった。マーティンは中年の夫婦を雇い、ローラの世話と家の管理を任せていた。その夫婦はアルノーとエミリーという名だったが、互いをアルンとエムと呼び合っていた。カリスは台所でエムに会い、庭へ行ってみるよう教えてもらった。

マーティンは土が露出した一角で、先の尖った棒を使ってローラに名前の書き方を教えていた。"O"の字のなかに顔を描いてローラを笑わせている。四歳になったローラはますます可愛らしく、オリーヴ色の肌に茶色の瞳をしていた。

二人を眺めながら、カリスはちくりと胸が痛んだ。マーティンと寝るようになって、もう半年になろうとしている。カリスは子供が欲しくなかった。子供を作れば、大志がすべて潰えてしまう。だが、それでも心のどこかで、妊娠しないのを残念に思っていた。あえて子供ができる危険を冒しているのは、どこかで子供を望んでいるからかもしれない。だが、妊娠はしなかった。自分はその能力を失ってしまったのだろうか。十年前にマティ・ワイズに貰った中絶の薬が子宮を傷めてしまったのか。身体とその疾病について、もっと知ることができればいいのに。

マーティンがカリスにキスをし、三人は庭を歩いた。ローラは大人たちの前を走りまわり、木々に話しかけたりして、彼女にしかわからない、想像力に満ちた複雑な遊びをしていた。庭は耕されたばかりのようで、草木も新しかった。岩だらけのこの島の土壌を豊かにするために、どこからか土も運び込まれていた。「鞭打ち苦行派のことできたの」カリスはゆうべの施療所の出来事を話した。「キングズブリッジから締め出したいのよ」

「賛成だね」マーティンがいう。「あれはマードの金儲けの手段でしかないからな」

「フィルモンもよ。あいつが募金皿を持っていたわ。聖堂区ギルドで話してもらえる？」

「もちろん」

修道院長代行のカリスは聖堂区の長という立場にあり、理論上は、だれの許可も必要とせず、独断で鞭打ち苦行派を締め出すことができた。しかし、カリスは国王へ自由都市として認めてほしいと請願しており、間もなく町の自治権をギルドへ移すつもりでもいたので、この事態もその一環として扱うつもりだった。何より、規則を押しつける前に支持を取りつけておくのが、常に賢明なやり方というものだ。

カリスはいった。「六時課が始まる前に、治安官に付き添わせてマードと取り巻きを町から出してほしいの」

「フィルモンは怒るだろうな」

「無断でマードたちに大聖堂を開放すべきではなかったのよ」これでまた問題が起こるだろうが、フィルモンの反応を恐れて町のために正しい行動をとるのを躊躇(ためら)ってはならない、とカリスは考えていた。「わたしたちには法王がついているのよ。慎重に、素早く行動すれば、フィルモンが朝食を食べ終わるころには問題を片づけられるわ」

「よし。ぼくはホーリー・ブッシュ・インにギルドのメンバーを集める」

「一時間くらいで行くわ」

町のほかの組織と同様、聖堂区ギルドも多くのメンバーを失っていたが、マッジ・ウェバーやジェイク・チェプストウ、エドワード・スローターハウスのような、一握りの主だった商人たちはペストの手を逃れていた。新治安官となったジョンの息子のマンゴも出席し、扉の外では助手たちが指示を待っていた。

話し合いは長くかからなかった。キングズブリッジの有力者は一人としてあの馬鹿騒ぎには加わっておらず、そのような騒動には全員が反対だった。先だって出された法王の見解が、話し合いを決定づけた。修道院長であるカリスが正式に公布した条令により、往来での鞭打ちと裸体の露出、暴力行為が禁じられ、三名のギルド会員の承認によって、マンゴ・コンスタブルが違反者を町の外へ追放することと定められた。ギルドも新条例に賛成の議決を下した。

議決ののち、マンゴは二階へ上がり、マードをベッドから引きずり出した。マードは一瞬たりと黙っていなかった。階段を下りながら喚(わめ)き、泣き、祈り、呪った。二人の治安官助手が両側から腕をつかみ、半ば抱えるようにして宿から連れ出した。通りに出ると、マードの声はさらに大きくなった。マンゴが先導し、ギルドのメンバーたちが後につづく。マードの信奉者が数人抗議にやってきたが、一緒に連行されただけだった。一行がマーティンの橋へ向かううちに、一般の人々も行列に加わった。追放に反対する市民は一人も出ず、フィルモンも現われなかった。きのう、自分で自分を鞭打った者たちでさえ、恥ずかしそうな顔をするばかりで何もいおうとしなかった。

一行が橋を渡るころには、市民たちも離れていった。群衆がいなくなるとマードも静かになり、独善的な憤激はくすぶる悪意に取って代わった。橋から遠く離れた場所で解放されると、マードは振り返りもせずに、足を踏み鳴らして町外れを歩いていった。数名の弟子が、躊躇いながら後を追った。

もう二度とマードに会うことはないだろう、とカリスは安堵した。

施療所ではウーナがゆうべの患者を退所させ、新しいペスト患者たちの場所を確保していた。カリスは六時課まで施療所で働き、時間になると、ほっとして施療所を離れた。日曜礼拝のための行列を先導して大聖堂へ入っていきながら、一、二時間ほどつづく聖歌と祈拝と退屈な説教の時間を自分が待ち望んでいたことに気づいた。ようやくゆっくりと休めそうだった。

フィルモンが鬼のような形相で、トマスと修練士を従えて入ってきた。マード追放の話を聞いたに違いない。苦行者をカリスから独立するための収入源と考えていた彼は、その望みが粉砕されて怒り狂っているのだ。

一瞬、カリスはフィルモンが怒りに任せて何をするだろうかと考えたが、すぐに思い直した。やりたいようにやらせればいいわ。今回のことがなければ、別のことで怒るのだろうし、何をやっても、いつかは怒りをぶつけてくるだろう。心配しても仕方がない。

カリスは祈禱のあいだ居眠りをし、フィルモンの説教になると目を覚ました。説教壇はどうやらフィルモンの魅力のなさを際立たせるようで、普段から、彼の説教は聴衆に何の感銘も与えなかった。しかし、今日のフィルモンは最初に、本日は姦淫の話だと宣言し、会衆の興味を引きつけた。

フィルモンは『コリント人への手紙』をまずラテン語で、次に英語で、朗々と読み上げた。「私は以前手紙で、淫らな者と交際してはならないと書きました!」

そして、交際について、長々とつまらない説明をした。「そのような者とは食事をしても、酒を飲んでも、話をしてもいけません」だが、カリスはその説教がどこへつづくのかが不安だった。まさか、説教壇からじかにわたしを非難するつもりなの? 聖歌隊の向こうで修練士たちと一緒に坐っているトマスを見ると、彼も不安げな表情をしていた。

カリスは怒りでどす黒くなったフィルモンの顔をふたたび見上げ、この男にできないことはないのだと悟った。

「つまり、これはだれを指しているのでしょうか？」フィルモンが大げさに尋ねた。「外部の人々ではありません。パウロははっきりと書いています。外部の人々を裁くのは神です。しかし、内部の人々を裁くのはあなたたちです」そして、会衆を指差した。「あなたたちです！」彼は聖書に目を落とし、その部分を読み上げた。「あなたがたのなかから悪い者を除き去りなさい！」

会衆は静まり返っていた。善行を勧めるいつもの説教とは違うと感じ取ったのだ。フィルモンは何らかのメッセージを送っている。

「われわれは周りを見渡さねばなりません。われわれの町を——信徒たちを——修道院を！淫らな者はいませんか？　もしいれば、追放せねばなりません！」

フィルモンはわたしのことをいっているのだ。よほどの馬鹿でないかぎり、わからないはずがない。でも、わたしには何もできない。立ち上がって反論するわけにも、大聖堂を出ていくことすらもできない。そんなことをすれば、いまだにわかっていない鈍い人々にも、この長々とした攻撃的な説教の標的がわたしだと明らかにし、強調することになる。

なすすべのないカリスは、辱めに耐えながら説教を聞いているしかなかった。フィルモンにしては、かつてない見事な説教ぶりだった。躊躇したり言葉に詰まったりすることもなく、はっきりとした発音に大きな声で、いつもの退屈な一本調子とは打って変わっていた。彼にとって、憎しみこそが霊感の源となるのだ。

もちろん、カリスを修道院から追い出そうという者はいないだろう。たとえ彼女が無能な女子修道院長だったとしても、司教は地位を剝奪しようとはしないはずだ。それは単純に、慢性的な聖職者不足が原因だった。礼拝を執り行ない、賛美歌を歌う者がいないために、国じゅうの教会や修道院が次々に閉鎖されていた。司教たちは聖職者や修道士や修道女を探すことに必死で、解雇など考えてもいなかった。もっとも、そうでなくとも町の人々は、司教がカリスを追放しようとしたら反乱を起こしただろう。

そうはいっても、フィルモンの説教は痛かった。こうなった以上、町の有力者たちもカリスとマーティンの関係に目をつぶりつづけるわけにはいかない。この種の問題は人々の尊敬に水を差す。男性に較べて、女性の性的な落ち度は許容されにくいのだ。また、修道院長代行という自分の立場のせいで、偽善的だという非難を呼びやすいことも、カリスは痛感していた。

ようやく終わろうとする説教の結びを聞きながら、カリスは歯を食いしばって坐っていた。フィルモンがさらに声を張り上げ、説教の内容を繰り返した。修道女と修道士が列を作って大聖堂を出ると、カリスはすぐに薬剤室へいき、アンリ司教に宛てて、フィルモンを別の修道院へ移動させるよう嘆願する手紙を認めた。

だが、アンリはフィルモンを昇進させた。

托鉢修道士マードの追放から二週間後のことだった。カリスたちは大聖堂の北側の袖廊に集まっていた。暑い夏の日だったが、大聖堂のなかはいつでもひんやりと涼しかった。司教は木の椅子に腰を下ろし、フィルモン、カリス、ロイド助祭長、クロード司教座聖堂参事はベンチに坐っていた。

「おまえをキングズブリッジ修道院長に任命する」アンリ司教がフィルモンに告げた。

フィルモンは歓喜のあまりにやりと笑い、勝ち誇った視線をカリスに投げた。

カリスは驚愕した。つい二週間前、フィルモンがここで責任ある地位をつづけるべきではないという、金の燭台の窃盗をはじめとする、筋の通った理由を長々と書き連ねた手紙を司教に送ったばかりなのに、何の効果もなかったらしい。

カリスは抗議しようと口を開いたが、司教が手で制するのを見て、すべてを聞き終えるまで黙っていることにした。アンリがつづけた。「だが、フィルモン、これはおまえがここへ戻ってきてからの行動によるものではない。おまえは悪意を持って問題を起こしている。教会が人集めに躍起になってさえいなければ、百年は昇進させないつもりだった」

それならなぜいま？　カリスは訝った。

「しかし、われわれは男の修道院長を必要としている。女子修道院長による代行では不十分だからだ。たとえ彼女が疑問の余地のない能力を持っているとしてもだ」

わたしならトマスを推薦しただろう。だが、トマスは辞退したに違いない。十二年前、アントニー院長の後任人事に関わって酷い痛手を負ったトマスは、以後修道院の選挙には関わらないと誓っていた。実際には、司教はわたしに黙ってトマスと話し合い、それを知ったのかもしれない。

「ただし、おまえの任命は条件付きとなる」フィルモンに向けて、アンリ司教はつづけた。「第一に、昇進はキングズブリッジが自由都市と認められるまで留保される。おまえにこの町を統治する能力はないし、その地位につけるつもりもない。したがって、当座はマザー・カリスが修道院長代行をつづけ、おまえは修道院の共同宿舎で寝泊まりすることとする。修道院長の館は閉鎖する。猶予期間に不適切な行動を取れば、任命は取り消す」

フィルモンが気分を害し、怒ったような表情を見せたが、口は固く結んでいた。カリスに勝利したのだから、細かい条件に文句をいうつもりはないのだ。

「次に、おまえは自分の宝物を持つことになるが、ブラザー・トマスが宝物係となるので、彼の同意を得ずに金を使っても、聖具を移動してもならない。さらに、私は新しい塔を建てることを決めた。それに伴い、マーティン・フィッツジェラルドに見積もらせる建設計画に従って金を払うことも認めた。修道院の資産からこれを支払うこととし、おまえも含めて、だれもこの決定を覆すことはできない。半分の高さの塔など、私は必要ない」

マーティンはついに念願を果たしたんだわ、とカリスは感謝した。

アンリはカリスのほうへ向き直った。「もう一ついっておくことがある。おまえにだ、女子修道院長」

今度は何？　とカリスは思った。

「このところ、姦淫の罪に対する批判が聞こえてくる」

彼とクロードの裸体に驚かされたときのことを思い出しながら、カリスはアンリを見つめた。いったいどういうつもりでそんなことをいい出すのだろう？

司教がつづけた。「過去の問題についてとやかくいうつもりはない。だがこの先、キングズブリッジ女子修道院長が男性と関係を持つことは、あってはならない」

カリスはいってやりたかった。でも、あなたは愛人と暮らしているでしょう！　そのとき、アンリの表情に気づいた。懇願するような目だった。司教は自分でも重々承知している。自らの偽善性を暴くような反論をしないでくれと頼んでいるのだ。自身の行ないが不公平だと自覚したうえで、彼は仕方なくいっているのだ。フィルモンが司教を追い込んだに違いない。

とはいえ、司教に非難をぶつけたいという気持ちは残った。だが、カリスは自分を抑えた。そんなことをしても何にもならない。アンリは自らも壁を背にして、できるかぎりのことをしているのだ。

アンリがいった。カリスは固く口を結んだ。「断言してくれないか、女子修道院長。いまこのときから、そのような批判の原因となるようなことは絶対に起こらないと」

カリスは床を見つめた。以前にもこんなことがあった。今度もまた、これまで一生懸命に働いてきたもの――施療所、自由都市の認可、塔――を取るか、マーティンとの別れを取るかの選択だった。そして今回もまた、カリスは仕事を選んだ。

カリスは顔を上げ、司教の目を見た。「はい、アンリ司教。約束いたします」

カリスは施療所でマーティンに説明した。周りにはたくさんの人がいた。身体は震え、涙がこぼれそうだった。だが、彼と二人きりで話せない。カリスにはわかっていた――もし二人きりになれば決意が弱まり、両手でマーティンを抱きしめて、彼を愛していると、女子修道院を出て彼と結婚すると、約束してしまうだろう。そこで、カリスはマーティンに伝言を送って彼を呼び出し、施療所の扉の前で、淡々とした口調で別れを告げた。両腕をしっかりと胸の前で組み、間違っても両手を差し伸べて親愛の情を表わしたり、愛する身体に触れてしまったりしないようにした。

司教の最後通告とその選択の結果を話し終えると、マーティンは殺してやりたいという顔つきでカリスを見た。「これで最後だ」

「どういうこと？」

「もし別れるというのなら、永遠にってことさ。いつの日か、きみがぼくの妻になるのを夢見ながら、いつまでも待ってはいられない」

カリスはまるでマーティンに殴られたような気がした。

マーティンのひと言ひと言が、さらなる一撃のようにカリスを打った。「もしきみが本気でいっているのなら、もうきみのことは忘れるよ。ぼくは三十三歳だ。永遠に待てるわけじゃない――父が死んだのは五十八だ。だれか別の人と結婚して、子供を作って、幸せに暮らすよ」

マーティンの描いた未来像は、拷問のようにカリスを苦しめた。唇を噛みしめ、悲しみをこらえようとしても、熱い涙が頬を伝った。

マーティンは容赦なかった。「きみを愛して時間を浪費するのはやめる」カリスはマーティンに刺されたような思いだった。「女子修道院を出るか、さもなければ、永遠にそのなかで生きるんだな」

カリスはしっかりとマーティンの顔を見ていようとした。「あなたのことは忘れないわ。いつまでも愛してる」

「でも、その愛が足りていないんだろう」

カリスはしばらくのあいだ、黙っていた。そうじゃない。マーティンへの愛は弱くもないし、足りなくもない。ただ、選ぶことのできない選択を強いられてしまったのだ。でも、いい返してもどうしようもなさそうだ。「本当にそう思っているの？」

「もちろんだ」

カリスはうなずいたが、マーティンのいうとおりだと思ったわけではなかった。「残念だわ。こんなに残念なことは初めてよ」

「ぼくもだ」マーティンはそういうと、くるりと背を向けて施療所を後にした。

75

サー・グレゴリー・ロングフェロウはようやくロンドンへ帰った。だが、すぐにまた、驚くべき早さで、ロンドンという大都市の壁を転げ落ちるフットボールのような勢いで戻ってきた。鼻息も荒く、灰色の髪を汗まみれにして、疲れきった姿で、夕食時のテンチ・ホールに現われた。自分の前を通る人や獣にはだれにでも命令するような、いつもの雰囲気はほとんどなかった。ラルフとアランは窓のそばで、バシラードと呼ばれる、刃幅の広い新型の短剣を見ていた。ひと言も発さずに、グレゴリーはラルフの大きな椅子に巨軀（きょく）を投げ出した。何があったにせよ、他人から着席を勧められるのを待たない尊大さは変わらなかった。

ラルフとアランは期待を込めた目でグレゴリーを見つめた。ラルフの母が非難するように鼻を鳴らした。マナー違反が大嫌いなのだ。

ようやくグレゴリーが口を開いた。「王は反抗されるのが嫌いなんですよ」

ラルフは震え上がった。

そして、不安げにグレゴリーのほうを窺いながら、国王から反抗と受け取られるようなことは間違ってもしでかしていないはずだが、と自問した。思い当たる節はなかった。彼は恐る恐る訊いた。「陛下がご不満だったのは残念だ——私にでなければいいんだがね」

「あなたにもですよ」あいまいな、じらすような返事だった。「それから、私にもです。王は自らの望みが阻まれるようなことがあれば、悪い先例になるとお考えです」

「まったくそのとおりだ」

「だから、私はあなたと明日ここを出てアールズカースルへ向かい、レディ・フィリッパに会って、あなたと結婚するよう仕向けるつもりです」

やはりその件か。ラルフはだいぶ落ち着いた。公平にいって、フィリッパの反抗はおれの責任ではない——もっとも、国王にしてみればそんな公平さはどうでもいい話だ。だが行間を読むと、どうやら責任を負わされているのはグレゴリーで、だからこそ王の計画を達成し、名誉を挽回しようと固く決意しているのだろう。

グレゴリーの顔には、怒りと悪意が浮かび上がっていた。「約束しますよ。私との話が終われば、フィリッパはあなたに結婚してくれと懇願するでしょう」

いったいどんな手段を使えばそんなことになるのか、ラルフには想像もつかなかった。フィリッパ自身が指摘したとおり、女性を無理やり教会の祭壇の前へ連れていくことはできても、力ずくで「結婚します」といわせることはできない。ラルフはいった。「だれかがいっていたが、未亡人が再婚を拒否する権利はマグナ・カルタでしっかりと保証されているそうじゃないか」

グレゴリーが邪悪な表情でラルフを見た。「思い出させないでください。陛下にそう申し上げるのを忘れてしまったんですよ」

ラルフは考えた。であれば、グレゴリーはどんな脅迫、もしくは甘言を使って、フィリッパを自分の意に沿わせようというのか。ラルフの頭には、フィリッパを誘拐して人気のない教会へ連れて行き、細かいことに拘らない聖職者を買収して、「絶対に結婚しません！」という彼女の叫びを聞かせないようにさせるぐらいの考えしか思い浮かばなかった。

二人は翌朝早く、少数の側近を連れて出発した。ちょうど収穫期で、ノース・フィールドでは男たちが大きく育ったライ麦を刈り取り、女たちが後ろでそれを束ねていた。

最近、ラルフはフィリッパよりも作物の収穫に頭を悩ませていた。原因は天気ではなかった。天候は晴れ続きだった。だが、ペストがあった。ラルフの土地を借りる農民はほとんどおらず、労働者もいないに等しい。農民の多くは、カリス女子修道院長のような恥知らずの地主に奪われていた。カリスは高い賃金と魅力的な借地権を提供し、ほかの地主の農民をたぶらかしたのだ。ラルフも必死で、数人の農民には自由借地権を与えたりした。しかし、それはつまり、彼らにラルフの土地で働く義務がなくなることを意味する――収穫期に、収穫する人間がいなくなるということだ。その結果、ラルフの穀物のいくらかは、畑でただ腐るのを待つはめになりそうだった。

だが、フィリッパと結婚できさえすれば、色々な問題が解決されるだろう、とラルフは踏んでいた。いまの十倍の土地を所有することになるうえに、土地以外にも様々な収入源が生まれてくる。邸宅、森林、市、製粉所などだ。それに、両親も本来いるべき貴族の席へ返り咲くことになる。サー・ジェラルドは生きているうちに伯爵の父親となるのだ。

ラルフはふたたび、グレゴリーがどういうつもりでいるのかを考えた。フィリッパはグレゴリーの強固な意志と強大な人脈に公然と反抗するという、困難な道を選んだ。ラルフとしては、彼女の気持ちもわからないではないが、もとより同調するわけにはいかなかった。

一行は正午前にアールズカースルに到着した。胸壁の上で屈強な男たちがいい争う声を聞くと、ラルフはいつも、ここでローランド伯爵のスクワイアとして過ごした日々を思い出した――人生最良のときだったと、彼はしばしばそう思った。しかし、伯爵のいなくなったいま、城は静まり返っていた。壁に囲まれた敷地で乱暴な遊びに興じるスクワイアもなく、軍馬がブラシを掛けられて鼻を鳴らし、脚を踏み鳴らす音も、厩舎の外で運動する音も聞こえない。砦の階段で賽(さい)を振る、武装した男たちの姿も見えなかった。

フィリッパはオディーラと数名の侍女たちとともに、古風な広間にいた。母と娘は織機の前のベンチに並んで、タペストリーを織っていた。どうやら完成すれば森の絵柄になるらしい。フィリッパは木の幹の茶色を、オディーラは葉の緑色を、それぞれ織り込んでいる。

「素晴らしい。だが、もっと生き物が欲しいですね」ラルフは快活で親しげに声をかけた。

「鳥や兎、それに鹿を追う犬なんかもいい」

フィリッパは相変わらずラルフの言葉に耳を貸そうとせず、立ち上がって離れていった。

娘も後を追った。ラルフは母娘が同じ背の高さなのに気がついた。フィリッパが訊いた。

「何のご用かしら?」

勝手にしろ。ラルフは憤然とした。そして、半ばフィリッパに背を向けて答えた。「こちらのサー・グレゴリーが、あなたにお話があるそうです」それだけいうと窓辺へ行き、いかにもつまらないといったふうに窓の外を眺めた。

グレゴリーが恭（うやうや）しく二人の女性に挨拶をし、お邪魔して申し訳ないと詫びた。上辺だけの言葉だったが——二人の邪魔をしたことなど、実際のところまったく気にしていなかった——フィリッパはその作法に心を和らげたようで、グレゴリーに坐るようにいった。腰を下ろしたとたんに、グレゴリーが切り出した。「王はあなたにお怒りです、伯爵夫人」

フィリッパが頭を下げた。「陛下のご機嫌を損じてしまって本当に残念です」

「王は忠臣サー・ラルフにシャーリング伯の地位を与えたいと考えておいでです。それは同時に、あなたへは若く壮健な夫を、娘君には善き義父をお与えになることになる」フィリッパが身震いしたが、グレゴリーは無視した。「王もあなたの強情な反抗には戸惑っておられます」

フィリッパの顔に、これ以上ないほどの恐怖が表われた。彼女のために立ち上がってくれる兄弟や伯父でもいれば状況は違っていただろうが、一族はすべてペストに奪い去られてしまっていた。頼るべき男性が身内にいなければ、女性が王の怒りから身を守れるわけはない。

「陛下はどうなさるおつもりなのでしょう?」彼女は不安だった。

「〝反逆〟というお言葉は使われておりません……いまのところはですが」

法的にフィリッパを反逆罪に問えるのだろうか、とラルフは訝った。だが、どちらにしても、その脅しはフィリッパを青ざめさせるには十分だった。

グレゴリーがつづけた。「王は私に、まずあなたを説得するよう命じられました」

「もちろん、陛下は結婚を政治的な問題とお考えで――」

「結婚は政治的な問題です」グレゴリーがさえぎった。「もしこちらの美しいご息女が皿洗いの使用人の息子に恋心を抱いたとしたら、あなたもいまの私と同じように、貴族であれば好きになった人と結婚するというわけにはいかないのだとおっしゃるでしょう。彼女を部屋に閉じ込め、少年をその窓の外において、彼女と縁を切ると明言するまで鞭で打つでしょう」

フィリッパはこれを侮辱と感じたようだった。一介の法律家に、貴族の義務について講義されるいわれはない。「わたしは伯爵夫人です。貴族の未亡人としての義務は承知しています」フィリッパは堂々といった。「わたしは伯爵夫人でした。祖母も伯爵夫人でしたし、妹もペストで命を落とすまでは伯爵夫人でした。ですが、結婚は政治だけではありません。心の問題でもあります。わたしども女性は、主人となり支配者となり、わたしどもの運命を賢明な判断で決する義務を持つことになる男性の慈悲心に、われとわが身を委ねるのです。女性はこの心の内にある感情が完全に無視されないよう男性に乞い求め、たいていの場合、その願いは聞き届けられるものです」

フィリッパは興奮している、とラルフは思った。だが、それでもまだ自らを抑制し、相手を軽蔑する余裕がある。"賢明"という言葉に皮肉な含みが感じられる。

「平時ならあなたのおっしゃるとおりかもしれません。ですが、最近は違う」グレゴリーが答えた。「普段なら、伯爵にふさわしい人物を求めて王が周りを見回せば、賢く、力強く、頑健なうえに、王に忠実で、何とかしてお役に立ちたいと切望している男たちがいくらでも見つかります。そうであれば、だれに爵位を与えてもいい。ですが、男のなかの男があまりにも多くペストによって奪われたいまは、王ですら、午後遅く魚屋へ行く女性と変わりません——何であれ、残っているものに手を伸ばさざるを得ないのですよ」

ラルフはグレゴリーの議論の上手さを感じながらも、侮辱には腹が立った。だが、気づかない振りをした。

フィリッパは方針を変えた。侍女の一人に手を振ると、こういったのだ。「ガスコーニュ・ワインのいちばんいいのを持ってきてちょうだい。サー・グレゴリーにも夕食を召し上がっていただきますから、大蒜とローズマリーで香りをつけた、食べごろの子羊肉を用意して」

「かしこまりました」

グレゴリーがいった。「何とご親切な」

フィリッパは媚びを売れない性質だった。何の動機もなく、単純に客を歓迎しているふうは装えない。彼女はすぐに話に戻った。「サー・グレゴリー、率直にいわせてもらいます。

心も、魂も、わたしのすべてが、サー・ラルフ・フィッツジェラルドとの結婚に不快感を感じているのです」

「なぜですか？　ほかの男性と変わったところはないでしょう」

「いいえ、変わっています」

二人がまるで自分が存在しないように話し合っていることが、ラルフには非常に不快だった。しかし、フィリッパは必死で、何を口走るかわからない。何がそんなに気に入らないのか、ぜひ聞いてみたかった。

一瞬口を閉じ、フィリッパが考えをまとめた。「強姦魔、拷問者、殺人犯……そういったら抽象的すぎるかしら」

ラルフは不意を突かれた。自分をそんなふうに考えたことはなかった。もちろん、王の命令で拷問をしたことはある。アネットを強姦したし、無法者だったころには、何人もの男や女子供を殺した……だが、少なくともフィリッパは、自分が前妻のティリーを殺した覆面の男だとは気づいていないはずだ。そう思って、ラルフは自分を落ち着かせた。

フィリッパがつづけた。「人間は心のどこかにそういった蛮行を止める何かを持っています。他人の痛みを感じる能力……いえ、強制力です。これは、本人にはどうしようもないものです。サー・グレゴリー、あなたは女性を強姦できないはずです。同様に、あなたには拷問を感じ、苦しみに共感してしまうために、心が挫けてしまうのです。彼女の悲しみや苦痛をも、殺人もできません。他人の痛みを感じる能力に欠ける者は、人間ではありません。たとえ二本足で歩き、言葉を話すとしてもです」フィリッパは身を乗り出し、声をひそめたが、その声はラルフにもはっきりと聞こえた。「私は獣と同じベッドで寝るつもりはありません」

ラルフは激怒した。「おれは獣じゃない！」

当然グレゴリーも同意してくれると思ったが、彼は納得してしまったようだった。「二言はありませんか、レディ・フィリッパ？」

ラルフは驚愕した。グレゴリーは半ば事実としてフィリッパの言葉を受け入れてしまうのか？

フィリッパがグレゴリーにいった。「王にお伝えください。わたしは陛下の忠実な臣下であり、恩寵を賜りたいと思っておりますが、たとえ大天使ガブリエルに命令されたとしても、ラルフとは結婚いたしませんと」

「わかりました」グレゴリーが立ち上がった。「夕食の必要はありません」

それだけか？ ラルフはずっと、グレゴリーが驚きの一手を、秘密の武器を、抵抗不可能な誘惑か脅迫を持ち出すのを待っていた。賢い宮廷法律家ともあろう者が、本当にその金襴の袖の下に何も隠し持っていないというのか？

議論がこれほど唐突に終わったことに、ラルフと同様、フィリッパも驚いているようだった。

グレゴリーは扉へ向かった。ラルフも後を追うしかなかった。フィリッパとオディーラは、このあっさりとした撤退をどうとらえればいいものかと訝りながら、二人を見つめていた。

侍女たちも静まり返っていた。

フィリッパが声をかけた。「どうかご慈悲を、とお伝えになって」

「ご心配なく、レディ・フィリッパ。陛下からは、もしあなたがどうしても嫌だというのであれば、嫌いな男と無理やり結婚させるつもりはないと伝えるようにいわれておりますので」

「ありがとう！　あなたはわたしの恩人だわ」

ラルフは抗議しようと口を開いた。約束したじゃないか！　伯爵の地位を得るために、瀆神行為や人殺しまでしたのだ。これで終わりのはずはないだろう？

だが、先に口を開いたのはグレゴリーだった。「その代わり、王の命令により、サー・ラルフはあなたの娘君と結婚することになります」そして一拍置くと、母親の隣りに立つ背の高い十五歳の娘を指差した。「ミス・オディーラとです」まるでそれがだれであるかを強調しなければならないかのようだった。

フィリッパが息を呑み、オディーラが悲鳴を上げた。

グレゴリーは一礼した。「それではごきげんよう」

フィリッパが叫んだ。「待って！」

グレゴリーはおかまいなしに部屋を出ていった。

ラルフは呆然としながら後を追った。

グウェンダは目を覚ました。身体がだるかった。収穫期で、八月の長い一日をずっと畑で過ごしたのだ。ウルフリックは陽の出から日没まで、疲れ知らずに大きな草刈り鎌を振り回し、作物を刈り倒していた。グウェンダの仕事はそれを束ねることだ。日がな一日、腰を曲げては刈り取られた穀物を拾い集め、また腰を曲げては拾い集め、しまいには腰が燃えるように痛くなるのだった。暗くなって仕事ができなくなると、グウェンダはふらふらとよろめきながら家へ戻り、ベッドに倒れこんだ。家族には勝手に食事をしてもらい、家のことは放ったらかしだった。

ウルフリックは夜明けとともに起き出した。その動きがグウェンダの深い眠りを破り、彼女はよろよろと立ち上がった。朝食はしっかりとしたものが必要だ。グウェンダは冷たい羊肉、パン、バター、強いエールをテーブルに並べた。十歳のサムは自分で起きてきたが、まだ八歳のディヴィッドは揺さぶって目を覚まし、ベッドから引っぱり出して立たせてやらなければならなかった。

「この畑を夫婦だけで耕した人なんていないわ」食事をとりながら、グウェンダはむっつりといった。

ウルフリックは腹立たしいほど前向きだった。「橋が落ちた年は、ぼくときみの二人だけで収穫したじゃないか」その声は活気に満ちていた。

「いまより十二歳も若かったわ」

「でも、いまはずっと美人になった」

褒められて喜ぶ気分ではなかった。「お父さんとお兄さんが生きてたころでさえ、収穫期には労働者を雇っていたじゃない」

「気にするなよ。ぼくらの土地だ。ぼくらが種をまいた。だから、収穫物を自分のものにできるんだ。一日働いて、たった一ペニー貰うんじゃなくてさ。働けば働いただけ得られるんだ。きみの望んでいたことでもあるだろう」

「たしかに、わたしは昔から、自立した自給自足の生活を夢見ていたわ。そのことをいってるのなら、そうだけどね」グウェンダは玄関へ向かった。「西の風。少し雲が出てるわ」

ウルフリックが心配そうな顔をした。「あと二、三日は、雨に待っていてもらわないと困るな」

「たぶん、それくらいは保つでしょう。さあ子供たち、畑へ行く時間よ。食べながらでいいわ」グウェンダが家族の昼食用にパンと肉を袋に詰めていると、土地管理人のネイト・リーヴが足を引きずりながら家へ入ってきた。「ああ、駄目！　今日は駄目よ――もうすぐ収穫が終わるのに！」グウェンダはいった。

「領主にも収穫せねばならん畑があるんだ」ネイトがいった。

ネイトの後ろには、十歳になるジョナサンという息子がついてきていた。みんなからはジョノと呼ばれている。ジョノはなかに入ると、すぐにサムのほうへしかめっ面をしてみせた。

グウェンダはいった。「あと三日、うちの畑で働かせてくれればいいの」

「無駄な話をさせるな。週に一日、収穫期には週に二日、領主のために働くことになっているだろう。今日と明日、ブルックフィールドで大麦を刈るんだ」

「毎年、二日目は免除されているはずよ。ずっと昔からそうだったわ」

「大量に人がいたころはな。だが、いまはそうもいってられん。あまりに多くの農民が自由民になってしまったために、収穫の手が足りなくなってしまったんだ」

「あなたと話し合って義務の免除を要求した人たちは得をして、わたしたちのような昔からの契約を守る人たちは領主の畑で二倍働くという罰を与えられるってわけね」グウェンダは責めるような目で夫を見た。このことについてネイトと話し合うよう忠告したとき、ウルフリックはそれを無視したのだ。

「そうさな」ネイトはどうでもよさそうに答えた。

「ひどい」グウェンダはいった。

「そういうな。昼食は出る。小麦パンと新しいエールだ。楽しみじゃないか？」

「サー・ラルフは酷使する馬には燕麦（えんばく）を食べさせるのよ」

「いいからさっさとしろ！」ネイトは出ていった。サムはジョノを捕まえようとしたが、ジョノはするりとその手を逃れて父の後を追った。

グウェンダの一家は足取り重く畑を歩いていき、大麦が風に揺れているラルフの畑に到着すると、仕事に取り掛かった。ウルフリックが刈り、グウェンダが束ねる。サムは後について落ち穂を拾い集め、束が作れるくらいになると、グウェンダに縛ってもらうのだった。デイヴィッドはその小さくすばしこい指で藁を編み、束を作る縄をなった。賢い農民たちが自分の作物を収穫している一方で、グウェンダたちのような古い契約方法で農地を借りている家族たちが、隣りで黙々と働いていた。

　太陽が中天にかかるころ、ネイトが樽を積んだ荷馬車に乗ってやってきた。約束どおり、焼きたてで美味しい大きな小麦パンが一家族ごとに配られた。腹いっぱい食べると、大人は木陰で横になり、子供たちは遊びまわった。

　まどろんでいたグウェンダの耳に、子供の叫びが聞こえた。グウェンダは一瞬で自分の息子の声ではないと気づいたが、それでも急いで飛び起きた。見ると、息子のサムがジョノ・リーヴと喧嘩をしていた。年齢も身体の大きさも同じくらいだったが、サムはジョノを押し倒し、容赦なく殴ったり蹴ったりしていた。グウェンダは子供たちのほうへ駆け寄ったが、ウルフリックが一足早く、片手でサムを引き剝がした。

　グウェンダは動揺してジョノを見下ろした。鼻と口から血が流れ、片目の周りは赤くなって、早くも腫れはじめていた。ジョノは腹を押さえ、うめくように泣いていた。子供同士の喧嘩は何度も見たことがあったが、これは少しばかり状況が違っていた。ジョノが一方的にやられていた。

　グウェンダは十歳になる息子を見つめた。顔は無傷で、一発も殴られていなかった。サムはまったく反省する様子もなくむしろ自惚れ、勝ち誇っているように見えた。どこかで見た表情だ。どこでそれを見たのか、グウェンダは記憶を辿った。人を殴った後に見せたあの表情の主を思い出すのに、長くはかからなかった。

それはラルフ・フィッツジェラルド、サムの本当の父親の表情だった。

ラルフとグレゴリーがアールズカースルを訪れた二日後、レディ・フィリッパがテンチ・ホールへやってきた。

ラルフはオディーラとの結婚について考えていた。確かに美しい少女だ。だが、美しい少女ならロンドンへ行けば数ペニーで買える。ほんの子供のような女性との結婚は、すでに経験済みだった。最初の興奮が過ぎ去れば、あとは退屈でいらいらするばかりだ。

オディーラと結婚し、フィリッパも手中に収められないだろうか、とラルフはしばらく考えた。娘と結婚し、母親を愛人とするという考えは刺激的だった。もしかすると二人を一度に相手ができるかもしれない。ラルフは昔、カレーで母娘二人組の売春婦を買ったことがあった。近親相姦の要素を含んだ行為は、堕落の興奮を生み出した。

しかし、よく考えてみれば、そうはなりそうもなかった。フィリッパが決して首を縦に振らないだろう。なんとかいいくるめる方法を探してみたが、そう簡単にいくような女性ではない。アールズカースルからの帰り道、ラルフはグレゴリーにいった。「オディーラとは結婚したくないな」

「しなくてもいいですよ」グレゴリーは答えたが、詳しく説明しようとしなかった。

フィリッパは侍女と護衛を連れてきていたが、オディーラは一緒ではなかった。テンチ・ホールにやってきたフィリッパからは、初めて威厳が感じられなかった。美しくも見えない、とラルフは思った。二晩眠っていないのは明らかだった。

ラルフたちは正餐の席についたところだった。ラルフ、アラン、グレゴリー、数名のスクワイアに、土地管理人が一人。フィリッパは部屋にいるただ一人の女性だった。

彼女がグレゴリーのところへ歩いていった。

グレゴリーは以前の作法をまるで忘れたかのようだった。立ち上がることもせず、じろじろと、まるで苦情を申し立てにきた使用人でも見るようにフィリッパを見回した。「それで？」ようやく、グレゴリーがいった。

「ラルフと結婚します」

「おお！」馬鹿にしたように、グレゴリーが驚いてみせた。「いますぐに？」

「はい。娘を犠牲にするくらいならわたしが結婚しましょう」

「伯爵夫人」グレゴリーが皮肉な調子でいった。「あなたどうやら、陛下がテーブルに案内して、いちばん好きな料理を選ばせてくれるとでも思っておられたようですな。違います。王はあなたの好みなど訊きません。命令するのみです。あなたが一つ命令に背いたので、別の命令をお出しになった、それだけです。そもそもあなたに選択権などなかったのですよ」

フィリッパが視線を落とした。「申し訳ありませんでした。どうか娘だけはお助けください」

「私に決められるものならお断わりするでしょうな。あなたの頑固な態度に対する罰としてね。だが、サー・ラルフに慈悲を乞うてみてはどうです？」

フィリッパがラルフのほうを向いた。その目には、怒りと絶望が表われていた。ラルフは興奮を覚えた。フィリッパはこれまで出会った女性のなかでいちばん気高い女性だった。その自尊心を打ち砕いたのだ。いますぐにでも彼女と寝たかった。

だが、まだ終わってはいない。

ラルフはいった。「何か私にいうことが?」

「すみませんでした」

「こちらへくるんだ」フィリッパがテーブルの上座に坐っているラルフへ歩み寄った。ラルフは椅子の肘掛けに彫られたライオンの頭を撫でた。「つづけて」

「結婚の申し出をお断わりして申し訳ありませんでした。これまでの発言はすべて取り消します。求婚を受け入れ、あなたと結婚します」

「しかし、まだ私は求婚し直していないのですがね。王は私にオディーラと結婚するよう命じられた」

「もしあなたが陛下に元の予定どおりにことを進めるようお頼みになれば、喜んでそうなさるでしょう」

「つまり、私にそうしてほしいと?」

「はい」フィリッパはラルフの目を見てそういうと、最後の恥辱をこらえた。「お願いです……どうかお願いします。サー・ラルフ、どうぞわたしをあなたの妻にしてください」

ラルフは椅子を引いて立ち上がった。「では、キスを」

フィリッパが目を閉じた。

ラルフは左腕を彼女の肩に回して引き寄せると、唇を重ねた。フィリッパはまったく反応せず、されるがままだった。ラルフは右手で彼女の胸をつかんだ。ずっと想像していたとおり、張りがあって豊かな胸だった。ラルフは身体に沿って手を下ろしていき、両脚のあいだに差し込む。フィリッパは一瞬身を引いたが、抵抗せずに抱かれていた。ラルフは腿の付け根に掌を押し当て、股間を探って、三角形の膨らみを手の内に納めた。

その姿勢のまま、ラルフは唇を離し、食堂の友人たちの顔を見渡した。

76

ラルフがシャーリング伯になったのと時を同じくして、デイヴィッド・カーリオンという若者がモンマス伯の地位を与えられた。デイヴィッドはまだ十七歳で、亡くなった前モンマス伯との血縁も薄かったが、世継ぎがみなペストで死んでしまったのだ。

その年、アンリ司教はクリスマスの数日前に、キングズブリッジ大聖堂で二人の新しい伯爵を祝福する礼拝を行なった。礼拝が終わると、デイヴィッドとラルフは、マーティンがギルド会館で開催した晩餐会に主賓として招かれた。商人たちは、キングズブリッジが自由都市と認められた祝いもしていた。ラルフはデイヴィッドを、何と運のいいやつかと思っていた。この若造は国から出たことも、戦争で戦ったこともないのに、十七歳で伯爵の地位を得たのだ。おれはエドワード王とともにノルマンディーの端から端まで渡り歩き、命を賭して戦闘に明け暮れ、指を三本も失い、王のために数え切れないほどの罪を犯し、それでも三十二になるまで待たねばならなかったのに。

しかし、ラルフもついにシャーリング伯の地位を手中に収め、いまや金糸銀糸を織り交ぜた高価な金襴の上着を着て、アンリ司教の隣りに坐っていた。彼を知る人々は知らない人に注意を促し、裕福な商人たちは彼が通ると恭しく頭を下げる。彼のカップにワインを注ぐ女の手は、緊張で小刻みに震えていた。父親のサー・ジェラルドはいまでは寝たきりだったが、それでも意識をはっきりさせてこういった。「私は伯爵の子孫であり、いまでは伯爵の父だ。本当に満足だ」ラルフは心の底から満ち足りた気分だった。

彼は農民の問題について、デイヴィッドとどうしても話がしたかった。収穫期が終わり、秋耕もすんだいま、問題は一時落ち着きを見せている。一年のこの時期は日が短く、気温も低いため、畑に出て仕事をすることはあまりない。だが、春がきて大地がやわらぎ、労働者が種を蒔く時期になれば問題は再燃する。農民たちはまた賃上げを要求しはじめるだろうし、断われば法を破って、より気前のいい領主の下へ逃げ出していくだろう。

これを止めるには、領主たちが一丸となって賃上げの要求を撥ねつけ、逃亡農民は絶対に雇わないと決めるしかない。ラルフはそれをデイヴィッドにいっておきたかった。

しかし、新モンマス伯には、ラルフと話す気がまったくないようだった。それよりも自分と年の近い、ラルフの義娘のオディーラに興味があるらしい。おそらく、以前会ったことがあるのだろう、とラルフは推測した。フィリッパと前夫のウィリアムは、デイヴィッドがスクワイアとして仕えていた前モンマス伯の城へしばしば招かれていた。それまでの付き合いがどうだったかはともかくも、二人はいま、すっかり打ち解けていた。デイヴィッドは生き生きと楽しそうに語りかけ、オディーラはそのひと言ひと言に相槌を打っていた——彼の考えにうなずき、話に驚き、冗談に笑顔を見せた。

ラルフはいつも、女性を惹きつけられる男に嫉妬を感じていた。兄のマーティンにはその才能があり、おかげで、ただの背の低い赤毛の平凡な男だというのに、とびきり美しい女性たちを虜にできた。

それでいて、ラルフはマーティンを哀れに思っていた。ローランド伯爵がラルフをスクワイアに、マーティンは大工の徒弟にと宣言したあの日以来、あいつは呪われている。あいつのほうが年上であるにもかかわらず、伯爵となる運命はおれのものだった。マーティンはいまデイヴィッド伯爵の向かいに坐り、魅力的ではあるにせよ、単なる長老参事に甘んじている——ただし、魅力的なオールダーマンではあるが。

一方、ラルフは自分の妻さえ魅了できなかった。フィリッパはほとんど口もきかない。ラルフの飼い犬のほうが、まだよく声をかけてもらっていた。

こんなひどいことがほかにあるだろうか、とラルフは思った。一心にフィリッパを求めたのに、手に入れた途端に不満を覚えるなどということがあり得るだろうか？　スクワイアだった十九歳のころから、おれはフィリッパが欲しくてたまらなかった。だが、結婚から三カ月が経ったいま、フィリッパを追い出したくて仕方がなくなっている。

だが、文句はいえなかった。フィリッパは妻としての務めを立派に果たしていた。城内の管理は円滑だった。最初の夫がクレシーの戦いの後、伯爵の地位を与えられて以来、ずっとそうしてきたのだ。必要な品物は注文し、支払いを済ませ、衣服を繕い、火を灯す。食事とワインは過たず（あやまたず）テーブルに用意された。性的な要求にも従順に応じた。ラルフはやりたいようにできた。衣服を破き、乱暴に指を入れ、フィリッパを立たせ、後ろを向かせ――何をしても、彼女は決して不平を口にしなかった。

しかし、彼の愛撫に応えることはなかった。彼女のほうから唇を動かしたり、舌を入れたり、ラルフの肌を撫でたりすることは一切ない。フィリッパはいつもアーモンド・オイルの小瓶を用意しておき、ラルフに求められると、無反応な身体にそれを塗った。ラルフが馬乗りになって唸り声をあげているあいだ、フィリッパはまるで死体のように黙って横たわっていた。そして、ラルフが身体から離れたかと思うと、すぐに身体を洗いにいった。

結婚して唯一よかったと思えるのは、オディーラが息子のジェラルドを気に入ったことだった。赤ん坊は、彼女のまだ幼い母性本能を引き出した。オディーラはジェラルドに話しかけ、歌を歌ってやり、眠るまで揺りかごを揺すってやった。金を払って雇った子守女からは得られなかった愛情を、オディーラは与えてくれた。

それでも、ラルフはやはり不満だった。長いあいだ羨望の眼差し（まなざし）で見つめてきたフィリッパの官能的な身体が、いまとなっては不快感を覚えさせた。この数週間、フィリッパには触れていなかったし、この先触れることもないだろうと思われた。フィリッパの大きな胸と丸い尻を見て、ティリーのような細い肢体と少女の肌を欲した。長く鋭いナイフで、肋（あばら）から鼓動を打っている心臓まで突き刺されたティリー。ラルフにもまだ告白する勇気が持てない罪だった。彼は惨めな気持ちで思った。この罪のために、どれくらいのあいだ煉獄で苦しむことになるのだろう？

司教たちが修道院長の館に宿泊し、モンマス伯一行が院長の客間を埋め尽くしていたので、ラルフたちは宿屋に泊まることにした。ラルフは兄が所有する、再建されたベル・インを選んだ。キングズブリッジ唯一の三階建ての建物で、一階に広々とした大部屋、二階に男性用と女性用の部屋があり、最上階には高価な客室が六つ備えられている。宴会が終わると、ラルフは従者たちとともに宿屋へ向かい、暖炉の前に落ち着いて追加のワインを頼み、賽ころ遊びを始めた。フィリッパは後に残ってカリスと話をしながら、デイヴィッドと一緒にオディーラに付き添っていた。

ラルフたち一行は、気前のいい貴族と見れば周りに群がる若者たちの心を惹きつけた。ラルフも賭けごとのスリルと酔いのもたらす昂揚感から、次第に悩みを忘れていった。賽を振り、ペニー銀貨の山を取られても上機嫌だったラルフは、美しい髪の若い女性が、うっとりとした表情で自分を見つめていることにふと気づいた。隣りに坐るようにいうと、女性はエラと名乗った。賭けごとで緊張が高まる瞬間、エラは何度も不安そうにラルフの腿に手を置いたが、恐らくははっきりと意識してのことだったのだろう——女がよく使う手だ。

ラルフの興味は次第に賭けごとからエラへ移っていった。彼がエラに心を奪われているあいだにも、従者たちはゲームを進めていく。彼女には、フィリッパに欠けているものがすべてあった。にこやかで、性的な魅力もあり、ラルフに憧れている。エラはラルフと自分の身体の両方によく触れた——顔にかかった髪を払い、ラルフの腕を軽く叩き、喉に手を当て、ふざけるようにラルフの肩を押す。フランスの話にとても興味を引かれたようだった。

ラルフにとって都合の悪いことに、そのとき、マーティンが宿屋へやってきて隣りに坐った。ベル・インはマーティンが自分で切り盛りしているわけではなく、ベティ・バクスターの末娘に貸していたのだが、賃借人がきちんと宿を運営しているかを気にかけていて、ラルフに何か不満はないかと尋ねにきたのだった。ラルフがエラを紹介すると、マーティンは彼らしからぬ無礼な口調で、そっけなくいった。「ああ、エラなら知っている」

ティリーが死んで以来、兄弟が出会うのは、今日で三度目か四度目だった。フィリッパとの結婚式をはじめとして、これまでは話す時間がほとんどなかった。それでいてラルフには、自分を見るマーティンの目つきから、ティリー殺しの犯人ではないかと疑われているのがわかっていた。言葉として発せられない思考がぼんやりと存在し、口には出せないが無視もできない、まるで貧しい労働者のあばら家のなかの静かな牛のようだった。

今夜も、互いに示し合わせたかのように意味のない言葉を数回交わすと、マーティンは仕事があるといって帰っていった。ラルフは一瞬、この十二月の夕暮れ時にどんな仕事があるのだろうと訝った。兄がどうやって毎日を過ごしているのか、まったく思いもつかなかった。猟もしない、裁判もしない、王に拝謁もしない。毎日、一日じゅう、図面を引いたり大工を監督したりして過ごせるものなのだろうか？　そんな生活をすれば、気が狂ってしまうだろう。それに、仕事でどれだけ金を稼いでいるのかも気になった。テンチの領主だったときでさえ、ラルフは金に困っていた。だが、マーティンが金に困っているところを見たことがない。

ラルフはふたたびエラに興味を戻した。「兄は少し気難しくてね」謝るように、彼はいった。

「半年も女がいないからよ」エラがくっくっと笑った。「それまでは女子修道院長と付き合ってたんだけど、フィルモンが帰ってきたから捨てられたのよ」

ラルフは驚いた顔をしてみせた。「修道女が男性と付き合うなんて」

「マザー・カリスは素晴らしい女性よ――でも、彼女にだって性欲はある。見てればわかるわ」

ラルフは女性からこれほど率直な言葉を聞かされたことに興奮を覚えた。「男にとってはよくないな」ラルフもエラに合わせるようにいった。「そんなに長いあいだ、女から離れているというのはな」

「わたしもそう思うわ」

「女がいないと……大きくなってしまう」

エラが首をかしげ、眉を上げた。ラルフが自分の腿のあたりにちらっと目を落とすと、彼女もその視線を追った。「まあ、窮屈そうじゃない」そして、勃起したラルフのペニスに手を置いた。

そのとき、フィリッパが現われた。

ラルフは凍りついた。罪悪感と恐怖を感じると同時に、フィリッパに見られたかどうかを気にする自分にも腹が立った。

フィリッパがいった。「わたしは階上（うえ）へ行きます――あら」

エラは手を離さなかった。ラルフのペニスを優しく握りながら、勝ち誇ったようにフィリッパを見上げて微笑んでいたのだった。

羞恥心と嫌悪感から、フィリッパの顔が赤くなった。

ラルフはフィリッパに話しかけようと口を開いたが、何といっていいかわからなかった。気の強い妻に謝るつもりはなかった。彼女がこのような辱めを受けるのも自業自得だと思っていた。しかしまた、宿屋の女にペニスを握られ、伯爵夫人である妻に見られながら坐っているというのも、どこか間抜けな気分だった。

そんな状況も長くはつづかなかった。ラルフが喉を締めつけられたような呻きを上げ、エラが笑いだし、フィリッパは怒りと軽蔑の声を漏らすと身を翻し、不自然なほど真正面だけを向いてその場を離れた。そして、広い階段をまるで丘の上の鹿のように優雅に昇っていき、一度も振り返らずに視界から消えた。

怒る必要も、恥じる必要もないのだと思いながらも、ラルフはその両方を感じていた。エラへの興味は完全に消えうせ、彼女の手を離させた。

「もっとワインを飲んで」エラがテーブルの水差しからワインを注いだ。しかし、ラルフは頭痛を感じて木のカップを押しのけた。

エラがラルフの腕にまとわりつくように手を重ね、挑発的にささやいた。「こんなに興奮させておいて、置いていかないでよ」

ラルフはエラを払いのけて立ち上がった。

エラの表情が硬くなった。「それなら、代わりに何かちょうだいよ」

ラルフは財布を探って数枚のペニー銀貨を取り出し、エラのほうを見もせずにテーブルに投げた。金額などどうでもよかった。

エラがあわてて銀貨を拾い集めた。

ラルフはエラを放っておいて階上へ戻った。

フィリッパはベッドの頭板に背をもたせて坐っていた。靴は脱いでいたが衣服はしっかりと身につけたままで、ラルフが入っていくと、咎めるような目で彼を見た。

ラルフはいった。「おまえに怒る権利などない！」

「怒ってなんかいないわ。怒っているのはあなたでしょう」

フィリッパはいつも自分が正しく、ラルフが間違っているように言葉を入れ替えた。

ラルフが答えを思いつく前に、フィリッパがいった。「わたしに出て行ってほしくない？」

ラルフは驚いてフィリッパの顔を見つめた。「どこへ行く気だ？」

「ここよ。修道女になるつもりはないけれど、それでも女子修道院で暮らすことはできるわ。侍女も少しでいい。世話係、事務係、懺悔聴聞係だけよ。もうマザー・カリスには話してある。彼女も乗り気だったわ」

「前の妻も同じことをした。世間がどう思うか、わからないのか？」

「貴族の女性が一時的にしろ永遠にしろ、人生のどこかで修道院に入るのは珍しくないわ。世間についていうなら、わたしが子供を産める歳ではないから、あなたに拒絶されたのだと思うでしょう——実際そうかもしれないわ。どちらにしても、あなたは他人からどういわれようと気になんかしないでしょ？」

オディーラがいなくなったらジェラルドが可哀想だな、という考えがちらりとよぎった。しかし、自分に反感を抱き、誇りも高いフィリッパから解放されるという思いには抗えなかった。「いいだろう。何を迷っている？　ティリーは許可など求めなかったぞ」

「先にオディーラの結婚を見届けたかったの」

「だれとの？」

間抜けでも見るような目つきで、フィリッパがラルフを見た。

「ああ、あのデイヴィッドか」

「彼もオディーラを愛しているわ。お似合いの二人よ」

「デイヴィッドは未成年だ——王の許可がいるだろう」

「だからこそ、あなたに話したのよ。デイヴィッドと一緒に陛下のところへ行って、結婚の許可を取る手助けをしてくれないかしら？　そうしてくれれば、この先あなたには何も頼まないと誓うわ。あなたには関わらない」

ラルフに何かの犠牲を払えというわけではなかった。モンマスと関係ができるのは、彼にとっても好都合だった。「おまえはアールズカースルを出て修道院へ入るんだな?」

「ええ。オディーラが結婚しだいにね」

夢の終わりか、とラルフは思った。だが、その夢はすでに苦く冷たい現実に変わっていた。失敗を認め、またやり直さなければならない。

「よし」解放感と後悔の入り混じった気持ちでラルフは応えた。「決まりだ」

77

一三五〇年の復活祭は早かった。聖金曜日の宵、マーティン邸の炉では大きな炎が燃えていた。食卓には冷菜の夕食が並べられた――燻製の魚、柔らかいチーズ、新しいパン、梨、それに、ライン産のワインが一瓶。マーティンは洗いたての下着と新しい黄色のローブを身につけていた。家じゅうが掃き清められ、脇テーブルには水仙が活けられていた。

マーティンは一人だった。ローラは使用人のアルンとエムのところにいた。彼らの離れは庭のはずれにあったが、それでも、五歳のローラはそこで夜を明かすのが大好きだった。それを巡礼に行くと呼び、ヘアブラシとお気に入りの人形を旅行かばんに詰めて持っていった。

マーティンは窓を開けて外を眺めた。冷たい風が南の草原から川を越えて渡っていった。夕暮れの名残りが消えかけ、光は空から落ちて水に沈みこむかのように、水際で闇に断ち切られていた。

女子修道院から頭巾をかぶった人影が現われるところを思い描いた。その人影は大聖堂の芝生を斜めに突っ切り、鐘楼の明るみを足早に通りすぎ、ぬかるんだ大通りを下りながら、顔を影に隠してだれにも話しかけなかった。絶望のあまり身を投げようかとまで思い悩んだときを思い返しながら、冷たい真っ暗な川をちらりと横目で見ただろうか。そうだとしても回想はすぐに押しやられ、人影は路面に丸石を敷きつめた彼の橋の上へと足を進める。橋を渡りきり、島に足を踏みいれる。そこで道をそれ、低い灌木を抜けて、兎にかじられたまばらな草地を横切り、ようやく南西の川岸に着く。そして、マーティン邸の扉を叩く……。

彼は窓を閉めて待った。扉は叩かれなかった。待ちきれずに、予定より少し先に進みすぎたのだ。

ワインが飲みたくなったが、やめた。儀式はもうできあがっていて、その手順を変えたくなかった。

ノックがあったのは、それからしばらくあとだった。彼は扉を開けた。なかに入った彼女は頭巾を上げ、灰色のずっしりした外套を肩からはずした。

彼女は一インチとちょっと彼よりも背が高く、何歳か年上だった。気高いその顔は尊大といえたかもしれないが、それでもいま、彼女の微笑みが放つ温もりは太陽のようだった。彼女はキングズブリッジの明るい緋の織物をまとっていた。マーティンは両腕を彼女に回し、そのなまめかしい身体を抱きしめ、微笑む唇にくちづけをした。「愛しい人」と、彼はいった。「フィリッパ」

二人はその場で、床のその場所で、服を脱ごうともせず愛を交わした。マーティンは強く彼女を求めていたが、フィリッパはそれ以上に彼を欲しがっていた。外套を敷き藁の上に広げ、裾をたくしあげて横になると、溺れる者のようにマーティンにしがみつき、両脚をからめ、両腕で柔らかな自分の身体にしっかりと抱きよせながら、彼の首筋に顔をうずめた。

かつて、彼女は教えてくれた。ラルフのもとを去って修道院に入ってからは、冷たくなった身体を修道女たちが横たえる埋葬のときまで、二度と自分に触れる者はいないだろうと思っていたと。その覚悟に、マーティンは思わず泣き出しそうになった。

彼自身についていえば、カリスを愛するあまり、自分の愛情を呼びさます女性がほかにいるとはとうてい思えなかった。フィリッパ同様、彼にとっても、この愛は思いがけない贈り物だった。灼(や)けつく砂漠に湧く泉の冷たい水――二人はその水を、あたかも渇きで死にかけていたかのようにともに口にしたのだった。

しばらくして、二人は暖炉の前で抱きあったまま横になり、息を弾ませていた。マーティンは初めてのときを思い返した。フィリッパは修道院に入って間もなく、新しい塔の建設に興味を持った。現実的な彼女は、本来祈りと瞑想に費やすべき長い時間を過ごすのが苦手だった。図書室は楽しかったが、一日じゅう本を読んではいられなかった。そのうちに屋根裏の作業部屋にきて彼と会い、自分の思いを打ち明けた。毎日訪れては作業するマーティンに話しかけるのが、ほどなく彼女の日課となった。彼はフィリッパの知性と意志の強さにいつも感心し、やがて、屋根裏の狭い空間で、威厳ある態度の下に隠された広い暖かな心に気づいた。彼女の陽気なユーモアの感覚を知り、笑わせる術をおぼえた。それに応えて豊かな声でくっと笑うフィリッパを、いつの間にか抱きたいと思うようになった。ある日、彼女にこう褒められた。「あなたはめったにいないぐらい優しい人ね」その誠実さに打たれたマーティンは、その手にくちづけをした。愛情のしぐさだったが、彼女はそうしようと望めば、ことを大きくせず、拒むこともできた。ただ手を引いて一歩退がるだけでいいのだ。そうすれば、マーティンも行きすぎたとわかったはずだ。だが、フィリッパは拒まなかった。それどころか手を握り返し、愛と感じられる眼差しで彼を見つめた。彼は両腕をまわし、唇にキスをした。

二人は屋根裏の藁布団の上で愛を交わした。布団をそこに置いたのはカリスのすすめだったと思いだしたのは、しばらくたってからだった。石工たちには自分の道具用の柔らかいものが必要だといえばいいと、彼女が冗談をいったのだ。

彼とフィリッパのことは、カリスに知られていなかった。知っているのはフィリッパの使用人、そして、アルンとエムだけだった。フィリッパは陽が沈むとすぐに施療所の上階の自室で床につき、同じころ修道女たちは共同寝室に下がった。みなが寝ている隙に、平民区画を通らずに行き来できるよう大事な訪問客にのみ許された外階段を使って修道院を抜けだし、夜明け前、修道女たちが朝課の朗詠をするあいだに戻って、一晩じゅう部屋にいたかのように朝食に現われた。

カリスが去って以来、一年もたたないうちに自分が別の女性を愛せると知ったのは驚きだった。もちろん、カリスを忘れてはいなかった。それどころか、毎日彼女のことを思った。

彼女と話したかった。何か楽しいことがあれば報告したかったし、込み入った問題について、また、たとえばローラのすりむいた膝を温めたワインでていねいに洗うといった雑事について、彼女の意見を求めたかった。しばらくすると、毎日のようにカリスと会うようになった。新しい施療所はほぼ完成したが、大聖堂の塔の建設がようやく始まったばかりで、カリスはその両方の建築計画を、現場に足を運んで注意深く見守るようになったのである。修道院は町の商人を支配する力を失っていたが、それでもカリスは、マーティンとギルドが自由都市内で施設や制度を作ろうとする行ないのすべて——新しい区画の建設、羊毛取引所の立案、それに度量衡を統一すべく生産系ギルドへの働きかけ——にも関心を寄せた。だが、彼女への思いにはいつも、酸っぱいエールのあとに喉の奥に残るような、苦い後味が混じっていた。心からカリスを愛したのに、結局彼女はマーティンを拒んだ。その思い出は、楽しい一日が喧嘩で終わったときのようだった。

「ぼくは自由の身じゃない女性に魅かれてばかりいるけど、変かな」

「いいえ。なぜ?」

「修道女を十二年も愛してから九カ月の禁欲生活、そのあと、弟の妻に夢中になるなんておかしいんじゃないかと思ってね」

「わたしをそんなふうに呼ばないで」フィリッパがすぐにいい返した。「あれは結婚なんてものじゃなかったわ。自分の意思に反して結婚させられて、床をともにしたのはほんの二、三日。しかも、二度とわたしの顔を見ないですめば、彼はそのほうが幸せなのよ」

マーティンは申し訳なそうにフィリッパの肩を撫でた。「それにしても、まだぼくたちの仲は秘密にしておかないといけないんだ。ぼくとカリスがそうしていたようにね」法律に従えば、男は自分の妻の密通を目撃すれば殺してもいいことになっていた。マーティンは一度も――ことに貴族のあいだでは――そんな例を聞いたことがなかったが、ラルフの自尊心はとてつもなく大きかった。彼が最初の妻のティリーを殺したのも知っていたし、フィリッパにも打ち明けていた。

フィリッパが訊いた。「あなたのお父様は結婚するまでの長いあいだ、お母様にかなわぬ愛を抱いていたのではなかった？」

「そういえば、そうだったな！」マーティンがほとんど忘れかけていた、古い話だった。

「そして、あなたは修道女に夢中になった」

「しかも、弟は長いあいだきみを、貴族に嫁いだ幸せな妻を、思い焦がれていた。聖職者の言葉を借りれば、親の因果が子に報いるというやつだな。でも、この話はもうよそう。夕食はどうだい？」

「もう少ししたら」

「先にすませたいことがあるんだな？」

「わかってるくせに」

もちろん、わかっていた。フィリッパの両脚のあいだにひざまずき、下腹や太腿にくちづけをした。彼女には変わった癖があり、いつも二回いきたがった。彼は舌で彼女をなぶりはじめた。フィリッパが呻き、彼の頭をそこへ押しつけた。「そうよ」彼女がいった。「わたし、これが大好きなの。特に、あなたの精でいっぱいになるときがね」

　マーティンは頭を上げた。「わかってるさ」そして、またかがんで自分の務めをつづけた。


　春になるとペストは一段落をみせた。死者はいまも出ていたが、病に倒れる人数はずっと少なくなった。復活祭の日、アンリ司教は礼拝のとき、今年の羊毛市はいつもどおり行なわれると宣言した。

　その礼拝では新たに六名の修練士が誓いをたて、一人前の修道士となった。六人ともことさらに短い修練期間だったが、アンリはキングズブリッジの修道士の数を増やそうと一生懸命で、国じゅうで同じことが行なわれつつあるともいった。加えて五名の聖職者が任命され――彼らも縮められた訓練課程で得をした者たちだった――病の犠牲者たちの後任として、近郊の田園地帯へ派遣された。また、キングズブリッジの二人の修道士が大学から戻ったが、通常五年から六年のところを三年で医師の学位を得ていた。

　新しい医師はオースティンとシムといった。どちらについても、カリスはあまりよく憶えていなかった。三年前、二人がオックスフォードのキングズブリッジ・カレッジに通うために旅立ったとき、彼女は訪問者接待係をしていた。復活祭の翌日の午後、彼女は二人に完成間近の施療所を案内してまわった。祭日なので、大工は一人もいなかった。

　二人とも横柄なうぬぼれを身につけていたが、どうやら医術の理論やガスコーニュ・ワインを好むのと同様、卒業生が大学で憶えるものらしかった。それでも、長年患者と向きあってきたカリスは自分なりの確信を持っていて、施療所の設備や運営の仕方の予定をてきぱきと説明していった。

オースティンはひょろりとしたきまじめな若者で、細い髪の毛は薄くなりはじめていた。彼は革新的で新しい回廊風の部屋の並びに感心した。シムはいくつか年上で丸顔、カリスの経験からは何も学ぶ気がない様子だった。自分が話しているとき、彼がいつもそっぽを向くのにカリスは気づいていた。

「施療所は常に清潔であるべきだと考えています」彼女はいった。

「その根拠とは?」シムが訊いた。まるで小さい女の子にどうして人形をぶつのかと尋ねるような、見下した口調だった。

「清潔さは美徳です」

「なるほど。では、身体の四体液の均衡とはまったく関係がないと?」

「それはわかりません。わたしたちは体液にはあまり気をとめないのです。そのやり方は、ペストに対してさほど効果がありませんでした」

「しかし、床を掃き清めるのは有効だと?」

「少なくとも、清潔な部屋は患者たちの気持ちを高めます」

オースティンが割りこんだ。「きみも認めないと駄目だ、シム。オックスフォードには、女子修道院長の新しい考え方に同意見の師もいるんだ」

「少数の異端者どもだ」

カリスはいった。「大事なのは、伝染病の患者を健常者から隔離することです」

「何のために？」シムが訊いた。

「病気が拡がるのを抑えるためです」

「では、病気はどのようにうつると？」

「わかっていません」

シムが唇をわずかにゆがめて、勝利の笑みを浮かべた。「では、病気の拡がりを抑える手段をどのようにお知りになったのか、ぜひうかがいたいものですな」

シムは議論で彼女を打ち負かしたと思った——オックスフォードではそれがいちばん大事だと学んだ——が、カリスのほうが上手だった。「経験から学んだのです」と、彼女は答えた。「羊飼いはいかなる奇跡によって子羊たちが雌羊の胎内に宿るかを知りませんが、雄羊を牧草地から追い出せばそうならないと知っています」

「ふむ」

カリスは「ふむ」といういい方が気に入らなかった。シムは利口なのに、その利口さは現実とかけ離れている。ふと、彼とマーティンの知性の質の違いが思い浮かんだ。マーティンは広い知識があり、込み入った事実を把握する力は驚くほどだったが、その賢さは決して実世界の現実から離れてさまようことがない。一歩間違えば、自分の建物が崩れ落ちてしまうのを知っているからだ。父のエドマンドもよく似ていた——利口だが現実的。シムはゴドウィンやアントニーと似ていて、自分の患者が死のうが生きようがおかまいなしに、身体の四体液信仰にしがみついているようだった。

オースティンが笑みを浮かべていった。「彼女の勝ちだ、シム」自分のうぬぼれた友が無学の女性をいい負かしそこなったのを、明らかに楽しんでいた。「病気の拡がり方ははっきりとはわからないが、病人を健康な者から離しても、悪いことは何も起きない」

宝物係のシスター・ジョーンが会話をさえぎった。「オーセンビーの土地管理人がお会いしたいとのことです。マザー・カリス」

「子牛の群れを連れてきたのですか?」オーセンビーは復活祭のたびに一歳の子牛を十二頭、女子修道院に差し入れるよう義務づけられていた。

「はい」

「家畜を小屋に入れ、土地管理人にここにくるようお願いしてください」

シムとオースティンが引き退がり、カリスは便所のタイル張りの床を調べに行った。そこへ土地管理人がやってきた。ハリー・プラウマンだった。変革に対応するには前の土地管理人があまりに鈍かったので、村でいちばん頭のいい若者を抜擢したのである。

ハリーが彼女の手を握った。あまりになれなれしかったが、カリスは彼が気に入っていたので咎めなかった。

カリスはいった。「わざわざここまで群れを連れてくるのは大変だったでしょう。ことに春の耕作が始まっているときにはね」

「まったくです」彼は答えた。ハリーは多くの農民同様、肩幅が広く、腕が太かった。共用の八頭組の雄牛を使い、湿った粘土質の畑で重い鋤を引かせるには、技術だけでなく、筋力も必要だった。彼は健康的な屋外の空気を身にまとっているように感じられた。

「むしろお金で支払ったほうがいいのではありませんか？」カリスは訊いた。「最近では地税のほとんどは現金で支払われているわよ」

「そのほうがずっと楽ですが」ハリーが農民特有の抜け目なさで目を細めた。「いくらですか？」

「一歳の子牛はふつう市場で十から十二シリングで売れますが、それでも今年は値が下がりました」

「子牛は——半値です。三ポンドあれば十二頭買えます」

「もしくは、豊作の年は六ポンド」

彼がにやりと笑った。交渉を楽しんでいるのだ。「それはそちらの問題です」

「でも、現金で払いたいのでしょう？」

「金額に同意できればね」

「八シリングにしましょう」

「子牛の値段がたった五シリングなんですよ。われわれ村人はどこから足りないお金を出せばいいんです？」

「こうしましょう。この先、オーセンビーから修道院への支払いは五ポンドか、あるいは子牛十二頭かどちらかでかまいません——選ぶのはあなたがたです」

ハリーが罠でも仕掛けられているのではないかと思案し、何もないと結論していった。

「いいでしょう。では、取引を締めましょうか？」

「どうやるの？」

ハリーがカリスの華奢な肩を逞しい両手で抱き、身をかがめて、唇を彼女の唇に押しつけた。それがブラザー・シムだったら、カリスは飛びのいていただろう。だがハリーは別で、もしかすると彼のはちきれそうな筋肉質の身体を見て、欲望を感じていたのかもしれなかった。理由はどうあれ、彼女はくちづけに身をまかせ、あらがえない身体を抱き寄せられるがままに、髭だらけの口に唇を這わせた。彼のこわばりが感じられた。ハリーはその気満々で、新しくタイルを敷きつめた便所の床に押し倒しかねない勢いだった。カリスは理性を取り戻し、唇を離して彼を押しのけた。「やめなさい！　自分が何をしているかわかっているのですか？」

ハリーは動じなかった。「あなたにくちづけを、愛しいかた」

厄介なことになった、とカリスは気づいた。自分とマーティンの噂が広がっているのは間違いない。わたしとマーティンは、おそらくシャーリングでいちばんの有名人なのだ。ハリーが真実を知っているはずもないが、その噂は彼を大胆にするには十分だろう。わたしの権威がその類の話で貶められたのかもしれない。いますぐにそれをはねのける必要がある。

「二度とこのような真似をしてはなりません」カリスは精一杯の厳しさでいった。

「あなただってまんざらでもなかったでしょうに！」

「では、あなたの罪はよりいっそう重いものです。か弱い女性を誘惑して、聖なる誓いに背かせたのですから」

「でも、おれはあなたを愛しているんです」

　本気なのだ、とカリスは気づいた。それに、その理由もわかるような気がした。かつて、わたしは彼の村にさっそうと現われ、何もかもやり直しにして、農民たちを自分の意志に従わせた。そして、ハリーの可能性に気づいて仲間たちの長に抜擢した。彼はわたしが女神だと信じたに違いない。わたしへの愛に落ちても驚くべきではない。でも、いますぐにその愛から覚めてもらわなければ。「あなたがもう一度あんなふうに話しかけたら、オーセンビーの土地管理人を別の人にしなければなりません」

「そんな」と、ハリーが情けない顔をした。彼の気をそぐには、罪を咎めるよりはるかに効果的だった。

「さあ、お帰りなさい」

「わかりました」

「別な女性を探しなさい――貞節の誓いを立てていない人がよいでしょう」

「はい」と彼は答えたが、カリスは信じなかった。

　ハリーが去っても、カリスはその場にとどまっていた。落ち着かず、身体が疼いた。しばらくは一人きりだという確信があれば、自分で慰めていただろう。肉体の欲望に悩まされるのは、この九カ月で初めてだった。最後にマーティンと別れたあと、去勢されたような状態に陥り、セックスのことは一切考えなかった。ほかの修道女たちとの関わりが、温もりと愛情を与えてくれていた。ジョーンとウーナがお気に入りだったが、メアーのような性的な愛情ではなかった。彼女の心が情熱に高鳴るのは、ほかのことに対してだった――新しい施療所、塔、それに町の再生。

塔のことを思い出して施療所を出ると、芝生を横切って大聖堂へ向かった。マーティンは巨大な穴を四つ、かつて誰一人見たこともないほど深く、教会堂の外側、古い塔の基礎のまわりに掘っていた。彼は土を運び上げるために大きな巻き上げ装置を組み立てていた。じめじめした秋の数カ月、牛の引く荷車が一日じゅうのったりと本道を通り、手前側の橋を渡っては、泥を島の岩崖に投げ捨てた。そして、帰りは資材の石をマーティンの荷揚げ場から積み込み、また通りを引き返して、大聖堂の周囲に果てしなく積み上げていった。

冬の厳寒期が終わると、石工たちはすぐに基礎を積みはじめた。カリスは大聖堂の北側に回り、身廊の外壁と北の袖廊（トランセプト）の外壁で囲まれた穴を覗き込んだ。目が眩むほどの深さだった。底はすでにきっちりとした石組みで覆われ、真四角に切られた石がまっすぐに並んで、薄いモルタルの層で接着されていた。古い基礎部分だけでは不十分だったので、塔は専用の新しい独立した基礎の上に築かれることになっていた。大聖堂のいまの壁の外に建つ予定で、すでにエルフリックが解体した、古い塔の上層以外の部分は取り壊さずにすむはずだった。エルフリックが交差部（クロッシング）の上にかけた仮屋根を外すのは最後だろう。それがいつものマーティンのやり方だ。単純ながら先進的で、その現場独特の問題について卓越した解決法をとるのだ。

施療所と同様、復活祭の翌日とあって、大工は一人も働いていなかった。だが、穴のなかに動きが見え、だれかが基礎のあたりを歩き回っているのだとわかった。マーティンだった。カリスは大工たちの使う驚くほど不安定な縄梯子につかまり、危なっかしく降りていった。

彼女は底にたどり着いてほっとした。マーティンが梯子を降りるのを手伝ってくれたのだ。

「顔色が悪いな」彼が笑顔で冷やかした。

「だって、なかなか着かなくて怖かったんですもの。調子はどう？」

「順調だ。何年もかかるだろうけどね」

「なぜ？ 施療所はもっと込み入って見えたのに、もう終わりそうじゃない」

「理由は二つだ。高くなるほど、そこで働ける大工の数は減っていくのが一つ。いまのところ基礎を積むのに十二人使っている。でも、高くなるほど狭くなって、全員分の場所はなくなってしまうんだ。そして、モルタルが固まるまですごく時間がかかるのが二つ目だ。一冬かけてしっかり固めないと、その上に重さをかけられないんだよ」

カリスはほとんど聞いていなかった。マーティンを見つめながら、修道院長の館で愛を交わしたことを思い出していた。あのとき、朝課と讃課のあいだの時間、夜明けを知らせる光が開け放った窓から射し込んで、二人の裸に祝福のように降りそそいでいた。

カリスは彼の腕を撫でた。「ともかく、施療所はそれほど長くはかからないんでしょ？」

「聖霊降臨日までには移れるはずだ」

「うれしいわ。ペストがほんの少し落ち着きを見せているとはいってもね。亡くなる人も減ってきているけど」

「神に感謝を」と、彼は真摯にいった。「もしかすると、さすがのペストも終息に向かっているのかもしれないな」

彼女は力なく首を横に振った。「前にもそう思ったのを憶えている？　去年のちょうどいまごろよ。それからいっそう悪化したわ」

「今度ばかりはそうでないことを願うよ」

カリスは掌で彼の頬に触れ、ごわごわの髭を撫でた。「少なくともあなたは安全よ」

一瞬だったが、マーティンが触られたくなさそうな顔をした。「施療所が完成したら、すぐに羊毛取引所に取りかかるよ」

「あなたの考えが正しくて、じきに商売が活気を取り戻すといいんだけど」

「そうでなかったら、どのみちみんなおしまいだ」

「それはいわないで」カリスは彼の頬にキスをした。

キスをされたことにマーティンは不快そうだった。「ぼくたちは生きつづけるという前提で動かなくちゃいけないんだ」彼はぶっきらぼうにいった。「本当のところはだれにもわからないんだから」

「最悪の事態は考えないでおきましょう」カリスは両腕を彼の腰にまわして抱きしめた。痩せた身体に胸を押しつけると、彼女のしなやかな身体に硬い骨が当たるのが感じられた。とたんに突き飛ばされ、カリスは後ろへよろけて、転びそうになった。「やめてくれ！」マーティンが叫んだ。

カリスは顔を平手打ちされたかのようなショックを受けた。「どうしたの？」

「ぼくに触らないでくれ！」

「わたしはただ……」

「いいからやめてくれ！　九カ月前にぼくたちの関係を終わらせたのはきみだ。ぼくはこれっきりだといっただろう。あれは本気だったんだ」

彼の怒りが理解できなかった。「抱きしめただけなのに」

「とにかく駄目だ。ぼくはきみの恋人じゃない。きみにその権利はない」

「わたしにはあなたに触れる権利がないというの？」

「そうだ！」

「許可が必要だなんて思わなかった」

「知っていたはずだ。きみは他人を寄せつけてはいけないんだ」

「あなたは他人じゃないわ。見ず知らずの仲じゃないのよ」そういいながらも、カリスは自分が間違っていて、彼が正しいとわかっていた。かつて彼を拒んだのは確かに彼女だったが、そうなったいきさつを認めたくなかった。オーセンビーのハリーとの出会いで性欲に火がつき、それを解き放とうとマーティンに会いにきたのだ。親しい友情で彼に触れたのだと自分にいい聞かせたが、それは嘘だった。いまだに彼を自分のもののように扱うのは、暇をもてあました金持ちの貴婦人が、いったん置いた本をまた拾い上げるのと変わらない。マーティンがわたしに触れる権利を拒否しつづけておきながら、若く逞しい農民にくちづけされただけでよりを戻そうとするのは間違っている。

そうはいっても、彼女はマーティンがその間違いを優しく、愛情をもって指摘してくれるのをどこかで期待していた。だが、彼は冷たく乱暴だった。彼はわたしへの愛だけでなく、友情まで打ち捨ててしまったのだろうか。涙が込み上げた。カリスはマーティンに背を向けて梯子に戻った。

上りは辛かった。身体がだるく、気力さえ失ってしまったようだった。途中で一休みし、下を見た。マーティンが梯子を安定させてくれていた。

もう少しで上り切るというとき、もう一度下を見た。彼はまだ梯子を押さえていた。ここから落ちれば自分の不幸も終わる、とカリスは一瞬考えた。長い墜落の先にあるのは無慈悲な石積みだ。即死は間違いない。

マーティンが彼女の思いを感じ取ったらしく、もどかしげに梯子を揺らした。早く上って梯子から離れろといっているのだった。わたしが自殺すれば彼はさぞ悲しむだろうと、カリスは彼の悲しみと自責の念を想像して束の間楽しんだ。神はあの世で自分に罰をお与えにはならないという確信があった。もっとも、あの世があればの話だが。

カリスは最後の数段を上り切り、しっかりとした地面に足をつけた。わずかなあいだとはいえ、なんと馬鹿なことを考えたのか。まだ人生を終わらせるわけにはいかない。やることがたくさん残っている。

カリスは女子修道院に戻った。晩禱（ばんとう）の時間で、彼女は列を率いて大聖堂に入った。若い修練女だったころは、聖務で時間が無駄になると憤った。それでも、マザー・セシリアは気をつかってくれ、聖務の大部分を免除できる口実となる仕事をあてがってくれた。いまは、落ち着いて考えをまとめられるその時間がうれしかった。

今日の午後はふしだらな時間だった。自分を取り戻さなければ。それでも、気がつくと、詩篇を歌いながら必死に涙をこらえていた。

夕食は燻製の鰻だった。固くて味つけが濃く、カリスは好きではなかった。どのみち食欲がなく、パンを少し齧（かじ）っただけで食事を終えた。

食後、薬剤室へ行ってみると、修練女が二人、カリスの記録帳を写していた。カリスがそれを書き終えたのは、クリスマスがすんで間もなくだった。それ以降、多くの人々が写しを求めた。薬商人、女子修道院長たち、理髪師（中世の理髪師は外科医でもあり、また歯医者でもあった）、さらには医師も一人か二人。記録帳を写すのは、薬剤室で働くことを望む修道女たちの修行の一つになった。写しは手軽にできたし——簡潔で精緻（せいち）なスケッチもなく、高価なインクも使われていなかった——需要は決してなくなりそうになかった。

部屋は三人でいると狭苦しい感じがした。新しい施療所の薬剤室の広さと明るさを、カリスは心待ちにしていた。

一人になりたかったので、修練女たちを帰した。しかし、彼女の望みはかなえられなかった。まもなくレディ・フィリッパが現われたのだ。

カリスはこのうちとけない伯爵夫人に一度も好意を感じなかったが、彼女の境遇には同情していたし、ラルフのような夫から逃げ出した女性には、だれにでもよろこんで避難所を与えた。フィリッパは手のかからない客で要求はあまりせず、大部分の時間を自分の部屋で過ごした。修道女の祈りと禁欲の生活への参加にはごく限られた興味しかもたなかったが、ほかならぬカリスには、その気持ちが理解できた。

カリスは作業台のストゥールへとフィリッパを手招きした。

フィリッパは上品な物腰にもかかわらず驚くほど遠慮のない女性で、いまも前置きなしで切りだした。「マーティンにかまわないでもらいたいの」

「何ですって？」カリスは驚き、同時にむっとした。

「もちろん、彼と話す必要はあるでしょう。でも、くちづけしたり、触れたりするのはやめて」

「藪(やぶ)から棒になぜそんなことを」フィリッパは何を知っているのか——そして、なぜ気にかけるのか？

「彼はもうあなたの恋人ではないの。彼をわずらわせないで」

マーティンが午後のあの諍いを話したに違いない。「でも、どうして彼があなたに……」

その疑問が口をついて出る前に、答えに思い当たった。

フィリッパの次の言葉がそれを裏づけた。「彼はもうあなたのものじゃない――わたしのものよ」

「ああ、なんてこと！」カリスはうろたえた。「あなたがマーティンと？」

「そうよ」

「あなたと……もう身体まで……」

「そう」

「考えられない！」彼女は、自分にそんな権利はないとわかっていても、それでも裏切られた気がした。いったいいつからだろう？「でも、どうして……どこで……」

「あなたがそこまで知る必要はないわ」

「もちろんそうだけど」スモール・アイランドの彼の家だ、と彼女は思った。たぶん夜のあいだに。「いつから……」

「いつだっていいでしょう」

カリスにはだいたい見当がついた。フィリッパがここにきてから一カ月もたっていない。

「手が早いのね」

下世話な嘲りだったが、フィリッパはそれを無視する上品さを備えていた。「あなたをつかまえておくためなら、彼は何だってしたでしょうね。でも、あなたは彼を捨てた。もう彼を解放してあげなさい。あなたのあと、彼はほかの女性をどうしても愛せなかった――でも、やりとげたのよ。もう邪魔しないで」

カリスは思い切りつっぱね、怒りをこめて、あなたに命令をしたり道義を無理強いする権利はないといってやりたかった——しかし、困ったことに、正しいのはフィリッパのほうだった。カリスはマーティンを諦めるしかなかった。永遠に。

自分の悲しみをフィリッパの目にさらしたくなかった。「もうお帰りいただけますか」カリスはフィリッパの威厳ある態度に挑むようにいった。「一人になりたいので」

フィリッパはまったく動じず、念を押した。「いったとおりにしてくださるわね?」

カリスは逃げ場を残しておきたかったが、気力が残っていなかった。「ええ、もちろん」

「ありがとう」フィリッパが出ていった。

遠ざかるフィリッパの耳にもう届かないとわかったとき、カリスは泣き出した。

78

フィルモンは修道院長としてゴドウィンと大差なく、修道院の資産管理という難事で手一杯だった。カリスは修道院長代行だったとき、合い間を縫って、修道院の主な収入源の一覧を作っておいた。

一、地代
二、商工業からの利益配分（十分の一税）
三、賃貸農地以外からの農作利益
四、粉挽き場そのほかの工場からの利益
五、水路の通行料および陸揚げされた魚の利益配分
六、市の屋台営業権料

七、審判の収益——査問会からの手数料および科料
八、巡礼その他からの寄進
九、図書、聖水、蠟燭等々の売上げ

その一覧をフィルモンに渡すと、彼は侮辱されたかのようにそれを突っ返した。ゴドウィンなら、上辺(うわべ)では彼女に感謝しながら、こっそりと一覧を無視していただろう。そういう如才なさが多少なりとあったぶんだけ、フィルモンよりましだった。

カリスは女子修道院に新しい収支の計算方式を取り入れていた。彼女が父の下で働いていたころ、イタリアの羊毛商のボナヴェントゥーラ・カロリから学んだやり方だ。昔の方式では、単に丸めた羊皮紙にすべての出納(すいとう)を短く書きつけるだけだったので、しょっちゅうさかのぼって確認しなくてはならなかった。イタリア式のやり方は収入を左側、支出を右側に記載するもので、一枚のいちばん下にそれぞれを合計した。その方式だと、二つの合計の差で修道院が儲かっているか損をしているかが一目でわかった。シスター・ジョーンはこの方式が気に入って熱中していたが、フィルモンは説明しようとした彼女をぞんざいに拒否した。手助けの申し出を、自分の能力に対する侮辱と受け取ったのだ。

フィルモンには一つだけ才能があり、それはゴドウィンと同じものだった。人々を操る才覚だ。彼は新しく配属された修道士を抜け目なく選り分け、現代的な思想の医師のブラザ

ー・オースティンほか二人の聡明な若者たちを、隔たっていて自分の権威に異を唱えられない場所、すなわち森の聖ヨハネ修道院へ追いやった。

しかしいま、フィルモンは司教の悩みの種だった。彼を任命したのはアンリなのだから、アンリが彼をどうにかすべきだった。町は無関係だし、カリスは自分の新しい施療所を抱えていた。

施療所は復活祭から七週間後の聖霊降臨日に、司教によって献堂式が行なわれることになっていた。その数日前、彼女は自分の道具類や備品を新しい薬剤室へ移した。作業台で二人で薬を用意しながら、さらに三人目が書き物机にいても、十分に余裕がある広さだった。

カリスが催吐剤を用意するかたわらで、ウーナが乾燥したハーブをすりつぶし、修練女のグレタがカリスの記録帳を写しているところへ、修練士が小ぶりの木箱を持って入ってきた。ジョサイアという十代の若者で、普段はジョシーと呼ばれていた。ジョシーが三人の女性を目の前にしてどぎまぎしながら訊いた。「これをどこに置きましょうか」

カリスは尋ねた。「それは何？」

「箱です」

「それは見ればわかります」と、彼女は辛抱づよくいった。読み書きを学ぶだけの能力があるとはいえ、残念ながら、そのおかげで頭がよくなるわけではなかった。「なかに何が入っているの？」

「本です」

「では、なぜその本の箱をわたしのところへ運んできたのですか?」

「そう命じられました」しばらくして、これだけでは答えになっていないと気づき、ジョシーが付け加えた。「ブラザー・シムからです」

カリスは訝った。「シムがわたしに本を贈ってくださると?」そして、箱を開けた。

ジョシーはその質問に答えず、そそくさと帰っていった。

箱の中味は医学書で、すべてラテン語だった。カリスはざっと目を通した。古典ばかりだった。アヴィセンナの『医学の歌』、ヒポクラテスの『食事療法』、ガレノスの『薬の成分について』、イサク・ユデウスの『尿について』。すべて古い時代に書かれたものだ。

ジョシーが別の箱を抱えてまた現われた。

「今度は何?」カリスは訊いた。

「医療器具です。ブラザー・シムは触ってはならんとおっしゃいました。自分でいらっしゃって、あるべき場所に置くそうです」

カリスはどきりとした。「シムが自分の本や器具をここに保管したいというのですか? ここで作業をするつもりだと?」

もちろん、ジョシーはシムの意図などまったく知らなかった。

カリスがそれ以上口にする間もなく、シムがフィルモンをともなって現われた。シムはあたりを見回し、何の釈明もせずに自分の荷物をほどきはじめた。棚からカリスの壺を降ろし、自分の本と入れ換えた。静脈を切り開く鋭い短刀や、尿の試料の検査に使う、涙滴型のガラスのフラスコなどだった。

カリスは淡々とした声で尋ねた。「あなたは施療所のこの場所で、長い時間を過ごすつもりなの、ブラザー・シム？」

彼に代わってフィルモンが答えた。明らかにその質問を楽しみに待ちかまえていたらしい。「ここ以外にどこがある？」まるで不当ないちゃもんに受けて立つといわんばかりの喧嘩腰の口調だった。「ここは施療所だろう？　シムは修道院でただ一人の医師だ。彼なくして、どうして施療が受けられる？」

急に薬剤室が狭くなった気がした。

カリスが口を開く前に、一人の来訪者が現われた。「ブラザー・トマスにここへくるようにいわれたのですが」と、彼はいった。「粉薬屋のジョナス・パウダラーと申します。ロンドンから参りました」

五十歳くらいの男で、刺繍が入った外套と、毛皮の帽子を身につけていた。カリスは彼の物慣れた笑顔と物腰の低さに気がつき、物売りで生計を立てている男だと察した。彼は握手をして部屋を見回し、ラベルが貼られてきちんと並べられたカリスの壺や薬瓶を見て、感心しながらうなずいていた。「素晴らしい」と、彼はいった。「これほど整った薬剤室はロンドン以外では見たことがありません」

「あなたは医師ですか？」フィルモンが訊いた。疑りぶかそうな口調が、ジョナスの職業にまるで気づいていないことを物語っていた。

「薬屋です。セント・バーソロミュー病院の隣りのスミスフィールドに店を構えています。自慢するわけではありませんが、薬屋のなかでは市内で最大です」

フィルモンが肩の力を抜いた。薬屋は商人にすぎず、社会的地位は修道院のはるか下だった。彼は嘲りの口調で訊いた。「それで、そのロンドンで最大の薬屋がはるばるここまできた理由は何なのかね？」

「〝キングズブリッジの万能処方〟の写しをいただけないかと思いまして」

「何をですと？」

ジョナスが訳知り顔で答えた。「ご謙遜なさっておられるようですが、この修練女がまさにいま、この薬剤室で写しを取っているのを見たのですよ」

カリスは尋ねた。「記録帳のことでしょうか？　でも、あれは万能処方などというものではありませんよ」

「しかし、あらゆる病の治療法が書いてありました」

そういわれれば、確かにそうかもしれない、と彼女は気づいた。「でも、どうやって記録帳のことをお知りになったのですか？」

「私はあちこち旅をしながら貴重な薬草やそのほかの材料を探していて、旅のあいだは息子が店を守っています。サウサンプトンで一人の修道女に会い、その写しを見せてもらったのですよ。彼女はそれを万能処方と呼んでおり、キングズブリッジで書かれたものだと教えてくれました」

「その修道女とはシスター・クローディアですか？」

「そうです。写しを作るあいだだけ、ぜひその記録帳を貸していただきたいとお願いしたのですが、いっときも手放すつもりはないと断わられたのです」

「彼女のことは憶えています」クローディアはかつてキングズブリッジに巡礼にきて女子修道院に泊まり、ペストの患者たちを自らの身の危険もかえりみず看病してくれた。そのお礼に、記録帳の写しを進呈したのだった。

「あれは素晴らしい記録です」ジョナスは興奮していた。「しかも、英語で書いてある！」

「ラテン語を解さない治療師たちのためのものですからね」

「こんな記録帳は、どこの言葉でだってありませんよ」

「それほど珍しいですか？」

「しかも、内容の並べ方がいい！」ジョナスが熱を込めた。「身体の四体液や病の種類ではなく、患者の痛みの部位で章が分けられています。ですから、お客様の訴えるのが胃痛なのか、あるいは出血なのか、発熱か、下痢か、それとも鼻風邪か、あてはまる章がすぐ見られるのです！」

フィルモンが焦れったそうに割り込んだ。「薬屋やその客には間違いなく適しているようですな」

ジョナスはそのあてこすりに気づかなかったのか、フィルモンに向かっていった。「おそらく、あなたがこの貴重な記録帳をお書きになられたんでしょうね」

「まさか！　とんでもない！」フィルモンが即座に否定した。

「では、どなたが……」

「わたしが書きました」

「女性が！」ジョナスが呆気にとられた。「しかし、どこでこれらの情報を得たのですか？実際のところ、ほかのどんな書にも載っていませんが」

「古い書が少しでもわたしの役に立ったことは一度もありません。最初はキングズブリッジのマティという経験豊かな女性から薬の作り方を教わりました。でも、彼女は魔女だと迫害されるのを恐れて、悲しいことに町を出てしまいました。マザー・セシリアは先代の女子修道院長でしたが、彼女にはもっといろいろと教わりました。ですが、処方と治療法を集めるのは決して難しくありません。だれでも多くの知識を持っています。難しいのは、山ほどの無意味なものから、効果のあるわずかなものを見つけ出すことです。わたしは日誌をつけ、何年もかけて、試したすべての治療法の効果を記録していきました。この記録帳には、わたし自身が何度も試行し、自分の目で効果を認められたものだけを載せました」

「あなたにお目にかかってお話をうかがえるとは畏れ多いかぎりです」

「ともあれ、記録帳の写しを一部差し上げましょう。そのために遠路はるばるきていただくなんて、こんなうれしいことはありませんもの！」カリスは戸棚を開けた。「これはわたしどもの森の聖ヨハネ分院にと思って用意したのですが、彼らには次の写しができるまで待ってもらいましょう」

ジョナスがまるで聖物のようにそれを扱った。「まことにありがとうございます」彼は柔らかな革袋を取り出し、カリスに差し出した。「私どもからキングズブリッジの修道女のかたがたへのささやかな贈り物です。感謝のしるしにお受け取りください」

カリスは袋を開けてみた。毛織りの布に包まれて、宝石を埋めこんだ黄金の十字架が輝やいていた。

フィルモンの目がぎらりと物欲しげに光った。

カリスは驚いた。「こんな高価なものを！」思わず声が漏れたが、あまり気の利いた一言ではないと気がついて付け加えた。「あなたがたのひとかたならぬご厚情に感謝いたします、ジョナス」

ジョナスが謙遜のしぐさを見せた。「おかげさまで、商売が繁盛しておりますので」

フィルモンが妬ましげにいった。「そんな高価なものを——迷信の寄せ集めなどの礼にするのか！」

ジョナスが応じた。「いや、もちろんあなたは、このようなものよりはるかにすぐれておいでです。私どもはあなたの至高の知性を持ちたいなどと高望みはいたしません。身体の四体液を理解しようと試みもいたしません。ただ、指を怪我した子供が痛みがやわらぐからとそこをしゃぶるのと同様、われわれもまた、処方が効くから薬を使うだけなのです。どうして効くかについては、われわれよりすぐれた頭脳におまかせいたします。神のお造りになられた世界はあまりに神秘的ですから、われわれのような者には理解いたしかねますので」

ジョナスは皮肉を隠そうともせずに話している、とカリスは気づいた。ウーナがこっそりほくそ笑み、シムは憮然としていた。しかし、フィルモンだけはその言葉を額面どおりに受け取ったようだった。その顔に狡猾な表情がよぎるのを見て、カリスは察知した――どうすれば記録帳の利益にあやかって、自分も宝石つきの十字架を手に入れられるかを考えているに違いない。

羊毛市はいつもどおり、聖霊降臨日に開かれた。施療所にとっても忙しい一日となるのが通例で、今年も例外ではなかった。老人たちは市への長い旅のあとで具合が悪くなった。赤ん坊や子供は不慣れな食べ物と旅先の水で腹を下した。男と女は宿屋で飲みすぎて、自らを、あるいは他人を傷つけた。

ついにカリスは患者を二種類に分けられるようになった。その数を急速に減らしつつあるペストの患者と、そのほかの胃のむかつきや瘡などの流行り病にかかった患者は、その日の朝、司教によって祝福を受けた新しい病棟に移された。事故や喧嘩の怪我人が、古い施療所で手当てを受けても、感染する危険はなかった。親指の脱臼で修道院を訪れた者が、そこで肺炎にかかって亡くなる日々は過去のものとなった。

転機は翌月曜日に訪れた。

午後早く、カリスはたまたま市にいた。昼の正餐のあと、あたりを見物しながらぶらぶら歩き回っていたのだ。何百人もの外来者や数千人の町の住人が大聖堂前の芝生だけでなく大きな通りすべてにひしめいていたあのころに較べると静かだったが、それでも今年の市は、中止された昨年からすれば期待以上だった。ペストの威力が弱まっているらしいと人々が気づいたためだろうか、とカリスは考えた。これまで生き延びた者は、自分たちが免疫を持っているに違いないと信じるようになっていた。ペストの犠牲になる者がつづいていることを見れば大部分はそうではないのだろうが、なかにはそういう者もいるかもしれない。

マッジ・ウェバーの生地は、今年の市の呼び物だった。マーティンが設計した新しい織機は、織りの速度が上がっただけでなく、込み入った模様が簡単に織り込めるようになっていた。彼女はすでに手持ちの半分を売っていた。

喧嘩が始まったのは、カリスがマッジと話していたときだった。マッジは毎度のことながら、あなたがいなければいまでも自分は貧しい機織りのままだったと持ち上げて、カリスを困らせた。カリスがおきまりの文句で受け流そうとしたとき、叫び声が聞こえた。

喧嘩腰の若者の銅鑼(どら)声だとすぐにわかった。すぐ近く、三十ヤードほど向こうのエール樽あたりから聞こえていた。怒声のやりとりが早まり、若い女性が悲鳴を上げた。カリスは現場へ急ぎながら、手がつけられなくなる前に収められることを願った。

だが、少し遅かった。

騒ぎはもう広がっていた。町の荒っぽい若者四人と激しくやり合っているのは農民の一団らしく、質素な服などから見当がついたが、みな同じ村の出身のようだった。可愛らしい少女——間違いなく悲鳴を上げた娘だった——が一人、容赦なく殴り合う二人の男のあいだに割って入ろうと必死になっていた。町の若者の一人が短刀を抜き、農民たちは頑丈な木の手鋤を構えた。カリスが着くと同時に、双方に加勢が加わった。

カリスは後ろからやってくるマッジにいった。「マンゴ・コンスタブルを呼びにいって。できるだけ急いで。たぶん、ギルド会館の地下にいるわ」マッジが走り去った。

争いはさらにひどくなっていった。町の若者は数人が短刀を持っていた。農民の少年が地面に倒れ、片腕からおびただしい血が流れていた。別の一人は争いつづけながらも、顔に深い切り傷を負っていた。カリスが見守るうちに、さらに二人、町の若者が倒れた農民を蹴りはじめた。

カリスは一瞬ためらったがすぐに前に進み出て、目の前で殴り合う若者の上衣をつかんだ。

「ウィリー・ベイカーソン、いますぐにやめなさい！」彼女は精一杯の威厳を込めて叫んだ。

効果はあった。

ウィリーが驚き、数歩あとずさって相手から離れると、きまり悪そうにカリスを見た。彼女がもう一言いおうと口を開いたその瞬間、ウィリーを狙った手鋤が彼女の頭をしたたかに殴りつけた。

激痛が走って目がくらみ、体勢が崩れた。気がつくと、地面に倒れていた。頭がぼうっとしていた。なんとか正気を取り戻そうとしたが、世界がぐらぐら揺れて見えた。だれかに腋を抱えられ、引きずられるのがわかった。

「怪我はありませんか、マザー・カリス？」聞き憶えのある声だったが、だれかはわからなかった。

ようやく頭がはっきりし、声の主の手を借りて、ふらふらと立ち上がった。助けてくれたのは逞しい女穀物商人のメグ・ロビンズだった。「ちょっと気が遠くなっただけよ」と、カリスはいった。「この若者たちが殺し合うのを止めなければ」

「治安官がきましたよ。彼らに任せましょう」

マンゴが六、七人の助手とともに棍棒を構えてやってくると、争いに割り込んで、見境いなしに頭を殴りつけはじめた。最初から争っていた者たちと変わらないほどだったが、彼らが現われたことで争いの場が乱れた。若者たちはうろたえ、何人かが逃げ出した。争いは驚くほど短時間のうちに終わった。

カリスはいった。「メグ、女子修道院へ行って、怪我人の手当てができるようにしてから、シスター・ウーナを連れてきてちょうだい。急いで」

メグが走っていった。

歩ける怪我人はあっという間に姿を消した。カリスは残された二人の具合を確かめた。農民の若者は短刀で腹を抉られ、内臓を懸命に押し戻そうとしていた。望みは薄そうだった。腕から血を流しているほうは、いま出血を止められさえすれば助かると思われた。カリスは彼のベルトを外して二の腕に巻きつけ、きつく縛った。やがて、出血がおさまりはじめた。「そこを押さえておきなさい」と彼に指示してから、カリスは手の骨が何本か折れたらしい町の若者のところへ移動した。まだ頭が痛んだが、気にしている場合ではなかった。

ウーナが数人の修道女を連れて戻ってきた。間もなく、マシュー・バーバーが鞄を持って駆けつけた。怪我人の手当てが始まった。カリスの指示で、手伝いの者が重傷者を抱え上げ、女子修道院へ運んだ。「怪我人は古いほうの施療所へ運ぶのよ。新しいほうではありませんからね」と、彼女は注意した。

膝をついた姿勢から立ち上がると、目まいがしてウーナにつかまった。「どうしました?」ウーナが訊いた。

「大丈夫、何でもないわ。みんな施療所へ戻りなさい」

市の屋台のあいだをまっすぐに抜けて、古い施療所へ向かった。なかに入ってみると、怪我人の姿はどこにもなかった。「馬鹿者たちが怪我人を間違ったほうへ運んだのね」カリスは毒づいた。全員がこの違いの大事さを知るまでには、しばらくかかるのだろう。

彼女はウーナと新しい病棟へ向かい、回廊へ入ろうと大きなアーチをくぐった。そのとき、手伝いの男たちが出てきた。「あなたたちが運んだのは間違った場所です!」カリスは怒っていった。

一人が答えた。「でも、マザー・カリス――」

「言い訳はいりません。時間がないのです」彼女は焦れた。「すぐに怪我人を古い施療所へ運びなさい」

歩廊に足を踏み入れたとたん、腕から血を流している若者が運び込まれようとしているのは、ペストの患者が五人いる病室だと気づいた。カリスは急いで中庭を突っ切った。「止まりなさい！」彼女は大声で怒鳴った。「いったい何のつもりですか！」

男の声がした。「彼らは私の指示にしたがっているのです」

カリスは立ち止まり、あたりを見回した。ブラザー・シムだった。「愚かなことを」と、彼女はいった。「彼は短刀で傷を受けたのよ——ペストで死なせたいのですか？」

シムの丸顔が赤らんだ。「私はあなたの承認を得るために自分の判断を申し上げているわけではありませんよ、マザー・カリス」

馬鹿馬鹿しくて取りあう気にもなれなかった。「この怪我した若者たちをペストの患者に近づけてはなりません。さもないと、病気がうつってしまいます！」

「興奮なさっておられるようだ。あちらで少し横になられてはいかがです？」

「横になる？」ついに怒りが爆発した。「この若者たちはみんな応急処置をしただけで——今度はきちんとみなきゃいけないのよ。ここでは駄目なのよ！」

「救急の処置には感謝しますよ、マザー。私が患者をすっかり診察しますから、ここはお引き取りください」

「馬鹿！　みんな死んでしまうわ！」

「どうか興奮がおさまるまで、施療所からお引き取りを」

「わたしはここを動かないわよ、この間抜け！　この施療所を建てたのはわたしで、使ったお金は女子修道院のものだわ。ここの責任者はわたしなのよ」

「そうですか？」シムが冷ややかに応じた。

彼女ははっとした。いまのいままで気がつかなかったが、この男はまず間違いなくこの瞬間を狙っていたのだ。興奮しながらも、それを抑えている。何か隠しているに違いない。カリスはわれに返り、素早く考えた。あたりを見回すと、修道女と手伝いの者が成り行きを見守っていた。

「この若者たちの手当てをしなければなりません」カリスはいった。「ここに突っ立っていい争っているあいだにも、出血で死にかけています。とりあえず、いまは妥協しましょう」そして、声を張り上げた。「いま立っているその場所に、怪我人を下ろしてください」天気は穏やかだ。怪我人を屋内に運ぶ必要はない。「まず彼らの手当てが最優先です。そのあとで、どこに寝かせるかを決めましょう」

手伝いの者と修道女たちはカリスをよく知っていて尊敬していたが、シムは新顔だった。彼らはいそいそとカリスに従った。

シムが自分の負けを知り、憤怒の色を浮かべて吐き捨てた。「こんなところで患者の治療ができるものか」そして、足音も荒く去っていった。

カリスは唖然とした。妥協することで彼の自尊心を救ってやろうとしたのに、一時の癇癪にまかせて怪我人を置いて帰ってしまうなんて思いもよらなかった。

シムのことを急いで頭から締め出し、カリスは怪我人をみはじめた。

それから二時間ほどのあいだ、忙しく傷を洗い、傷口を縫い合わせ、痛み止めの薬草を塗り、気つけ薬を飲ませつづけた。マシュー・バーバーがかたわらで治療し、折れた骨をつなぎ、外れた関節を戻していた。父並みの技量を持つ息子のルークが、五十を越えた父親の手助けをしていた。

終わるころには、午後の空気がひんやりして、夕方になりかけていた。みなで回廊の壁際に腰を下ろして休んだ。シスター・ジョーンが冷たいサイダーのジョッキを回した。カリスはまだ頭痛がしていた。忙しくしているあいだは無視できたが、いまは無理だった。今日は早めに床につかなくては。

みながサイダーを飲んでいると、修練士のジョシーが現われた。「司教様からの申しつけで、都合がつきしだい、修道院長の館へおいで願いたいとのことです」

カリスは苛立って呻いた。シムが告げ口したに違いない。よりによってこんなときに。「すぐにうかがいますと伝えてください」とそれでも答え、一人でつぶやいた。「早くすませたほうがましだわ」そして、ジョッキを飲み干し、フィルモンとの対決に向かった。

彼女はぐったりして芝生を突っ切った。露天商たちは夜に備えて店じまいの最中で、商品に覆いをかぶせ、箱に鍵をかけていた。彼女は墓地を通り抜けて院長の館へ入った。

アンリ司教がテーブルの上坐に坐っていた。クロード司教座聖堂参事とロイド助祭長が一緒だった。フィルモンとシムもそこにいた。〝大司教〟という名のゴドウィンの飼い猫が、気取った様子でアンリの膝の上にいた。司教がいった。「かけなさい」

クロードの隣りに腰を下ろすと、彼が優しく話しかけた。「お疲れのようですね、マザー・カリス」

「午後いっぱい、大喧嘩に巻き込まれた愚かな若者たちを手当てしていたものですから。わたし自身も頭を一発殴られましたし」

「喧嘩のことは聞きましたよ」

アンリがつづけた。「新しい施療所での言い争いのこともな」

「それがわたしがここにいる理由だと思いますが」

「そうだ」

「新しい場所のそもそもの思いつきは、感染性の病にかかった患者を分け――」

「言い争いの原因はわかっている」アンリがさえぎり、一同を見回した。「カリスは喧嘩の怪我人を古い施療所へ運ぶように命じた。シムは彼女の命令をくつがえした。そして、衆人環視のなかで見苦しい口論となった」

シムがいった。「申し訳ございません」

アンリは無視した。「話を進める前に、はっきりさせておこう」彼はシムとカリスを交互に見た。「私はみなの司教であり、その職務はキングズブリッジ修道院大修道院長である。ここにいる者すべてに命令する権利と権限を持ち、私に従うのがみなの務めである。これを認めるか、ブラザー・シム？」

シムが頭を下げた。「認めます」

アンリはカリスに顔を向けた。「おまえはどうか、マザー・カリス？」

むろん異議はなかった。アンリは完璧に正当な立場だった。「はい」と、カリスは答えた。

傷ついた乱暴者たちがペストにかかるのを無理強いさせるほどアンリは愚かではないと、彼女は確信していた。

アンリがいった。「言い争いを整理させてもらう。新しい施療所はマザー・カリスの述べたとおり、女子修道院の金で建てられた。彼女の意図は、ペストとそのほかの患者を分けること、健康な者へ拡がる可能性のある病にかかっている者たちに専用の場所を与えることだ。彼女は二種類の患者を区分けするのが重要だと信じ、自分の計画が実行されるべきだと主張する資格があると考えている。これで間違いないか、マザー？」

「はい」

「ブラザー・シムはカリスが計画を思いついたときここにおらず、したがって、意見を求められなかった。しかしながら、彼は大学で三年を費やして薬学を学び、学位を得た。彼の指摘によれば、カリスは教育を受けておらず、実地の経験からたまたま知り得た事実は別として、病気の本質についての理解に乏しい。彼は資格を得た医師であり、そればかりか、この修道院のみならず、全キングズブリッジにおいても唯一の存在である」

「おっしゃるとおりです」シムがいった。

「わたしが教育を受けていないなどと、よくもいえたものです」カリスはいきなり声を張り上げた。「患者たちを介護してきた長い年月は、わたしの――」

「静かにしたまえ」アンリが制した。何かを秘めているような静かな口調に、カリスは口を閉ざした。「おまえの過去の奉仕についていおうとしていたところだ。ここでのおまえの業績ははかり知れない。ペストはまだ終わっていないが、そのなかでの献身ぶりは広く知れわたっている。その経験と実地の知識はきわめて貴重だ」

「ありがとうございます」

「その一方で、シムは聖職者であり、大学を卒業している……それに、男性でもある。彼がもたらす知識は、修道院の施療所を正しく運営するために不可欠だ。彼を失うわけにはいかない」

カリスはいった。「大学の師の何名かは、わたしと同意見です――ブラザー・オースティンにお尋ねいただけませんか」

フィルモンがいった。「ブラザー・オースティンは森の聖ヨハネ修道院に派遣されている」

「いま、その理由がわかったわ」カリスはいった。

司教がいった。「判断を下すのは私だ。オースティンでも、大学の師たちでもない」

カリスは、自分がこの裁定の場に臨む準備ができていないと気づいた。疲れきり、頭痛がして、まともに考えられない。権力争いに巻き込まれていながら、戦略を一つも持っていない。十分に警戒していたなら、司教の呼出しに応じなかったものを。床について頭痛を治し、翌朝すっきりと目覚めて対抗策を考えつくまで、アンリとは会わなかったはずだ。

もう手遅れだろうか？

彼女はアンリに頼んだ。「わたしは今夜、この協議を行なうに耐えられないと考えます。明日まで延期していただけないでしょうか。そのころには、快復していると思いますので」

「その必要はない」アンリが答えた。「シムの申し立ては聞いたし、おまえの見解もわかっている。それに、私は夜明けには発つつもりだ」

彼の心はもう決まっているのだ、とカリスは気づいた。わたしが何をいってもまったく関係ないようだ。でも、彼の決定とは？　彼はどちらの側に回るのか？　まったく見当がつかない。それに、これだけ疲れていては、坐って自分の運命に耳を傾けるしかない。

「人間とは弱いものだ」アンリがいった。「使徒パウロの言葉どおり、われわれはガラス越しのようには先を見通せない。われわれは過ちを犯し、道に迷い、理を欠く。われわれには救いが必要なのだ。それゆえに、神は自らの教会を、法王を、そして聖職者をお与えになって、われわれを導かれた。われわれ自身の精神は誤りやすく、不十分だからだ。もし自分たちだけの考え方に従えば、われわれはつまずくであろう。われわれは権威ある者の導きを求めねばならない」

まるでシムを後押ししているようだ、とカリスは考えた。そこまで彼は愚かなのか？　だが、そのとおりだった。「ブラザー・シムは大学で師たちの指導のもと、古来の医術書より学んだ。彼の学びの課程は教会によって認められたものだ。その権威は認められねばならず、したがって、彼も同様だ。彼の判断は無学の者によってくつがえされてはならない。マザー・カリスがいかに果敢で賞賛すべきであっても、だ。ゆえに、ブラザー・シムの決定が勝るべきものとする」

カリスは疲れと痛みのあまり、協議が終わった安堵が怒りに勝りそうだった。シムが勝ち、わたしは負けた。いまはただ、眠りにつきたかった。カリスは立ち上がった。

アンリが話しかけた。「残念な結果で申し訳ないが、マザー・カリス……」

彼女は歩み去り、彼の声は立ち消えた。

フィルモンの声が聞こえた。「不敬だぞ」

アンリが静かに答えた。「そっとしておけ」

扉まできて、振り返りもせず外へ出た。

墓地をゆっくり抜けるうちに、いま起きた出来事のすべての意味がはっきりしてきた。患者を異なる部類に分けるのはもうできない。顔のマスク、あるいは、酢による手の消毒もない。衰えた人々は瀉血でいっそう衰える。飢えた人々は下剤でいっそう痩せ細る。傷口には、体内で膿の分泌が促されるよう、家畜の糞で作った膏薬が貼られる。だれも清潔さや新鮮な空気など気にかけない。

彼女はだれにも話しかけずに歩廊を横切って階段を上り、共同宿舎を突っ切って自分の部屋へ向かった。寝台に俯せに倒れると、頭がずきずきした。

マーティンを失い、施療所を失い、わたしはすべてを失った。

頭の怪我は命にかかわることがあるという。いますぐ眠りに落ち、二度と目ざめないほうがいいのかもしれない。

たぶん、それがいちばんんだ。

79

マーティンの果樹園は、一三四九年の春に整備された。一年後には大半がきちんと根づいて生長し、立派な葉を広げた。枯れかかったのは二、三本で、完全に枯れたのは一本だけだった。実がなるのを期待するのはまだ早いと思われたが、驚いたことに、七月には一本の早咲きの若木に、小ぶりな濃緑色の梨が十個以上も実った。まだ小さくて石のように硬かったが、秋には熟すと思われた。

ある日曜の昼下がり、マーティンがその実をローラに見せると、それが自分の好物のたっぷりと水分を含んだ果実になるとは、彼女は信じようとしなかった。いつものようにわたしをからかってる。彼女はそう思った——というよりも、そう思っている振りをしてみせた。では、熟した梨はどこで手に入ると思うかと訊かれると、彼女は非難するような眼差しでこういい放った。「もう、お馬鹿さんね。市に決まってるじゃないの!」

この子もいつの日にか成熟する。マーティンはそうは思ったものの、その骨ばった身体が女性らしい丸みを帯びるとは想像できなかった。この子がおれの孫を産むのか。いまは五歳だから、そういう日が訪れるまでほんの十年かそこらだ。

彼が成熟に思いを馳せていると、庭を抜けてやってくるフィリッパの姿が目に入った。その胸が実に豊満に見えた。昼間にやってくるとは意外だった。何の用だろう、とマーティンは訝った。だれかに見られているといけないので、挨拶は頬への控えめなキスだけにした。それなら、だれが見ても不審には思わないはずだった。

困ったような顔つきをしていたので、彼女がここ数日は普段よりも口数が少なく、考え込んでいたことに思い至った。芝生の上に並んで腰を下ろしてから、マーティンは訊いた。

「何か考え事かい？」

「びっくりさせたくはないんだけど」フィリッパが口を開いた。「わたし、妊娠したわ」

「本当かい！」抑えようにも抑えられないほどの驚きだった。「たまげたな。だって、きみは以前……」

「そうなの。年を取りすぎてるのは自分でもわかっていたわ。ここ何年かは月のものの周期がばらばらだったし、それも完全になくなった——そう思ってたの。でも、今朝から吐いてばかりで、乳首も痛くて」

「だから、きみが庭に入ってきたときに胸に目がいったんだな。でも、確かなのかい？」

「これまで六回も妊娠したのよ——三回は産んで、三回は流産だったけど——だから、この感じはわかるの。間違いないわ」

マーティンは笑みを浮かべた。「そうか、ぼくたちに子供ができるのか」

彼女のほうは笑みを返さなかった。「そんなに嬉しそうな顔しないでよ。これが意味する結果まで、頭が回ってないでしょう。わたしはシャーリング伯の妻なのよ。あの人とは十月以来寝てもいないし、二月からは一緒に住んでもいないわ。それなのに、この七月に妊娠二、三カ月になってる。この子が伯爵の子でないことと、伯爵夫人が不義を犯したことが、あの人にも世間の人にも知られてしまうのよ」

「だからって、伯爵が……」

「わたしを殺さないとでも？　あの人はティリーを殺したじゃないの」

「そうか、そうだったな。でも……」

「それに、わたしを殺したら、この子まで道連れにされるわ」

そんなことは起こり得ない。ラルフはそんなことはしない。マーティンはそういってやりたかったが、そうでないことはわかっていた。

「どうするか決めないと」フィリッパがいった。

「薬を使って妊娠を終わらせるのはやめたほうがいいと思うんだ――危険すぎる」

「そんなことはしないわよ」

「それなら、産むんだね」

「そうよ。でも、そのあとはどうすればいいの？」

「女子修道院にとどまって、子供のことは秘密にするというのはどうだろう。あそこなら、ペストで親を亡くした子供たちが大勢いるし」

「でも、母親の愛情は隠し通せないものよ。わたしがこの子ばかり可愛がるって、みんなにわかってしまうわ。そうなれば、ラルフに見つかるわ」

「確かにな」

「どこかへ行ってしまおうかしら――姿を消すのよ。ロンドンでも、ヨークでも、パリでも、アヴィニョンでも。どこへ行くかだれにもいわなかったら、ラルフも追ってはこられないわ」

「ぼくも一緒に行けるしな」

「でも、そうしたら塔を完成させられないわよ」

「きみだって、オディーラに会いたくなるんじゃないのか?」

フィリッパの娘はデイヴィッド伯爵と結婚して半年になる。娘と離れるフィリッパの辛さは、マーティンにも想像できた。正直にいえば、彼も塔を断念するのは辛かった。大人になってからというもの、イングランド一高い建物を建てたいとずっと願ってきたのだ。それをようやく始めたところで手放すのは、身を切られる思いだろう。

塔のことを考えると、カリスが思い出された。彼女がこの知らせに打ちのめされるだろうことは、直観的にわかった。彼女とは何週間も顔を合わせていない。羊毛市で頭を殴られてからずっと寝込んでいたし、いまはすっかり治っているのに、滅多に修道院から出てこなかった。施療所をブラザー・シムが管理しているところからすると、彼女は何らかの権力争いに敗れたらしい。フィリッパの妊娠は、カリスにはさらなる打撃になるだろう。

フィリッパが口を開いた。「実はね、オディーラも妊娠したの」

「こんなに早くか！　それはいい知らせだ。ただ、そうなると、きみが娘にも孫にも会えない、さすらいの道を選べなくなる理由が増えるんじゃないか？」

「それはそうだけど、でも何もしなかったら、ラルフに殺されてしまうのよ」

「切り抜ける方法は絶対にあるよ」マーティンは慰めた。

「答えは一つしか思い浮かばないわ」

マーティンはフィリッパを見つめた。彼女はすでに考え抜いていたのだ。結論が出るまで教えるつもりがなかったのだろう。そしていま、明々白々な答えはどれも誤りだと慎重に示したのだ。つまり、彼女の出した結論はぼくが気に入るようなものではないということだ。

「教えてくれ」と、マーティンはいった。

「この子は自分の子だと、ラルフに思わせるしかないのよ」

「でも、そのためにはきみが……」

「そうよ」

「そうか」

フィリッパがラルフと寝ると考えただけで、マーティンは胸が悪くなった。嫉妬とは違うが、それも一因ではある。何よりも辛いのは、このことに対する彼女の気持ちだった。彼女はラルフを肉体的にも精神的にも嫌悪している。その嫌悪感はマーティンにも理解できたが、それを分かち合うところまではいっていない。ラルフの野蛮さにはずっと耐えてきたものの、その獣が自分と兄弟だという事実は、弟が何をしようと変わらないのだ。それでもやはり、自分が世界でいちばん憎んでいる男とフィリッパが無理に身体を重ねなければならないと考えただけで、反吐が出そうになった。

「もっといい方法を考えつければいいんだが」マーティンはいった。

「わたしもそう思うわ」

マーティンは彼女をしっかりと見据えた。「でも、もう決めたんだね」

「ええ」

「本当に残念だよ」

「わたしもよ」

「でも、うまくいくのかな。その……彼をうまく誘えそうかい?」

「それはわからないわ」フィリッパも自信はなさそうだった。「でも、やってみるよりほかにないもの」

大聖堂は左右対称だった。石工の作業部屋は低い北塔の西端にあり、北側の歩廊が下に見える。同じ形をした南西の塔にも、大きさも形も同じ部屋があって、歩廊を見渡せた。めったに使われない価値の低いものを置いておくのに使われる部屋である。聖史劇で使用される衣装や象徴的なもののほかに、必ずしも用無しではないものも色々と入っていた。木製の燭台、錆びた鎖、罅の入った壺、年月を経たために上質の羊皮紙が朽ちて、丹精込めて書かれた文字がもはや判読できない書物などである。

マーティンは壁の直立具合を調べにその部屋へ入った。長い糸に鉛の錘をつけた紐を窓から吊して調べるのだが、そのときに、ある発見をした。

壁に罅が入っていた。罅割れ自体は必ずしも脆弱性を示すものではないが、その意味するところは熟練した目で解釈する必要がある。建物がすべて動かされたので、罅割れは建物が変化に対応しようとしているだけなのかもしれない。その物置の壁にできた罅の大半は問題ではないとマーティンは判断した。ただ、その罅の形から、一つだけ頭を悩ませる箇所があった。どうも普通とは違うようだ。もう一度ざっと見てみると、自然にできたその罅割れを利用した者がいて、小さな石を取り外せるようにしたのだとわかった。彼はその石をどかしてみた。

それがだれかの秘密の隠し場所だということはすぐにわかった。石の奥にある空間は泥棒の隠し場所だったのである。なかのものを一つずつ取り出した——大きな緑色の石がついた女物のブローチ、銀製の留め金、絹の肩掛け、賛美歌が書かれた巻き物。奥のところに、泥棒の正体につながる手掛かりがあった。その穴にあるもののなかで、金銭的価値のない唯一のものだ。艶のある木片で、表面に文字が刻まれていた。〝M:Phmn:AMAT〟

Mはただのイニシャルだ。AMATはラテン語で〝恋人〟を意味する。そして、Phmnはフィルモンに違いない。

名前がMで始まる少年もしくは少女が、かつてフィルモンを愛し、これを渡した。そして、フィルモンはほかの盗んだ宝物と一緒にこれを隠したのだ。

フィルモンは幼いころから手癖が悪いという噂だった。彼の周りでは、ものがよくなくなった。そういったものをここに隠していたらしい。彼が一人で——おそらく夜中に——ここへ上がってきて石をどかし、戦利品を眺めてほくそ笑む姿を想像した。一種の病気に違いない。

フィルモンに恋人がいたという噂は、これまで一度もなかった。彼の師であるゴドウィンと同じく、性欲が弱い少数派の男性の一人と思われていた。だが、だれかがある時点で彼に恋をし、彼はその思い出を大切にしていたわけだ。

マーティンは見つけたときと同じ状態になるように、すべて元通りに空間に戻した——そういうことに関しては記憶力がよかった。緩んだ石も元に戻した。そして、色々と考えながら部屋を出ると、螺旋階段を降りていった。

ラルフは驚いた。フィリッパが家に帰ってきたからである。

雨がちの夏には珍しく晴れた日だったので鷹狩りに行きたかったが、腹立たしいことに、それはかなわなかった。収穫が迫っていたため、二、三十人からなる土地管理人、財産管理人が、急ぎ面談を求めてきたのだ。全員が同じ問題を抱えていた。畑地では作物が実っているのに、それを獲り入れる人手が足りないのである。

ラルフが力になれることは何もなかった。布告を無視し、高給を求めて村を出る労働者を、彼はことあるごとに訴追してきた。それなのに、捕まる者はわずかで、その連中も、稼ぎのなかから罰金を払うとまた逃げ出した。だから、何か手を打たなければならないのは土地管理人のほうだった。それにもかかわらず、彼らはみなラルフに自らの窮状を説明したがったために、彼はその話を聞き、その場しのぎの計画に許可を与えるしかなかったのである。

広間は人で一杯だった。土地管理人、騎士、重騎兵、数人の聖職者、そして、十人以上の使用人がうろうろしている。彼らの声が静かになったところで、不意に外で烏が鳴いた。耳障りなその声は、さながら警告を発しているかのようだった。そして、ラルフが顔を上げると、入り口にフィリッパの姿があった。

彼女はまず使用人たちに声をかけた。「マーサ！　このテーブルには食事のときの汚れがまだついてるわよ。お湯を持ってきて、すぐに拭きなさい。ディッキー——伯爵ご愛用の駿馬を見てきたけど、きのうの泥にまみれてたわよ。それなのに、おまえはここで油を売ってるの？　いますぐ厩舎に戻って、あの馬をきれいにしなさい。そこの少年、子犬を外に出しなさい。床に粗相をしたでしょう。この広間に入れていいのは伯爵のマスチフだけだとわかっているでしょう」使用人たちはにわかに動き出し、命令を受けていない者までもが仕事を探しにかかった。

フィリッパが使用人に命令するのは、ラルフは気にならなかった。うるさくいう女主人がいないと連中は怠ける。

彼女はラルフに近づくと、膝を曲げて深くお辞儀した。それが、長く留守にしたあとにふさわしい唯一の所作だからだ。ただし、彼にキスしようとはしなかった。

ラルフは当たり障りのない口調で声をかけた。「これは……思いがけなかったな」

フィリッパが苛立たしげにいった。「用がなければわざわざこなかったわ」

ラルフは内心で呻いた。「では、用とは何だ？」何であれ、問題が起こるのは確実だった。

「わたしの荘園のイングズビーのことよ」

フィリッパはわずかながらも自身の地所を所有しており、グロスターシャーにあるいくつかの村は、ラルフではなく彼女に進貢されたものだった。彼女が女子修道院へ移り住んでからは、そういった村の土地管理人がキングズブリッジ修道院に彼女を訪ね、貢納については直接彼女に報告していた。それはラルフも承知していたが、イングズビーは厄介な例外だった。その荘園はラルフに進貢されたのだが、フィリッパに譲渡したのである——彼女が出ていってからは、それをすっかり忘れていた。「くそ、うっかりしていた」

「いいのよ」フィリッパがいった。「考えることがたくさんあるでしょうから」

思いがけずも、なだめるような言葉だった。

彼女は上階の私室へ行き、ラルフは仕事に戻った。土地管理人が実りを迎えた小麦畑を数え上げたり刈り手の不足を嘆いたりするなか、半年におよぶ別居で彼女も少しは丸くなったかと、ラルフは考えていた。それでも、長居はしてほしくなかった。彼女の隣りで眠るのは、死んだ牛と寝るようなものだ。

フィリッパは夕食時にふたたび現われ、ラルフの隣りに坐って、食事中に訪れた何人かの騎士と礼儀正しく言葉を交わした。相変わらず冷ややかでよそよそしく、愛情はおろかユーモアさえ感じられないが、婚礼後に見せた、容赦ない冷たい憎しみの影はまったくなかった。消え去ったのか、それとも、胸の奥深くに秘めているのか。食事がすむと、フィリッパは騎士との飲食をラルフにまかせて、ふたたび自室へ退がった。

ラルフは彼女がこのままここに居つくという可能性も考えてみたが、最終的にはその考えを捨てた。あの女はおれを愛するどころか、好きだったことさえないのだ。長いあいだ離れていたために、敵意の角が取れただけだ。底にある本心が消えることは決してないだろう。

上階へ上がったときには寝ているものと思っていたが、驚いたことに、彼女は書き物机にいた。象牙色をしたリネンの寝巻き姿で、一本の蠟燭が堂々とした顔と濃い黒髪に柔らかな光を投げかけている。彼女の前には、少女らしい手による一通の長い手紙があった。モンマス伯夫人となったオディーラからのものだろう。その返事をしたためているのだ。大方の貴族と同じく、仕事の手紙は書記に口述するが、私信は自分で書く習慣だった。

ラルフは便所へ行ってから、上衣を脱いだ。夏場はたいていズボン下姿で寝るのだ。

フィリッパは手紙を書き終えると立ち上がり、その拍子に、机の上のインク壺をひっくり返してしまった。後ろへ飛び跳ねたが、遅かった。どういうわけか、インクは彼女に向かってこぼれて、白い寝巻きに大きな黒いしみをつけた。フィリッパが悪態をついた。彼は密かに面白がった。あれほど几帳面な女がインクまみれになるとは愉快じゃないか。

彼女はためらいを一瞬見せてから、頭から寝巻きを脱いだ。

これには驚かされた。普段のフィリッパは服を脱ぐのが早いほうではない。インクを浴びてうろたえているのだろう。ラルフは彼女の裸体を見つめた。女子修道院にいて、やや太ったようだ。以前より胸が大きくなり、丸みも増している。腹にはわずかではあるがそれとわかる膨らみがあり、腰回りは盛り上がって、魅力的な曲線を描いていた。自分でも驚いたことに、彼はそそられた。

脱いだ寝巻きを丸めてタイル張りの床のインクを拭き取ろうと、フィリッパが身体をかがめた。床を拭くたびに胸が揺れる。彼女が向こうを向くと、気前がいいことに、尻が丸見えになった。よく知らない間柄だったら、この女は自分を焚きつけようとしているのではないかと疑っただろう。だが、フィリッパは夫はおろか、だれに対してもそんなことをする女ではない。単に当惑し、動揺しているだけなのだ。だからだろうか、床を拭く裸体を見つめていると、ラルフはさらに興奮した。

最後に女と時を過ごしたのは何週間も前だ。しかも、その女はソールズベリーの娼婦で、到底満足できる代物ではなかった。

フィリッパが立ち上がったとき、ラルフは勃起していた。

自分を見つめる夫を、フィリッパが見返した。「こっちを見ないで。もう寝てください」

そして、汚れた寝巻きを洗濯籠に投げ入れると、衣装箱へ行って蓋を開けた。着るもののほとんどは、キングズブリッジへ行くときにここへ置いていた。高貴な客人ではあっても、女子修道院で派手な服を着るのはふさわしくないように思えたからだ。別の寝巻きが見つかった。

それを手に取るフィリッパを、ラルフは舐めるような目で見つめた。上を向いた胸や、黒々とした毛に覆われた股間の盛り上がりを見ていると、口のなかが渇いてきた。

その眼差しに気づいて、フィリッパがいった。「わたしに触らないでよ」

もしこういわれなかったら、ラルフは横になって眠りについただろう。だが、きっぱりとはねつけられたせいで、彼は刺激された。「おれはシャーリング伯で、おまえはおれの妻だ。いつでも好きなときに触るさ」

「できもしないくせに」彼女はそういうと、寝巻きを着ようと背を向けた。

それがラルフに火をつけた。彼女が頭から寝巻きをかぶろうと持ち上げたときを狙って、尻をぴしゃりと叩いた。素肌を思いっきり叩いたのだから、痛かったのは確かだ。フィリッパが飛び上がって悲鳴を上げた。「つんけんするのもいい加減にしろ」彼はいった。振り返った彼女の口元に抗議の色が見えたので、衝動的にその口を殴りつけた。彼女が後ろへよろめいて床に倒れ、口を押さえた。指のあいだから血が流れ出した。裸で仰向けのうえに、両脚が開いていたので、黒々とした三角形が丸見えだった。そこの割れ目が、誘っているかのように、やや開いて見えた。

ラルフは妻にのしかかった。

フィリッパは執拗にもがいたが、彼のほうが身体が大きくて力も強く、抵抗は難なく押さえ込まれた。ラルフは彼女のなかへ入っていった。そこは乾いていた。だが、なぜかそれにさえそそられた。

すべてはあっという間に終わった。息を切らしながらフィリッパから離れ、ややあってから、彼女を見た。口に血がついていた。目はラルフを見るでもなく閉じられていた。だが、その表情は何か奇妙だった。その意味をしばらく考えてみたが、前にもまして混乱しただけだった。

彼女の表情には、勝ち誇ったような色があった。

マーティンはフィリッパがキングズブリッジへ戻ったことを知った。彼女の使用人をベル・インで見かけたのだ。その夜は自分の家へきてくれると思っていたのでがっかりした。フィリッパは当惑しているに違いない。たとえやむにやまれぬ理由があって、愛する相手が理解を示してくれたとしても、自分のしたことに納得できる女性はいないだろう。

フィリッパが姿を見せないままさらに一晩が過ぎ、日曜になった。教会でなら会えるのではないかと期待したが、彼女は礼拝にも現われなかった。貴族が日曜のミサに出ないなど、ほとんど聞いたことがない。どういう理由で避けているのだろう。

礼拝が終わると、ローラをアルンとエムに預けて家へ帰し、マーティンは芝生を横切って古い施療所へ向かった。上の階の三部屋は賓客用になっている。彼は外の階段を使った。廊下で、カリスと鉢合わせした。

ここで何をしているのかとは、彼女は訊こうともしなかった。「伯爵夫人はあなたに会わないほうがいいといってるけど、たぶん会ったほうがいいわね」

マーティンはその奇妙な言い回しに気がついた。〝会いたくない〟ではなくて、〝会わないほうがいい〟のか。カリスが手に持っている容器に目をやった。血のついた布切れが入っている。恐怖に襲われた。「何かまずいことでも？」

「大したことじゃないわ」カリスが応えた。「赤ちゃんは無事よ」

「それはよかった」

「あなたが父親なのよね？」

「頼むから、だれにも知られないようにしてくれないか」

カリスが悲しげな顔をした。「あなたとはずっと一緒だったのに、妊娠したのは一度きりだったわね」

マーティンは顔をそむけた。「夫人の部屋は？」

「自分のことばかり話してごめんなさいね。わたしのことなんかに興味はないわよね。レディ・フィリッパは真ん中の部屋にいるわ」

彼女の声にこらえられない悲しみが感じられたので、フィリッパが心配だったにもかかわらず、マーティンはカリスの腕に手をかけた。「ぼくがきみに興味がないなんて思わないでくれ。きみがどうしているのか、幸せなのかと、いつも気にかけているんだ」

カリスがうなずいた。目に光るものがあった。「わかってる。わたし、ちょっと自分勝手だったわね。さあ、フィリッパに会いに行って」

マーティンはカリスと別れると、真ん中の部屋に入った。フィリッパは彼に背を向ける形で、祈禱台に向かってひざまずいていた。祈りの途中で、彼は声をかけた。「大丈夫かい？」

フィリッパが立ち上がって振り向いた。ひどい顔だった。唇が普段の三倍にも腫れあがって、ひどいかさぶたになっている。

カリスが傷口を洗ってやったのだろう——だから、あの布切れに血がついていたのだ。

「何があったんだ？ 話せるか？」

フィリッパがうなずいた。「大丈夫よ、聞き取りにくいかもしれないけどね」ぼそぼそとした声だったが、聞き取れないわけではなかった。

「傷は痛む？」

「ひどい顔に見えるでしょうけど、大したことはないの。この傷以外は何もないわ」

身体に腕を回すと、フィリッパがマーティンの肩に頭を預けた。彼女を抱き締めて、そのまま待った。しばらくすると、彼女が泣きはじめた。むせび泣くあいだ、髪や背中をさすってやり、慰めの言葉をかけ、額にキスしたが、泣きやませようとはしなかった。

むせび泣きが徐々におさまっていった。

マーティンは頃合いを見計らって声をかけた。「唇にキスしてもいいかな？」

彼女がうなずいた。「そっとね」

そっと唇を重ねた。アーモンドの味がした。カリスが傷口にアーモンド油を塗ったのだ。

「何があったのか、話してくれないか」

「うまくいったのよ。ちゃんと騙せたわ。彼は自分の子だと確信するでしょうね」指先で彼女の唇に触れる。「それなのに、あいつがこれを？」

「怒らないで。挑発するつもりで、それがうまくいったんだから。殴られてよかったのよ」

「よかっただって？　どうして？」

「だって、あの人は力ずくでやるしかないと思ってるの。暴力を使わなければ、わたしを屈服させられないと信じているのよ。わたしのほうから誘うなんて、これっぽちも思っていないのよ。疑われることはまずないわ。つまり、わたしは安全ってことよ――わたしたちの子供もね」

マーティンは彼女の腹に手を添えた。「それなら、どうして会いにきてくれなかったんだ？」

「こんな顔なのに？」

「きみが傷ついているときこそ一緒にいたいんだ」手を胸へと持っていく。「それに、寂しかったし」

フィリッパがその手を払いのけた。「娼婦じゃあるまいし、そう次々と相手ができるわけがないでしょう」

「そうか」考えたこともなかった。

「わかってくれる？」

「もちろん」女性がきまり悪く感じるのは理解できた――ただ、男の場合は同じことをしたら自慢するだろう。「でも、いつまで……？」

フィリッパがため息をついて身体を引いた。「そういう問題じゃないの」

「どういう問題なんだ？」

「この子はラルフの子だと世間に知らせると決めて、彼にそう信じさせることはできたわ。でも今度は、彼はこの子を自分の手で育てたいと思うようになるわよ」

マーティンはうろたえた。「そこまでは考えていなかったな。きみは修道院を離れないものと思ってたから」

「ラルフはこの子を女子修道院で育てるのを許さないわ。この子が男の子だったらなおさらよ」

「それなら、きみはどうするんだい？　アールズカースルへ戻るとでも？」

「そうよ」

この子はまだまだこれからだ。いまはまだ一人の人間ではなく、赤ん坊ですらなく、フィリッパの腹の膨らみにすぎない。それでも、マーティンは刺すような悲しみに襲われた。ロ―ラは自分の人生の最大の楽しみとなっていたが、さらなるわが子も熱望していたのだ。

だが、いましばらくはフィリッパと一緒にいられる。「いつ行くつもりなんだ？」

「すぐにもよ」彼女はそう答えたが、マーティンの表情を見たとたんに涙があふれた。「わたしがどんなに残念に思っているか、言葉ではとても表わせない――あなたと愛し合っていながらラルフのもとへ戻るなんて、申し訳ないと心底から思ってるわ。わたしのこの気持ちは、相手がだれであっても変わらないと思う。両方に対して同じ気持ちを抱くんじゃないかしら。でも、あなたたちは兄弟だから、より一層残酷よね」

マーティンの目も涙でかすんできた。「つまり、ぼくたちはもう終わりということなのか？　いま、この場で？」

フィリッパがうなずいた。「それから、いっておかなくてはならないことがもう一つあるの。あなたとは絶対に恋人同士になれない理由がね。わたし、不義を告白したの」

フィリッパに専任の聴罪司祭がいるのは知っていた。高貴な身分の女性なら当然だ。彼女がキングズブリッジにきてからも、その司祭は修道士とともに暮らしていた。数の少なくなった修道士にとっては、聖職者が加わるのは歓迎すべきことだった。そしていま、彼女は密通を告白した。マーティンとしては、その秘密が告解席の外へ漏れないことを願うしかなかった。

フィリッパがつづけた。「赦しは得られたけど、罪をつづけてはいけないわ」

マーティンもうなずいた。彼女のいうとおりだ。自分たちはどちらも罪を犯した。彼女は夫を裏切り、自分は弟を裏切った。彼女なら結婚を強制されたと申し開きもできるが、自分には何もない。美しい女性が自分を愛し、自分には何の権利もないのに、その愛に応えたのだ。いま感じている悲しみと喪失の痛みは、そういう行動を取った当然の報いだ。

彼女――灰色の冷たい目、殴られた口、豊満な肉体を――を見ると、あらためて失ったのだとはっきりわかった。だが、自分のものだったことなど、そもそも一度としてなかったのかもしれない。いずれにしろ、何もかもが初めから間違いだったのであり、それがここにきて終わりを迎えたのだ。声をかけ、別れを告げようとしたが、喉がつかえて言葉が出てこなかった。涙でほとんど前が見えなかった。後ろを向いて手探りで扉に達すると、やっとの思いで部屋の外へ出た。

水差しを持った修道女が廊下を歩いてきた。だれなのかはよく見えなかったが、かけられた声でカリスだとわかった。「マーティン？　大丈夫？」

返事はしなかった。反対方向へ進み、扉を抜けて、外の階段を降りた。だれをはばかるでもなく思いきり涙を流しながら大聖堂の芝生を横切り、大通りを抜け、橋を渡って島へ戻った。

80

一三五〇年九月は寒くて雨がちだったが、それでも幸福感が漂っていた。湿り気を帯びた小麦の束が周辺の田舎で集められるなか、キングズブリッジでペストで亡くなったのは一人だけだった。六十歳になる仕立屋のマージ・テイラーである。十月になっても、十一月、十二月になっても、だれもその疫病にかからなかった。少なくとも、当面は完全に消え失せたようだと、マーティンは喜んだ。

冒険心に富み、絶えず変化を求める者が田舎から町へと移り住む昔からの風習が、ペストがはびこっているあいだは逆向きになったものの、ここへきてふたたび始まっていた。人々はキングズブリッジにやってきて空き家に移り住み、家を修理して、修道院に家賃を払った。以前の所有者やその後継ぎが死に絶えると同時に姿を消した稼業に代わって、新たな仕事を始める者も出てきた――パン屋、醸造所、蠟燭工場などである。長老参事(オールダーマン)であるマーティンは、修道院から課せられていた認可の取得に関わる長たらしい手つづきを一掃して、店や市の屋台の開設を容易にした。週ごとに開かれる市は活気を見せはじめた。

マーティンはスモール・アイランドに建てた店や家や居酒屋を一軒ずつ貸し出した。借主は冒険心あふれる新顔だったり、よりよい場所を求める、以前からの商人だったりした。二つの橋で結ばれた島を貫く道は、大通りが延長された形となったために、一等地の商業地所となった――マーティンが十二年前に予測したとおりである。橋での仕事の支払いに岩だらけの島を求めて、頭がおかしくなったと人々から思われたときだ。

冬が近くなると、何千という炉火から上がる煙が茶色い雲となって、以前のように町に低く垂れ込めた。それでも、人々は仕事や買い物をつづけ、飲み食いをし、宿屋で賽を振り、日曜には教会へ行った。ギルド会館では、聖堂区ギルドが自由都市ギルドとなって初めてとなる、クリスマス・イヴの宴が開かれた。

マーティンは修道院長と女子修道院長を招いた。その二人にはもう商人を支配する権限はなかったが、町の有力者であることに変わりはなかったからである。フィルモンは姿を見せたが、カリスは招待を断わった。周囲が心配になるぐらいに、彼女は内にこもっていた。

マーティンはマッジ・ウェバーの隣りに坐った。彼女はいまやキングズブリッジはおろか、おそらく国内一裕福な商人で、最大規模の雇用主となっていた。副長老参事を務めていて、副の文字が取れてもおかしくないのだが、それはその地位に女性がつくことが滅多になかったせいである。

マーティンが手がけたいくつもの事業のなかに、キングズブリッジ・スカーレットの品質を向上させた、踏み子式織機を製作する作業場があった。マッジはその生産量の半分以上を買い占めたが、残りを注文したのは、遠くはロンドンからやってきた積極的な商人たちだった。この織機は部品が複雑に絡み合うために正確に組み立てねばならず、したがって、マーティンは最高の建具師を雇う必要があった。完成品には製作に要した倍以上の金額をつけたが、それでも買い手が殺到した。

マッジとの結婚をそれとなく勧める者もいたが、二人ともその気にはならなかった。大男の体格に聖人の気質を兼ね備えていたマークに比肩する男を、彼女は見つけられないでいた。これまでもずんぐりとした体形だったが、このところはとみに太っていた。四十代を迎え、肩からお尻までがほとんど同じ幅という、大樽のように見える女性陣に仲間入りするところである。よく食べ、よく飲むのが最大の楽しみなのだろう。林檎と丁子のソースをかけ、生姜で味つけした塩漬け肉を貪る彼女を眺めながら、マーティンはそう思った。それ以外にあるのは金儲けだ。

二人は食事を終えると、甘味と香料を加えたヒポクラスという温めたワインを口にした。マッジは一息で飲むとげっぷして、隣りに坐っているマーティンにいった。「あの施療所は何とかしないといけないわね」

「そうなのか？」問題があるとは知らなかった。「ペストも終息したから、施療所を必要とする人もそれほどいないと思ってたけどな」

「絶対に必要よ」きっぱりとした口調だった。「いまだって熱を出したり、お腹が痛くなったり、悪性の腫瘍になる者はいるんだから。女のなかには妊娠したいのに子供ができない者、それに、妊娠の合併症にかかる者がいる。子供たちは火傷したり木から落ちたりで、男は馬から投げ出されたり敵に刺されたり、怒った女房に頭をかち割られたりで——」

「わかったよ、状況は飲み込めた」マーティンには、彼女の饒舌ぶりがおかしかった。「それで、問題というのは何なんだい」

「もうだれも施療所に行かなくなってるのよ。みんなブラザー・シムが好きじゃないし、何よりも、あの男の知識を信じていないの。わたしたちみんながペストに耐えていたときに、あの男はオックスフォードで古文書を読んでいただけで、いまではだれも信じていない瀉血や吸角法（体表の患部に血液を吸い寄せて放血する昔の療法）なんて治療法をいまだに処方するんだもの。みんなはカリスがいいのよ——絶対に出てきてはくれないけどね」

「施療所へ行かないのなら、病気になったときはどうしているんだ？」

「マシュー・バーバーか、薬剤師のサイラス・ポスカリーのところへ行ってるわ。あるいは、女性の問題を専門に扱う、新顔のマーラ・ウィズダムのところへね」

「それで、きみが心配しているのは？」

「みんなが修道院のことで文句をいいはじめているのよ。修道士や修道女が助けてくれないなら、塔を建てるお金をどうして出さなきゃならないんだってね」

「そういうことか」塔の建設は一大事業だ。一個人では到底資金を確保できない。修道院に女子修道院、それに町の基金を組み合わせるのが、資金を捻出する唯一の方法だ。町が金を出さなければ、この事業は暗礁に乗り上げかねない。「よくわかった」マーティンの声に危惧が現われた。「これは大問題だ」

大半の人にはいい一年だったわ。クリスマスの礼拝に最後まで出ていたカリスは、そう思った。ペストがもたらした惨状に、人々は驚くほどの速さで順応していた。あの疫病はひどい苦しみをもたらし、文化的な生活を崩壊寸前にまで追い込んだが、その一方で、大改革の機会も与えてくれた。彼女の計算では、人口のほぼ半数が命を落としたが、残った農民は最も肥沃な土地だけを耕せるようになったおかげで、一人当たりの収穫量が増えたという効果があった。労働者勅令を強要しようとしたラルフ伯爵のような貴族がいたにもかかわらず、人々が給料の高い土地——たいていは肥沃な土地——への移住をつづけていることを、カリスは喜んだ。穀物はたっぷりあり、牛や羊の群れもふたたび増えてきた。女子修道院もうまくいっている。これはゴドウィンが逃げ出したあと、カリスが修道士と修道女の業務も再編成したからであり、修道院はこの百年で最も栄えていた。富が富を生み、田舎が好況だと、町にはさらなる仕事がもたらされるため、キングズブリッジの職人や商人はかつての豊かさへ戻りはじめていた。

礼拝が終わって修道女が教会を出ていくときに、修道院長のフィルモンがカリスに声をかけた。「女子修道院長、話がある。館へきてもらいたい」

そのような申し出にためらうことなく丁寧に応じたときもあったが、そういう時代は終わっていた。「お断わりするわ」

彼の顔がすぐさま赤くなった。「私との会話を断わることなどできんぞ！」

「会話を断わったのではないわ。あなたの館へ行くのを断わったのよ。位が下の者のように、あなたの前へ呼びつけられるいわれはないわ。それで、話というのは何？」

「施療所のことだ。苦情が出ている」

「それなら、ブラザー・シムに話したらどう？——責任者はあの人でしょう。よくご存知でしょうけどね」

「まともに会話もできないのか？」激昂している。「この問題をシムが解決できるのなら、あんたにではなく彼に話している」

二人は歩廊まできていた。カリスは中庭を囲む低い壁に腰掛けた。石が冷たい。「話ならここでもできるわ。それで、用件は何なの？」

フィルモンは苛立っていたが、逆らわなかった。彼女の前に立つと、いまや彼のほうが位が下に見えた。「町の住民は施療所に不満を抱いている」

「当然ね」

「ギルドのクリスマスの宴の席で、マーティンから苦情をいわれたんだ。住民はここへはもうこず、サイラスのような藪医者にかかっていると」

「サイラスはシムほど藪医者ではないわ」

数名の修練士が近くで聞き耳を立てているのに、フィルモンが気づいた。「向こうへ行け。

勉強に戻るんだ」

彼らは蜘蛛の子を散らすように走っていった。

フィルモンがつづけた。「住民は、施療所にはあんたがいるべきだと考えている」

「わたしも同感よ。だけど、シムのやり方には従えません。彼の治療法は何の効果ももたらさないのが関の山で、ほとんどの場合は患者を悪化させているわ。だから、住民は病気になってもここへはこないのよ」

「あんたの新しい施療所は患者が少なすぎるから、われわれが共同宿舎として使っている。それは気にならないのか？」

このからかいはこたえた。カリスはぐっと息を呑み、目をそらした。「心が痛むわ」

「では、戻ることだ。シムに歩み寄れ。あんただってここへきた当初は、修道医の下で働いたんだ。当時はブラザー・ジョゼフが上級医だった。彼もシムと同じ訓練を受けたんだ」

「そのとおりよ。あのころだって、ジョゼフが修道士のすることには有害無益な場合もあると思っていたけど、一緒に働くときもありました。でも、ほとんどの場合、彼らの手は借りなかったわ。わたしたちも最善と思ったことをしたのよ。彼らが診療するときでも、わたしたちはいつも指示どおりにやっていたわけではないわ」

「連中がいつも間違っていたとはいわないんだな」

「それはそうよ。彼らだって病気を治したこともあるんだから。わたしが憶えているのは、ジョゼフがある男性の頭を開き、耐えがたい苦痛をもたらしていた液体を抜いたことよ——

あれは実に印象的だったわ」

「では、これからも同じようにすればいいだろう」

「それはもうできないわ。シムがやめさせたんじゃないの。彼は自分の書物や道具を薬剤室へ移して、病院を監督しています。あなたがそれを勧めたんじゃないの。本当のところは、全部あなたの考えなんでしょ？」フィルモンの表情が図星だと白状していた。「あなたと彼とで、わたしを追い出そうとたくらんだのよ。それはうまくいったわよね——それなのに、今度はその結果で苦労しているわけね」

「昔のやり方に戻ることもできる。シムには出ていかせる」

カリスは首を振った。「ほかにも変わったことがあるわ。わたしはペストから多くを学びました。これまで以上に確信しているのは、医者による治療は、ときとして命にかかわるということです。あなたと歩み寄ったがゆえに、人を殺すことなどできません」

「この問題がどんなに大事(おおごと)か、わかっていないようだな」思い上がった表情がかすかに浮かんだ。

では、ほかにも何かあるのだ。この男はなぜこの件を持ち出したのだろう、とカリスは訝った。施療所を気にかけるなど、フィルモンらしくない。治療のことなどわれ関せずだったのに。関心があることといえば、みずからの地位を高めることと、もろい自尊心を守ることぐらいなのだから。「そうかしら」と、彼女は口を開いた。「何を隠しているの？」

「住民が新しい塔の資金提供を打ち切ろうとしているんだ。連中がいうには、修道院が自分たちの望むものを提供しないのに、なぜ大聖堂にこれ以上の金を出さなくてはならないのかというわけだ。それに、町が自由都市になったから、修道院長の私には金を出すよう強制はできないときている」

「それで、もし住民がお金を出さないと……？」

「あんたの愛しのマーティンは、長年温めてきた計画をご破算にせねばなるまいな」フィルモンが勝ち誇ったようにいった。

フィルモンがそれを奥の手と考えているのは、カリスにも読めていた。そういう脅しに動揺したことも、以前には確かにあった。だが、いまはそうではない。「マーティンはもうわたしの愛しの人ではないわ。そういう発言もやめてもらいましょう」

フィルモンの顔に動揺が走った。「だが、司教はこの塔に懸けている――それを脅かすことなどできんぞ！」

カリスは立ち上がった。「そうかしら？」そして、畳みかけた。「それはなぜ？」彼女は向きを変えて、女子修道院のほうへ向かった。

フィルモンが面食らい、彼女の背中に呼びかけた。「どこまで向こう見ずになれば気がすむんだ！」

これ以上は無視するつもりだったが、考えを変えて説明することにした。「いいこと、わたしはこれまで大切にしてきたものを何もかも奪い取られたのよ」そして振り向き、感情を抑えていった。「すべてを失うと――」取り繕った顔が崩れそうになり、声が割れたが、それでも話しつづけた。「すべてを失うと、失うものは何もなくなるのよ」

初雪は一月に降った。大聖堂の屋根を厚く覆い、精密に彫られた尖塔に丸みを持たせ、正面入り口の上にかかる天使や聖人の顔を覆い隠した。塔の土台となる新しい石積みには、新たに塗られたモルタルを冬の霜から守るために藁がかけられていたが、雪はその藁の上にも降り積もった。

修道院に暖炉はわずかしかない。厨房には当然のことながら火があるので、そこの仕事は修練士のあいだで常に人気があった。だが、修道士や修道女が日々七、八時間を過ごす大聖堂には、火は一切なかった。教会が焼け落ちるのは、我慢できなくなった修道士が教会内に火鉢を持ち込み、火の粉が木の天井へ燃え移った場合が普通である。修道士や修道女が教会内にいず、作業にも従事していないときは、歩廊で散歩したり書物を読んだりしているものだが、そこは戸外だった。唯一ほっとできる場所は暖房室で、この小部屋は歩廊と隣り合っていて、どんなに厳しい天候のときでも火が焚かれていた。短いあいだであれば、歩廊から暖房室への入室が認められていた。

カリスはいつものように規則や伝統を無視し、冬場は修道女に毛織りの長靴下の着用を許可した。忠実な僕がしもやけになるのを、神がお求めになるとは思わなかったからである。

アンリ司教は施療所のことを――正確にいえば、塔の建設が危ぶまれることを――大いに気にかけていたため、雪のなかをシャーリングからキングズブリッジまでやってきた。蠟引きした幌とクッションのある座席がついた、シャレットという重たい木製の馬車に乗ってである。クロード司教座聖堂参事とロイド助祭長が出迎えた。彼らは修道院長の館で服を乾かし、身体を温めるワインを口にしただけで、すぐさま緊急会議を招集し、フィルモン、シム、カリス、ウーナ、マーティン、マッジを呼びつけた。

カリスは時間の無駄だとわかっていたが、とにかく足を運んだ。断わるよりも楽だからである。断わったら、女子修道院に閉じ込められ、果てしない懇願、命令、脅しに対処をしつづけなくてはならない。

彼女がガラス窓の外を舞う雪を見ているあいだに、アンリ司教が重苦しい顔で手短に苦情を述べた――彼女にはまったく興味のない話である。「この由々しき事態は、マザー・カリスの不誠実かつ反抗的な態度によって引き起こされたものである」

その言い分にむっとして、カリスはいい返した。「わたしはここの施療所で十年働きました。わたしがしてきたこと、また、わたしの前任のマザー・セシリアがしてきたことが、住民のあいだで高い評判を呼んだのです」そして、司教に対してぶしつけにも指を向けた。「それをあなたが変えたのです。他人(ひと)のせいにしないでください。あなたがその椅子に坐って、今後はブラザー・シムを責任者にすると告げたのです。自分の馬鹿げた決断がもたらした結果に対して、いまこそあなた自身が責任を取るべきです」

「私に逆らうのか！」アンリが苛立ち、金切り声になった。「おまえは修道女だ――誓いを立てたのだぞ」その耳障りな声のせいで猫の〝大司教〟が気分を害し、起き上がって部屋から出ていった。

「それはよくわかっています」と、カリス。「だからこそ、わたしは辛い立場に置かれているのです」特に前もって考えたうえで話しているわけではなかったが、口をついて出てきた言葉はそれほど不適切なものとは思えなかった。それどころか、数カ月にわたって熟慮を重ねた産物といえた。「このような形では、これ以上神にお仕えすることはできません」そうつづけた声は落ち着いていたものの、心臓は早鐘を打っていた。「ですから、誓いを放棄して、修道院を去ることにしました」

アンリが文字どおり立ち上がった。「そんなことは許さん！」彼は大声を上げた。「神聖な誓いを放棄などさせんぞ」

「神はお認めになると思いますが」カリスは蔑みの色をほとんど隠すことなく告げた。

火に油を注ぐ形となった。「一個人が神と対等に取引できるというその考えは、悪意に満ちた異端だ。ペスト以降、そのような御託がまかりとおっている」

「そうなった理由の一つが、ペストの際に人々が教会へ助けを求めにきたとき、聖職者や修道士が……」ここでフィルモンに目をやった。「腰抜けのように逃げ出したあとだと知ったからだとはお思いにはなりませんか？」

食ってかかろうとするフィルモンを、アンリが手で制した。「私たちに誤りがないとはいわないが、人々が神に近づけるのは、教会と聖職者を通じた場合に限られることに変わりはない」

「あなたがそのようにお考えになるのは当然ですが」と、カリス。「正しいとは思えませんね」

「おまえは悪魔だ！」

クロード司教座聖堂参事が口をはさんだ。「司教、あらゆる点を考えてみても、あなたとカリスが公然といい争ったところで何の益もありません」そして、カリスに気さくに笑いかけた。彼と司教とのキスの現場を見たのにそれを他言しなかったので、カリスに対して好意的だった。「マザー・カリスがいま見せている非協力の姿勢は、これまでの長年にわたる献身的な、ときには勇敢な活動で帳消しとされるべきです。それに、彼女は人々から愛されています」

アンリが応えた。「だが、誓いの放棄を認めたらどうなるのだ？　それでこの問題が解決するのか？」

マーティンは初めて口を開いた。「私から提案があります」

全員の目が彼に注がれた。

マーティンは話しはじめた。「町に新しく施療所を建てるのです。スモール・アイランドの広い土地を、私が寄贈します。修道院から独立した、新たな女子修道院の一団をそこでの仕事にあたらせるのです。シャーリング司教が精神的拠り所となるのはもちろんですが、キングズブリッジの修道院長やどの医師とももつながりは持たせません。その新しい施療所の管理は、ギルドによって選ばれた町の第一人者である一般の後援者に任せて、その人に女子修道院長を任命させるのです」

全員が長いあいだ口をつぐみ、この途方もない提案を理解しようとした。カリスは雷に打たれたように感じた。新しい施療所……あの島で……住民が資金を出し……新たに集められた修道女が仕事をし……修道院とはつながりを持たず……

一同を見渡してみる。フィルモンとシムは明らかにこの考えを嫌っていた。アンリにクロード、そしてロイドは、ただただ呆然としている。

アンリ司教がようやく口を開いた。「その後援者となる人物は、非常に強大な権力を持つことになる――住民を代表し、金を出し、女子修道院長を任命するのだからな。その役割を果たす者が施療所を管理するわけか」

「そのとおりです」と、マーティン。

「私が新しい施療所を許可したら、住民は塔への資金提供を喜んで再開すると？」

マッジ・ウェバーが初めて口をきいた。「正しい後援者が任命されたら、そうなります」

「それで、それにはだれがいいと？」と、アンリが訊いた。

周囲が自分を見つめていることに、カリスは気づいた。

それから数時間後、カリスとマーティンは厚手の外套に身を包み、長靴を履いて、雪のなかをスモール・アイランドへ向かっていた。彼が考えていた場所をカリスに見せるためだった。マーティンの家からも離れていない西側にあり、川を見下ろせた。

人生の突然の変わりように、カリスはまだ当惑していた。修道女の誓いから解放されるのだ。およそ十二年ぶりに、一般市民に戻るのだ。修道院を去ることには、さしたる悲しみはなかった。愛した人たちはみな死んでしまった――マザー・セシリア、オールド・ジュリー、メアー、ティリー。シスター・ジョーンとシスター・ウーナももちろん好きだったが、思い入れは同じではなかった。

そして、今度は施療所を任される。その新しい施設の女子修道院長を任命および解雇する権利があるということは、ペストによってもたらされた新しい考えに沿って管理できるということだ。司教がすべて認めたのだから。

「ここでも回廊の配置を使うべきだと思うんだ」マーティンがいった。「きみが担当だった短い期間でも、とてもうまくいっていたようだったから」

カリスはまっさらな雪を眺めながら、自分には白いものしか見えていないのに、壁や部屋を思い描ける彼の想像力に感じ入った。「入り口のアーチは広間のように使われていたわ」カリスはいった。「人々はそこで待って、修道女は何をすべきかを決める前に患者を診察したの」

「もっと広くしたいと？」

「本物の待合室にするべきじゃないかしら」

「わかった」

カリスは呆然とした。「こんなこと、信じられないわ。何もかもわたしが望んでいたとおりになるんだもの」

　彼がうなずいた。「苦労した甲斐があったよ」

「そうなの？」

「きみが望むだろうことを自問して、それをかなえる方法を見つけ出したってわけさ」

　カリスはマーティンを見つめた。結論にいたった論法の過程を説明しているにすぎないというように、しごくあっさりと述べている。でも、わたしの願いに思いを馳せ、それをかなえる方法を考えてくれていたのだ。それなのに、それがわたしにとってどれほど重大なことかは、わかっているくせに、まったくわかっていないような顔をしている。

　カリスは訊いた。「フィリッパの赤ん坊は？」

「無事生まれたよ。一週間前にね」

「どっちだった？」

「男の子だ」

「おめでとう。もう顔は見たの？」

「いや。世間的には、ぼくは伯父にすぎないのでね。ラルフが手紙を寄越しただけだよ」

「名前は決まったの？」

「ローランドだよ。いまは亡き伯爵にちなんだらしい」

　カリスは話題を変えた。「この川の水は、こんなに下流まできたらきれいとはいえないわね。施療所にはきれいな水が絶対に必要なんだけど」

「うんと上流の水を引いてくるように配水管を敷くよ」

雪が小降りになり、やがてやむと、スモール・アイランドがはっきりと見渡せた。

カリスは微笑した。「あなたは、どんなことにも解決策を持ってるみたいね」

マーティンが首を振った。「問題が簡単だからさ。きれいな水、風通しのいい部屋、待合室、そのぐらいならどうってことはない」

「それなら、難しい問題というのは？」

マーティンが彼女に向き直った。赤い髭に雪がついている。「こういう問題だよ――彼女はまだぼくのことを愛しているだろうか」

二人は長いことお互いを見つめ合った。

カリスは幸せだった。

第七部　一三六一年三月～十一月

81

ウルフリックは四十歳になっていたが、グウェンダのなかでは、いちばんの美男のままだった。黄褐色の髪には白いものも混じっていたが、それゆえに頑健かつ聡明に見えた。若いころは幅広の肩から腰へと劇的なまでに細くなっていたが、現在ではその曲線もそれほどではなく、腰もそんなにほっそりしてはいない――それでも、二人分の仕事はいまでも優にこなせた。それに、彼女より二歳若いという点は、いつまでたっても変わることがない。

自分のほうはあまり変わっていない、と彼女は思っていた。この黒い髪は、晩年になるまで白くならない種類だ。子供を産んでからは胸もお腹も以前ほど引き締まってはいないが、体重は二十年前と大差なかった。

年齢を感じるのは、息子のデイヴィッドのすべすべした肌や、休むことのない軽やかな動きを目にしたときぐらいである。二十歳になった彼は、そのころの自分の男性版を見るようだった。当時は自分だって顔に皺はなく、軽快に歩いたものだった。どんな天気でも畑仕事をするという生活を送ってきたために、手はかさかさになり、頬の皮膚のすぐ下には生々しい赤みができて、ゆっくり歩いて体力を温存することを身につけたのだった。

デイヴィッドは彼女に似て小柄で抜け目がなく、秘密主義だった。小さいときから、何を考えているのかさっぱり見当がつかなかった。サムは正反対だった。大柄で力が強く、人を騙せるほどの賢さはないが、意地の悪さがあった。これは、実の父であるラルフ・フィッツジェラルドのせいだった。

ここ何年か、息子二人はウルフリックと一緒に畑仕事をしていた。ところが二週間前、サムが突然姿を消したのである。

なぜいなくなったのかは、みんなわかっていた。彼は冬のあいだ、ウィグリーを出て、より高い給料を稼げる村へ移ることばかり口にしていた。そして、春耕が始まると同時に姿を消したのだ。

給料については彼の考えが正しいのは、グウェンダにもわかっていた。村を出たり、一三四七年の水準よりも高い給料をもらったりするのは罪だったが、満足できない国じゅうの若者は法を無視し、困っている農民もそんな彼らを雇っていた。ラルフ伯爵のような領主にできるのは歯軋りするぐらいだった。

サムはどこへ行くのかも告げず、出て行くことも前もっていわなかった。もしもデイヴィッドが同じことをしたら、十分に考えた末のことで最善の方法だったと判断しただろう。だが、サムの場合は衝動に突き動かされただけだという確信がグウェンダにはあった。どこかの村の名前をだれかから聞いて、あくる日の早朝に目が覚めると、すぐにその村へ行こうと思い立ったのだ。

心配するのはよそう。グウェンダは自分にいい聞かせた。あの子も二十二歳だし、身体は大きくて力も強い。そんな子を食い物にしたり冷遇したりする者などいるはずがない。だが、母親である以上は胸が痛んだ。

自分に探し出せないのなら、だれにもできない。その点では満足できた。それでも、どこで暮らしているのか、まっとうな親方についているのか、周りの人は親切かといったことを知りたいと思う気持ちは止めようがなかった。

その冬、ウルフリックは自分の保有地のなかの、砂が多い土地用に新しい軽量鋤を作ろうとし、ある春の日、グウェンダと一緒にそのための鉄の鋤刃を買いにノースウッドへ行った。自分たちでは作れないものだからだ。いつもと同じくウィグリーの面々が何人か集まって、一緒に市へ行った。マッジ・ウェバーの下で縮絨工場を管理しているジャックとイーライは、日常の必需品を買い込んでいた。自分の土地を持っていないので、食料は全部買うのである。アネットと十八歳になる娘のアマベルは、市で売る雌鳥を十二羽入れた木箱を持っていた。土地管理人のネイサンも、大人になった息子のジョノときていた。幼いころサムの天敵だった子である。

アネットは自分の前にいい男が現われると、いまだにだれかれかまわず色目を使い、相手の男もたいていは馬鹿みたいに鼻の下を伸ばしてちょっかいを出した。ノースウッドへの道中、彼女はデイヴィッドとおしゃべりをしていた。彼の年は自分の半分にも満たないのに、彼女はにやにや笑っては頭を反らせたり、怒ったふりをして彼の腕をはたいたりした。まるで、四十二歳ではなく、二十二歳のようだった。もう少女でもないのにそんなこともわかっていないのかと、グウェンダは苦々しく思った。アネットの娘のアマベルも、昔のアネットに似てかわいらしかったが、やや距離を置いて歩いており、自分の母親を恥ずかしく思っている様子だった。

ノースウッドには午前の半ばに着いた。ウルフリックとグウェンダは買い物をすませると、宿屋のオールド・オークへ食事に行った。

グウェンダの記憶にあるかぎりでは、この居酒屋の表には年を経て趣のある樫(オーク)の木があった。幹が太くてずんぐりしており、不恰好な枝が冬には腰の曲がった老人を思わせ、夏になると、ありがたいことに日陰を作り出していた。息子たちも幼いときは、その木の周りで追いかけっこをしたものだった。それも枯れたか、不安定になったのだろう。切り倒されて、いまは切り株が残るだけだった。ウルフリックの背の高さに負けないくらいに幅があり、客が椅子やテーブルの代わりに、また、疲れた御者がベッド代わりに使っていた。

その切り株の端に腰掛けて大きなジョッキからエールを飲んでいるのは、オーセンビーの土地管理人のハリー・プラウマンだった。

グウェンダは一瞬のうちに、十二年前に引き戻された。その思い出はあまりに強烈で、涙ぐまずにはいられなかった。家族と一緒にノースウッドで迎えたあの朝、わたしたちは希望に満ち、オーセンビーへの森を通って新たな人生へと踏み出したはずだった。でも、その希望は二週間も経たないうちに打ち砕かれ、ウルフリックは首に縄をかけられてウィグリーへ連れ戻された――そのときのことを思うと、グウェンダはいまだに激しい怒りを覚えた。

だが、それ以降、ラルフの思いどおりにはならなかった。周囲の状況から、ウルフリックに父親の土地を返さざるを得なかった。グウェンダにとっては満足できる結果といえたが、ウルフリックは近所の人たちとは違って、無料借地権を得られるほど抜け目がないとはいえなかった。それでも、グウェンダは自分たちが労働者ではなく農民となったことを、そして、ウルフリックが人生の夢をかなえたことを喜んだ。ただ、彼女のほうはさらなる自立を望んでいた――封建的主従関係のない土地保有権に現金納入地代と、領主に取り消されないようにあらゆる合意をして、それを荘園記録に記してもらうことである。これらはたいていの農民が望むことであり、ペスト以降は大半が手にしていることだった。

ハリーは大げさな挨拶をすると、エールをおごってやるとうるさく迫った。ウルフリックとグウェンダがオーセンビーに短期間滞在したすぐあとで、彼はマザー・カリスによって土地管理人に任じられ、カリスがとうの昔に誓いを放棄して、いまはマザー・ジョーンが女子修道院長になっているのに、いまもその地位にあった。その二重顎とエール腹から判断するに、オーセンビーは繁栄をつづけているようだった。

ウィグリーの人々とそろそろ帰ろうとしたとき、ハリーが小声でグウェンダに話しかけた。

「サムっていう若いのがおれの下で働いてるんだがね」

グウェンダの心臓が高鳴った。「うちのサムなの？」

「まさか、そんなわけはないと思うが」

だが、グウェンダは訝った。それなら、なぜそんなことをいうのだろう。

ハリーが赤ワイン色の鼻を軽く叩いてみせたので、謎めかしているだけだとわかった。「そのサムってやつは、自分の領主はおれも聞いたことのないハンプシャーの騎士で、村を出てよそで働く許可をくれたっていうんだ。あんたのところのサムの領主はラルフ伯爵で、自分のところの労働者はどこへも行かせない。どう考えても、おれにあんたのサムを雇うのは無理ってもんだろう」

グウェンダは合点がいった。これは公式に調べられたときのために、ハリーが準備している答えなのだ。「あの子はオーセンビーにいるのね」

「谷にある小さな村の一つのオールドチャーチにな」

「元気なの？」

「元気だよ」

「よかった」

「力は強いし、よく働く。ただ、ちょっと喧嘩っ早いところがあるな」

それはよくわかっていた。「暖かいところに住んでいるの？」

「親切な老夫婦のところに泊まってるよ。そこの息子はキングズブリッジへ行って、革鞣し屋の徒弟になったんだ」

グウェンダには訊きたいことが山ほどあったが、突然、宿屋の入り口の側柱に寄りかかって自分のほうを見ているネイサン・リーヴに気づいた。グウェンダは悪態の言葉を呑み込んだ。知りたいことは色々あったが、サムの居場所につながる手掛かりをこれっぽっちもネイサンに与えるわけにはいかなかった。いま得た内容でよしとしなければ。それに、どこへ行けば会えるのかがわかっただけでも気持ちが浮き立った。

なんでもない会話をごく普通に終わらせたという印象を与えようと、グウェンダはハリーから顔を反らしてささやいた。「喧嘩はさせないで」

「おれはできることをやるまでさ」

おざなりに手を振って、グウェンダはウルフリックのあとを追った。

村の者たちと家へ向かいながら、ウルフリックは楽々と重い鋤刃を肩に担いでいた。グウェンダはいま聞いたことを話したくてうずうずしていたが、村人に聞かれたくなかったので、距離ができるまで待って、さっきの話を小声で繰り返した。

ウルフリックもほっとしたようだった。「どこへ行ったかわかっただけでもよかったよ」

重い鋤刃を担いでいるにもかかわらず、息を切らしている様子もなかった。

「わたし、オーセンビーへ行きたいんだけど」グウェンダはいった。

ウルフリックがうなずいた。「そういうと思ったよ」しかし、滅多に彼女に異を唱えない彼が、このときばかりは懸念を示した。「でも、危険だぞ。だれにも知られないようにしないと」

「そうね。特にネイサンには絶対に知られないようにしなくちゃ」

「どうするつもりだい？」

「わたしが何日も村にいなくなれば、必ず気づかれるわ。何かうまい口実を考えないとね」

「病気だといえばいい」

「それは危険すぎるわ。家に調べにこられるもの」

「お父さんの家にいるってのは？」

「信じないでしょうね。よほどのことがないかぎり、わたしが父親のところに長居しないのはみんなが知ってるから」グウェンダは爪の逆むけを毟りながら頭を絞った。冬の長い夜に火にあたりながら聞かされる怪談やおとぎ話では、登場人物はお互いの嘘を何ら疑うことなく信じるものだが、生身の人間が相手ではそうやすやすとは騙せない。「キングズブリッジへ行ったことにすればいいわ」彼女は、ようやく口を開いた。

「その理由は？」

「市で産卵用の鶏を買うためとか」

「鶏ならアネットからでも買えるだろう」

「わたしがあんなあばずれから何一つ買わないことは、みんな知ってるわよ」

「確かにな」

「でも、わたしとカリスが長年の友人だってことはネイサンも知ってるわ。だから、彼女のところに泊まったという話なら信じるわよ」

「わかった」

大した作り話でもなかったが、それ以上の口実は思いつかなかった。何よりも、息子に会いたくてたまらなかった。

翌朝、彼女は出発した。

三月の冷たい風に備えて厚手の服を着込み、夜明け前に家を出た。真っ暗ななかを、感覚と記憶を頼りに、音を立てずに歩いていく。近所の者に姿を見られたり、声をかけられたりするのは避けたかった。でも、まだだれも起きてはいない。ネイサン・リーヴの犬が彼女の足音に気づいて、低く静かに唸った。何か軽い音がつづいたが、それは犬の振った尻尾が木造の犬小屋の壁に当たる音だった。

村を出ると、畑のなかの小径を進んだ。夜が明けたころには一マイル進んでいた。いまきた道を振り返ったが、人影はなかった。だれもついてきていない。

朝食には硬くなったパンを一切れ食べ、午前の半ばには、ウィグリーとキングズブリッジを結ぶ道とノースウッドとオーセンビーを結ぶ道が交わるところにある宿屋に立ち寄った。見知った顔は一人もない。魚のシチューとサイダーを口に運びながらも、目はせわしなく入り口を見つづけた。入ってくる者があるたびに顔を隠そうと構えたが、見知らぬ者ばかりで、彼女を目に留める者など一人もいなかった。グウェンダはオーセンビーへの道を急いだ。

谷には午後の半ばに着いた。十二年ぶりだが、ちっとも変わっていない。ペストからの復興の早さは目を見張るばかりだった。家々の近くで遊んでいる子供たちを別にすると、ほとんどの村人は畑を耕したり種をまいたり、もしくは生まれたばかりの子羊の世話をしていた。畑の向こうから彼女を見ている者もいた。近くからなら、彼女がだれだかわかった者もいただろう。ここにいたのは十日だけだったが、あんな騒ぎは見られないから、憶えている者もいるかもしれない。

二つの小高い丘に挟まれた平坦な土地のあいだを蛇行する、オーセン川に沿って歩いた。中心となる村から小さな集落を抜けていく。前にきたときに通って知っているハム、ショートエーカー、ロングウォーターといった村落を通過し、最も小さくて人里離れたオールドチャーチへ向かった。

村が近づいてくると興奮が高まり、足の痛みも忘れるほどだった。小村のオールドチャーチはあばら家が三十軒あるだけで、領主の館や土地管理人の家ほど大きな建物は一つもない。ただ、その名前のとおりに、古い教会はあった。築数百年といったところか。ずんぐりした塔と短い身廊があり、大雑把な石造りで、厚い壁には四角い小窓が不規則に配置されている。向こうに見える畑へと歩いていく。遠くの牧草地にいる羊飼いは眼中になかった。抜け目のないハリー・ブラウマンなら、あんな軽作業に大柄なサムを無駄遣いしないだろう。鋤で耕させたり、どぶさらいや、牛を八頭立てた鋤引きの監督をさせたりしているはずだ。三つある畑地を一つ一つ調べながら、大部分が男からなる集団を探した。毛糸の帽子に泥だらけのブーツを身につけ、互いに大声をかけ合うそのなかに、ほかの者よりも頭一つ出ている若者がいる集団である。初めのうちはわが子の姿が見当たらず、改めて不安になった。もう捕まってしまったのか。それとも、ほかの村へ移ってしまったのだろうか。

息子の姿は、耕されたばかりの土地に堆肥を混ぜている男たちのなかにあった。この寒さのなか、上着を脱いで樫材の踏み鍬を振るっており、古びたリネンのシャツの下で背中や腕の筋肉が波打っていた。息子に会えたこと、そして、あんな大男が自分の小さな身体から出てきたことを思うと、グウェンダの胸に誇りが満ちた。

近づいていくと、男たちが顔を上げた。興味津々といった感じで見つめている――この女はいったいだれで、ここで何をしてるんだ？ 彼女はサムに向かってまっすぐ歩いていくと、馬糞の臭いにもかかわらず、彼を抱き締めた。「母さんじゃないか」彼がいうと、周りの者たちがみな笑いだした。

グウェンダはその陽気さにまごつかされた。

屈強で片目の不自由な男が口を開いた。「よしよし、サムや、もう大丈夫だからね」ふたたび笑い声が響いた。

サムのような大男が小さな母親にきてもらい、わがまま息子のように心配されているのを面白がっているのだった。

「どうしてここがわかったんだ？」サムが訊いた。

「ノースウッドの市でハリー・プラウマンに会ったのよ」

「あとをつけられてなければいいけどな」

「明るくなる前に出てきたから大丈夫よ。わたしはキングズブリッジへ行ったと父さんがいってくれてるし。だれもついてきてはいないわ」
二、三分話したが、仕事に戻らなければ、ほかの連中から仕事が増えると文句が出るとサムがいい出した。「村へ戻って、ライザと会ってきてよ」と、彼はいった。「教会の向かいに住んでるから。おれの母さんだっていったら、何か軽いものを出してくれるだろう。夕暮れにはおれも行くから」
空を見上げてみた。薄暗い昼下がりだったから、一時間かそこらで作業は中断になるだろう。サムの頬にキスして、グウェンダはそこをあとにした。

ライザの家はほかよりわずかに大きく——一部屋ではなく二部屋あった——すぐに見つかった。夫で目の不自由なロブを紹介された。サムがいっていたように、彼女は親切にもてなしてくれた。パンとスープをテーブルに並べて、エールを注いでくれた。

グウェンダがライザとロブの息子のことを尋ねたところ、堰が切れたような状態となった。その子が赤ん坊のときから徒弟になるまでの話がとめどなくつづいたが、夫が鋭い一言を発して話を中断させた。「馬だ」

みんな口をつぐんだので、グウェンダにも馬の速歩のリズミカルな音が聞こえた。

「小ぶりだな」と、耳のいいロブがいった。「婦人用の小型馬か、ポニーだろう。貴族や騎士が乗るには小さすぎる。女が乗っているのかもしれん」

グウェンダは恐怖に震えた。

「一時間で二人の客か」と、ロブ。「関係は大ありだな」

それこそグウェンダが恐れていたことだった。

彼女は立ち上がると、扉から外を覗いた。家々のあいだの道を、頑健な黒い小馬が速歩で向かってくる。だれが乗っているのかは瞬時にわかった。がっくりしたことに、ウィグリーの土地管理人の息子のジョノ・リーヴだった。

どうしてここがわかったのだろう？

急いで身をかがめて家のなかへ戻ろうとしたが、見つかってしまった。「グウェンダ！」ジョノが大声で呼びかけ、手綱を引いて馬を止めた。

「この悪魔が」グウェンダはいった。

「いったいここで何をしているのかな？」ジョノがからかうように尋ねた。

「どうしてここへ？　だれにも尾けられなかったのに」

「キングズブリッジへ行って、あんたがどんな悪さをたくらんでいるのか探るよう親父にいわれたんだが、途中で宿屋のクロス・ローズに寄ったら、あんたがオーセンビーへの道を行くのを見た者たちがいたものでね」

この小賢しい若造の裏をうまくかけるだろうか。「わたしがここの古い友だちを訪ねていけない理由でもあるわけ？」

「いや、そんなことはない」ジョノがいった。「だが、家出した息子はどこだ？」

「ここにはいなかったわ。いるかと思ったんだけどね」

その言葉が事実かどうかを測りかねているというように、彼はほんのしばらく確信の持てない顔つきになり、やがて口を開いた。「どうせ隠れているんだろう。調べてみるからな」

そして、馬を駆っていった。

先にわたしがサムのところへ行ければ、騙せはしなかったが、疑いは抱かせられたかもしれない。

グウェンダはその姿を見送った。

すぐに家のなかへ戻ると、うまく匿うことも可能だろう。

ないようにしながら、畑を横切る。ライザとロブに急いで声をかけて裏口から出た。生垣から離れに近づいてきていた。村のはうを振り返ってみると、馬に乗っただれかが斜め見分けがつかないかもしれない。薄暗くなってきていたので、この小さな身体なら、生垣の暗い背景と

踏み鍬を肩に担ぎ、ブーツを堆肥まみれにして戻ってくるサムと男たちの姿が見えた。遠くから見ると、サムはラルフのようだった。体形は同じだし、自信に満ちた大股歩きで、がっしりとした首の上にある整った顔も同じである。ただ、話をするときには、ウルフリックにも似ていた。首をかしげ、はにかんだ笑みを浮かべ、育ての親そっくりの手の動きを見せるのだ。

男たちが彼女に気づいた。さっきのやりとりが面白かったらしく、今度は片目の不自由な男のほうから声をかけてきた。「やあ、母さん！」周りの者が笑った。

グウェンダはサムを脇へ呼んだ。「ジョノ・リーヴがきたわ」

「くそ！」

「悪かったわ」

「尾けられてないっていったじゃないか！」

「姿は見られなかったんだけど、通った道を知られたのよ」

「ちくしょう。どうすりゃいいんだ？　ウィグリーには戻らないぞ！」

「おまえのことを捜し回ってるけど、東のほうへ向かったから」周囲を見渡したが、暗くなりはじめていてよく見えなかった。「急いでオールドチャーチへ戻れば、教会にでも隠れられると思うんだけど」

「わかった」

サムが足を速めた。グウェンダは肩越しに男たちに声をかけた。「もしジョノっていう土地管理人に出くわしたら……ウィグリーからきたサムって男は見なかったことにしてほしいの」

「そんなやつは聞いたこともないよ、母さん」と一人がいうと、ほかの者たちもそれにならった。土地管理人の裏をかくためなら、農民はいつだって互いに助け合うのをいとわない。

グウェンダとサムはジョノに出くわすことなく集落にたどり着き、教会を目指した。なかには入れるだろうと思っていた。田舎の教会はたいてい無人で、物なども置いてなく、開けっ放しになっているからだ。だが、もし例外だった場合にはどうしたらいいかわからなかった。

家々のあいだを縫うように通り抜けていくと、ようやく教会が見えてきた。ライザの家の玄関前を通ったとき、黒い小馬が見えた。グウェンダは思わず呻いた。ジョノが夕闇に紛れて引き返してきたに違いない。グウェンダがサムと会って村まで連れ出してくると睨んだのだ。そして、そのとおりになった。父親のネイサンの卑しい狡賢さを受け継いでいるのだ。サムの手を取り、道を渡って教会へと急がせた――そのとき、ライザの家からジョノが出てきた。

「サム」と、彼が声がかけた。「ここだろうと思っていたんだ」

グウェンダとサムは足を止めて振り返った。

サムが木製の踏み鍬にもたれた。「どうしようというんだ？」

ジョノが勝ち誇ったような笑みを浮かべた。「おまえをウィグリーへ連れ戻すのさ」

「やってみろよ」

農民の一団――ほとんどが女性――が村の西側から現われて、この対決を見届けようと足を止めた。

ジョノがポニーの鞍袋から鎖のついた金属製のものを取り出した。「足枷（あしかせ）をはめてやる。いくらかでも分別があるんなら抵抗はやめておけ」

グウェンダはジョノの図太さに驚いた。本当に自分一人の力でサムを逮捕できると思っているのだろうか。確かに筋骨は逞しいが、サムほど大柄ではない。村人が手を貸してくれるのを期待しているのか？　法律はジョノの側にあるものの、彼の主張が正当だと思っている農民はほとんどいない。典型的な若者だ。自分の限界に考えが及ばないのだから。

サムが口を開いた。「ガキのころにはよくおまえをぶちのめしてやったよな。今日も同じようにしてほしいか」

グウェンダは二人にことを構えてほしくなかった。どちらが勝っても、法律上悪いのはサムなのだ。そもそも逃亡者なのだから。彼女は口を挟んだ。「いまからでは、もうどこへも行けないわ。朝になってから話し合ったら？」

ジョノが見下したような笑い声を上げた。「そうやって、あんたがウィグリーをこっそり脱け出したみたいに、夜が明ける前にサムを逃がすってわけかい？　とんでもないね。今夜は足枷をはめたまま寝てもらうよ」

サムと一緒に働いていた連中が姿を見せ、何事かと足を止めた。ジョノが声をかけた。「法を守る者はこの逃亡者の逮捕に手を貸す義務がある。おれの邪魔をする者はだれであれ、法の裁きを受けてもらうからな」

「おれに任せなって」と、片目の不自由な男が答えた。「あんたの馬は抑えててやるから」周りの者が含み笑いをした。ジョノを支持する者はほとんどいなかった。だが、サムを弁護しようと口を開く村人もいなかった。

ジョノがいきなり動き出した。両手で足枷を持ち、サムに近づくや屈み込んで、不意打ちで足枷をはめようとした。

動きの遅い老人相手だったらうまくいったかもしれないが、サムの反応は素早かった。後ろに下がるや蹴りを繰り出し、ジョノが伸ばした左腕に泥まみれのブーツをお見舞いした。

ジョノが苦痛と怒りが混じった呻きを漏らした。しかし、すぐに立ち上がると、右手に持った足枷を振り回した。それでサムの頭を殴ろうというのだ。グウェンダの耳におののきの叫びが響いたが、それは自分の口から出たものだった。サムは急いで飛びすさり、届かない距離まで離れた。

ジョノはその一撃が届かないと見るや、ぎりぎりのところで足枷から手を離した。

足枷が宙を飛んだ。サムは身体の向きを変えて屈み込み、身を引いたものの、よけることはかなわなかった。足枷が耳に当たり、鎖が顔を打った。グウェンダは自分に当たったかのように大声を上げた。見ている者も息を呑んだ。サムがよろめき、足枷が地面に落ちた。緊張の一瞬だった。サムの耳と鼻から血が流れ出した。グウェンダは両手を差し出しながら一歩近寄った。

次の瞬間、サムがショックから立ち直った。

彼はジョノを振り返ると、見事な身のこなしで木製の踏み鍬を振るった。足枷を投げて体勢を崩したままのジョノは、それをかわせなかった。サムの力は強く、踏み鍬の端がジョノの側頭部をとらえて、骨に当たった音が大きく響き渡った。

ジョノがまだふらついているうちに、サムはふたたび攻撃を仕掛けた。今度は踏み鍬が真上から振り下ろされた。サムの両腕から繰り出された踏み鍬が、ジョノの頭にすさまじい勢いで叩きつけられた。このときの衝撃音は響かず、くぐもった感じだった。ジョノの頭が割れたのではないかとグウェンダは心配になった。

ジョノが膝をついたところで、サムが三度目の攻撃をお見舞いした。今度は樫材の刃が額を直撃した。鉄剣でもこれほどまでにひどい傷は負わせられないだろうと、グウェンダが絶望的になるほどだった。彼女はサムを抑えつけようと前に出たが、村人たちも同じことを考えていて、彼女よりも先にサムへ駆け寄った。サムは引き離され、左右の腕を二人がかりで抱え込まれた。

ジョノは地面に横たわっていた。頭の周りは血の海だった。グウェンダはその光景に吐き気を覚え、父親のネイサンが息子の怪我を知ってどんなに悲しむかを思わずにはいられなかった。母親はすでにペストで亡くなっていたので、深い悲しみに苦しめられないですむ場所にいた。

サムの怪我が大したものではないのはグウェンダにもわかった。血は出ているものの、自分を抑えつけている連中を相手にいまもがいており、さらなる攻撃を加えるべく腕を振りほどこうとしている。グウェンダはジョノに屈み込んだ。目は閉じていて、身体は動きを見せない。心臓に手を当ててみたが、動いている気配がなかった。カリスがやってみせたように脈を取ろうとしても、何も感じられなかった。息もしていないようだった。

いま目の前で起こったことの意味がわかってくると、グウェンダの目に涙があふれた。

ジョノは死んだ。そして、息子のサムは人殺しになってしまった。

82

その年——一三六一年——の復活祭の日曜日に、カリスとマーティンは結婚十周年を迎えた。

大聖堂に立ち、復活祭の礼拝に並ぶ人々を眺めながら、カリスは自分の結婚式のことを思い出した。ずっとではないにせよ、彼らはずいぶん長いあいだ恋人同士だったために、結婚式にしても、かねてからの既成事実の再確認くらいにしか思っておらず、愚かにも、こぢんまりとした、地味な式にしようと考えていた。聖マルコ教会での控えめな式の後、ベル・インにごく少数の人々を招いて、ささやかな夕食会を開くつもりでいたのだ。だが、式の前日になって、ファーザー・ジョフロイから、彼の見積もりでは少なくとも二千人が式に出席すると聞かされ、やむなく会場を大聖堂に移したのだった。さらには、彼らの知らないところで、マッジ・ウェバーがギルド会館で町の有力者を集めての晩餐会、そして、キングズブリッジのほかの住人も参加してのラヴァーズ・フィールドでの野外宴会を計画していた。そして結局、この年を代表する結婚式になってしまった。

そんなことを回想しながら、カリスは微笑した。あの日のわたしの装いは、キングズブリッジ・スカーレットの新しいローブだった。あの色はわたしのような女性にふさわしいと、司教もそう思ったはずだ。マーティンは栗色の地に金糸で豊かに装飾されたイタリア製の上衣を着て、あまりの幸せに興奮しているように見えた。長いあいだ秘密にしていたはずのわたしたちの関係が、実は以前からキングズブリッジの人々の知るところであり、みんなが幸せな結末を祝いたいと思ってくれていたことがわかった。

その楽しい追想は、旧敵であるフィルモンが説教壇に上がったとたんにかき消された。あれから十年、彼はすっかり太っていた。聖職者風に剃髪し、髭もきれいに剃っているせいで、首のまわりの贅肉が露わになり、ローブは天幕のようにふくらんでいた。

彼は解剖に反対する説教をした。

死者の肉体は神のものである、と彼はいった。キリスト教徒は遺体を細かく指示された儀式に従って埋葬しなくてはならない。救われた者は清められた地に、赦されざる者はそれ以外の地に迎えられる。何であれ、それ以外の手を死体に対して下すのは神の意志に反している。死体を切り刻むなど神への冒瀆にほかならないと、フィルモンの口調は、彼にしては珍しく熱かった。死体が切開されて臓器が取り出され、さらにその臓器が切り刻まれて、いわゆる医学生によって入念に調べられる。そのおぞましい光景を想像してみるよう会衆に問いかけたときなど、声が震えてさえいた。真のキリスト教徒なら周知のとおり、そのような残忍な行ないをする男女は決して赦されない。

〝男女は〟という言い方はフィルモンにしては珍しく、カリスはその言葉に何らかの意図が込められていると考えないわけにいかなかった。身廊で隣りに立っているマーティンを見ると、彼もまた、何かを案じるように眉を寄せていた。

遺体解剖はカリスの記憶にないほどの昔から、あたりまえのこととして教会によって禁止されていた。だが、ペストの流行以来、それも往々にして無視されるようになっていた。進歩的な若い修道士は教会の失敗に気づいていて、聖職者による医療は教育や実践面で大きく変わらなければならないと痛感していた。だが、教会幹部はあくまでも保守的で、方針の変更を一切認めなかった。その結果、解剖は教義としては禁止されていたが、実際には黙過されていた。

新しい施療所ができると、カリスは最初から、そこでの解剖を認めた。ただし、それを口外はしなかった。迷信深い人々を動揺させても意味はないからだ。

ここ数年はほぼ毎回、医療を手がける若い聖職者を一人か二人、解剖に立ち会わせていた。教育を受けた医師であっても、よほどひどい傷をみるときぐらいしか、体内を覗く機会はなかった。昔から、解剖を許されているのは豚の死体だけだった。豚こそ体内の構造が人間にもっとも近いと考えられていたのである。

いま、カリスはフィルモンの攻撃にとまどい、不安になった。彼に憎まれているのはわかっていたが、その理由がはっきりしなかった。一三五一年の雪の日にしたたかに孤立させられて以来、フィルモンはずっとカリスを無視していた。町に対する発言力を失った無念を埋め合わせるかのように、自宅をつづれ織りや絨毯、銀食器にステンドグラスの窓、鮮やかな模様の写本などで飾りたてるようになった。贅沢な暮らしを始め、配下の修道士や修練士にはしつこいまでに敬意を払うよう求めた。礼拝には豪勢なローブ姿で現われ、旅をする際には、公爵の私室並みの調度を備えた馬車（シャレット）を使った。

今日の礼拝には外部の有力な聖職者――シャーリングのアンリ司教、モンマスのピアース大司教、ヨークのレジナルド助祭長――が列席していたから、フィルモンとしても教義を重んじる保守的な姿勢を打ち出すことで自分を印象づけようとしているのだろうと思われた。だが、狙いはいったい何なのか？　昇進だろうか？　ピアース大司教は重い病を抱えていて、教会に入るにも人に頼らなければならなかったが、フィルモンがそのような要職を狙っているとは思えない。ウィグリーのジョビーの息子がキングズブリッジの修道院長になっただけでも奇跡に近いのだ。修道院長から大司教へ昇るなど異例の大抜擢であり、騎士が男爵や伯爵になるのを飛ばしていきなり公爵になるようなものだ。よほどの評価がなければ、そんな急激な昇進はあり得ない。

とはいえ、フィルモンの野心には限りがなかった。カリスの見立てでは、それは彼が自分を例外的な資質の持ち主と考えているからではなかった。傲慢で自信過剰なゴドウィンなら、そうだったかもしれない。ゴドウィンは自分が修道院長になれたのは町で最も賢い人間だからだと考えていた。フィルモンはその対極にある。彼は本心では、自分を何の取り柄もない人間だと自覚している。だから、自分がまったく無価値ではないのだと、必死で自分に思わせようとしている。とにかく、どんなに高い地位につこうとも、自分がそれにふさわしくないと自己否定するのが怖くてできないのだ

カリスは礼拝の後でアンリ司教に話をしようかと考えた。キングズブリッジの修道院長はスモール・アイランドの聖エリザベス施療所に対して何の権限も持たないという、十年前の同意を思い出してもらうのだ。あの施療所は司教が直接統治する場所であり、施療所に対する攻撃は、そのままアンリ司教自身の権限や特典に対する攻撃にほかならない。しかし、よくよく考えれば、そんな話をすれば自分が解剖を率先してやっているような印象を司教に対して与えてしまい、いまのところは単なる疑いにすぎないと黙過されていることが、対処の必要な歴然とした事実になってしまう。カリスはそう思い直して、話はしないことにした。

カリスのそばには、マーティンの甥で、ラルフ伯爵の息子である十三歳のジェラルドと、十歳のローリーの二人も立っていた。ともに修道院の付属学校に通い、修道院に寄宿しているが、用事のないときは島にあるマーティンとカリスの家で過ごすことが多かった。マーティンがローリーの肩に親しげに片手を乗せている。ローリーが彼の甥ではなく実の息子であるのを知っているのは、世の中で三人だけだった。マーティン自身、カリス、そして、ローリーの母のフィリッパである。マーティンはローリーを特別扱いしないよう気をつけていたが、本心を隠すのはかなり難しいようで、ローリーが新しいことを覚えたり、学校でいい成績をとったりすると、ことのほか喜んだ。

カリスはマーティンとのあいだにできて中絶した子供のことをたびたび考え、そのたびに、きっと女の子だったはずと想像した。いまは二十三歳の立派な女性になっているはずで、おそらくは結婚して子供もいるだろう。そのような想像は古傷の疼きのようなもので、痛みはあっても、苦しむにはあまりに慣れ親しんだものだった。

礼拝が終わると、人々はそろって外へ出た。ジェラルドとローリーはいつものように、日曜の正餐に呼んであった。大聖堂の外では、マーティンが中央に高くそびえる塔を見ていた。完成を目前に控えた自分の仕事を検証し、当人にしか見えない細部を不満そうに眺めているマーティンを、カリスは好ましく見つめた。彼と知り合ったのは十一歳のころで、そのときから彼を好きだった。いまの彼は四十五歳になる。赤い髪は生え際がすっかり後退し、頭の周囲をカールした光の輪のように覆っている。左腕の動きがぎこちなかったが、それは切り出された石の受材を石工がうっかり足場から落としてしまい、彼の肩に当たったせいだった。そんなことがあっても、彼はいまも少年のような熱心さを持ちつづけていた。三十年以上も前の諸聖徒日（オール・ハロウズ・デイ）に、十歳のカリスが彼に惹かれたのもそこだった。

カリスもマーティンと同じものを見た。塔は交差部の四面にきちんと立っているように見えたが、実際には、その重みは袖廊の巨大な控え壁の四つの角で支えられていて、袖廊も基礎部分は新しく造り直されていた。塔はまるで空気のように軽く見え、細い柱に支えられていくつもの窓が開いており、天気がよければそこから青空を覗けるだろうと思われた。塔の四角形の先端部分には、最後の作業となる尖端のための足場が組まれていた。

カリスが視線を地上に戻すと、姉のアリスが近づいてくるのが見えた。四十五歳のアリスとは一歳しか違わないのだが、カリスには一世代上の人間のように思えた。アリスの夫のエルフリックはペストで死んでしまったが、彼女は再婚もせず、まるで未亡人ならそうなるのが当然とでもいうように、すっかり野暮ったくなっていた。姉とは何年も前に、マーティンに対するエルフリックの仕打ちをめぐって仲違いしていた。お互いの敵意も時がたつにつれて薄らいではいたが、カリスが挨拶をしても、アリスは憮然としてわずかにうなずくだけだった。

アリスは義理の娘――娘といっても、アリスより一歳若いだけだったが――のグリセルダと暮らしていた。グリセルダの息子のマーティン・バスタードが、アリスのそばにそびえるように立っていた。背が高く、軽薄な魅力があり――彼の父親で、長く行方不明のままのサースタンにそっくりで、建築職人のマーティンとは似ても似つかなかった。アリスのそばには、グリセルダの十六歳になる娘、ペトラニッラもいた。

グリセルダの夫で石工のハロルドは、亡くなったエルフリックの後継ぎだった。マーティンにいわせれば職人としての腕はさほどではなかったが、仕事は順調だった。ただし、エルフリックがかつて握っていて、彼の資産作りの源泉となっていた、修道院の修繕や改築といった仕事の独占権は持っていなかった。そのハロルドが、マーティンの隣りにきていった。

「みんな、あんたが尖端を型枠なしで組み上げるつもりだと思ってるよ」

カリスにはその会話が理解できた。型枠は仮枠ともいい、モルタルが乾くまで石組みを押さえておくための木の枠組みのことだった。

マーティンは応えた。「あの尖端は狭いから、内側に型枠を組む余裕がない。それなのに、どうやって押さえておくのかということかな？」口調はていねいだがぶっきらぼうで、カリスは彼がハロルドを好ましく思っていないのだと感じた。「大丈夫、尖端はきちんとした円形になる」

カリスはそれを理解した。円形の尖端は、石を輪の形に組み、その上にわずかに狭い輪を描くかたちで石をさらに組み、それを繰り返して造ればいい。輪はそれ自体の重さで支えられるので、型枠は必要ない。石が互いに押し合っているから、内側に崩れてしまう恐れもない。角のある形状ではこうはいかないだろう。

「図面を見ただろ？」と、マーティンはいった。「八辺形なんだ」

四角形の塔の先端の角に置かれた複数の小塔は、対角線上で向かい合っているように見えるが、上へいくに従って尖端が小さくなり、形も違ってしまうため、見る者の目を欺く効果があった。それはシャルトルの大聖堂の塔をそっくり真似たものだった。ただし、この技法は塔が八辺形でなければ何の意味もなさない。

ハロルドが訊いた。「しかし、型枠なしで、八辺形の塔をどうやって建てるんだ？」

「まあ、見てるといいさ」そして、マーティンは立ち去った。

二人で大通りを歩きながら、カリスは訊いた。「どうしてちゃんと説明してやらないの？」

「そのほうが、ぼくが解雇される心配がないからさ」マーティンが答えた。「橋を架けたとき、難しいところが終わったとたんに解雇されただろう。あとはもっと安くつくやつに任せてね」

「そうだったわね」

「今度はそうはいかない。ぼくでなければあの尖端は造れない」

「あのころのあなたは若かったけど、いまは一人前になったんだから、いまさら排除するような真似はしないでしょう」

「そうかもしれない。ただ、連中にできないままにしておくのは気分がいいからね」

大通りの突き当たり、古い橋があったあたりに、ホワイト・ホースがあった。その評判の悪い宿屋の壁に、マーティンの十六歳になる娘のローラが寄りかかっていた。年長の友だちに囲まれている。オリーヴ色の肌に艶のある黒髪、大きめの口に艶っぽい茶色の瞳を持つローラは魅力的な少女だった。彼らは賽を使ってゲームをしており、全員が大きなジョッキでエールを飲んでいた。義理の娘が昼間から外で酒を飲んで騒いでいるのを見て、カリスは驚きはしなかったものの、残念な気持ちになった。

マーティンは怒っていた。ローラの腕を取り、険しい声でいった。「正餐の時間だ。家へ帰ろう」

ローラが頭を反らして豊かな髪を振った。明らかに父親以外のだれかの目を惹くための振る舞いだった。「帰りたくないわ。ここにいると楽しいもの」

「おまえがどうしたいかは関係ない」マーティンはローラを集団から引き離した。

二十歳ほどの端正な顔立ちの青年が群れから出てきた。巻き毛で、にやにやと笑みを浮かべ、小枝で歯をせせっている。ジェイク・ライリーのことはカリスも知っていた。これといって仕事を持っているわけでもないのに、なぜか金に不自由していないらしい。ジェイクがふらふらとやってきて声をかけた。「どうしたんだ？」口から突き出た小枝が、まるで人を馬鹿にしているかのようだった。

「おまえの知ったことじゃない」マーティンはいった。

ジェイクがマーティンの前に立ちふさがった。「この子は行きたくないってよ」

「さっさとそこをどけ。さもないと、ただではすまないぞ」

カリスは不安で動けなかった。マーティンは正しい。彼はローラをきちんとしつける責任がある。成人に達するまで、あと五年もあるのだ。だが、ジェイクは理由が何であれ、後先を考えずに人を殴るような人間だ。それでも、カリスは割って入らなかった。そうしたところで、マーティンの怒りがジェイクの代わりに自分に向かってくるだけだとわかっていたからだ。

ジェイクはいった。「あんた、この子の父親だろ」

「よく知っているじゃないか。だが、私のことはオールダーマンと呼ぶんだな。それから、口のきき方も覚えたほうがいい。さもないと、ろくなことにならんぞ」

ジェイクは不遜（ふそん）な態度でマーティンを凝視していたが、やがて目をそらして穏やかにいった。「いや、まったくそのとおりだ」

カリスは殴り合いにならなかったことに安堵した。マーティンは喧嘩には無縁の男だが、ローラはいつでも、彼をおかしな振る舞いに追い込んでしまうのだった。

三人は橋へ向かって歩いた。ローラは父親の手を振りほどき、一人で先を歩いていた。腕組みして俯き、ひどく不機嫌な難しい顔で独り言をつぶやいている。

ローラが悪い仲間と一緒にいるのを見つかったのは、これが初めてではなかった。マーティンはまだ小さな娘がああいう連中と一緒にいようとしているのを不安に思い、腹を立てていた。「なぜあんな真似をするんだろう？」ローラの後ろから島へ渡る橋へ向かいながら、彼が訊いた。

「どうなんでしょうね」カリスは曖昧に答えた。「でも、あの年頃のときには、わたしだってペトラニッラ伯母さんと喧嘩ばかりしていたわ」

「それはまたどうして？」

「似たようなことよ。伯母さんはわたしがマティ・ワイズと一緒にいるのが気に入らなかったの」

「全然違うだろう。きみはくだらない連中と安酒場でつるんだりしてたわけじゃない」

「伯母さんはマティを不良だと思っていたの」

「それでも、これとは違う」

「まあね」

「だって、きみはマティからたくさんのことを学んだんだからな」

ローラもまた、あの男前のジェイク・ライリーからたくさんのことを学んでいるに違いない。だが、カリスはそのような、火に油を注ぎかねない考えを胸にとどめておいた――マーティンはもう十分すぎるくらいに怒っていた。

いまはスモール・アイランドもすっかり開発されて、キングズブリッジの中心地となっていた。島独自の教区教会まであった。かつての荒れ地はまっすぐな道に変わり、両側に家が立ち並んでいる。二人は急な角を曲がった。兎たちはずいぶん前にいなくなっていた。西側の端は、ほとんどを施療所が占めていた。カリスは毎日のようにそこへ通っていたが、一定の間隔で並ぶ大きな窓や、兵隊のように立ち並ぶ煙突がそびえる清潔な灰色の石造建築を眺めると、いまでも誇らしい気分になった。

彼らは門をくぐって、マーティンの敷地へ入った。林檎はすっかり熟し、木は花に覆われて、まるで雪が積もっているかのようだった。

いつものように、台所の勝手口から家に入った。川に面した側に立派な玄関があるのだが、そこを使うものはいなかった。すぐれた建築職人でも失敗はあるのね、とカリスはおかしかった。だが、今日はそれも黙っているほうがよさそうだ。

ローラが荒々しい足どりで二階の自室へ上がっていった。

正面の部屋から女性の声がした。「お邪魔してるわよ！」ジェラルドとローリーが歓声を上げて客間へ駆け込んだ。二人の母親のフィリッパだった。マーティンとカリスは、温かく彼女を迎えた。

カリスはマーティンと結婚して、フィリッパと義理の姉妹になった。それでも、昔はマーティンをめぐって張り合っていただけに、何年かはフィリッパと同席すると居心地が悪かった。だが、二人の男の子のおかげで、ついにはわだかまりも消えていた。最初はジェラルドが、つづいてローリーが修道院の付属学校に入ると、マーティンが甥である二人の面倒を見るようになり、フィリッパも、キングズブリッジにきたときは、ごく自然にマーティンのところに立ち寄るようになった。

当初はマーティンがフィリッパに性的な魅力を感じていたために、カリスは彼女に嫉妬した。マーティンもまた、フィリッパへの気持ちは深いものではないというそぶりすら見せなかった。彼はいまでも、明らかにフィリッパを想っていた。だが、いまのフィリッパは気の毒な状態にあった。四十九歳だが、年齢より老けて見えたし、髪にも白いものがかなり混じっており、顔には失望の皺がはっきりと現われていた。いまの彼女には子供だけが支えなのだ。モンマス伯夫人となった娘のオディーラを頻繁に訪ね、また、キングズブリッジ修道院もたびたび訪れた。二人の息子に会うためである。そうやって、夫のラルフと城で一緒に過ごす時間をなるべく少なくしているのだった。

「息子たちをシャーリングへ連れていかないといけなくなったの」フィリッパが理由を説明した。「ラルフがあの子たちを州の法廷に連れていくといい出したのよ。社会勉強として必要だからって」

「それはそのとおりね」カリスは応えた。ジェラルドはいずれ伯爵になるはずであり、そうでなければ、ローリーがその称号を受け継ぐことになる。それを考えれば、二人とも裁判の雰囲気に慣れておく必要はあった。

フィリッパが付け加えた。「感謝祭の礼拝にはここの大聖堂へくるつもりだったんだけど、馬車（シャレット）の車輪が壊れてしまって、その場で一晩過ごすはめになったのよ」

「ともかく、あなたもせっかくきたんだから、みんなで正餐にしましょう」カリスは勧めた。

全員が食堂へ移った。カリスは川が見渡せる窓を開けた。冷たい新鮮な空気が入ってきた。彼女はマーティンがローラをどうするつもりなのか気になったが、彼は何もいわず、上の部屋にいる娘をそのままにしておいた。カリスも安堵した。正餐の席で若い娘がふさぎこんだままにしていれば、ほかのみんなも盛り上がらない。

料理は羊肉を葱と一緒に煮込んだものだった。マーティンが赤ワインを注ぐと、フィリッパは待ちかねていたように口をつけた。彼女はすっかりワイン好きになっていて、それが慰めになっているのかもしれなかった。

食事中に、エムが心配そうに入ってきた。「勝手口に人がきているんです。奥様に会いたいといっているんですが」

マーティンが気短にいった。「だれだ?」

「それが、名乗ろうとしないんです。奥様ならご存じだからって」

「どんなやつだ?」

「若い男です。身なりからすると農民みたいですね。町の者ではなさそうです」村の人間を馬鹿にするのが、エムの欠点だった。

「危ないやつではなさそうだな。通しなさい」

しばらくすると、背の高い男が入ってきた。頭巾を深くかぶって、顔の大部分を覆っている。男が頭巾を脱いだ。それがだれか、カリスはすぐにわかった。グウェンダの長男のサムだった。

カリスは彼を生まれたときから知っていた。出産のときにも、彼の小さな頭が母親の細い身体から出てきたところまで見ていた。それ以後も、成長して一人前の男になるまでをずっと見届けていた。いまのサムには、歩き方や立っている様子、話そうとする前にわずかに片手を上げるところなど、ウルフリックに似たところがあるように思われた。カリスは昔から、ウルフリックは本当はサムの父親ではないのではないかと疑っていた——グウェンダとは親友だったから、決して口にはしなかったが。世の中にはそっとしておいたほうがいいこともあるのだ。だが、サムがジョノ・リーヴを殺した容疑でお尋ね者になっているのを知って、かつての疑いを意識せずにはいられなかった。生まれたときのサムは、ラルフに似ていたのだ。

まさにいま、そのサムがカリスの前に現われ、ウルフリックそっくりに片手を上げて、ためらいを見せてから片膝をついた。「お願いです、助けてください」

カリスは恐ろしくなった。「いったいどうしろというの？」

「匿(かくま)ってほしいんです。もう何日も逃げているんです。夜のうちにオールドチャーチを出て一晩じゅう歩いて、それからほとんど休んでいないんです。宿屋で食事をしようにも、おれの顔を知っている者がいるものだから、やっぱり逃げるしかなくて」

あまりに絶望している様子に、カリスもひどく気の毒になった。それでも、彼女はいった。

「それはできないわ。人殺しのお尋ね者を匿うなんてとんでもない！」

「あれは人殺しじゃありません。喧嘩だったんです。先に手を出してきたのはジョノでした。足枷で殴ってきて――ここです」サムは自分の顔の二カ所、耳と鼻を指さして、かさぶたのできている裂傷を示した。

医師としてのカリスは、傷が五日ほど前にできたものであり、鼻のほうは順調に治りかけているが、耳の傷は縫合が必要だと気づいた。だが、何よりも考えたのは、サムにここにいてもらっては困るということだった。「裁きを受けなさい」

「どうせ連中はジョノの肩を持つに違いありません。おれはウィグリーを逃げて、オーセンビーに移ってきたんです。そのほうが給料もいいですから。でも、ジョノはおれを連れ戻そうとしたんですよ。逃亡者は二度と逃げないよう鎖に繋がれるんだといってました」

「結果がどうなるか、相手を殴る前に考えるべきだったわね」

サムが責めるようにいった。「オーセンビーの女子修道院長だったころのあなたは、逃亡者を雇っていたじゃないですか」

カリスは怯まなかった。「逃亡者はね――でも、人殺しとなると話は別だわ」

「連中はおれを絞首刑にするつもりなんです」

カリスは困った。どうすれば出ていってもらえるだろう？

マーティンが口を開いた。「サム、きみを匿えない理由は二つある。一つは、逃亡者を隠すと罪に問われるということ。私も、きみのために法律に背くつもりはない。きみのお母さんはいい人だったがね。もう一つは、きみのお母さんがカリスの昔からの友だちなのをみんなが知っているということだ。キングズブリッジの治安官も、きみを探すとなったら真っ先にここにくるだろう」

「そうなんですか？」

サムがあまり頭が働くほうでないのはカリスも知っていた――弟のデイヴィッドが頭のよさをすべて持っていってしまったのだ。

マーティンはつづけた。「隠れるとなったら、とてもじゃないが、ここは最悪の場所だよ」彼は態度をやわらげた。「まあ、ワインを一杯飲んで、パンを一つ持っていくといい。とにかく、この町を離れるんだ」口調がさらに優しくなった。「治安官のマンゴにきみがきたことを知らせなきゃならんが、いますぐでなくてもいいだろう」そして、木のカップにワインを注いだ。

「すみません」

「とにかく遠くに逃げて、だれも知り合いがいない場所へ行くことだ。そうして、一からやり直すんだよ。きみは体力もあるし、仕事ならすぐに見つかるだろう。ロンドンへ行って、船に乗るのもいいかもしれない。それから、くれぐれも喧嘩はやめるようにな」

フィリッパが唐突に口を開いた。「あなたのお母さんを思い出したわ……グウェンダね？」

サムがうなずいた。

フィリッパはカリスを見た。「ウィリアムがまだ生きていたころに、カスターハムで会ったことがあるわ。ラルフに強姦された、ウィグリーの女の子のことで話しにきたの」

「アネットの一件ね」

「そうよ」フィリッパはサムを見た。「あのとき、彼女は赤ちゃんを抱いていたけど、その子があなたなのね。お母さんはいい人だったわ。あなたがこんなことになるなんて、彼女も気の毒にね」

沈黙が落ちた。サムがワインを飲み干した。カリスは過ぎ去った時間に思いを馳せた。マーティンやフィリッパも、それは同じに違いなかった。愛情を注がれていた無垢な子供が成長して人殺しになったという変わりようを考えずにはいられなかった。

静寂のなかで、人の声が聞こえてきた。

どうやら、数人の男が勝手口に集まっているらしい。

サムが罠にかかった熊のように周囲を見回した。扉の一つは台所へ通じていて、もう一つは正面玄関へ通じていた。彼は玄関の扉を開けて外へ飛びだし、一目散に川を目指した。

一瞬の間を置いて、エムが台所に通じる扉を開けると、治安官のマンゴが食堂に入ってきた。後ろに四人の部下を従えて、全員が木の棍棒を持っていた。

マーティンは玄関の扉を指さした。「たったいま出ていったところだ」

「追え」マンゴが命じ、一同は食堂を横切って玄関から出ていった。カリスも立ち上がって外へ急いだ。あとの者もつづいた。

家は岩でできた岬に立っていた。岬は低く、三、四フィートほどの高さしかない。その小さな丘のふもとに川があり、流れは速かった。左側にはマーティンが手がけた優雅な橋が架かっていて、右側は泥の岸だった。対岸には古い墓地があり、そこでは木々が葉をつけようとしていた。墓地の両側には、郊外の小さな家屋が群れていた。

左右どちらへも行けたのに、サムは誤ったほうを選んだ。カリスはそれを見て絶望した。彼は右に向かったのだが、そっちへ行っても何もないのだ。波打ち際に沿って走っているのが見えたが、ブーツの大きな足跡がはっきりと泥に残っている。治安官が兎を狙う犬のようにサムを追っていた。カリスはサムがかわいそうになった。兎がいつもかわいそうに思えてしまうのと同じだった。正義とは何の関係もなく、彼が追われる側だというだけで生まれた感情にすぎなかった。

サムが行き場がないと悟って、川へ入っていった。

マンゴは家の正面の石敷きの道にとどまっていたが、まったく逆の左側を向くと橋へと走っていた。

助手の二人が棍棒を捨ててブーツと外套を脱ぎ、下着姿で川に飛び込んだ。残る二人は岸に立ちすくんでいた。泳げないか、それとも、こんな寒い日に水に入るのをためらったのか。川に入った二人は執拗にサムを追っていた。

サムは体力はあるものの、冬物の重い外套が水に浸かってしまい、かなりの負担になっていた。追っ手が迫るのを、カリスは薄情にも、固唾（かたず）を呑んで見守った。

反対側から叫び声が聞こえた。橋にたどり着いたマンゴが、向こう側に渡る途中で立ち止まり、岸にとどまったままの二人に合図をして、自分の後につづくよう指示していた。二人は合図に気づくと、マンゴのほうへ駆けていった。マンゴはふたたび橋を渡りだした。

サムは泳いできた治安官助手より早く、遠く離れた岸にたどり着いた。足場を確保しながら、おぼつかない足どりで浅瀬を歩きだした。頭を振ると水滴が飛び散り、服から水が流れ落ちた。振り向いて、助手の一人がすぐ近くまで迫っているのに気づいた。追っ手がつまずき、思わず前かがみになった。すかさず、サムが水の入った重いブーツで顔面を蹴った。治安官助手は悲鳴を上げて後ろ向きに倒れた。

もう一人の助手は用心深かった。サムに近寄っては止まり、間合いを詰めすぎないようにしていた。サムが背中を向けて走り出した。川を出て、墓地の芝生へと向かった。治安官助手が追ってきた。サムが止まると、追っ手も止まった。サムは自分が弄（もてあそ）ばれているのに気づいた。怒りが沸き上がり、相手に向かって突進した。助手があわてて戻り出したが、そちらには川があった。浅瀬に駆け込んだものの水に足を取られ、捕まってしまった。

サムは治安官助手の肩をつかむと向きを変えさせ、そのまま頭突きを喰らわせた。対岸にいるカリスにも、哀れな助手の鼻の折れる音が聞こえた。助手はそのまま倒れ、川を血で汚した。

サムはふたたび岸を目指した。だが、そこにはマンゴが待ち受けていた。この時点でサムは岸の勾配（こうばい）の低い側に立っており、水に足を取られていた。マンゴは誘うように間合いを取りながら、重い木の棍棒（こんぼう）を振り上げた。サムはいったんは攻撃をかわしたが、マンゴは一拍遅らせて棍棒を振り下ろし、サムの頭のてっぺんを殴りつけた。

それは必殺の一撃のように見えた。カリスは自分が殴られたかのような衝撃を受け、一瞬息を止めた。サムが痛みにうめき、反射的に両手で頭を覆った。腕っぷしの強い若者を相手の喧嘩に慣れているマンゴが、またもや棍棒の一撃を見舞った。今度は無防備のままの脇腹だった。サムが水のなかに倒れた。橋を渡って向こう岸に着いた二人が現場に到着し、浅瀬に倒れたサムに飛びかかった。サムにやられた助手たちも、仲間に引きずり起こされたサムを殴ったり蹴ったりしはじめた。そして、ついに抵抗する気をなくしたサムを水から引っ張り出した。

マンゴが急いでサムを後ろ手に縛り、町へ連行していった。

「なんて恐ろしい」カリスはつぶやいた。「かわいそうなグウェンダ」

83

州の法廷が開かれているあいだ、シャーリングの町はお祭りのような雰囲気だった。広場のまわりの宿屋はどこも賑わい、宿の談話室は一張羅（いっちょうら）を着た男女で一杯になり、だれもが酒や食べ物を大声で注文していた。当然ながら、町もこの機会を捉えて市を開き、広場には屋台がぎっしりと並んだ。そのせいで、数百ヤード動くのに三十分もかかるありさまだった。認可を受けた露天商のほかにも、何十人もがそれぞれの商売に励んでいた。盆に載せたパンを売っているパン職人、往来で演奏して金を集めるヴァイオリン弾き、大道芸で小銭を求める浮浪者、豊かな胸を強調した売春婦、踊る熊を連れた猛獣使い、説教をする托鉢修道士などである。

ラルフ伯爵はこのような状態の広場をすんなりと通行できる、数少ない一人だった。彼は馬車に乗り、前に三人の騎士、後ろに使用人の群れを引き連れていた。一行はあたかも鋤刃のように雑踏を切り裂いて進み、その勢いと途中でぶつかる人々を意に介さない素振りに、群衆はやむなく道をあけていた。

一行は丘を登り、州長官の城に到着した。これみよがしな勢いで中庭に乗りつけ、車を降りる。すかさず、使用人が馬丁や荷物係を大声で呼びつけた。ラルフは自分の到着を誇示するのが好きだった。

彼は緊張していた。かつての仇敵の息子が、殺人の罪でまもなく裁きを受けるのだ。このうえない甘美な復讐が始まろうとしていた。だが、それが現実にはならないのではないかという恐れも抱いていた。あまりに気が張り詰めていたために、それを恥ずかしく思う気持ちすらあった。この裁判が自分にとってどれほど重要なものか、配下の騎士に悟られたくなかった。細心の注意をもって本音を隠し、アラン・ファーンヒルにさえ、自分がどれだけサムを絞首台に送りたがっているかを気づかれないようにしていた。いよいよというときになって間違いが起こるのはご免だった。ときとして正義の裁きが適切に下されない場合があるのは、自分がいちばんよく知っていた。結局のところ、彼自身が絞首刑を二度も免れているのだ。

裁判中、ラルフは自らの権利を行使して裁判官のベンチに坐り、手を尽くして、何の異変も起こらないようにするつもりだった。

彼は手綱を使用人に渡し、あたりを見回した。この城は軍事要塞ではない。むしろ中庭のある宿屋とでもいうべきだったが、それでも造りは強固で、警備も万全だ。シャーリングの州長官もここにいるし、捕まえた者の親族による復讐からも安全だろう。囚人を捕らえておく地下牢や、やってきた裁判官を護るための宿舎もあった。

州長官のバーナードがラルフを部屋に案内した。長官は州における王の代理人であり、税の徴収や治安の責任者でもある。何かと役得のある立場でもあり、給与に加えて、贈り物や賄賂、罰金や保釈金の分配にもあずかることができた。伯爵と長官の関係は、ときにこじれる場合があった。位としては伯爵が上だが、長官は独立した司法権を持っている。バーナードはラルフと同年配の裕福な羊毛商人でもあり、ラルフに対して、仲間意識と目上に対する敬意の入り混じった、落ち着かない態度で接していた。

フィリッパはラルフを、二人のために用意された部屋で待っていた。灰色の長い髪を入念な細工の頭飾りでまとめて、灰色と茶色の生気に欠けた色調の、高価な外套を着込んでいた。尊大なその態度は、かつてなら彼女を誇り高い美女に見せていたのだが、いまとなっては単なる気難しい老女にしてしまっていた。もしかしたら、彼女が義母になっていたかもしれないのだ。

ラルフは二人の息子のジェラルドとローリーに声をかけた。彼は子供の相手に慣れておらず、そもそも自分の息子たちと会うことさえ滅多になかった。当然といえば当然だが、幼児のころは女たちが世話をしていたし、いまは修道院の学校に通っている。彼は息子たちに従者に対するような話し方をし、あるときは命令したかと思えば、あるときには友だちのようにからかったりした。大きくなれば話しやすくなるだろうから、いまのぎこちなさは気にする必要もないだろうと思っていた。子供たちにとってのおれは、何をしても英雄なのだ、と。

「明日はおまえたちも裁判所に行って、裁判官のベンチに坐るんだ」ラルフはいった。「正義の裁きが下される様子を見せてやろう」

長男のジェラルドがいった。「午後に市を見に行ってもいいですか？」

「かまわんとも——ディッキーを一緒に行かせよう」ディッキーはアールズカースルの使用人だった。「これは小遣いだ」ラルフは二人に一握りの銀貨を持たせた。

ジェラルドとローリーは外へ出ていった。ラルフはフィリッパの反対端に腰をおろした。決して彼女に触ろうとせず、うっかりそんなことをしないよう、常に距離を保っていた。彼女があえて服装や振る舞いを老けて見えるようにして、自分の気を惹かないようにしているのも承知していた。また、彼女は教会にも毎日通っていた。

かつては子供をもうけた二人にしては不思議な関係だったが、もう何年もそんな状態のままであり、それは決して変わることがないように思われた。そのおかげで、使用人の娘に手を出したり、宿屋にたむろする娼婦と寝たりしても、気兼ねする必要もなかった。

それでも、子供のことでは話をしなければならなかった。フィリッパははっきりした意見を持っており、一方的に物事を決めても、彼女が反対すれば必ず喧嘩になると、長年のつきあいでわかっていた。前もって話し合うほうが賢明だろう。

ラルフは口を開いた。「ジェラルドはそろそろ騎士見習い(スクワイア)になってもいい年頃だ」

フィリッパが応えた。「そうね」

「そうとも！」ラルフは意外だった——てっきり言い合いになるものだと思っていたのだ。

「あの子のことはデイヴィッド・モンマスに話してあるわ」フィリッパが付け加えた。それは彼女が乗り気だということだ。すでに話を進めているのだからな。「そうか」ラルフは応えて、話を引き伸ばそうとした。

「デイヴィッドもそうしたほうがいいといってくれたわ。あの子が十四歳になったら、すぐに寄越すといいって」

ジェラルドはまだ十三歳だ。フィリッパが手放すまでには一年近くある。だが、ラルフの本当の心配は別にあった。モンマス伯のデイヴィッドは、フィリッパの娘のオディーラの夫なのだ。「騎士見習いになるということは、少年が一人前の男になるということだ」ラルフはいった。「だが、ジェラルドにとって、デイヴィッドはあまりにも気楽な相手だ。それに義理の姉にも気に入られている。彼女はきっとあいつを守ろうとするだろう。甘やかされる恐れがある」そして、しばらく考えてから付け加えた。「だが、だから、おまえはあいつをデイヴィッドのところに行かせるつもりなんだろう」

フィリッパは否定しなかった。「モンマス伯と結びつきを強めておいたほうが、あなたが喜ぶと思ったのよ」

それは一理あった。貴族社会において、デイヴィッドはラルフにとって最も大切な味方だった。ジェラルドをモンマス伯のもとへ送り込めば、新たなつながりができる。デイヴィッドもジェラルドを気に入るかもしれない。いずれはデイヴィッドの息子が、騎士見習いとしてこちらへ送り込まれることも考えられる。そういう家と家との結びつきはかけがえのないものだ。「向こうであいつが腰抜けにならないよう、見張っておくつもりはあるのか？」

「もちろん」

「そうか。それならいいだろう」

「決まりね。話が落ち着いてよかったわ」フィリッパが立ち上がった。

だが、ラルフの話は終わっていなかった。「ローリーはどうするんだ？　あいつも向こうへ送り込んでもいいぞ。そうすれば、兄弟で一緒にいられることにもなる」

フィリッパにその気がまったくないのはラルフにもわかったが、彼女は即座に却下するほど愚かでもなかった。「ローリーはまだ早いでしょう」いかにも熟慮したという口調だった。

「まだ読み書きもまともに覚えていないし」

「貴族が身につけるべきは、読み書きよりも戦い方だ。結局のところ、あいつは伯爵家の第二継承者だからな。もしジェラルドに何かあったら……」

「そんなこと、あってたまるものですか」

「そうだな」

「いずれにしても、あの子が十四歳になるまでは待ったほうがいいと思うのよ」

「それはどうかな。ローリーはどうも昔から女っぽいところがある。マーティンに似ている」ラルフはその刹那、フィリッパの目に恐怖の色が走るのを見た。まだ幼い息子を手放すのが怖いのだろう、とラルフは思った。フィリッパを苦しめるためにあえて頑固にいい張ろうかとも考えたが、いくらなんでも十歳ではスクワイアには早すぎた。「まあ、様子を見るか」ラルフはいった。「いずれはあいつも鍛えられないといかんだろうがな」

「そのうちね」フィリッパが応えた。

裁判官のサー・ルイス・アビンドンは地元の人間ではない。王室から派遣されたロンドンの法律家で、各地の州裁判所を巡回して難しい案件を扱っていた。赤ら顔にきちんと髭をたくわえた肥った男で、ラルフより十歳ほど若かった。

ラルフはそれに驚いたりしないよう、自分にいい聞かせた。いまの彼は四十四歳になるが、同世代のうち半分はペストに倒れていた。それでもなお、自分より若いのに力を持った有力者に出くわすたびに驚いてしまうのだった。

ジェラルドやローリーと一緒に裁判所の宿舎の一室で待機していると、陪審員が集まり、囚人たちが城から連行されてきた。サー・ルイスは若いころスクワイアとしてクレシーにいたことがあったそうだが、ラルフは見憶えがなかった。彼はラルフに対して隙のない、礼儀正しい振る舞いをした。

ラルフはサー・ルイスをそれとなく値踏みし、実に手強い相手になるだろうと判断した。

「労働者に法律を守らせるのは実に難しい」彼はいった。「農民は金儲けの方法に気づくと、法を守ろうという気を一切失ってしまう」

「規定外の賃金で働いている逃亡者の裏には、それを支払っている雇い主がいるものですよ」サー・ルイスが応えた。

「いや、そのとおりだ！　キングズブリッジの女子修道院にいる修道女どもも、あの法律をずっと無視してきた」

「修道女を罪に問うのは容易ではありません」

「それはまた、どうして？」

サー・ルイスが話題を変えた。「今朝の裁判に何か特別な興味がおありなのですか？」おそらく、ラルフが裁判官の隣りに坐る権利を行使するとあらかじめ聞かされていたのだろう。それは珍しいことだった。

「人殺しの犯人が、私のところの農民なのでね」ラルフは認めた。「だがいちばんの理由は、うちの息子たちに正義の裁きが下されるところを見せてやりたいのだ。二人のうち一人は、私に何かあれば伯爵位を継ぐことになる。明日の絞首刑を見せるのもいい。人が死ぬところを早いうちに見慣れておけば、それだけ子供たちのためにもなるだろう」

ルイスがうなずいて同意した。「貴族の息子が軟弱であってはなりませんからな」

廷吏が小槌を叩き、隣室のざわめきが静まった。ラルフの不安はおさまらなかった。サー・ルイスとの会話にさして得るところはなかったが、それ自体が何かを暗示しているのかもしれない。つまり、彼はたやすく他人の影響を受けるような人間ではないということだ。

サー・ルイスが扉を開け、伯爵であるラルフを先に行かせるために脇へどいた。

法廷の突き当たりに近いところに、大きな木の椅子が二脚、台座の上に置かれていた。その隣りに低いベンチがあった。そこにジェラルドとローリーが坐ると、群衆から興味深げなざわめきが上がった。人々はいずれ自分たちの領主となる子供たちにいつも気を引かれるものだが、これはそれだけではない、とラルフは思った。思春期にも達していない少年二人は無邪気そのものであり、暴力や盗み、不正を扱う法廷の雰囲気にはひどく場違いに見えたのだ。豚小屋にまぎれこんだ子羊のようなものだ。

ラルフは二つある椅子の一方に坐り、二十二年前のあの日を思った。強姦罪で、まさにこの法廷に立ったときのことだ——おれは馬鹿馬鹿しい罪によって領主の前に引き出されたが、いわゆる被害者とされた相手は、その領主の農民だった。その悪意に満ちた告発の裏にいたのがフィリッパだった。だが、その返報はしてやった。

あの裁判では、陪審員に有罪を宣告されるやいなや、おれは暴れて法廷を逃れ、王の軍隊に入ってフランスに行ったことで、ようやく恩赦を得た。だが、サムは逃げられない。武器も持たず、両足は鎖で繫がれている。フランスとの戦争も落ち着きつつあり、恩赦によって自由になれる見込みももはやない。

告発状が読み上げられるあいだ、ラルフはサムを観察した。体格はグウェンダよりもウルフリックに似ていた。背が高く、肩幅も広い。身分のある家に生まれていれば、有能な重騎士になったかもしれない。外見はウルフリックに瓜二つというわけではないが、ところどころにそれを思わせるところがあった。告発された男がよくやるように、サムも表面上は挑戦的な態度を取り、内心の恐怖を隠していた。おれとまったく一緒だ、とラルフは思った。

最初の証人は土地管理人のネイサン・リーヴだった。殺された男の父親だが、それよりも重要なのは、サムがラルフ伯爵の農民であり、許可なくしてオールドチャーチに向かったと証言したことだった。彼は息子のジョノに命じてグウェンダの後をつけさせ、サムの居場所を突き止めさせようとしたと証言した。人好きのする男ではないが、彼の悲しみは真正のものだった。ラルフは喜んだ。決定的な証言だ。

サムの隣りには、彼の母親が立っていた。その背丈はちょうど息子の肩のあたりだった。グウェンダは美人ではない。黒い瞳のそばにとがった鼻があり、額も顎も鋭く後ろに傾いているせいで、まるで意志の強い鼠のようだった。それでいて、とても性的な魅力があり、それは中年になったいまも変わっていない。彼女と寝たのはもう二十年以上も前だが、ラルフはきのうのことのように憶えていた。キングズブリッジのベル・インの部屋で、彼女を寝台の上に四つん這いにさせたのだ。いまでも、その様子をありありと思い浮かべることができた。彼女の小ぶりの身体にはひどく興奮させられたが、ずいぶんと毛深かったな、とラルフは回想した。

突然、グウェンダがラルフに視線を合わせた。凝視したまま、ラルフが考えていることを見透かそうとしているようだった。あのとき、彼女は初めはどうでもいいというように動こうともせず、ただ突かれるがままにしていたが、あるところから、ほとんど自分の意志に反するように、おれに同調して動きだした。彼女も同じことを思い出したに違いなかった。その不器量な顔に恥辱が浮かび、彼女は急いで顔をそむけた。

グウェンダの隣りには別の青年がいて、おそらく次男だろうと思われた。サムよりも母親に似て、小柄だが屈強そうな身体で、悪知恵の働きそうな顔つきをしていた。彼はラルフとしっかりと目を合わせた。まるで、伯爵が何を考えているか興味があり、顔を見ることでその答えがわかると思っているかのようだった。

だが、ラルフがいちばん興味を持っていたのは父親だった。彼は一三三七年の羊毛市で争ってからというもの、ずっとウルフリックを憎んでいた。ラルフは思わず折れた鼻を触った。その後、ほかにも傷を負わせてくれた相手はいるが、ウルフリックほどおれの誇りを傷つけた者はいない。それでも、ウルフリックには恐ろしいまでの復讐を果たしてやった。やつの相続権を十年間も剝奪してやったのだ。しかも、やつの妻と寝た。あいつの顔の傷だって、この法廷を逃げ出そうとしたときに押しとどめようとしやがったから、つけてやったんだ。あいつが逃げ出そうとしたときには、家まで引きずり連れ戻してやった。そしてこれから、おれはやつの息子を絞首刑にしてやるんだ。

ウルフリックは体重が増えていたものの、身動きには何の問題もなかった。胡麻塩の髭をたくわえていたが、ラルフが与えた長い刀傷の痕には何も生えていなかった。顔は陽に焼け、すっかり皺が寄っていた。グウェンダは怒りを浮かべていたが、ウルフリックは悲しみにうちひしがれていた。オールドチャーチの農民たちが、サムがジョノを樫の鋤で殺したと証言しているあいだ、グウェンダは挑みかかるような目になっていたが、ウルフリックの広い額には苦悶の皺が浮かんでいた。

陪審員長が、サムが生命の危険を感じていたかどうかを訊いた。

ラルフは不快になった。殺した側にも事情があったとほめのかしているような質問だったためだ。

痩せた、片目の不自由な農民が応えた。「やつは執行吏など何とも思っていませんでしたよ。もっとも、母親のことは怖かったみたいですがね」人々のあいだから忍び笑いが漏れた。

陪審員長が先に挑発したのはジョノのほうなのではないかと訊いた。これもまた、サムへの情状を示す質問としてラルフの癇に障った。

「挑発？」男が答えた。「足枷で顔をぶっ叩いただけです。それを挑発というならですがね」群衆がどっと沸いた。

ウルフリックは当惑しているようだった。その表情はあたかも、自分の息子が殺されるかもしれないのに、どうしてみんな笑っていられるのかといっているようだった。

ラルフの不安はさらに高まった。陪審員長が判断しかねているようだったのである。

サムが証言台に呼ばれたが、話しているときの彼が確かにウルフリックに似ているのに、ラルフは気づいた。首を傾げたり、片手を上げるしぐさなど、即座にウルフリックを連想させた。サムは、自分がジョノに対して翌日の朝に会うことを提案したが、それに対して、ジョノが自分に足枷をはめようとしたのだといった。

ラルフは小声でサー・ルイスに話しかけた。「こんなことをして何の意味があるのか」彼は怒りを抑えていった。「あの男が危険を感じていたとか、先に手を出したとか、翌日会おうと提案したとか、どうでもいいことばかりだ」

サー・ルイスは無言だった。

ラルフはつづけた。「あの男は逃亡者であり、追っ手を殺した。それだけのことだ」

「そういうことがあったのは事実です」サー・ルイスは慎重であり、ラルフはその答えに満足できなかった。

陪審員がサムに質問しているあいだ、ラルフは傍聴席を見た。マーティンがカリスと一緒にきている。修道女になる前のカリスはずいぶんと着るものに凝っていたが、還俗してからはそのころに戻っていた。今日着ているのは、青と緑という二種類の対照的な生地を用いたガウンで、毛皮の縁どりのあるキングズブリッジ・スカーレットの外套と小さな丸帽を合わせていた。

だちだったな。そういえば、とラルフは思い出した。カリスはグウェンダの子供のころからの友だちだったな。森でトマス・ラングリーが二人の兵士を殺すところを見たときも、カリスはその場にいた。マーティンとカリスは、グウェンダのためにサムに対して寛大な措置を願っているだろう。おれが判決に関係しているかどうかとは無関係に、そう思っているはずだ。

カリスの後任として女子修道院長になったマザー・ジョーンも法廷にきていた。おそらく、女子修道院がオーセンビーの地主であり、ひいてはサムを違法に雇っていたためだろうと、ラルフは考えた。本来なら、ジョーンはサムとともに被告席にいなくてはならないはずだ。だが、ジョーンと目が合うと、彼女は責めるような視線を向けてきた。あの殺人は自分ではなく、ラルフのせいだと考えているかのようだった。

キングズブリッジの修道院長は欠席していた。サムはフィルモン院長にとって甥にあたるのだが、フィルモンは自分が人殺しの伯父であるという事実をなるべく伏せておきたいようだった。かつてはフィルモンも妹に対して庇護するような愛情を向けていたのだが、とラルフは思った。そんな感情も歳月を経るにつれて消えてしまったらしい。

サムの祖父、悪評高きジョビーもきていた。いまは白髪の老人になり、腰が曲がり、歯はすべて抜けていた。どうしてここにきているのだろう？　グウェンダとはずいぶん前から仲違いしていたし、孫にもさして愛情は抱いていないはずだ。みなが裁判に気を取られている隙に、他人の革袋から小銭をくすねようと思っているのか。

サムが証人台を降りると、サー・ルイスが短い話をした。彼の要約はラルフを喜ばせた。

「サム・ウィグリーは逃亡者なのか？」彼は問いかけた。「ジョノ・リーヴにはサムを捕まえる権限があったのか？　そして、サムは鋤でジョノを殺したのか？　この三つの疑問に対する答えがすべて肯定であれば、サムには殺人罪が適用される」

ラルフは驚き、そして安堵した。サムが先に手を出したのかどうかというような意味のない話もしなかった。結局のところ、サー・ルイスは信頼のおける裁判官なのだ。

「どのような裁きを下すべきと思われますか？」サー・ルイスが訊いてきた。

ラルフはウルフリックを見た。すっかりうちひしがれている。これがおれに刃向かってきたやつの末路だ。できることなら、ラルフはそれを大声でいってやりたかった。

ウルフリックがラルフの視線を捕らえた。ラルフは視線を外さず、ウルフリックの考えを読み取ろうとした。いったいどんな気持ちなんだ？　ラルフがそこに見たのは恐怖だった。

ウルフリックはそれまでラルフに恐怖を見せたことがなかったが、いまはすっかり怯えていた。息子が死ぬと決まり、それが彼をひどく気弱にさせているのだ。そういうウルフリックの目を見ていると、ラルフの全身に深い充足感が満ちた。二十四年かかって、ようやくおまえを破滅させられたぞ。おまえはついにおれを恐れるようになったんだ。

陪審員が協議していた。ラルフはその様子をいらだたしく見ていた。陪審員長とそれ以外の陪審員のあいだで意見が分かれているようだった。ラルフはそのいらだたしく見ていた。裁判長すらあのような意見を出したというのに、いったい何が疑問なのか？　だが、陪審員には確証がないはずだ。ここまできて妙な結論が出るはずがない、とラルフは思った。それとも？

どうやら陪審員が合意に達したようだった。だが、ラルフにはだれの意見が通ったのかわからなかった。陪審員長が立ち上がった。

「サム・ウィグリーには殺人罪が科せられるという結論に達しました」

ラルフはかつての仇敵を見つめた。ウルフリックはまるで自分が刺されたかのように見えた。顔は蒼白で、痛みをこらえるかのように目を閉じていた。ラルフは勝利の笑みを噛み殺さなくてはならなかった。

サー・ルイスの視線に気づいて、ラルフはウルフリックから目をそらした。「判決についてのご意見を」サー・ルイスがいった。

「私が知るかぎり、選択は一つしかない」

サー・ルイスがうなずいた。「陪審員は酌量の余地はないという結論でした」

「逃亡者が自分を追ってきた執行吏を殺すなど、あってはならない」

「では、極刑ですか？」

「むろんだ！」

サー・ルイスが法廷に向き直った。ラルフはふたたびウルフリックに視線を固定した。彼以外の全員がサー・ルイスを見ていた。「サム・ウィグリー。自分を追ってきた執行吏の息子を殺した罪で死刑を宣告する。明日の夜明け、絞首刑に処す。汝の魂に神のご加護があらんことを」サー・ルイスが宣告した。

ウルフリックがよろめいた。その腕を下の息子がつかみ、身体を支えた。そうしなければ、きっと床に崩れ落ちていただろう。倒れさせてやれ、とラルフはいいたかった。やつはもう終わりだ。

ラルフはグウェンダを見た。彼女はサムの手を取っていたが、視線はラルフに向けていた。彼女の表情に、ラルフは驚いた。悲しみや涙、叫び、激しい感情を予想していたのに、彼女はラルフを凝視したままだった。その目には憎悪があった。だが、それだけではなかった。挑みかかるような反抗があった。夫と違い、彼女はうちひしがれたようには見えなかった。これで決着がついたとは考えていないのだ。

ラルフはうろたえながら思った——まるでほかに打つ手を隠し持っているかのようだ。

84

サムが連れていかれるあいだ、カリスは涙を浮かべていた。だが、マーティンは悲しみにくれる素振りを見せる気にすらなれなかった。グウェンダには悲劇だし、ウルフリックはほんとうに気の毒だ。ただし、それ以外の者にとっては、サムが絞首刑に処されるのは決して悪いことではない。ジョノ・リーヴは法を守らせようとしていたのだ。それは不当で、抑圧的な悪法かもしれない――しかし、だからといって、サムがジョノを殺していいということにはならない。結局のところ、ネイト・リーヴは息子を失ったのだ。みんながネイトを嫌っているとしても、それはまったく関係がない。

一人の泥棒がベンチの前に引き出されて別の裁判が始まると、マーティンとカリスは法廷を出て、宿屋の談話室に入った。マーティンはワインをカリスに注いでやった。しばらくすると、グウェンダがやってきた。「いまは正午よ」彼女はいった。「サムを救うまであと十八時間あるわ」

マーティンは驚いて彼女を見上げた。「何をするつもりなんだ?」

「ラルフを使って、サムを赦すよう王に請願させるのよ」

とうていあり得ないことだ、とマーティンは思った。「いったいどうやって?」

「もちろん、わたしには無理よ」グウェンダがいった。「でも、あなたならできるわ」

マーティンは罠にかけられたような気がした。サムが恩赦に値するとは思えなかった。それでも、乞い願う母親の言葉をはねつけるのも難しかった。「前にも、きみに頼まれてあいつに意見したことがあったな――憶えているかい?」彼はいった。

「もちろん憶えているわ」グウェンダが答えた。「ウルフリックが父親の土地を相続できなかった件でね」

「とりつくしまもなかったよ」

「そうね」彼女はいった。「でも、やってみることはできるでしょう」

「ぼくではなくて、もっとそれにふさわしい人がいるんじゃないか」

「あなた以外の意見を聞くたまじゃないわ」

そのとおりだった。マーティンにしても、弟を説得できる可能性はほとんどないが、彼以外では望みはまったくなかった。

カリスはマーティンが乗り気でないのを見て取り、グウェンダに加勢した。「聞いてあげてよ、マーティン。これがローラだったらどう思う?」

マーティンは女の子が諍いを起こすなどあり得ないといいそうになったが、ローラの場合は絶対に考えられなくもないと気がついた。「とてもじゃないが、うまくいくとは思えない」彼はため息をついてカリスを見た。「だけど、きみのためだ。やってみるよ」

グウェンダがいった。「いますぐに行ってちょうだい」

「ラルフはまだ法廷だろう」

「そろそろ正餐の時間だわ。裁判もまもなく終わるはずよ。特別面会室で待っていたほうがいいわ」

マーティンは彼女の決意の固さに感心せずにはいられなかった。「わかった」

談話室を出て、宿屋の裏手に回った。裁判官室の前に警備兵が立っていた。「伯爵の親族の者だが」マーティンはその見張りに声をかけた。「私はキングズブリッジのオールダーマンのマーティンだ」

「承知しました」警備兵がいった。「どうぞなかでお待ちください」

マーティンは小さな部屋に通され、腰を下ろした。弟に頼みごとをするのは何となく落ち着きが悪かった。もう何十年も疎遠なままなのだ。ラルフはずいぶん昔にぼくの知らないだれかに変わってしまった。アネットを強姦し、ティリーを殺した者など、自分の知るはずもない人間だ。それが、かつては弟と呼んでいた少年の成れの果てとは。両親が死んでから、二人が会うのは公的な行事の席に限られていて、そうした場でも言葉を交わすことすら稀だった。兄弟であることを口実に特別扱いを求めるのは、厚かましい話だった。グウェンダのためなら、とてもその気にはなれなかっただろう。だが、カリスの願いとあれば仕方がない。

そう長くは待たされなかった。数分もすると、ラルフとサー・ルイスが入ってきた。マーティンは弟が足をひきずっている様子を見て——フランスでの戦争で受けた傷が原因だった——それが年を経て、さらにひどくなっていることに気づいた。

サー・ルイスがマーティンに気づき、握手を交わした。ラルフもそれに倣い、皮肉な言い方をした。「兄上のご訪問とは、喜ばしくも珍しいことだな」

それは不当な言いがかりではなく、マーティンもうなずいた。「ところで」彼はいった。「おまえの慈悲を乞えるとすれば、それはぼく以外にはあり得ないと思うんだが」

「あんたが慈悲を願い出る？　いったいどうしたんだ？　人を殺したわけでもあるまい？」

「いまのところはね」

サー・ルイスがおもしろそうに見ていた。

ラルフがいった。「では、いったい何なんだ？」

「おまえもぼくも、グウェンダとは子供のころからの付き合いだろう」

ラルフがうなずいた。「あいつの犬をあんたの作った弓で射ったこともあったな」

マーティンは忘れていた。いまになって考えれば、あれはラルフの将来の姿の兆候だったのだ。「あれで、おまえはグウェンダに借りができたんじゃないかな」

「あの駄犬がネイト・リーヴの息子より価値があるとは、おれには思えないがな」

「そういうつもりでいったんじゃないんだ。ただ、釣り合いを取るためにも、寛大なところを見せたほうがいいんじゃないかと思ってね」

「釣り合い？」ラルフの言葉には込み上げる怒りがあった。やはり無駄だったかと、マーティンは諦めかけた。「釣り合いだと？」ラルフが折れた鼻をつついた。「こいつにはどういう釣り合いを取ってくれるんだ？」そして、挑みかかるようにマーティンを指さした。「どうしておれがサムを赦さなかったのか、その理由を教えてやろう。おれは今日、法廷でウルフリックの顔を見た。まさしくやつの息子が人殺しの罪で刑を宣告された、その瞬間の顔をな。やつの顔に何が見えたかわかるか？　恐怖だよ。あの不遜な農民は、ようやくのことでこのおれを恐れた。やつは飼い慣らされたんだ」

「それが何だというんだ」

「あの顔を見るためなら、六人処刑したっていいくらいだ」

すでにマーティンは諦める気になっていたが、グウェンダの悲しみを思い出して、もう一押ししてみた。「ウルフリックを降参させたんならもういいじゃないか。そうだろ？」彼はいった。「だから、サムを自由にしてやったらどうだ。王に請願を出してやってくれないか」

「駄目だ。ウルフリックはあのままにさせておく」

マーティンはそもそもこなければよかったと後悔した。ラルフを説き伏せようとしても、よけい頑なになるだけだ。マーティンは弟の執念深さと悪意に愕然とし、もう二度と話をしたくないと思った。その気持ちには憶えがあった。前にもラルフを相手にして、そう思ったことがある。どうやら、弟の本性を思い知らされるたびに、決まって同じ気持ちになるらしかった。

マーティンは弟に背を向けた。「わかった、もういいよ」彼はいった。「失礼する」

ラルフが陽気にいった。「正餐には城にくるといい。州長官はなかなかの料理を出してくれるぞ。カリスも一緒にな。そこでゆっくり話そうじゃないか。フィリッパもくるしな――あいつはあんたのお気に入りだったろう？」

マーティンはその誘いに応じるつもりはなかった。「カリスに聞いてみるよ」彼女は、ラルフと一緒に食事をするくらいなら、悪魔とともにするほうがましだというに決まっている。「では、あとでまた会おう」

マーティンは部屋を出た。

宿屋へ戻って談話室に入ったマーティンに、カリスとグウェンダが待ちかねた視線を向けた。彼は首を振った。「手は尽くした。残念だが――」

グウェンダはそうなるだろうと予想していた。落胆はしたが、驚きはしなかった。ただ、マーティンを通じて頼み込まずにいられないというだけだったのだ。それよりも、自分でやろうとしているもう一つの手のほうが、はるかに思い切った策だった。

彼女はマーティンにおざなりな礼をいって宿を後にし、そのまま丘にある城へ向かった。ウルフリックとデイヴィッドは町外れの安宿へ行っていた。そこでは、空腹を満たすだけの正餐を安くとることができた。どちらにしろ、ウルフリックを連れてきても意味はない。彼の腕っぷしの強さや正直なところは、ラルフと込み入った交渉をするうえで何の役にも立たない。

それに、どうやってラルフを説得するつもりなのかをウルフリックに知られるわけにいかなかった。

グウェンダが丘を上っていると、背後で馬のいななきが聞こえた。立ち止まって振り向くと、サー・ルイスを連れたラルフたちの一行だった。通り過ぎるラルフが視線を確実に感じるよう、そのまま動かずに、じっと見つめた。自分に会いにきたのだとラルフに感じさせるために。

しばらくして城の前庭に入ったが、州長官の屋敷は立入禁止になっていた。中央棟の正面口に行き、そばの係官に声をかけた。「ウィグリーのグウェンダといいます。個人的な用事で、ラルフ伯爵にお目どおりしたいのですが」

「そうかい」係官はいった。「あたりを見てみなよ。ここにいるのはみんな、伯爵や裁判官、州長官に面会を申し出ている連中だ」

中庭には二、三十人ほどが立っており、巻いた羊皮紙を握りしめている者もいた。

息子を絞首刑から救うためなら、どんな危険を冒す覚悟もできている――それでも、夜明け前にラルフと話ができなければ、その機会すら持てないことになる。

「いくらなの？」彼女は係官に訊いた。

嘲るような視線が、少しまともになった。「約束はできんぞ」

「わたしの名前を伝えてもらいたいの」

「二シリングだ。銀貨二十四枚」

相当な額だったが、グウェンダは一家の蓄えを持ってきていた。でも、まだ金を渡すわけにはいかない。「わたしの名前は？」

「さあね」

「さっきいったでしょう。そんなことで、ラルフ伯爵にどうやってわたしの名前を伝えるつもりなの？」

男が肩をすくめた。「もう一度いってくれ」

「ウィグリーのグウェンダよ」

「わかった。伝えよう」

グウェンダは財布に手を入れ、小さな銀貨を一握り取り出すと、二十四枚数えた。それは一人の労働者の四週間分の収入だった。これだけの稼ぎを得るのに、どれだけ大変な思いで働いたことか。その金をこの横柄な門番が、ただの使い走りをするだけで持っていってしまうのだ。

係官が手を出した。

グウェンダはいった。「わたしの名前は？」

「グウェンダ」

「どこのグウェンダ？」

「ウィグリー」彼は付け加えた。「今朝、裁判にかけられた人殺しの出身地だ。そうだろ？」

彼女は金を渡した。「伯爵は必ずわたしに会いたいというはずよ」彼女はできるかぎり押しの強い言い方をした。

係官が金を懐にしまった。

自分が果たして金を無駄に使ったのかどうか判断もつかないまま、グウェンダは中庭に戻った。

その直後、広い肩幅に小さな頭の、よく見知った姿に気がついた。アラン・ファーンヒルだ。まだ幸運はついているかもしれない。彼は厩舎から入り口に向かおうとしているところだったが、そこにいる者は、だれも彼を知らないらしかった。グウェンダは彼の前に立ちはだかった。「こんにちは、アラン」

「いまはサー・アランだ」

「それはよかったわね。わたしが会いたがってると、ラルフに伝えてもらえないかしら？」

「何の用かは見当がつくがね」

「個人的な用事で会いたいと伝えてほしいの」

アランが片眉を上げた。「気を悪くしないでもらいたいが、前回のおまえは若い娘だった。あれから二十歳も老けたわけだよな」

「それは彼が決めることでしょ？」

「そうだな」アランが侮辱するような笑みを満面に浮かべた。「あのベル・インでの午後のことは、伯爵もよく憶えてるよ」

あのときは、もちろんアランもその場にいた。わたしが服を脱ぐところを見ていたし、その裸体を凝視してもいた。わたしがベッドまで歩き、マットレスに四つん這いになって、反対側を向いたところも、すべて見ていた。ラルフが後ろ向きのほうが見栄えがするといったときは、ひどく下品な笑い声を上げた。

グウェンダは恥辱と嫌悪感を押し隠し、できるだけ感情的にならないようにいった。「そうだといいけど」

陳情にきていたほかの者たちも、アランが地位のある人物だと気づいた。彼の周囲に群がり、話しかけ、自分たちの希望を口々に語った。アランは彼らを押しのけ、建物に入っていった。

グウェンダは落ち着いて待った。

一時間が経ち、ラルフが正餐の前に会いにくる可能性はなくなった。グウェンダは泥のぬかるみがそれほどひどくないあたりを見つけ、石の壁を背にして坐り込んだが、その間も、入り口から目を離さなかった。

また一時間、さらに一時間が経った。貴族は正餐に午後いっぱいを費やすこともある。よくもまあそれだけのあいだ、飲み食いしつづけられるものだと、グウェンダは不思議に思った。食べ過ぎで腹が破裂したりしないのだろうか？

その日、グウェンダは何も口にしていなかったが、あまりにも神経が張りつめていて、空腹を感じるどころではなかった。

四月の曇った一日で、空は早くから暗くなりはじめた。グウェンダは冷たい地面に坐って震えていたが、動くつもりはなかった。これが唯一のチャンスなのだ。

使用人が出てきて、中庭の周囲に松明をともした。一部の窓では、鎧戸の向こうに明かりがともっている。夜の帳が下り、グウェンダは夜明けまであと十二時間しかないのだと気がついた。そして、城の地下牢で床に坐っているだろうサムを思い、寒くないだろうかと案じた。泣きたい気持ちを懸命に抑えた。

まだ終わったわけじゃない、彼女は自分にいい聞かせた。だが、その気力もしだいに弱まっていった。

いちばん近い松明からの光を、背の高い人影がさえぎった。目を上げると、アランがいた。

グウェンダの心臓が跳ねた。

「こい」アランがいった。

グウェンダは急いで立ち上がると、入り口の扉へ向かった。

「そっちじゃない」

グウェンダは彼に訝しげな視線を向けた。

「個人的な用なんだろう」アランがいった。「それなら、屋敷のなかで会うわけにはいかない。ご夫人たちがいるからな。こっちだ」

グウェンダはアランの後について、厩舎のそばにある小さな扉をくぐった。そのまま、いくつかの部屋の前を通り過ぎ、階段を上った。アランが扉を開くと、そこは狭い寝室だった。

グウェンダがなかに入ると、アランはそれにつづくことなく、外から扉を閉めた。

天井は低く、寝台が部屋の大半を占めていた。窓際に、ラルフが下着姿で立っていた。床にブーツや外套が脱ぎ捨てられていた。その顔は酒光りしていたが、口調ははっきりして落ち着いていた。「服を脱げ」彼はすべてを見透かしているかのように、薄笑いを浮かべていた。

グウェンダはいった。「いやよ」

ラルフが意外そうな顔をした。

「服を脱ぐつもりはないわ」

「それなら、どうして個人的な用があるなどとアランにいった？」

「そういっておけば、わたしがあなたと寝たがっていると思うでしょ？」

「だが、そのつもりがないのだとすれば……いったい何の用事でここにきた？」

「王に請願を出すよう、あなたに頼もうと思ったの」

「ただし自分を差し出すつもりはない、ということか？」

「そうする理由がないもの。前に一度応じたけど、あなたは約束を守らなかった。取引を履行しなかった。わたしは身体を差し出したけど、あなたはわたしの夫に土地を相続させなかった」グウェンダはかつて受けた恥辱が、自分の口調に表われるように努めた。「あなたはまた同じことをやろうとしているのよ。名誉も恥も知らない人ね。わたしの父にそっくりだわ」

ラルフが顔色を変えた。伯爵に向かって信用できないといい放っただけでも侮辱になるのに、森でリスに罠をしかけているような、土地を持たない労働者ずれと伯爵を同一視するのは度を越している。彼は激怒した。「そんなことで、おれを説得できると思ったのか？」

「いいえ。でも、あなたは請願を提出するわ」

「なぜだ？」

「だって、サムはあなたの息子なんだもの」

ラルフがしばらくのあいだグウェンダを見つめ、馬鹿にするかのようにいった。「おれがそんな話を信じると思うか？」

「あの子はあなたの息子よ」彼女は繰り返した。

「証明できないだろう」

「そうよ」彼女は応じた。「だけど、あなたも知ってるでしょ。あの子が生まれたのは、わたしがキングズブリッジのベル・インであなたと寝た九カ月後なの。確かにウルフリックとも寝てはいるけどね。どちらが父親なのかは、あの子を見てみるといいわ。あの子はウルフリックのしぐさを受け継いでいる。二十二年間かけて、あの人を見て覚えたのよ。でも、あの子の顔つきを見てごらんなさい」

グウェンダはラルフの表情を見て、自分の言葉が相手を考え込ませるきっかけになったことを知った。

「何よりも、あの子の性格よ」彼女はさらに押していった。「裁判のときの証言を聞いたでしょう。サムのほうからジョノに手を出したわけじゃない。ウルフリックだったら、きっとそうしただろうけどね。あの子はジョノを打ちのめしてから、助けたわけでもない。そこもウルフリックとは違う。ウルフリックは力もあるし、怒りっぽい。でも、根はやさしい人よ。だけど、サムはそうじゃない。サムはジョノを鋤で殴った。だれだって気を失うような一撃だけど、ジョノが倒れる前にさらに強く殴りつけた。とても相手にならないような人間にね。そして、ふらふらになったジョノの身体が地面に倒れる前に、また殴った。オールドチャーチの農民がサムを押さえなかったら、きっとジョノの頭が粉々になるまで、血だらけの鋤で殴りつづけたはずだわ。サムは相手を殺したかったのよ！」グウェンダは自分が泣いているのに気づき、袖で涙を拭いた。

ラルフが恐ろしげな表情で彼女を見つめていた。

「人を殺したいというあの子の気持ちがどこからきているかわかる、ラルフ？」彼女はいった。「自分の汚れた心によく聞いてみるといいわ。サムはあなたの息子よ。そして、わたしの子供なのよ」

グウェンダが出ていった後も、ラルフは狭い部屋の寝台に坐って蠟燭の炎を見つめていた。いったいありうる話だろうか？　もちろん、グウェンダが都合のいい嘘をついているのかもしれない。彼女のいうことを真に受けるなど問題外だ。だが、サムがおれの息子だというのは、ウルフリックの息子だというのと同じ程度にはありうる。まさしくその時期に、二人ともグウェンダと寝ていたのだ。本当のところは決してわからないだろうが。

サムが自分の子供かもしれないという、その可能性だけでも、ラルフの心を恐怖で満たすには十分だった。おれは自分の息子を絞首台にかけることになるのか？　おれがウルフリックに仕掛けた恐ろしい罰は、もしかするとおれ自身を傷つけることになるのではないか。

すでに夜になっている。夜明けには刑が執行される。ゆっくり考える時間はない。

ラルフは燭台を持って部屋を出た。入ったときには、ここで肉体的な欲望を満たすつもりだった。それがいま、生涯の痛恨事を知ることになった。

彼は外に出て中庭を横切り、監房に入った。一階は州長官の部下が使う事務室になっている。なかに入って、当直の警備係に話しかけた。「殺人犯のサム・ウィグリーに面会したい」

「承知しました」当直が答えた。「ご案内します」そして、ランプを手にして隣りの部屋へ入っていった。

床には格子がはめられており、ひどい悪臭が漂っていた。ラルフは格子越しに下を見た。独房は縦が九ないし十フィートほどで、石造りの壁に囲まれ、床面は土だった。調度は一切ない。サムは壁に背を向けて床に坐っていた。そばには木の水差しがあった。床の小さな穴は用足しに使われるものらしい。サムは上を向いたが、やがて、関心なさそうに視線を移した。

「開けろ」ラルフはいった。

当直が格子の錠を解除し、蝶番（ちょうつがい）でつながっている格子を開けた。

「下に降りるぞ」

当直は驚いたが、伯爵に口答えするつもりもなかった。梯子を持ち出し、壁にたてかけて下の独房へ降ろした。「くれぐれもお気をつけください」当直が気がかりな様子で忠告した。「あの悪党には、もはや失うものなど何もありません」

ラルフは燭台を手に下へ降りた。ひどい悪臭が漂っていたが、ほとんど気にならなかった。梯子を降り切ると、身体の向きを変えた。

サムが怒りに満ちた目で見上げた。「いったい何の用だ?」

ラルフはサムを凝視した。腰を屈め、燭台をサムの顔の近くに寄せて顔つきを検分し、鏡に映るときの自分の顔と比較した。

「いったい何なんだ?」ラルフの厳しい視線に、サムが不安げに訊いた。

ラルフは応えなかった。この男は果たしておれの息子なのか? そうかもしれない。十分にあり得ることだ。サムはいい男で、おれも若いころ、鼻を折られるまではそういわれたものだ。前日の法廷でも、サムの顔つきにだれかを思わせるところがあるのに気づいていた。そしていま、ラルフは集中して記憶をたどり、サムがだれに似ているのかを考えた。まっすぐな鼻筋、暗い色の瞳、娘たちがうらやむほどの豊かな髪……

そして、気づいた。

サムはラルフの母、いまは亡きレディ・モードに似ているのだ。

「何ということか」ラルフはいったが、実際にはささやきにしかならなかった。

「何だって？」サムの声にははっきりと恐怖が表われていた。「いったい何なんだ？」

ラルフは何かいわなければならなかった。「おまえの母が……」そういいかけたが、その声はしだいに消えていった。喉が感情で押しつぶされてしまい、言葉を出すことすら難しくなっていた。彼はいい直した。「おまえの母が、おまえを赦すよう申し出てきた……このうえもなく見事にな」

サムは警戒したまま何もいわなかった。ラルフが自分を嘲りにきたと思っているのだ。

「聞きたいことがある」ラルフはいった。「ジョノを鋤で殴ったときに……おまえはやつを殺そうとしたのか？　もはや恐れることなどないだろう。正直にいってみろ」

「もちろん、殺すつもりだった」サムがいった。「やつがおれを騙そうとしたからだ」

ラルフはうなずいた。「そうだろうな」彼はサムを凝視したまま身動き一つせず、ふたたび口を開いた。「私だって同じように思ったはずだ」

そして立ち上がると梯子を見、ためらった後にまた見て、燭台をサムの横の地面に置いた。そして、梯子を昇っていった。

当番が格子を元に戻し、錠をかけた。

ラルフは当直にいった。「絞首刑はなしだ。この囚人は赦しを得た。州長官には、すぐに私から話しておく」

彼が監房を出ると、当直がくしゃみをした。

85

マーティンとカリスがシャーリングからキングズブリッジへ戻ると、ローラがいなくなっていた。

長年仕えているアルンとエムが庭の門のところで待っていたが、二人とも、まるで一日じゅうそこにいたかのようだった。エムは口を開くやいなや泣きだしてしまい、アルンが事情を説明しなくてはならなくなった。「ローラ様が見当たらないのです」彼の口調もひどく取り乱していた。「どこにも見つかりません」

最初、マーティンは勘違いをしていた。「夕食の時間には戻るだろう。別に気にすることはないよ、エム」

「それが、ゆうべも、その前の晩もお戻りにならなかったのです」アルンがいった。

マーティンはようやく二人のいっていることを理解した。ローラは家出をしたのだ。とたんに、恐怖が冬の風のように彼の肌を寒からしめ、心臓を締めつけた。ローラはまだ十六歳なのだ。しばらくのあいだ、マーティンは理性が吹き飛んでいた。彼はローラを思い浮かべた。子供と大人のあいだにいる娘。激しさをたたえた焦げ茶色の瞳に、母親ゆずりの肉感的な口元、そして、軽率で思い違いもはなはだしい自信家ぶり。

ようやくわれに返ると、マーティンは何がよくなかったのか自問した。アルンとエムに娘をまかせて数日留守にするのは、それこそローラが五歳のときからたびたびあったし、それで問題が起こることもなかった。いったい何が変わってしまったのだろう？

思い起こせば、二週間前の復活祭の日曜から、ローラとはほとんど口をきいていなかった。彼女がホワイト・ホースで悪い仲間と一緒にいたところを、腕をとって連れ帰ったときだ。家族が正餐をとっているあいだ、彼女は不機嫌なまま二階の部屋に閉じこもり、サムが捕まったときでさえ出てこなかった。その数日後、マーティンとカリスがシャーリングに出かけることになり、ローラに別れのキスをしたときも、彼女は苛ついたままだった。

マーティンは罪悪感にさいなまれた。娘に無理強いをしたために家出に追いやってしまったのだ。シルヴィアの亡霊が見ていて、娘を気遣えなかった父親を軽蔑しているだろうか？

マーティンはローラの好ましからざる友人たちを思い出した。「あのジェイク・ライリーという男がそそのかしたんだ」彼はいった。「アルン、あいつと話したことはあるか？」

「いいえ」

「すぐに行ってみるほうがよさそうだ。やつの住まいを知っているか？」

「聖パウロ教会の裏手にある魚屋の隣りです」

カリスがいった。「わたしも行くわ」

二人は橋を引き返し、町に入って西へ向かった。聖パウロ教会の教会区は川岸沿いの手工業地区で、キングズブリッジ・スカーレットが考案されてからというもの、食肉処理場に革鞣し工場、製材所、製造工房、染物屋などが、九月の茸のように次々とできていた。マーティンは家々の低い屋根の上にそびえる、聖パウロ教会の塔を目指して進んだ。匂いから魚屋の見当がつき、その隣りにある荒れた大きな家の扉を叩いた。

扉を開けたのは、サル・ソーヤーだった。貧しい未亡人で、夫は臨時雇いの大工だったが、ペストで死んでしまった。「ジェイクはここにいついているわけじゃないんです、オールダーマン」彼女はいった。「もう一週間は見かけていません。家賃さえ払ってもらえれば、こっちも何もいえませんし」

カリスが訊いた。「前に出ていったとき、ローラは一緒だった？」

サルは用心しつつ、マーティンをちらちら見ながら答えた。「あれこれいいたくはないのですが」

マーティンはいった。「知っていることを教えてくれ。気を悪くしたりはしないから」

「たいていは一緒にいますよ。お嬢さんはすっかりジェイクのいいなりになっています。それ以上は勘弁してください。ジェイクを探し出せば、お嬢さんも見つかるでしょう」

「やつはどこへ？」

「行き先をいったりはしないんです」

「だれか、知っていそうな人間に心当たりはないか？」

「ここに連れてくるのはあの子だけです。でも、ホワイト・ホースへ行けば、ジェイクの友だちがいるはずですよ」

マーティンはうなずいた。「行ってみよう。ありがとう、サル」

「お嬢さんは大丈夫ですよ」サルが慰めた。「冒険がしたい年頃なだけでしょう」

「そうであることを願うよ」

マーティンとカリスはきた道を引き返し、橋にほど近い、川沿いにあるホワイト・ホースへ向かった。マーティンはペストが猛威をふるっていたころに、この店で大変な騒ぎを見たことがあった。瀕死のデイヴィッド・ホワイトホースが、店にあったエールをすべて無料で振る舞ったのだ。それから数年は空き家のままだったが、いまはまた繁盛した宿屋になっていた。マーティンはどうしてこの店が賑わっているのか、よく不思議に思ったものだった。店内は窮屈で不潔だし、揉めごとも多い。年に一度はここで人が殺されているのだ。

二人は煙の充満する店内に入った。まだ午後の三時だというのに、ベンチには十人ほども酒を飲んでいる者が坐っていた。バックギャモン盤の周りには小さな人だかりができていて、テーブルに銀貨の集まりがいくつかあるところからすると、それはゲームの結果に応じた賭け金のように思われた。ジョイという頬紅をさした売春婦が、新しく入ってきた客を期待するように見上げたが、二人を見ると、ふたたび退屈した気怠い顔に戻った。隅では、男が女に高価そうな外套を見せて、明らかに売りつけている様子だった。だが、男はマーティンに気づくと、すぐに服をたたんで見えなくしてしまった。そのあわてぶりを見て、マーティンは盗品だろうと見当をつけた。

店主のエヴァンは焼いたベーコンの遅い昼食をとっていたが、チュニックで両手を拭きながら立ち上がると、不安げにいった。「これはどうも、オールダーマン――私どものところにおいでいただくとは光栄ですな。エールでも一杯いかがですか？」

「娘のローラを探しているんだ」マーティンの語気は鋭かった。

「ここ一週間くらいご無沙汰ですよ」エヴァンが答えた。

ジェイクに関してはサルもまったく同じことをいっていたなと思い出し、マーティンはエヴァンにいった。「ジェイク・ライリーと一緒かもしれないんだ」

「確かにあの二人は親しくしているようですな」エヴァンの口調は如才ないものだった。「ジェイクも同じくらい前から顔を見せていません」

「あの男がどこに行ったのか、心当たりはあるかね？」

「何せ口の堅い男ですからね」エヴァンがいった。「シャーリングまでの距離を訊いても首を振って眉をひそめ、そんなのあんたの知ったことじゃないといってのけるような男ですよ」

彼らの会話を聞いていた売春婦のジョイが口を挟んだ。「ただ、あの子は気前はいいよ。ずるい真似をしたりすることもないし」

マーティンは彼女に鋭い視線を向けた。「それなら、やつの金の出所はどこなんだ？」

「馬だよ」彼女はいった。「村を回って農民から子馬を買い入れては、町で売っているのさ」

どうせ不注意な旅人から盗んだりもしているのだろう、とマーティンは苦々しく思った。

「すると、いまのあいつはその仕事にとりかかっているわけか——馬の買い入れに？」

エヴァンが答えた。「そうかもしれませんね。もうすぐ大きな市が立ちますしね。商品の仕入れにかかっているんでしょう」

「それにローラが同行しているかもしれないと？」

「気に触るようなことはいいたくないのですが、オールダーマン、おそらくそうだと思いますよ」

「私の気に触るような真似をしているのはあんたじゃないよ」マーティンはうなずき、素っ気なく別れの挨拶をして店を出た。その後にカリスがつづいた。

「たぶんそうなんだろう」マーティンが腹立たしげにいった。「ジェイクについていったんだ。大冒険だとでも思ったに違いない」

「残念だけど、わたしもそう思うわ」カリスはいった。「妊娠でもしていなければいいけど」

「もっと酷いことになっているかもしれない」

二人は自然に自宅に向かっていた。橋を渡りながら、マーティンはいちばん高いところで足を止め、郊外に立ち並ぶ家々の屋根の向こうにある森に目をやった。そのあたりに、彼の小さな娘が、怪しげな男と一緒にいるのだ。そして、娘が危ないというのに何もできない。

翌朝、マーティンが新しい塔の様子を見に大聖堂に行くと、すべての作業が止まっていた。「修道院長の命令なんだ」ブラザー・トマスがマーティンの問いに答えた。トマスは六十歳近くになっており、老いがはっきりと現われていた。戦士だった身体は折れ曲がり、よろよろと足をひきずって歩いていた。「南側の側廊(アイル)が崩れ落ちてしまったんだ」彼はそう付け加えた。

マーティンはフランス人のバーテルミーを一瞥(いちべつ)した。彼はノルマンディー出身の石工で、よく陽焼けし、がっしりした身体つきの男だった。そのバーテルミーが、どうしようもないというように首を振った。

「ブラザー・トマス、あそこが崩れたのは二十四年前のことですよ」マーティンはいった。

「ああ、そうだったな。そのとおりだ」トマスが応えた。「どうも物忘れがひどくなったらしい」

マーティンは彼の肩を軽く叩いた。「だれでも年はとりますよ」

バーテルミーがいった。「修道院長をお探しなら、塔に上がっていますよ」

まさしくマーティンはそのつもりだった。北側の袖廊(トランセプト)に入り、拱廊(アーケイド)を抜けると、壁の内側の狭い螺旋階段を昇った。古い交差部を通って新しい塔に入るころには、石の色が嵐の雲のような濃い灰色から、朝の空を思わせる明るい真珠色に変わっていた。道のりは遠かった。塔の高さはすでに三百フィート以上に達していた。だが、マーティンは慣れていた。この十一年間、毎日のように、日増しに高くなってゆく階段を上っているのだ。このところひどく太ってしまったフィルモンがこの階段をすべて上ったというからには、よほどの事情があるに違いない。

頂上に近づいたころ、マーティンは大きな車輪が収められた小部屋を通り過ぎた。それは木製の巻揚げ機で、高さは人間の背丈の二倍はあり、石材、モルタル、木材を、必要な場所まで運ぶために使われていた。尖端が完成しても、後の世代の建築職人が修繕に使えるよう、巻揚げ機はそのまま残されることになっていた。ただし、審判の日に、喇叭がこの世の終わりを高らかに吹くまでのことだが。

塔の頂上にたどり着くと、そこには地上では感じない、弱く冷たい微風が吹いていた。塔の頂上の内部を取り囲むようにして、案内路がつくられていた。八辺形の穴の周りには、尖端を造る石工のための足場が用意されている。あたりには化粧仕上げされた石材が積まれており、板に盛られたモルタルのかたまりは使われないまま乾いてしまっていた。

あたりに職人は一人もいなかった。反対側に、修道院長のフィルモンが石工のハロルドと立っていた。二人ともすっかり会話に気をとられていたが、マーティンを見ると、気まずそうに黙ってしまった。風が強いので、彼は相手に聞こえるよう大声で訊いた。「どうして作業を止めたんです?」

フィルモンはすでに答えを用意していた。「おまえの設計に問題があったんだ」

マーティンはハロルドを見た。「理解できない者がいるということか?」

「経験ある職人が、こんなものは造れないといっている」フィルモンが挑みかかるようにいった。

「経験ある職人だって？」マーティンは嘲笑するかのように繰り返した。「キングズブリッジで経験がある人間といったらだれなんです？　橋を造ったことのある者はだれですか？　フィレンツェで巨大建築を手がけた者は？　ローマやアヴィニヨン、パリやルーアンを実際に見たことがある者は？　ここにいるハロルドでないのは確かですよ。ハロルド、きみを悪くいうつもりはないが、しかし、きみはロンドンにすら行ったことがないだろう」

ハロルドがいった。「この八辺形の塔を型枠なしに造るのは不可能だと考えているのは、おれ一人だけじゃないですよ」

マーティンは皮肉の一つでも飛ばしてやろうかと思ったが、自制した。フィルモンにはほかに理由があるに違いない。考えた末に、この闘いを仕掛けてきたのだ。ということは、単なる石工のハロルドの意見だけではなく、何かもっと強力な武器を持っているはずだ。おそらくはギルド会員の支持も得ているだろう――だが、どうやって？　マーティンの設計どおりに尖端を建てるのは不可能だと表明するつもりの職人たちも、それで何かしらの利益を得るのだろう。おそらくは、何らかの仕事を斡旋（あっせん）してもらう約束になったのだ。「いったい何なんです？」マーティンはフィルモンにいった。「何を建てるつもりなんですか？」

「何の話かさっぱりわからんな」フィルモンが大声で応じた。

「ほかに計画を考えているんでしょう。そして、ハロルドたちにその一部をやらせると申し出たわけだ。何の建物です？」

「自分が何をいっているか、わかっているのかね」

「もっと大きな館を建てるんですか？　新しい会議場ですか？　施療所ではありませんね。すでに三つもあるんだから。さあ、はっきりさせたらどうです？　恥ずかしくないなら、いえないわけがないでしょう」

フィルモンが挑発に乗った。「修道士たちが聖母礼拝堂を欲しているんだ」

「なるほど」それで合点がいった。聖母信仰の人気は高まる一方で、教会側もそれを許していた。聖母マリアに対する信心の広がりが、ペスト以降に信徒たちのあいだで起こっている信仰への疑問や、異端説を打ち消すものとして働いているためだった。数多くの大聖堂や教会が、構内でもっとも神聖な場所とされている東端に、聖母マリアに捧げる小さな礼拝堂を特別に設けるようにもなっていた。マーティンはそのような建築物が好きではなかった。たいていの教会では、聖母礼拝堂はまったくの付け足しのように見えたのだ。もちろん、事実としてそのとおりだったのだが。

フィルモンの動機は何か？　彼は昔からだれかに気に入られようとしてきた――それがいつものやり方なのだ。キングズブリッジの聖母礼拝堂は間違いなく、保守的な上級聖職者たちを喜ばせるだろう。

その方面へのフィルモンの働きかけは二度目だった。復活祭の日曜には、大聖堂の説教壇から、遺体の解剖に反対してみせた。彼は何かしらの運動を仕掛けようとしているのだと、マーティンは気づいた。だが、目的はいったい何なのか？

フィルモンの狙いがはっきりするまで何もしないでおこうと決め、マーティンはそれ以上口出しせずに屋根を降り、いくつもの階段や梯子を使って地上へ降りた。

正餐の時間に自宅に戻ると、すぐに、カリスも施療所から帰ってきた。「ブラザー・トマスはどんどん悪くなるばかりだよ」彼は妻にいった。「どうにかしてやれないのか？」

彼女が首を振った。「老衰だもの、どうしようもないわ」

「南側の側廊の崩壊を、まるできのうのことのように話していたよ」

「典型的な症状だわね。遠い昔のことは憶えているのだけど、今日起こっていることはわからない。かわいそうなトマス。おそらく、急速に衰弱していくでしょう。でも、少なくとも住み慣れた場所にいられるだけましだわね。修道院は何十年もほとんど変わっていないし、毎日の仕事にしても昔と同じでしょう。それは助けになるわよ」

葱とミントの入った羊肉のシチューを食べているあいだに、マーティンは今朝の出来事を説明した。マーティンとカリスは、もう何十年もキングズブリッジの修道院長と争ってきた。最初はアントニー、次にゴドウィン、そして、いまはフィルモンが相手だった。マーティンもカリスも、自由都市の認可さえ得られれば、絶え間ない策略の数々を終わらせられると思っていた。そして、確かに状況はよくなった。だが、フィルモンはまだ諦めていないようだった。

「本当に心配なのは、尖端のことじゃないんだ」マーティンはいった。「これを聞いたら、アンリ司教は即座にフィルモンの意向を却下して工事の再開を命じるだろう。何せイングランドで最も高い大聖堂を持つ司教になりたがっているからな」

「フィルモンだって、わかっているはずなのに」カリスは考え込んだ。

「聖母礼拝堂の件は単なる見せかけかもしれない。自分はやるだけやったということにしておいて、失敗は他人のせいにするつもりじゃないのかな」

「どうかしらね」カリスは納得しなかった。

マーティンはそれよりもずっと重要なことを考えていた。「いったい、あの男は何が望みなんだろう？」

「フィルモンがやることは、すべて自分を立派に見せたいという気持ちから出ているから」カリスが自信ありげな口調でいった。「昇進を狙っているんだと思うわ」

「どういう役職を狙っているんだろう？　モンマスの大司教は長くなさそうだが、いくらなんでもフィルモンには無理だろう？」

「何か、わたしたちが知らないことをつかんでいるに違いないわ」

二人の話が先へ進む前に、ローラが姿を見せた。

マーティンは安堵し、その気持ちがあまりにも強かったために、目に涙を浮かべた。娘が戻ってきた。それも無事な姿で。彼はローラを上から下まで見た。はっきりとした傷はなく軽い足どりで歩いており、その顔にはいつものとおり不機嫌な表情しかなかった。

最初に口を開いたのはカリスだった。「戻ってきたのね！　よかった」

「そう思う？」ローラが応えた。彼女はしばしば、カリスが自分を気に入らないのだと思っているのだという素振りを見せていた。マーティンは本気にしなかったが、ローラの実の母でないことを気にしているカリスは、ローラのそんな態度を重く受け止めていた。

「二人ともそう思っているとも」マーティンはいった。「心配したぞ」

「どうして？」ローラが外套を鉤に掛けて食卓についた。「全然なんともないわよ」

「こっちは何も知らなかったからな。だから、ひどく心配したんだ」

「そんな必要はないのに」ローラがいった。「自分の面倒ぐらい自分でみられるわ」

マーティンは怒りの言葉を返したくなる気持ちを抑えた。「どうだかな」彼はなるべく穏やかな口調でいった。

緊張をやわらげようと、カリスが割って入った。「どこに行っていたの？　二週間も留守にして」

「あちこち」

マーティンは厳しくいった。「場所を一つ二ついってみろ」

「マドフォードの十字路、カスターハム、オーセンビー」

「それで、何をしていた？」

「まるで尋問みたいね」ローラが不機嫌になった。「質問にはすべて答えろってこと？」

カリスがこらえるようにとマーティンの腕に手を置き、ローラにいった。「わたしたちはただ、あなたが危ない目にあっていなかったかどうかを知りたいだけなのよ」

マーティンは付け加えた。「それと、だれと一緒にいたのかもな」

「別に何でもない人だわ」

「つまり、ジェイク・ライリーということか？」

「そうだけど」ローラは驚いて戸惑ったようだったが、その口調は大したことではないといわんばかりだった。

マーティンは娘を許すつもりだったが、彼女の態度がそれを難しくしてしまった。なるべく平静な声になるよう、彼は気持ちを抑えていった。「夜に寝るときには、おまえとジェイクはどういう取り決めをしていたんだ？」

「パパの知ったことじゃないわ！」ローラが叫んだ。

「そうはいかん！　これは私の、そして、おまえの継母の問題でもある。おまえが妊娠すれば、子供の面倒をみるのはだれだ？　あのジェイクが落ち着いて立派な夫となり、父親になると、自信をもっていえるか？　あの男とそういう話をしたことがあるのか？」

「やめて！」ローラが叫び、泣きながら、荒々しい足取りで階段を上っていった。

マーティンはいった。「ときどき、一部屋だけの住まいで暮らしていたらと思うことがあるよ――そうすれば、あの子もあの手は使えないからな」

「あなたはあの子に厳しすぎるんじゃないかしら」カリスが穏やかに咎めた。

「それなら、どうすればよかったんだ？」マーティンは訊いた。「あの子はまるで、自分は何も悪いことはしていないといいたげじゃないか！」

「それでも、あの子は悪いことをしたとわかっているわ。だから、泣いたのよ」

「まったく」マーティンは嘆いた。

ノックの音が聞こえ、修練士が扉から顔を出した。「失礼します、オールダーマン」彼はいった。「サー・グレゴリー・ロングフェロウが修道院にいらしています。あなたのご意見を聞きたいとのことで、なるべく早くきていただければ助かります」

「参ったな」マーティンはいった。「すぐに行くと伝えてくれ」

「ありがとうございます」修練士は立ち去った。

マーティンはカリスにいった。「まあ、あの子も頭を冷やす時間ができたかもしれん」

「あなたもでしょう」カリスがいった。

「きみはあの子の肩を持つつもりじゃあるまいな？」彼の口調には苛立ちがあった。

カリスは苦笑して、彼の腕に触れた。「わたしはいつでもあなたの味方よ。ただ十六歳の女の子がどんなものかを憶えているの。ジェイクとの関係については、あの子だってあなたと同じくらい不安に思っているのよ。でも、あの子はそれを認めたくない。自分自身に対してさえもね。それがあの子のプライドなのよ。あの子が怒ったのは、あなたが本当のことをいったからだわ。あの子は自尊心のまわりに壁を作っていたけど、それは弱々しいものだったし、あなたがそれを壊してしまったのよ」

「ぼくはどうすればいいんだ？」

「あの子がもっといい壁を作れるよう手助けすることね」

「どういうことなのかわからないな」

「いずれわかるわ」

「サー・グレゴリーのところへ行かないと」マーティンは立ち上がった。

カリスは彼に腕をまわし、唇にキスをした。「あなたはいい人だし、いつも懸命に努力をしている。そんなあなたを、わたしは心の底から愛しているわ」

そういわれてマーティンの苛立ちも収まり、橋を渡って大通りから修道院に向かうころには、すっかり落ち着きを取り戻していた。彼はグレゴリーが好きではなかった。狡賢くて節操がなく、王のためなら何でも進んでやるような人間であり、ゴドウィンが修道院長だったころのフィルモンによく似ていた。マーティンはグレゴリーが何を話したがっているのか不安だった。おそらくは税のことだろう――王がいつも気にかけていることだから。

マーティンはまず修道院長の館に向かったが、そこにはフィルモンがいた。彼は満足げに、サー・グレゴリーは大聖堂の南側の修道院の歩廊にいるはずだといった。マーティンは訝った――よくグレゴリーがあんなところへ入れたものだが、いったいどんな手を使ったんだろう。

サー・グレゴリーは老いつつあった。髪はすっかり白くなり、上背のある身体を前に屈めていた。嘲笑うかのような鼻の両側には深い皺が刻まれて、青い目の片方は白濁していた。だが、もう片方の目はいまなお鋭く、すぐにマーティンに気づいた。会うのは十年ぶりだというのにである。「オールダーマン」彼はいった。「モンマスの大司教が亡くなられた」

「お悔やみ申し上げます」マーティンは反射的に応えた。

「王からもよろしくとのことだ。私がキングズブリッジの森を通る用事があったものだから、大司教の死も知らせるようにいわれたのだよ」

「ありがとうございます。大司教はずっと容態が悪かったようなので、突然とはいいがたいですが」わざわざそんな知らせを伝えるために王がグレゴリーを寄越すはずがないと、マーティンは警戒した。

「こういっては何だが、あなたは実に複雑な男だ」グレゴリーが屈託のない口調でいった。

「初めてあなたの奥さんに会ったのは二十年以上前のことだ。それからというもの、あなたたち二人がゆっくりと、しかし、着実にこの町を手中に収めるのを見てきた。そして、あなたたちは念願だったことをすべて成し遂げた。橋、施療所、自由都市の認可、そして、結婚だ。あなたたちには信念があったし、しかも我慢強かった」

偉そうな口のきき方ではあったが、ほんのわずかとはいえ賛辞が感じられ、マーティンは驚いた。だが、信用しては駄目だと、彼は自分にいい聞かせた。グレゴリーのような男は無駄に他人を褒めたりはしない。

「アバーガヴェニーの修道士たちに会いにいく途中でね。彼らに投票してもらって、新任の大司教を決めなければならないんだ」グレゴリーが椅子にもたれた。「キリスト教が初めてイングランドに伝わった数百年前には、上級職は修道士の投票で選ばれていた」何でも説明したがるのは老人の癖だとマーティンは思った。若いころのグレゴリーなら、そんなことはしなかっただろう。「だがいまでは、世間から隔絶した暮らしをしている少数の敬虔な理想主義者に決めさせるには、司教や大司教はあまりにも重要で強大な存在になってしまった。王が自ら決めるしかないし、法王も王の決定を是認している」

そんな簡単な話ではあるまい、とマーティンは思った。常になんらかの権力闘争があるのだから。だが、何もいわなかった。

グレゴリーがつづけた。「ただし、修道士の選挙という儀式はいまもつづいている。それに、廃止するよりは統制するほうがたやすい。だから、私がこうして出かけてきたわけだ」

「つまり、修道士にだれに投票するかを指示するわけですか」マーティンはいった。

「大まかにいえばそういうことだ」

「それで、だれに投票させるつもりなんです？」

「いっていなかったかな？　きみのところの司教、アンリ・オヴ・モンスだよ。優れた人物だ。忠実で、信頼でき、問題を起こしたこともない」

「そうですか」

「喜ばないのかね？」グレゴリーの気楽な様子が一変し、ひどく用心深くなった。

マーティンはグレゴリーがここにきた理由に気づいた。キングズブリッジの人々が——その代表がマーティンだった——彼の考えをどう思っているのか、そして、彼の決定に反対するかどうかを探るためだ。そこで、マーティンは一つの懸念に行き当たった。新任の司教次第では、尖塔も施療所も危殆に瀕する恐れがある。「この町での勢力争いは、アンリ司教がいるから収まっているんです」マーティンはいった。「十年前に、商人、修道院、施療所のあいだで、ある種の休戦合意というべきものが成立しました。その結果、三者はそれぞれ大きく発展することになったのです」グレゴリーの関心を――そして、王の関心を――惹くために、マーティンは付け加えた。「そのような発展があったからこそ、高額な税も負担できるようになったのはいうまでもありません」

グレゴリーがうなずいた。

「アンリ司教がいなくなるとなれば、その関係が不安定になるのは明らかです」

「それは後任がだれかによるのではないかな」

「確かに」マーティンはいった。いよいよ本題だぞ。「どなたか、意中の候補を持っておられるのですか？」

「まず考えられるのは、フィルモン修道院長だな」

「そんな！」マーティンは絶句した。「フィルモンですって？　どうしてまた？」

「あの男は強硬な保守派だ。懐疑主義や異端論が幅を利かすいまの世のなかでは、教会の上層部には喜ばれるだろう」

「確かにそうです。なるほど、それであの男が解剖に反対する説教をした理由がわかりましたよ。聖母礼拝堂を建てたいといい出した理由もね」もっと早く気づいておくべきだった、とマーティンは臍を噛んだ。

「それに、彼はすでに、聖職者への課税にも反対しない意向を表明している――王と一部の大司教のあいだで、絶え間ない諍いの原因となってきた問題だ」

「フィルモンはずいぶん前から企んでいたのでしょう」あの男にそんなことを許してきた自分に、マーティンは怒りを覚えた。

「おそらくは大司教が病気になってからだろうな」

「実現すれば、破滅ですよ」

「どうしてだね？」

「フィルモンは好戦的で執念深い人間です。あの男が司教になれば、キングズブリッジでしじゅう諍いを起こすでしょう。なんとかして止めなければ」マーティンはグレゴリーの目を見ていった。「どうして、わざわざ警告しにきてくれたのですか？」その問いを発したとたんに、答えがわかった。「あなたにしても、フィルモンにやらせたいとは思っておられないはずだ。あの男がどれほど迷惑な人間かは、私から聞くまでもない。あなたもすでにご承知のことです。ですが、あなたはあの男を却下できなかった。何せフィルモンは教会の上層部に一定の支持を得ていますからね」グレゴリーが謎めいた微笑を浮かべた――マーティンはそれを、自分の推測が正しいことを示すものとして受け取った。「それで、私に何をさせようというのですか？」

「もし私があなただったら」グレゴリーはいった。「フィルモンに対抗できる別の候補者を探すところから始めるだろう」

やはりそういうことなのだ。マーティンは深刻にうなずいた。「確かに、それを考える必要がありますね」

「ぜひ考えてもらいたい」グレゴリーが立ち上がり、マーティンは面会が終わったことを知った。「決めたら、私にも知らせてほしい」グレゴリーが付け加えた。

島へ戻る途中、マーティンは思案しつづけた。キングズブリッジの司教として推挙できるのはだれか？ロイド助祭長は町とうまくいっているが、年を取りすぎている——うまく当選させたところで、ことによっては一年もしないうちに、すべてをやり直すはめになるかもしれない。

だれも思い浮かばないまま、家に着いた。カリスが居間にいるのに気づき、いつ戻ったのかと声をかけようとした。カリスは蒼白な顔で立ち尽くしていた。そして、怯えを露わにしていった。「ローラがまたいなくなったわ」

86

聖職者は日曜日を安息日と呼ぶが、グウェンダにはそうだったためしがなかった。今朝は教会へ礼拝に行き、それから食事をすませると、ウルフリックと一緒に家の裏庭で働いた。いい庭で、半エーカーの土地に、鶏小屋と、一本の梨の木と、納屋が並んでいる。いちばん奥にある野菜畑でウルフリックが畝を立て、グウェンダが豌豆をまいた。

息子たちは別の村まで、彼らの日曜の娯楽であるフットボールの試合に出かけていた。農民にとってのフットボールは、貴族の馬上試合に相当した。本物の戦いではないのに、しばしば怪我が本物になるのだ。グウェンダは二人が無傷で帰宅してくれるのを祈った。

今日は早々とサムが帰ってきた。「ボールが破裂しちまってさ」彼は不機嫌にいった。

「デイヴィッドはどこ？」グウェンダは尋ねた。

「きてなかった」

「一緒だと思ってたのに」

「あいつはちょくちょくいなくなるんだ」

「知らなかったわ」グウェンダは眉をひそめた。「どこへ行ってるの？」

サムが肩をすくめた。「教えてくれないんだ」

女の子と会っているのかもしれない、とグウェンダは思った。デイヴィッドは何事も隠しておく性格だった。女の子だとしたら、だれだろう？　ウィグリーには、適齢期の娘は多くない。ペストを生き延びた人々は、ふたたび人を地に満ちさせたくてたまらないとでもいうように急いで再婚したし、ペスト以降に生まれた者は幼すぎる。もしかすると、相手は隣りの村の娘で、森で密会しているのかもしれない。そういう逢い引きは珍しくない。

二時間後にデイヴィッドが帰宅すると、グウェンダは問いただした。彼は秘密があることを否定しなかった。「何をしてるか、教えてあげてもいいよ」彼はいった。「いつまでも隠しておくわけにもいかないしね。一緒にきてよ」

彼らは揃って出かけた――グウェンダ、ウルフリック、サムも。安息日はだれも畑に出ないことぐらいは遵守されていて、吹きすさぶ春風のなかを四人が歩いていくあいだ、ハンドレッドエーカーでは人っ子一人見かけなかった。いくつかの畑はほったらかしにされているようだった。村人たちのなかには、いまなお自分たちで耕せる以上の土地を持っている者がいるのだ。アネットはそういう一人――労働者を雇えなければ、手伝いを頼めるのは十八歳の娘のアマベルだけで、労働者を雇うのは相変わらず難しかった――で、彼女のオート麦畑は草ぼうぼうになりかけていた。

デイヴィッドは三人を森の半マイルほど奥まで案内すると、踏みならされた道の脇にある空き地で足を止めた。「これだよ」彼はいった。

一瞬、グウェンダは息子が何をいっているのかわからなかった。彼女の前にあるのは、木々のあいだに背の低い藪が広がる、これといった特徴もない土地だった。もう一度、藪に目を凝らした。その草は初めて見るものだった。角張った茎から、先の尖った葉が四枚ずつまとまって伸びている。地面を覆っている様子からすると、蔓植物だろう。片側に根こそぎにされた雑草が山積みにされていて、デイヴィッドが草取りをしていることがわかった。

「これは何？」彼女は尋ねた。

「セイヨウアカネっていうんだ。一家でメルコムへ行ったとき、船乗りから種を買ったんだよ」

「メルコム？」グウェンダはいった。「あれは三年前よ」

「それだけ時間がかかったんだよ」デイヴィッドが笑った。「最初は全然生えてこないんで心配したよ。船乗りの話では、砂土が必要で、日陰にも耐えられるってことだった。この空き地を耕して種をまいたんだけど、最初の年は三、四本、ひょろひょろしたのが出てきただけだった。金を無駄にしたと思ったな。でも、二年目になると、地下で根が広がり、若芽がいくつも出てきて、今年は一面に広がったんだ」

よくもそんなに長いあいだ秘密にしておけたわね、とグウェンダは驚いた。「でも、セイヨウアカネって何になるの？　おいしいの？」

デイヴィッドが笑い声を上げた。「いや、食用にはならない。根を掘って乾かし、すりつぶして粉にすると、赤い染料ができるんだ。とても高価なんだよ。キングズブリッジのマッジ・ウェバーは、一ガロンにつき七シリングも払ってる」

それはとてつもない金額だ、とグウェンダは驚いた。いちばん値の張る穀物である小麦は一クォーター当たりおよそ七シリングで商われていて、一クォーターは六十四ガロンに相当する。「小麦の六十四倍の値打ちがあるってことじゃないの！」

デイヴィッドがまたにっこりした。「だからこそ植えたのさ」

「だからこそ何を植えたって？」新しい声がした。全員が振り返ると、ネイサン・リーヴが彼と同じくらい曲がり、ねじくれたサンザシの木のそばに立っていた。勝ち誇ったような笑みを浮かべている。悪事の現場を押さえたつもりなのだろう。

デイヴィッドがすぐさま返事をした。「これは薬草で、名前を……ハグワートっていいます」グウェンダには息子が即興で作り話をしているのがわかったが、ネイサンは信じるかもしれない。「母の喘息に効くんです」

ネイトがグウェンダを見た。「喘息持ちだとは知らなかったな」

「冬になるとね」グウェンダはいった。

「薬草だと？」ネイトは疑わしげだった。「これだけあれば、キングズブリッジじゅうの人間に行き渡りそうじゃないか。それに、草取りまでしてる。もっと収量を増やそうとしてるんだろう」

「ぼくは物事をきちんとやるのが好きなんです」デイヴィッドはいった。

説得力を欠く答えだった。ネイトが無視していった。「こいつは規則違反の作物だ。第一に、農民は何を栽培するか許可を得る必要がある——好き勝手に植えたりはできないんだ。そんなことをしてみろ、大混乱が起きるだろう。第二に、彼らには領主の森を開墾する権利はない。たとえ植えるのが薬草だとしてもな」

だれも反論しなかった。それが規則だった。腹の立つ話だった。多くの農民が知るとおり、需要があって高値で売れる珍しい作物を育てれば金を稼げる。たとえばロープ用の麻、高価な下着用の亜麻、金持ちの貴婦人を喜ばせる桜桃などだ。だが、多くの領主やその土地管理人は、本能的な保守主義ゆえに、許可を与えようとしなかった。

ネイトの顔は悪意に満ちていた。「息子の一人は脱走者で殺人者。もう一人は領主に楯突く。なんて一家だ」

彼が怒りを覚えるのも無理はない、とグウェンダは思った。サムはジョノを殺したのに、その罪を免れた。ネイトは死ぬその日まで、間違いなくわたしの一家を憎みつづけるだろう。

ネイトが屈んで、セイヨウアカネを一本、地面から乱暴に引き抜いた。「荘園裁判所で審理してやる」彼は満足げにいうと、向きを変え、木立のあいだを足を引きずるようにして立ち去った。

グウェンダと家族はあとにつづいた。デイヴィッドは挫けなかった。「ネイトに罰金を科されるだろうけど、ぼくが払うよ」彼はいった。「それでも、儲けは出るんだ」

「植えたものを始末するように命じられたらどうするの？」グウェンダは尋ねた。

「始末するって、どういうふうに？」

「燃やすとか、踏みつぶすとか」

ウルフリックが話に割り込んだ。「ネイトにそんなことはできやしない。村人たちが黙ってないよ。こういうときには、罰金を科すのが昔からのやり方だ」

グウェンダはいった。「わたしはただ、ラルフ伯爵がどう出るかが心配なの」

デイヴィッドが異を唱えるかのように片手を動かした。「こんな些細な問題が伯爵の耳に入るとは思えないよ」

「ラルフはわが家に特別な関心を寄せてるの」

「たしかにそうだな」デイヴィッドが考え込むようにしていった。「彼がサムを赦免した理由が、ぼくにはまだ理解できないんだ」

この息子は愚かではない。「もしかすると、レディ・フィリッパが説得してくださったのかもしれないわ」グウェンダはいった。

サムがいった。「彼女は母さんを憶えておられたよ。マーティンの家にいたときに聞いたんだ」

「きっと、何かわたしのしたことがお心にかなったのよ」グウェンダはその場をごまかそうとした。「それとも、単に同情を寄せてくださっただけかしら。同じ母親としてね」あまりよくできた話ではないが、それ以上は思いつかなかった。

サムが釈放されてからこのかた、ラルフが赦免してくれた理由について、家族のあいだで何度か話題になった。グウェンダはみなと同じように、困惑している振りをした。幸いにも、ウルフリックは疑り深い性格ではなかった。

家に着いた。ウルフリックが空を見上げ、日が暮れるまでまだたっぷり一時間はあるから、豌豆（えんどう）の種まきを終わらせてしまおうといい出した。サムが手伝いを買って出た。グウェンダは椅子に坐って、ウルフリックの長靴下のほころびを繕った。デイヴィッドがグウェンダの真向かいに坐っていった。「もう一つ、話しておきたい秘密があるんだ」

彼女は微笑した。母親に打ち明けてくれるのなら、息子が秘密を持っていても気にならなかった。「何なの？」

「ぼく、恋をしてるんだ」

「素敵じゃないの！」彼女は前に身を乗りだし、息子の頬にキスした。「あなたのために、とてもうれしいわ。相手はどんな人？」

「美人だよ」

セイヨウアカネのことがわかるまでは、デイヴィッドが別の村の娘と逢っているのかもしれないと憶測していた。その直感は当たっていたのだ。「そんな気がしていたのよ」グウェンダはいった。

「ほんとに？」彼は不安そうだった。

「気にしなくていいのよ、悪いことは何もないんだから。ただふと、だれかと逢ってるのかもしれないと思ったの」

「セイヨウアカネを育ててる森の空き地で逢ってるんだ。まあ、あそこで始まったようなものだな」

「付き合いはじめてどれくらいになるの？」

「一年以上」

「それなら、本気なのね」

「結婚したい」

「それはうれしいわ」彼女は息子を好ましげに見た。「あなたはまだ二十歳だけど、申し分のない相手を見つけたのなら、早すぎることはないわ」

「そう考えてもらえるとうれしいな」

「どこの村の娘？」

「ここさ、ウィグリーだよ」

「え？」グウェンダは驚いた。この村では適当な娘を思いつかなかったのだ。「だれなの？」

「アマベルだよ」

「何ですって！」

「怒鳴らないでよ」

「アネットの娘は駄目よ！」

「怒らなくたっていいじゃないか」

「怒ってるんじゃありません！」グウェンダは必死に気を鎮めた。平手打ちを食らわされたようなショックを受けていた。数回、深く息を吸った。「よく聞きなさい」彼女はいった。「うちはあの一家と、二十年以上にわたって反目し合ってるの。あのいけすかないアネットは、あなたのお父さんに胸の張り裂けるような思いをさせておきながら、ちょっかいを出すのをやめなかったのよ」

「それは気の毒だけど、もう昔の話じゃないか」

「違います――アネットはいまでも機会さえあれば、お父さんに秋波を送ってくるのよ！」

「それはうちじゃなくて母さんの問題だろ」

グウェンダは立ち上がった。縫い物が膝から落ちた。「どうしてわたしにそんな仕打ちができるの？　あの売女が家族の一員になるのよ！　わたしの孫は、あの女の孫でもある。この家にしょっちゅう出入りして、あのあだっぽいやり方でお父さんに色目を使って、わたしのことを嗤うんだわ」

「アネットと結婚するわけじゃないよ」

「アマベルだって、同じくらい性悪だわ。よく見てごらんなさい――母親そっくりじゃないの！」

「そんなことないよ、実際――」

「駄目よ。絶対に認めませんからね！」

「母さんに止める権利はないよ」

「いいえ、あるわ——あなたは若すぎるもの」

「いつまでも若すぎるわけじゃない」

ウルフリックの声が戸口から聞こえた。「いったい何の騒ぎだ?」

「デイヴィッドがアネットの娘と結婚したいっていい出したの——でも、わたしは許しませんからね」グウェンダは金切り声になった。「決して! 何があっても! 絶対に!」

ラルフ伯爵はデイヴィッドの妙な作物を見てみたいといってネイサン・リーヴを驚かせた。ネイトはアールズカースルを定期訪問した際、この件を話のついでに持ちだしたのだった。森の無断開墾は些細な規則違反にすぎず、通常は罰金で処理される。ネイトは賄賂や歩合にしか関心のない浅薄な男で、グウェンダ一家に対するラルフの強迫観念の強さをほとんど理解していなかった——彼のウルフリックへの憎悪も、グウェンダへの欲望も、そして、サムの本当の父親かもしれないという怯えも。だから、今度あのあたりへ出かけたときにその作物をよく調べてみようとラルフがいうと、ネイトは目を丸くした。

ラルフがアラン・ファーンヒルをお供にアールズカースルからウィグリーへ馬で出かけたのは、復活祭と聖霊降臨日のあいだの晴れた日だった。小さな木造の荘園屋敷に着いてみると、年老いた使用人のヴィラはいまや腰が曲がって白髪になっていたが、なお健在だった。二人は食事を用意しておくよう彼女に命じ、それからネイトを呼び出して、彼の案内で森に入った。

ラルフはその草に見憶えがあった。彼は農民ではないが植物の見分けはついたし、フランス遠征中に、イングランドには自生しない農作物をたくさん見てきた。馬にまたがったまま上体を曲げて、一つかみ抜き取った。「こいつはセイヨウアカネだ」彼はいった。「フランドルで見たことがある。赤い染料が採れて、染料にも同じ名前がついている」

ネイトがいった。「彼はハグワートという薬草で、喘息に効くと話していましたが」

「たぶん薬効成分は含んでいるだろうが、栽培の目的はそれではない。罰金はいくらになる？」

「通常一シリングです」

「それでは足らん」

ネイトが落ち着きをなくした。「慣習に逆らいますと、えらい騒ぎになりかねません。私としてはむしろ――」

「かまわん」ラルフはいい、馬を蹴って速歩で開墾地に分け入ると、茂みを踏みつけた。「おまえもこい、アラン」アランが領主に倣って馬を乗り入れた。二人が轡（くつわ）を並べ、並駆け足で馬を駆け回らせた。数分後には、セイヨウアカネは見るも無残なありさまになった。

栽培が規則に反していたとはいえ、作物が台無しになってネイトがショックを受けているのがわかった。農民は畑が荒らされるのを見るのを決して好まない。ラルフはフランスで、農民を混乱に陥れるのにいちばん有効な手段は、収穫期の畑に火を放つことだと学んでいた。

「もうよかろう」彼はすぐに飽きていった。デイヴィッドがこの作物を植えた無礼に腹が立ったが、彼がウィグリーへきた主な理由はそれではなかった。実は、もう一度サムに会いたかったのだ。

村へ引き返す道すがら、彼は畑を眺めわたし、長身で豊かな黒髪の若者を探した。サムは背が高いから、鋤の上に背を丸めているいじけた農民たちのあいだにいても一際目立つだろう。ブルックフィールドで、遠くに彼の姿を認めた。ラルフは手綱を引き、風の強い耕地を見晴るかして、まだ知り合う機会のない二十二歳の息子に目を凝らした。

サムと、彼が父親だと考えている男は、馬に引かせた軽い鋤で畑を耕していた。どこか調子がおかしいらしく、何度も馬を止めては引き具を調整している。二人並ぶと、その違いは一目瞭然だった。ウルフリックの髪は黄褐色だが、サムの髪は黒っぽい。ウルフリックは胸郭ががっしりしていて雄牛のようだが、サムは肩幅こそ広いものの、細身で馬を思わせる。ウルフリックの動きは緩慢で慎重だが、サムの動きは敏捷(びんしょう)で優雅だ。

見も知らぬ若者を見て自分の息子だと考えるのは、実に妙な気分だった。ラルフは自分を女々しい感情とは無縁の生き物だと信じていた。哀れみや後悔の念に動かされやすかったとしたら、これまで生きてきたような人生は送れなかっただろう。だが、サムの存在を知って、男らしさを失いそうだった。

無理にその場を離れて、並駆け足で村へ戻った。だが、ふたたび好奇心と感傷に屈し、サムを荘園屋敷に連れてくるようネイトに命じた。

サムにどう接するつもりなのか、自分でもよくわからなかった。話しかけるか、からかうか、一緒に食事をしないかと誘うか、それともどうするか？　だが、グウェンダが黙って彼の命令を聞くはずがないことぐらいは見越しておくべきだった。ネイトは確かにサムを連れてきたが、グウェンダも、そして、ウルフリックとデイヴィッドも一緒についてきた。「わたしの息子に何の用？」彼女は詰問した。ラルフに対して、自分の領主ではなく、同等な身分であるかのような口のきき方だった。

ラルフはよく考えもせずにいった。「サムは畑を耕す農民には生まれついていない」アラン・ファーンヒルが驚いた顔をして見ているのがわかった。

グウェンダは当惑した。「人が何に生まれつくかは、神さまだけがご存じよ」そう答えて、時間を稼いだ。

「神について知りたいときには、おまえではなくて聖職者に尋ねる」ラルフはいった。「おまえの息子にはどこか戦士の気質がある。神に祈るまでもなく、それは明らかだ――私の目に狂いはない。歴戦の古強者はみなそういう目を備えているんだ」

「でも、この子は戦士ではないわ。農民よ。農民の息子だわ。その運命は作物を育て、家畜を飼育することよ、父親と同じようにね」

「父親などどうでもいい」ラルフはシャーリングの州長官の城へグウェンダがサムの赦免を嘆願にきたとき、彼女にいわれたことを思い出した。「サムには殺人者の本能がある」彼はいった。「こういう性格は農民には危険だが、兵士にはきわめて貴重だ」

ラルフの意図を察知しはじめたのか、グウェンダの顔に怯えが浮かんだ。「何がいいたいの？」

このまま行けば、おれの論理に破綻はないぞ、とラルフは確信した。「サムを危険ではなく、役に立つ人間にしてやろう。武術を学ばせるんだ」

「馬鹿馬鹿しい。歳を取りすぎてるわ」

「彼は二十二歳だ。たしかに遅いが、健康で筋骨たくましい。習得してのけるさ」

「無理だと思うけど」

グウェンダは客観的に反対理由を探しているように見えるが、それは見せかけにすぎない、とラルフは見抜いていた。本心では、サムを戦士にするというおれの思いつきを憎悪しているに決まっている。そうとわかると、ますますその気になった。ラルフは勝ち誇った笑みを浮かべた。「彼ならわけなくやりとげるだろう。スクワイアに取り立ててやろう。アールズカースルに住むといい」

グウェンダはぐさりと刺されたような顔つきになった。束の間目を閉じ、オリーヴ色の顔から血の気が失せた。「駄目」というように口を動かしたが、声は出てこなかった。

「彼はおまえと二十二年も一緒に暮らした」ラルフはつづけた。「十分に長い時間だ」今度はおれと暮らす番だといいたかったが、それを口にするわけにはいかない。「もう彼は大人だ」

グウェンダが沈黙したので、ウルフリックがおずおずと口を開いた。「私たちは反対です」彼はいった。「私たちはこいつの親です。このお話には同意できません」

「おまえの同意など求めていない」ラルフは軽蔑していった。「私はおまえたちの伯爵であり、おまえたちは私の農民だ。私は頼んでいるのではない、命令しているのだ」

ネイト・リーヴが話に割り込んだ。「サムは二十一歳を超えていますから、決定権は父親ではなくて本人にあります」

不意に、全員がサムを見た。

ここへきて、ラルフは予想がつかなくなった。スクワイアの地位はあらゆる階級の多くの若者の憧れの的だが、サムもそれを望む一人なのかどうかはわからない。城での生活は、畑で汗水を流すのにくらべれば贅沢で刺激的だ。だが、兵士になれば若死にするか、もっと運が悪ければ、身体が不自由になって帰郷し、その後の人生を宿屋の外で物乞いをしながら惨めに暮らすことになるかもしれないのだ。

しかし、サムの顔を見たとたん、ラルフは真実を悟った。サムは満面の笑みを浮かべ、いますぐにでもというように、目にやる気を漲らせていた。

グウェンダがようやく声を発した。「駄目よ、サム！」彼女はいった。「誘いに乗っては駄目。矢に目を潰されたり、フランスの騎士の剣に手足を切り取られたり、馬の蹄で身体が不自由になったりするかもしれない。そんな姿を母さんに見せるようなことはしないで！」

ウルフリックがつづいた。「行くな、サム。ウィグリーにとどまって長生きをするんだ」

サムの顔に迷いが現われはじめた。

ラルフはいった。「よし、母親の言葉と、おまえを育ててくれた農民の父親の言葉は聞いたな。だが、決定権はおまえにある。どうする？　このウィグリーで、弟と一緒に畑を耕して天寿を全うするか？　それとも、その生活から抜け出すか？」

サムのためらいはほんの束の間だった。ウルフリックとグウェンダを後ろめたそうに見てから、ラルフに向き直った。「やります」彼は答えた。「スクワイアになってみせます。機会を与えてくださって、ありがとうございます」

「頼もしいやつだ」ラルフは応えた。

グウェンダが声を上げて泣きはじめた。ウルフリックが片腕を妻に回し、ラルフを見上げて尋ねた。「出立はいつですか？」

「今日だ」ラルフは答えた。「食事のあと、私やアランと一緒にアールズカースルへ戻る」

「そんな、急すぎるわ！」グウェンダが悲痛な声を上げた。

だれも取り合わなかった。

ラルフはサムに告げた。「家へ帰って荷物をまとめろ。食事は母親とすませておけ。ここへ戻ったら、厩舎で私を待て。おまえがアールズカースルまで乗っていく馬は、それまでにネイトに徴発させておく」サムとその家族についての用事はすんだので、彼は向きを変えた。「さてと、食事はどうなった？」

ウルフリックとグウェンダはサムと一緒に退出したが、デイヴィッドはあとに残った。自分の作物が踏みつぶされたことをもう知ったのか？　それとも、何か別の件か？　ラルフは訝った。「何の用だ？」

「お願いがあります」

あまりにも話がうますぎて信じられなかった。森で許可なくセイヨウアカネを育てていた不届きな農民が、こうして嘆願してくるとはな。今日は実に満足すべき一日になりそうだ。

「おまえはスクワイアにはなれん。身体つきが母親そっくりだからな」ラルフがいうと、アランが笑った。

「アマベルと……アネットの娘と結婚したいんです」デイヴィッドがいった。

「母親がいい顔をしないだろう」

「成年まであと一年足らずです」

もちろん、アネットのことはよく知っていた。彼女のせいで、危うく絞首刑に処せられそうになったのだ。ラルフの過去は、グウェンダとほとんど同じくらい、アネットとも複雑に絡んでいた。ラルフは彼女の家族が全員ペストで死んだのを思い出した。「アネットは父親の所有していた土地の一部をまだ持っているんだったな」

「そうです。娘と結婚したら、喜んでぼくに譲ろうといってくれています」

こういう申し立ては普通は拒否されない。領主は譲渡に際して借地相続権と呼ばれる税金を徴収するが、領主の側には譲渡に同意しなければならない義務はない。そういう申請を気まぐれに却下して、農民の将来の計画を打ち砕く領主の権利は、農民の最大級の不満の種だった。だが、支配者にとっては、すこぶる効果的な懲戒手段でもあった。

「駄目だ」ラルフはいった。「おまえに土地は譲らん」にやりと笑う。「おまえと新婦はセイヨウアカネを食えばいい」

87

カリスはフィルモンが司教になるのを阻止しなければならなかった。これは彼のいままでいちばん大胆な策動であり、しかも周到に準備を進めていて、成功の見込みがある。仮にそうなれば、フィルモンはふたたび施療所を支配下に収め、わたしの生涯の仕事をつぶす力を得るだろう。いや、それだけでは収まらないかもしれない。過去の盲目的な正統的信仰を復活させるはずだ。村々に彼自身のような無慈悲な聖職者を赴任させて、女子の学校を閉鎖し、踊りを禁じる説教を行なうに違いない。

カリスは司教の選任について意見できる立場になかったが、圧力を行使する手段はいくつも思いついた。

手始めに、アンリ司教に当たることにした。

彼女とマーティンは、シャーリングの屋敷まで司教に会いにいった。道すがら、マーティンは目に留まった黒髪の少女という少女の顔を覗き込み、一人も見当たらないときには、道路脇の木立の奥に目を凝らした。ローラを捜していたのだが、結局シャーリングに着くまで、何の手掛かりも見つけられなかった。

司教の屋敷は大広場に面していて、教会の向かい、羊毛取引所の隣りにあった。市の立つ日ではなかったので広場は閑散としており、そこに常置されている絞首台だけが、この州の人々が法を破った者にどういう手段を取るのかを、悪党どもに厳然と通告していた。

屋敷は虚飾のない石造りの建物で、一階に大広間と礼拝堂があり、上階が事務室や私室に当てられていた。アンリ司教がこの屋敷に採用した様式は、おそらくフランスふうなのだろう、とカリスは思った。それぞれの部屋は絵画のようだった。おびただしい数の絨毯や宝飾品が盗賊の洞窟を連想させるキングズブリッジのフィルモンの館とは違って、ここは派手に飾り立てられてはいない。その代わり、アンリの屋敷の調度はどれをとっても見た目に美しく、趣味のよさを感じさせた――窓から射し込む光が当たるように置かれた銀の燭台、磨き上げられた年代物の樫材のテーブル、火の入っていない暖炉に活けられた春の花々、壁にかかるダヴィデとヨナタンの小さなタペストリー。

アンリ司教は敵ではないが、味方ともいい切れないと、大広間で緊張して彼を待ちながらカリスは考えた。彼はおそらく、キングズブリッジでの争いには関わらないようにしているというだろう。さらに皮肉っぽい見方をすれば、どういう決定を下すにせよ、彼自身の利益にもしっかりと目配りするはずだ。彼はフィルモンを嫌っているが、判断に私情をさしはさむのをよしとしないかもしれない。

アンリはいつものとおり、クロード司教座聖堂参事を引き連れて現われた。二人は歳をとったように見えなかった。アンリはカリスより少し年上、クロードはおそらく十歳ぐらい年下だろうが、二人とも少年のようだ。以前から気づいていたことだが、聖職者はしばしば貴族よりずっと上手に歳をとる。多くの聖職者——一部の悪名高い者は除いて——は、節度のある暮らしをしているから、そのおかげかもしれない。断食の決まりがあるから、毎週金曜日と、各聖人の日と、四旬節のあいだは魚と野菜しか摂ることができないし、建前上、酔っぱらうことは断じて許されない。対照的に、貴族とその妻は過度の肉食と飲酒に耽る。彼らの顔に皺が刻まれ、肌が荒れ、背が曲がっていくのに対し、聖職者が健康で、活発なまま晩年を迎え、穏やかで禁欲的な生活をつづけられるのは、その差かもしれなかった。

マーティンはアンリがモンマスの大司教に推薦された祝いの言葉を述べると、すぐ要点に入った。「フィルモン修道院長が塔の建設を差し止めました」

アンリがわざとらしく中立の態度をとった。「何か理由があるのかな?」

「口実が一つ、理由が一つです」マーティンはいった。「口実とは設計の誤りです」

「その誤りとは何なんだ?」

「八辺形の尖塔は型枠を使わなければ建てられないと彼はいうのです。一般的には確かにそのとおりですが、私は型枠を使わずにすませる方法を見つけました」

「それはどういう……?」

「かなり単純です。まず円錐形の尖塔を建てます。これなら型枠は必要ありません。そのあと、薄い石材やモルタルで外装を施して八角柱の形に仕上げます。見た目は八辺形の塔ですが、構造上は円錐(えんすい)というわけです」

「フィルモンにはそれを説明したのか？」

「いいえ。仮に説明したとしても、別の口実を見つけてくるでしょう」

「では、本当の理由とは？」

「代わりに、聖母礼拝堂を建てたいのです」

「ほう」

「上級聖職者の機嫌を取るための作戦の一環です。レジナルド助祭長が来訪されたときには、解剖に反対する説教を行ないました。それに、国王の顧問に対しては、聖職者への課税に反対する運動には同調しないと述べています」

「彼は何を狙っているんだ？」

「シャーリングの司教の座です」

アンリが眉を上げた。「確かに、フィルモンは昔から厚かましかったな」

クロードが初めて口を開き、マーティンに訊いた。「どうしてそれを知っておられるのですかな？」

「グレゴリー・ロングフェロウが教えてくれたのです」

クロードがアンリを見ていった。「グレゴリーなら、いかにも知っていそうです」

アンリもクロードも、フィルモンがこれほどの野心家だとは予期していなかったのだ、とカリスは理解した。明らかになった事実の重要性を二人が見過ごすことがないように、彼女はいい添えた。「フィルモンの望みが叶ったら、あなたはモンマスの大司教として、フィルモン司教とキングズブリッジの住民とのあいだの揉めごとを裁決する仕事に忙殺されることになるでしょう。過去にどれだけ多くの争いが生じたかはご存じですよね」

クロードがアンリに代わって答えた。「もちろん承知しています」

「意見が一致して何よりです」マーティンがいった。

クロードが思案げにいった。「別の候補を推薦しなければいけないでしょうね」

これこそカリスが望んでいた言葉だった。「わたしたちに腹案があります」

クロードが訊いた。「だれですか?」

「あなたです」

沈黙が落ちた。カリスにはクロードがその案を気に入っているのがわかった。彼女の見るところ、彼は内心ではアンリの昇進をうらやみ、自分の運命は永遠にアンリの助手を務めることなのだろうかと悩んでいるのだ。彼なら司教としてうまくやっていけるだろう。この教区のことをよく知っているし、すでに大半の実務的処理をこなしている。

だが、いま二人の男の頭にあるのは、きっと私生活のことに違いない。彼らは夫婦も同然の間柄だとカリスは確信していた。二人がキスしているのを見たこともある。しかし、当初の熱いロマンスはとうに過去のものとなっていて、いまは一時的に別居しても耐えられるのではないかと、彼女の直感は告げていた。

彼女はいった。「一緒にお仕事をなさる機会は、いままでどおりたくさんあると思いますよ」

クロードが応えた。「大司教がキングズブリッジやシャーリングを訪れる理由には事欠きませんからね」

アンリがいった。「それに、キングズブリッジの司教も、しばしばモンマスにきてもらう必要がある」

クロードがふたたび応えた。「司教になれたらとても光栄です」そして、目を輝かせて付け加えた。「とりわけ、大司教、あなたのもとでなら」

アンリは顔をそむけ、その二重の意味に気づかなかった振りをした。「なかなかの名案だな」彼はいった。

マーティンが付け加えた。「キングズブリッジのギルドはクロード司教座聖堂参事を後援します。それは私が保証しましょう。しかし、アンリ大司教、国王への提起はあなたにお願いしなければなりません」

「むろんだ」

カリスがいった。「一つ提案してもよろしいでしょうか？」

「いいとも」

「フィルモンに別の役職を見つけてやってください。そうですね、たとえばリンカンの助祭長とか。何か彼が気に入りそうな、でも、ここから遠く離れた土地の職を」

「それは妥当な思いつきだ」アンリがいった。「司教ではなくて助祭長にという声が上がれば、そのどちらについても、候補者としての彼の立場は弱くなる。事態の推移に注意を払っておこう」

クロードが立ち上がった。「実に楽しい話し合いでした。正餐を一緒にいかがですか？」

一人の使用人が入ってきて、カリスに声をかけた。「あなたにお会いしたいという者が参っております、奥さま」男はいった。「まだ少年ですが、辛そうな様子です」

アンリが許可した。「連れてきなさい」

十三歳くらいの少年が現われた。汚れた格好をしているが、服は安物ではなかった。少年の一家はかなりの暮らしをしているが、なんらかの災厄に見舞われているらしい、とカリスは踏んだ。

「うちへきていただけませんか、マザー・カリス」

「わたしはもう神に仕える身ではないのよ。でも、どうしたの？」

少年が早口でまくしたてた。「父と母が病気で、兄も具合が悪いんです。あなたがここにいらしているという話を母がだれかから聞いて、それで、きていただこうということになって。あなたは貧しい人を助けてくださるそうですが、お金なら払えます。どうかきてください、お願いです」

こういう依頼は珍しいことではなく、カリスはどこへ行くにも必ず医療器材の入った革の鞄を携えていた。「もちろん、うかがうわ」彼女は応えた。「あなたの名前は？」

「ガイルズ・スパイサーズです、マザー。あなたを待って、案内するようにいわれています」

「いいわ」カリスは司教を見た。「どうぞ、先に食事をなさっていてください。できるだけ早く戻りますので」彼女は鞄を取り上げ、少年のあとについて外に出た。

キングズブリッジが修道院に依存しているのと同じように、シャーリングはその存在を丘の上の州長官の屋敷に負っていた。市の立つ広場のそばには、有力な市民の大きな屋敷が並んでいる。毛織物商人、州長官の副官、検死官のような国の役人の住まいだ。少し行くと、まずまず裕福な商人や職人——金細工師や、仕立屋や、薬屋——の家々に変わる。名前が示すとおり、少年の父親は香辛料商人で、少年はカリスをその界隈にある一本の通りへ案内した。この階級のおおかたの家と同じように、家は一階が石造りで、倉庫や店舗として使われており、その上に安普請の木造の住居が載っていた。今日は店は閉じられ、錠が下りている。少年に導かれて、カリスは外階段を上った。

室内に足を踏み入れるとすぐに、病気の臭いが鼻を突いた。カリスは一瞬立ち止まった。その臭いにはどこか特別なものがあった。彼女の記憶の襞に触れてくる、なんらかの理由で気持ちをひどくおののかせるものが。

あれこれ考える代わりに、居間を抜けて寝室に入った。そして、恐るべき答えを見つけた。部屋のここかしこで、三人が布団に横たわっていた——彼女と同じくらいの年齢の女性が一人、それより少し年上の男性が一人、青年が一人。年上の男性の病状がいちばん進行していた。熱にうなされ、汗をかいている。シャツの襟の開いたところから、喉や胸に紫がかった黒の発疹ができているのが見えた。唇と鼻孔には血がついていた。

ペストだった。

「また戻ってきたのね」カリスはいった。「大変だわ」

束の間、恐怖にわれを忘れた。その場の光景から目を離せないまま、なすすべもない思いで立ち尽くした。理論上、ペストが息を吹き返すかもしれないことはわかっていたはずだった――彼女が本を書いた理由も半分はそこにあった――が、それでも、この発疹と発熱、鼻血をふたたび目にした衝撃を受け止める用意はできていなかった。

女性が肘で身体を支えて起き上がった。彼女の症状はそこまで重くなかった。発疹ができ、熱を出しているが、出血している様子は見当たらない。「何か飲むものをおくれ、お願いだから」彼女は息子にいった。

ガイルズがワインの入った水差しを持ち上げると、ようやくカリスの頭が働きはじめ、身体の硬直が解けた。「ワインはやめて――ますます喉が渇くだけだから」彼女はいった。「別の部屋に、樽入りのエールがあったでしょう――それをカップに一杯、注いできてちょうだい」

女性がカリスに目の焦点を合わせた。「女子修道院長さまですね？」彼女はいった。カリスは相手の誤りを正さなかった。「みんな、あなたを聖女だと噂しています。うちのみんなを助けてくださいますよね？」

「できるだけのことはします。でも、わたしは聖女ではなくて、病気や健康な人をみるただの女ですよ」カリスは診察鞄から細長いリネンを取り出し、口元と鼻を覆うようにして結んだ。ペストの患者を診るのは十年ぶりだが、この病気にかかっている可能性のある患者に接するときにはこの予防策を講じるのが習慣になっていた。清潔な端布を薔薇水に浸して、女性の顔を拭った。いつものとおり、この処置は患者を落ち着かせた。

ガイルズがエールの入ったカップを持って戻ってきて、母に飲ませてやった。カリスは少年に教えた。「飲みたいだけ飲ませてあげて。でも、エールか、水で薄めたワインだけにしてね」

少年の父親のところへ行った。もう先は長くないようだった。筋の通った話はできず、目もカリスに焦点を合わせられない。彼女は彼の顔を拭き、鼻や口のまわりの乾いた血を拭き取った。最後に、ガイルズの兄の世話をした。青年はつい最近倒れたばかりで、まだくしゃみをしていたが、年齢的には自分の病気の重さを理解できる歳に達しており、怯えた顔つきだった。

診察を終えると、彼女はガイルズにいった。「みんなが楽になるよう気を配り、それから飲み物を与えてあげて。あなたにできることはそれだけよ。親族はいるの？　おじさんとか、従兄弟とか？」

「親戚はみんなウェールズです」

孤児のための手配が必要かもしれないと、カリスはアンリ司教に助言することを心に留めた。

「母から治療代をお払いするようにいわれてます」少年がいった。

「たいしたことはしてあげられなかったわ」カリスは答えた。「六ペンスで結構よ」

母親の寝台のかたわらに革の財布があった。少年はそこからペニー銀貨を六枚取り出した。

女性がふたたび身を起こし、今度はずっと落ち着いた口調でいった。「わたしたち、どこが悪いんでしょう?」

「残念ながら、ペストです」カリスは答えた。

女性が諦観したようにうなずいた。「恐れていたとおりでした」

「前回の流行から、症状の見分けがつきませんでしたか?」

「あのころはウェールズの小さな町に住んでいたんです――あの町は難を逃れました。わたしたちはみんな死ぬんでしょうか?」

カリスはこれほど重要な質問について、人を欺くのが適切なやり方だとは思っていなかった。「助かる人もいます」彼女は正直に伝えた。「でも、数は多くありません」

「では、神に慈悲を乞いましょう」女性はいった。

カリスは祈った。「アーメン」

キングズブリッジへ戻る道すがら、カリスはこの病気について考えた。もちろん、前回と同じくらいの速さで広がるだろう。何千人もの死者が出るはずだ。暗い見通しに、彼女の心は怒りに満たされた。これでは戦時の無意味な大虐殺と同じではないか。ただ、戦争を引き起こすのは人間で、この病気はそうではないが。これからどうすればいいのだろう？　十三年前の出来事が残酷に繰り返されるのを、手をこまねいて見ているわけにはいかない。治療法はなかったが、彼女は致死的な進行を遅らせる方法を発見していた。よく踏みならされた森の道を馬が緩い速歩で走るあいだ、彼女はこの病気について知っていることと、この病気と戦う方法をじっくり考えた。マーティンは彼女の気分を見抜いて黙っていた。おそらく、彼女の考えていることを正確に推し量っているはずだった。

帰宅すると、カリスは自分のやりたいことを彼に説明した。

「反対する者が出てくるよ」マーティンが忠告した。「きみのやり方は過激すぎる。前回、家族や友人を失わなかった者は、自分たちはこの病気にかからないと思っているかもしれないし、きみが大騒ぎをしすぎているというだろう」

「だからこそ、あなたの助けが必要なの」彼女はいった。

「そういうことなら、反対しそうな勢力を二つに分けて、二人で手分けして当たることを勧めるね」

「了解」

「説き伏せなくてはならないグループは三つある。ギルドと修道士と修道女だ。まずギルドから行こう。会合を開くとするか――フィルモンは呼ばずに」

このところ、ギルドは織物取引所で会合を開いていた。大通りに面した、新築の大きな石造りの建物である。ここなら悪天候の日でも商いができた。建設費にはキングズブリッジ・スカーレットからの収益が当てられた。

しかし、ギルドを招集する前に、カリスとマーティンは主だった会員に個別に会って、あらかじめ彼らの支持を取りつけることにした。マーティンがずっと昔に編み出した手法である。彼のモットーは次のようなものだった――〝会合を開くのは、結果の予想がついてからにせよ〟

カリスはマッジ・ウェバーに会いにいった。

マッジは再婚していた。みなを大いにおもしろがらせたことに、彼女を陥落させたのは、最初の夫と同じくらいいい男で、彼女より十五歳年下の村人だった。名前をアンセルムといい、ますますふくよかになって、白髪混じりの髪を選り抜きの風変わりな縁なし帽で覆っている彼女を崇めているようだった。なお驚くべきことに、四十代でありながら、彼女はふたたび妊娠し、健康な女の赤ちゃんを生んだ。その赤ん坊のセルマはいまでは八歳になって、修道女の運営する学校に通っている。子持ちだからといって商売から遠ざかったことは一度もなく、キングズブリッジ・スカーレットに関しては、アンセルムを補佐役にして市を支配しつづけていた。

彼女の自宅は、いまでも大通りに面した大きな家だった。彼女とマークが織物や染め物で最初に儲けはじめたころに引っ越してきた家である。カリスが着いてみると、彼女とアンセルムは赤い布地の荷を受け取って、一階にある過密状態の倉庫に、それを収める場所を作ろうとしているところだった。「羊毛市に備えて、在庫を確保してるところなの」マッジが説明した。

カリスは荷物の確認が終わるのを待ってから、マッジと一緒に二階へ上がった。店はアンセルムが引き受けた。居間に入ると、十三年前のあの日のことがまざまざと思い浮かんできた。あの日、彼女はここへマーク——キングズブリッジでのペストの最初の犠牲者——の診察に呼ばれたのだ。

マッジが彼女の表情に気づいた。「どうしたの？」

男には隠せても、女には見抜かれてしまうことはある。「十三年前ここへきたのは、マークが病に倒れたときだったわね」カリスはいった。

マッジがうなずいた。「あれをきっかけに、わたしの人生最悪のときが始まったの」感情を交えない声でいう。「あの日まで、わたしは素晴らしい夫と、四人の健康な子供たちに囲まれていた。それなのに、三カ月後には五人全員を召されて、生きる目的を失った未亡人になっていたわ」

「悲しみの日々だったわね」カリスはいった。

マッジはカップと水差しの並んでいる戸棚のところへ行ったが、カリスに飲み物を勧める代わりに壁を見つめつづけた。「一つ、変な話をしてもいいかしら？」マッジがいった。「家族に死なれたあと、わたし、主の祈りのときにアーメンといえなくなったの」唾を飲み込むと、声がずっと低くなった。「ラテン語の意味は知ってるのよ。父が教えてくれたの。フィーアト・ウォルンタース・トゥアって〝御心(みこころ)をなさせたまえ〟という意味よね。でも、それがいえなくなった。神はわたしの家族を奪った。それは拷問といってもよかったわ――おとなしく受け入れるなんて無理だった」思い返すうちに、涙が浮かんできた。「わたしは神の意志が行なわれるのを望んでいなかった。子供たちを取り返したかった。〝御心をなさせたまえ〟を受け入れられないのだから、わたしは地獄に堕ちるんでしょう。でも、アーメンとは口にできなかった」

カリスがいった。「その病気が戻ってきたの」

マッジがよろめき、支えを求めて戸棚をつかんだ。頑丈な身体が不意にか弱く見えた。自信の失せた顔が老けこんだ。「嘘でしょ？」

カリスはベンチを前に引き出し、腕を支えて腰を下ろさせてやった。「驚かせてしまってごめんなさい」彼女は詫びた。

「嘘よ」マッジが繰り返した。「戻ってくるはずがないわ。アンセルムとセルマを失うことなんかできない。そんなの耐えられない。絶対に耐えられないわ」蒼白でげっそりした顔になったので、カリスはマッジが何かの発作を起こしたのではないかと心配になった。

水差しからワインをカップに注いで渡してやると、マッジが上の空で口をつけた。わずかに血の気が戻ってきた。

「今度は、この前の教訓があるわ」カリスはいった。「もしかしたら戦えるかもしれない」

「戦う？　わたしたちに何ができるというの？」

「それを相談にきたのよ。どう、少しは気分が落ち着いた？」

マッジがようやくカリスと視線を合わせた。「戦うのよね」彼女はいった。「そうよ、それこそわたしたちがやらなきゃならないことだわ。方法を教えて」

「町を封鎖しなければならないわ。門をすべて閉じ、防壁に警備員を配置して、だれも入ってこられないようにするの」

「でも、町の人たちは食べていかなきゃならないわ」

「物資はスモール・アイランドへ運んでもらうわ。マーティンが仲買人役を務めて買い上げるのよ。彼は一度ペストにかかっているの。一度かかれば、二度はかからないわ。商品は橋のたもとに置いていってもらう。そうすれば、町の人がそれを取りに行けばいいでしょう」

「町を出るのはいいの？」

「それはいいけど、戻ってはこれないわね」

「羊毛市はどうなるの？」

「それがいちばん難しいかもしれない」カリスはいった。「でも、中止するしかないでしょうね」

「キングズブリッジの商人は何百ポンドも失うことになるわよ！」

「命を失うよりはましよ」

「あなたのいうとおりにしたら、ペストは防げるの？　わたしたちの家族は助かるの？」

カリスはためらい、嘘をついてでも安心させたいという衝動を抑えた。「約束はできないわ。流行はすでにこの町に達しているかもしれない。いまも川岸近くのあばら屋で、だれかが何の助けも得られずに、独りで死にかけているかもしれない。だから、完全に防ぐのは無理かもしれないとは思う。でも、この計画どおりにすれば、きっとあなたもアンセルムやセルマと一緒にクリスマスを迎えられると、わたしはそう信じてるの」

「それなら、やってみましょうよ」マッジがきっぱりといった。

「あなたの支持はとても重要よ」カリスはいった。「率直にいって、市が中止されていちばん損害を被るのはあなたでしょう。だからこそ、あなたの言葉ならみんなも信じてくれると思うの。どれほど重大なことなのか、伝えてもらわなければならないの」

「心配しないで」マッジが請け合った。「うまく話すわ」


「非常に理にかなった思いつきだな」フィルモン修道院長がいった。

マーティンは驚いた。記憶にあるかぎり、フィルモンがギルドの提案をすんなり受け入れたことは一度もなかった。「それでは、支持してもらえるんだな？」マーティンは自分が相手の言葉を誤解していないことを確かめるために念を押した。

「ああ、たしかに」修道院長が答えた。彼は深皿に入った干しブドウを食べているところで、咀嚼（そしゃく）する間も惜しむかのように、次々に手を伸ばしては口に詰め込んでいた。だが、マーティンには一向に勧めようとしなかった。「むろん」フィルモンがつけ加えた。「修道士は適用外だがな」

マーティンはため息をついた。もっと分別を働かせるべきだったかもしれない。「とんでもない。これは全員に適用されるんだ」

「いやいや」フィルモンがいった。子供に言い含めるときのような口調だった。「ギルドには修道士の活動を制限する権限はないんだぞ」

フィルモンの足元に猫がいた。彼と同じくらい太っていて、意地悪そうな顔をしている。ゴドウィンの猫の〝大司教〟によく似ているが、あの猫はとうの昔に死んだはずだ。もしかすると、その子孫かもしれない。マーティンは食い下がった。「ギルドには町の門を閉鎖する権限がある」

「しかし、われわれには好きなときに出入りする権利がある。われわれはギルドの権威の支配下にはない。そんな決めごとに従う義務はないんだ」

「町を統治しているのはギルドだ。そのギルドが、ペストが蔓延しているあいだは町にだれも入れないと決定したんだ」

「おまえたちに修道院の規則を作る権限はない」

「しかし、町のための規則は作れるし、修道院は町の防壁の内側にある」

「仮に私が今日キングズブリッジを離れたとして、明日帰ってきても町に入るのを認めないというのか？」

マーティンはためらった。キングズブリッジの修道院長が締め出されて、門の外から開門を要求するのは、控えめにいっても、きわめて不様でばつの悪い姿だ。フィルモンに説得に応じてほしかった。ギルドの決議をそこまで過激なやり方で試したくはなかった。それでも、自信ありげに聞こえるように願いながら応えた。「もちろんだ」

「司教に苦情を申し立てるぞ」

「たとえ司教でも、キングズブリッジには入れない」

女子修道院の顔ぶれは十年経ってもほとんど変わっていない、とカリスは気づいた。もちろん、女子修道院というのはそういうものだ。いったん入ったら、永遠に留まることになっているのだから。マザー・ジョーンが相変わらず女子修道院長を務め、シスター・ウーナがブラザー・シムの監督の下、施療所を運営している。いまではここへ治療を受けにくる者はほとんどいない。おおかたの人々はスモール・アイランドにあるカリスの施療所を選んでいた。シムが診ている患者――大半は熱狂的な信者だった――は、厨房の隣りにある旧施療所で治療を受けており、新病棟は来客用に使われていた。

カリスはジョーン、ウーナ、シムを前に元の薬剤室――いまは女子修道院長の専用事務室として使われている――に坐り、自分の計画を説明した。「旧市街の防壁の外側でペストに倒れた者については、島にあるわたしの施療所が受け入れます」彼女はいった。「流行がつづいているあいだは、修道女もわたしも、日夜、建物のなかに留まります。だれもそこを離れることはできません、快復した幸運な少数の人々を除けばね」

ジョーンが尋ねた。「この旧市街はどうなるの？」

「予防措置にもかかわらず、町のなかに流行が広がってしまった場合、患者の数はここに収容しきれないほどに膨れあがるかもしれません。ギルドの決議で、ペストの患者とその家族は自宅から一歩も外へ出てはいけないことになりました。この規則はペストに襲われた家に住む者全員、つまり、両親、子供たち、祖父母、使用人、徒弟にまで適用されます。家を出たと判明した者は絞首刑に処せられます」

「それはとても厳しい罰則ね」ジョーンがいった。「でも、前回のように大量の死者が出るのを防げるのなら、施行するだけの価値はあるでしょう」

「あなたならわかってくれると思っていたわ」

シムは何もいわなかった。ペストの知らせを聞いて、いつもの横柄さも影を潜めているようだった。

ウーナが訊いた。「患者を自宅に閉じこめてしまうとしたら、食事はどうするんですか？」

「近所の人々が玄関に食べ物を置いていけばいいでしょう。家のなかにはだれも入れません――医学の心得のある修道士や修道女以外はね。彼らは往診はしても、健康な人と接触してはなりません。修道院と患者の家を往復するだけで、ほかの建物に入ることはおろか、通りで人と話をすることも禁じます。必ずマスクを着用して、患者に触れたら、そのたびに手を酢で洗わなければなりません」

シムが怯えた顔で訊いた。「そのやり方で感染は防げるのか？」

「ある程度はね」カリスは答えた。「でも、完璧ではないわ」

「それでは、病人の世話をするのは危険極まりないではないか！」

ウーナが彼に応えた。「わたしたちは恐れません。わたしたちは死を楽しみにしています。わたしたちにとって、死は待ちに待った主との再会なのです」

「それはそうだが」シムがいった。

翌日、修道士は一人残らずキングズブリッジを去った。

88

ラルフがデイヴィッドのセイヨウアカネにした仕打ちを見て、グウェンダは殺してやりたいほどの怒りを感じた。理不尽に作物を破壊するのは罪だ。農民が汗を流して育てたものを荒らす貴族は、地獄でも特別な場所に送られるべきだ。

しかし、デイヴィッドは落胆していなかった。「問題ないと思うよ。価値があるのは根だし、ラルフは根には触れていない」

「楽天的すぎやしないかしら」グウェンダは苦い顔でいったが、気持ちは明るくなった。

実際、セイヨウアカネは驚くべき速さで回復していた。たぶんラルフは、それが地下で繁殖するのを知らなかったのだろう。ペストが流行しているという報告がウィグリーに届きはじめた五月から六月にかけて、根から新しい芽が吹き出し、七月の初めになると、デイヴィッドは収穫のときがきたと判断した。ある日曜の午後、グウェンダとウルフリックとデイヴィッドは根を掘り起こした。まずは植物の周りの土を掘り起こして軟らかくし、土のなかから取り出したら、根は短い茎につけたまま葉だけ取り外す。グウェンダがこれまで経験してきた仕事と同じで、腰が痛くなる重労働だった。

来年までに農園が再生するかもしれなかったので、半分は収穫せずに残しておくことにした。

セイヨウアカネの根を山積みにした荷車を引き、森を通ってウィグリーに戻ると、納屋で根を降ろして、乾燥させるために屋根裏に広げた。

しかし、いつになったらこの収穫を売り出せるかがわからなかった。キングズブリッジは閉鎖されていた。もちろん、人々はいまも生活用品を買っていたが、仲介人を通してのみだった。デイヴィッドはこれまでにないものを売ろうとしているので、買い手に説明する必要があったが、それは仲介人を通してではやりにくかった。しかし、やってみるべきかもしれなかった。まずは根を乾燥させ、すりつぶして粉にしなければならず、どちらにしても時間が必要だった。

あれ以来、デイヴィッドはアマベルについて何もいわなかった。だが、いまも会っているに違いないとグウェンダは睨んでいた。諦めたにしては明るすぎる。本当に諦めたのなら、憤慨してふさぎ込むはずだった。

グウェンダにできるのは、デイヴィッドが親の許可なしで結婚できる年齢になる前に、彼女を忘れてくれるよう願うことしかなかった。アネットと自分が親類になるなど、いまだに考えるのも耐えがたかった。アネットはいまもウルフリックにちょっかいを出し、ウルフリックはウルフリックで、あの軽薄でいやらしい女にいい寄られてへらへらしている。グウェンダが傷つくには十分だった。いまやアネットは四十代になり、薔薇色の頰に透ける血管は切れ、軟らかい巻き毛には灰色の筋が混じっていたから、その振る舞いは恥ずかしいだけでなくグロテスクでさえあった。しかしウルフリックは、彼女がいまだに少女であるかのように反応していた。

そしていま、自分の息子が同じ罠にはまってしまった。グウェンダは唾を吐きたい気分だった。アマベルは二十五年前のアネットにそっくりだった。かわいい顔に、風になびくカールした髪、長い首と華奢で白い肩、そして、母と娘が市で売っていた卵のような小さな胸。髪を揺らしたり、責めるような目つきで男を見たり、男の胸を手の甲で叩くと見せて、実は愛撫していたりというところも母親と同じだった。

しかし、少なくともデイヴィッドは健康で、生命の危険はない。グウェンダはサムのほうが心配だった。サムはいま、ラルフ伯爵と城に住み、戦いを学んでいた。狩りや剣の練習や競技会の戦いで怪我をしないようにと、母親は教会で祈った。二十二年間、毎日そばにいたわが子が、手から奪われてしまった。女というのは辛いものだ。全身全霊を尽くして愛してきたのに、ある日、その子は自分のそばを去ってしまう。

グウェンダはサムの様子を見たくて、アールズカースルに行く口実を何週間も探していた。そんなある日、ペストがそこにも到達したと聞き、決心が固まった。収穫が始まる前に行こう。ウルフリックは畑でやることがたくさんあるから同行できないだろうが、一人で旅をするのを恐れはしない。「強盗にあうには貧乏すぎるし、乱暴されるには年を取りすぎているわよ」グウェンダは冗談をいった。だが、本心ではどちらも願い下げだった。だから、長いナイフも携えた。

七月の暑い日に、伯爵の城の跳ね橋を渡った。門楼の胸壁に鳥が衛兵のようにとまり、黒光りする羽を陽に輝かせながら、警告するように鳴いた。「逃げろ、逃げろ」といっているかのようだった。一度はペストを逃れたが、運がよかっただけかもしれない。ここにくるのは命懸けだった。

敷地の下のほうは少し静かな感じがしたが、特に変わったところはなかった。それでも、樵がパン焼き場の外で荷馬車いっぱいの薪を下ろしていたり、厩舎の前で馬番が埃だらけの馬の鞍を外している程度で、活気にあふれているわけではなかった。何人かの男女が小さな教会の西の入り口の前に集まっていたので、話を聞こうと固い地面を横切った。「なかにペストの患者がいるの」と、使用人の女が質問に答えてくれた。

グウェンダは冷たい恐怖の塊を胸に感じながら、扉をくぐってなかに入った。

十から十二の藁の敷き布団が、キングズブリッジの施療所と同じように、患者から祭壇が見えるように床に並べられていた。患者の半分は子供のようで、大人の男は三人だった。グウェンダは恐る恐る顔を確かめた。

サムではなかった。

ひざまずいて、神に感謝の祈りを捧げた。

外に出ると、さっき話をした女に近づいた。「ウィグリーからきたサムを捜しているの」といった。「新しいスクワイアだけど」

女が敷地のなかへつづく橋を指さした。「お城に行ってみて」

グウェンダはいわれた道を進んだ。橋の衛兵は知らん顔だった。彼女は城への階段を上った。

大広間は暗く涼しかった。大きな犬が暖炉の冷たい石の上で寝ていた。壁に沿ってベンチが並び、一組の大きな肘掛け椅子が部屋の奥に置いてあった。クッションやカヴァーやカーテンなどがないのにグウェンダは気づき、レディ・フィリッパはほとんどここで過ごすことがなく、家具を備える気もないのだろうと推理した。

サムは彼よりも若い三人の男たちと、窓のそばに坐っていた。甲冑が顔当てから脛当てまで、順番に床に並べられて、四人ともそれを磨くのに余念がなかった。サムは滑らかな石で胸当てをこすり、錆を落とそうとしていた。

グウェンダはしばらくサムを見つめた。息子はシャーリング伯の新しい赤と黒の制服を着ていた。肌の色が濃く端正な顔だちのサムに、それは似合っていた。彼はリラックスしているようで、とりとめのない感じで仲間と話をしながら仕事をこなしていた。健康そうで、しっかりと食事をとっているようだった。願っていたことではあったが、自分がそばにいなくてもとても元気にやっている息子を見て、がっかりせずにはいられなかった。

サムが視線を上げ、彼女に気づいた。その顔に最初は驚きが、次に喜びが、そして、最後は楽しそうな表情が浮かんだ。「諸君」と、彼は三人に向かっていった。「ぼくはこのなかでいちばん年上だから、自分のことは自分でできると思われているだろうが、実はそうではない。ぼくの安全を確かめるために、母親があとをついて回っているんだ」

全員がグウェンダを見て笑った。サムが手を休めてそばにきた。母と息子は城の上層へつづく階段がある、隅のベンチに坐った。「ここの生活は最高だよ」サムはいった。「みんな、毎日のように遊んで暮らしている。狩りや鷹狩りに行ったり、格闘の試合、乗馬の競走やフットボールをするんだ。いろいろ学んだよ。いつもああいう若者たちと組まなければならないのは少し厄介だけど、何とか我慢している。馬に乗りながら、同時に剣と盾を使う技術を身につけなければならないだけさ」

すでに息子の話し方が変わっていることに気づいた。村特有のゆっくりとしたリズムが消えつつあった。それに、〝鷹狩り〟と〝乗馬〟は、フランス語を使っていた。彼は貴族の生活に同化しはじめていた。

「仕事はどう?」グウェンダは訊いた。「遊んでばかりではないでしょう?」

「仕事はたくさんあるよ」サムが鎧を磨く仲間を指した。「でも、畑を耕すのに較べたら楽なもんさ」

サムが弟について訊いたので、彼女は家での出来事を話した。セイヨウアカネが再生して根を掘ったこと、デイヴィッドがいまもアマベルと関係を持っていること、だれもペストにはかかっていないことなどだ。話しているあいだ、グウェンダはだれかに見られているような気がしはじめ、ついに、それは思い過ごしではないと確信した。少し間をおいて、後ろを振り返った。

ラルフ伯爵がいま部屋から出てきたというように、階段の上の開いた扉の前に立っていた。どのぐらいのあいだ見られていたのだろう。グウェンダはラルフと目を合わせた。じっと見つめられたが、彼女にはその意味を読むことも理解することもできなかった。そして徐々に、その視線が気まずいほど親密に思えてきて目をそらした。

ふたたび目を向けたとき、彼の姿はなかった。

翌日、家まであと半分というところまできたとき、後ろから馬に乗った騎士が勢いよく近づいてきて、速度を緩めて止まった。

アラン・ファーンヒルだった。

グウェンダは腰のナイフに手を伸ばした。

「伯爵が会いたいそうだ」

「それならあなたを送るのではなく、本人がくるべきだわね」グウェンダは答えた。

「おまえはいつも生意気な口を叩くんだな。そんなだから、目上の者に嫌われるんだ」

この男もたまには正論を吐くんだ、とグウェンダは面食らった。たぶん、アランがまっとうなことをいうのを初めて聞いた。確かに、アランのような人間には馬鹿にせずにへつらうべきなのだ。「わかったわ」彼女は仕方なく応じた。「伯爵の命令だものね。城まで歩いて戻らなければならないの？」

「いや、森のなかに家がある。ここからすぐだ。ときどき狩りの休憩に使うところで、伯爵はそこにいる」アランが道の横の森を指さした。

グウェンダはあまり納得がいかなかったが、農民には伯爵の召還を断わる権利がなかった。たとえ断わったとしても、アランはわたしを押し倒して、縛り上げてでも連れていくだろう。

「わかったわ」

「おれの前に乗れ」

「結構よ。歩いていくわ」

この時期は下草が生い茂っていた。グウェンダは馬につづいて森に入り、馬がイラクサやシダを踏みつけてくれるのを利用して進んだ。道は背後の緑のなかにすぐに消えてしまった。ラルフはどんな気まぐれから、わたしを森に呼び出したのだろう。グウェンダは不安だった。自分や家族にとっていい知らせを伝えるためでないのは間違いないだろう。

四分の一マイルほど歩くと、草葺き屋根の低い建物にたどり着いた。何も知らなかったら、王家の管理小屋だと思ったはずだ。アランは手綱を若木に巻きつけると、彼女をなかへ誘導した。

伯爵の城で気づいたのと同じように、ここも飾り気がなく、実用性を重視する内装だった。床は硬い土、壁は荒塗りの漆喰、天井は草葺き屋根の裏がそのまま見えた。家具は最小限で、テーブルが一つ、ベンチがいくつか、そして、藁布団が敷かれた、質素な木製の寝台枠だけが置かれていた。奥の扉は半分開いていて、普段はなかの小さな台所で、たぶんラルフの使用人が、彼と狩り仲間のために食べ物と飲み物を用意するのだろう。

ラルフはワインのカップを手にテーブルについていた。グウェンダは彼の前に立った。アランが彼女の後ろの壁に寄りかかった。「よくきたな」ラルフがいった。

「ここにはほかにだれもいないの？」グウェンダは不安だった。

「おまえとおれとアランだけだ」

グウェンダの不安はさらに強くなった。「なぜわたしを呼びつけたの？」

「もちろん、サムの話をするためだ」

「あなたはわたしからサムを取り上げた。もう話なんかないんじゃないの？」

「あの子はいい子だ。わかるだろう。おれたちの子だ」

「それはいわないで」グウェンダはアランを見た。アランは平然としていた。秘密を知っているのだ。彼女は狼狽した。ウルフリックには絶対に知られてはならない。「おれたちの子だなんていわないで。あなたは父親らしいことをしたことなんてないじゃないの。ウルフリックが育てたのよ」

「どうやって育てろというんだ。自分の子供だということさえ知らなかったんだぞ。だが、いまは失った時間を取り戻している。あの子はよくやっている。聞いただろう」

「戦うこともあるの？」

「当たり前だ。スクワイアは戦うものだ。戦争に行くために訓練をしているんだ。勝つことがあるかどうかと訊くべきだな」

「あの子にはそんな人生を歩んでほしくなかった」

「こういう人生を歩む運命だったんだ」

「わたしを苦しめて喜ぶために、ここに連れてきたの？」

「坐ったらどうだ？」

彼女はしぶしぶテーブルの向かい側に腰を下ろした。ラルフはカップにワインを注ぎ、グウェンダのほうへ押しやった。彼女は無視した。

「おれたちには息子がいるわけだから、もっと仲良くしようじゃないか」

「お断わりよ」

「楽しみが台無しだな」

「楽しみなんて冗談じゃないわ。あなたはわたしの人生の病原菌なの。あなたと出会わなければよかったと心から思っているわ。仲良くなりたいどころか、遠くに離れたいわよ。たとえあなたがエルサレムへ行っても、まだ近すぎるぐらいだわ」

ラルフの顔が怒りで暗くなり、グウェンダはいい過ぎたと後悔した。アランの指摘を思い出した。飾らずに、落ち着いて、冷やかすことなく断われるように願った。しかし、ラルフはだれよりも彼女の怒りを誘った。

「わからない？」彼女は理性を保とうとしながらいった。「あなたはわたしの夫を……どれぐらいかしら……そう、半世紀ぐらい憎んできた。夫はあなたの鼻を折り、あなたは夫の頬を切り裂いた。夫を相続人廃除にしたけど、その後、夫の家族の土地を返さなければならなくなった。あなたは夫が愛していた女性を犯した。夫は逃げたけど、首に紐を巻きつけて引きずり戻した。これだけのことがあったのだから、たとえ息子がいるとしたって、あなたと友だちにはなれないわ」

「そうかな？」ラルフがいった。「友だちだけじゃなくて、愛人にもなれるんじゃないか？」

「いやよ！」アランが追いついてきたときから恐れていたことだった。

ラルフが笑みを浮かべた。「服を脱いだらどうだ？」

グウェンダは身体を硬くした。

アランが後ろから覗き込み、滑らかな動きで、彼女のベルトからナイフを抜き去った。あらかじめ考えていたらしく、動きが速すぎて、グウェンダは抵抗もできなかった。

ラルフがアランを制した。「その必要はない。彼女は喜んでいうことを聞くさ」

「冗談じゃないわ」彼女はいい返した。

「短剣を返してやれ、アラン」

アランが不満そうにナイフを逆さまにし、刃のほうを持って差し出した。

グウェンダはナイフをひったくると、弾かれたように立ち上がった。「わたしを殺してもいいのよ。でも、そのときは、どちらか一人を道連れにするわ。見てなさい」彼女はいった。

そして後ろに下がり、いつでも戦えるように、ナイフを持った腕を伸ばした。

アランが行く手を阻もうと、扉のほうへ移動した。

「好きにさせろ」ラルフがいった。「どこへも行けるもんか」

なぜラルフは自信たっぷりなのだろう。でも、それは大間違いよ。この小屋を出て、できるかぎり速く走って逃げ、倒れるまで止まらないんだから。

アランが動くのをやめた。

グウェンダはあとずさって扉にたどり着くと、背中に手を伸ばし、単純な造りの木の閂を持ち上げた。

ラルフがいった。「ウルフリックは知らないんだろう」

グウェンダは凍りついた。「何のことを？」

「おれがサムの父親だということをだ」

グウェンダの声はささやくように小さくなっていた。「知らないわ」

「知ったらどんな気持ちになるかな」

「死んでしまうかもしれないわ」

「そうだろうな」

「お願い、いわないで」彼女は懇願した。

「いいとも。おれのいうことを聞くんならな」

わたしに何ができるだろう。ラルフが性的にわたしに惹かれているのはわかっていた。必死だったわたしはそれを利用して、彼に会うために州長官の屋敷に入った。その昔のベル・インでの出会いは、わたしには吐き気のするような思い出だが、彼の記憶には黄金の瞬間として残り、きっと時が経つにつれて膨らんだのだろう。あの瞬間を思い起こすように彼を仕向けたのはわたしなのだ。

これはわたしのまいた種なのだ。

誤解を解くことはできないだろうか。「わたしたちはもうあのころとは違うのよ」グウェンダはいった。「純粋な少女にはもう戻れないわ。あなたも娼婦を相手にしたらどう？」

「娼婦なんぞに用はない。おまえがほしいんだ」

「駄目よ。お願い」彼女は涙をこらえた。

ラルフは聞く耳を持たなかった。「服を脱げ」

彼女はナイフを収め、ベルトを外した。

89

マーティンは目が覚めると、すぐにローラのことを思った。いなくなってから三カ月がたっていた。彼はグロスター、モンマス、シャフツベリー、エクセター、ウィンチェスター、ソールズベリーの当局者へ手紙を書いた。主要都市の長老参事（オールダーマン）からの手紙がおろそかに扱われることはなく、すべてに対して丁寧な返事が戻ってきた。助けにならなかったのはロンドンの市長だけで、街にいる少女の半分は父親から逃げてきており、彼女たちを家に帰すのは市長の仕事ではないというのが答えだった。

マーティンはシャーリング、ブリストル、メルコムを自分で訪ねた。すべての宿屋をまわり、主人にローラの外見を説明した。だれもが、ジェイクやジャックやジョックという名前の端正な顔だちの不良を連れた、黒髪の若い女はたくさんいるだろうといった。しかし、マーティンの娘を見たと確信を持てる者はだれもいなかったし、ローラという名前を聞いた者もいなかった。

ジェイクの友だちの何人かも恋人と姿を消していて、女性はみんなローラよりいくつか年上だった。

ローラは死んでいるかもしれなかった。それはわかっていた。しかし、希望を捨てることはできなかった。ペストにかかったとは考えにくかった。新たな大流行が町や村を襲い、十歳以下の子供のほとんどが感染していた。ローラやマーティンのような最初の流行の生存者は、何かの理由でこの病に抵抗する力を持っていて、とても珍しい例ではあるけれども、彼のように快復する場合もあって、今回も感染する心配はなかった。しかし、家出をした十六歳の少女にとってはペストは危険の一つにすぎず、娘はどうしているのだろうと考えると、悪い想像はどこまでも膨らんで、夜な夜なマーティンを苦しめた。

ペストに破壊されていない町はキングズブリッジだけだった。病が影響を与えたのは旧市街の百軒に一軒程度だと、町の門の向こう側にいるマッジ・ウェバーと大声で会話を交わしたことでも、それは理解できた。壁のなかのオールダーマンの仕事はマッジがしていて、マーティンは外での業務をこなしていた。キングズブリッジの郊外やほかの町では、大体五人に一人の割合で感染していた。キングズブリッジはカリスの方法でペストに打ち勝ったのだろうか。それとも、到来が遅れているだけなのか。しつこく残って、いつかは彼女の防壁を乗り越えてやってくるのだろうか。そして、最後には前回のようにひどい破壊をもたらすのか。ただ、それが何カ月後なのか、何年後なのかは、きてみないとわからなかった。

マーティンはため息をつき、孤独なベッドから起き上がった。町が閉鎖されてから、カリスに会っていなかった。彼女は彼の家と目と鼻の先にある施療所に住んでいたが、建物の外に出られなかった。入るのは自由だが、出るのは禁じられていた。仲間の修道女と同じ環境で働かなければ信頼性を失うと結論を出したために、残るしかなかったのだ。

人生の半分を彼女と離れて過ごしているように感じられ、いつまでたってもそれに慣れることができなかった。それどころか、中年になったいまのほうが、若かったころよりさらに彼女を求めるようになっていた。

家政婦のエムはマーティンより先に起きていて、台所で兎の皮を剝いでいた。彼はパンと薄いエールを朝食にして家を出た。

島を横断している道は、すでに日用品を積んだ荷馬車と農民で混み合っていた。マーティンと助手たちは、農民一人一人と話をした。決められた値段の標準的な製品を持ってきた人々は簡単だった。マーティンは彼らに、内側の橋を渡り、門の鍵のかかった扉の前に品物を置くように指示を出し、荷を空にして戻ってきた彼らに代金を支払った。果物や野菜などの季節の生産物を持ってきた者とは、運ばせる前に交渉した。特別な委託貨物については、何日も前に注文をしたときにすでに交渉が終わっていた。革取引に使われる革、アンリ司教の命令で塔の建築を進めている石工のための石、宝石職人への銀、そして、町の製造業者への鉄、鋼、麻、材木である。製造業者たちはほとんどの客から一時的に隔離されていたが、仕事をつづけなければならなかった。そして、最後に一度かぎりの荷物があり、これに関してマーティンは、町のだれかの指示を仰がなければならなかった。今日待っていたのは、町の仕立屋に売りたいとイタリアの絹織物を持ってきた商人、食用にされる一歳の雄牛、そして、ウィグリーからきたデイヴィッドだった。

マーティンはデイヴィッドの話を聞いて驚き、セイヨウアカネの種を買って栽培して、高価な染料を生産するという大胆な行動力に感心した。ラルフに計画をつぶされそうになったと聞いても驚きはしなかった。ラルフは多くの貴族と同じで、生産や商業と関連するものを軽蔑していた。しかし、デイヴィッドには度胸と賢さがあり、諦めなかった。粉屋に代金まで支払って、乾燥した根を粉にしてもらっていた。

「粉屋が作業後に石臼を洗ったときに、飼い犬が流れ出た水を飲んだんです」デイヴィッドはマーティンに話した。「犬は一週間、赤いおしっこをしつづけたんですよ。この染料には自信があります！」

デイヴィッドは、それが貴重なセイヨウアカネの染料だと信じて、小麦が入っていた古い四ガロンの袋に染料を詰め、手押車に乗せて運んできたのだった。

マーティンは袋の一つを門に持ってくるようにいった。二人が門に着くと、彼は反対側にいる警備員に声をかけた。見張りが胸壁から顔を覗かせた。「この袋をマッジ・ウェバーに渡してくれ」マーティンは叫んだ。「直接本人に手渡してもらえないか？」

「わかりました、オールダーマン」見張りが答えた。

いつものように、町でペストに感染した何人かが、家族によって島に運ばれてきていた。いまでは大半の人々がペストの治療法はないとわかっていて、愛する人の死を静かに見守っていたが、なかにはそれを知らない者や、カリスが奇跡を起こしてくれると期待する者もいた。町の門に置かれる日用品のように、病人は病院の外に置き去りにされた。修道女たちは夜、家族がいなくなってから、外にいる病人を迎えに行った。たまに運のいい患者が元気になって出てくることもあったが、ほとんどは後ろの扉から出て、施療所の建物から遠くにある新しい墓に埋められた。

昼になり、マーティンはデイヴィッドを正餐に招いた。兎のパイと豌豆を食べながら、デイヴィッドは、昔から母親と敵対している女性の娘を愛してしまったと打ち明けた。「母がアネットを憎む理由は知らないけど、すべてはずっと昔の話で、ぼくとアマベルには関係のないことですよ」彼は親の不合理さに憤りを感じる若者らしく訴え、マーティンが同情してうなずくのを見て訊いた。「あなたのご両親も同じように邪魔をしましたか？」

マーティンはちょっと考えた。「そうだな、ぼくはスクワイアになり、死ぬまで騎士として王のために戦いたかった。両親がぼくを大工の徒弟にしたときはやるせなかったよ。でも、ぼくの場合はそれでよかったんだ」

その秘話を聞いて、デイヴィッドはうれしくなさそうだった。

午後になると、島側からの橋への通行が閉鎖され、町の門が開かれた。運搬人の一団が出てきて置かれていた荷を運び込み、町の所定の場所へ配るのである。

マッジから、染料についてのメッセージはなかった。

この日、マーティンのところに二人目の訪問者があった。夕方近くなり、取引が静かになってきたころ、クロード司教座聖堂参事がやってきたのだ。

クロードの友人であり、支援者でもあるアンリ司教は、モンマスの大司教に就任することが決まった。しかし、キングズブリッジの司教の後任がまだ選ばれていなかった。クロードはその職を希望し、サー・グレゴリー・ロングフェロウに会いにロンドンへ行ったのである。彼はモンマスに帰るところで、とりあえずはアンリの右腕として仕事をつづける予定だった。

「王は聖職者の徴税に関するフィルモンの考えを気に入っておられる」と、彼は冷たい兎のパイと、マーティンが出した最高級のガスコーニュ・ワインを味わいながらいった。「年配の聖職者は、解剖に対する説教と聖母礼拝堂を造る計画にも賛成している。しかし、グレゴリーはフィルモンを嫌っているんだ。信用できないとね。結果をいうと、王は結論を先延ばしにされた。キングズブリッジの修道士たちが森の聖ヨハネ修道院へ逃げているのでは、選挙は行なえないというのがその理由だ」

マーティンはいった。「王はペストが流行し、町が閉鎖されているときに司教を選んでも意味がないとお考えなのでしょうね」

クロードが同意してうなずいた。「でも、私はあることを達成したよ。小さなことではあるがね」彼はつづけた。「ローマ法王のイングランド特使の席に空きがあるんだ。任命されたら、アヴィニヨンに住まなければならない。それで、フィルモンを推薦してみたんだ。グレゴリーもその考えには興味津々のようだった。少なくとも却下はしなかった」

「いいじゃないですか！」フィルモンが遠くへ送られるという考えは、マーティンの気持ちを明るくした。クロードをなんとか援護できないかと思ったが、すでにギルドはグレゴリーへの支援を約束していたから、これ以上の余裕がなかった。

「もう一つ知らせがあるんだ。実は悲しい知らせなんだがね」クロードがいった。「ロンドンへ行く途中、森の聖ヨハネ修道院に寄ったんだ。アンリはいまも事実上の修道院長だから、許可なしに逃げ出したフィルモンに注意を与えに行ったんだよ。だが、フィルモンはカリスの予防措置を盾に取って、私を入れてくれなかった。だから、扉越しに話すしかなかったんだが、いまのところ、修道士たちはペストを逃れているようだ。しかし、あなたの友人のブラザー・トマスは老衰で亡くなったそうだ。残念だよ」

「神よ、彼の魂をお守りください」マーティンは悲しかった。「最後は弱っていましたからね。少し呆けてもいたし」

「きっと聖ヨハネ修道院へ動かしたのがまずかったんだろう」

「トマスはぼくが若い大工だったころに励ましてくれたんです」

「ときに神は善人を私たちから奪い、悪人を残される。不思議だな」

クロードは翌朝早く出発した。

マーティンが日々の雑務をこなしていると、荷馬車屋の一人が町の門からメッセージを持って戻ってきた。マッジ・ウェバーが胸壁の上でマーティンとデイヴィッドと話したがっているというのだった。

「ぼくのセイヨウアカネを買ってくれるんでしょうか？」二人で橋を渡りながら、デイヴィッドが訊いた。

マーティンには予想がつかなかった。「そう願うね」

閉まった門の前に並んで立ち、上を見上げた。マッジが壁から身を乗り出し、下に向かって叫んだ。「どこで手に入れたの？」

「ぼくが育てました」デイヴィッドは答えた。

「あなたはだれ？」

「ウィグリーのデイヴィッドです。ウルフリックの息子です」

「あら、グウェンダの息子さん？」

「はい。次男のほうです」

「そう、あなたの染料を試したわ」

「ちゃんと染まりますよね？」デイヴィッドが勢い込んで訊いた。

「とても薄いのよ。根を丸ごと粉にしたの？」

「ええ。ほかにどうしろと？」

「すりつぶす前に、外の皮を剝がさなければならないのよ」

「知らなかった」デイヴィッドががっかりした。「染料は使い物になりませんか？」

「いったでしょう？　薄いのよ。純粋な染料の値段は支払えない」

デイヴィッドがあまりにも悲惨な顔をしたので、マーティンはかわいそうになった。

マッジが訊いた。「どれぐらい持ってきているの？」

「すでにお渡ししたのと同じ四ガロンの袋があと九袋あります」デイヴィッドは元気なく答えた。

「通常の半額を支払うわ。一ガロンが三シリングと六ペンス。一袋十四シリングだから十袋でちょうど七ポンドになる」

一気にデイヴィッドの顔が晴れた。マーティンはカリスも一緒にこの瞬間を味わえたらよかったのにと思った。「七ポンド！」デイヴィッドが繰り返した。

彼ががっかりしたのだと思い、マッジはいった。「それ以上は無理よ。色の濃さが足りないんだから」

しかし、七ポンドはデイヴィッドにとって大金だった。労働者の数年分の給料に値するのだ。彼はマーティンを見ていった。「金持ちになった！」

マーティンは笑って忠告した。「一度に全部使ったりするんじゃないぞ」

翌日は日曜だった。マーティンは島独自の小さな教会――治療者を守護聖人に持つ、ハンガリーの聖エルジェーベト教会――に礼拝に行った。そのあと家に帰り、庭師の小屋から頑丈な樫材の鍬を出して肩に担ぐと、郊外へ通じる側の橋を渡って、自分の過去へと入っていった。

三十四年前にカリスとラルフ、グウェンダと通った森の道を思い出そうとした。だが、難しそうだった。森のなかには鹿の獣道しかなかった。当時の苗木は大木となり、大きな樫の木は王の樵に切り倒されていた。それでも驚いたことに、見憶えのある目印が残っていた。

十歳のカリスが膝をついて水を飲んだ、地面から流れ出る湧き水や、彼女が天から降ってきたに違いないといっていた大きな石、それに、彼女がブーツに泥をつけてしまった、下が沼地になった急な斜面のある谷などだ。

歩いていると、子供のころのあの日の記憶がどんどん鮮明になっていった——犬のホップがついてきたこと、グウェンダが犬を追いかけてきたこと。そして、カリスが自分の冗談を理解してくれてうれしかったこと。カリスの前で、自分が作った弓を持ち、自分がどれだけ役立たずだったことか。それに較べて、弟はいとも簡単に武器を使いこなしていた。それを思い出すと、顔が赤くなった。

何よりも印象に残っているのは、少女のころのカリスだった。彼らはまだ子供だったが、それでも彼女の鋭さと大胆さ、そして、あの小さなグループの主導権を握った彼女に魅了された。それは愛ではなかったが、愛に似ていなくもなかった。

思い出に夢中になりすぎて道を見ていなかった彼は、方向がわからなくなってしまった。まったく知らない場所にいるような気がしてきた。ところが、突然目の前が開けて、自分が正しい場所にいるのだとわかった。草木は昔よりも生い茂り、樫の木の幹は太くなり、木々の隙間には、一三二七年の十一月と違って、夏の花が陽気に咲き乱れていた。しかし、疑いの余地はなかった。それは久しぶりに見る顔と同じで、変わってはいても間違えようがなかった。

もっと背が低く痩せていたマーティンは、草を踏みつけて飛び出してくる大きな男から隠れるためにあの茂みへ這い込んだ。トマスは疲れきって喘ぎながら、樫の木を背にして立ち、剣と短剣を引き抜いたのだった。

あの日の出来事を想像力で再現した。黄色と緑のチュニックを着た二人の男がトマスに追いつき、手紙を渡せと迫った。トマスは茂みに目撃者が隠れているといって、男たちの注意をそらした。あのときは、トマスも自分たちも殺されると確信した。だが、わずか十歳のラルフが、後々フランスとの戦争で役立つことになる素早く破壊的な反射神経で、武装した男の一人を殺したのだった。もう一人の男はトマスが片づけたが、キングズブリッジ修道院の病院の手当てにもかかわらず、というか、もしかするとその手当てのせいで、左腕を失う大きな傷を負ってしまった。そして、マーティンはトマスが手紙を埋めるのを手伝ったのだ。

「ここがいい」と、トマスはいった。「この樫の木のすぐ前だ」

あの手紙には秘密が隠されていたんだ、とマーティンは確信していた。あまりにも影響力のある秘密だったので高位の人々が恐れるほどの秘密が。その秘密自体がトマスを守っていたが、それでも、彼は自分の身を守るために修道院で生涯を過ごさなくてはならなかった。

「私が死んだと聞いたら」トマスは少年のマーティンにいった。「この手紙を掘り出して、聖職者に渡してもらいたいんだ」

大人になったマーティンは、鍬を持ち上げてそこを掘りはじめた。

トマスが望んでいるかどうかはわからない。手紙を掘り出すのはトマスが殺された場合であり、五十八歳で自然死したときではなかった。それでも手紙を掘り起こすべきだろうか。

マーティンにはわからなかった。どうするかは手紙を読んでから決めようと思っていた。何よりも、手紙の内容を知りたかった。

袋を埋めた場所の記憶が完璧でなく、最初に掘り起こした場所は違っていた。しばらく掘って、間違いに気づいた。穴はわずか一フィートほどだったはずだ。間違いない。

少し左を掘ってみた。

今度は正しかった。

一フィート掘ると、土ではないものに鍬が当たった。それは柔らかかったが、貫通しなかった。鍬を横に置き、指で穴を掘った。古くなり、朽ちかけた革の一部が指に触れた。そっと土をどけて、穴から出した。あのとき、トマスがベルトにつけていた財布だった。

泥だらけになった手をチュニックで拭いて、財布を広げた。

なかには油を塗った毛織りの袋が、いまも無事に残っていた。袋の口の引き紐を緩め、なかに手を突っ込んだ。そして、蠟で封印された羊皮紙の巻物を取り出した。

そっと扱ったつもりだったが、それでも、触れるとすぐに蠟がぼろぼろと崩れてしまった。

丁寧に指先を使って巻物を広げた。傷みはなかった。三十四年間も土に埋められていたのに、保存状態は悪くない。

すぐに、それは公式な文書ではなく、個人的な手紙であるとわかった。書記の熟練した筆記文字ではなく、教育を受けた貴族の、力のこもった走り書きだった。

マーティンは文面をたどりはじめた。書き出しはこうだった。

バークリー城のイングランド国王、エドワード二世から、信頼する家臣サー・トマス・ラングリーの手を介して、愛する長男エドワードに父として愛の手紙を送る。

マーティンは恐怖を感じた。この手紙は前の王から新しい王へのメッセージだ。手紙を持つ手が震えた。彼は顔を上げ、茂みの隙間からだれかが見ているのではないかと、周囲の緑を見回した。

愛する息子よ、まもなく私の死を知らされるであろう。しかし、それは事実ではないと知っておいてくれ。

マーティンは眉をひそめた。予期せぬ展開だった。

おまえの母で王妃、私が心から愛する妻は堕落し、シャーリング伯のローランドと彼の息子たちを取り込んで、ここに刺客を送り込んできた。トマスが前もって警告してくれ、刺客は殺された。

結局、トマスは殺し屋ではなく、王を救う側だったのだ。

一度私を殺し損ねたおまえの母は、当然また狙ってくるはずだ。私が生きているかぎり、王妃と悪い仲間は安心はできない。そこで私と背格好の似ている殺された刺客と服を交換し、死体が私のものだと誓って証言するように、何人かに金を握らせた。おまえの母は死体を見たら事実を知るだろうが、この話に乗ってくるだろう。なぜなら、私が死んだとなれば、彼女にとって脅威はなくなり、彼女に敵対する者や張り合おうとする者が、私の援助を求めることもできなくなるからだ。

マーティンは驚いた。国じゅうがエドワード二世は死んだと思っていた。ヨーロッパ全体が騙されていた。

しかし、その後、彼はどうなったのだろう。

私がどこへ行くつもりか、おまえに知らせるつもりはないが、母国イングランドをあとにし、もう戻るつもりはないことは知っておいてくれ。しかし息子よ、死ぬ前にもう一度おまえに会えることを祈っている。

なぜトマスはこれを届けずに埋めたのか。それは、自分の命を案じ、この手紙が身を守る切り札になると思ったからだ。イザベラ王妃は夫の死の偽りを受け入れた時点で、その事実を知る何人かを処理しなければならなくなった。マーティンはいまになって、まだ青年だったころ、ケント伯がエドワード二世は生きていると主張し、反逆罪で有罪となって、打ち首にされたのを思い出した。

イザベラ王妃はトマスを殺すために男たちを送り、彼らはキングズブリッジのすぐ郊外でトマスに追いついた。しかし、トマスは十歳のラルフに助けられて、男たちを始末した。そののち、トマスはすべての策略をばらすと脅迫したに違いない。その夜、キングズブリッジ修道院の施療所で横になりながら、トマスは王の手紙という証拠を持っていたのだ。実際、彼は王の手紙というトマスは王妃と、というよりは、おそらくローランド伯爵と彼の息子たちと、彼らを王妃の代理人として交渉したのだろう。彼は修道士として受け入れてもらえるなら秘密を守ると約束した。修道院にいれば安全だと思ったのだ。万が一王妃が約束を破った場合に備えて、手紙は安全な場所にあり、彼が死んだら発表されるといった。王妃は彼を生かしておくしかなくなった。

当時の修道院長のアントニーは、これについて何か知っていたに違いない。死に際にマザー・セシリアに話し、彼女もまた、臨終のときに、その話の一部をカリスに明らかにした。人々は何十年でも秘密を隠すことはできるけれども、死が近づくと話さずにはいられないものなのだ。トマスを修道士として受け入れる代わりに、リン農場を修道院に譲渡するという証拠文書は、カリスも見ている。マーティンはいまになって、この文書についての鋭い質問が、なぜあれほど問題になったのかが理解できた。サー・グレゴリー・ロングフェロウは、ラルフをけしかけて修道院に潜入させ、修道女の譲渡証書をすべて盗みだし、手紙を見つけ出そうとしたのだ。

この羊皮紙の破壊的な威力は、時の経過とともに衰えただろうか。イザベラは長い人生を歩んだが、三年前に死んだ。エドワード二世も確実に死んでいるだろう。もし生きていたとしたら、いまでは七十七歳になる。エドワード三世は、世界じゅうが死んだと信じていた父親が生きていたという事実が暴露されるのを恐れるだろうか。彼はいまでは王として揺るぎない地位を確立していたが、きまり悪さと恥をかくのは確かだ。

では、ぼくはどうするべきなのか。

マーティンは森の草深い地面に生える花のあいだにしばらく立ちつくしていた。そして、ついに羊皮紙を巻くと、袋に入れ、袋を財布のなかに戻した。

財布を地面に戻すと、穴を埋め直した。間違えて掘った穴も元に戻した。そして、両方の穴の上の土を平らにならした。茂みから葉をむしり取り、樫の木の前にばらまいた。一歩下がって、自分の仕事を眺めた。満足だった。掘り起こした跡は、一見しただけではわからなくなっていた。

彼は空き地に背を向け、家へ帰った。

90

八月も終わるころ、ラルフ伯爵は長年彼の右腕となっているサー・アラン・ファーンヒルと、息子だと知らされたサムを連れて、シャーリング周辺の所有地を巡回していた。成人した息子を同行できるのが嬉しかった。ほかの二人の息子のジェラルドとローリーは、こうした仕事をさせるにはまだ小さかった。サムはラルフが父親であることを知らない。ラルフはそれを内心で喜んでいた。

しかし、領地を見てまわりながら目にしたのは、恐ろしい光景だった。何百という農民たちが息絶え、あるいは、瀕死の状態にあった。畑の穀物は収穫されないまま放置されていた。次から次へ領地を馬で移動するにつれて、ラルフは憤懣やるかたない思いを募らせていった。供の者たちはラルフの罵声を聞いて恐れおののき、馬も驚いて興奮した。

それぞれの村では、農民たちに保有地があるのと同様に、ある一定の土地が伯爵専有地となっていた。農民たちはその土地で、一週間のうち一日、伯爵のために働くよう義務づけられ、伯爵の使用人たちと一緒に畑を耕さなければならなかった。この周辺の土地は最もひどかった。伯爵の使用人は多くが死に、伯爵のために働いていた農民のなかにも、その犠牲になった者がいた。ほかの農民たちもペストが終息すると、より条件のいい借地を探した。農民はもはや領主のために働く必要がなくなっていた。つまり、労働者を雇おうにも人手を確保できなかったのだ。

　ウィグリーに着くと、ラルフは領主の屋敷の裏に回り、大きな納屋を覗いた。この時期であれば製粉するばかりの穀物で一杯のはずが空っぽで、干し草を積んでおく屋根裏では、猫が子を産んでいた。

「いったい、おれたちのパンはどうしてくれるんだ？」ラルフはネイサン・リーヴに怒鳴った。「エールにする大麦もないのでは、何を飲んだらいいんだ？　いいか、対策を考えておけ」

　ネイサンがぶっきらぼうに応えた。「土地の区分けをまたやり直すしかないですな」

　ラルフはその無作法な言い方に驚いた。ネイサンはいつもおべっかばかり使っていたのだ。若いサムをじろりと睨みつけたネイサンを見て、ラルフはこのごろつきの態度が豹変した理由がわかった。息子のジョノをサムに殺されたのを根に持っているのだ。ラルフはサムを罰する代わりに赦し、スクワイアに取りたてた。ネイサンが怒るのも無理はない。

　ラルフはいった。「この村にも、余分な土地を耕せる若者が一人や二人はいるだろう」

「まあ、いないわけじゃないですがね、なにしろ登記料を払いたがらないんでね」ネイサンがいった。

「ただで土地を手に入れたいといっているのか？」

「そうです。土地はあり余るほど持ってるが働き手がないのを知っているんですよ。交渉するにしても、自分たちの立場のほうが強いとわかっているんです」

昔なら、ネイサンは驕り昂ぶった農民どもをすぐにも罵ったものだが、いまではラルフが苦しい立場に立たされているのを楽しんでいるように思えた。

「まるで、イングランドを支配しているのは貴族ではなくて、自分たちだといわんばかりじゃないか」ラルフは怒っていった。

「面目もありません」ネイサンの言い方はさっきよりは礼儀正しかったが、陰険な表情が顔一面に広がっていた。「いい例がウルフリックの息子のデイヴィッドで、あいつはアマベルと結婚し、彼女の母親が持っている土地を譲り受けようと考えてるんです。しかし、これは筋が通ってます。なにしろ、アネットはいま借りている土地を管理できないでいますからね」

サムが口を開いた。「うちの両親が登記料なんか払うわけがない――あの結婚には反対なんだ」

ネイサンがいった。「だが、デイヴィッドなら払えるだろう」

ラルフが驚いて尋ねた。「なぜだ？」

「森で新たに育てた作物を売ったんですよ」

「セイヨウアカネか。徹底的に踏みつけてやらなかったがな。それで、懐にはいくら入ったんだ？」

「さあ、それはだれにもわかりません。でも、グウェンダは若い牝牛を買ったし、ウルフリックも新しいナイフを手に入れた……それにアマベルだって、日曜の教会に黄色のスカーフをしてきてました」

ネイサンは多額の賄賂をもらったに違いない、とラルフは思った。「デイヴィッドが私のいうことに従わなかったのに、やつに報いてやるのははなはだ意に反するが、そんなことはいってられん。彼に土地を持たせたらいい」

「両親の反対を押し切って結婚するんですから、特別な許可が必要でしょう」

以前、デイヴィッドがその許可をラルフに求めてきたことがあったが、彼はそれを拒否したのだった。しかし、それは農民がペストでこれほど大勢死ぬ前の話だ。そのときの決断を変えたくはなかったが、それほど高くつくものでもない。「彼に許可を与えよう」ラルフはいった。

「承知しました」

「いや、一緒に彼のところに行こう。私がじかに伝える」

ネイサンは驚いたが、もちろん反対はしなかった。

実をいうと、ラルフはグウェンダにもう一度会いたかった。彼女にはどこかラルフを夢中にさせるところがあった。彼女と最後に会ったのは小さな狩猟小屋だったが、それだけでは満足していなかった。あれから何週間ものあいだ、何度グウェンダのことを思い出しただろう。最近では、若い娼婦や宿屋の娘や使用人と寝ても満足できなくなっていた。あの女どもは口説くと喜んだ振りをするが、金がもらえるからそうするだけなのだ。ところが、グウェンダは憎しみを隠そうともせず、触られただけで身震いする。矛盾するようだが、それがラルフを喜ばせた。グウェンダの直情的な態度は、それだけに、嘘偽りのない本物だったからだ。狩猟小屋で会った後、ラルフはグウェンダに銀貨の入った財布をやったが、彼女はそれを投げて返した。その勢いがあまりに強かったので、胸に痣ができたほどだった。

「彼らはいまブルックフィールドにいて、収穫した大麦を広げています」ネイサンがいった。

「そこへ案内しましょう」

ラルフの一行がネイサンに案内されて村を出、小川の岸伝いに進んでいくと、大きな畑の端に出た。ウィグリーではいつも強い風が吹くが、その夏の日の風は穏やかで、柔らかくて温かいグウェンダの胸を思わせた。

細長く区画された畑は、収穫されているところもあるにはあったが、カラス麦はすでに育ちすぎ、大麦の畑には雑草がはびこり、ライ麦畑などは刈り入れたものの束ねられずに、地面に散乱していた。この様子を見て、ラルフはひどく失望した。

財政上の問題は、一年前にすべて終わったはずだった。というのは、ラルフはフランスとの最近の戦争でヌーシャテル侯爵を捕虜として連れ帰り、五万ポンドの身代金を要求したのである。ところが、侯爵の家ではその金を集められなかった。ポワチエの戦いでプリンス・

オヴ・ウェールズが捕らえた、フランス国王ジャン二世の場合と同じだった。ジャン王は公には四年間、ロンドンで捕虜として過ごすことになっているが、実際にはランカスター侯爵が建てたサヴォイ新宮殿で何不自由なく日を送っていた。王の身代金は減額され、しかも、まだ全額が支払われていない。ラルフはアラン・ファーンヒルをヌーシャテルへ派遣して、捕虜の身代金の交渉に当たらせた。アランは金額を二万ドルまで引き下げたが、それでもまだ、侯爵家は身代金を払えなかった。そうこうしているうちに、侯爵がペストで死んでしまった。またしてもラルフは金に不自由するはめになり、収穫のことで頭を抱えなくてはならなかった。

ちょうど昼時だった。農民たちは畑の端で食事をとっていた。グウェンダ、ウルフリック、デイヴィッドが木陰で地面に坐り、冷たい豚肉と生の玉ネギを食べていたが、馬が近づいてきたので、だれもがびっくりしたようだった。ラルフはグウェンダ一家のところへ行き、ほかの者を人払いした。

グウェンダは身体の形を隠す、たっぷりした緑色の服を着ていた。髪をひっつめに結んでいたので、顔はいつも以上に鼠のように見えた。両手が汚れ、爪に泥が入り込んでいた。それでも、ラルフはグウェンダを見ると、これからされようとしていることに嫌悪感を抱きながらも諦めの表情を浮かべ、一糸纏(まと)わぬ姿で彼を待っている彼女を想像して興奮を覚えた。

ラルフはグウェンダから彼女の夫に視線を移した。ウルフリックは落ち着いた眼差しでラルフを見返した。挑戦的でもなければ、怯えている様子もなかった。黄褐色の髭にはさすがに白いものが混じるようになっていたが、ラルフが切りつけた剣の傷跡を隠すまでには伸びていなかった。「ウルフリック、おまえの息子はアマベルと結婚して、アネットの土地を相続したいそうだな」

とっさにグウェンダが答えた。話しかけられないのに話してしまう癖がまだ抜けていなかった。「わたしから息子を一人奪っておいて――今度はもう一人も連れていこうというの？」

ラルフは無視した。「借地相続税はだれが払うんだ？」

ネイサンが付け加えた。「三十シリングだぞ」

ウルフリックがいった。「三十シリングなんて持っていない」

デイヴィッドが落ち着いた声で答えた。「ぼくが払います」

こいつはセイヨウアカネの収穫でよっぽど儲かったに違いない、これだけ多額の支払いにも涼しい顔をして答えられるんだからな、とラルフは考えた。「よし」ラルフはいった。「その場合は――」

デイヴィッドがラルフをさえぎっていった。「ただし、条件によります」

ラルフは顔が上気するのを感じた。「どういう意味だ？」

ネイサンがまた口を挟んだ。「もちろん、アネットがその土地を所有していたのと同じ条件だ」

デイヴィッドがいった。「それでしたら感謝します、伯爵。ですが、ぼくはその親切な申し出を受けられません」

ラルフは訝った。「いったいおまえは何をいってるんだ？」

「伯爵、ぼくはあの土地を相続したいと思っていますが、賃貸料を払う自由な農民にしていただきたいのです。慣例となっているような相続税を払うのではなくて」

アランが脅すようにいった。「おまえはシャーリング伯と駆け引きをするつもりか。若造のくせに生意気な」

デイヴィッドは一瞬怯んだが、すぐに臆することなくつづけた。「怒りを買いたいのではありません、伯爵。ただ、作物を作って自由に売りたいのです。ネイサン・リーヴが市の値段に関係なく選んだものを作っていたくないのです」

デイヴィッドはグウェンダの頑固なところを受け継いだな、とラルフは思った。そして、怒声を発した。「ネイサンの言葉は私の言葉だ！　それとも、おまえは伯爵であるこの私より物知りだと思っているのか？」

「お赦しください、伯爵。でも、あなたは畑を耕したことも、市にいらしたこともないでしょう」

アランの片手が剣の柄に伸びた。ウルフリックが地面に置かれた草刈り鎌にちらりと目をやるのが、ラルフの目に入った。鋭い刃が陽の光に輝いた。反対側では、若いサムの馬が乗り手の緊張を感じ取って神経質になっていた。ラルフは考えた。ここで争いになった場合、サムは主人につくのだろうか、それとも家族につくのだろうか？

ラルフは争いたくなかった。収穫した作物を手に入れたい。農民を殺したりしたら、それはもっと困難になる。ラルフはアランに合図して思いとどまらせた。

「ペストのせいで、忠誠心も地に墜ちたものだ」ラルフはうんざりしていった。「おまえの望むものをくれてやろう、デイヴィッド、私の義務だからな」

デイヴィッドの口のなかはからからに乾いていた。彼はごくりと唾を飲み込んでいった。

「書状にしていただけますか、伯爵？」

「謄本土地保有権まで要求するつもりか？」

デイヴィッドは口に出すのも恐ろしくて、ただうなずいた。

「おまえはこの私の言葉が信用できないというのか？」

「いいえ、伯爵」

「それでは、なぜそんな文書が必要なんだ？」

「将来の不安をなくしておくためです」

謄本土地保有権を求める場合、だれもがそういう。借用書があれば、領主といえども文言を簡単に変えられないからだ。ラルフはこれ以上譲歩したくなかったが、収穫した穀物を手に入れるには、ほかに方法がなかった。

そのとき、この機会を利用して欲しかったものを手に入れる方法を思いついて、ほくそ笑んだ。

「わかった。それでは借用書を与えよう。しかし、収穫の最中、畑をほったらかしにしてもらっては困る。来週、おまえの母に私の城まで書類を取りにきてもらうとしよう」

焼けつくように暑い日、グウェンダは領主の城へと歩いていた。彼女にはラルフが求めているものが何なのかわかっていたし、それを思うと惨めだった。城に通じる跳ね橋を渡るとき、自分の苦境を鳥の群れが嘲笑っているように思われた。

太陽が情け容赦なく城壁に照りつけ、その城壁が吹く風をさえぎっていた。スクワイアたちは厩舎の外で何かの遊びに興じている。そこにはサムもいたが、遊びに熱中していて、グウェンダには気づかなかった。

彼らは一匹の猫を、目の高さの位置で柱に縛りつけていた。猫は頭と四肢は動かせる状態だった。スクワイアは両手を背中で縛ったままで、猫を殺さなくてはならないのだ。グウェンダはこの遊戯を前にも見たことがあった。スクワイアが目的を達成するには、哀れな猫に頭突きを食らわせるしかないのだが、猫のほうも打ちかかってくるスクワイアの顔をひっかいたり嚙みついたりして、必死に抵抗する。挑戦者は年のころ十六歳くらいの少年で、柱のまわりを行ったりきたりしては、恐怖に駆られた猫に睨みつけられていた。急に少年が頭を突き上げた。額が猫の胸元に激しく当たったが、猫も爪を剝きだし、むやみやたらに引っ掻いた。少年が悲鳴を上げ、後ろに跳び退いた。頰から血が流れ、それを見ていたスクワイアがいっせいに笑い声を上げた。怒りに火がついた少年はふたたび柱に駆け寄り、またもや頭突きを浴びせようとした。ところが、さっきよりひどく引っ掻かれて頭からも血を流し、まわりの者たちをますます喜ばせた。三回目はさすがに用心するようになった。近づいて攻撃すると見せかけて一拍ずらしたために、猫は宙を引っ掻くはめになった。その隙に、少年は注意深く猫の頭めがけて一発お見舞いした。猫の口と鼻から大量に血が流れ、意識を失って、がっくりと頭を垂れた。それでも息をしていたが、少年はとどめを刺し、見ていた者は歓声を上げて手を叩いた。

グウェンダは吐き気がした。猫は好きではなかった——犬のほうがいい——が、無力な動物がいじめられるのを見るのは不愉快だった。少年たちがこういったことをするのは、戦いで人に重傷を負わせたり、殺したりするための練習なのだろう。そうはいっても、ここまでしなければならないのだろうか？

グウェンダは息子に声をかけずに歩いていった。汗だくになりながら二番目の橋を渡り、上層へつづく階段を上った。大広間の涼しさがありがたかった。

サムに姿を見られなくてよかった。できるだけ彼に会わないでいたかった。何かあるのではないかと勘ぐられたくなかったのだ。彼は敏感なほうではないが、それでも、母親が苦しい立場にあれば感づくかもしれない。

グウェンダが大広間にいた者に用向きを伝えると、伯爵に取り次ぐので待つようにいわれた。「レディ・フィリッパはいらっしゃるのですか？」グウェンダは願いを込めて尋ねた。妻がいれば、さすがのラルフも自制するのではないか。

しかし、相手は首を横に振った。「奥さまはお嬢さまと一緒にモンマスへ行っていらっしゃいます」

グウェンダはきっぱりうなずき、気持ちを落ち着かせようとした。狩猟小屋でのラルフとの出来事を思い出さずにはいられなかった。大広間の殺風景な灰色の壁を見ている彼女の脳裏に、期待に口を半ば開き、彼女が服を脱ぐのをじっと見つめるラルフの姿が浮かんできた。愛する男性との肉体の結びつきが喜びであるように、憎しみを抱いている相手との関係は嫌悪以外のなにものでもない。

二十年前、ラルフに陵辱されたとき、頭では嫌悪しつつも、身体はそれとは裏腹に、肉体的な喜びを抑えられなかった。無法者のアルウィンと森で出くわしたときもそうだった。しかし、この前ラルフと狩猟小屋で会ったときはそうではなかった。たぶん年齢のせいだろう。若いときは欲望に満ち、自然と肉体が反応してしまった——たとえ恥辱だと思っていても、どうにもならなかった。すっかり成熟したいまでは、身体があのときのように過敏に反応することはなかった。少なくとも、それだけはありがたかった。

広間のはるか端にある階段は、伯爵の執務室に通じていた。騎士、家来、借地人、土地管理人といった者たちが、絶えず出たり入ったりしていた。一時間ほどして、グウェンダは入室を許された。

ラルフがこの場で肉体関係を強要してくるのではないかとグウェンダは恐れていたが、今日が執務日であるとわかってほっとした。彼のほかに、アランと、事務をつかさどる聖職者が二人、書類を前にテーブルについていた。聖職者の一人が、小ぶりの羊皮紙の巻物をグウェンダに手渡した。

彼女はそれを見なかった。読めなかったのだ。

「さあ」ラルフがいった。「これでおまえの息子は自由な借地人だ。昔から、おまえはそれが欲しかったんだろう」

ラルフのいうとおり、わたしは昔から自分が自由になることを望んでいた。それは叶わなかったけど、デイヴィッドがそれを手に入れた。つまり、わたしがこれまで生きていたことは無駄ではなかったのだ。わたしの孫たちは、自由で独立した身分を持つ。自分たちが選んだ作物を作り、借地代を払い、稼いだものはすべて自分のものになる。わたしが生まれつき背負わなければならなかった貧しさや空腹といった、惨めな経験を知らずにすむのだ。

それはこれまで苦労を重ねてきただけの価値があるのだろうか？　グウェンダにはわからなかった。

彼女は羊皮紙の巻物を受け取ると、出口へ向かった。

グウェンダが出ていこうとしたとき、アランが後を追いかけてきて低い声でいった。

「今夜はここに泊まるように。この広間にな」この広間は、城の住人たちが寝る場所だった。

「そして、明日昼の二時過ぎに狩猟小屋へ出向くように」

グウェンダは返事をせずに出ていこうとした。

アランが彼女の行く先を腕で制した。「わかったな？」

「ええ」彼女は低い声でいった。「昼過ぎに行くわ」

アランはグウェンダを通した。

グウェンダはその日の夜遅くなってから、やっとサムと話ができた。午後のあいだずっと、スクワイアたちは幾つもの乱暴な遊びをしていた。グウェンダは自分一人の時間を過ごせてうれしかった。涼しい広間に一人坐り、いろいろなことに考えを巡らせた。ラルフと肉体関係を持ったとしても大したことではないと、自分自身にいい聞かせようとした。もう処女でもない。結婚して二十年になるのだ。数えきれないほどのセックスをしている。数分我慢さえすれば、傷が残るわけでもない。あとはさっさと忘れればいい。

でも、きっと次がある。

そう考えると最悪だった。ラルフはいつまでもわたしと関係しつづけるだろう。サムの父親がだれかばらしてもいいのかという彼の脅しは、ウルフリックが生きているかぎりわたしを苛むのだ。

ラルフがわたしに厭きて、宿屋の若い女使用人の身体を求める日がくるだろうか。

「どうしたんだい？」夕方になってスクワイアが食事をしに戻ってきたとき、サムが訊いた。

「なんでもないわ」グウェンダは即座に答えた。「デイヴィッドが乳牛を買ってくれたのよ」

サムは少々妬んでいるように見えた。ここでの生活を楽しんではいたが、スクワイアに給料はない。そもそも、ほとんど金は必要なかった。食べるもの、飲むもの、住む場所、着るもの、すべてが支給された。だが、そうはいっても、若者なら少しでいいから自分の財布に金を持っていたいものだ。

彼らは間近に迫ったデイヴィッドの結婚式を話題にした。「母さんもアネットも、おばあさんになるわけだ」サムがいった。「アネットと仲直りしなくちゃな」「おまえはまだわかってないの？」

「馬鹿なことをいわないで」グウェンダはぴしゃりといった。

夕食が用意されると、ラルフとアランが執務室から現われた。城の住人たちと城を訪れた者たちが、みな大広間に集まっていた。料理人が三匹の大きな川魳（かわかます）の香草焼きを運んできた。グウェンダはラルフの席からずっと離れた、末席近くに坐っていた。ラルフは彼女のことなどまったく気にかけていなかった。

食事が終わると、グウェンダはサムの横に敷いた藁に横たわった。サムが幼かったときのように傍らで眠るのは気が休まった。あのころは、夜の静けさのなかで、子供の穏やかで満ち足りた寝息を聞いていた。うつらうつらしながら、二人の子供が両親の思いをよそに成長していったのを思った。わたしの父はわたしを品物のように売り買いしようとし、わたしはそれを頑として拒否した。いま、わたしの息子たちは、それぞれに自分の人生の道を歩みはじめている。どちらもわたしが用意してやった道ではない。サムは騎士になろうとしているし、デイヴィッドはアネットの娘と結婚しようとしている。子供たちが将来どうなっていくのかわかっていても、それでも、子供というのは持ちたいものなのだろうか？

グウェンダは夢を見た。ラルフの狩猟小屋へ行った夢だった。そこにはラルフの姿はなく、彼のベッドには猫がいた。この猫を殺さなければならないのに、彼女は後ろ手に縛られていた。そこで、猫が死ぬまで頭突きを食らわせた。

目が覚めたとき、ラルフを狩猟小屋で殺せないだろうかと考えた。はるか昔ではあるが、アルウィンを殺していた。ラルフを狩猟小屋で殺せないだろうかと考えた。あいつの短剣を喉元に突き刺し、ぐっと持ち上げて目に達するまで押しこんだ。シム・チャップマンも殺した。もがき苦しむあの男の頭を川に沈め、肺に水が入って死ぬまでそうしていた。もしラルフが一人で狩猟小屋にくれば、好機を見はからって殺せるかもしれない。

しかし、ラルフは一人ではないだろう。伯爵ともなれば、どこへ行くのも単独ではない。以前もそうだったように、アランを連れてくるだろう。供が一人というのさえ珍しい。だれも連れずにくるとは考えられない。

ラルフとアランを二人とも殺せるだろうか？　わたしがそこでラルフと会うことを知る者はほかにはいない。彼らを殺してそのまま家まで歩いて帰ったとしても、疑われることはないだろう。わたしの動機を知る者もいない――これは三人だけが知る内密の話だし、それこそが重要なところだ。犯行時間帯に狩猟小屋の近くで目撃される可能性はあるが、訊かれるとしても、近くで不審な人物を見なかったかということぐらいだろう。大柄で力の強いラルフが小さな中年女性に殺されるなど、だれにも思い浮かぶわけがない。

とはいっても、わたしにそんなことができるだろうか？　頭では考えられても、まったく望みがないのはわかっていた。彼らは腕にかけては百戦錬磨の騎士なのだ。最も近いところでは、昨年冬の軍事作戦をはじめとして、ここ二十年のあいだ、断続的に戦争に行っている。

それに、恐ろしいほどの反射能力を持っている。大勢のフランスの騎士が彼らを殺そうとしたが、逆に殺されている。

策略を立てて不意を討てば、一人は殺せるかもしれない。でも、二人は無理だろう。やはり、ラルフに服従するしかないのだ。

苦しい思いを胸に、グウェンダは表に出て顔と手を洗った。大広間に戻ってみると、料理人たちがライ麦パンと弱いエールの朝食を用意していた。サムが古くなったパンをエールに浸して柔らかくしていた。「またそんな顔して」サムがいった。「どうしたんだい？」

「何でもないわ」グウェンダはいい、ナイフを取り出してパンを一切れ切った。「これから長い道のりを歩かなくちゃならないと思うとね」

「それが心配なのか？　そもそも一人旅は無謀だよ。だいたい女は一人で旅をするのを嫌がるものだけどな」

「わたしは普通の女より強いのよ」サムが心配して気遣ってくれるのが嬉しかった。彼の実の父のラルフには決して見られない。多少ともウルフリックがこの子に影響を与えてくれているのだ。ただ、グウェンダはサムが彼女の表情を読んで、その気持ちを見抜いたことに戸惑っていた。

「わたしのことは心配しなくてもいいのよ」

「ぼくが一緒に行くよ」サムがいい出した。「伯爵も許してくれるさ。今日はスクワイアに用はないんだ──伯爵がアラン・ファーンヒルとどこかへ出かけることになってるからね」

ら、それはグウェンダがいちばん避けたかったことだった。わたしが会う約束を守らなかったら、ラルフはあの秘密を漏らすだろう。ラルフのうれしそうな顔が容易に想像できた。彼を怒らせるのは造作ない。「いけません」グウェンダはきっぱりと断わった。「ここにいなさい。いつ伯爵がおまえを呼ぶかわからないわ」

「呼ばれることはないんだって。母さんと一緒にいくよ」

「それだけは絶対に駄目よ」グウェンダはパンを一口齧ると、残りを袋に仕舞った。「わたしを心配してくれるなんて、おまえはいい子ね。でも、その必要はないわ」グウェンダはサムの頰にキスをした。「身体を大事にするのよ。無用の危険に走らないでね。わたしのために何かしたいというのなら、元気でここにいてくれるのがいちばんよ」

グウェンダは立ち上がった。出口で振り返ると、サムが思案げにグウェンダを見ていた。屈託のない笑顔で送ってくれたらいいのに、とグウェンダは無理にも思おうとした。そして、出発した。

途中で、だれかがラルフとの密通を感づいているのではないかと心配になりはじめた。隠れた情事とはそんなふうにして明るみに出るものだ。グウェンダがラルフに会ったのはあのとき一度だけだったが、こうしてふたたび会おうとしている。これからも度々同じことが起こるのではないか。わたしが道をそれ、ある地点で森のなかへ入っていくのをだれかが見て、不審に思うかもしれない。いつそうなってもおかしくない。だれかが偶然に狩猟小屋に入ってきたとしたらどうだろうか？　わたしがアールズカースルからウィグリーへ旅するときには、決まってラルフがアランを従えて出かけることに気づく者がいるのではないか？

グウェンダは昼少し前に宿屋に立ち寄り、エールとチーズの食事をした。旅をする者はそういった場所から出発するときには、安全のためにも何人かまとまって出かけるのが普通だが、グウェンダは道中一人きりになれるよう、必ず彼らを見送ってから出立した。森に入る地点までやってくると、だれにも見られていないのを確認するために、道の前後を注意深く観察した。四分の一マイルほど後ろで、木立が動いたような気がした。グウェンダは目を凝らした。だが、だれの姿も見えなかった。不安で神経質になっているだけだろう。

夏草の下生えのなかに分け入りながら、ふたたびラルフを殺害することを考えた。たまたまアランが一緒でなかったら、その機会を見つけられるのではないか？　でも、わたしがここでラルフと会うのを知っているのはアランただ一人だ。ラルフが殺されたら、アランはだれがやったかわかるだろう。やはりアランも殺さざるをえない。だが、それはたぶん不可能だ。

狩猟小屋の前に、二頭の馬が繋がれていた。なかに入ると、ラルフとアランが小さなテーブルについていて、彼らの前には食事の残りが置いてあった。パンが一塊、塩漬け肉の骨、チーズの皮、ワインのフラスコ。グウェンダは後ろ手にドアを閉めた。

「約束どおりやってきたわけだ」アランが満足げにいった。グウェンダをこの密会にこさせるのが、彼に与えられた仕事なのだ。だから、わたしが命令に従ったのでほっとしているのだ。「デザートには申し分ないと思われます」アランがラルフにいった。「干しブドウのように皺は寄っていますが、甘美かと」

グウェンダもラルフにいった。「どうしてこの人をここから追い出さないの？」

アランが立ち上がった。「またしても無礼なことを。まだわからないのか？」しかし、そういっただけで、大きな音を立てて扉を閉め、部屋を出ていった。

ラルフがグウェンダを見て笑みを浮かべた。「こっちへこい」グウェンダは素直に彼のそばへ行った。「おまえが望むなら、アランにもっと礼儀をわきまえるようにいっておこう」

「やめて！」グウェンダは恐れおののいていった。「彼がわたしに優しくしたら、みんながおかしいと思うわ」

「それなら好きにするがいい」ラルフが彼女の手を取って引き寄せようとした。「膝に坐れ」

「セックスしておしまいなんじゃないの？」

ラルフが声を上げて笑った。「おれがおまえに望むのはまさにそれだ――まったく、はっきりものをいってくれるな」そして、立ち上がると、彼女の肩を抱いて目を覗き込んだ。それから、頭を傾げてキスをした。

こんなことは初めてだった。いままで二回セックスしたが、キスなどされたことはなかった。グウェンダは不愉快になった。彼の唇が自分の唇に押しつけられると、ペニスを挿入された以上に強姦された気分になった。ラルフの口はチーズ臭かった。彼女はむかむかして身を引いた。「やめて」

「自分の立場を思い出すんだな」

「どうかやめてください」

ラルフが怒りはじめた。「おまえはおれのいうことを聞けばいいんだ！」大声を張り上げた。「服を脱げ」

「お願いだから帰らせて」グウェンダは懇願した。ラルフが何かいいはじめたが、彼女はさらに大きな声を上げた。壁が薄いので、台所にいるアランに聞こえるのはわかっていたが、かまわなかった。「無理強いしないで、お願いよ！」

「やかましい！」ラルフが怒鳴った。「ベッドに上がれ！」

「お願いよ！」

正面の扉が勢いよく開いた。

グウェンダもラルフも振り返った。

サムが立っていた。

グウェンダは声を上げた。「おお、神さま、なんてこと！」

一瞬、三人は動けなかった。グウェンダは何が起きたのかを懸命に理解しようとした。サムはわたしの身を案じ――わたしのいいつけを守らずに――アールズカースルから後をつけてきたのだ。あまり離れてしまわないように、しかし、姿を見られないようにして。そして、母親が道をそれて森に入っていくのを見た。あのとき、後ろを振り返って、何かがさっと動いたような気がした。サムは小屋があるのを見つけ、わたしが着いたほんの数分後にここへやってきたに違いない。そして、表で叫び声を聞きつけた。ラルフがわたしの望まない肉体関係を強要しようとしているのがはっきりわかったのだ——でも、いまの言い争いでは、わたしがラルフの命令に従わない本当の理由までは明かしていない。あの秘密をサムが聞いたわけではないのだ。

サムが剣を抜いた。

ラルフが素早く体勢を整えた。サムが跳びかかり、ラルフもなんとか剣を抜いた。サムがラルフの頭めがけて剣を振り下ろしたが、ラルフは間一髪、剣でその一撃を受け止めた。

息子が父親を殺そうとしている。

でも、危険だ。まだほんの少年なのに、百戦錬磨の騎士を相手に刃を交えようとしているのだ。

ラルフが叫んだ。「アラン！」

サムが相手にしようとしているのは一人ではなく、二人の老練な騎士だった。

グウェンダは大急ぎで部屋を突っ切ると、壁に身体を押しつけて、台所へ通じる扉の横で身構えた。そして、ベルトに差した短剣を抜いた。

台所の扉が勢いよく開いて、アランが踏み込んできた。

アランには相対した二人の騎士は目に入ったが、グウェンダの姿が見えなかった。彼は一瞬立ちどまり、目の前の光景を見守った。サムの剣がラルフの首めがけて、ふたたび宙に舞った。しかし、ラルフも自らの剣でそれを受け止めた。

アランは主人が攻撃にさらされているのをとっさに見てとると、自らも剣の柄に手をかけて一歩踏み出した。このときとばかりに、グウェンダはアランの背中を突き刺した。

グウェンダはナイフを刺し込むと、畑仕事で鍛えた力をすべて注ぎ込んで、力いっぱい突き上げた。アランの背中に刺さった刃が腎臓と胃と肺を貫いた。刃は十インチの長さがあり、鋭く尖っていた。アランの臓腑を切り裂いていったが、それでも、即座に心臓に達して息の根を止めるわけにはいかなかった。

アランは苦しみに唸り声を上げたが、突然静かになったと思うと、よろめきながら振り返ってグウェンダをつかみ、羽交い絞めするようにして彼女を引き寄せた。グウェンダはふたたびナイフでアランを突いた。今度は、鳩尾から心臓へ突き上げた。口から血がどっと溢れ出した。アランはぐったりして、腕をだらりと身体の横に落とした。ほんの一瞬、この軽蔑すべき小さな女が自分の命に終止符を打ったことが信じられないという表情を浮かべた。次の瞬間、彼は目を閉じて床につっぷした。

グウェンダは、サムとラルフを見た。

サムが攻撃を仕掛けた。ラルフがそれをかわして後ずさり、サムがさらに前へ踏み出した。そしてまた一撃を加え、ラルフがまたかわした。ラルフは果敢に応戦しているが守り一辺倒で、攻撃に出ない。

自分の息子を殺したくないのだ。

サムは相手が父親だとは知らず、そのような躊躇いなどあるはずもない。ひたすら前へ前へと踏み出し、剣を突き出しつづけた。

いつまでもこの状態がつづくはずはない。どちらかが相手に傷を負わせることになり、どちらかが死ぬまで戦うだろう。血にまみれたナイフを構え、グウェンダは必死にあいだに割りこんで、アランと同じようにラルフを刺す機会をうかがった。

「待て」ラルフが左手を挙げていった。サムはいきり立っていて、ラルフの言葉にかまわず攻撃した。ラルフがそれをかわしてふたたびいった。「待つんだ！」激しいやりあいで息が上がり、ようやくそれだけいった。「おまえには知らせていないことがある」

「もうたくさんだ！」サムが大声を張り上げた。身体は一人前になっていたが、グウェンダには癇癪を起こした少年の声に聞こえた。サムがまた剣を振りかぶった。

「やめろ！」ラルフが叫んだ。

グウェンダにはラルフがサムに何を話したいのかわかっていた——おれはおまえの父親だというつもりなのだ。

それだけはさせるわけにいかない。

「いうことを聞け！」ラルフの言葉に、やっとサムが後ろに下がった。だが、構えた剣はそのままだった。

ラルフは喘ぎながら息を整えている。彼が休んでいるのを見て、グウェンダはラルフめがけて突進した。

ラルフがくるりと身体を翻して、グウェンダのほうを向いた。その拍子に、彼の剣が弧を描いてグウェンダのナイフにぶつかり、彼女の手からナイフが落ちた。グウェンダは完全に無防備の状態になった。ラルフが一太刀浴びせれば、わたしは殺される——グウェンダは覚悟した。

そのとき、サムが剣を抜いてから初めて、ラルフの正面が完全に無防備になった。

サムは前に踏み込むと、ラルフの胸に剣を突き立てた。

鋭い刃の先端がラルフの薄手の夏用のチュニックを貫き、左側の肋骨へめり込んでいった。滑るように、二本の肋骨のあいだに深く沈みこんだに違いない。サムが血に飢えたように勝利の叫びを上げ、さらに深く剣を刺し込んだ。その衝撃でラルフは後ろによろめき、背中が壁にぶつかった。サムはさらに歩を進め、渾身(こんしん)の力を込めて押しつづけた。剣はラルフの胸を反対側まで貫いたように思われた。ぶすっと奇妙な音がしたかと思うと、ラルフの背中を貫いた刃が木の壁に刺さった。

ラルフの目が、サムの顔をじっと見ていた。グウェンダにはラルフの考えていることがわかった。

もう自分の命は助からない。この断末魔の瞬間に、息子に殺されたことを悟ったのだ。

サムが剣を手から放したが、それは床には落ちなかった。壁に突き刺さったまま、ラルフの身体を抉り通していた。サムが愕然として後ずさった。

ラルフはまだ息絶えていなかった。両手を弱々しく動かし、胸に刺さった剣を抜こうとしていた。しかし、うまく力をこめられないでいた。その恐ろしい光景が、スクワイアたちが柱に縛りつけた猫をグウェンダに思い出させた。

彼女は屈み込み、急いで自分のナイフを拾いあげた。

そのとき、信じられないことにラルフが声を出した。

「サム」彼はいった。「私は……」彼の口から血がどっと噴き出すように溢れ、言葉が途切れた。

助かった、とグウェンダは思った。

吐血は始まったときと同じように突然止まり、ラルフがふたたび話しだした。

「私は――」

今度彼の言葉を終わらせたのは、グウェンダだった。彼女はさっと躍り出ると、ラルフの口に短剣を突き刺した。彼が首を絞められたような恐ろしい声を上げた。刃は喉元に食い込んでいた。

グウェンダはナイフから手を放して後ずさった。

自分のしたことを見て恐ろしくなった。あれほど長いあいだ自分を苦しめつづけた男がいま、壁に磔（はりつけ）になったような格好で胸を剣で射し貫かれ、口を短剣で突き刺されていた。沈黙はしていたが、その目はまぎれもなくまだ生きていることを示していた。グウェンダからサムへ、そして、ふたたびグウェンダへと視線が移った。その目には、苦しみと恐怖と絶望しかなかった。

グウェンダとサムは、身じろぎもせずにラルフを見て、黙って待っていた。

ついに、ラルフが目を閉じた。

91

九月になるとペストの勢いは弱まっていき、カリスの施療所も徐々に患者が減っていった。新たな患者が運ばれてこなくなり、すでにいた患者は亡くなっていったからだ。患者がいなくなった病室は、箒で掃き、床もブラシで擦り、きれいに掃除された。暖炉では白槇(びゃくしん)の薪が焚かれ、施療所いっぱいに強い秋の香りが満ちた。十月の初めには、最後の犠牲者が施療所の墓地に埋葬された。体格のいい四人の若い修道女が、墓地に掘った穴に屍衣を着せた亡骸(なきがら)を降ろしていると、赤い朝陽が霧の立ちこめたキングズブリッジ大聖堂の向こうに昇りはじめた。その亡骸は、オーセンビーの腰の曲がった織工のものだった。カリスは墓をじっと見ていた。彼女が長い年月闘ってきた敵であるペストは、いまや冷たい大地に横たわっていた。声をひそめてカリスはいった。「おまえは本当にもう死んだの、それともまた戻ってくるつもり？」

修道女たちが葬式から施療所に戻ってくると、するべきことはもう何も残されていなかった。

カリスは顔を洗い、髪を梳かし、この日のために取っておいた新しい服を着た。キングズブリッジ・スカーレットの鮮やかな赤のドレスだった。ドレスに身を包むと、カリスは半年ぶりに施療所の外へ出た。

そして、さっそくマーティンの庭に入っていった。

マーティンの植えた梨の木々が、朝陽を浴びて長い影を作っていた。木々の葉は徐々に赤く色づき、乾いて、縮んできていた。遅い時期に実をつける果実はふくらんで茶色く色づき、まだ枝に実っていた。庭では使用人のアルンが、斧で薪を切り出していた。カリスの姿に気づくと、彼は驚き、怯えた。しかし、彼女の格好が何を意味しているかに気づいて、途端に満面の笑みに変わった。彼は斧を投げ捨て、家のなかへ走り込んだ。

台所では、エムがぱちぱちとはぜる炉の上で粥(ポリッジ)を煮ていた。彼女は天使を見るような目でカリスを見、感激のあまり、彼女の手にキスをした。

カリスは階段を上って、マーティンの寝室に入った。

マーティンは下着姿のまま窓際に立って、家の前を流れる川を眺めていたが、振り返って彼女を見た。カリスの心臓が高鳴り、一瞬止まりそうになった。見慣れた独特の顔、研ぎ澄まされた知的な眼差し、そして、引き結んだ唇から滲み出すユーモア。明るい茶色の目が愛しそうにカリスを見つめ、彼女を迎えた喜びに、口元が大きくほころんだ。彼は驚いていなかった。施療所に運び込まれる患者が日に日に数を減らしていたのに気づいていたに違いない。カリスがいつ現われるかと待ちつづけていたのだろう。彼の願いはついに叶えられたのだ。

カリスはマーティンと並んで窓際に立った。彼はカリスの肩に腕をまわし、カリスは彼の腰に手をやった。マーティンの赤毛の髭に、半年前より白いものが目立つようになった気がした。それに、彼女の思い過ごしでなければ、髪の生え際も少しばかり後退したようだった。

しばらく、二人は川を眺めていた。薄靄（うすもや）に朝の光があたり、川は鉄のように深い紅色に染まった。水面（みなも）はきらきらと鏡のように輝いたかと思うと、深い闇のような色をたたえ、不規則な模様を織りなして絶えず移り変わっていく。川の流れは常に変わりながら、いつまでも変わることがない。

「終わったわ」カリスがいった。

そして、二人はキスを交わした。

マーティンは町が商売を再開するのを祝い、秋の特別市を開催すると宣言した。その市は十月の最後の週に開かれることに決まった。羊毛取引の季節はすでに終わっていたが、キングズブリッジの主要産物はもはや羊毛ではなくなっていた。何千という大勢の人々は、いまやこの町の名物となったスカーレットの織物を目当てにやってくるのだ。

土曜日の夜の祝賀会で市が開幕し、ギルドはカリスに敬意を表した。キングズブリッジはペストの被害を完全に免れたわけではなかったが、ほかの町に比べれば格段に被害が少なかった。多くの人々は、命が助かったのもカリスが予防策を講じてくれたからだと感じていた。カリスは英雄だった。ギルドのメンバーは、彼女の功績をなんとか評価したいとこぞって主張した。そこで、マッジ・ウェバーは新たなセレモニーを考案した。その場で、カリスはキングズブリッジの町の門の鍵を象（かたど）った、金の鍵を贈られた。マーティンはとても誇らしい思いだった。

翌日の日曜、マーティンとカリスは大聖堂へ行った。修道士はまだ森の聖ヨハネ修道院に残っていたので、礼拝は町の聖ペテロ教区教会のファーザー・マイケルによって執り行なわれた。シャーリング伯夫人レディ・フィリッパの姿もあった。

マーティンがフィリッパに会うのは、ラルフの葬儀以来だった。彼の弟であり、フィリッパの夫であったが、ラルフのために多くの涙は流されなかった。普通なら伯爵はキングズブリッジの大聖堂に埋葬されることになっていたが、町が閉鎖されていたため、シャーリングに葬られた。

ラルフの死は謎に包まれていた。彼は胸を刺され、遺体となって狩猟小屋で発見された。アラン・ファーンヒルもすぐ傍らの床の上で、やはり刺殺された状態で横たわっていた。二人は一緒に食事をとっていたらしく、テーブルには食事の残りがそのまま置かれていた。明らかに争った跡があったが、ラルフとアランのどちらが致命傷を相手に負わせたのか、それとも、第三者が絡んだ殺人なのか、いま一つはっきりしなかった。盗まれたものはなかった。二人とも現金は身につけたままだったし、高価な剣も遺体の横に落ちていた。二頭の高級な馬は、前の空き地で草を食んでいた。これらの理由から、シャーリングの検死官は、二人が殺し合ったのではないかという推論に傾いていた。

また別の見方をすれば、何一つとして不可解な点などなかった。ラルフは実に暴力的な人間だったのだから、激しい死に方をしたのも不思議はない。キリストの言葉にあるように、剣によって生きる者は剣によって死ぬのだ。もっとも、この聖書の一節は、エドワード三世統治時代の聖職者の口からはあまり聞かれなかった。強いて特筆すべき点を挙げるとすれば、あれほど多くの軍事作戦や、残虐な戦争や、フランス軍騎兵隊の猛攻撃を生き延びたラルフが、自宅からほんの数マイルの地点で、口論によって命を落としたことだった。

マーティンは葬儀のとき、涙があふれることに自分でもびっくりした。何がそれほど悲しかったのだろう。弟は悪人だったし、多くの不幸な出来事を引き起こした。死んだのは喜ぶべきはずのことだった。妻のティリーを殺してからは、疎遠になっていた。なぜこんなにも悲しいのだろうか？　さんざん考えた末に辿りついたのは、ラルフが違う生き方をしていれば、違う人間になっていたかもしれないと思ったからかもしれない。激しい暴力性を欲望にまかせて満足させるのではなく、そういった感情をうまく制御できる人間にだってなれたかもしれない。野心に駆り立てられて自分の栄光だけを求めるのではなく、正義感に裏打ちされてあの勇猛果敢さを発揮していたら、もっと違った人間になっていたかもしれない。五歳か六歳のころ、泥だらけの水たまりで木の舟を浮かべて一緒に遊んでいたときのラルフは、決して残酷でも、復讐心に燃えた人間でもなかった。そう考えると、涙が出てきたのだった。

フィリッパの二人の息子も葬儀に参列していた。長男のジェラルドは、ラルフと哀れなフィリーのあいだにできた息子だ。次男のローリーは、世間的にはラルフとフィリッパの息子だと思われているが、実はマーティンの息子だった。幸いにもローリーは小柄ではなく、マーティン似の溌剌とした赤毛の少年だった。これから背も高くなり、母のような品格を身につけていくだろう。

ローリーは小さな木の彫刻をしっかり握っていて、恭しくマーティンに差し出した。馬だった。十歳の子供にしてはとても上手にできている、とマーティンは思った。たいていの子供なら、四本の脚がしっかり立った状態の動物を彫るだろうが、ローリーの馬は四本の脚がそれぞれ違った位置に蹴り上げられ、たてがみを風になびかせて走っていた。この少年は実の父親の能力を受け継いで、複雑な対象を三次元で見ることができるのだ。マーティンは喉に込み上げるものがあった。彼は腰を屈め、ローリーの額にキスをした。

マーティンはフィリッパに感謝の微笑を送った。馬を渡すようローリーに勧めたのはフィリッパだろう。マーティンがどう思うかわかっていたのだ。マーティンはカリスのほうをちらりと見た。カリスは口に出しては何もいわなかったが、彼女もまた、それが何を意味しているかよくわかっていた。

大聖堂全体が喜びに溢れていた。ファーザー・マイケルは声高に訴えかける説教者ではなく、厳かにミサを執り行なっていった。とはいえ、修道女たちは以前のように美しく賛美歌を歌い、明るい陽光が、荘厳なステンドガラスを通して射し込んでいた。

ミサが終わると、からりと気持ちよく乾いた秋の空気のなか、人々は市を巡り歩いた。カリスはマーティンと腕を組み、フィリッパはマーティンの隣りを歩いた。二人の息子たちは彼らの前を走り、フィリッパの身辺警護の者と侍女は後ろに従った。商売もうまくいっているようだ、とマーティンは思った。キングズブリッジの職人と商人たちは、さっそくまた富を築きはじめていた。町は前回のときよりはるかに早く、今度のペスト禍から立ち直りつつある。

ギルドの長老たちは市を巡りながら度量衡を調べていた。羊毛袋一つの重さにも決まった規格があったし、織物一反の幅、穀物一ブッシェルの重さ等々、すべての商品は何をどれだけ売っているのか、買い手側がはっきりわかるようになっていた。マーティンはギルドのメンバーたちに、こういった調査を大げさなくらいに実施するよういい渡していた。そうすれば、買い手はいかに町が商人たちを注意深く監視しているかを知ることができる。もちろん、不正を疑われる者がいれば、慎重に調査を進め、その結果不正が確認された場合には、その商人は速やかに追放された。

フィリッパの二人の息子は、一つの屋台から次の屋台へ興奮して走り回っていた。ローリーの様子を見ながら、マーティンはフィリッパにささやいた。「ラルフがいなくなったいま、ローリーに本当のことを知らせないい理由があるのかな？」

フィリッパが考えた。「わたしも話せたらと思うんだけど――でも、それはあの子のためなのかしら。もしかしたら、わたしたちのためなんじゃないかしら？　十年間、あの子はラルフを父親だと思ってきたわ。二カ月前には、ラルフのお墓の前で泣いていた。いまになってほかに父親がいたなんて知ったら、どんなにかショックを受けるでしょう」

二人は低い声で話していたが、カリスには聞こえていた。「わたしもフィリッパと同じ意見だわ。あの子のことをいちばんに考えなくちゃ駄目よ。あなたたちのことじゃなくてね」彼女はいった。

マーティンには二人の気持ちがよくわかった。幸せな日でもあり、悲しい日でもあった。

「もう一つ理由があるの」フィリッパがいった。「先週、グレゴリー・ロングフェロウが会いにきたの。国王はジェラルドをシャーリング伯にしたいと考えておられるそうなのよ」

「十三歳で？」マーティンは訊いた。

「伯爵の称号はいったん許可されれば、領地がなくても代々受け継ぐものなの。どちらにしても、今後三年は、伯爵領はわたしが管理するわ」

「ラルフがフランスとの戦いに出かけているあいだは、ずっとあなたがやっていたんだからな。もう一度結婚するよう国王から命令されなくて、ほっとしただろう」

彼女が怒ったように顔をしかめた。「わたしはもう歳よ」

「ということは、ローリーも二番目に伯爵の身分が約束されているわけだ――ぼくたちが秘密をしまっておくならね」もしジェラルドの身に何かあれば、ぼくの息子がシャーリングの伯爵になるんだ、とマーティンは考えた。

「ローリーだったらいい領主になるでしょうね」フィリッパがいった。「彼は知性があって、とても強靭な意志をもっているわ。でも、ラルフのように残忍じゃない」

ラルフの卑劣な性格は幼いころから明らかだった。いまのローリーと同じ十歳のときには、グウェンダの犬を弓で撃っていた。「でも、ローリーは別のことが好きみたいね」それを聞いて、マーティンはもう一度木彫りの馬を見た。

フィリッパが微笑んだ。彼女が微笑することは滅多になかったが、笑ったときの彼女は眩しいほど素敵だった。彼女はまだまだ美しい、とマーティンは思った。フィリッパがいった。

「それを見たら、あの子を誇りに思ってくれるわよね」

マーティンはラルフが伯爵になったとき、父がどれほど自慢していたかを思い出した。しかし、自分は決して父のようには考えていない。何をしようとも、正しいことをしてさえくれれば、ローリーを誇りに思うだろう。もしかしたら、この子は石工になって、聖人や天使の像を彫るかもしれない。また、賢くて慈悲深さも兼ね備えた貴族になるかもしれない。それとも、まったく別の道を歩むかもしれない。両親にはまったく想像さえつかない道を。

マーティンはフィリッパとその息子たちを正餐に招いた。彼らは大聖堂の構内をあとにした。橋は市へ向かう荷物を積んだ荷車で溢れていたが、彼らはその流れに逆らって歩いていった。島へ渡り、果樹園を抜けて、マーティンの家に着いた。

彼らが台所で見つけたのは、ローラだった。

父の姿を見たローラが泣きくずれた。マーティンが抱きしめると、娘は父の肩にもたれてすすり泣いた。どこにいたにしても、あまり身体は洗っていなかったに違いない。豚小屋のような臭いがしたが、マーティンは気にもならなかった。それほどうれしかった。

すぐに事情を聞くわけにはいかなかった。しばらくして、やっとローラが口を開いた。「みんな死んだの！」そういって、また泣きだした。ようやく落ち着くと、少しは筋道の通ったことを話しはじめた。「みんな死んでしまったわ」すすり泣きを押し殺すようにして、繰り返しいった。「ジェイクに、ボヨ、ネティとハル、ジョニーもチョーキーもフェレットも、次々と。わたしは何の役にも立たなかった！」

マーティンが推測したところでは、彼らは若者たちだけで集団を作り、森に住んで、妖精（ニンフ）や羊飼いのような生活をしていたようだった。詳しいことが次第にわかってきた。彼らはときどき鹿を殺していたが、ときには丸一日出かけて、ワインを一樽とパンをいくらか持って戻ってきた。日々の必需品は買っていたとローラはいったが、マーティンは旅人から盗んだのだろうと考えた。そんな生活をずっとつづけられると、娘はなんとなく考えていたらしい。冬になれば事情がまるで変わることなど思いもしなかったという。しかし、そういうその日暮らしに終止符を打ったのは、気候ではなくペストだった。「わたし、ほんとに怖かったわ」ローラがいった。「カリスにきてほしかった」

ジェラルドとローリーはぽかんと口を開け、年上の従姉妹のローラを尊敬の眼差しで見ていた。泣きながら家に帰ってきたにもかかわらず、彼女の話す冒険の数々は、二人の目にはただただ素晴らしいものに思われたのだ。

「もう二度とあんな思いはしたくない」ローラはいった。「友だちがみんな病気になって死んでいくのに、わたしにはどうすることもできないんだもの」

「よくわかるわ」カリスがいった。「わたしも母が死んだとき、同じ思いだった」

「わたしに病気を治す方法を教えてくれる？」ローラがカリスにいった。「ただ賛美歌を歌ったり、天使の絵を見せてあげたりするだけじゃなくて、あなたがしたように、本当に病気の人たちの力になりたいの。身体の仕組みや病気のこと、それから、病人を治せる薬や方法のことを知りたい。病気になったとき、何かちゃんとしたことができるようになりたいのよ」

「もちろんよ。それがあなたの知りたいことなら教えてあげる」カリスはいった。「わたしだってうれしいわ」

マーティンは驚いた。信じられないぐらいだった。ローラはここ何年も反抗的で気難しかった。彼女が権威あるものを拒否したのは、ある意味では、カリスが実の母親でないために尊敬する必要がないと思ったのに通じる。そのローラがこれほど成長した姿を見て、マーティンはうれしかった。これまで散々悩み苦しんできたことが報われたような気がした。

しばらくして、修道女が台所にやってきた。「リトル・アニー・ジョーンズがひきつけを起こしたのですが、わたしたちにはなぜだかわからないのです」そして、カリスに頼んだ。

「きていただけませんか？」

「わかったわ」カリスは応えた。

ローラが訊いた。「わたしも一緒に行ってもいい？」

「いけません」カリスは拒否した。「まず手はじめに、身体をきれいにしなければ駄目よ。いますぐ洗っていらっしゃい。明日は一緒にきていいから」

カリスが出かけると、マッジ・ウェバーが入ってきた。「もう聞いた？」そして、厳しい顔でつづけた。「フィルモンが帰ってきたの」

日曜に、デイヴィッドとアマベルがウィグリーの小さな教会で結婚式を挙げた。レディ・フィリッパは婚礼の祝宴に領主の屋敷を使ってもいいと許可を出した。ウルフリックは豚を一頭殺し、裏庭で炙(あぶ)って丸焼きを作った。アネットはデイヴィッドが買っておいた甘い干しブドウを使ってパンを焼いた。エールはなかった――収穫する人手が足りなかったので、大麦のほとんどは畑で腐ってしまったのだ――が、フィリッパはサムにサイダーを一樽、贈り物として持たせて実家へ帰らせた。

グウェンダはいまでも毎日、狩猟小屋で起きたあの場面のことを考えていた。真夜中に暗闇をじっと見ていると、彼女のナイフを口に刺されたラルフの姿や、その茶色い歯のあいだに突き刺さった剣の柄や、ラルフを壁に釘付けにしたサムの剣が、まざまざと浮かんできた。

グウェンダとサムがラルフの身体からそれぞれの剣を引き抜くと、死体はどさりと床に倒れ、まるで二人の男が互いに刺し違えたかのように見えた。グウェンダは染み一ついていない二人の剣に血糊をなすりつけ、倒れたままにして現場を離れた。外に出ると、二頭の馬が数日間でも生き延びられるよう、繋がれていた綱をほどいた。必要であれば、だれかが見つけてくれるだろう。そして、サムと一緒に、徒歩でその場を後にした。

シャーリングの検死官は無法者が二人の死に関わっているかもしれないと推測したが、結局はグウェンダが予想したとおりの結論が出された。彼女にもサムにも嫌疑はかからず、殺人の咎めを受けることはなかった。

グウェンダはサムに、ラルフとのあいだにあったことを脚色して話した。ラルフに陵辱されそうになったのはこれが初めてで、拒否したら殺すと脅されたことにした。サムは伯爵を殺害したことを恐れ慄いたが、それは間違いなく正当化されると考えた。サムは兵士としての気質を備えている、とグウェンダは思った。彼なら人を殺しても、自責の念を感じたり苦悩したりはしないだろう。

グウェンダもまたそうだった。ときどきあのときの場面を思い出して激しい憎悪を感じることはあったが、アラン・ファーンヒルを殺してラルフにとどめを刺したからといって、後悔に苛まれたりはしなかった。あの二人がいなければ、世の中はもっと住みよくなる。ラルフは心臓を突き刺したのが実の息子だと知りながら、苦しみのうちに死んでいった。それはまさにラルフにふさわしい最期だったのだ。やがては、夜中にあのときの光景を思い出すこともなくなるに違いない。

グウェンダはそうした記憶を心から締め出し、領主の屋敷の大広間で浮かれ騒いでいる村人たちを見た。

豚の丸焼きも食べ尽くされ、男たちは最後のサイダーを飲んでいた。アーロン・アップルトリーがバグパイプを披露した。アネットの父のパーキンが亡くなってから、村には太鼓を打つ者がいなかった。今度はデイヴィッドが太鼓を始めるのかしら、とグウェンダは思った。

ウルフリックは腹いっぱい酒を飲むと、いつものように踊りたくなった。グウェンダは一曲目から彼とパートナーを組み、ふざける夫に調子を合わせては声を上げて笑った。ウルフリックはグウェンダを持ち上げて空中高く振り回し、彼女を抱き寄せたかと思うと、今度は床に下ろしてくるくる回転させた。ウルフリックはリズム感があるわけではなかったが、彼の熱狂はまわりの人々に伝染していった。しばらくして、グウェンダがすっかり疲れ果てたと白状すると、彼は息子の妻となったアマベルを相手に踊りはじめた。

その次は、もちろんアネットと踊る番だった。

音楽が止むと、彼の視線はすぐアネットに注がれ、アマベルの手を放した。アネットは領主の屋敷の大広間の片側に置かれたベンチに坐っていた。少女のように丈の短いグリーンのドレスを着て、可憐な足首をのぞかせていた。ドレスは新しいものではなかったが、胸元に黄色とピンクの花の刺繍が施されていた。いつものように、頭飾りから幾筋かの巻き毛がはみ出て、顔を縁どるように垂れていた。そんな服を着るにはアネットは二十歳は年を取りすぎていたが、彼女はかまっていなかったし、ウルフリックもまた気にかけなかった。

二人が踊りはじめると、グウェンダは微笑んだ。何も気にしていないように陽気な顔になっていればいいのだが、少しばかりしかめ面になっているかもしれない。無理は止めよう。二人から視線を外し、デイヴィッドとアマベルを見た。たぶん、アマベルは母親のようにはならないだろう。彼女にも確かにアネットに似て蠱惑的なところがあるが、男を弄んでいる姿を目の当たりにしたことは一度もなかったし、とにかくいまは、夫のデイヴィッド以外に興味はなさそうだった。

グウェンダは部屋のなかを眺めて、もう一人の息子のサムを見つけた。彼は若者たちに混じって、身ぶり手ぶりを交えながら話に夢中だった。馬の手綱を握って落馬しそうな振りを演じている。まわりの者はサムの話に釘付けだった。きっとみんな、彼がスクワイアになれた幸運を羨ましがっているに違いない。

サムはいまだにアールズカースルで暮らしていた。レディ・フィリッパは多くのスクワイアと兵士たちを、いままでどおり城に置いていた。というのも、息子のジェラルドが馬に乗ったり狩猟をしたりする相手として、また、剣や槍の稽古のためにも、彼らにいてもらう必要があったからだ。フィリッパが領主であるあいだに、ラルフから学んだのとは違う、もっと賢明で寛大な騎士としての掟をサムに身につけてほしいとグウェンダは思った。

ほかに見るものはあまりなかったので、グウェンダの視線は夫とアネットへ、かつてウルフリックが結婚したいと思った女性へ戻っていった。グウェンダが心配したとおり、アネットのせいで、ウルフリックはこれ以上ないほど嬉しそうで楽しげだった。彼女はウルフリックから離れるステップを踏むたびにセクシーな微笑を送り、また近づく場面になると思いきり彼に寄りそった。グウェンダはひどく惨めな気分になった。

アーロン・アップルトリーの奏でるバグパイプの快活なメロディーにのせて、踊りはいつまでもつづくように思われた。グウェンダはウルフリックの気分が乗ってきているのを感じた。グウェンダをベッドに誘うときの目だった。アネットは自分が何をしているのかわかっているはずなのに、とグウェンダは腹立たしかった。アネットはベンチで落ち着かなげにもぞもぞ身体を動かしながら、彼女は苛立ちを悟られないうちに、早く音楽が終わってくれるのを願った。

しかし、曲が盛大に盛り上がって終わりを告げたときには、グウェンダは腸がちぎれそうになっていた。こうなったら、ウルフリックを落ち着かせて自分の隣りに坐らせるしかない。自分のそばから放さないようにしていれば、問題も起きないだろう。

ところが、ちょうどそのとき、アネットがウルフリックにキスをした。ウルフリックがまだ彼女の腰に手をかけているあいだに、アネットが背伸びをして顔を近づけ、唇にキスをしたのだ。短時間だったが、しっかりと。グウェンダの怒りは頂点に達した。

彼女はいきなりベンチから立ち上がると、大股で広間を横切っていった。新婚夫婦の前を通り過ぎたとき、デイヴィッドが母の表情に気づいて引きとめようとしたが、グウェンダは無視した。ウルフリックとアネットは互いに見つめ合ったまま、上気して微笑んでいる。グウェンダは二人の前へ行くと、アネットの肩を指でつついて大きな声でいった。「わたしの夫にかまわないでちょうだい！」

ウルフリックが口を開いた。「グウェンダ、頼むから――」

「あなたは黙ってて」グウェンダはさえぎった。「この売女に近づかないで」

アネットの目が挑戦的に光った。「売女は踊ってお金はもらわないわ」

「あなたなら売女のすることをみんな知ってるんでしょ？」

「よくもずけずけと！」

デイヴィッドとアマベルが仲裁に入った。「喧嘩はやめて、お母さん」アマベルがアネットをなだめた。

アネットがいった。「わたしじゃない、グウェンダがいけないのよ！」

グウェンダは負けじといい返した。「わたしは他人の夫をそそのかしたりしないわ」

デイヴィッドが咎めた。「母さんのせいで結婚式が台無しだよ」

グウェンダはすっかり腹が立って、デイヴィッドの言葉など耳に入らなかった。「この女ったら、いつもこうなのよ。二十三年前にうちの人を振っておきながら、まだ放そうとしない！」

アネットが泣きだした。グウェンダは驚きもしなかった。この女はいつだって泣けばすむと思っている。

ウルフリックがアネットを宥めようと肩に手を伸ばしたので、グウェンダはぴしゃりとその手をはたいた。「この女に触らないで！」ウルフリックが火傷でもしたように手を引っ込めた。

「あなたにはわからないのよ」アネットがすすり泣きながらいった。

「あんたのことならよくわかってるわ」グウェンダは応酬した。

「いいえ、わかってないわ」アネットはそういって涙を拭くと、まっすぐにグウェンダを見た。どきっとするほど真剣な眼差しだった。「あなたは自分が勝ったのがわからないの？　彼はあなたのものよ。彼があなたをどれほど敬愛し、誉め称えているかわかってないのね。あなたがだれかと話をしているとき、彼がどんな顔であなたを見てるか知らないの？」

　グウェンダははっとした。「でも」と口ごもるばかりで、何をいったらいいのかわからなかった。

　アネットがつづけた。「彼が若い女の子をじろじろ見たりするかしら？　あなたの前でこそこそしたことがあるかしら？　この二十年で何回、あなたたちは別々に寝たことがあるの――二回？　三回？　生きているあいだ、彼は決してあなた以外の女性を愛さないわ。それがわからないの？」

　グウェンダはウルフリックを見て、アネットのいうとおりだと思った。実際、わかりきったことだった。グウェンダにもわかっていたし、だれの目にも明らかだった。なぜあんなにアネットに腹を立てたのか思い出そうとしたが、そもそも原因が思い浮かばなかった。

　踊っている者ももういなかったし、アーロンもバグパイプを置いていた。村人はみな、新郎新婦の母親である二人の女性のまわりに集まっていた。

　アネットがいった。「わたしは愚かで自分勝手な女だったわ。馬鹿な決断をして、いままで出会ったなかで最高の男性を失ったのよ。でも、あなたはその男性を手にした。わたし、事実とあべこべのことが起こった振りをしたくてたまらなくなるときがあるの。彼がわたしのものになったってね。それで、彼に微笑みかけたり、腕に触ったりするの。そうすると、彼はわたしに優しくしてくれるわ。自分がわたしを振ったとわかってるからよ」

「嘘よ。あなたが彼を捨てたんじゃないの」グウェンダはいった。

「そうね。でも、愚かなわたしのおかげで、あなたは幸運をつかんだのよ」

グウェンダは呆気に取られた。いままでアネットを哀れだと思ったことなどなかった。彼女はいつも手強い脅威で、ウルフリックを取り返そうと企んでいるとしか思えなかった。でも、それは取り越し苦労だったのだ。

アネットがいった。「ウルフリックがわたしに優しいと、あなたが気が気じゃないのはわかるわ。もうそんなことはしないっていいたいけど、わたしは弱い人間よ。そんなわたしのことを嫌いになる？　こんなことでおめでたい結婚式を台無しにしたくないし、孫の顔だって見たいじゃない。わたしを生涯の敵だと思わないで、出来の悪い妹だと思ってくれないかしら？　ときどきは間違ったことをしてあなたを怒らせるでしょうけど、家族の一員だと思って、大目に見てもらえないかしら？」

アネットのいうとおりだった。いままで、グウェンダはアネットのことを、顔は可愛いけれど頭は足りないと思っていた。でも、今回はアネットのほうが賢明だ。グウェンダは自分が恥ずかしくなった。「わからないけれど、やってみるわ」

アネットが一歩前に出て、グウェンダの頬にキスをしていった。「ありがとう」彼女の涙が頬に感じられた。

グウェンダはちょっと躊躇ってから、アネットの骨ばった肩に腕をまわして抱きしめた。二人を取り巻いていた村人たちが、こぞって手を叩いて歓声を上げた。しばらくすると、ふたたび音楽が始まった。

十一月初め、フィルモンはペストの終息を祝う感謝の礼拝の準備を進めていた。アンリ大司教がクロード司教座聖堂参事とともにやってきていた。サー・グレゴリー・ロングフェロウも一緒だった。

グレゴリーがキングズブリッジにやってきたのは、国王が指名した司教の名前を発表するために違いない、とマーティンは考えた。公式には、国王がだれを指名したかをグレゴリーが修道士に伝える。指名された人物を選ぶか、別の人物を選ぶかは、修道士たちに任せられている。しかし、最終的には、修道士たちは国王が選んだ人物に投票するのが通例だった。

マーティンはフィルモンの表情から何も読み取れなかった。グレゴリーはまだ国王がだれを指名したか明らかにしていないようだった。マーティンとカリスにとって、この決定は重大な意味を持っていた。クロードがこの職に就けば、二人の苦労も終わる。クロードは穏健派で、実に筋道の通った考え方をする。しかし、フィルモンが司教になれば、まだ何年も訴訟がつづき、口論が絶えないことになる。

アンリが礼拝を執り行なったが、説教はフィルモンがした。キングズブリッジの修道士たちの祈りを聞き届け、この町をペストの最悪の被害に遭わせず救ってくださったことを神に感謝した。修道士たちが森の聖ヨハネ修道院に逃げこもり、町の住人をほったらかしにしたことには触れなかった。また、カリスとマーティンが半年のあいだ町の門を閉鎖し、修道士の祈りに応えて神に協力したことにも一切触れなかった。まるでキングズブリッジを救ったのは自分だといわんばかりだった。

「まったく腹に据えかねる」マーティンはあえて声を落としもせずにカリスにいった。「完全に事実を歪曲してるじゃないか！」

「まあ落ち着いて」カリスがなだめた。「神さまにはわかってるわ。町の人たちだって同じよ。そう考えれば、フィルモンはだれも騙してはいないわ」

たしかに彼女のいうとおりだった。戦いが終わると、勝利者側の兵士たちはいつも神に感謝するものだが、とはいっても、彼らは有能な将軍と無能な将軍の違いは知っているのだ。

礼拝が終わると、マーティンはオールダーマンとして、修道院長の館で催される大司教との正餐会に招かれた。マーティンはクロード司教座聖堂参事と隣り合わせの席になった。食前の祈りがすむと、会話ががやがやと始まった。マーティンは声をひそめ、切迫した口調でクロードに訊いた。「大司教は国王がだれを司教に指名したか、もう知っているんですか？」

クロードはほとんどわからないくらい微かにうなずいた。

「あなたですか？」

クロードの首が、さっきと同じくらい小さく横に振られた。

「それでは、フィルモンですか？」

ふたたび、小さくうなずいた。

マーティンはがっかりした。いったい国王はなぜクロードのような有能で思慮深い人間ではなく、フィルモンのような愚かで卑怯な人物を選んだのか？　しかし、その理由はわかっていた。フィルモンは奥の手を使ったのだ。「グレゴリーはもう修道士たちに通達したんですか？」

「まだだ」クロードがマーティンのほうへ身体を傾けていった。「たぶん、フィルモンには今夜、夕食が終わってから非公式に伝えるのだろう。修道士たちには明日の朝、修道士集会で話すはずだ」

「それなら、今日いっぱいは時間があるわけですね」

「どういうことだ？」

「王の心を変えさせるんです」

「そんなことはできない」

「私がやってみます」

「上手くいくわけがない」

「いいですか、私は必死なんです」

マーティンは料理をつつくばかりでほとんど口にせず、大司教がテーブルを立つのを辛抱強く待った。そして、アンリがいなくなると、グレゴリーに話しかけた。「大聖堂まで一緒にきてくれませんか。必ずやあなたが興味を持たれることをお話ししたいのです」グレゴリーは承諾した。

二人は並んで身廊へと歩いていった。マーティンは盗み聞きをする者がいないのを確認し、大きく息を吸った。これからやろうとしているのは危険なことだった。国王を自分の意思に従わせようとしているのだ。もし失敗すれば反逆罪で訴えられ――死刑になるかもしれない。

マーティンはいった。「キングズブリッジのどこかに、国王がいかにしても破棄したいと思っている文書が存在するという噂が、かなり前からあります」

グレゴリーは表情を変えなかった。「それで？」しかし、それは知っていると認めたのと同じだった。

「その手紙は最近亡くなった騎士が所有していたのです」

「彼が持っていたのか！」グレゴリーが驚いた。

「ご存じのようですね」

グレゴリーがいかにも法律家のような応え方をした。「私が知っていると仮定して話を進めようじゃないか」

「それが何であれ、私は国王がその文書を取り戻される手助けをしたいと思っています」マーティンはその文書の正体を知っていたが、グレゴリー同様、知らない振りを装って用心したほうがいいと考えた。

「国王も感謝なさるだろう」グレゴリーがいった。

「どういう形で感謝してもらえるんでしょうね？」

「あなたは何を目論んでいるんだ？」

「キングズブリッジの住民たちのことを、フィルモンよりもきちんと考えてくれる人物に司教になってもらいたいのですよ」

グレゴリーが厳しい表情でマーティンを見つめた。「あなたはイングランド国王を脅そうというのか？」

ここがいちばんの難関だった。「われわれキングズブリッジの住民は商人と職人です」彼は懸命に理論立てて話そうとした。「ものを買ったり、売ったりしている。つまり、取引をしているわけです。これから私がしようとしているのは、あなたとの取引なのです。私はあなたに売りたいものがある。そして、私は売りたい値段をあなたに伝えた。これは恐喝でも強要でもない。私は脅してなどいない。もし私が売ろうとしているものが欲しくないなら、話はこれまでです」

二人は祭壇まできた。グレゴリーがその上方に掲げられた十字架像を見つめた。マーティンには彼が考えていることが手に取るようにわかった。マーティンを捕らえてロンドンへ連行し、文書の在処（ありか）を明かすまで拷問にかけるべきだろうか？　それとも、キングズブリッジの司教に別の人物を指名するほうが、国王にとっても簡単で都合がいいだろうか？

長い沈黙がつづいた。大聖堂のなかは寒く、マーティンは外套を身体にしっかりと巻きつけた。ついにグレゴリーが口を開いた。「その文書はどこにあるのかな？」

「近くにあります。ご案内しましょう」

「いいだろう」

「それで、私たちの取引のほうはどうなりますか」

「その文書があなたの考えているようなものなら、取引条件は成立ということになる」

「では、クロード司教座聖堂参事を司教にしてもらえるのですね？」

「そうだ」

「ありがとうございます」マーティンはいった。「森のなかに少々入ることになりますが」

グレゴリーとマーティンは並んで大通りを郊外へと進み、橋を渡った。寒さで息が白かった。冬の太陽はほとんど暖かさを感じなかった。二人は森へ入っていった。ほんの数週間前に同じ道を辿っていたので、今度は道を見つけるのに苦労はなかった。小さな泉、大きな岩、そして、沼地の谷を確認できた。たちまち、樫の大木のそびえる空き地に出た。マーティンは羊皮紙を掘り出した場所へまっすぐ進んでいった。

しかし、そこへ着いたとたんに愕然とした。先にここへきた者がいた。掘った土を元に戻して丁寧に平らにならし、木の葉で覆っておいたにもかかわらず、だれかが隠し場所を見つけたのだ。深さ一フィートほどの穴があり、その横にはごく最近掘り上げたと見られる土が山になっていた。穴のなかは空っぽだった。

マーティンはその穴を見てぞっとした。「なんてことだ」

グレゴリーがいった。「見え透いた芝居ではないだろうな――」

「ちょっと考えさせてください」マーティンはいった。

グレゴリーが黙った。

「これを知っていたのは二人だけだ」マーティンは考えを声に出した。「ぼくはだれにも話していない。だとすると、トマスが話したに違いない。亡くなる前、耄碌してきていたから、秘密を漏らしたんだ」

「だが、だれに？」

「トマスは亡くなるまでの数カ月、森の聖ヨハネ修道院にいました。ほかの人々を出入り禁止にしていたのだから、彼が話したとすれば、相手は修道士です」

「そこには何人暮らしていたんだ？」

「二十人かそこいらです。しかし、埋めた手紙のことを話したにせよ、老人の繰り言がどれだけ重要なものかを理解するほどの知識を持った者は、そうたくさんいなかったはずです」

「それはいいとしても、現物はいまどこにあるんだろう？」

「たぶんわかると思います」マーティンはいった。「もう一度チャンスをください」

「いいだろう」

マーティンとグレゴリーは町へ引き返した。二人が橋を渡ったときには、太陽は島の向こうへ沈もうとしていた。暗い大聖堂に入って南西の塔へ行き、細い螺旋階段を上って小部屋に入った。そこには、聖史劇を上演するときに使う衣装が保管してあった。

この部屋に入るのは十一年振りだったが、埃を被った収納部屋に大きな変化があるわけはない。とりわけ大聖堂内ではどこも同じで、この部屋に限ったことではなかった。マーティンは壁のなかにゆるんだ石を見つけ、それを引っ張り出した。

フィルモンの宝物は、木に彫られた恋文も含めて、すべてこの石の裏側にあった。そのなかに油を塗った羊毛で作られた袋があった。マーティンはその袋を開け、なかから羊皮紙の巻物を取り出した。

「やっぱりな」マーティンはいった。「フィルモンはトマスが耄碌してきたときに秘密を聞き出したんです」フィルモンが司教職指名がうまく運ばなかった場合の取引手段としてこの文書を保管していたのは疑いない――それをいま、代わりにぼくが使ってやる。

マーティンは羊皮紙をグレゴリーに渡した。

グレゴリーが巻物を広げた。手紙を読みはじめたその顔に畏怖が浮かんだ。「何ということだ。あの噂は本当だったのか」そして、手紙をふたたび巻き戻した。長年探していたものをやっと見つけたといった様子だった。

「予想していたものですか?」マーティンが訊いた。

「そうです」

「国王は感謝されるでしょうか?」

「大いに」

「では、私のお願いした取引の条件については……?」

「もちろんだ」グレゴリーがいった。「クロードが司教になるだろう」

「感謝します」

それから八日後の朝早く、カリスが施療所でローラに包帯の巻き方を教えていると、マーティンが入ってきた。「見せたいものがあるんだ。大聖堂にきてくれないか」陽の光は眩いばかりなのに、とても寒い冬の日だった。カリスは厚手の真っ赤な外套に身を包んだ。橋を渡って市内に入ると、マーティンが立ち止まって指さした。「尖塔が完成したんだ」

カリスは上を見上げた。まだ周囲には蜘蛛の巣のように足場が組まれてはいるが、尖塔の姿ははっきりと見えた。それは見事に高く、優雅な尖塔だった。その尖った先の先まで目で追っていくと、どこまでも高く高くつづいているような気がした。

カリスはいった。「これはイングランドでいちばん高い建物になるのかしら?」

マーティンがにっこり笑った。「そうとも」

二人は大通りを進み、大聖堂へ入っていった。マーティンは中央の塔の壁の内側の階段を上った。彼は慣れていたが、カリスは塔の頂上から外に出るころには息が切れていた。そこは尖塔の基部で、まわりは人が歩ける通路になっていた。風が強く冷たかった。

カリスも一息ついて、二人は眼下に広がる光景を眺めた。キングズブリッジの町が北から西にかけて広がっている。大通り、産業地域、川、施療所のあるスモール・アイランドが見える。無数の煙突から煙が昇っている。ミニチュアのように小さく見える人々が通りを急いでいる。歩いている者、馬に乗っている者、荷馬車を引く者、道具箱やら、農産物の入った籠やら、重い大袋やらを運んでいる者。男も女も子供もいる。太った者、痩せた者、貧弱で擦り切れた服を着ている者もいれば、豪華で厚手の服を着ている者もいる。ほとんどが茶色や緑色だが、派手な青色や緋色を身に着けている者もいた。どの光景を見ても、カリスは驚嘆しないわけにはいかなかった。この一人一人にそれぞれの人生があるのだ。どの人生も豊かで複雑で、過去には様々なドラマがあり、未来には夢がある。幸せな思い出もあれば、悲しい秘密もある。そこには数えきれないほどの味方が、敵が、そして、愛する人がいる。

「もういいかい？」マーティンがいった。

カリスはうなずいた。

マーティンはカリスを連れて足場を上りはじめた。いかにも貧弱そうな綱と枝で組まれた足場で、カリスは不安になったが、弱音は吐きたくなかった。マーティンに上れるのなら、わたしにだってできないはずはない。風が吹くと足場全体が少し揺れ、カリスの服の裾が、脚のまわりで船の帆のようにはためいた。尖塔は塔の二倍の高さがあり、縄梯子をよじ登るのは至難の業だった。

半分ほど上ったところで、二人は止まった。「尖塔はとても質素にしたよ」マーティンが息も切らさずにいった。「角に渦巻状の蛇腹(モールディング)があるだけなんだ」カリスが見たことのある尖塔には、装飾的な編み模様(クロシェ)、色つきの石やタイルの帯、窓のような凹(へこ)みなどが施されていた。マーティンの簡素なデザインが、この尖塔に永遠の意味を持たせたように思われた。

マーティンが下を指さしていった。「ほら、あれを見てごらんよ！」

「あまり下は見たくないけど……」

「フィルモンがアヴィニヨンへ去っていくようだ」

それなら見なくてはならない。厚板の台の上に立ってはいたが、それでも、両手でしっかり柱にしがみついて、落ちないから大丈夫だと自分にいい聞かせなければならなかった。カリスはごくりと唾を飲み込み、絶壁のような塔の壁面に沿って地上に視線を下ろしていった。

思い切って見た甲斐があった。二頭の雄牛が曳く荷馬車が、修道院長の館の前に停まっていた。おのおの馬に乗った修道士と兵士が、護衛として辛抱づよく待っていた。荷馬車の横にフィルモンが立ち、キングズブリッジの修道士一人一人が前に進み出ては彼の手に接吻しているところだった。

すべての修道士の挨拶がすむと、ブラザー・シムが黒と白のぶちの猫をフィルモンに手渡した。ゴドウィンの猫だった〝大司教〟の子孫ね、とカリスは思った。

フィルモンが馬車に乗り込むと、御者が牛に鞭をくれた。荷馬車はがたがた揺れながらゆっくりと門を出て、大通りを市外へと向かっていった。カリスとマーティンはその馬車が橋を渡り、町の外へ消えていくのを見守った。

「彼が出ていってくれて、神に感謝するわ」カリスがいった。

マーティンは上を見上げていった。「頂上まではもういくらでもない。もうちょっと上れば、きみはイングランドでいちばん高いところに立つ女性になるんだぞ」そして、ふたたび上を目指しはじめた。

風はさっきより強くなったが、カリスは不安とは裏腹に気分が昂ぶってきた。これこそマーティンの夢なのだ。彼はついに夢を実現したんだわ。この先何百年も、何マイルも向こうにいる人たちが毎日この尖塔を見上げては、なんて美しい塔だろうと感嘆することになるのだ。

二人はいちばん上の足場にたどり着き、尖塔のてっぺんをぐるりと取り巻く台の上に立った。台のまわりに落下防止の手摺り（てすり）がないことを、カリスはつとめて忘れようとした。尖塔のてっぺんに十字架が取りつけられていた。それは地上からは小さく見えたが、こうして近くで見ると、カリスよりも大きかった。

「尖塔のてっぺんには、必ず十字架が取りつけられているものなんだ」マーティンがいった。「慣例なんだよ。でも、それ以外の部分はいろいろ手を加えてもいいことになっている。シャルトルの大聖堂は十字架が太陽を象徴しているけど、ぼくは違ったものを作ったんだ」

カリスが十字架の根元に目をやると、マーティンが作った等身大の石の天使像が見えた。ひざまずいた像は十字架を仰ぎ見ているのではなく、町の西のほうを見ていた。もっと顔を近づけてみると、天使の目鼻立ちは伝統的な造りではなかった。小さな丸い顔は明らかに女性で、すっきりとした鼻筋と短い髪はどこかで見たことがあるような気がした。なんと、それは彼女の顔だった。

カリスは仰天した。「こんなことをしていいの？」

マーティンがうなずいた。「町の半分の人が、きみは天使だと思ってるさ」

「そんなことはないわよ」

「そうかな」マーティンがカリスの大好きないつもの笑いを浮かべていった。「でも、彼らにとって、きみはいちばん天使に近い人だ」

突風が吹きつけた。カリスはマーティンにしがみついた。マーティンが足を広げて立ち、カリスをしっかりと抱きしめた。突風は吹いたときと同じように突然やんだが、マーティンとカリスは、世界の頂きで、いつまでもしっかりと抱き合っていた。

謝辞

この作品の舞台となる時代の歴史については、主にサム・コーン、ジェフリー・ヒンドリー、そして、マリリン・リヴィングストーンの三人が知恵を貸してくれた。キングズブリッジ大聖堂の基礎の弱さに関しては、スペインのビトリア‐ガステスにあるサンタ・マリア大聖堂を大雑把にではあるが参考にしている。それについては、サンタ・マリア大聖堂財団のスタッフに協力と啓示を仰いだ。特にカルロス・ロドリゲス・デ・ディエゴ、ゴンサロ・アロイタ、通訳のルイス・リベロに感謝する。また、ヨーク大聖堂のスタッフ、とりわけジョン・デイヴィッドにお世話になった。ケンブリッジのフィッツウィリアム博物館のマーティン・アレンは、親切にもエドワード三世時代の硬貨に実際に触れさせてくれた。フランスのル・モン・サンミッシェルのスール・ジュディスと、フレール・フランソワにも助けてもらった。いつものように、ニューヨークのリサーチ・フォー・ライターズのダン・ステアラーには、調べものに力を貸してもらった。エイミー・バーカウアー、レズリー・ゲルブマン、フィリス・グラン、ニール・ナイレン、イモジェン・テイラー、そして、アル・ズッカーマンは、物語と文章についての助言をしてくれた。さらに、友人や家族の感想と批評は参考になった。バーバラ・フォレット、エマニュエル・フォレット、マリ＝クレール・フォレット、エリカ・ジョング、トニー・マックウォルター、クリス・マナーズ、ジャン・ターナー、キム・ターナーに、特にお礼をいう。

一度飛びこんだら、もう絶対抜けられない面白地獄

児玉清（俳優）

〝俺は待ってるぜぇ〜〟話の続きが読みたくてたまらない切なる願いをこめた言葉がいつしか風に吹き飛ばされ、やがて霧散し、はるか宇宙の彼方へと消えてしまったか、と思われた十八年の時を経て、それこそ待ちに待った『大聖堂』の続編がついに出版された。パブリッシャーズ・ウィークリー誌で書評を最初に発見したときの喜びは筆舌につくしがたい。嘘じゃないのか、と何度も目をこすって確認したものだ。そしてそのあとで喜びが爆発した。

今、あなたが手にしている本書『大聖堂―果てしなき世界』の原題は「WORLD WITHOUT END」。すぐおわかりのように、直訳すれば「果てしなき世界」と時間と空間を含めて永遠に続く世界といったところなのだろうが、実にもって意味深長なタイトルだ。すでにこの本を読み終えた人は、大きくうなずいて読後の素晴らしき余韻にどっぷりと浸り、至福の心境でいることと確信しているが、まさにこの物語のメインキャラクター、男女四人の織りなす、西暦一三二七年から一三六一年までの三十四年間にわたる長尺人生冒険物語は、人間が生き

る上でのすべてのことを網羅した、面白人生読本としても最高の一冊。営々と繰り返される人間の生きることへの営みは不変であり、永遠に繰り返すという点でも「終わりなき、果てしなき世界」といえよう。作者フォレットの狙いはまさしくここにある。

すでに少々物語の種明かしをしてしまったが、日本語版のメインタイトルに〝大聖堂〟と敢えて入れてあるのは、前作と同じく物語の中心となる象徴的な存在が、キングズブリッジの大聖堂と変らず、今回の物語は前作の約二百年後の十四世紀中頃となっていることと、あの前作の『大聖堂』の大感動物語をもう一度想い出してもらう意味でもあろう。

ただ、これから本書を読もうとされてる方々に安心していただきたいのは、前作の『大聖堂』を読んでいなくてもまったく問題ないということだ。なんら支障無く物語に没入することができ、存分にこの物語の目茶面白さを堪能していただけること請合だということだ。事実、あれほど面白さに夢中になり、何度も読み返した超のつく夢中本であった『大聖堂』なのに、十八年の間に次第にディテールが消え大筋だけが続編待望論と共に残っていたのもやがて消えかかっていった状態で、「面白かった」という印象だけが突出してふぁふぁと頭のなかを漂っている感じだったのに、本書を読みはじめるや、たちまちのうちにフォレットの魅力に心を奪われてしまったからだ。つまりは、続編ということに捉われないで本書を楽しんでいただきたいし、読んだ人は新鮮な感動を得ること間違いないと確信している。さてさて世の中にこれほどのお楽しみがあるだろうか。読みではたっぷり、その厚さだけでも本好きには涎が出るほどの有難さ。しかも稀代のストリーテラーが読者の大渇望についに答えて、三年間の月日をかけて腕に縒りをかけて綴った波瀾万丈の男女四人を中心とした中世物語は、これぞ読者にとっては天の恵みともいえる幸運の一冊。一気に十四世紀のイングランドの世界へと飛び込もうではないか……。

物語は一三二七年十一月一日、オール・ハロウズ・イヴのキングズブリッジ大聖堂の内部で幕を開ける。この物語のヒロインの一人である八歳のグウェンダが父親の命令でサー・ジェラルドのベルトに革紐でくくりつけてある財布を盗もうとするところからはじまる。彼女の父親は自分の土地を持たぬ貧農で、一家は絶えず飢えの恐怖に襲われていた。日々の仕事もままならぬ父親は強制的に子どもたちに盗みをさせているのだが、彼は昔、盗みの罪で罰せられ片方の腕の手首から先を切り落とされていた。見つかれば手首から先を切り落とされるという恐怖と悪夢と必死で戦いながら、やっとこさ無事、教会内の雑踏に紛れて財布を手にしたグウェンダに、読者は冒頭からスリルを味わい彼女とともにホッと息をつくこととなる。このあとグウェンダは父親から解放されたハロウィンの翌日、この物語のメインキャラクターの他三人、なんと彼女が財布を盗んだサー・ジェラルドの息子兄弟、十一歳のマーティンと弟で十歳のラルフと、またこの街、キングズブリッジで羊毛業を大きく営むエドマンドの十歳の娘カリスと、自分の飼っている愛する犬ホップがきっかけで知り合い、たまさかマーティンの作った精巧な弓を大人たちに隠れて試射するためにと、子供たちが普段入ることを禁じられている街外れの森へと侵入したことから、グウェンダ、マーティン、ラルフそしてカリスの四人の子供は殺人事件を目の当たりにすることとなる。秘密の手紙をシャーリング伯に届けようとした騎士トマスが、手紙を奪取しようとする追手の二人の兵士と死闘する場に偶然遭遇してしまったのだ。深手を受けながら辛うじて相手を死に至らしめたトマスは目撃者のマーティンにこのことを絶対に口にするな、この手紙は死をもたらす手紙なのでここに埋めて、自分はキングズブリッジの修道院に身を隠すつもりだと告げた。なぜ女王の部下に追われていたのだ、と訊ねたマーティンに「彼女もこの秘密を明るみに出したくないからだ」と答えたトマスは、私が死んだと聞いたら「この手紙を掘り出して聖職者に渡してもらいたい」とマーティンに誓わせ、一言でもお前が秘密をしゃべったら、二つのことが起る。まず私が殺され、次にお前が殺されるということだ」と告げた。先に逃げていた三人のところに戻ったマーティンは、恐怖の体験をした四人全員で絶対に今日の事件は親をはじめ誰にも話さないことをイエスの血にかけて誓ったのだ。

このときのイギリス国王はエドワード三世。王位を継承して五年目でまだ十九歳。彼が十四歳の幼さで即位させられた裏には、前王エドワード二世の不実の妻であるイザベラ女王の夫に対する謀反が隠されていた。その後、フランス王位継承権を主張し、また羊毛工業の盛んなフランドル地方の領有問題を巡って六年後にフランスのフィリップ六世との間で百年戦争を起したことでも有名だが、秘密の手紙の中身は何なのか？　物語はこの秘密の手紙という謎の時限爆弾をかかえながら、衝撃の殺人現場の目撃者となった四人の子供が、心にそのトラウマを秘めてそれぞれの人生に立ち向かっていく姿を克明に描き出す。

ここでこの物語を彩る前述の四人のメインキャラクターを簡単に説明すると、カリスは羊毛商人エドマンド・ウーラーの元気溌剌な娘で、彼女こそ前作の『大聖堂』の前半のヒーローである建築職人トム・ビルダーの直系の子孫であり、子供のころから将来は〝医者になりたい〟が口ぐせだった。しかし中世のヨーロッパでは女性が医学を学ぶことは不可能な時代であった。だが彼女は、にもかかわらず、その禁制に従うことを潔（いさぎ）よしとせず、その道に進もうとしたために、彼女の決心は大聖堂を管理する修道院との間に軋轢（あつれき）と摩擦を絶えず引き起こすこととなるが、そこがこの物語の大きな読みどころの一つとなっている。彼女の頭の閃（ひらめ）き、何者も恐れぬといった凛とした態度と大胆な行動力は実に魅力的で、マーティンとの恋の行方と共に彼女の切り拓く未来は読む者の心を激しく揺する。読みながら、僕は祈る想いでカリスの幸せを願ったものだ。

マーティンは前作『大聖堂』の後半でキングズブリッジ大聖堂を見事に建築した、ジャック・ビルダーの末裔で、ジャックの天才の面を引き継ぐ若者。前作を読んでいる人ならご存知のようにジャックはトムの愛弟子であり義理の息子であり、ジャックはトムを父親としてこよなく敬愛していた。ついでに書けば、トムの実の息子のアルフレッドの妻アリエナとの恋は、熱き想いとして今でも僕の心に甦える。アリエナは僕の憧れの女性の一人だ。話は少々横道にそれたが、とにかくマーティンの大工としての才能、智恵と技は抜きん出ていて毎度驚かされる。しかし、人柄は穏和で他人を思んぱかる優しさもあってカリスが小さいときから惚れた心の温かい男なのだが、彼の突出したアイディアと技術革新力は当時キングズブリッジの精神世界を支配する修道院や領主、さらには街を牛耳る保守派の面々からの激しい抵抗を受けることとなり、その結果、ジャックと同じように暫しの間キングズブリッジを離れなくてはならなくなった。天才はいつの時代でも受け入れられないともいえるが、戻ってきてからの目覚ましい活躍はカリスとの愛の行方とともに激しく読者の心をひきつける。

そのマーティンの弟のラルフは兄とは体形も性格もまったく違っている。荒々しい性格で武闘派といえるほど何事にも攻撃的な彼はマーティンよりずんと背も高く筋肉もりもり、学問にはさらさら興味が無く生れついての完成された馬の乗り手であり狩人というように、まさに兄とはすべての点で対照的なのが面白い。騎士に憧れ、武人としての類稀なる資質と技能を活かして中世社会のトップへとのし上がろうとするところもこの物語の見どころの一つだ。

グウェンダは極貧の卑劣漢の農夫である父親の娘で、五人の子供の一人。容貌は平凡というより醜(みにく)い系なのに村で最も裕福な土地持ち農家のハンサムな息子ウルフリックに惚れに惚れた彼女は、なにがなんでも彼と結婚するのだと心に決めたのだ。しかしウルフリックは同じ裕福な農家のコケティッシュで美貌の娘アネットと相思相愛の仲で既(すで)に婚約している。だがグウェンダは決して諦めない。ここが彼女の真骨頂で、どんな逆境もはね返し活路を見いだす不撓(とう)不屈のガッツと智恵に長けているのがグウェンダだ。物語の前半部分で狡猾な父親に、なんの了承もなく無法者に無理矢理金銭で売られてしまったグウェンダが、命を賭して死にもの狂いで悪の男から逃げ出すシーンは、きっとあなたの心に強く焼きつくに違いない。圧倒的に不利な状況をはね返し、どのようにしてグウェンダがウルフリックの心を捉えるのかも読みどころだ。彼女の心のたくましさと勇気は男の心を奮い立たせる。

メインキャラクター四人を紹介したが、もう一人、今回の物語で重要な役割を担っているのが、カリスの従兄で同じくトム・ビルダーの末裔である修道士ゴドウィンだ。若くして修道士の道に入った彼は、ひたすら修道院長になることを心に期していた。やがて彼は狡智に長けた母親ペトラニッラから授かった奇策が功を奏して修道院長の地位を獲得するが、精神的には俗物根性の持ち主である彼は、神を楯にひたすら安泰の道を歩もうとし、マーティンやカリスと様々なところで意見の相違で激突することとなる。頑迷で固陋な性格の神の仕いのゴドウィンは修道院長の権威と肩書きにひたすら拘泥する保守派を代表する人物として君臨を計る。

物語は森で異様な恐怖の体験をした四人の子供のそれぞれの生き様を交互に丹念に辿りながら、中世という神と国王と僧侶が君臨する世界の中で、幸せを摑もうと、懸命に努力する彼ら四人の成長する姿を見事な筆致で活写する。農夫の妻になろうとするグウェンダ、騎士になろうとするラルフ、建築家のマーティンに修道女のカリス。野心、希望、愛、貪欲、そして復讐、人間の心の生み出す様々な思いと葛藤が、彼らが成長していく過程で赤裸々に浮き彫りにされる。フォレットが切り取った十四世紀の三十四年間の物語は実に波瀾万丈。大聖堂の橋の崩壊による多数の死者、大量の怪我人の治療、ここで当時の医療の実情も明らかにされるが、この領域での厳然たる神の存在、すべては神の意志に任せてしまう医療現場で絶望感に捕らわれるカリスの思いや、橋の新設を拒否する保守派たちの故無き抵抗に懊悩するマーティンに代表されるように進取の気風を妨げる中世の掟と仕来りは若者の向上心を萎えさせるに十分すぎるほどの厚い壁だ。狡猾で強欲、慈悲心を持ち合わせていない領主、貴族や騎士たちの横暴な振舞の危険にいつもさらされている商人や職人や農民たち。不公平な裁判、一方的に下される死刑の恐怖。無体な税金。因習に凝り固まった社会と支配層の人間たち。加えて、フランスとの百年戦争に国家は荒れ、襲いかかる食糧飢饉。さらにはヨーロッパを席捲する魔の黒死病ペストの恐ろしさ。こうした人生のさまざまな蹉跌を彼ら主人公たちは、どのように対処しどう切り抜けていくのか!!　そこに彼らの個性と性格が見事に露出し、物語の面白さが突出することとなる。ここがフォレットのフォレットたる所以で、人間の心の襞を恰もその人間の息遣いまでが聞こえてくるような切迫感と生々しさで暴き出す。時にはその鋭さに思わず息を飲むこともしばしば。今回も迫真の中世の世界に心身共に埋没してしまい、主人公とともにあるときは歓喜に酔い、あるときは深く絶望し、またあるときは憎悪する、といったように彼らと一体となって一喜一憂し、読み終えたときにはへとへとになってしまったのだが、心の中には何物にも替え難い貴重な体験をした喜び、それもこの本によってしかできない面白冒険の楽しさに大満悦だったのだ。

とくに僕が感情移入してしまったのは、カリスとグウェンダ。フォレットの特徴の一つは魅力溢れる女性を創造する力の素晴らしさ。彼女たちの心の軌跡と波瀾の人生を本書で追体験したことで僕は勇気がいかに人生で大切であるかをしっかりと教わったのだ。フォレットの物語には、いつも底流に読む者の心を奮い立たせ、勇気が大切なんだよ、という作者の熱い想いがこめられていて、面白さに夢中にさせられる中で、いつも自然に励まされる。ぜひ、人生読本としても読んでいただきたい。

前作『大聖堂』の原書が出版されたとき、僕はこんなことを書いた。

好きな作家の本は寝ころんで読むに限ると日頃思い実行しているが、それは普通の頁数のハードカバーについて言えることで、一〇〇〇頁近い大部の一冊となるとチト厄介なことになる。一九八九年、ケン・フォレットは四年間の沈黙を破って『大聖堂』を発表した。『針の眼』以来、テンポ良く次々と新作を出版していただけに、この四年間という長い空白はフォレット・ファンにとっては気になる歳月だった。書店で待ちに待った新刊ハードカバーを発見したときの喜びは今でも鮮烈に胸に甦る。モロー版の中身だけで九七三頁はズシリと重く、その感触と手応えは四年間の作者の汗の重みに思え、心震えた。好きな作家の本を存分に読めるぞ、と天にも昇る心地で大事に胸に抱え、翔んで我が家へ帰ったものだ。が、頁を開いてがっかりした。なんと物語は十二世紀のイギリスじゃないか。なんで中世の時代へと舞台が飛んでしまったのか、と僕はすっかり意気消沈してしまった。フォレットの時代小説か？　暫し考えこんだが、せっかく買ってきたのだからと渋渋読みはじめた。

ところがどうだ!!　読み進むうちに心は一気に高揚し、面白さに興奮状態となった。かっての彼のどんな本よりも面白く楽しく魅力一杯ではないか。もちろん前の数々の作品に夢中になり虜（とりこ）となって今日まで来たのだが、『大聖堂』の面白さはその比ではないといった超のつく面白さ。僕は仕事も生活も忘れた感じで長尺大ロマンに埋没した。しかもなにせ六センチ以上の分厚い一冊を（アメリカでは、どんなに分厚くても本を分冊しないので）得意の寝技に持ち込んで読んでいるものだから、それだけで重労働な上に、波瀾万丈、数奇な運命を辿る物語の主人公たちに心は釘づけとなり、夢中で寝る間も惜しんで読むものだから、本の重さに手はしびれ、目は霞み、それがまた一〇〇〇頁近い長さのために何日も続き、読了したときはまさに疲労困憊の極。さながら中世の原野を彷徨うゴーストの如き状態だったが、感極まり、重量挙げのように本を高々と天にかざしたことが懐かしい。

今回もまったく同じ状態であった。ダットン版の一〇一四頁の原書を読み終えたときは、十八年の老いも重なりフラフラ状態がもっと深刻であった。フォレットは、一九八九年に『大聖堂』を出版したとき、当人は自信満々だったのにもかかわらず、なぜか読者の反響が余りなかったことにずいぶんと不安を覚えたとのこと。しかし時が経つにつれ徐々に反響が作者の耳にも届くようになり、やがてそれは突如大爆発の売行きとなってフォレットを驚かしたという。そして『大聖堂』はフォレットの数ある作品群の中でも一番の大傑作だとの評が定着したのだとのこと。僕と同じように、突然の時代小説に最初は不信と懸念を抱いたフォレット・ファンが、読んであまりの面白さにびっくりするまでに時間を要したのだ。フォレットは〝これは最高に面白い〟という読者の口こみが『大聖堂』を大ベストセラーにしたのだと述懐している。

最後に、作者フォレットが本書に関するあるインタビューで語っていることで興味をひいたところを僕が勝手に紹介しておこう。

なぜ今回続編を書こうと思ったのか？　に対しては、読者の熱い熱い希望があったから、と答えているのと、前作から二百年の間に何が変わったのか？　との問いには、前作では、フィリップ修道院長の下で修道院が中世の社会に教育や育成に力を注ぎ、技術革新といったものを積極的に押し進めるといった善き部分が際立っていたのに、二百年後には富と保守派の牙城へと変身し、世の中の変化を阻止する側に立ったために、このことから生じる様々な争いが今回の物語のテーマとなっている、と答えている。また、現代では失ってしまったことなど含めて、中世から我々が学ぶことができることは？　の質問には、フォレットは、あの当時の不衛生さは想像を絶するものがあるのではないか、バスに入る人なんてごくごくまれだろうし、だから匂いはぷんぷんだろうし、歯磨き粉も無い時代のキスってどんなものだったんだろうね、と答えている。

こんなことも想像しつつ中世の世界を覗き見るのも一興だと考えるのだが、どうだろうか。

大聖堂――果てしなき世界〔下〕

2009年3月31日　初版発行
2009年4月27日　第2刷

著者	ケン・フォレット
訳者	戸田裕之
発行者	新田光敏
発行所	ソフトバンク クリエイティブ株式会社 〒107-0052　東京都港区赤坂4-13-13 電話03-5549-1201（営業部）
印刷・製本	中央精版印刷株式会社
イラスト	影山徹
デザイン	ヤマグチタカオ
フォーマット・デザイン	モリサキデザイン
本文組版	アーティザンカンパニー株式会社

落丁本、乱丁本は小社営業部にてお取り替えいたします。
定価は、カバーに記載されております。
本書に関するご質問は、小社ソフトバンク文庫編集部まで書面にてお願いいたします。

ISBN 978-4-7973-4625-1